La crítica ha dicho

«Nunca me habían recomendado tanto[...]
El magnetismo de la intriga es el eleme[...]
Un compendio de resonancias que pasan por las series *Twin Peaks* y
El caso de la escalera, John Grisham, *Psicosis* y *El exorcista,* el New
Hampshire de John Irving...»

SERGI PÀMIES, *La Vanguardia*
(«La moda Joël Dicker»)

«¡Qué libro! Salimos K.O... El autor nos reserva un último golpe
completamente inesperado y absolutamente genial... Una obra de
ficción excepcional que se devora de un trago. Un libro inmenso.»

Die Warte

«Los grandes críticos franceses han alabado esta novela río,
escrita por un extranjero, que la gente lee con pasión en el
metro y el autobús.»

Il Corriere della Sera

«El ruido en redes sociales acerca del "Millenium suizo" anticipa
el próximo fenómeno global.»

Publishing Perspectives

«La sorpresa de la *rentrée,* el libro que no podemos soltar después
de horas de lectura cautivante... Recuerda a Philip Roth, Jonathan
Franzen o Woody Allen.»

MARIE-FRANÇOISE LECLÈRE, *Le Point*

«Adictos a Dicker... Una maravilla de trama, con giros,
asesinatos, falsos culpables y verdaderos destinos. Esta novela
será vuestra perdición... y vuestra felicidad... Una vez comenzada,
imposible soltarla.»

PHILIPPE TRÉTIACK, *Elle*

«El suizo Joël Dicker ha montado su libro como un mecanismo de
relojería. ¡Qué historia!... El relato está sembrado de los consejos de
Quebert a Marcus Goldman sobre cómo escribir una buena novela.
"Un buen libro, Marcus, es aquel que lamentamos haber terminado".
Totalmente cierto en lo que respecta a éste.»

ANDRÉ ROLLIN, *Le Canard Enchaîné*

La verdad sobre el caso Harry Quebert

Joël Dicker

La verdad sobre el caso Harry Quebert

Traducción de Juan Carlos Durán Romero

ALFAGUARA

Título original: La Vérité sur l'Affaire Harry Quebert
© 2012, Éditions de Fallois/L'Âge d'Homme
© De la traducción: Juan Carlos Durán Romero
© De esta edición:
2013, Santillana USA Publishing Company
2023 N.W. 84th Ave.
Doral, FL, 33122
Tel: (305) 591-9522
Fax: (305) 591-7473
www.prisaediciones.com

ISBN: 978-0-88272-562-8

© Diseño:
Proyecto de Enric Satué

© Imagen de cubierta:
Edward Hopper (1882-1967), *Portrait of Orleans,* 1950,
óleo sobre lienzo 66x101,6 cm
The Fine Arts Museums of San Francisco,
cortesía de Jerrold y June Kingsley, 1991.32

PRIMERA EDICIÓN: JULIO 2013

El editor declara haber realizado sus mejores esfuerzos para la búsqueda
diligente y de buena fe de los titulares de los derechos de explotación
de la ilustración de portada de la presente obra, sin que haya sido posible
localizarlos.

PRISA EDICIONES

A mis padres

El día de la desaparición
(Sábado 30 de agosto de 1975)

—Central de policía, ¿es una emergencia?

—¿Oiga? Me llamo Deborah Cooper, vivo en Side Creek Lane. Creo que acabo de ver a una joven perseguida por un hombre en el bosque.

—¿Qué ha pasado exactamente?

—¡No lo sé! Estaba en la ventana, mirando hacia fuera, y de pronto he visto a esa chica corriendo entre los árboles. Había un hombre tras ella... Creo que intentaba escapar de él.

—¿Dónde están ahora?

—Pues... ya no los veo. Se han metido en el bosque.

—Enviamos una patrulla de inmediato, señora.

Esta llamada fue el comienzo del caso que estremeció a la ciudad de Aurora, en New Hampshire. Ese día Nola Kellergan, de quince años, una joven de la zona, desapareció. Nunca se volvió a saber de ella.

Prólogo

OCTUBRE DE 2008

(33 años después de la desaparición)

Todo el mundo hablaba del libro. Ya no podía pasear tranquilo por las calles de Nueva York, no podía hacer *jogging* por Central Park sin que me reconocieran y exclamaran: «¡Es Goldman, el escritor!». Algunos incluso me seguían durante un rato para preguntarme aquello que les atormentaba: «¿Es cierto lo que cuenta en la novela? ¿Harry Quebert hizo eso?». En el café al que solía ir en el West Village, había clientes que no dudaban en sentarse a mi mesa y empezar a hablar: «Su libro me tiene atrapado, señor Goldman, es imposible dejarlo. El primero era muy bueno, pero éste... He oído que le dieron un millón de dólares por escribirlo... ¿Qué edad tiene? ¿Sólo treinta años? ¡Y ya está forrado!». Hasta el portero de mi edificio, al que había visto leyéndolo entre apertura y apertura de puerta, me tuvo retenido un rato en el ascensor, al terminarlo, para confesarme su desazón: «Entonces ¿eso fue lo que le ocurrió a Nola Kellergan? Qué horror. ¿Dónde vamos a ir a parar, señor Goldman? ¿Dónde?».

Mi libro apasionaba a la flor y nata de Nueva York; tras dos semanas en las librerías ya prometía llegar a ser el más vendido a lo largo y ancho del continente. Todo el mundo quería saber qué había pasado en Aurora en 1975. No dejaba de salir en la televisión, en la radio y en los periódicos. Yo tenía sólo treinta años y con esa novela, la segunda de mi carrera, me había convertido en el escritor más de moda del país.

El caso que sacudía América, y del que había sacado lo esencial de mi narración, había estallado unos meses antes, al principio del verano, cuando se encontraron los restos de una joven desaparecida treinta y tres años antes. Fue el comienzo de la serie de acontecimientos que se relatan a continuación, y sin los que la pequeña ciudad de Aurora habría seguido siendo, sin duda alguna, completamente desconocida para el resto de Estados Unidos.

Primera parte

LA ENFERMEDAD DEL ESCRITOR

(8 meses antes de la publicación del libro)

31. En los abismos de la memoria

«El primer capítulo, Marcus, es esencial. Si a los lectores no les gusta, no leerán el resto del libro. ¿Cómo tiene pensado empezar el suyo?

—No lo sé, Harry. ¿Cree usted que algún día lo conseguiré?

—¿El qué?

—Escribir un libro.

—Estoy convencido de ello.»

A principios de 2008, aproximadamente año y medio después de haberme convertido, gracias a mi primera novela, en la nueva gran promesa de la literatura norteamericana, estaba inmerso en una terrible crisis de la página en blanco, síndrome que al parecer no es extraño entre los escritores que han conocido un éxito inmediato y clamoroso. La enfermedad no se manifestó de golpe; se fue instalando lentamente dentro de mí. Como si mi cerebro se hubiese ido quedando sin fuerza poco a poco. No quise prestar atención a la aparición de los primeros síntomas: pensé que la inspiración volvería al día siguiente o al otro, o quizá el siguiente. Pero fueron pasando los días, las semanas y los meses y la inspiración nunca regresó.

Mi descenso a los infiernos se dividió en tres fases. La primera, indispensable en cualquier buena caída vertiginosa, fue un ascenso fulgurante: mi primera novela llevaba vendidos dos millones de ejemplares y me había catapultado, con veintiocho años, a la categoría de escritor de éxito. Corría el otoño de 2006 y en pocas semanas mi nombre se había hecho famoso. Estaba en todas partes: en la televisión, en los periódicos, en las portadas de las revistas. Mi rostro destacaba en los inmensos carteles publicitarios del metro. Los críticos más feroces de los grandes diarios de la Costa Este se mostraban unánimes: Marcus Goldman iba a convertirse en un grandísimo escritor.

Un libro, uno solo, y ya veía cómo se me abrían las puertas de una nueva vida, la de las jóvenes estrellas millonarias. Abandoné la casa de mis padres en Montclair, New Jersey, para mudarme a un piso señorial en el Village, cambié mi Ford de tercera mano por un flamante Range Rover con los cristales tintados, comencé a frecuentar restaurantes exclusivos y contraté los servicios de un agente literario que se encargaba de mi agenda y que venía a ver el béisbol en la pantalla gigante de mi nuevo salón. Alquilé, a dos pasos de

Central Park, un despacho en el que una secretaria medio enamorada de mí llamada Denise clasificaba mi correspondencia, me preparaba café y archivaba mis documentos importantes.

Durante los seis meses posteriores a la publicación del libro, me había dedicado en cuerpo y alma a disfrutar de las bondades de mi nueva vida. Por las mañanas pasaba por el despacho para hojear los artículos que me dedicaban y leer las decenas de cartas de admiradores que recibía a diario, y que Denise guardaba después en enormes archivadores. Al rato, contento porque ya había trabajado suficiente, salía a deambular por las calles de Manhattan, donde los viandantes murmuraban a mi paso. Dedicaba el resto de la jornada a sacar partido de los nuevos derechos que mi fama me otorgaba: derecho a comprarme lo que me diera la gana, derecho a sentarme en un palco VIP del Madison Square Garden para seguir los partidos de los Rangers, derecho a caminar sobre alfombras rojas junto a las estrellas de la música cuyos discos había comprado cuando era más joven. Derecho incluso a salir con Lydia Gloor, la protagonista de la serie de televisión del momento y a la que todos se rifaban. Era un escritor famoso, tenía la impresión de dedicarme a la profesión más bella del mundo. Y, seguro de que mi éxito iba a durar para siempre, no me preocupaban las primeras advertencias de mi agente y de mi editor, que me instaban a que me pusiera a trabajar y empezara de inmediato a escribir mi segundo libro.

Fue durante los siguientes seis meses cuando me di cuenta de que soplaban vientos contrarios. Las cartas de los admiradores se hicieron cada vez más escasas y en la calle me abordaban menos. Pronto, los que todavía me reconocían empezaron a preguntarme: «Señor Goldman, ¿de qué va a tratar su próximo libro? ¿Y cuándo saldrá?». Comprendí que tenía que ponerme a ello, y de hecho me puse. Escribí ideas en hojas sueltas y esbocé algunas tramas en mi ordenador. Nada merecía la pena. Pensé entonces en otras ideas y desarrollé otras tramas. Sin éxito. Finalmente compré un nuevo ordenador con la esperanza de que incluyera buenas ideas y excelentes tramas. En vano. Intenté después cambiar de método: obligué a Denise a quedarse trabajando hasta altas horas de la noche para que tomara al dictado lo que yo pensaba que eran grandes frases, palabras oportunas y excepcionales comienzos de novela. Pero siempre al día siguiente las palabras me parecían sosas, las frases cojas y mis comienzos, finales. Entraba en la segunda fase de mi enfermedad.

En el otoño de 2007 se cumplió un año de la publicación de mi primer libro, y seguía sin haber escrito una mísera línea del siguiente. Cuando no hubo más cartas que archivar, dejaron de reconocerme en los lugares públicos y mi cara desapareció de las grandes librerías de Broadway, comprendí que la gloria era efímera, una gorgona hambrienta que reemplazaba rápidamente a aquellos que no le daban de comer. Los políticos del momento, la estrella del último *reality* o el grupo de rock de moda me habían robado mi parte de atención. Y, sin embargo, no habían pasado más de doce cortos meses, un lapso de tiempo ridículamente breve a mis ojos pero que, en la escala de la Humanidad, equivalía a una eternidad. Durante ese mismo año, solamente en Estados Unidos, habían nacido un millón de niños, habían muerto un millón de personas, más de diez mil habían recibido un disparo, medio millón habían caído en la droga, un millón se habían hecho ricas, diecisiete millones habían cambiado de teléfono móvil, cincuenta mil habían fallecido en accidente de coche y, en las mismas circunstancias, dos millones habían sido heridas de mayor o menor gravedad. En cuanto a mí, sólo había escrito un libro.

Schmid & Hanson, la poderosa editorial neoyorquina que me había ofrecido una bonita suma de dinero por publicar mi primera novela y que tantas esperanzas había depositado en mí, presionaba a mi agente, quien, a su vez, me acosaba. Me decía que el tiempo apremiaba, que era absolutamente necesario que presentara un nuevo manuscrito, y yo me dedicaba a tranquilizarle para tranquilizarme a mí mismo, asegurándole que mi segunda novela avanzaba viento en popa y que no había de qué preocuparse. Sin embargo, a pesar de las horas que pasaba encerrado en el despacho, mis páginas seguían estando en blanco: la inspiración se había marchado sin despedirse y yo era incapaz de volverla a encontrar. Por la noche, en mi cama, sin poder conciliar el sueño, pensaba que pronto, y antes de cumplir los treinta, Marcus Goldman dejaría de existir. Ese pensamiento llegó a aterrorizarme de un modo tal que decidí marcharme de vacaciones para refrescar mis ideas: me regalé un mes en un hotel de lujo de Miami, en teoría para inspirarme, íntimamente convencido de que relajarme entre palmeras me permitiría volver a encontrar el pleno uso de mi genio creador. Pero, evidentemente, Florida no era más que un magnífico intento de fuga. Dos mil años antes que yo, el filósofo Séneca había experimentado ya esa dolorosa situación: huyas donde huyas, tus problemas se meten en tu maleta y te siguen a cualquier parte. Fue como si, recién llegado a Miami, un atento mozo de equipajes cubano hubiese corrido detrás de mí hasta la salida del aeropuerto y me hubiese dicho:

—¿Es usted el señor Goldman?

—Sí.

—Entonces esto le pertenece.

Y me hubiese tendido un sobre con un paquete de hojas.

—¿Son mis páginas en blanco?

—Sí, señor Goldman. No pensaría dejar Nueva York sin llevarlas con usted, ¿verdad?

Así pasé ese mes en Florida, en soledad, encerrado en una suite junto a mis demonios, sintiéndome miserable y abatido. En mi ordenador, encendido día y noche, el documento que había titulado *nueva novela.doc* permanecía desesperadamente virgen. Comprendí que la enfermedad que había contraído estaba muy extendida en el medio artístico el día que invité a un margarita al pianista del bar del hotel. Apoyado en la barra, me contó que sólo había escrito una canción en toda su vida, pero que esa canción había tenido un éxito tremebundo. Fue tan grande que nunca más pudo escribir otra cosa y, arruinado e infeliz, sobrevivía tocando al piano los éxitos de otros para la clientela de los hoteles. «En aquella época hice giras monumentales por las salas más importantes del país —me contaba, agarrándose del cuello de mi camisa—. Diez mil personas gritando mi nombre, chicas desmayándose y otras lanzando las bragas. Digno de ver». Y, después de haber lamido como un perrito la sal que bordeaba su vaso, añadió: «Juro que es verdad». Precisamente lo peor es que yo sabía que era verdad.

La tercera fase de mi desgracia comenzó a mi regreso a Nueva York. En el avión que me traía desde Miami leí un artículo sobre un joven autor que acababa de publicar una novela aclamada por la crítica y, a mi llegada al aeropuerto de LaGuardia, no hice más que ver su rostro en los grandes carteles de la sala de recogida de equipajes. La vida se burlaba de mí: no sólo me olvidaban sino que, encima, me estaban sustituyendo. Douglas, que vino a buscarme, estaba hecho una furia: a los de Schmid & Hanson se les había acabado la paciencia, querían una prueba de que avanzaba y de que pronto podría entregarles un nuevo manuscrito terminado.

—Tiene mala pinta —me dijo en el coche mientras me llevaba a Manhattan—. ¡Dime que has recuperado fuerzas en Florida y que ya tienes el libro muy adelantado! Está el tipo ese del que todo el mundo habla... Su novela va a ser el gran éxito de Navidad. ¿Y tú, Marcus? ¿Qué tienes para Navidad?

—¡Me voy a poner con ello! —exclamé presa del pánico—. ¡Lo conseguiré! ¡Haremos una gran campaña publicitaria y funcionará! ¡A la gente le gustó el primer libro, le gustará el segundo!

—Marc, no lo entiendes: eso podríamos haberlo hecho hace unos meses. Ésa era la estrategia: aprovechar tu éxito, alimentar al público, darle lo que pedía. El público quería a Marcus Goldman, pero como Marcus Goldman se marchó a tocarse las narices a Florida, los lectores han ido a comprarse el libro de otro. ¿Has estudiado algo de economía, Marc? Los libros se han convertido en un producto intercambiable: la gente quiere un libro que les guste, les relaje, les divierta. Y si no se lo das tú, se lo dará el vecino, y tú acabarás en la basura.

Horrorizado por los augurios de Douglas, me puse a trabajar como nunca. Empezaba a escribir a las seis de la mañana y nunca lo dejaba antes de las nueve o las diez de la noche. Pasaba días enteros en el despacho, escribiendo sin parar, llevado por la desesperación, desgranando palabras, tejiendo frases y multiplicando las ideas para la novela. Pero, para mi gran pesar, no producía nada válido. En cuanto a Denise, se pasaba las horas preocupándose por mi estado. Como no tenía otra cosa que hacer, ni dictados que tomar, ni correo que clasificar, ni café que preparar, daba vueltas y vueltas por el pasillo. Y cuando ya no aguantaba más, empezaba a aporrear mi puerta.

—Se lo suplico, Marcus, ¡ábrame! —gemía—. Salga de ese despacho, vaya a pasear un poco por el parque. ¡Hoy no ha comido nada!

Yo le respondía a gritos:

—¡No tengo hambre! ¡No hay comida que valga! ¡No hay libro, no hay comida!

Ella casi sollozaba.

—No diga esas cosas tan horribles, Marcus. Voy a ir al *deli* de la esquina a comprarle unos sándwiches de roast-beef, sus preferidos. ¡Vuelvo enseguida!

La oía coger el bolso y correr hasta la puerta de entrada antes de lanzarse por las escaleras, como si su apremio fuese a cambiar algo mi situación. Porque yo me había dado cuenta por fin de la gravedad del mal que me roía: escribir un libro partiendo de la nada me había parecido muy fácil pero, ahora que estaba en la cima, ahora que debía asumir mi talento y repetir el agotador camino hacia el éxito que es la escritura de una buena novela, ya no me sentía capaz. La enfermedad me había fulminado y nadie podía ayudarme: aquellos a quienes se lo confiaba me decían que no pasaba nada, que seguramente era muy común y que si no escribía mi libro hoy, lo escribiría mañana. Intenté, durante dos días, ir a trabajar a mi antigua habitación, en casa de mis padres, en Montclair, la misma en la que había encontrado inspiración para mi primera novela. Pero esa tentativa se saldó con un fracaso lamentable, en el que mi madre jugó un papel estelar, especialmente por el hecho de haberse pasado esos dos días sentada a mi lado, escrutando la pantalla de mi ordenador portátil y repitiéndome: «Está muy bien, Markie».

—Mamá, no he escrito una sola línea —acabé diciéndole.

—Pero tengo la sensación de que va a ser muy bueno.

—Mamá, si me dejases solo...

—¿Por qué solo? ¿Te duele la barriga? ¿Tienes que tirarte un pedo? Puedes tirártelo delante de mí, cariño. Soy tu madre.

—No, no voy a tirarme un pedo, mamá.

—Entonces ¿tienes hambre? ¿Quieres tortitas? ¿Gofres? ¿Algo salado? ¿Unos huevos?

—No, no tengo hambre.

—Entonces ¿por qué quieres que te deje? ¿Intentas decirme que te molesta la presencia de la mujer que te dio la vida?

—No, no me molestas, pero...

—*Pero* ¿qué?

—Nada, mamá.

—Necesitas una novia, Markie. ¿Te crees que no sé que has roto con esa actriz televisiva? ¿Cómo se llamaba?

—Lydia Gloor. De todas formas, no era una cosa seria, mamá. Quiero decir, era algo pasajero.

—*¡Algo pasajero, algo pasajero!* A eso se dedican los jóvenes de ahora: a cosas *pasajeras,* ¡y después se encuentran con cincuenta años, calvos y sin familia!

—¿Y a qué viene lo de quedarse calvo, mamá?

—Nada. Pero ¿te parece normal que me entere por una revista de que estás con esa chica? ¿Qué clase de hijo hace eso a su madre, eh? Figúrate que justo antes de tu viaje a Florida, entro en Scheingetz (el peluquero, no el carnicero) y noto que todo el mundo me mira de manera extraña. Pregunto qué pasa, y entonces la señora Berg, con su casco de permanente en la cabeza, me enseña en la revista que está leyendo una foto tuya y de esa Lydia Gloor en la calle, juntos, y el titular que dice que os habéis separado. ¡La peluquería entera sabía que habíais roto y yo ni siquiera me había enterado de que estuvieras saliendo con ella! Claro, que yo no quise pasar por una imbécil: dije que era una mujer encantadora y que venía a menudo a cenar.

—Mamá, no te lo conté porque no era una cosa seria. Entiéndelo, no era la definitiva.

—¡Es que nunca es la definitiva! ¡Nunca encuentras ninguna buena, Markie! Ése es el problema. ¿Crees que las actrices de televisión saben llevar una casa? Mira, ayer mismo me crucé con la señora Emerson en el supermercado y, qué casualidad, su hija también está soltera. Sería perfecta para ti. Además, tiene una dentadura preciosa. ¿Quieres que le diga que se pase ahora?

—No, mamá. Estoy intentando trabajar.

En ese instante sonó el timbre de la puerta.

—Creo que son ellas —dijo mi madre.

—¿Cómo que *son ellas*?

—La señora Emerson y su hija. Les dije que viniesen a tomar el té a las cuatro. Son las cuatro en punto. Una buena mujer es una mujer puntual. ¿A que ya empieza a gustarte?

—¿Las has invitado a tomar el té? ¡Échalas, mamá! ¡No quiero verlas! ¡Tengo que escribir un maldito libro! ¡No estoy aquí para jugar a las comiditas, tengo que escribir una novela!

—Ay, Markie, necesitas urgentemente una chica. Una chica con la que prometerte y casarte. Piensas demasiado en los libros y no lo suficiente en el matrimonio...

Nadie se daba cuenta de la gravedad de la situación: necesitaba un nuevo libro obligatoriamente, aunque sólo fuera para cumplir con el contrato que me ligaba a mi editorial. En enero de 2008, Roy Barnaski, poderoso director de Schmid & Hanson, me convocó en su despacho en el piso 51 de un rascacielos de Lexington Avenue para llamarme seriamente al orden: «Bueno, Goldman, ¿cuándo me va a entregar su manuscrito? —ladró—. Nuestro contrato incluye cinco libros. Va a tener que ponerse a trabajar, ¡y pronto! ¡Necesitamos resultados, necesitamos beneficios! ¡Ha incumplido usted el plazo! ¡Lo ha incumplido todo! ¿Ha visto usted al tipo ese que ha sacado su libro antes de Navidad? ¡Le ha robado todo su público! Su agente dice que su próxima novela está casi terminada. ¿Y usted? ¡Usted nos hace perder dinero! Así que espabílese y arregle la situación. Dé un buen golpe, escríbame un buen libro, y salve el pellejo. Le doy seis meses, hasta junio». Seis meses para escribir un libro cuando llevaba casi año y medio bloqueado. Era imposible. Peor aún, Barnaski ni siquiera me había informado de las consecuencias a las que me enfrentaba si no me ponía manos a la obra. De eso se encargó Douglas, dos semanas más tarde, durante la enésima conversación en mi casa. Me dijo: «Vas a tener que escribir, tío, ya no puedes escaquearte. ¡Firmaste para cinco libros! ¡Cinco! Barnaski está hecho una furia, ha perdido la paciencia... Me ha dicho que te dejaba hasta junio. ¿Y sabes lo que va a pasar si no cumples? Van a romper tu contrato, van a llevarte a los tribunales y te van a exprimir del todo. Van a quedarse con toda tu pasta y entonces tendrás que despedirte de tu maravillosa vida, de tu hermoso piso, de tus zapatos italianos, de tu cochazo. No te quedará nada. Te van a sangrar». Así que allí estaba yo, el que un año antes era considerado la estrella naciente de la literatura de este país, convertido en el gran fracaso, en el mayor gusano de la edición norteamericana. Lección número dos: además de ser efímera, la gloria se pagaba. Al día siguiente de la advertencia de Douglas, descolgué el teléfono y marqué el número de la única persona que consideraba que podría sacarme de ese embrollo: Harry Quebert, mi antiguo profesor en la universidad y, sobre todo, uno de los autores más leídos y respetados de América. A él me unía una estrecha amistad desde hacía una decena de años, desde que había sido su alumno en la Universidad de Burrows, en Massachusetts.

En aquel momento llevaba más de un año sin verle y casi el mismo tiempo sin hablar con él por teléfono. Le llamé a su casa, en Aurora, New Hampshire. Al escuchar mi voz, me dijo con tono socarrón:

—¡Hombre, Marcus! ¿Es usted de verdad? Increíble. Desde que es famoso, ya no tengo noticias suyas. Intenté llamarle hace un mes y se puso su secretaria, que me dijo que no estaba usted para nadie.

Fui directo al grano:

—La cosa va mal, Harry. Creo que he dejado de ser escritor.

Inmediatamente se puso serio:

—¿Qué me está usted contando, Marcus?

—Ya no sé qué escribir, estoy acabado. Página en blanco. Desde hace meses. Casi un año.

Estalló en una risa cálida y reconfortante.

—¡Bloqueo mental, Marcus, de eso se trata! Las crisis de la página en blanco son tan estúpidas como los gatillazos: es el pánico del genio, el mismo que le deja la colita desinflada cuando se dispone a jugar a los médicos con una de sus admiradoras y en lo único que piensa es en procurarle un orgasmo tal que sólo se podría medir en la escala de Richter. No se preocupe de la inspiración, conténtese con alinear palabras una tras otra. El genio viene de forma natural.

—¿Eso cree?

—Estoy seguro. Pero debería dejar un poco a un lado sus salidas nocturnas y sus canapés. Escribir es algo serio. Creí que se lo había inculcado.

—¡Pero si estoy trabajando duro! ¡No hago otra cosa! Y, a pesar de todo, no consigo nada.

—Entonces es que necesita un marco propicio. Nueva York es muy bonito, pero sobre todo es demasiado ruidoso. ¿Por qué no se viene aquí, a mi casa, como en la época en la que estudiaba conmigo?

Alejarme de Nueva York y cambiar de aires. Nunca una invitación al exilio me había parecido más sensata. Partir en busca de la inspiración para un nuevo libro a la campiña americana en compañía de mi viejo maestro: era exactamente lo que necesitaba. Así fue como, una semana más tarde, a mediados de febrero de 2008, me marchaba a instalarme en Aurora, New Hampshire. Pocos meses antes de los dramáticos acontecimientos que me dispongo a narrar aquí.

*

Nadie había oído hablar de Aurora antes del caso que conmovió a los Estados Unidos durante el verano de 2008. Aurora es una pequeña ciudad al borde del océano, aproximadamente a un cuarto de hora de la frontera con Massachusetts. La calle principal tiene un cine —cuya programación sufre un continuo retraso respecto a la del resto del país—, algunas tiendas, una oficina de correos, una comisaría y un puñado de restaurantes, entre ellos el Clark's, el histórico *diner* de la ciudad. A su alrededor nada más que tranquilos barrios con casas de madera pintada y acogedores porches, techos de teja y jardines de césped impecablemente cuidado. Es un Estados Unidos dentro de Estados Unidos, un lugar donde no se cierra la puerta con llave; uno de esos sitios que sólo existen en Nueva Inglaterra, tan tranquilos que uno se cree allí a salvo de todo.

Conocía bien Aurora por haber visitado a menudo a Harry en mi época de estudiante. Vivía en una imponente casa de piedra y pino macizo situada en las afueras, junto a la carretera federal 1 en dirección a Maine, y construida al borde de un pequeño cabo que figuraba en las cartas con el nombre de Goose Cove. Era la típica casa de escritor, levantada frente al océano, con una terraza para disfrutar de los días soleados desde la que partía una escalinata que conducía directamente a la playa. A su alrededor no había más que quietud salvaje: bosque costero, montones de guijarros y rocas, vegetación húmeda de musgo y helechos y algunos senderos por los que pasear bordeando el arenal. A veces uno podía creerse en el extremo del mundo si olvidaba que estaba a pocas millas de la civilización. Y podía imaginar fácilmente al viejo escritor creando sus obras maestras en su terraza, inspirado por las mareas y las puestas de sol.

El 10 de febrero de 2008 abandoné Nueva York en el cénit de mi crisis de la página en blanco. En lo que se refería al país, bullía ya por la cercanía de las elecciones presidenciales: días antes, el Súper Martes (celebrado excepcionalmente en febrero en vez de marzo, dejando claro que iba a ser un año fuera de lo común) había terminado con la victoria del senador McCain en el bando republicano, mientras que en el demócrata se libraba una cruenta batalla entre Hillary Clinton y Barack Obama. Hice el trayecto en coche hasta Aurora de un tirón. Había nevado mucho en invierno y los paisajes desfilaban ante mí cubiertos de blanco. Me gustaba New Hampshire: me gustaba su tranquilidad, me gustaban sus frondosos bosques, me gustaban sus estanques cubiertos de nenúfares en los que se podía nadar en verano y patinar en invierno, me gustaba la idea de que no se pagaran tasas ni impuestos sobre los beneficios. En un estado tan libertario, su divisa VIVIR LIBRE O MORIR estampada en las matrículas de los coches que me adelantaban en la autopista resumía perfectamente ese poderoso sentimiento de libertad que me había invadido cada vez que había visitado Aurora. De hecho, recuerdo que, ese día, al llegar a casa de Harry, inmerso en una tarde tan fría como brumosa, tuve una sensación de alivio interior inmediato. Él me esperaba en el porche de su casa, embutido en un enorme chaquetón de invierno. Bajé del coche, vino a mi encuentro, apoyó sus manos sobre mis hombros y me regaló una cálida y enorme sonrisa.

—¿Qué ocurre, Marcus?

—No lo sé, Harry...

—Vamos, vamos. Siempre ha sido usted una persona demasiado sensible.

Antes incluso de deshacer mi equipaje, nos instalamos en su salón para conversar un poco. Bebimos café. Tenía la chimenea encendida; eso me hacía sentir protegido mientras veía, a través del inmenso ventanal, que fuera el viento sacudía las olas y las rocas estaban cubiertas por una capa de nieve húmeda.

—Había olvidado hasta qué punto esto es hermoso —murmuré.

Asintió.

—Mi querido Marcus, ya verá lo bien que me voy a ocupar de usted. Va a parir una novela grandiosa. No se preocupe, todos los grandes escritores pasan por momentos difíciles de este tipo.

Desde que le conocía tenía el mismo aire sereno y confiado. Nunca le había visto dudar: era carismático, seguro de sí mismo, y de su presencia emanaba una autoridad natural. A pesar de haber cumplido sesenta y siete años, tenía un aspecto espléndido, con su larga cabellera plateada todavía en su sitio, sus anchos hombros y un poderoso físico que demostraba su larga dedicación al boxeo. Precisamente el boxeo, que yo también practicaba, fue lo que nos terminó cruzando cuando yo era estudiante.

Los lazos que me unían a Harry, y sobre los que volveré más adelante en este relato, eran fuertes. Había entrado en mi vida en 1998, el año de mi ingreso en la Universidad de Burrows, Massachusetts. En aquella época, él tenía cincuenta y siete años. Hacía entonces tres lustros que brillaba con luz propia en el departamento de Literatura de esa modesta universidad de provincias de ambiente apacible y llena de estudiantes amables y simpáticos. Antes de eso, conocía al Gran Escritor Harry Quebert de nombre, como todo el mundo: en Burrows conocí a Harry Tal Cual, el que iba a convertirse en uno de mis amigos más cercanos a pesar de nuestra diferencia de edad, y el que me enseñaría a convertirme en escritor. Él mismo se había consagrado a mediados de los años setenta, cuando su segundo libro, *Los orígenes del mal,* había vendido quince millones de ejemplares, además de ganar el National Literary Award y el National Book Award, los dos premios literarios más prestigiosos del país. Después seguiría publicando con un ritmo constante y aseguraría una crónica mensual muy popular en el *Boston Globe.* Era una de las grandes figuras de la *intelligentsia* norteamericana: impartía numerosas conferencias, acudía de invitado a los acontecimientos culturales más importantes y su opinión era respetada en cuestiones políticas. Un hombre muy apreciado, un orgullo para el país, entre lo mejor que habían producido los Estados Unidos. En esas semanas de estancia en su casa yo esperaba que él consiguiera transformarme de nuevo en escritor y me enseñara cómo salvar el obstáculo de la página en blanco. Sin embargo, tuve que constatar que, si bien Harry consideraba mi situación difícil, no pensaba que fuese anormal. «A veces los escritores tienen lagunas, eso forma parte de los riesgos de la profesión —me explicó—. Póngase a trabajar y ya verá, se desbloqueará por sí mismo». Me instaló en su despacho de la planta baja, donde él mismo había escrito todos sus libros, incluido *Los orígenes del mal*. Allí pasé horas y horas, intentando escribir a mi vez, pero la mayor parte del tiempo permanecía absorto, mirando el océano y la nieve del otro lado de la ventana. Cuando venía a traerme café u otra cosa que comer, miraba mi expresión desesperada e intentaba levantarme la moral. Una mañana me dijo por fin:

—No ponga usted esa cara, Marcus, que parece que se va a morir.

—Es bastante parecido...

—Venga, atorméntese por cómo va el mundo, por la guerra de Irak, pero no por unos miserables libros... Es muy pronto todavía. Es usted patético, ¿sabe? Hace toda una montaña porque le cuesta ponerse a escribir tres líneas. Mejor mire las cosas de frente: ha escrito un libro formidable, se ha hecho usted rico y famoso, y a su segundo libro le cuesta un poco salir de su cabeza. No hay nada de raro ni de inquietante en esa situación...

—Pero, usted... ¿ha tenido alguna vez ese problema?

Lanzó una sonora carcajada.

—¿El de la página en blanco? ¿Está de broma? ¡Mucho más de lo que pueda usted imaginar, mi pobre amigo!

—Mi editor dice que si no escribo un nuevo libro ahora, estoy acabado.

—¿Sabe usted lo que es un editor? Un escritor frustrado con un papá con suficiente dinero como para permitirle apropiarse del talento de los demás. Ya verá usted, Marcus, pronto volverá todo a su sitio. Tiene usted una gran carrera por delante. Su primer libro era notable, el segundo será aún mejor. No se inquiete, le ayudaré a encontrar su genio creador.

No puedo decir que mi retiro en Aurora me devolviese la inspiración, pero tampoco puedo negar que me sentara bien. Y a Harry también, porque yo sabía que a menudo se sentía solo: era un hombre sin familia y sin muchas distracciones. Fueron días felices. Los pasamos dando largos paseos al borde del océano, escuchando los grandes clásicos de la ópera, recorriendo las pistas de esquí de fondo, disfrutando de los actos culturales locales y organizando expediciones a los supermercados de la zona en busca de las pequeñas salchichas de cóctel que se vendían a beneficio de los veteranos del Ejército americano y que volvían loco a Harry, quien consideraba que ellas solas justificaban la intervención militar en Irak. También íbamos a comer con frecuencia al Clark's, donde nos pasábamos tardes enteras bebiendo café y disertando sobre la vida, como en la época en la que éramos profesor y alumno. Todo el mundo en Aurora conocía y respetaba a Harry y, con el tiempo, todo el mundo terminó también conociéndome. Las dos personas con las que mejor me llevaba eran Jenny Dawn, la dueña del Clark's, y Erne Pinkas, un voluntario de la biblioteca municipal muy apegado a Harry que a veces venía a Goose Cove al acabar la jornada para tomar un vaso de whisky escocés. Por mi parte, pasaba todas las mañanas por la biblioteca para leer el *New York Times*. El primer día me fijé en que Erne Pinkas había puesto un ejemplar de mi libro bien a la vista en un expositor. Me lo mostró con orgullo diciéndome: «Mira, Marcus, tu libro en primera fila. Es el libro más prestado desde hace un año. ¿Para cuándo el próximo?». «A decir verdad, me cuesta un poco empezarlo. Por eso estoy aquí.» «No te preocupes. Encontrarás una idea genial, estoy seguro. Algo que enganche al lector.» «¿Como qué?» «Pues no estoy seguro, el escritor eres tú. Pero hay que encontrar un tema que apasione a la gente.»

En el Clark's, Harry se sentaba en la misma mesa desde hacía treinta años, la número 17, en la que Jenny había atornillado una placa de metal con la siguiente inscripción:

ÉSTA ES LA MESA EN LA QUE DURANTE EL VERANO DE 1975
HARRY QUEBERT ESCRIBIÓ SU FAMOSA NOVELA
Los orígenes del mal

Conocía esa placa desde siempre, pero nunca le había prestado demasiada atención. Fue entonces cuando empecé a dedicarle más interés, y me pasé horas contemplándola. Esa fila de palabras grabadas en el metal llegó a obsesionarme: sentado en esa miserable mesa de madera, cubierta de grasa y sirope de arce, en este *diner* de una pequeña ciudad de New Hampshire, Harry había escrito su grandiosa obra maestra, la que había hecho de él una leyenda de la literatura. ¿Cómo había conseguido inspirarse de ese modo? Yo también quería sentarme a esa mesa, escribir y que el genio me iluminase. De hecho lo hice, me senté allí, con papel y bolígrafo, dos tardes consecutivas. Sin éxito. Al final, pregunté a Jenny:

—Entonces ¿se sentaba en esta mesa y escribía?

Asintió con la cabeza:

—Todo el día, Marcus. Todo el santo día. No paraba nunca. Fue en el verano de 1975, lo recuerdo bien.

—¿Y qué edad tenía en 1975?

—La tuya. Unos treinta años. Quizás algunos más.

Sentí hervir dentro de mí una especie de furor: yo también quería escribir una obra maestra, yo también quería escribir un libro que se convirtiese en una referencia. Harry se dio cuenta cuando, tras casi un mes de estancia en Aurora, comprendió que yo seguía sin parir una sola línea. La escena tuvo lugar a principios de marzo, en el despacho de Goose Cove en el que yo esperaba la Iluminación Divina y en el que irrumpió, ceñido con un delantal de mujer, para traerme las rosquillas que acababa de freír.

—¿Avanza usted? —me preguntó.

—Estoy escribiendo algo grandioso —respondí, tendiéndole el paquete de folios que el mozo de equipajes cubano me había entregado tres meses antes.

Dejó la bandeja y se dispuso a leerlos, pero al instante se dio cuenta de que eran páginas en blanco.

—¿No ha escrito nada? ¿Hace tres semanas que está usted aquí y no ha escrito nada?

Perdí los nervios:

—¡Nada! ¡Nada! ¡Nada que valga! ¡Nada más que ideas para una mala novela!

—Pero por Dios, Marcus, ¿qué es lo que quiere escribir si no es una novela?

Respondí sin pensarlo siquiera:

—¡Una obra maestra! ¡Quiero escribir una obra maestra!

—¿Una obra maestra?

—Sí. ¡Quiero escribir una gran novela, con grandes ideas! Quiero escribir un libro que deje huella.

Harry me contempló un instante y se echó a reír:

—Me fastidia su ambición desmesurada, Marcus, hace mucho tiempo que se lo digo. Se va a convertir usted en un gran escritor, lo sé, estoy convencido desde que le conozco. Pero le voy a decir cuál es su problema: ¡tiene usted demasiada prisa! ¿Qué edad tiene exactamente?

—Treinta años.

—¡Treinta años! ¿Y quiere usted ser desde ya una especie de cruce entre Saul Bellow y Arthur Miller? La gloria llegará, no sea impaciente. Yo mismo tengo sesenta y siete y estoy aterrorizado: el tiempo pasa deprisa, ¿sabe?, y cada año que pasa es otro año que no puedo recuperar. ¿Qué se creía, Marcus? ¿Que iba usted a sacarse de la manga un segundo libro así, tal cual? Una carrera se construye, amigo mío. En cuanto a lo de escribir una gran novela, no se necesitan grandes ideas: conténtese con ser usted mismo y lo conseguirá con toda seguridad, no tengo la más mínima duda. Imparto Literatura desde hace veinticinco años, veinticinco largos años, y usted es la persona más brillante que he conocido.

—Gracias.

—No me lo agradezca, es la pura verdad. Pero no me venga sollozando como un bebé porque todavía no le han dado el Nobel, joder... Treinta años... Bah, le iba a dar yo grandes novelas... El Premio Nobel a la Estupidez, eso es lo que se merece.

—Pero ¿cómo lo hizo usted, Harry? Su libro, en 1976, *Los orígenes del mal*. ¡Es una obra maestra! Era sólo su segundo libro... ¿Cómo lo hizo? ¿Cómo se escribe una obra maestra?

Sonrió tristemente:

—Marcus: las obras maestras no se escriben. Existen por sí mismas. Y además, si quiere saberlo, para mucha gente es el único libro que he escrito... Me refiero a que ninguno de los que escribí después tuvo el mismo éxito. Cuando se habla de mí, se piensa más bien, y casi exclusivamente, en *Los orígenes del mal*. Y eso es triste, porque creo que si con treinta años me hubiesen dicho que había llegado a la cima de mi carrera, me habría tirado al mar con toda seguridad. No tenga usted tanta prisa.

—¿Se arrepiente de haber escrito ese libro?

—Quizás... Un poco... No lo sé... El arrepentimiento es un concepto que no me gusta: significa que no asumimos lo que hemos sido.

—Pero entonces ¿qué debo hacer?

—Lo que siempre se le ha dado mejor: escribir. Y si puedo darle un consejo, Marcus, no haga lo que yo. Nos parecemos mucho, ¿sabe?, así que se lo advierto, no repita los errores que cometí.

—¿Qué errores?

—Yo también, el verano que llegué aquí, en 1975, quería escribir una gran novela, estaba obsesionado por la idea y las ganas de convertirme en un gran escritor.

—Y lo ha conseguido...

—No lo entiende: he llegado a ser en verdad un *gran escritor,* como dice, pero vivo solo en esta inmensa casa. Mi vida está vacía, Marcus. No haga lo que yo... No se deje devorar por su propia ambición. Si no, su corazón estará solo y lo que escriba será triste. ¿Por qué no tiene usted novia?

—No tengo novia porque no encuentro a nadie que me guste de verdad.

—Yo creo sobre todo que folla usted como escribe: o el éxtasis, o la nada. Encuentre a alguien que esté bien, y dele una oportunidad. Haga igual con su libro: dese una oportunidad también. ¡Dé una oportunidad a su vida! ¿Sabe cuál es mi principal ocupación? Dar de comer a las gaviotas. Guardo el pan seco en esa lata que hay en la cocina con la inscripción RECUERDO DE ROCKLAND, MAINE y voy a lanzárselo a las gaviotas. No debería pasarse la vida pensando en escribir...

A pesar de los consejos que intentaba darme Harry, yo seguía obsesionado con esa idea: ¿cómo, a mi edad, había él sentido ese destello, ese momento de genio que le había permitido escribir *Los orígenes del mal?* Esa pregunta me obsesionaba cada vez más, y como Harry me había instalado en su despacho, me permití registrarlo un poco. Estaba lejos de imaginar lo que iba a descubrir. Todo empezó cuando abrí un cajón en busca de un bolígrafo y me encontré con un cuaderno manuscrito y algunas hojas sueltas: originales de Harry. Aquello me llenó de entusiasmo: se trataba de una inesperada ocasión de comprender cómo trabajaba Harry, de saber si sus cuadernos estaban cubiertos de tachaduras o si la genialidad le llegaba de forma natural. Insaciable, me puse a explorar su biblioteca en busca de otros cuadernos. Para tener vía libre, esperaba a que Harry se fuera de casa; los jueves se marchaba a dar clase a Burrows, salía por la mañana temprano y no volvía hasta el final de la jornada. Así fue como la tarde del jueves 6 de marzo de 2008 se produciría un acontecimiento que decidí olvidar inmediatamente: descubrí que Harry había tenido relaciones con una chica de quince años cuando él tenía treinta y cuatro. Ocurrió durante el año 1975.

Me topé de bruces con su secreto cuando, registrando frenéticamente y sin escrúpulos los estantes de su despacho, encontré, disimulada tras unos libros, una gran caja de madera lacada con una tapa de bisagras. Presentí que me había tocado el gordo, quizás el manuscrito de *Los orígenes del mal*. Cogí la caja y la abrí, pero, para mi gran decepción, dentro no había manuscrito alguno, sólo unas cuantas fotos y algunos artículos de periódico. Las fotografías mostraban a Harry en sus años jóvenes, la suprema treintena, elegante, orgulloso, y, a su lado, una chica jovencísima. Había cuatro o cinco fotos y aparecía en todas. En una de ellas se veía a Harry en una playa, el torso desnudo, bronceado y musculoso, estrechando contra él a la sonriente joven, que le besaba en la mejilla mientras sus gafas de sol quedaban en equilibrio enganchadas a su larga melena rubia. En el reverso de la foto había una anotación: *Nola y yo, Martha's Vineyard, finales de julio de 1975*. En ese instante, demasiado apasionado por mi descubrimiento, no oí a Harry que volvía inusualmente temprano de la universidad: no escuché ni el chirrido de los neumáticos de su Corvette sobre la grava del camino de Goose Cove ni el sonido de su voz cuando entró en la casa. No escuché nada porque en esa caja, bajo las fotos, encontré una carta, sin fechar. Una escritura infantil sobre un bonito papel que decía:

No te preocupes, Harry, no te preocupes por mí, me las arreglaré para verte allí. Espérame en la habitación número 8, me gusta esa cifra, es mi número preferido. Espérame en esa habitación a las siete de la tarde. Después nos marcharemos juntos.
Te quiero tanto...
Con mucha ternura,
Nola

¿Quién era esa Nola? Con el corazón latiendo a cien por hora, me puse a hojear los recortes de periódico: todos los artículos mencionaban la desaparición de una tal Nola Kellergan una noche de agosto de 1975. La Nola de las fotos de los periódicos se correspondía con la Nola de las fotos de Harry. En ese instante Harry irrumpió en el despacho con una bandeja con tazas de café y un plato de pastas que soltó cuando, al abrir la puerta con el pie, me encontró arrodillado sobre su alfombra con el contenido de su caja secreta esparcido ante mí.

—Pero... ¿qué está haciendo? —exclamó—. ¿Está... está usted husmeando, Marcus? ¿Le invito a mi casa y se dedica a registrar mis cosas? Pero ¿qué clase de amigo es usted?

Empecé a balbucear torpemente:

—Lo vi por casualidad, Harry. Encontré esta caja por casualidad. No debí abrirla... Lo siento.

—¡En efecto, no debió usted abrirla! ¡Qué derecho tenía! ¿Qué derecho, eh?

Me arrancó las fotos de las manos, recogió los recortes a toda prisa, lo amontonó todo dentro de la caja y se fue con ella a encerrarse en su habitación. Nunca lo había visto así, no sabía si se trataba de pánico o de rabia. Intenté pedirle perdón, le expliqué que no había sido mi intención herirle, que había encontrado la caja por casualidad. Sin resultado. No salió de su habitación hasta dos horas más tarde y bajó directamente al salón a servirse algunos whiskies. Cuando me pareció algo más calmado, me acerqué a él.

—Harry... ¿Quién es esa chica? —le pregunté con suavidad.

Bajó los ojos.

—Nola.

—¿Y quién es Nola?

—No me pregunte quién es Nola, se lo ruego.

—Harry, ¿quién es Nola? —insistí.

Balanceó la cabeza.

—Yo la quería, Marcus. La quería tanto.

—¿Y por qué nunca me ha hablado de ella?

—Es complicado...

—Nada es complicado para los amigos.

Se encogió de hombros.

—Ya que ha visto las fotos, será mejor que se lo cuente... En 1975, al llegar a Aurora, me enamoré de esa chica, que sólo tenía quince años. Se llamaba Nola y fue la mujer de mi vida.

Hubo un breve silencio al final del cual pregunté, conmovido:

—¿Qué le pasó a Nola?

—Es una historia sórdida, Marcus. Desapareció. Una tarde de agosto de 1975. Desapareció después de que una vecina la viese huir ensangrentada. Si ha abierto la caja seguramente habrá visto los artículos. Nunca la encontraron, nadie sabe lo que fue de ella.

—Qué horror —suspiré.

Dibujó una gran sonrisa.

—¿Sabe? —dijo—, Nola había cambiado mi vida. Y poco me habría importado convertirme en el gran Harry Quebert, el monumental escritor. Poco me habrían importado la gloria, el dinero y mi grandioso destino si hubiese podido quedarme con Nola. Nada de lo que he llegado a hacer después de ella ha dado tanto sentido a mi vida como el que tuvo el verano que pasé con ella.

Era la primera vez desde que le conocía que veía a Harry tan turbado. Tras mirarme fijamente durante un instante, añadió:

—Marcus, nunca nadie ha sabido nada de esta historia. Ahora es usted el único que la conoce. Y debe mantener el secreto.

—Por supuesto.

—¡Prométamelo!

—Se lo prometo, Harry. Será nuestro secreto.

—Si alguien en Aurora se entera de que tuve una historia de amor con Nola Kellergan, podría ser mi ruina...

—Puede confiar en mí, Harry...

Eso fue todo lo que supe de Nola Kellergan. No volvimos a hablar de ella, ni de la caja, y decidí enterrar para siempre ese episodio en los abismos de mi memoria. Estaba lejos de imaginar que el espectro de Nola regresaría a nuestras vidas unos meses más tarde.

Volví a Nueva York a finales de marzo, tras seis semanas en Aurora que no fueron suficientes para escribir mi próxima novela. Me faltaban tres meses para que acabase el plazo impuesto por Barnaski y yo sabía que no conseguiría salvar mi carrera. Me había quemado las alas, me encontraba oficialmente en decadencia, era el más infeliz y el menos productivo de los escritores estrella de Nueva York. Consagré las semanas siguientes a preparar cuidadosamente mi derrota. Encontré un nuevo trabajo para Denise, me puse en contacto con unos abogados que podrían serme útiles en el momento en que los de Schmid & Hanson decidieran llevarme a los tribunales, e hice la lista de objetos que más apreciaba y que debería esconder en casa de mis padres antes de que me los embargaran. Cuando comenzó el mes de junio, fatídico mes, mes patibulario, me puse a contar los días que faltaban para mi muerte artística: me quedaban treinta días, después sería llamado al despacho de Barnaski y después la ejecución. Había empezado la cuenta atrás. No podía imaginarme que un acontecimiento dramático cambiaría las tornas.

30. El Formidable

«El capítulo 2 es muy importante, Marcus. Debe ser incisivo, contundente.

—¿Como qué, Harry?

—Como cuando boxea. Es usted diestro, pero en posición de defensa es siempre su puño izquierdo el que está adelantado: el primer directo aturde a su adversario, seguido de un poderoso gancho de derecha que le tumba. Eso es lo que debería ser el capítulo 2: un derechazo en la mandíbula de los lectores.»

Sucedió el jueves 12 de junio de 2008. Había pasado la mañana en casa, leyendo en el salón. Fuera hacía calor, pero llovía: hacía tres días que sobre Nueva York caía una bochornosa llovizna. Sería la una de la tarde cuando recibí una llamada de teléfono. Respondí, pero primero me pareció que no había nadie al otro lado. Después, escuché un sollozo ahogado.

—¿Diga? ¿Diga? ¿Quién es? —pregunté.

—Está... está muerta.

Su voz era apenas audible, pero la reconocí inmediatamente.

—¿Harry? Harry, ¿es usted?

—Está muerta, Marcus.

—¿Muerta? ¿Quién?

—Nola.

—¿Qué? Pero ¿cómo?

—Está muerta, y todo es culpa mía. Marcus... ¿Qué es lo que he hecho, Dios mío, qué es lo que he hecho?

Lloraba.

—Harry, ¿de qué me está usted hablando? ¿Qué está intentando decirme?

Colgó. Llamé inmediatamente a su casa, sin respuesta. Llamé a su móvil, sin éxito. Lo intenté varias veces, dejé varios mensajes en su contestador. Pero no volví a tener noticias. Estaba muy inquieto. Ignoraba en ese preciso instante que Harry me había llamado desde la comisaría central de la policía estatal, en Concord. No entendí nada de lo que estaba pasando hasta que, sobre las cuatro de la tarde, me llamó Douglas.

—Por Dios, Marc, ¿te has enterado? —gritó.

—¿Enterarme de qué?

—¡Enciende la televisión! ¡Se trata de Harry Quebert! ¡Es Quebert!

—¿Quebert? ¿Qué pasa con Quebert?

Puse inmediatamente las noticias. En la pantalla aparecieron, ante mi estupefacción, imágenes de la casa de Goose Cove y escuché al presentador decir: *Es aquí, en su casa de Aurora, en New Hampshire, donde el escritor Harry Quebert ha sido detenido hoy después de que la policía desenterrara restos humanos en su propiedad. Según los primeros elementos de la investigación, podría tratarse del cuerpo de Nola Kellergan, una joven de la región que desapareció de su domicilio en agosto de 1975 cuando contaba quince años, sin que nunca se supiese más de ella...* De pronto todo empezó a girar a mi alrededor; me dejé caer sobre el sofá, completamente aturdido. Ya no oía nada: ni la televisión, ni a Douglas, que seguía al teléfono y que bramaba: «¿Marcus? ¿Estás ahí? ¿Oye? ¿Mató a una chiquilla? ¿Ha matado a una chiquilla?». En mi cabeza se mezclaba todo, como en un mal sueño.

Así fue como me enteré, al mismo tiempo que todo un sorprendido país, de lo que se había producido horas antes: a primera hora de la mañana, una empresa de jardinería se había presentado en Goose Cove, a petición de Harry, para plantar macizos de hortensias en las cercanías de la casa. Al remover la tierra, los jardineros habían encontrado huesos humanos a un metro de profundidad y habían alertado inmediatamente a la policía. No tardaron mucho en desenterrar un esqueleto entero. Harry había sido detenido.

En la televisión las imágenes se sucedían deprisa. Alternaban las conexiones en directo con Aurora, en el escenario del crimen, y Concord, la capital de New Hampshire, sesenta millas al noroeste, donde Harry permanecía detenido en la sede de la brigada criminal de la policía estatal. Varios equipos de periodistas se habían presentado en el lugar y seguían de cerca la investigación. Al parecer, un indicio encontrado junto al cuerpo permitía pensar que muy probablemente se trataba de los restos de Nola Kellergan; un responsable de la policía había indicado ya que, si bien esa información debería ser confirmada, eso señalaría también a Harry Quebert como sospechoso del asesinato de una tal Deborah Cooper, la última persona que había visto con vida a Nola el 30 de agosto de 1975, que había sido encontrada muerta ese mismo día, tras haber llamado a la policía. Era una auténtica locura. Los rumores crecían de forma exponencial, la información atravesaba el país en tiempo real, gracias a la televisión, la radio, Internet y las redes sociales: Harry Quebert, sesenta y siete años, uno de los grandes autores de la segunda mitad del siglo, era un sórdido asesino de niñas.

Necesité mucho tiempo para darme cuenta de lo que estaba pasando: quizás varias horas. A las ocho de la tarde, cuando Douglas, inquieto, se presentó en mi casa para asegurarse de que había encajado el golpe, todavía estaba convencido de que se trataba de un error. Le dije:

—No me lo explico, ¡cómo pueden acusarle de dos asesinatos cuando ni siquiera están seguros de que se trata del cuerpo de esa Nola!

—Lo que está claro es que había un cadáver enterrado en su jardín.

—Pero ¿por qué entonces habría ordenado cavar en el sitio donde estaba enterrado un cuerpo? ¡No tiene ningún sentido! Tengo que ir.

—¿Tienes que ir adónde?

—A New Hampshire. Tengo que ir a defender a Harry.

Douglas respondió con ese sentido común tan campesino que caracteriza a los nativos del Medio Oeste.

—Ni se te ocurra, Marc. No vayas. No vayas a mezclarte en esa mierda.

—Harry me llamó por teléfono...

—¿Harry? ¿Hoy?

—Sobre la una de esta tarde. Imagino que era la llamada a la que tenía derecho. ¡Tengo que ir a apoyarle! Es muy importante.

—¿Importante? Lo que importa más es tu segundo libro. Espero que no te hayas estado quedando conmigo y que tengas preparado un manuscrito para finales de mes. Barnaski está a punto de perder la paciencia. ¿Es que no te das cuenta de lo que le va a pasar a Harry? No te metas en ese lío, Marc, ¡eres demasiado joven! No dinamites tu carrera.

No respondí. En la televisión, el ayudante del fiscal del Estado acababa de presentarse ante un grupo de periodistas. Enumeró los cargos que pesaban sobre Harry: secuestro en primer grado y doble asesinato en primer grado. Se le acusaba oficialmente de haber matado a Deborah Cooper y a Nola Kellergan. Y por la suma de los cargos del secuestro y los asesinatos podía ser condenado a muerte.

La caída de Harry no había hecho más que empezar. Las imágenes de la audiencia preliminar que tuvo lugar al día siguiente dieron la vuelta al país. Rodeado por decenas de cámaras de televisión y de fotógrafos, se le vio entrar en la sala del tribunal, esposado y escoltado por la policía. Tenía un aspecto muy desmejorado: el rostro sombrío, sin afeitar, el pelo revuelto, la camisa desabotonada, los ojos hinchados. Benjamin Roth, su abogado, estaba a su lado. Roth era un reputado letrado de Concord, había aconsejado a menudo a Harry en el pasado y yo le conocía un poco por habérmelo cruzado alguna vez en Goose Cove.

El milagro de la televisión permitió a todos los Estados Unidos seguir en directo esa audiencia en la que Harry se declaró no culpable de los crímenes de los que se le acusaban, y en la que el juez ordenó su detención provisional en la prisión estatal de New Hampshire. No era más que el principio de la tormenta: en aquel instante, yo tenía todavía la ingenua esperanza de una solución rápida, pero una hora después de la audiencia recibí una llamada de Benjamin Roth.

—Harry me ha dado su número —me dijo—. Insistió en que le llamase, quiere decirle que es inocente y que no ha matado a nadie.

—¡Ya sé que es inocente! —respondí—. Estoy convencido de ello. ¿Cómo está?

—Mal, como puede imaginar. La policía le ha presionado. Ha confesado que mantenía una relación con Nola el verano de su desaparición.

—Ya estaba al corriente de lo de Nola. Pero ¿y lo demás?

Roth dudó un segundo antes de responder:

—Lo niega. Pero...

Se interrumpió.

—*Pero* ¿qué? —pregunté, inquieto.

—Marcus, no quiero ocultarle que va a ser difícil. Tienen cosas contundentes.

—¿Qué entiende usted por *contundente*? ¡Dígamelo, por Dios! ¡Necesito saberlo!

—Esto debe quedar entre nosotros. Nadie debe enterarse.

—No diré nada. Puede confiar en mí.

—Junto a los restos de la chiquilla, la policía ha encontrado el manuscrito de *Los orígenes del mal*.

—¿Cómo?

—Lo que le digo: el manuscrito de ese maldito libro estaba enterrado junto a ella. Harry está metido en un buen lío.

—¿Ha dado alguna explicación?

—Sí. Ha dicho que escribió ese libro para ella. Que estaba siempre metida en su casa, en Goose Cove, y que a veces se llevaba sus hojas para leerlas. Dice que días antes de que desapareciera se había llevado el manuscrito.

—¿Cómo? —exclamé—. ¿Había escrito ese libro para ella?

—Sí. Esto es algo que no debe trascender bajo ningún concepto. Supongo que se imaginará el escándalo si los periodistas se enteran de que uno de los libros más vendidos de los últimos cincuenta años en Estados Unidos no es el simple relato de una historia de amor, como todo el mundo imagina, sino el fruto de una relación amorosa ilegal entre un tipo de treinta y cuatro años y una chica de quince...

—¿Cree que podrá sacarle bajo fianza?

—¿Bajo fianza? Me parece que no ha entendido la gravedad de la situación, Marcus: no hay libertad bajo fianza cuando se está hablando de un crimen capital. Harry se enfrenta a la inyección letal. De aquí a unos diez días será presentado ante un Gran Jurado que decidirá si se confirman los cargos y, por tanto, si se le juzgará. No suele ser más que una formalidad, no hay duda de que habrá un juicio. Dentro de unos seis meses, quizás un año.

—¿Y mientras tanto?

—Deberá permanecer en prisión.

—Pero ¿y si es inocente?

—Es la ley. Se lo repito, la situación es muy grave. Está acusado de haber asesinado a dos personas.

Me hundí en el sofá. Tenía que hablar con Harry.

—¡Dígale que me llame! —insistí a Roth—. Es muy importante.

—Le pasaré el mensaje...

—¡Dígale que debo hablar con él sin falta, y que espero su llamada!

Inmediatamente después de haber colgado, saqué *Los orígenes del mal* de mi biblioteca. En la primera página estaba la dedicatoria del Maestro:

> *A Marcus, mi alumno más brillante.*
> *Con toda mi amistad,*
> *H. L. Quebert, mayo de 1999*

Me sumergí de nuevo en ese libro que no había vuelto a abrir desde hacía años. Era una historia de amor, contada a través de una mezcla de narración y cartas; la historia de un hombre y una mujer que se amaban sin tener derecho a ello. Así que había escrito ese libro para esa misteriosa chica de la que yo todavía no sabía nada. Cuando, de madrugada, terminé de releerlo, me detuve un tiempo en el título. Y por primera vez me pregunté sobre su significado: ¿por qué *Los orígenes del mal*? ¿De qué mal hablaba Harry?

*

En los siguientes tres días los análisis de ADN y las placas dentales confirmaron que los restos desenterrados en Goose Cove eran efectivamente los de Nola Kellergan. El examen del cráneo permitió establecer que se trataba de una niña de quince años, lo que indicaba que Nola había muerto justo después de su desaparición. Pero, sobre todo, una fractura en el parietal permitía afirmar con certeza, incluso más de treinta años después de los hechos, que la víctima había muerto de manera violenta por un golpe en la cabeza.

No tenía noticias de Harry. Había intentado ponerme en contacto con él a través de la policía estatal, la prisión o incluso Roth, pero sin éxito. Daba vueltas y vueltas en mi piso, torturado por miles de preguntas, me atormentaba su misteriosa llamada. Al terminar el fin de semana, no podía aguantar más, consideraba que no tenía más elección que ir a ver lo que pasaba en New Hampshire.

A primera hora del lunes 16 de junio de 2008, metí las maletas en mi Range Rover y abandoné Manhattan por la Franklin Roosevelt Drive, que serpentea junto al East River. Vi desfilar Nueva York: el Bronx, Harlem, antes de alcanzar la interestatal 95 en dirección norte. Sólo cuando estuve lo bastante metido en el Estado de Nueva York como para no dejarme convencer para que renunciase y volviese a mi casa como un buen chico, previne a mis padres de que estaba de camino a New Hampshire. Mi madre me dijo que estaba loco:

—Pero ¿en qué estás pensando, Markie? ¿Vas a ir a defender a ese criminal bárbaro?

—No es un criminal, mamá. Es un amigo.

—Pues bien, ¡tus amigos son unos criminales! Papá está a mi lado, dice que estás huyendo de Nueva York por culpa de los libros.

—No estoy huyendo.

—Entonces ¿estás huyendo por culpa de una mujer?

—Te he dicho que no estoy huyendo. Ahora mismo no tengo novia.

—¿Y cuándo tendrás novia? He vuelto a pensar en esa Natalia que nos presentaste el año pasado. Era una *shikse* estupenda. ¿Por qué no la vuelves a llamar?

—¡Pero si tú la odiabas!

—¿Y por qué ya no escribes más libros? Todo el mundo te adoraba cuando eras un gran escritor.

—Sigo siendo escritor.

—Vuelve a casa. Te haré unos buenos perritos y tarta de manzana caliente con una bola de helado de vainilla para que la fundas encima.

—Mamá, tengo treinta años, puedo hacerme perritos yo solo si tengo ganas.

—Figúrate que papá ya no puede comer perritos. Se lo ha dicho el médico —oí a mi padre gemir en segundo plano que podría comer alguno de vez en cuando y a mi madre repitiéndole: «Se acabaron los perritos y todas esas porquerías. ¡El médico ha dicho que lo taponan todo!»—. ¿Markie, cariño? Papá dice que deberías escribir un libro sobre Quebert. Eso relanzaría tu carrera. Ya que todo el mundo habla de Quebert, todo el mundo hablará de tu libro. ¿Por qué no vienes a cenar a casa, Markie? Ha pasado tanto tiempo. Ñam, ñam, deliciosa tarta de manzana.

Al atravesar Connecticut tuve la mala idea de cambiar mi disco de ópera por las noticias de la radio. Fue así como descubrí que había habido una filtración en la policía: los medios de comunicación habían sido informados del descubrimiento del manuscrito de *Los orígenes del mal* junto a los restos de Nola Kellergan, y que Harry había reconocido haberse inspirado en su relación para escribirlo. En una mañana, las noticias frescas habían tenido tiempo de recorrer el país. En la caseta de una estación de servicio donde llené el depósito, pasado New Haven, me encontré al empleado pegado a la pantalla del televisor, que repetía la información una y otra vez. Me planté a su lado, y cuando le pedí que subiese el sonido me preguntó, al ver mi aspecto asombrado:

—¿No s'había enterao? Hace horas que nadie habla de otra cosa. ¿Ande estaba? ¿En Marte?

—En mi coche.

—Ah. ¿Y no tie radio?

—Estaba escuchando ópera. La ópera me relaja.

Me miró fijamente durante un instante.

—Yo le conozco a usté, ¿no?

—No —respondí.

—Creo que le conozco...

—Tengo una cara muy vulgar.

—No, ya le he visto antes... Es un tío de la tele, ¿verdá? ¿Un actor?

—No.

—¿A qué se dedica usté?

—Soy escritor.

—¡Ah, sí, joé! Vendimos su libro aquí, el año pasao. M'acuerdo, tenía su jeta en la contraportada.

Recorrió las estanterías buscando el libro, que evidentemente ya no estaba allí. Al final, encontró uno en la trastienda y volvió al mostrador, triunfante:

—¡Aquí está, es usté! Mire, es su libro. Se llama Marcus Goldman, está escrito aquí.

—Si usted lo dice.

—¿Y bien? ¿Qué hay de nuevo, señor Goldman?

—No mucho, a decir verdad.

—¿Y ande va usté así, si no le importa?

—A New Hampshire.

—Un sitio fetén. Sobre todo en verano. ¿Y a qué va? ¿A pescar?

—Sí.

—¿A pescar qué? Hay sitios de lubina negra alucinantes por allí.

—A pescar jaleos, creo. Voy a ver a un amigo que tiene problemas. Problemas graves.

—Bueno, ¡no serán problemas tan graves como los de Harry Quebert!

Se echó a reír y me estrechó calurosamente la mano porque «no se veía muy a menudo a famosos por aquí», después me ofreció un café para el camino.

La opinión pública estaba conmocionada: no sólo la presencia del manuscrito junto a los huesos de Nola incriminaba definitivamente a Harry, sino que la revelación de que su libro se había inspirado en una historia de amor con una chica de quince años suscitaba un profundo malestar. ¿Qué debían pensar ahora de ese libro? Con ese escándalo de fondo, los periodistas se dedicaban a interrogarse sobre las razones que habrían podido llevar a Harry a asesinar a Nola Kellergan. ¿Le había amenazado con hacer pública su relación? ¿Había querido acaso romper haciéndole perder la cabeza? No pude evitar seguir dando vueltas a esas preguntas durante todo el trayecto hasta New Hampshire. Intenté apagar la radio y poner ópera de nuevo para ver si mi mente dejaba de hacer cábalas, pero no había aria que no me hiciese pensar en Harry y, en cuanto pensaba en él, volvía a recordar a esa chiquilla que yacía bajo tierra desde hacía treinta años, al lado de esa casa donde yo consideraba haber pasado algunos de los años más hermosos de mi vida.

Tras cinco horas de trayecto, llegué a Goose Cove. Fui hasta allí sin pensármelo dos veces. ¿Por qué no fui directamente a Concord para ver a Harry y a Roth? El arcén de la federal 1 estaba lleno de furgonetas con antenas parabólicas en el techo, mientras en el cruce con el caminito de grava que conducía a la casa varios periodistas montaban guardia e iban intercalando sus intervenciones en directo para la televisión. En cuanto quise dar marcha atrás rodearon mi coche, bloqueándome el paso para ver quién llegaba. Uno de ellos me reconoció y exclamó: «¡Es ese escritor! ¡Es Marcus Goldman!». Aumentó la agitación, los objetivos de las cámaras de vídeo y de fotos se pegaron a mis ventanillas y empezaron a lanzarme todo tipo de preguntas: «¿Cree que Harry Quebert mató a esa chica?», «¿Sabía que había escrito *Los orígenes del mal* para ella?», «¿Debe dejar de venderse el libro?». No quería hacer ninguna declaración, así que dejé las ventanillas cerradas y ni siquiera me quité las gafas de sol. Los agentes de la policía de Aurora que custodiaban el lugar para canalizar el flujo de periodistas y curiosos consiguieron abrirme camino y pude desaparecer por el sendero, detrás de los arbustos. Lo último que alcancé a oír fue la voz de un periodista que chillaba: «Señor Goldman, ¿por qué ha venido a Aurora? ¿Qué hace en casa de Harry Quebert? Señor Goldman, ¿qué hace usted aquí?».

¿Por qué estaba allí? Por Harry. Porque era probablemente mi mejor amigo. Porque, por muy extraño que pudiera parecer —y sólo lo comprendí en aquel instante—, Harry era el amigo más preciado que tenía. Durante mis años de instituto y universidad, había sido incapaz de tejer relaciones estrechas con gente de mi edad, de esas que se conservan para siempre. En mi vida sólo tenía a Harry y, curiosamente, la cuestión no era saber si era culpable o no de lo que se le acusaba; la respuesta no cambiaba nada de la profunda amistad que le profesaba. Era un sentimiento extraño: creo que me hubiese gustado odiarle y escupirle a la cara, como deseaba todo el país. Hubiese sido más sencillo. Pero este asunto no afectaba en nada a lo que sentía por él. En el peor de los casos, me decía, es un hombre como cualquier otro, y los hombres tienen demonios. Todo el mundo tiene demonios. La cuestión es simplemente saber hasta qué punto esos demonios son tolerables.

Dejé el coche en el aparcamiento de grava, al lado del porche. Allí estaba su Corvette rojo, delante del cobertizo que le servía de garaje, como lo dejaba siempre. Como si el dueño estuviese en casa y todo fuese bien. Quise entrar, pero la casa estaba cerrada con llave. Era la primera vez, que yo recordara, que la puerta se me resistía. Di la vuelta. Ya no había ningún policía, pero el acceso a la parte posterior de la propiedad estaba precintado. Desde donde estaba se adivinaba el cráter que atestiguaba la intensidad del registro policial y, justo al lado, las matas de hortensias secándose, olvidadas.

Debí de permanecer cerca de una hora así, hasta que escuché un coche a mi espalda. Era Roth, que llegaba de Concord. Me había visto en la televisión y había salido inmediatamente. Sus primeras palabras fueron:

—Así que ha venido.

—Sí. ¿Por qué lo dice?

—Harry me dijo que vendría. Me dijo que era usted terco como una mula y que vendría a meter sus narices en el caso.

—Harry me conoce bien.

Roth rebuscó en el bolsillo de su chaqueta y sacó un trozo de papel.

—De su parte —me dijo.

Desdoblé la hoja. Era una carta escrita a mano.

Mi querido Marcus:

Si lee usted estas líneas, es que ha venido a New Hampshire a obtener noticias de su viejo amigo.

Es usted un tipo valiente. Nunca lo he dudado. Le juro desde este mismo instante que soy inocente de los crímenes de los que se me acusa. Sin embargo, creo que voy a pasar un tiempo en prisión y tiene usted mejores cosas que hacer que ocuparse de mí. Ocúpese de su carrera, ocúpese de su novela, que debe entregar a finales de mes a su editor. Su carrera es más importante para mí. No pierda su tiempo conmigo.

Con cariño,

Harry

P. D.: Si por ventura a pesar de todo desea permanecer un tiempo en New Hampshire, o venir de vez en cuando por aquí, ya sabe que Goose Cove es su casa. Puede quedarse el tiempo que quiera. Sólo le pido un favor: dé de comer a las gaviotas. Ponga pan en la terraza. Dé de comer a las gaviotas, es importante.

—No le deje tirado —me dijo Roth—. Quebert le necesita.

Asentí con la cabeza.

—¿Cómo se presenta el caso?

—Mal. ¿No ha visto las noticias? Todo el mundo está al corriente de lo del libro. Es una catástrofe. Cuanto más sé, más me pregunto cómo voy a defenderle.

—¿Quién lo ha filtrado?

—Creo que ha sido directamente el despacho del fiscal. Quieren aumentar la presión sobre Harry aplastándole ante la opinión pública. Quieren una confesión completa, saben que, en un caso de hace treinta años, nada vale más que una confesión.

—¿Cuándo podré ir a verle?

—Mañana por la mañana. La prisión estatal se encuentra en las afueras de Concord. ¿Tiene dónde alojarse?

—Aquí, si es posible.

Hizo una mueca.

—Lo dudo —dijo—. La policía ha registrado la casa. Es el escenario de un crimen.

—¿El escenario del crimen no es el agujero? —pregunté.

Roth fue a inspeccionar la puerta de entrada, después dio un rápido rodeo a la casa antes de volver sonriendo.

—Sería usted un buen abogado, Goldman. La casa no está precintada.

—¿Eso quiere decir que puedo quedarme?

—Quiere decir que no está prohibido que se quede.

—No estoy seguro de haberlo entendido.

—Es lo maravilloso del derecho en Estados Unidos, Goldman: cuando no hay ley, se inventa. Y si alguien le busca las cosquillas, se presenta usted ante la Corte Suprema, que le da la razón y publica una sentencia con su nombre: Goldman contra el Estado de New Hampshire. ¿Sabe por qué tienen que leerle sus derechos cuando le arrestan en este país? Porque en los años sesenta, un tal Ernesto Miranda fue condenado por violación basándose en su propia confesión. Pues bien, figúrese que su abogado declaró que era injusto porque el bueno de Miranda no había ido mucho al colegio y no sabía que la Bill of Rights le autorizaba a no confesar nada. El abogado en cuestión montó todo un guirigay, apeló a la Corte Suprema y todo eso, ¡y resulta que el muy idiota va y gana! Confesión invalidada por la famosa sentencia Miranda contra el Estado de Arizona y, a partir de entonces, la obligación para todos los polis de soltar eso de: «Tiene derecho a permanecer en silencio y a llamar a un abogado, y si no puede pagarlo, tiene derecho a un abogado de oficio». En fin, que todo ese rollo idiota que se escucha siempre en el cine ¡se lo debemos al amigo Ernesto! Moraleja: la justicia en América, Goldman, es un trabajo en equipo, todo el mundo puede participar. Así que tome posesión de esta casa, nada se lo impide, y si la policía tiene la cara de venir a molestarle, le dice que hay un vacío jurídico, les menciona la Corte Suprema y les amenaza también con pedir daños y perjuicios. Eso siempre asusta. Aunque yo no tengo las llaves de la casa, claro.

Saqué un juego del bolsillo.

—Harry me las había confiado hacía tiempo —dije.

—Goldman, ¡es usted un mago! Pero, por Dios, no cruce las cintas policiales: tendríamos problemas.

—Se lo prometo. Por cierto, Benjamin, ¿qué se sacó del registro de la casa?

—Nada. La policía no encontró nada. Por esa razón la vivienda está libre de sospecha.

Roth se marchó y penetré en la inmensa casa desierta. Cerré la puerta a mi espalda y me metí directamente en el despacho, para buscar la famosa caja. Pero ya no estaba allí. ¿Qué habría hecho Harry con ella? Quería tenerla en mis manos por encima de todo y me puse a registrar las bibliotecas del despacho y del salón. En vano. Decidí entonces inspeccionar todas las habitaciones en busca del más mínimo elemento que pudiese ayudarme a comprender lo que había pasado allí en 1975. ¿Habría sido Nola Kellergan asesinada en alguna de esas habitaciones?

Encontré algunos álbumes de fotos que no había visto nunca o en los que no me había fijado. Abrí uno al azar, y dentro descubrí fotos de Harry y mías de la época universitaria. En el aula, en la sala de boxeo, en el campus, en ese *diner* donde quedábamos a menudo. Había incluso imágenes de la entrega de mi diploma. El siguiente álbum estaba lleno de recortes de prensa acerca de mí y de mi libro. Tenía algunos párrafos marcados en rojo o subrayados; en ese instante me di cuenta de que Harry había seguido mi carrera con mucha atención, conservando cuidadosamente todo lo que se relacionaba conmigo. Encontré hasta el recorte de un periódico de Montclair de hacía año y medio que informaba de la ceremonia organizada en mi honor en el instituto de Felton. ¿Cómo había conseguido ese artículo? Recordaba muy bien aquel día. Fue poco antes de la Navidad de 2006. Mi primera novela había alcanzado el millón de ejemplares vendidos y el director del instituto de Felton en el que había estudiado la secundaria, animado por la efervescencia de mi éxito, había decidido rendirme un homenaje que consideraba merecido.

Para ello se preparó un solemne acto en el vestíbulo principal del instituto, un sábado por la tarde, ante un grupo elegido de alumnos, antiguos alumnos y algunos periodistas locales. Toda aquella gente de postín se sentaba amontonada sobre sillas plegables frente a un gran telón. Detrás de él, como descubrimos después de un discurso triunfal del director, un armario de cristal con la inscripción *En homenaje a Marcus P. Goldman, llamado «el Formidable», alumno de este instituto desde 1994 hasta 1998.* Y dentro del armario, un ejemplar de mi novela, mis antiguos boletines de notas, algunas fotos, mi camiseta de jugador de lacrosse y la del equipo de marcha.

Sonreí mientras releía el artículo. Mi paso por el Felton High, pequeño y apacible centro al norte de Montclair lleno de adolescentes pánfilos, se había quedado grabado en su memoria hasta el punto de que mis compañeros y profesores me habían apodado «el Formidable». Pero ese día de diciembre de 2006, lo que todos ignoraban en el momento de aplaudir esa vitrina dedicada a mi gloria era que debía a una serie de malentendidos, primero fortuitos y después sabiamente orquestados, el haberme convertido en la estrella incontestable de Felton durante cuatro largos y hermosos años.

La epopeya del Formidable empezó a mi llegada al instituto, cuando tuve que elegir una disciplina deportiva para el curso. Tenía decidido que sería fútbol o baloncesto, pero el número de plazas de esos equipos era limitado y, desgraciadamente para mí, el día de la inscripción llegué con mucho retraso a la oficina de registro. «Ya he cerrado —me dijo la mujer gorda que se ocupaba de ella—. Vuelve el año que viene». «Por favor, señora —le había suplicado—, tengo que estar inscrito obligatoriamente en una disciplina deportiva, si no tendré que repetir curso». «¿Cómo te llamas? —había suspirado ella—. Goldman. Marcus Goldman, señora.» «¿Qué deporte quieres?» «Fútbol, o baloncesto.» «Los dos están completos. Sólo me quedan el equipo de danza acrobática o el de lacrosse.»

Lacrosse o danza acrobática. Lo mismo que decir peste o cólera. Sabía que unirme al equipo de danza me convertiría en el hazmerreír de mis compañeros, así que elegí lacrosse. Pero hacía dos décadas que Felton no había tenido un buen equipo de lacrosse, hasta el punto de que ningún alumno quería formar parte de él. El de aquel año estaba, como no podía ser de otra manera, compuesto por alumnos incapaces para otras disciplinas, o que llegaban tarde el día de las inscripciones. Me integré, pues, en un equipo diezmado, poco emprendedor y torpe, pero que me llevaría a la gloria. Esperando ser repescado durante el curso por el equipo de fútbol, quise realizar alguna proeza deportiva para que se fijasen en mí. Me entrené con una motivación sin precedentes y, al cabo de dos semanas, nuestro entrenador vio en mí la estrella que esperaba desde siempre. Fui inmediatamente ascendido a capitán del equipo y no tuve que realizar esfuerzos titánicos para que me consideraran como el mejor jugador de lacrosse de la historia del Felton High. Batí sin dificultad el récord de goles de los veinte años precedentes —que era absolutamente ínfimo— y, gracias a aquella gesta, fui inscrito en el tablón de méritos del instituto, algo que no había sucedido con ningún otro alumno de primero. Aquello no dejó de impresionar a mis compañeros ni de atraer la atención de mis profesores: gracias a esa experiencia, comprendí que para ser formidable bastaba con soslayar las relaciones con los demás; al final todo no era más que una cuestión de falsas apariencias.

Me puse inmediatamente manos a la obra. Por supuesto, dejé de plantearme abandonar el equipo de lacrosse, ya que mi única obsesión fue a partir de entonces convertirme en el mejor, por todos los medios, estar en la cima a cualquier precio. Con esa motivación me planté en el concurso de proyectos científicos, que se llevó una niñata superdotada llamada Sally, y en el que no pasé del decimosexto puesto. No obstante, durante la entrega de premios, en el auditorio del instituto, me las arreglé para tomar la palabra y me inventé fines de semana completos de voluntariado con disminuidos psíquicos que habían estorbado considerablemente el avance de mi proyecto, antes de concluir, con los ojos bañados en lágrimas: «Poco me importan los primeros premios, si puedo aportar una llama de felicidad a mis amigos los niños trisómicos». Evidentemente, todo el mundo quedó impresionado, y aquello me valió eclipsar a Sally ante los profesores y mis compañeros. La misma Sally, que tenía un hermano pequeño con una minusvalía profunda —algo que yo ignoraba—, rechazó su premio y exigió que me lo diesen a mí. Gracias a ese episodio vi mi nombre bajo las categorías de *Deportes, Ciencias* y *Premio a la camaradería* en el tablón de méritos, que yo había rebautizado en secreto como *tablón demérito,* plenamente consciente de mi impostura. Pero no podía parar, estaba como poseído. Una semana más tarde, batí el récord de venta de billetes de tómbola comprándomelos a mí mismo con el dinero de dos veranos anteriores limpiando el césped de la piscina municipal. No hizo falta más para que el rumor empezase a recorrer el instituto: Marcus Goldman era un ser de una calidad excepcional. Fue esa constatación la que empujó a alumnos y profesores a llamarme «el Formidable», como una marca de fábrica, una garantía absoluta de éxito; y mi pequeña fama pronto se extendió al conjunto de nuestro barrio en Montclair, llenando a mis padres de un inmenso orgullo.

Esta tramposa reputación me incitó a practicar el noble arte del boxeo. Siempre había sentido debilidad por el boxeo, y siempre había sido un buen golpeador, pero lo que buscaba yendo a entrenarme en secreto a un club de Brooklyn, a una hora de tren de mi casa, allí donde nadie me conocía, allí donde el Formidable no existía, era poder ser falible: iba a reivindicar el derecho a ser vencido por alguien más fuerte que yo, el derecho a desprestigiarme. Era la única forma de alejarme de ese monstruo de perfección que había creado: en esa sala de boxeo, el Formidable podía perder, podía ser malo. Y Marcus podía existir. Aun así, poco a poco mi obsesión por ser el número uno absoluto sobrepasó lo imaginable: cuanto más ganaba, más miedo tenía de perder.

Durante mi tercer curso, por culpa de una restricción presupuestaria, el director se vio obligado a desmantelar el equipo de lacrosse, que costaba demasiado caro al instituto en relación a lo que aportaba. Para mi gran pesar, tuve pues que elegir una nueva disciplina deportiva. Evidentemente, los equipos de fútbol y baloncesto intentaban seducirme, pero sabía que, si me unía a alguno de ellos, me enfrentaría a jugadores mucho más dotados y motivados que mis compañeros de lacrosse. Me arriesgaba a quedar eclipsado, a volver a caer en el anonimato, o peor aún, a retroceder: ¿qué diría la gente cuando Marcus Goldman, alias el Formidable, antiguo capitán del equipo de lacrosse y récord en número de goles marcados en los últimos veinte años, se convirtiese en *waterboy* del equipo de fútbol? Viví dos semanas de angustia, hasta que oí hablar del muy desconocido equipo de marcha del instituto, compuesto por dos obesos paticortos y un esmirriado sin fuerzas. Resultó ser además la única disciplina del Felton que no participaba en ninguna competición entre centros: aquello me aseguraba no tener que medirme con nadie que fuese peligroso para mí. Así que, aliviado y sin la menor duda, me uní al equipo de marcha de Felton, en el seno del cual, y desde el primer entrenamiento, batí sin dificultad el récord de velocidad de mis plácidos compañeros de equipo, ante la mirada amorosa de algunas animadoras y del director.

Todo habría podido ir muy bien si precisamente el director, seducido por mis resultados, no hubiese tenido la descabellada idea de organizar una gran competición de marcha entre los centros de la región con el fin de recuperar el perdido prestigio de su instituto, convencido de que el Formidable la ganaría sin problemas. Ante el anuncio de esa noticia, presa del pánico, me entrené sin descanso durante un mes entero; pero sabía que no tenía ninguna posibilidad frente a los corredores de otros institutos, curtidos en la competición. Yo no era más que fachada, simple contrachapado: iba a quedar en ridículo, y en mi propio campo.

El día de la carrera todo Felton, así como la mitad de mi barrio, estaba presente para aclamarme. Dieron la salida y, como temía, todos los demás corredores me adelantaron. Era un momento crucial: estaba en juego mi reputación. Era una carrera de seis millas, es decir, veinticinco vueltas al estadio. Veinticinco humillaciones. Terminaría último, vencido y deshonrado. Quizás hasta doblado por el primero. Tenía que salvar al Formidable costase lo que costase. Reuní todas mis fuerzas, toda mi energía y, en un impulso desesperado, me lancé a un alocado sprint: entre vítores del público afecto a mi causa, me coloqué en cabeza de carrera. En ese momento puse en marcha el maquiavélico plan que había preparado: mientras iba primero, destacado, y sintiendo que estaba llegando al límite de mis fuerzas, fingí tropezar en la pista y me tiré al suelo dando vueltas espectaculares entre gritos, aullidos del gentío y, al final, en mi caso, una pierna rota, lo que, bien es verdad, no estaba previsto pero que, al precio de una operación y dos semanas en el hospital, salvó la grandeza de mi nombre. La semana siguiente a ese incidente, el periódico del instituto escribía sobre mí:

Durante esta carrera antológica, Marcus Goldman, alias el Formidable, cuando dominaba fácilmente a sus adversarios y se prometía una aplastante victoria, fue víctima de la mala calidad de la pista: cayó en mala postura y se rompió una pierna.

Aquél fue el final de mi carrera como corredor y de mi carrera deportiva. Por mis importantes lesiones fui dispensado de hacer deporte hasta terminar el instituto. A la vez, mi entrega y sacrificio merecieron la concesión de una placa a mi nombre en la vitrina de honor, donde ya destacaba mi camiseta de lacrosse. En cuanto al director, maldiciendo la mala calidad de las instalaciones de Felton, ordenó renovar sin reparar en gastos todo el revestimiento de la pista del estadio, financiando las obras con el presupuesto destinado a las excursiones del instituto y privando así a los alumnos de todos los cursos de la menor actividad durante todo el año siguiente.

Al final de mis años en Felton, forrado de buenas notas, diplomas al mérito y cartas de recomendación, tuve que hacer la fatídica elección de universidad. Y cuando, una tarde, me encontré en mi habitación, echado sobre la cama, con tres cartas de aceptación ante mí, una de Harvard, otra de Yale y la tercera de Burrows, una pequeña universidad desconocida de Massachusetts, no lo dudé: quería ir a Burrows. Ir a una gran universidad era arriesgarme a perder mi etiqueta de «Formidable». Harvard o Yale era poner el listón muy alto: no tenía ninguna gana de enfrentarme a las élites insaciables llegadas de los cuatro puntos cardinales del país y que parasitarían los cuadros de honor. Los cuadros de honor de Burrows me parecían mucho más accesibles. El Formidable no quería quemarse las alas. El Formidable quería seguir siendo el Formidable. Burrows era perfecta, un campus modesto donde tenía la seguridad de brillar. No me costó convencer a mis padres de que el departamento de Literatura de Burrows era en todos los conceptos superior al de Harvard y Yale, y así fue como, en el otoño de 1998, desembarqué en Montclair, esa pequeña ciudad industrial de Massachusetts donde conocería a Harry Quebert.

Al final de la tarde, cuando todavía estaba en la terraza hojeando los álbumes y recuperando recuerdos, recibí una llamada de Douglas, desesperado.

—¡Marcus, por Dios! ¡No me puedo creer que te hayas ido a New Hampshire sin avisarme! He recibido llamadas de periodistas preguntándome qué hacías allí, y yo ni siquiera lo sabía. He tenido que enterarme por la televisión. Vuelve a Nueva York. Vuelve antes de que sea tarde. ¡Esta historia te va a sobrepasar por completo! Sal inmediatamente de ese poblacho a primera hora de la mañana y vuelve a Nueva York. Quebert tiene un abogado excelente. Déjale hacer su trabajo y concéntrate en tu libro. Tienes que entregar tu manuscrito a Barnaski dentro de quince días.

—Harry necesita a un amigo a su lado —dije.

Hubo un silencio y Douglas murmuró, como si se diese cuenta en ese momento de lo que llevaba meses ignorando:

—No tienes libro, ¿verdad? ¡Faltan dos semanas para que se cumpla el plazo de Barnaski y no has sido capaz de escribir ese puto libro! ¿Es eso, Marc? ¿Vas a ayudar a un amigo o estás huyendo de Nueva York?

—Cierra el pico, Doug.

Hubo otro largo silencio.

—Marc, dime que te ronda alguna idea en la cabeza. Dime que tienes un plan y que tienes una buena razón para irte a New Hampshire.

—¿Una buena razón? ¿No basta la amistad?

—Pero ¿qué demonios le debes a Harry para ir hasta allí?

—Todo, absolutamente todo.

—¿Cómo que *todo*?

—Es complicado, Douglas.

—Marcus, ¿qué diablos estás intentando decirme?

—Doug, hay un episodio de mi vida que no te he contado nunca... Al finalizar mis años de instituto, podía haber escogido el mal camino. Y entonces conocí a Harry... En cierto modo me salvó la vida. Tengo una deuda con él... Sin él nunca hubiese llegado a ser el escritor en el que me he convertido. Sucedió en Burrows, Massachusetts, en 1998. Le debo todo.

29. ¿Se puede uno enamorar de una chica de quince años?

«Me gustaría enseñarle a escribir, Marcus, no para que sepa escribir, sino para convertirle en escritor. Porque escribir libros no es nada: todo el mundo sabe escribir, pero no todo el mundo es escritor.

—¿Y cómo sabe uno que es escritor, Harry?

—Nadie sabe que es escritor. Son los demás los que se lo dicen.»

Quienes recuerdan bien a Nola dicen que era una jovencita maravillosa. De las que dejan huella: dulce y atenta, dotada para todo, resplandeciente. Parece ser que tenía esa alegría de vivir sin igual que podía iluminar los peores días de lluvia. Los sábados servía en el Clark's; revoloteaba entre las mesas, ligera, haciendo bailar en el aire su ondulada melena rubia. Siempre tenía una palabra amable para todos los clientes. No se la veía más que a ella. Nola era un mundo.

Era la hija única de David y Louisa Kellergan, evangelistas del sur procedentes de Jackson, Alabama, donde había nacido el 12 de abril de 1960. Los Kellergan se habían instalado en Aurora en el otoño de 1969, después de que el padre fuese contratado como pastor por la parroquia de St. James, la principal comunidad religiosa de Aurora, que tenía una influencia notable en aquella época. El templo de St. James, en la entrada sur de la ciudad, era un edificio imponente de madera del que ya no queda nada hoy en día, desde que las comunidades de Aurora y Montburry tuvieron que fusionarse por razones de ahorro presupuestario y falta de fieles. En su lugar se levanta ahora un McDonald's. Desde su llegada, los Kellergan se habían instalado en una bonita casa de una planta propiedad de la parroquia, en el 245 de Terrace Avenue. Fue probablemente por la ventana de una de sus habitaciones por donde, seis años más tarde, se esfumaría Nola, el sábado 30 de agosto de 1975.

Estas descripciones se cuentan entre las primeras que me hicieron los habituales del Clark's, donde me presenté la mañana del día siguiente a mi llegada a Aurora. Me había despertado espontáneamente al alba, atormentado por esa sensación desagradable de no estar realmente seguro de lo que hacía allí. Tras haber corrido un rato por la playa, había dado de comer a las gaviotas, y en eso estaba hasta que me planteé la cuestión de si de verdad había venido hasta New Hampshire únicamente para dar pan a unos pájaros marinos. Mi cita en Concord con Benjamin Roth para visitar a Harry no era hasta las once; en el intervalo, como no quería estar solo, fui a comer tortitas al Clark's. Cuando era estudiante y me alojaba en su casa, Harry tenía por costumbre llevarme allí a primera hora del día: me despertaba antes de que amaneciera, sacudiéndome sin consideración, y me decía que ya era hora de ponerme el chándal. Después bajábamos al borde del océano para correr y boxear. Si se cansaba un poco, empezaba a jugar a los entrenadores: interrumpía su esfuerzo como para corregir mis gestos o mi postura, pero sé que sobre todo necesitaba recuperar el aliento. Entre ejercicios y carreras, recorríamos las pocas millas de playa que unían Goose Cove con Aurora. Subíamos entonces por las rocas de Grand Beach y atravesábamos la ciudad aún dormida. En la calle principal, inmersa en la oscuridad, se percibía de lejos la fría luz que brotaba del escaparate del *diner,* el único establecimiento abierto tan temprano. En su interior reinaba una absoluta calma; los escasos clientes eran camioneros u oficinistas que daban cuenta de sus desayunos en silencio. La radio aportaba el decorado sonoro, siempre en la misma emisora de noticias y con el volumen tan bajo que impedía comprender lo que decía el locutor. En las mañanas de mucho calor, además, el ventilador del techo batía el aire con un chirrido metálico, haciendo bailar el polvo que acumulaban las lámparas. Nos instalábamos en la mesa 17, y Jenny aparecía inmediatamente a servirnos café. Siempre me dedicaba una sonrisa de dulzura casi maternal. Me decía: «Mi pobre Marcus, te obliga a levantarte al amanecer, ¿verdad? Lo hace desde que le conozco». Y nos reíamos.

Ese 17 de junio de 2008, a pesar de la temprana hora, el Clark's bullía ya de agitación. Nadie hablaba de otra cosa que del caso y, a mi entrada, los habituales que me conocían se arremolinaron en torno a mí para preguntarme *si era verdad,* si Harry había tenido una relación con Nola y si la había matado, a ella y a Deborah Cooper. Eludí las preguntas y me instalé en la 17, que estaba libre. Descubrí entonces que la placa en honor a Harry había sido retirada: en su lugar no quedaban más que dos agujeros de tornillo en la madera y la marca del metal que había decolorado el barniz.

Jenny vino con el café y me saludó amablemente. Tenía cara de tristeza.

—¿Has venido a instalarte en casa de Harry? —me preguntó.

—Eso creo. ¿Has quitado la placa?

—Sí.

—¿Por qué?

—Escribió ese libro para esa chiquilla, Marcus. Para una niña de quince años. No quiero dejar esa placa. Es un amor repugnante.

—Creo que es algo más complicado —dije.

—Y yo creo que no deberías mezclarte en este asunto, Marcus. Deberías volver a Nueva York y permanecer lejos de todo esto.

Pedí tortitas y salchichas. Sobre la mesa habían dejado un ejemplar manchado de grasa del *Aurora Star*. En primera página aparecía una inmensa foto del Harry de los tiempos gloriosos, con ese aire respetable y esa mirada profunda y segura de sí. Justo debajo, una imagen de su entrada en la audiencia del palacio de justicia de Concord, esposado, decaído, el pelo revuelto, los rasgos hundidos, la expresión deshecha. Y, enmarcados, un retrato de Nola y otro de Deborah Cooper. Y este titular: *¿Qué hizo Harry Quebert?*

Erne Pinkas llegó poco después que yo y vino a sentarse a mi mesa con su taza de café.

—Te vi en la televisión anoche —me dijo—. ¿Vienes a quedarte?

—Sí, quizás.

—¿Para qué?

—No tengo ni idea. Por Harry.

—Es inocente, ¿verdad? No puedo creer que hiciese algo así... Qué locura.

—Ya no estoy seguro de nada, Erne.

Pinkas me contó cómo, días antes, la policía había desenterrado los restos de Nola en Goose Cove, a un metro de profundidad. Ese jueves todo el mundo en Aurora había sido alertado por las sirenas de los coches patrulla que habían llegado de todo el condado, desde los patrulleros de la autopista hasta los vehículos camuflados de la criminal, incluso una furgoneta de la policía científica.

—Cuando nos enteramos de que probablemente eran los restos de Nola Kellergan —me explicó Pinkas—, ¡nos quedamos de piedra! Nadie podía creerlo: después de todo ese tiempo, la pequeña estaba justo ahí, ante nuestros ojos. Quiero decir, cuántas veces he estado en casa de Harry, en esa terraza, bebiendo whisky... Casi a su lado... Dime, Marcus, ¿de verdad escribió ese libro para ella? No puedo creer que tuvieran una historia juntos... ¿Tú sabías algo?

Para no tener que responder, empecé a girar la cuchara en el interior de mi taza hasta crear un remolino. Dije simplemente:

—Todo esto es un lío terrible, Erne.

Poco después Travis Dawn, el jefe de policía de Aurora y además el marido de Jenny, se instaló a su vez en la mesa. Formaba parte de los que conocía desde siempre en Aurora: era un hombre de carácter suave, sexagenario encanecido, el tipo de poli de provincias buenazo que no daba miedo a nadie desde hacía tiempo.

—Lo siento, chaval —me dijo al saludarme.

—¿Por qué?

—Por este asunto que te ha explotado en plena cara. Sé que Harry y tú estáis muy unidos. No debe de ser fácil para ti.

Travis era la primera persona que se preocupaba de cómo lo estaba pasando. Asentí con la cabeza y pregunté:

—¿Por qué, en todo el tiempo que he pasado aquí, nunca había oído hablar de Nola Kellergan?

—Porque hasta que se encontró su cuerpo en Goose Cove, era agua pasada. El tipo de historia que nadie quiere recordar.

—Travis, ¿qué sucedió ese 30 de agosto de 1975? ¿Y qué le pasó a esa tal Deborah Cooper?

—Feo asunto, Marcus. Un asunto muy feo. Lo viví en primera persona porque ese día estaba de servicio. Por entonces no era más que un simple agente. Fui yo quien recibió la llamada de la central... Deborah Cooper era una abuelita adorable que vivía sola desde la muerte de su marido, en una casa aislada en las lindes del bosque de Side Creek. ¿Ves dónde está Side Creek? Allí empieza ese bosque inmenso, dos millas más allá de Goose Cove. Recuerdo bien a la abuela Cooper: en aquella época no llevaba mucho tiempo en la policía, pero ella llamaba con regularidad. Sobre todo de noche, para denunciar ruidos sospechosos cerca de su casa. Le daba algo de canguelo vivir en aquella casona al borde del bosque, y necesitaba que alguien fuese a tranquilizarla de vez en cuando. Siempre pedía disculpas por las molestias y ofrecía café y pastas a los agentes que se pasaban por allí. Y al día siguiente se acercaba hasta la comisaría para traer alguna cosilla. Ya te digo, una abuelita adorable. Del tipo al que no te molesta hacer favores. En fin, ese 30 de agosto de 1975 la abuela Cooper llamó al número de emergencias de la policía diciendo que había visto a una chica perseguida por un hombre en el bosque. Yo era el único agente de guardia en Aurora y me presenté inmediatamente en su casa. Era la primera vez que llamaba en pleno día. Cuando llegué, estaba esperando frente a su casa. Me dijo: «Travis, va usted a pensar que estoy loca, pero ahora sí que he visto algo realmente extraño». Fui a inspeccionar las lindes del bosque, por donde había visto a la joven: encontré un trozo de tela roja. Inmediatamente pensé que debía tomarme el asunto en serio y avisé al jefe Pratt, por aquel entonces jefe de la policía de Aurora. No estaba de servicio, pero acudió de inmediato. Side Creek es inmenso y sólo éramos dos para echar un vistazo. Nos internamos en el bosque: recorriendo una milla larga, encontramos restos de sangre, cabellos rubios y otros jirones de tela roja. No tuvimos tiempo de hacernos más preguntas porque, en aquel instante, resonó un disparo procedente de la casa... Corrimos hasta allí y encontramos a la abuela Cooper en la cocina, bañada en su propia sangre. Después supimos que había vuelto a llamar a la central para avisar de que la chiquilla que había visto un poco antes estaba refugiada en su casa.

—¿La chica había vuelto a la casa?

—Sí. Mientras estábamos en el bosque había vuelto a aparecer, ensangrentada, buscando ayuda. Pero cuando llegamos no había nadie salvo el cadáver de la abuela Cooper. Aquello era una locura.

—Y esa chica ¿era Nola? —pregunté.

—Sí. Nos dimos cuenta enseguida. Primero cuando llamó su padre, algo más tarde, para denunciar su desaparición. Y después cuando nos enteramos de que Deborah Cooper la había identificado al llamar a la central la segunda vez.

—¿Qué pasó después?

—Tras la segunda llamada de la abuela Cooper, varias unidades de la zona se habían puesto en camino. Al llegar a la orilla del bosque de Side Creek, un ayudante del sheriff localizó un Chevrolet Monte Carlo negro que huía en dirección norte. Se ordenó perseguirlo, pero el coche se nos escapó a pesar de los controles. Nos pasamos las semanas siguientes buscando a Nola: peinamos toda la zona. ¿Quién podía pensar que estaba en Goose Cove, en casa de Harry Quebert? Todos los indicios indicaban que probablemente se encontraba en alguna parte de ese bosque. Organizamos batidas interminables. Nunca encontramos ni el coche ni a la chiquilla. Si hubiésemos podido, habríamos registrado el país entero, pero tuvimos que interrumpir la búsqueda tres semanas después, con todo el dolor de nuestro corazón, porque los jefazos de la policía estatal decretaron que la investigación era demasiado costosa y los resultados demasiado inciertos.

—¿Había algún sospechoso en aquella época?

Dudó un instante y después me dijo:

—Nunca se hizo oficial, pero... estaba Harry. Teníamos nuestras razones. Quiero decir: tres meses después de su llegada a Aurora, la pequeña Kellergan desaparecía. Extraña coincidencia, ¿no? Y, sobre todo, ¿qué coche conducía en aquella época? Un Chevrolet Monte Carlo negro. Pero no había pruebas suficientes en su contra. En el fondo, ese manuscrito es la prueba que buscábamos hace treinta años.

—No puedo creerlo, no de Harry. Y además, ¿por qué habría dejado una prueba tan comprometedora junto al cuerpo? ¿Y por qué habría mandado a los jardineros cavar allí donde había enterrado un cadáver? No se sostiene.

Travis se encogió de hombros.

—Confía en mi experiencia de poli: nunca se sabe de qué es capaz la gente. Sobre todo aquellos que creemos conocer bien.

Tras estas palabras, se levantó y se despidió cordialmente. «Si puedo hacer algo por ti, no lo dudes», me dijo antes de marcharse. Pinkas, que había seguido la conversación sin intervenir, repitió, incrédulo: «Dios santo, nunca supe que la policía hubiera sospechado de Harry...». No respondí. Sólo arranqué la primera página del periódico para llevármela y, aunque todavía era temprano, partí hacia Concord.

*

La Prisión Estatal para Hombres de New Hampshire se encuentra en el 281 de North State Street, al norte de la ciudad de Concord. Para llegar allí desde Aurora, basta con salir de la autopista 93 después del centro comercial Capitol, coger North Street en la esquina del Holiday Inn y continuar todo recto durante unos diez minutos. Tras haber pasado el cementerio de Blossom Hill y un pequeño lago en forma de herradura cerca del río, se bordean las hileras de vallas y alambradas que no dejan dudas sobre la naturaleza del lugar; poco después, un cartel oficial anuncia la prisión, y se perciben entonces los austeros edificios de ladrillo rojo protegidos por una gran muralla, y después la verja de la entrada principal. Justo enfrente, al otro lado de la carretera, hay un concesionario de coches.

Roth me esperaba en el aparcamiento, fumando un puro barato. Tenía aspecto sereno. A modo de saludo, me obsequió con una palmadita en el hombro como si fuésemos viejos amigos.

—¿Su primera vez en la cárcel? —me preguntó.

—Sí.

—Trate de relajarse.

—¿Quién le ha dicho que no lo estoy?

Señaló a un grupo de periodistas haciendo guardia en las proximidades.

—Están por todas partes —me dijo—. Sobre todo, no se pare a hablar con ellos. Son carroñeros, Goldman. Le acosarán hasta que suelte alguna información jugosa. Debe mantenerse firme y permanecer mudo. El menor comentario suyo, malinterpretado, podría volverse contra nosotros y afectar a mi estrategia de defensa.

—¿Cuál es su estrategia?

Me miró con expresión muy seria.

—Negarlo todo.

—¿Negarlo todo? —repetí.

—Todo. Su relación, el secuestro y los asesinatos. Se declarará no culpable, voy a conseguir que absuelvan a Harry y espero poder reclamar millones en daños e intereses al Estado de New Hampshire.

—¿Y qué pasa con el manuscrito que la policía encontró con el cuerpo? ¿Y con la confesión de Harry sobre su relación con Nola?

—¡Ese manuscrito no prueba nada! Escribir no es matar. Y además, Harry lo dijo y su explicación concuerda: Nola se había llevado el manuscrito antes de su desaparición. En cuanto a sus amoríos, era un poquito de pasión. Nada del otro mundo. Nada criminal. Ya verá, el fiscal no podrá probar nada.

—He hablado con el jefe adjunto de la policía de Aurora, Travis Dawn. Me dijo que Harry había sido sospechoso en aquella época.

—¡Gilipolleces! —exclamó Roth, que tendía a volverse grosero cuando se le llevaba la contraria.

—Parece ser que, en esa época, el sospechoso conducía un Chevrolet Monte Carlo negro. Travis dijo que era precisamente el modelo que tenía Harry.

—¡Doble gilipollez! —encadenó Roth—. Pero es bueno saberlo. Buen trabajo, Goldman, ése es el tipo de información que necesito. De hecho, usted que conoce a todos los palurdos que pueblan Aurora, interrógueles un poco para saber desde ya las memeces que piensan contar al jurado si son citados como testigos durante el proceso. Y trate también de descubrir quién empina el codo y quién pega a su mujer: un testigo que bebe o que da palizas a su esposa no es un testigo creíble.

—Es una técnica bastante repugnante, ¿no?

—La guerra es la guerra, Goldman. Bush mintió a la nación para atacar Irak, pero era necesario: mire, le hemos dado una patada en el culo a Saddam, hemos liberado a los iraquíes y desde entonces el mundo va mucho mejor.

—La mayoría de los americanos se opuso a esta guerra. No ha sido más que un desastre.

Me miró con aires de decepción:

—Oh, no —dijo—. Estaba seguro...

—¿De qué?

—¿Va usted a votar a los demócratas, Goldman?

—Por supuesto que voy a votar a los demócratas.

—Ya verá la de fantásticos impuestos que les van a clavar a los ricachones como usted. Y entonces será demasiado tarde para llorar. Para gobernar América hacen falta cojones. Y los elefantes tienen los cojones más grandes que los burros, así de simple, es genético.

—Qué edificante es usted, Roth. De todas formas, los demócratas tienen ya ganadas las presidenciales. Su maravillosa guerra ha sido lo suficientemente impopular como para inclinar la balanza.

Esbozó una sonrisa socarrona, casi incrédula:

—¡Pero bueno! ¡No me diga que se cree ese cuento! ¡Una mujer y un negro, Goldman! ¡Una mujer y un negro! Vamos, es usted un tío inteligente, seamos serios: ¿quién va a votar a una mujer o a un negro para dirigir este país? Escriba un libro sobre eso. Una estupenda novela de ciencia ficción. Y la próxima vez ¿qué? ¿Una lesbiana puertorriqueña y un jefe indio?

Siguiendo mis deseos, y tras las habituales formalidades, Roth me dejó a solas un momento con Harry en la sala de visitas. Estaba sentado ante una mesa de plástico, vestido con uniforme de preso, con aspecto destrozado. En cuanto entré en la habitación, su rostro se iluminó. Se incorporó, nos dimos un largo abrazo y nos sentamos cada uno a un lado de la mesa, mudos. Por fin, me dijo:

—Tengo miedo, Marcus.

—Le ayudaremos a salir de ésta, Harry.

—Puedo ver la televisión, ¿sabe? Veo todo lo que dicen. Estoy acabado. Mi carrera ha terminado. Mi vida ha terminado. Esto marca el inicio de mi declive: siento que estoy en caída libre.

—No hay que tener miedo a caer, Harry.

Esbozó una sonrisa triste.

—Gracias por haber venido.

—Es lo que hacen los amigos. Me he instalado en Goose Cove, he dado de comer a las gaviotas.

—Ya sabe que si quiere volver a Nueva York, lo comprendería perfectamente.

—No me voy a ninguna parte. Roth es un tipo raro, pero parece saber lo que hace: dice que le van a absolver. Me voy a quedar aquí, le voy a ayudar. Haré todo lo necesario para descubrir la verdad y limpiaré su nombre.

—¿Y su nueva novela? Su editor la espera para finales de mes, ¿no?

Bajé la cabeza.

—No hay ninguna novela. No tengo ninguna idea.

—¿Cómo que *ninguna idea*?

No respondí y cambié de tema sacando de mi bolsillo la página del periódico que había recuperado en el Clark's horas antes.

—Harry —dije—, necesito comprender. Necesito saber la verdad. No puedo evitar pensar en la llamada que me hizo el otro día. Se preguntaba qué le había hecho usted a Nola...

—Fue producto de la emoción, Marcus. Acababa de ser detenido por la policía, tenía derecho a una llamada, y la única persona a la que sentí ganas de avisar fue a usted. No para avisarle de que había sido detenido, sino de que ella estaba muerta. Porque usted era el único que sabía lo de Nola y yo necesitaba compartir mi pena con alguien... Durante todos estos años esperé que estuviese viva, en alguna parte. Pero estaba muerta desde el principio... Estaba muerta y me sentía responsable, por todo tipo de razones. Responsable de no haber sabido protegerla, quizás. Pero no le hice ningún daño, le juro que soy inocente de todo lo que se me acusa.

—Le creo. ¿Qué le dijo a la policía?

—La verdad. Que era inocente. ¿Por qué mandaría plantar flores en aquel sitio, eh? ¡Es completamente absurdo! También les dije que no sabía cómo había llegado hasta allí ese manuscrito, pero que debían saber que había escrito esa novela para y sobre Nola, antes de su desaparición. Que Nola y yo nos queríamos. Que manteníamos una relación el verano en que desapareció y que de aquello había sacado la inspiración para una novela de la que poseía, en aquella época, dos manuscritos: uno original, escrito a mano, y una versión mecanografiada. Nola se interesaba mucho en lo que escribía, incluso me ayudaba a pasarlo a limpio. Hasta que un día perdí la versión mecanografiada del manuscrito. Fue a finales de agosto, justo antes de que ella... Pensé que Nola lo habría cogido para leerlo. Lo hacía a veces. Leía mis textos y después me daba su opinión. Los cogía sin pedirme permiso... Pero aquella vez no pude preguntarle si lo había hecho, porque desapareció justo después. Me quedaba el ejemplar escrito a mano. Esa novela era *Los orígenes del mal*, que meses más tarde tendría el éxito que usted conoce.

—Entonces ¿es cierto que escribió ese libro para Nola?

—Sí. He visto en la televisión que hablan de retirarlo de la venta.

—Pero ¿qué pasó entre Nola y usted?

—Una historia de amor, Marcus. Me enamoré locamente de ella. Y creo que eso fue mi perdición.

—¿Qué más tiene la policía contra usted?

—Lo ignoro.

—¿Y la caja? ¿Dónde está la famosa caja con la carta y las fotos? No la he encontrado en su casa.

No tuvo tiempo de responder: la puerta se abrió y me hizo una seña para que me callara. Era Roth. Se unió a nosotros en la mesa y, mientras se instalaba, Harry cogió discretamente el cuaderno de notas que yo había colocado ante mí y escribió algunas palabras que no pude leer en ese momento.

Roth empezó a dar largas explicaciones sobre el desarrollo del caso y sobre los procedimientos. Después, tras media hora de soliloquio, preguntó a Harry:

—¿Hay algún detalle que haya olvidado confiarme a propósito de Nola? Debo saberlo todo, es muy importante.

Hubo un silencio. Harry nos miró fijamente y después dijo:

—Efectivamente, hay algo que debe usted saber. Es a propósito del 30 de agosto de 1975. Esa noche, la famosa noche que desapareció Nola, había quedado conmigo...

—¿Quedado con usted? —repitió Roth.

—La policía me preguntó en su momento qué había hecho la noche del 30 de agosto de 1975, y les dije que estaba fuera de la ciudad. Mentí. Es el único punto sobre el que no he dicho la verdad. Esa noche me encontraba cerca de Aurora, en la habitación de un motel situado al borde de la federal 1, en dirección a Maine. El Sea Side Motel. Todavía existe. Estaba en la habitación 8, sentado en la cama, esperando, perfumado como un adolescente, con un ramo de hortensias azules, su flor preferida. Nos habíamos citado a las siete de la tarde, y recuerdo estar esperándola y que no aparecía. A las nueve, llevaba dos horas de retraso. Ella nunca se retrasaba. Nunca. Puse las hortensias en remojo en el lavabo y encendí la radio para distraerme. Era una noche pesada, tormentosa, tenía mucho calor, me asfixiaba dentro de mi traje.

Saqué la nota de mi bolsillo y la leí diez veces, quizás cien. Esa nota que me había escrito días antes, esas pocas palabras de amor que nunca podré olvidar y que decían:

> *No te preocupes, Harry, no te preocupes por mí, me las arreglaré para verte allí. Espérame en la habitación número 8, me gusta esa cifra, es mi número preferido. Espérame en esa habitación a las siete de la tarde. Después nos marcharemos juntos.*
> *Te quiero tanto...*
> *Con mucha ternura,*
> *Nola*

»Recuerdo que el locutor de la radio anunció las diez de la noche. Las diez, y Nola no había llegado. Acabé durmiéndome, completamente vestido, tumbado en la cama. Cuando volví a abrir los ojos, había pasado la noche. La radio seguía encendida, era el boletín de las siete de la mañana: ... *Alerta general en la región de Aurora tras la desaparición de una adolescente de quince años, Nola Kellergan, ayer noche, alrededor de las diecinueve horas. La policía busca a toda persona susceptible de tener información [...] En el momento de su desaparición, Nola Kellergan llevaba un vestido rojo [...]* Me levanté de un salto, presa del pánico. Me apresuré a tirar las flores y me dirigí inmediatamente a Aurora, desaliñado y con el pelo revuelto. La habitación estaba pagada por adelantado.

»Nunca había visto a tantos policías en Aurora. Había vehículos de todos los condados. En la federal 1, una gran barrera controlaba los vehículos que entraban y salían de la ciudad. Vi al jefe de policía, Gareth Pratt, con un fusil en la mano:

»"Jefe, acabo de escuchar la radio", dije.

»"Mierda, mierda", respondió.

»"¿Qué ha pasado?"

»"Nadie lo sabe: Nola Kellergan ha desaparecido de su casa. Fue vista cerca de Side Creek Lane ayer por la tarde y, desde entonces, ni rastro de ella. Toda la región está cercada, están peinando el bosque."

»En la radio repetían una y otra vez su descripción: *Mujer joven, blanca, 5,2 pies de altura, cien libras, cabello largo rubio, ojos verdes, vestida con un vestido rojo. Lleva un collar de oro con el nom-*

bre NOLA grabado. Vestido rojo, vestido rojo, vestido rojo, repetía la radio. El vestido rojo era su preferido. Se lo había puesto para mí. Eso es todo. Eso es lo que hice la noche del 30 de agosto de 1975.

Roth y yo nos quedamos sin habla.

—¿Iban a huir juntos? —dije—. El día de su desaparición, ¿pensaban huir juntos?

—Sí.

—¿Por eso dijo que era culpa suya, cuando me llamó el otro día? Tenían una cita y ella desapareció cuando iba a su encuentro...

Asintió con la cabeza, consternado:

—Creo que, sin esa cita, ella quizás seguiría con vida...

Cuando salimos de la sala, Roth me dijo que esa historia de fuga organizada era una catástrofe y que no debía filtrarse bajo ningún pretexto. Si la acusación se enteraba, Harry estaba acabado. Nos separamos en el aparcamiento y esperé a entrar en mi coche para abrir mi cuaderno de notas y leer lo que había escrito Harry:

Marcus: En mi despacho hay un bote de porcelana. En el fondo encontrará una llave. Es la llave de mi vestuario en el gimnasio de Montburry. Taquilla 201. Allí está todo. Quémelo. Estoy en peligro.

Montburry era una ciudad vecina de Aurora, situada a unas diez millas más al interior. Fui hasta allí esa misma tarde, tras haber pasado por Goose Cove y haber encontrado la llave en el bote, disimulada entre clips. Sólo había un gimnasio en Montburry, dentro de un moderno edificio de vidrio en la arteria principal de la ciudad. En su desierto vestuario encontré la taquilla 201, que abrí con la llave. Dentro había un chándal, barras de proteínas, guantes para pesas y la famosa caja de madera que había descubierto meses antes en el despacho de Harry. Allí estaba todo: las fotos, los artículos, la nota escrita de la mano de Nola. También encontré un paquete de folios amarillentos y encuadernados. La página de portada estaba en blanco, sin título. Recorrí las siguientes: era un texto escrito a mano, cuyas primeras líneas me bastaron para comprender que se trataba del manuscrito de *Los orígenes del mal*. Ese manuscrito que yo había buscado tanto meses antes dormía en el vestuario de un gimnasio. Me senté sobre un banco y me tomé un momento para recorrer cada página, maravillado, febril. La caligrafía era perfecta, sin tachaduras. Entraron algunos hombres a cambiarse, pero ni siquiera me fijé en ellos: no podía despegar los ojos del texto. La obra maestra que tanto me hubiese gustado poder escribir la había escrito Harry. Se había sentado en la mesa de un café y había escrito esas palabras llenas de genialidad, esas frases sublimes que habían conmovido a toda Norteamérica, cuidando de esconder en el interior su historia de amor con Nola Kellergan.

De regreso a Goose Cove, obedecí escrupulosamente sus órdenes. Encendí la chimenea del salón y eché en ella el contenido de la caja: la carta, las fotos, los recortes de prensa y finalmente el manuscrito. *Estoy en peligro,* me había escrito. Pero ¿de qué peligro hablaba? El fuego se avivó: la carta de Nola se convirtió en ceniza, las fotos se agujerearon en el centro hasta desaparecer completamente bajo los efectos del calor. El manuscrito se abrasó en una inmensa llama naranja y las páginas se descompusieron en inmensas pavesas. Sentado ante la chimenea, veía desaparecer la historia de Harry y Nola.

*

Martes 3 de junio de 1975

Era un día de mal tiempo. La tarde llegaba a su fin y la playa estaba desierta. Nunca, desde su llegada a Aurora, había estado el cielo tan negro y amenazador. La tormenta revolvía el océano, inflado de espuma y de cólera: no tardaría en empezar a llover. Era el mal tiempo el que le había animado a salir: había bajado la escalera de madera que llevaba de la terraza de la casa hasta la playa y se había sentado sobre la arena. Con el cuaderno sobre las rodillas, dejaba su bolígrafo deslizarse por el papel: la inminente tormenta le inspiraba, perfecta para empezar una gran novela. Esas últimas semanas había tenido ya varias buenas ideas para su nuevo libro, pero ninguna había cuajado; las había empezado o terminado mal.

Cayeron del cielo las primeras gotas. Primero esporádicamente; después, de improviso, se convirtieron en un chaparrón.

Quiso huir para ponerse a cubierto, pero entonces la vio: caminaba descalza, con sus sandalias en la mano, al borde del océano, bailando bajo la lluvia y jugando con las olas. Permaneció estupefacto y la contempló maravillado: ella seguía el dibujo de la resaca, con cuidado de no mojar los bajos de su vestido. En un momento de despiste, dejó que el agua cubriera sus tobillos; sorprendida, se echó a reír. Luego se aventuró un poco más en el océano gris, dando vueltas sobre sí misma y ofreciéndose a la inmensidad. Era como si el mundo le perteneciese. En su cabello rubio movido por el viento, un pasador amarillo impedía a sus mechones golpearle el rostro. En ese instante el cielo derramaba torrentes de agua.

Cuando se dio cuenta de su presencia a una decena de metros, se detuvo en seco. Avergonzada de saberse contemplada, balbuceó:

—Perdone... No le había visto.

Él sintió cómo su corazón se aceleraba.

—No debe excusarse —respondió—. Continúe, se lo ruego. ¡Continúe! Es la primera vez que veo a alguien disfrutar tanto de la lluvia.

Ella resplandecía.

—¿A usted también le gusta? —preguntó, entusiasta.

—¿El qué?

—La lluvia.

—No... De hecho... De hecho, la odio.

Ella dibujó una sonrisa maravillosa.

—¿Cómo se puede odiar la lluvia? Nunca he visto nada tan bonito. ¡Mire! ¡Mire!

Él levantó la cabeza: el agua le golpeó el rostro. Miró los millones de trazos que estriaban el paisaje y giró sobre sí mismo. Ella le imitó. Rieron, estaban empapados. Acabaron yendo a buscar refugio bajo los pilares de la terraza. Él sacó de su bolsillo un paquete de cigarrillos, salvado en parte del diluvio, y encendió uno.

—¿Puedo coger uno? —preguntó ella.

Le tendió el paquete y se sirvió. Él estaba cautivado.

—Usted es el escritor, ¿verdad? —preguntó ella.

—Sí.

—Viene de Nueva York...

—Sí.

—Quiero preguntarle una cosa: ¿por qué ha dejado Nueva York para venir a este agujero perdido?

Él sonrió:

—Tenía ganas de cambiar de aires.

—¡Me gustaría tanto ir a Nueva York! —dijo ella—. Caminaría durante horas, iría a ver todos los espectáculos de Broadway. Me gustaría ser una vedette. Una vedette en Nueva York...

—Perdone —la interrumpió Harry—, ¿nos conocemos?

Volvió a reír, con esa risa deliciosa.

—No. Pero todo el mundo sabe quién es usted. Usted es el escritor. Bienvenido a Aurora, señor. Me llamo Nola, Nola Kellergan.

—Harry Quebert.

—Lo sé. Todo el mundo lo sabe, ya se lo he dicho.

Le tendió la mano para saludarla, pero ella se apoyó en su brazo e, incorporándose sobre la punta de los pies, le besó en la mejilla.

—Tengo que irme. No dirá a nadie que fumo, ¿eh?

—No, se lo prometo.

—Adiós, señor escritor. Espero que nos volvamos a ver.

Y desapareció a través del aguacero.

Estaba completamente conmocionado. ¿Quién era aquella chica? Su corazón latía a toda velocidad. Permaneció mucho tiempo inmóvil, bajo su terraza; hasta que cayó la oscuridad de la tarde. Ya no sentía la lluvia, ni la noche. Se preguntaba qué edad podía tener. Era demasiado joven, lo sabía. Pero le había conquistado. Había incendiado su alma.

*

Fue una llamada de Douglas lo que me devolvió a la realidad. Habían pasado dos horas, caía la noche. En la chimenea no quedaban más que brasas.

—Todo el mundo habla de ti —me dijo Douglas—. Nadie entiende qué has ido a hacer a New Hampshire... Todo el mundo dice que estás cometiendo la estupidez más grande de tu vida.

—Todo el mundo sabe que Harry y yo somos amigos. No puedo quedarme sin hacer nada.

—Pero esto es diferente, Marc. Están todas esas historias de asesinatos, ese libro. Creo que no te das cuenta de la amplitud del escándalo. Barnaski está furioso, se huele que no tienes nueva novela que presentarle. Dice que has ido a esconderte a New Hampshire. Y no se equivoca... Estamos a 17 de junio, Marc. Dentro de trece días, el plazo se cumple. Dentro de trece días, estarás acabado.

—Joder, ¿te crees que no lo sé? ¿Para eso me llamas? ¿Para recordarme la situación en la que me encuentro?

—No, te llamo porque creo que he tenido una idea.

—¿Una idea? Te escucho.

—Escribe un libro sobre el caso Harry Quebert.

—¿Cómo? No, ni hablar de eso, no voy a relanzar mi carrera a costa de Harry.

—¿Y por qué *a costa*? Me has dicho que querías ir a defenderle. Prueba su inocencia y escribe un libro sobre todo eso. ¿Te imaginas el éxito que tendría?

—¿Todo eso en diez días?

—Lo he hablado con Barnaski, para calmarle...

—¿Cómo? ¿Que has...?

—Escúchame, Marc, antes de embalarte. ¡Barnaski piensa que es una ocasión única! Dice que Marcus Goldman contando el caso Harry Quebert ¡es un negocio con cifras de siete ceros! Podría ser el libro del año. Está dispuesto a renegociar tu contrato. Y te propone empezar de cero: un nuevo contrato con él, que anula el precedente, y encima un anticipo de medio millón de dólares. ¿Sabes lo que eso significa?

Lo que eso significaba: que escribir ese libro relanzaría mi carrera. Sería un best-seller garantizado, un éxito seguro y, como recompensa, una montaña de dinero.

—¿Y por qué Barnaski haría eso por mí?

—No lo hace por ti, lo hace por él. Marc, no te das cuenta, todo el mundo habla de este caso por aquí. ¡Un libro de ese tipo es el golpe del siglo!

—No creo que sea capaz. Ya no sé escribir. Ni siquiera sé si he sabido escribir alguna vez. Y lo de investigar... Para eso está la policía. Yo no sé cómo se investiga.

Douglas volvió a insistir:

—Marc, es la ocasión de tu vida.

—Me lo pensaré.

—Cuando dices eso quiere decir que no te lo pensarás.

Esa última frase tuvo por efecto hacernos reír a los dos: me conocía bien.

—Doug... ¿Se puede uno enamorar de una niña de quince años?

—No.

—¿Cómo puedes estar tan seguro?

—Yo no estoy seguro de nada.

—¿Y qué es el amor?

—Marc, por favor, no me vengas ahora con conversaciones filosóficas...

—Pero, Douglas, ¡él la amaba! Harry se enamoró locamente de esa chica. Me lo ha contado hoy en prisión: estaba en la playa, delante de su casa, la vio y se enamoró. ¿Por qué de ella y no de otra?

—No lo sé, Marc. Pero me gustaría saber lo que tanto te une a Quebert.

—El Formidable —respondí.

—¿Quién?

—El Formidable. Un joven que no conseguía avanzar en la vida. Hasta que conoció a Harry. Fue Harry quien me enseñó a convertirme en escritor. Fue él quien me enseñó la importancia de saber caer.

—¿Qué me estás contando, Marc? ¿Has bebido? Eres escritor porque tienes dotes para ello.

—Precisamente no. El escritor no nace, se hace.

—¿Eso es lo que pasó en Burrows en 1998?

—Sí. Me transmitió todo su saber... Le debo todo.

—¿Quieres que hablemos de ello?

—Si te apetece.

Esa tarde, conté a Douglas la historia que me unía a Harry. Tras la conversación, bajé a la playa. Necesitaba tomar el aire. A través de la oscuridad se adivinaban espesos nubarrones; el tiempo era bochornoso, se preparaba una tormenta. De pronto se levantó el viento: los árboles empezaron a balancearse con furia, como si el mismo mundo anunciase el final del gran Harry Quebert.

Tardé mucho en volver a casa. Fue al llegar a la puerta principal cuando descubrí la nota que una mano anónima había dejado durante mi ausencia. Un sobre normal, sin indicación alguna, en cuyo interior encontré un mensaje escrito a ordenador que decía:

Vuelve a tu casa, Goldman

28. La importancia de saber caer
(Universidad de Burrows, Massachusetts, 1998-2002)

«Harry, si tuviera que quedarme con una sola de todas sus lecciones, ¿cuál sería?

—Le devuelvo la pregunta.

—Para mí sería *la importancia de saber caer.*

—Estoy completamente de acuerdo con usted. La vida es una larga caída, Marcus. Lo más importante es saber caer.»

El año 1998, aparte de haber sido el de las grandes heladas que paralizaron el norte de Estados Unidos y una parte de Canadá, dejando a millones de infelices en la oscuridad durante varios días, fue el de mi encuentro con Harry. Ese otoño, al salir de Felton, ingresé en el campus de la Universidad de Burrows, mezcla de módulos prefabricados y edificios victorianos, rodeados de vastas explanadas de césped magníficamente cuidado. Se me asignó una bonita habitación en el ala este de los dormitorios, que compartía con un simpático delgaducho de Idaho llamado Jared, un afable negro con gafas que dejaba atrás una familia absorbente y quien, visiblemente asustado por su nueva libertad, preguntaba siempre si *se podía*. «¿Se puede salir a comprar una Coca-Cola? ¿Se puede salir del campus después de las diez? ¿Se puede tener comida en la habitación? ¿Se puede faltar a clase si se está enfermo?» Yo le respondía siempre que, desde la decimotercera enmienda, que había abolido la esclavitud, tenía derecho a hacer lo que quisiese, y él saltaba de felicidad.

Jared tenía dos obsesiones: repasar apuntes y telefonear a su madre para decirle que todo iba bien. Por mi parte, sólo tenía una: convertirme en un escritor famoso. Me pasaba el tiempo escribiendo cuentos para la revista de la universidad, pero no me publicaban más que la mitad, y en las peores páginas, las de los encartes publicitarios para empresas locales que no interesaban a nadie: *Imprenta Lukas, Cambios de aceite Forster, Peluquería François* o *Floristería Julie Hu*. Consideraba esa situación completamente escandalosa e injusta. En realidad, desde mi llegada al campus, tenía que enfrentarme a un duro competidor llamado Dominic Reinhartz, un estudiante de tercero, dotado de un excepcional talento para escribir y ante el que mi narrativa palidecía por completo. Él acaparaba todos los honores de la revista, y cada vez que aparecía un número, me encontraba a alguien en la biblioteca soltándole halagos. El único que me apoyaba de manera incondicional era Jared: leía mis cuentos con pasión al salir de mi impresora y los volvía a leer cuando aparecían en la revista. Yo siempre le regalaba un ejemplar, pero él insistía en ir a gastarse a la oficina de la revista los dos dólares que costaba y que él mismo ganaba con tanto esfuerzo, trabajando en el equipo de limpieza de la universidad los fines de semana. Creo que sentía hacia mí una admiración sin límite. Con frecuencia me repetía: «Eres un tío genial, Marcus... ¿Qué estás haciendo en un agujero como Burrows, Massachusetts? Recuerdo una noche de finales de septiembre en la que estábamos tumbados en el césped del campus escrutando el cielo con unas cervezas. Jared, cómo no, había preguntado si se podía beber cerveza en el recinto del campus, y después si podía tumbarse en el césped por la noche. En ésas estaba cuando vio una estrella fugaz en el cielo y exclamó:

—¡Pide un deseo, Marcus! ¡Pide un deseo!

—Deseo que triunfemos en la vida. ¿Qué te gustaría hacer de tu vida, Jared?

—Me gustaría simplemente ser un buen tipo, Marc. ¿Y tú?

—Me gustaría convertirme en un grandísimo escritor. Vender millones y millones de libros.

Abrió los ojos como platos y vi sus órbitas brillar en la noche como dos lunas.

—Seguro que lo consigues, Marc. ¡Eres un tío fantástico!

Y yo pensé que una estrella fugaz era una estrella muy bonita que tenía miedo de brillar, y huía lo más lejos posible. Un poco como yo.

Los jueves, Jared y yo no nos perdíamos nunca la clase de uno de los personajes centrales de la universidad: el escritor Harry Quebert. Era un hombre muy impresionante, por su carisma y su personalidad, un profesor fuera de serie, adulado por sus alumnos y respetado por sus compañeros. Tenía una gran influencia en Burrows, todo el mundo le escuchaba y su opinión tenía mucho peso, no sólo porque era Harry Quebert, la pluma de América, sino porque imponía respeto, por su alta estatura, su elegancia natural y su voz a la vez cálida y atronadora. En los pasillos de la universidad y en las avenidas del campus, cualquiera se giraba a su paso para saludarle. Su popularidad era inmensa: los estudiantes le estaban agradecidos por ofrecer su tiempo en una universidad tan pequeña, conscientes de que le bastaba con una simple llamada para ocupar las cátedras más prestigiosas del país. De hecho, era el único de todo el claustro de profesores que daba sus clases en el gran anfiteatro, que normalmente sólo se utilizaba en las ceremonias de entrega de diplomas o en las representaciones teatrales.

Ese año de 1998 fue también el del caso Lewinsky. 1998, año de la mamada presidencial, el de la infiltración del erotismo, para horror de todo Estados Unidos, en las más altas esferas del país. El que vio a nuestro respetable presidente Clinton obligado a una sesión de contrición delante de toda la nación por haberse dejado lamer las partes pudendas por una abnegada becaria. El sabroso asunto iba de boca en boca: en el campus nadie hablaba de otra cosa y nos preguntábamos, inocentes, qué iba a pasar con nuestro querido gobernante.

Un jueves por la mañana de finales de octubre, Harry Quebert empezó su clase más o menos así: «Señoras y señores, todos andamos muy revueltos por lo que está pasando en Washington, ¿verdad? El caso Lewinsky... Sepan que desde George Washington, en toda la historia de los Estados Unidos de América han existido dos causas para poner fin a un mandato presidencial: ser un destacado rufián, como Richard Nixon, o morir. Y, hasta hoy, nueve presidentes han visto interrumpido su mandato por una de estas dos razones: Nixon dimitió y los ocho restantes se murieron, la mitad de ellos asesinados. Pero he aquí que a esta lista podría añadirse una tercera causa: la felación. La relación bucal, el francés, el chupa chupa, la mamada. Y cada uno de nosotros debe preguntarse si nuestro poderoso Presidente, cuando tiene el pantalón bajado hasta las rodillas, sigue siendo nuestro poderoso Presidente. Porque eso es lo que apasiona a América: las historias de sexo, las historias de moral. América es el paraíso de la pilila. Y ya verán ustedes, de aquí a unos años nadie recordará que el señor Clinton levantó nuestra desastrosa economía, gobernó de forma experta con una mayoría republicana en el Senado o hizo que Rabin y Arafat se estrecharan la mano. En cambio, todo el mundo recordará el caso Lewinsky, porque las mamadas, señoras y señores, permanecen grabadas en la memoria. Bueno, a nuestro Presidente le gusta que le purguen de vez en cuando. ¿Y qué? Seguramente no es el único. ¿A quién de esta sala también le gusta?».

Tras estas palabras, Harry se interrumpió y escrutó el auditorio. Hubo un largo silencio: la mayoría de los estudiantes empezó a mirarse los zapatos. Jared, sentado a mi lado, cerró incluso los ojos para no cruzarse con su mirada. Yo levanté la mano. Estaba sentado en las últimas filas, y Harry, señalándome con el dedo, declaró dirigiéndose a mí:

—Levántese, mi joven amigo. Levántese para que le vean bien y dígame en qué está pensando.

—Me gustan mucho las mamadas, señor. Me llamo Marcus Goldman y me gusta que me la chupen. Como a nuestro querido Presidente.

Harry se bajó las gafas de lectura y me miró con aire divertido. Más tarde me confesó: «Ese día, cuando le vi, Marcus, cuando vi a ese joven orgulloso, de cuerpo sólido, de pie ante su silla, me dije: Dios mío, he aquí un hombre de verdad». En aquel momento, simplemente me preguntó:

—Díganos, joven: ¿le gusta que se la chupen los chicos o las chicas?

—Las chicas, profesor Quebert. Soy un buen heterosexual y un buen americano. Dios bendiga a nuestro Presidente, al sexo y a América.

El auditorio, pasmado, se echó a reír y aplaudió. Harry estaba encantado. Explicó, dirigiéndose a mis compañeros:

—Ya ven, a partir de ahora nadie mirará a este pobre chico de la misma forma. Todo el mundo pensará: ése es el cerdo asqueroso al que le gustan las mamadas. Y poco importarán sus talentos, poco importarán sus cualidades, será para siempre «Señor Mamada» —se giró de nuevo en mi dirección—. Señor Mamada, ¿podría explicarnos ahora por qué ha realizado tales confidencias mientras sus compañeros han tenido el buen gusto de callarse?

—Porque en el paraíso de la pilila, profesor Quebert, el sexo puede hundirte, pero también propulsarte hasta la cima. Y ahora que todo el auditorio tiene puestos sus ojos en mí, tengo el placer de informarles que escribo cuentos muy buenos que se publican en la revista de la universidad, que venderé a la salida de clase por cinco dólares de nada el ejemplar.

A final de clase, Harry vino a mi encuentro a la salida del anfiteatro. Mis compañeros habían desvalijado mi stock de ejemplares de la revista. Él me compró el último.

—¿Cuántos ha vendido? —me preguntó.

—Todos los que tenía, cincuenta ejemplares. Y me han encargado un centenar, pagados por adelantado. Los he pagado a dos dólares cada uno y los he vendido a cinco. Así que acabo de ganar cuatrocientos cincuenta dólares. Sin contar con que uno de los miembros del consejo de redacción de la revista acaba de proponerme que me convierta en redactor jefe. Dice que acabo de dar un golpe publicitario enorme para la revista y que nunca había visto algo parecido. Ah, sí, se me olvidaba: una decena de chicas me han dejado sus números de teléfono. Tenía usted razón, estamos en el paraíso de la pilila. Y debemos saber cuándo utilizar esa información en el momento oportuno.

Sonrió y me tendió la mano.

—Harry Quebert —se presentó.

—Ya sé quién es usted, señor. Yo soy Marcus Goldman. Sueño con convertirme en un gran escritor, como usted. Espero que le guste mi cuento.

Nos estrechamos afectuosamente la mano y me dijo:

—Mi querido Marcus, no tengo ninguna duda de que llegará usted lejos.

A decir verdad, aquel día no fui más lejos que el despacho del decano del departamento de Literatura, Dustin Pergal, que me convocó muy enfadado.

—Joven —me dijo con su voz excitada y nasal mientras se agarraba a los brazos de su sillón—. ¿Ha expresado usted hoy, en pleno anfiteatro, propósitos de carácter pornográfico?

—De carácter pornográfico, no.

—¿No ha realizado usted, delante de trescientos de sus compañeros, apología de las relaciones bucales?

—He hablado de mamadas, señor. Efectivamente.

Miró al cielo.

—Señor Goldman, ¿reconoce usted haber utilizado las palabras *Dios, bendecir, sexo, heterosexual, homosexual* y *América* en la misma frase?

—No recuerdo con exactitud lo que expresé, pero sí, había algo de eso.

Intentó tranquilizarse y articuló lentamente:

—Señor Goldman, ¿puede usted explicarme qué tipo de frase obscena puede contener todas esas palabras a la vez?

—Oh, no se preocupe, señor decano, no era obscena. Era simplemente una bendición dirigida a Dios, a América, al sexo y a todas las prácticas que pueden derivar de él. Por delante, por detrás, a la izquierda, a la derecha y en todas direcciones, si entiende lo que quiero decir. Ya sabe, nosotros, los americanos, somos un pueblo al que le gusta bendecir. Es cultural. Cada vez que nos ponemos contentos, bendecimos.

Miró al cielo.

—¿Ha montado usted después un puesto de venta irregular de la revista de la universidad a la salida del anfiteatro?

—Totalmente cierto, señor. Pero sólo era un caso de fuerza mayor que le voy a explicar. Mire, trabajo mucho para escribir cuentos para la revista, pero la redacción se limita a publicármelos en las peores páginas. ¿Para qué escribir si nadie te lee?

—¿Se trata de un cuento de carácter pornográfico?

—No, señor.

—Me gustaría echarle un vistazo.

—Por supuesto. Son cinco dólares el ejemplar.

Pergal estalló.

—¡Señor Goldman! ¡Creo que no se da usted cuenta de la gravedad de la situación! ¡Sus opiniones han causado malestar! ¡He recibido quejas de alumnos! Es una situación desagradable para usted, para mí y para todo el mundo. Aparentemente ha declarado usted —leyó un folio que tenía delante—: «Me gustan las mamadas... Soy un buen heterosexual y un buen americano. Dios bendiga a nuestro Presidente, al sexo y a América». Pero, por Dios, ¿qué tipo de circo es éste?

—No es más que la verdad, señor decano: soy un buen heterosexual y un buen americano.

—¡Eso no quiero saberlo! ¡Su orientación sexual no interesa a nadie, señor Goldman! En cuanto a las asquerosas prácticas que realice a la altura de su entrepierna, ¡no interesan en absoluto a sus compañeros!

—No hacía más que responder a las preguntas del profesor Quebert.

Al escuchar esa frase, Pergal estuvo a punto de ahogarse.

—Cómo... ¿Cómo dice? ¿Las preguntas del profesor Quebert?

—Sí, él preguntó a quién le gustaba que se la mamasen, y como levanté la mano porque no es educado no responder cuando alguien hace una pregunta, añadió que si prefería que me la mamasen los chicos o las chicas. Eso es todo.

—¿El profesor Quebert le preguntó si a usted le gustaba que...?

—Eso mismo. Compréndalo, señor decano, es culpa del presidente Clinton. Lo que hace el Presidente todo el mundo quiere hacerlo.

Pergal se levantó para ir a buscar una carpeta en sus archivadores. Volvió a sentarse a su mesa y me miró directamente a los ojos.

—¿Quién es usted, señor Goldman? Hábleme un poco de usted. Tengo curiosidad por saber de dónde viene.

Le expliqué que había nacido a finales de los años setenta en Montclair, New Jersey, de madre empleada en unos grandes almacenes y padre ingeniero. Una familia de clase media, buenos americanos. Hijo único. Infancia y adolescencia felices a pesar de una inteligencia superior a la media. Instituto de Felton. El Formidable. Hincha de los Giants. Aparato dental a los catorce. Vacaciones en casa de una tía en Ohio, abuelos en Florida, por el sol y las naranjas. Todo absolutamente normal. Ninguna alergia, ninguna enfermedad notable que señalar. Intoxicación alimentaria con pollo en un campamento de vacaciones con los scouts a los ocho. Me gustan los perros pero no los gatos. Práctica deportiva: lacrosse, marcha y boxeo. Ambición: convertirme en un escritor famoso. No fumo porque produce cáncer de pulmón y provoca mal aliento por la mañana al despertarse. Bebo razonablemente. Plato preferido: filete y macarrones con queso. Consumo ocasional de marisco, sobre todo en Joe's Stone Crab, en Florida, incluso si mi madre dice que trae mala suerte, por nuestras *creencias*.

Pergal escuchó mi biografía sin rechistar. Cuando terminé me dijo simplemente:

—Señor Goldman: déjese de historias, ¿quiere? Acabo de consultar su informe. Ahora recuerdo que en su momento hice algunas llamadas, hablé con el director del instituto Felton. Me dijo que era usted un alumno fuera de lo común y que hubiese podido ingresar en las universidades más importantes. Entonces, dígame: ¿qué está haciendo usted aquí?

—¿Cómo dice, señor decano?

—Señor Goldman: ¿quién elige Burrows cuando puede elegir Harvard o Yale?

Mi golpe de efecto en el anfiteatro me cambiaría la vida por completo, incluso estuvo a punto de costarme mi plaza en Burrows. Pergal concluyó nuestra entrevista diciéndome que reflexionaría sobre mi suerte, y al final el asunto no tuvo consecuencias para mí. Años más tarde me enteré de que Pergal, que consideraba que un estudiante que planteaba problemas una vez los plantearía siempre, había querido echarme y que fue Harry el que insistió para que pudiese permanecer en Burrows.

Al día siguiente de ese memorable episodio, fui elegido para tomar las riendas de la revista de la universidad y darle una nueva dinámica. Como buen Formidable, decidí que esa nueva dinámica consistiría en dejar de publicar las obras de Reinhartz y apropiarme de la portada de cada número. Después, el lunes siguiente, me encontré por casualidad a Harry en la sala de boxeo del campus, que visitaba con asiduidad desde mi llegada. Era, en cambio, la primera vez que le veía allí. El sitio estaba normalmente poco frecuentado; en Burrows la gente no boxea y, aparte de mí, la única persona que venía con regularidad era Jared, al que había conseguido convencer para que echáramos unos rounds uno de cada dos lunes, porque necesitaba un compañero, preferentemente muy débil, para asegurarme de vencerle. Y, una vez cada quince días, le zurraba con cierto placer: el de ser, como siempre, el Formidable.

El lunes que Harry apareció en la sala, yo estaba ocupado trabajando mi posición de defensa frente a un espejo. Llevaba su ropa deportiva con la misma elegancia que sus trajes cruzados. Al entrar, me saludó de lejos y me dijo simplemente: «Ignoraba que le gustase también el boxeo, señor Goldman». Después empezó a ejercitarse con el saco, en una esquina de la sala. Sus gestos eran muy buenos, era vivo y rápido. Estaba deseando hablarle, contarle cómo, después de su clase, había sido convocado por Pergal, hablarle de mamadas y de libertad de expresión, decirle que era el nuevo redactor jefe de la revista de la universidad y cuánto le admiraba. Pero estaba demasiado impresionado como para atreverme a abordarlo.

Volvió a la sala el lunes siguiente, así que asistió a la tunda quincenal de Jared. Al borde del ring, observó con interés cómo daba un correctivo en toda regla a mi compañero, y tras el combate me dijo que yo era un buen boxeador, que él mismo tenía ganas de volver a dedicarse seriamente a entrenar, por lo de conservar la forma, y que mis consejos serían bienvenidos. Tenía cincuenta y tantos años, pero se adivinaba bajo su holgada camiseta un cuerpo ancho y vigoroso: golpeaba la pera con destreza, se asentaba bien, su juego de piernas era un poco lento pero estable, su guardia y sus reflejos estaban intactos. Le propuse pues trabajar un poco el saco para empezar, y así pasamos la velada.

Y volvió el lunes siguiente, y los siguientes a ése. Me convertí, de alguna forma, en su entrenador particular. Fue entonces, durante los ejercicios, cuando Harry y yo empezamos a estrechar lazos. Solíamos charlar un momento después del entrenamiento, sentados uno al lado del otro en los bancos de madera del vestuario, mientras nos secábamos el sudor. Al cabo de algunas semanas, llegó el temido instante en el que quiso subir al ring para enfrentarse en un combate de tres rounds contra mí. Por supuesto, yo no me atrevía a golpearle, pero él no tardó mucho en endosarme algunos directos bien colocados en el mentón, enviándome varias veces a la lona. Reía, decía que hacía años que no había hecho eso y que había olvidado lo divertido que era. Tras haberme dado una auténtica tunda y haberme llamado alfeñique, me propuso ir a cenar. Le llevé a un antro para estudiantes de una animada avenida de Burrows y, mientras comíamos hamburguesas chorreantes de grasa, hablamos de libros y escritura.

—Es usted un buen estudiante —me dijo—, se nota que ha leído mucho.

—Gracias. ¿Ha leído ya mi relato?

—Todavía no.

—Me gustaría saber lo que opina.

—Pues bien, amigo mío, si eso le complace, le prometo echarle un vistazo y decirle lo que pienso.

—Sobre todo, sea severo —dije.

—Se lo prometo.

Me había llamado *amigo mío,* y eso me enardeció. Esa misma noche llamé a mis padres para ponerles al corriente: en sólo unos meses de universidad, ya cenaba con el gran Harry Quebert. Mi madre, loca de alegría, se dedicó a llamar a medio New Jersey para anunciarles que el prodigioso Marcus, su Marcus, el Formidable, había estrechado ya lazos con las más altas esferas de la literatura. Marcus iba a convertirse en un gran escritor, eso estaba claro como el agua.

Pronto las cenas después del boxeo empezaron a formar parte del ritual de las tardes de lunes, momentos a los que no hubiese renunciado bajo ninguna circunstancia y que galvanizaban mi sensación de ser el Formidable. Vivía una relación privilegiada con Harry Quebert; a partir de entonces, los jueves, cuando intervenía durante sus clases, mientras los demás estudiantes debían contentarse con un banal *señora* o *señor,* él me trataba de *Marcus.*

Meses más tarde —debió de ser en enero o febrero, poco después de las vacaciones de Navidad—, durante una de nuestras cenas de los lunes, insistí en saber lo que pensaba de mi relato, ya que todavía no me había hablado de él. Tras un momento de duda, me preguntó:

—¿De verdad quiere saberlo, Marcus?

—Por supuesto. Y muéstrese crítico. Estoy aquí para aprender.

—Escribe usted bien. Tiene un talento enorme.

Enrojecí de placer.

—¿Y qué más? —exclamé, impaciente.

—Tiene usted dotes, eso no se puede negar.

Aquello era el colmo de la felicidad.

—¿Existe algún aspecto que deba mejorar, según usted?

—Oh, por supuesto. ¿Sabe?, tiene usted mucho potencial, pero, en el fondo, lo que he leído es malo. Muy malo, a decir verdad. No vale nada. De hecho, pasa lo mismo con todos los demás textos que he podido leer en la revista de la universidad. Cortar árboles para imprimir semejante periodicucho es criminal. No existen bosques suficientes en proporción al número de malos escritores que pueblan este país. Es necesario hacer un esfuerzo.

Mi corazón dio un vuelco. Como si hubiese recibido un mazazo enorme. Así que Harry Quebert, rey de la literatura, era en realidad el mayor de los cabrones.

—¿Siempre es usted así? —le pregunté con tono mordaz.

Sonrió, divertido, mirándome fijamente con su aspecto de pachá, como si saboreara el instante.

—¿Y cómo soy? —preguntó.

—Infumable.

Se echó a reír.

—Mire, Marcus, sé exactamente qué tipo de persona es usted: un pequeño pretencioso de primera que se piensa que Montclair es el centro del mundo. Un poco como los europeos pensaban serlo en la Edad Media, antes de coger un barco y descubrir que la mayoría de las civilizaciones más allá del océano estaban más desarrolladas que la suya, cosa que intentaron disimular a base de grandes masacres. Lo que quiero decir, Marcus, es que es usted un tipo sensacional, pero corre el peligro de apagarse si no se espabila un poco. Sus textos son buenos. Pero hay que revisarlo todo: el estilo, las frases, los conceptos, las ideas. Tiene que ponerse en cuestión y trabajar mucho más. Su problema es que no trabaja lo suficiente. Se contenta usted con muy poco, desgrana palabras sin elegirlas bien y eso se nota. Se cree usted un genio, ¿eh? Se equivoca. Su trabajo es una chapuza y en consecuencia no vale nada. Queda todo por hacer. ¿Me sigue?

—No mucho...

Estaba furioso: ¿cómo se atrevía, por muy Quebert que fuera? ¿Cómo se atrevía a dirigirse de esa forma a alguien a quien llaman «el Formidable»? Él prosiguió:

—Le voy a dar un ejemplo muy sencillo. Es usted un buen boxeador. Es un hecho. Sabe usted pelear. Pero mírese, no se enfrenta más que a ese pobre tipo, ese delgaducho al que da usted más palos que a una estera con esa especie de autosatisfacción que me da ganas de vomitar. Sólo se enfrenta a él porque está usted seguro de dominarle. Eso hace de usted un débil, Marcus. Un cobardica. Un acojonado. Un don nadie, un arrastrado, un fanfarrón, un perdonavidas. Es usted una cortina de humo. ¡Enfréntese a un verdadero adversario! ¡Demuestre coraje! El boxeo no miente, subir a un ring es un medio muy fiable de saber lo que uno vale: o das una paliza, o te la dan, pero no se puede mentir, ni a uno mismo, ni a los demás. Sin embargo, usted se las arregla siempre para escapar. Es lo que se dice un impostor. ¿Sabe por qué la revista ponía sus textos al final de la publicación? Porque eran malos. Así de simple. ¿Y por qué los de Reinhartz se llevaban todos los honores? Porque eran muy buenos. Eso podría haberle animado a superarse, a trabajar como un loco y crear un texto magnífico, pero era mucho más simple montar su pequeño golpe de Estado, borrar a Reinhartz y publicarse usted mismo en vez de ponerse en cuestión. Déjeme adivinar, Marcus, usted ha funcionado así toda su vida. ¿Me equivoco?

Yo estaba loco de rabia. Exclamé:

—¡No sabe usted nada, Harry! ¡Yo era muy apreciado en el instituto! ¡Yo era el Formidable!

—Pero mírese, Marcus, ¡no sabe usted caer! Tiene miedo al batacazo. Y por esa razón, si no cambia, se convertirá en un ser vacío y falto de interés. ¿Cómo se puede vivir sin saber caer? ¡Mírese a la cara, por Dios, y pregúntese qué demonios hace en Burrows! ¡He leído su informe! ¡He hablado con Pergal! ¡Estaba a dos pasos de ponerle de patitas en la calle, genio de pacotilla! Podría haber entrado en Harvard, Yale o en toda la maldita Poison Ivy Leage si hubiese querido, pero no, tenía que venir aquí, porque el Señor Jesús le ha dotado de un par de cojones tan pequeños que no tiene usted agallas para enfrentarse a adversarios de verdad. También he llamado a Felton, he hablado con el director, ese pobre pardillo, que me ha hablado del Formidable con lágrimas en su voz. Viniendo aquí, Marcus, usted sabía que sería ese personaje invencible que ha creado usted de arriba abajo, ese personaje que en realidad no tiene armas para enfrentarse a la vida real. Aquí, sabía desde el principio que no habría peligro de caer. Porque creo que ése es su problema: no se ha dado cuenta de la importancia de saber caer. Y eso es lo que provocará su fracaso si no lo remedia.

Tras esas palabras anotó, en su servilleta, una dirección de Lowell, Massachusetts, que se encontraba a una hora de coche. Me dijo que era un club de boxeo que organizaba todos los jueves por la tarde combates abiertos a todo el que quisiera participar. Y se fue, dejando la cuenta a mi cargo.

El lunes siguiente, Quebert no apareció por la sala de boxeo, ni el siguiente. En el anfiteatro, me trató de *señor* y se mostró desdeñoso. Finalmente, me decidí a abordarle a la salida de una de sus clases.

—¿Ya no viene usted al gimnasio? —le pregunté.

—Me cae bien, Marcus, pero, como ya le he dicho, no es usted más que un llorica disfrazado de pretencioso, y mi tiempo es demasiado valioso para perderlo con usted. Su lugar no está en Burrows y no me interesa su compañía.

Así fue como el jueves siguiente, furioso, pedí a Jared que me prestara su coche y me presenté en la sala de boxeo que Harry me había indicado. Era una gran nave en plena zona industrial. Un sitio terrorífico, con mucha gente dentro, donde el aire apestaba a sudor y a sangre. En el ring central se desarrollaba un combate de extrema violencia, y los numerosos espectadores, que llenaban el lugar hasta casi las mismas cuerdas, lanzaban gritos bestiales. Tenía miedo, tenía ganas de huir, de confesarme vencido, pero ni siquiera tuve la ocasión: un negro colosal, el propietario del garito, se colocó ante mí. «¿Vienes a boxear, *whitey*?», me preguntó. Respondí que sí y me envió a cambiarme al vestuario. Un cuarto de hora más tarde estaba en el ring, frente a él, para un combate de dos rounds.

Recordaré toda mi vida el correctivo que me infligió esa noche, tan grande que pensé que iba a morir. Me masacró, literalmente, entre los gritos salvajes de la sala, encantada de ver cómo partían la cara al buen estudiantito blanco llegado de Montclair. A pesar de mi estado, conservé mi honor aguantando hasta el final del tiempo reglamentario, cuestión de orgullo, esperando al gong final para derrumbarme sobre la lona, KO. Cuando volví a abrir los ojos, completamente sonado pero agradeciendo al Cielo el no estar muerto, vi a Harry inclinado sobre mí, con una esponja y agua.

—¿Harry? ¿Qué hace usted aquí?

Me limpió delicadamente el rostro. Sonreía.

—Mi buen Marcus, tiene usted un par de cojones que sobrepasan lo imaginable: ese tipo debe de pesar sesenta libras más que usted... Ha librado un combate magnífico. Estoy muy orgulloso de usted...

Intenté levantarme, pero me disuadió de ello.

—No se mueva todavía, creo que tiene la nariz rota. Es usted un buen tipo, Marcus. Estaba convencido de ello, pero acaba de demostrármelo. Al librar ese combate, acaba de probarme que las esperanzas que tengo puestas en usted desde el día que nos conocimos no son vanas. Acaba de demostrarme que es capaz de enfrentarse a sí mismo y sobrepasarse. A partir de ahora, podemos ser amigos. Quería decirle que es la persona más brillante que he conocido estos últimos años y que no tengo duda alguna de que se convertirá en un gran escritor. Yo le ayudaré.

*

Así fue como, tras el episodio de la monumental paliza en Lowell, empezó realmente nuestra amistad y como Harry Quebert se convirtió en mi profesor de Literatura de día, mi compañero de boxeo los lunes por la tarde y mi amigo y maestro ciertas tardes libres en las que me enseñaba a convertirme en escritor. Esa última actividad tenía lugar por regla general los sábados. Nos reuníamos en un *diner* cercano al campus e, instalados en una gran mesa donde podíamos desplegar libros y folios, releía mis textos y me daba consejos, animándome a volver a empezar, a pensar mis frases una y otra vez. «Un texto no es nunca perfecto —me decía—. Simplemente hay un momento en el que es menos malo que antes». Entre cita y cita me tiraba horas y horas en mi habitación, corrigiendo una y otra vez. Y así fue como yo, que había sobrevolado siempre la vida con cierta facilidad, que había sabido siempre engañar a todo el mundo, pinché en hueso, ¡pero qué hueso! El mismísimo Harry Quebert, la primera y única persona que me enfrentó a mí mismo.

Harry no se contentó con enseñarme a escribir: me enseñó a abrir mi mente. Me llevó al teatro, a exposiciones, al cine. También al Symphony Hall, en Boston; decía que una ópera bien cantada podía hacerle llorar. Consideraba que él y yo nos parecíamos mucho, y a menudo me contaba su pasado de escritor. Decía que la escritura había cambiado su vida a mediados de los setenta. Un día, mientras íbamos a Teenethridge para escuchar a un coro de jubilados, me abrió el desván de su memoria. Había nacido en 1941 en Benton, en New Jersey, hijo único, de madre secretaria y padre médico. Creo que había sido un niño totalmente feliz y que no hay gran cosa que contar de sus primeros años. Para mí, su historia comenzaba realmente a finales de los años sesenta, cuando, tras haber terminado los estudios de letras en la Universidad de Nueva York, encontró un trabajo de profesor de Literatura en un instituto de Queens. Pronto la clase se le quedó pequeña; no tenía más que un sueño, que habitaba en él desde siempre: ser escritor. En 1972 publicó una primera novela, en la que había puesto muchas esperanzas pero que no cosechó más que un discreto éxito. Decidió entonces comenzar una nueva etapa. «Un día —me explicó—, saqué mis ahorros del banco y me lancé, convencido de que ya era hora de escribir un libro puñeteramente bueno, a buscar una casa en la costa para poder pasar algunos meses tranquilos y trabajar en paz. La encontré en Aurora: supe inmediatamente que era la que me convenía. Dejé Nueva York a finales de mayo de 1975 y me instalé en New Hampshire, para no volver jamás. Porque el libro que escribí ese verano me abrió las puertas de la gloria. Ese año, Marcus, en el que me instalé en Aurora, escribí *Los orígenes del mal*. Con los derechos compré la casa, y allí sigo viviendo. Es un sitio sensacional, ya verá, tendrá que venir algún día...».

Fui por primera vez a Aurora a principios de enero de 2000, durante las vacaciones de Navidad. En ese momento, hacía aproximadamente año y medio que Harry y yo nos conocíamos. Recuerdo que me presenté con una botella de vino para él y flores para su mujer. Harry, al ver el inmenso ramo, me miró con aire extrañado y me dijo:

—¿Flores? Qué interesante, Marcus. ¿Tiene usted alguna confidencia que hacerme?

—Son para su mujer.

—¿Mi mujer? Pero si no estoy casado.

Me di cuenta entonces de que en todo el tiempo que nos conocíamos no habíamos hablado nunca de su vida íntima: no había señora de Quebert. No había familia de Harry Quebert. Sólo había Harry Quebert. Quebert a secas. Quebert, al que la casa se le venía encima hasta el punto de trabar amistad con uno de sus estudiantes. Comprendí aquello sobre todo al abrir su frigorífico. Poco después de mi llegada, instalados en su magnífico salón de muros tapizados de madera y libros, Harry me preguntó si quería algo de beber.

—¿Limonada? —me propuso.

—Con mucho gusto.

—Hay una jarra en el frigorífico, hecha expresamente para usted. Vaya pues a servirse, y tráigame también un vaso para mí, gracias.

Hice lo que dijo. Al abrir la nevera, constaté que estaba vacía: en su interior no había más que una miserable jarra de limonada preparada con cuidado, con hielos en forma de estrella, cortezas de limón y hojas de menta. Era el frigorífico de un hombre solo.

—Su frigorífico está vacío, Harry —dije al volver al salón.

—Oh, iré a comprar después. Debe perdonarme, no tengo costumbre de recibir visitas.

—¿Vive usted solo aquí?

—Por supuesto. ¿Con quién quiere que viva?

—Quiero decir, ¿no tiene usted familia?

—No.

—¿Ni mujer, ni hijos?

—Nada.

—¿Ni novia?

Sonrió tristemente:

—Tampoco novia. Nada.

Durante esa primera estancia en Aurora me di cuenta de que la imagen que tenía de Harry era incompleta: su casa al borde del mar era inmensa pero estaba totalmente vacía. Harry L. Quebert, estrella de la literatura americana, respetado profesor, adulado por sus alumnos, encantador, carismático, elegante, boxeador, intocable, se convertía en Harry a secas cuando volvía a su casa, en su pequeña ciudad de New Hampshire. Un hombre apartado, a veces un poco triste, al que le gustaban los largos paseos por la playa, bajo su casa, y que ponía mucho empeño en distribuir para las gaviotas el pan seco que guardaba en una caja de latón grabada con la inscripción RECUERDO DE ROCKLAND, MAINE. Me preguntaba lo que había podido pasar en la vida de ese hombre para que terminase de esa manera.

La soledad de Harry no me habría atormentado si nuestra amistad no hubiese empezado a despertar los inevitables rumores. Los otros estudiantes, conscientes de que mantenía una relación privilegiada con él, insinuaron que lo nuestro era algo más que una amistad. Un sábado por la mañana, harto de los comentarios de mis compañeros, acabé preguntándole sin rodeos:

—Harry, ¿por qué está usted siempre tan solo?

Balanceó la cabeza, vi sus ojos brillar.

—Intenta usted hablarme de amor, Marcus, pero el amor es complicado. El amor es algo muy complicado. Es a la vez la cosa más extraordinaria y la peor que puede pasar. Un día lo descubrirá. El amor puede hacer mucho daño. Así que no debe tener usted miedo de caer, y sobre todo de enamorarse, porque el amor también es muy hermoso, pero, como todo lo que es hermoso, deslumbra y daña los ojos. Por esa razón a menudo se llora después.

A partir de ese día, visité regularmente a Harry en Aurora. A veces venía desde Burrows sólo para pasar el día, otras me quedaba a dormir. Harry me enseñaba a convertirme en escritor, y yo hacía que se sintiese menos solo. Y fue así como durante los años que siguieron y que llegaron hasta el final de mi carrera universitaria, me cruzaba en Burrows con Harry Quebert, el escritor estrella, y me relacionaba en Aurora con Harry a secas, el hombre solo.

En el verano de 2002, tras pasar cuatro años en Burrows, obtuve mi diploma en Literatura. El día de la graduación, tras la ceremonia en el gran anfiteatro donde pronuncié mi discurso como número uno de la promoción (lo que dio pie a mi familia y amigos de Montclair a constatar con emoción que seguía siendo el Formidable), paseé un rato con Harry por el campus. Deambulamos bajo los grandes plátanos, y el zigzag de nuestro paseo nos llevó hasta la sala de boxeo. El sol era radiante, era un día magnífico. Hicimos nuestra última peregrinación entre los sacos y los rings.

—Aquí comenzó todo —dijo Harry—. ¿Qué va usted a hacer ahora?

—Volver a Nueva York. Escribir un libro. Convertirme en escritor. Tal y como me ha enseñado. Una gran novela.

Sonrió:

—¿Una gran novela? Paciencia, Marcus, tiene usted toda la vida para eso. Volverá de vez en cuando por aquí, ¿verdad?

—Por supuesto.

—Siempre habrá sitio para usted en Aurora.

—Lo sé, Harry. Gracias.

Me miró y me agarró por los hombros.

—Han pasado años desde que nos conocimos. Ha cambiado usted mucho, se ha convertido en un hombre. Estoy deseando leer su primer libro.

Nos miramos fijamente durante un momento y añadió:

—En el fondo, ¿por qué quiere usted escribir, Marcus?

—No tengo ni idea.

—Eso no es una respuesta. ¿Por qué escribe usted?

—Porque lo llevo en la sangre... Y cuando me levanto por la mañana, es la primera cosa que me viene a la mente. Es todo lo que puedo decir. ¿Y usted, por qué se convirtió en escritor, Harry?

—Porque escribir dio un sentido a mi vida. Por si no se ha dado cuenta todavía, la vida, en términos generales, no tiene sentido. Salvo si se esfuerza usted en dárselo y lucha cada día que Dios nos da para llegar a ese fin. Tiene usted talento, Marcus: dele sentido a su vida, que el viento de la victoria haga ondear su nombre. Ser escritor es estar vivo.

—¿Y si no lo consigo?

—Lo conseguirá. Será difícil, pero lo conseguirá. El día en el que escribir dé un sentido a su vida, será un verdadero escritor. Hasta entonces, sobre todo, no tenga miedo de caer.

La novela que escribí durante los dos años siguientes fue la que me propulsó a la cima. Varias editoriales se ofrecieron para comprarme el manuscrito y, al final, durante el año 2005, firmé un contrato por una buena suma con la prestigiosa editorial neoyorquina Schmid & Hanson, cuyo poderoso director Roy Barnaski, curtido hombre de negocios, me hizo firmar un compromiso global para cinco obras. En cuanto se publicó, en otoño de 2006, el libro tuvo un éxito inmenso. El Formidable del instituto Felton se convirtió en un novelista famoso y mi vida cambió radicalmente: tenía veintiocho años y me había convertido en un hombre rico, conocido y con talento. Estaba lejos de sospechar que la lección de Harry no había hecho más que empezar.

27. Allí donde estaban plantadas las hortensias

«Harry, tengo una duda sobre lo que estoy escribiendo. No sé si es bueno. Si merece la pena...

—Póngase el pantalón corto, Marcus. Y vaya a correr.

—¿Ahora? Está lloviendo a cántaros.

—Ahórrese los lloriqueos, señorita. La lluvia no ha matado nunca a nadie. Si no tiene el valor de salir a correr bajo la lluvia, no tendrá el valor de escribir un libro.

—¿Es otro de sus famosos consejos?

—Sí. Y éste es un consejo aplicable a todos los personajes que viven dentro de usted: el hombre, el boxeador y el escritor. Si un día tiene dudas sobre lo que está haciendo, vaya y corra. Corra hasta perder la cabeza: sentirá nacer dentro de usted la rabia de vencer. ¿Sabe, Marcus?, yo también odiaba la lluvia antes...

—¿Qué le hizo cambiar de opinión?

—Alguien.

—¿Quién?

—Vamos. Vaya ahora. No vuelva hasta que esté agotado.

—¿Cómo quiere que aprenda si no me cuenta nunca nada?

—Pregunta usted demasiado, Marcus. Feliz carrera.»

Era un hombre corpulento, de aspecto poco afable; un afroamericano con manos como palas, vestido con una americana estrecha que dibujaba un físico potente, macizo. La primera vez que lo vi me apuntó con un revólver. Nunca me habían amenazado antes con un arma. Entró en mi vida el miércoles 18 de junio de 2008, día en el que comenzó realmente mi investigación sobre los asesinatos de Nola Kellergan y Deborah Cooper. Esa mañana, tras casi cuarenta y ocho horas en Goose Cove, decidí que había llegado la hora de enfrentarse al agujero abierto a veinte metros de la casa que hasta entonces me había limitado a observar de lejos. Tras haber pasado por debajo de las cintas policiales, inspeccioné detenidamente ese terreno que conocía tan bien. Goose Cove estaba rodeado por la playa y la vegetación que daba a la costa y no había ninguna barrera, nada que impidiera el paso a la propiedad. Cualquiera podía entrar y salir y de hecho no era raro ver a paseantes deambulando por la playa o atravesando los bosques cercanos. El agujero se abría sobre una lengua de hierba que dominaba el océano, entre la terraza y el bosque. Al llegar ante él, miles de preguntas empezaron a hervir en mi cabeza, pero una en especial: cuántas horas habría pasado yo en esa terraza, en el despacho de Harry, mientras el cadáver de esa chica dormía bajo tierra. Hice algunas fotos e incluso algunos vídeos con mi teléfono móvil, intentando imaginarme el cuerpo descompuesto, tal y como la policía debió de encontrarlo. Obnubilado por la escena del crimen, no sentí la amenazadora presencia tras de mí. Fue al darme la vuelta para grabar la distancia con la terraza cuando vi que había un hombre, a unos metros, apuntándome con un revólver. Grité:

—¡No dispare! ¡No dispare, por Dios! ¡Soy Marcus Goldman! ¡Escritor!

Bajó inmediatamente su arma.

—¿Es usted Marcus Goldman?

Guardó su pistola en un estuche atado a su cinturón, y me di cuenta de que llevaba una placa.

—¿Es usted policía? —pregunté.

—Sargento Perry Gahalowood. Brigada criminal de la policía estatal. ¿Qué está haciendo aquí? Ésta es la escena de un crimen.

—¿Hace eso a menudo? ¿Apuntar a la gente con su trasto? ¿Y si yo hubiese sido un federal? ¡Menuda cara se le habría quedado! Me hubiese encargado de que le expulsaran al momento.

Se echó a reír.

—¿Un federal? ¿Usted? Hace diez minutos que le observo, caminando de puntillas para no ensuciar sus mocasines. Y los federales no lanzan gritos cuando ven un arma. Sacan la suya y disparan sobre todo lo que se mueve.

—Pensé que era usted un intruso.

—¿Porque soy negro?

—No, porque tiene cara de intruso. ¿Eso que lleva es una corbata india?

—Sí.

—Está completamente pasada de moda.

—¿Va a decirme qué está haciendo aquí?

—Vivo aquí.

—¿Cómo que *vive aquí*?

—Soy un amigo de Harry Quebert. Me pidió que me ocupase de la casa en su ausencia.

—¡Está usted loco de remate! ¡Harry Quebert está acusado de un doble asesinato, la casa ha sido precintada y el acceso está prohibido! Me lo llevo detenido, amigo.

—No han precintado la casa.

Permaneció perplejo un instante, después respondió:

—No pensé que un escritor dominguero fuera a venir a ocuparla.

—Había que pensar. Incluso si es un ejercicio difícil para un policía.

—De todas formas, me lo llevo detenido.

—¡Vacío jurídico! —exclamé—. ¡No hay precinto, no hay prohibición! Me quedo aquí. Si no, le llevaré hasta la Corte Suprema y le denunciaré por haberme amenazado con su cacharro. Pediré millones en daños y perjuicios. Lo he grabado todo.

—Eso es cosa de Roth, ¿eh? —suspiró Gahalowood.

—Sí.

—Puf. Qué demonios. Enviaría a su madre a la silla eléctrica si eso pudiese exculpar a uno de sus clientes.

—Vacío jurídico, sargento. Vacío jurídico. Espero que no me guarde rencor.

—Sí. De todas formas, la casa ya no nos interesa. Sin embargo, le prohíbo meter los pies más allá de la cinta. ¿No sabe usted leer? Dice NO PASAR - ESCENARIO DE CRIMEN.

Habiendo recobrado algo de valor, me sacudí la camisa y di algunos pasos hacia el hoyo.

—Figúrese, sargento, que yo también estoy investigando —le expliqué con seriedad—. ¿Qué tal si me dice qué sabe del caso?

Volvió a resoplar.

—Debo de estar teniendo una alucinación: ¿usted investiga? Eso sí que es noticia. De hecho, me debe usted quince dólares.

—¿Quince dólares? ¿Por qué?

—Es lo que me costó su libro. Lo leí el año pasado. Un libro malísimo. Sin duda el peor que he leído en toda mi vida. Me gustaría que me devolviese el dinero.

Le miré fijamente a los ojos y le dije:

—Váyase al cuerno, sargento.

Como seguía avanzando sin mirar por dónde iba, caí en el agujero. Y me puse a gritar de nuevo porque estaba donde había permanecido el cadáver de Nola.

—¡Joder, es usted de lo que no hay! —exclamó Gahalowood desde lo alto del talud de tierra.

Me tendió la mano y me ayudó a subir. Fuimos a sentarnos en la terraza y le di su dinero. No tenía más que un billete de cincuenta.

—¿Tiene cambio? —pregunté.

—No.

—Guárdeselo.

—Gracias, escritor.

—Ya no soy escritor.

Pronto comprendería que el sargento Gahalowood era un hombre huraño además de terco como una mula. A pesar de ello, tras algunas súplicas, me contó que el día del descubrimiento estaba de guardia y que había sido uno de los primeros en presentarse ante el hoyo.

—Había restos humanos y un bolso de cuero. Un bolso con el nombre de *Nola Kellergan* grabado en su interior. Lo abrí y encontré dentro un manuscrito, en relativamente buen estado. Me imagino que el cuero conservó el papel.

—¿Cómo supo usted que ese manuscrito era el de Harry Quebert?

—En aquel momento lo ignoraba. Se lo enseñé a él mismo en la sala de interrogatorios y lo reconoció de inmediato. Después, evidentemente, comprobé el texto. Se corresponde palabra por palabra con su libro, *Los orígenes del mal,* publicado en 1976, menos de un año después del drama. Extraña coincidencia, ¿no?

—El hecho de que escribiera un libro sobre Nola no prueba que la matara. Él dice que ese manuscrito había desaparecido, y que es posible que Nola lo cogiese.

—Encontramos el cadáver de la chiquilla en su jardín. Con el manuscrito de su libro. Deme pruebas de su inocencia, escritor, y quizás cambie de opinión.

—Me gustaría ver esas hojas.

—Imposible, es la prueba de un delito.

—Ya le he dicho que yo también estoy investigando —insistí.

—Sus pesquisas no me interesan, escritor. Tendrá acceso al informe tan pronto Quebert haya pasado ante el Gran Jurado.

Quise demostrarle que no era un aficionado y que yo también tenía cierto conocimiento del caso.

—He hablado con Travis Dawn, el actual jefe de policía de Aurora. Aparentemente, en el momento de la desaparición de Nola tenían una pista: un Chevrolet Monte Carlo negro.

—Estoy al corriente —replicó Gahalowood—. Y adivine qué, Sherlock Holmes: Harry Quebert tenía un Chevrolet Monte Carlo negro.

—¿Cómo sabe lo del Chevrolet?

—He leído el informe de entonces.

Pensé un instante y dije:

—Un minuto, sargento. Si es usted tan listo, explíqueme por qué Harry encargó plantar flores donde había enterrado a Nola.

—No se imaginaba que los jardineros excavarían tan profundo.

—Eso no tiene ningún sentido y usted lo sabe. Harry no mató a Nola Kellergan.

—¿Cómo puede estar tan seguro?

—Él la amaba.

—Eso dicen todos durante el juicio: «La amaba demasiado, por eso me la cargué». Cuando se ama, no se mata.

Con estas palabras, Gahalowood se levantó de su silla para darme a entender que había acabado conmigo.

—¿Ya se va, sargento? Pero si nuestro caso no ha hecho más que empezar.

—¿Nuestro? Querrá decir el mío.

—¿Cuándo nos volvemos a ver?

—Nunca, escritor. Nunca.

Y se marchó sin decir nada más.

Gahalowood no me tomaba en serio, pero, en cambio, la actitud de Travis Dawn, al que fui a ver poco después a la comisaría de Aurora para enseñarle el mensaje anónimo que había descubierto la noche anterior, fue muy distinta.

—Vengo a verte porque he encontrado esto en Goose Cove —le dije poniendo el trozo de papel sobre su mesa.

Lo leyó.

—*¿Vuelve a tu casa, Goldman?* ¿Cuándo lo has encontrado?

—Anoche. Salí a pasear por la playa. Al volver, ese mensaje estaba doblado en el quicio de la puerta de entrada.

—Y me imagino que no has visto nada...

—Nada.

—¿Es la primera vez?

—Sí. Pero también es cierto que hace sólo dos días que estoy allí...

—Voy a registrar una denuncia para abrir un informe. Tendrás que ser prudente, Marcus.

—Me parece estar escuchando a mi madre.

—No, esto es serio. No subestimes el impacto emocional de esta historia. ¿Puedo quedarme con la nota?

—Es tuya.

—Gracias. ¿Puedo hacer algo más por ti? Me parece que no has venido aquí sólo para hablarme de este trozo de papel.

—Me gustaría que me acompañases a Side Creek, si tienes tiempo. Quiero ver el sitio donde sucedió todo.

Travis no sólo aceptó llevarme a Side Creek, sino que me obligó a hacer un viaje de treinta y tres años en el tiempo. Montados en su coche patrulla, recorrimos el camino que él mismo había realizado cuando respondió a la primera llamada de Deborah Cooper. Desde Aurora, siguiendo la federal 1, que bordea la costa en dirección a Maine, pasamos ante Goose Cove y después, unas millas más lejos, llegamos al límite del bosque de Side Creek y a la intersección con Side Creek Lane, el camino que desembocaba en la casa de Deborah Cooper. Travis giró y enseguida la tuvimos delante: una bonita construcción de madera, frente al océano, cercada por el bosque. Era un sitio magnífico pero completamente perdido.

—No ha cambiado nada —me dijo Travis mientras la rodeábamos—. Han vuelto a pintarla, es algo más clara que antes. El resto sigue exactamente igual que en aquella época.

—¿Quién vive aquí ahora?

—Una pareja de Boston, que viene a pasar los meses de verano. Llegan en julio y se van a finales de agosto. El resto del tiempo no hay nadie.

Me enseñó la puerta de atrás, que daba a la cocina, y prosiguió:

—La última vez que vi a Deborah Cooper con vida estaba delante de esta puerta. El jefe Pratt acababa de llegar: le dijo que permaneciese tranquila en su casa y que no se preocupase, y nos marchamos a registrar el bosque. Quién hubiese podido imaginar que, veinte minutos más tarde, la matarían de un balazo en el pecho.

Mientras hablaba, Travis se dirigió hacia los árboles. Comprendí que volvía al sendero que había tomado con el jefe Pratt treinta y tres años antes.

—¿Qué ha sido del jefe Pratt? —pregunté mientras le seguía.

—Está jubilado. Sigue viviendo en Aurora, en Mountain Drive. Seguro que ya lo has visto. Un tipo más bien fuerte que siempre lleva pantalones de golf.

Nos internamos entre las hileras de árboles. A través de la densa vegetación, se podía ver la playa, un poco más abajo. Tras un cuarto de hora largo de caminata, Travis se detuvo en seco delante de tres pinos perfectamente rectos.

—Fue aquí —me dijo.

—¿*Aquí* qué?

—Donde encontramos toda esa sangre, mechones de pelo rubio y un trozo de tela roja. Era atroz. Reconocería este lugar en cualquier momento: hay algo más de musgo en las piedras, los árboles han crecido, pero para mí nada ha cambiado.

—¿Qué hicisteis después?

—Comprendimos que había pasado algo grave, pero no tuvimos tiempo de echar un vistazo porque sonó el famoso disparo. Qué locura, no nos enteramos de nada... Quiero decir que, forzosamente, tuvimos que cruzarnos con la chiquilla o con su asesino en algún momento... No sé cómo pudimos pasar de largo... Supongo que estaban escondidos en la espesura y que él le impidió gritar. El bosque es inmenso, no es difícil pasar desapercibido. Me imagino que después ella aprovechó un momento de despiste del asesino para liberarse de él y que corrió hasta la casa buscando ayuda. Él la encontró allí y se deshizo de la abuela Cooper.

—Así pues, al escuchar el disparo, os disteis la vuelta inmediatamente...

—Sí.

Rehicimos el camino en sentido inverso y volvimos a la casa.

—Todo sucedió en la cocina —comenzó a explicar Travis—. Nola llega del bosque gritando socorro; la abuela Cooper la acoge y va hasta el salón para llamar a la policía y avisar de que la chiquilla está allí. Sé que el teléfono está en el salón porque yo mismo lo había utilizado media hora antes para llamar al jefe Pratt. Mientras está llamando, el agresor entra en la cocina para recuperar a Nola, pero en ese momento reaparece Cooper y él dispara. Después coge a Nola y la lleva hasta su coche.

—¿Dónde estaba ese coche?

—En el arcén de la federal 1, a la altura en la que bordea este maldito bosque. Ven, te lo voy a enseñar.

Desde la casa, Travis me condujo de nuevo por el bosque, pero esta vez en otra dirección completamente distinta, guiándome con paso firme a través de los árboles. Desembocamos de inmediato en la 1.

—El Chevrolet negro estaba allí. En aquella época, el arcén de la carretera estaba menos despejado, así que lo tenía escondido entre los matorrales.

—¿Cómo se supo que éste fue el camino que recorrió?

—Había huellas de sangre desde la casa hasta aquí.

—¿Y el coche?

—Se esfumó. Como te decía, un ayudante del sheriff que llegaba como refuerzo por esta carretera se topó con él por casualidad. Hubo una persecución, se levantaron controles en toda la zona, pero los esquivó.

—¿Cómo hizo el asesino para librarse del cerco?

—Eso me gustaría saber a mí, y debo confesar que hay muchas preguntas que me hago desde hace treinta y tres años sobre este asunto. ¿Sabes?, no pasa un día sin que, al subirme al coche patrulla, me pregunte qué habría pasado si hubiésemos atrapado ese maldito Chevrolet. Quizás habríamos podido salvar a la pequeña...

—Entonces ¿crees que seguía con él?

—Ahora que hemos encontrado su cuerpo a dos millas de aquí, diría que estoy seguro.

—Y crees también que era Harry el que conducía ese Chevrolet negro, ¿verdad?

Se encogió de hombros.

—Digamos simplemente que, vistos los últimos acontecimientos, no veo quién podría ser si no.

El antiguo jefe de policía, Gareth Pratt, al que fui a visitar ese mismo día, parecía ser de la misma opinión que su ayudante. Me recibió en su porche, en pantalones de golf. Su mujer, Amy, después de habernos servido algo de beber, fingió ocuparse de las macetas que adornaban su marquesina para escuchar nuestra conversación, cosa que tampoco ocultaba, porque iba comentando lo que decía su marido.

—Yo le conozco, ¿verdad? —me preguntó Pratt.

—Sí, vengo a menudo a Aurora.

—Es ese chico tan majo que escribió un libro —le indicó su mujer.

—¿Es usted ese tipo que ha escrito un libro? —repitió él.

—Sí —respondí—. Entre otras cosas.

—Acabo de decírtelo, Gareth —cortó Amy.

—Querida, te ruego que no nos interrumpas: es una visita para mí, muchas gracias. Y bien, señor Goldman, ¿a qué debo el honor de su visita?

—A decir verdad, intento responder a algunas preguntas que me planteo acerca del asesinato de Nola Kellergan. He hablado con Travis Dawn y me ha indicado que en aquella época ya sospechaban de Harry.

—Es cierto.

—¿En qué se basaban?

—Algunos indicios nos habían puesto la mosca detrás de la oreja. Especialmente el desenlace de la persecución: implicaba que el asesino fuese un tipo de por aquí. Había que conocer perfectamente la zona para conseguir desaparecer así, con todos los policías del condado pisándole los talones. Y además estaba ese Monte Carlo negro. Comprenderá que hicimos la lista de todos los propietarios de ese modelo que vivían en la región: el único de ellos que no tenía coartada era Quebert.

—Sin embargo, al final no siguieron su pista...

—No, porque aparte del asunto del coche, no teníamos ningún elemento concreto contra él. De hecho, le descartamos rápidamente de nuestra lista de sospechosos. El descubrimiento del cuerpo prueba que nos equivocamos. Es cosa de locos, ese tipo siempre me cayó simpático... En el fondo, quizá eso afectó a mi juicio. Siempre fue tan encantador, tan cordial, tan convincente... Quiero decir que, usted mismo, señor Goldman, si he entendido bien, le conocía bastante: ahora que sabe lo de la chiquilla en el jardín, ¿no se le ocurre a usted alguna cosa que hubiese dicho o hecho un día y que hubiese podido despertar en usted una mínima sospecha?

—No, jefe. Nada que recuerde.

De vuelta a Goose Cove vi, más allá de las cintas policiales, las matas de hortensias muriéndose al borde del agujero, con las raíces al aire. Entré en el pequeño anexo que servía de garaje y tomé una azada. Después, penetrando en la zona prohibida, excavé un cuadrado de tierra blanda frente al océano y planté allí las flores.

*

30 de agosto de 2002

—¿Harry?

Eran las seis de la mañana. Él estaba en la terraza de Goose Cove, con una taza de café en la mano. Se volvió.

—¿Marcus? Está usted sudando... No me diga que ya ha ido a correr.

—Sí. He hecho mis ocho millas.

—¿A qué hora se ha levantado?

—Pronto. ¿Recuerda, hace dos años, cuando empecé a venir aquí y me obligaba a levantarme al amanecer? Pues desde entonces le he cogido gusto. Me levanto pronto, para que el mundo me pertenezca. ¿Y usted, qué hace fuera?

—Observo, Marcus.

—¿Qué observa usted?

—¿Ve ese rinconcito de hierba entre los pinos que domina la playa? Hace tiempo que quiero hacer algo allí. Es la única parcela de la propiedad lo bastante llana y utilizable para plantar un pequeño jardín. Me gustaría crear un sitio agradable para mí, con dos bancos, una mesa de hierro y todo rodeado de hortensias. Muchas hortensias.

—¿Por qué hortensias?

—Conocí a alguien a quien le gustaban. Desearía tener parterres de hortensias para acordarme de ella siempre.

—¿Alguien a quien amó?

—Sí.

—Parece usted triste, Harry.

—No se preocupe de eso.

—Harry, ¿por qué no me habla nunca de su vida amorosa?

—Porque no tengo nada que decir. Mejor mire, mire bien. ¡O mejor cierre los ojos! Sí, ciérrelos bien para que ninguna luz atraviese sus pupilas. ¿Lo ve? Ese camino pavimentado que parte de la terraza y lleva hasta las hortensias. Y esos dos bancos, desde los que poder ver a la vez el mar y las magníficas flores. ¿Qué puede haber mejor que contemplar el océano y las hortensias? Incluso haré un pequeño estanque, con una fuente en forma de estatua en el centro. Y si es lo suficientemente grande, lo llenaré de carpas japonesas multicolores.

—¿Peces? No aguantarán ni una hora, se los zamparán las gaviotas.

Sonrió.

—Las gaviotas tienen todo el derecho a hacer lo que quieran aquí, Marcus. Pero tiene razón: no meteré carpas en el estanque. Vaya a darse una buena ducha caliente, ¿quiere? Antes de que coja una pulmonía o cualquier otra mierda que haga pensar a sus padres que me ocupo mal de usted. Yo voy a preparar el desayuno. Marcus...

—¿Sí, Harry?

—Si hubiese tenido un hijo...

—Lo sé, Harry. Lo sé.

*

La mañana del jueves 19 de junio de 2008 fui al Sea Side Motel. Era fácil de encontrar: desde Side Creek Lane se seguía todo recto la federal 1 durante cuatro millas, en dirección norte, y era imposible no ver el inmenso cartel de madera que indicaba:

SEA SIDE MOTEL & RESTAURANT
desde 1960

El lugar en el que Harry había esperado a Nola existía desde siempre; seguramente había pasado por delante de él centenares de veces, pero nunca le había prestado la menor atención; y, de hecho, ¿qué razón habría tenido para hacerlo hasta ahora? Era un edificio de madera, coronado por un techo rojo y rodeado por una rosaleda; el bosque se extendía justo detrás. Todas las habitaciones del piso de abajo daban directamente al aparcamiento, se accedía a las del piso de arriba por una escalera exterior.

Según el empleado de la recepción al que estuve interrogando, el edificio no había cambiado nada desde su construcción, salvo que las habitaciones habían sido modernizadas y se había añadido un restaurante al inmueble original. Como prueba de lo que me decía, sacó el libro conmemorativo del cuarenta aniversario del motel y confirmó sus palabras mostrándome las fotos de la época.

—¿Por qué le interesa tanto este lugar?

—Porque busco una información muy importante —le dije.

—Le escucho.

—Me gustaría saber si alguien durmió aquí, en la habitación número 8, la noche del sábado 30 al domingo 31 de agosto de 1975.

Se echó a reír.

—¿1975? ¿Está de broma? Desde que se informatizó el registro, podemos remontarnos a dos años como máximo. Puedo decirle quién durmió allí el 30 de agosto de 2006, si quiere. En fin, en teoría, porque es una información que no puedo revelarle, evidentemente.

—¿Así que no hay forma de saberlo?

—Aparte del registro, los únicos elementos que conservamos son las direcciones de correo electrónico para nuestra newsletter. ¿Le interesa a usted recibir nuestra newsletter?

—No, gracias. Al menos me gustaría visitar la habitación 8, si es posible.

—No puede usted visitarla. Pero está libre. ¿Quiere alquilarla por una noche? Son cien dólares.

—El cartel indica que todas las habitaciones cuestan setenta y cinco. ¿Sabe? Le doy veinte dólares, me enseñará la habitación y todos contentos.

—Es usted un buen negociante. Acepto.

La 8 estaba en el primer piso. Era una habitación completamente banal, con una cama, un minibar, una televisión, una mesita y un cuarto de baño.

—¿Por qué le interesa tanto esta habitación?

—Es complicado. Un amigo me dijo que pasó aquí una noche, hace treinta años. Si es cierto, quiere decir que es inocente de lo que se le acusa.

—¿Y de qué se le acusa?

No respondí a esa pregunta y volví a interrogarle:

—¿Por qué este sitio se llama Sea Side Motel? Ni siquiera tiene vistas al mar.

—No, pero hay un sendero que va hasta la playa, a través del bosque. Está escrito en el folleto. Pero a los clientes les da igual: los que vienen aquí no van a la playa.

—¿Quiere usted decir que, por ejemplo, se podría bordear el mar desde Aurora, atravesar el bosque y llegar aquí?

—En teoría, sí.

Pasé el resto del día en la biblioteca municipal, consultando los archivos e intentando tirar del hilo del pasado. Para esa tarea, Erne Pinkas me fue de gran ayuda: no escatimaba su tiempo para ayudarme a investigar.

Según la prensa de entonces, nadie había visto nada raro el día de la desaparición: ni a Nola huyendo, ni a un merodeador en las proximidades de la casa. Según todos, la desaparición seguía siendo un gran misterio, que el asesinato de Deborah Cooper oscurecía aún más. Sin embargo, algunos testigos —vecinos, sobre todo— habían declarado haber oído ruidos y gritos en casa de los Kellergan ese día, mientras que otros habían informado de que en lugar de ruidos se trataba de la música que el reverendo escuchaba particularmente alta, como era habitual en él. Las investigaciones del *Aurora Star* indicaban que el reverendo Kellergan solía trabajar en su garaje y que siempre escuchaba música mientras lo hacía. Subía el volumen hasta cubrir el ruido de sus herramientas, con el convencimiento de que la buena música, incluso cuando sonaba demasiado fuerte, era siempre preferible al sonido de los martillos. Si su hija hubiese pedido socorro, él no habría podido oír nada. Según Pinkas, Kellergan seguía arrepintiéndose de haber puesto la música tan fuerte: nunca llegó a abandonar la casa familiar de Terrace Avenue, en la que vivía recluido, y se había pasado años escuchando una y otra vez ese mismo disco, hasta volverse medio sordo, como para castigarse. De los dos padres de Nola, sólo quedaba él. La madre, Louisa, había muerto hacía mucho tiempo. Parece ser que la noche en que se descubrió que el cuerpo desenterrado era el de su pequeña, algunos periodistas fueron a asediar al viejo David Kellergan a su casa. «Fue una escena tan triste —me dijo Pinkas—. Dijo algo así como: *Así que está muerta... He estado ahorrando todo este tiempo para que pudiese ir a la universidad.* Y fíjate que al día siguiente, cinco falsas Nolas se presentaron en su puerta. Buscando la pasta. El pobre estaba desorientado por completo. Vivimos en una época completamente desquiciada: la humanidad tiene el corazón lleno de mierda, Marcus, ésa es mi opinión».

—¿Y el reverendo hacía eso a menudo, poner la música a tope? —pregunté.

—Sí, a todas horas. ¿Sabes?, a propósito de Harry... Me crucé con la señora Quinn ayer, en la calle...

—¿La señora Quinn?

—Sí, la antigua propietaria del Clark's. Va contando a quien quiere escucharla que ella sabía desde siempre que Harry le había echado el ojo a Nola... Dice que en aquella época tenía una prueba irrefutable.

—¿Qué tipo de prueba? —pregunté.

—Ni idea. ¿Tienes noticias de Harry?

—Voy a ir a verle mañana.

—Salúdale de mi parte.

—Ve a visitarle, si quieres... Le gustará.

—No estoy muy seguro de querer.

Me constaba que Pinkas, setenta y cinco años, jubilado de una fábrica textil de Concord, que no había estudiado nunca y sentía no haber podido satisfacer su pasión por los libros más allá de su trabajo como bibliotecario voluntario, sentía una gratitud eterna hacia Harry desde que éste le había permitido seguir como oyente sus cursos de Literatura en la Universidad de Burrows. Así que yo lo consideraba como uno de sus apoyos más fieles, pero comprobé que incluso él prefería distanciarse de Harry.

—¿Sabes? —me dijo—. Nola era una chica tan especial, dulce, buena con todo el mundo. ¡Aquí todos la adorábamos! Era como nuestra hija. Así que cómo pudo Harry... Quiero decir, incluso si no la mató, ¡le escribió ese libro! ¡Joder! ¡Tenía quince años! ¡Era una niña! ¿Amarla hasta el punto de escribirle un libro? ¡Un libro de amor! He estado casado con mi mujer durante cincuenta años y nunca necesité escribirle un libro.

—Pero ese libro es una obra maestra.

—Ese libro es el Diablo. Es un libro perverso. De hecho, he tirado los ejemplares que teníamos aquí. La gente está demasiado conmocionada.

Suspiré, pero no respondí nada. No quería enfadarme con él. Simplemente pregunté:

—Erne, ¿puedo hacer que envíen un paquete aquí, a la biblioteca?

—¿Un paquete? Claro. ¿Por qué?

—He pedido a mi asistenta que busque algo importante que tengo en casa y me lo envíe por FedEx. Pero prefiero recibirlo aquí: no estoy mucho en Goose Cove y el buzón está tan repleto de cartas asquerosas que ni siquiera lo vacío... Al menos aquí estoy seguro de que llegará.

El buzón de Goose Cove resumía perfectamente el estado de la reputación de Harry: toda América, tras haberle admirado, le abucheaba y le cubría de cartas insultantes. Era el mayor escándalo de la historia de la edición: *Los orígenes del mal* había desaparecido completamente de las librerías y de los programas escolares, el *Boston Globe* había cancelado su colaboración con Harry de forma unilateral; en cuanto al consejo de administración de la Universidad de Burrows, había decidido relevarle de sus funciones con efecto inmediato. Los periódicos le describían abiertamente como un depredador sexual; era el tema de todos los debates y las conversaciones. Roy Barnaski, oliéndose una oportunidad comercial sin precedentes, quería sin falta publicar un libro sobre el asunto. Y como Douglas no conseguía convencerme, acabó llamándome en persona para darme una pequeña lección de economía de mercado:

—El público quiere ese libro —me explicó—. Escuche esto, la acera está llena de fans coreando su nombre.

Conectó el altavoz e hizo una señal a sus ayudantes, que exclamaron: ¡*Gold-man!* ¡*Gold-man!* ¡*Gold-man!*

—No son mis fans, Roy, son sus ayudantes. Buenos días, Marisa.

—Buenos días, señor Goldman —respondió Marisa.

Barnaski volvió a coger el teléfono.

—En fin, piénselo bien, Goldman. Sacamos el libro en otoño. ¡Éxito seguro! ¿Le parece bien mes y medio para escribirlo?

—¿Mes y medio? Me costó dos años escribir el primero. De hecho, ni siquiera sé qué podría contar, no se sabe nada de lo que pasó.

—Mire, le voy a poner en contacto con unos escritores fantasma* para que vaya más deprisa. Además, no es necesario que sea gran literatura: la gente quiere sobre todo saber lo que hizo Quebert con la chica. Limítese a contar los hechos, con algo de suspense, de morbo y un poco de sexo, claro.

—¿Sexo?

—Vamos, Goldman, no le voy a enseñar ahora su trabajo: ¿quién querría comprar el libro si no hubiese escenas subidas de tono entre el vejestorio y la chiquilla de siete años? Eso es lo que quiere la gente. Venderemos millones, incluso si no es bueno. Eso es lo que cuenta, ¿no?

—¡Harry tenía treinta y cuatro años y Nola quince!

—No sea quisquilloso... Si escribe ese libro, le anulo el contrato precedente y le ofrezco además medio millón de dólares de anticipo para agradecerle su colaboración.

Me negué en redondo y Barnaski enfureció:

—Muy bien, ya que se pone usted así, Goldman, le voy a decir una cosa: o me entrega un manuscrito dentro de exactamente once días ¡o le demando y le arruino!

Me colgó en las narices. Poco después, mientras estaba de compras en el supermercado de la calle principal, recibí una llamada de Douglas, seguramente alertado por el mismo Barnaski, en la que también intentaba convencerme:

—Marc, no te puedes hacer el remilgado en este asunto —me dijo—. ¡Te recuerdo que Barnaski te tiene cogido por las pelotas! Tu contrato anterior sigue en vigor y la única forma de anularlo es aceptar su propuesta. Además, ese libro relanzará tu carrera. Estarás de acuerdo en que hay cosas peores en la vida que un anticipo de medio millón, ¿no?

—¡Barnaski quiere que escriba una especie de panfleto! Ni hablar. No quiero escribir un libro así, no quiero escribir un libro basura en unas semanas. Los libros buenos necesitan tiempo.

---

* El término *escritor fantasma*, tomado del inglés *ghost writer*, designa a lo que en literatura se denomina *negro*, es decir, un escritor que escribe en nombre de otro. Con la invención del término *ghost writer*, los anglosajones han sabido reflejar la crueldad que supone dedicarse a ese trabajo. *(N. del A.)*

—¡Pero éstos son los métodos modernos para ganar pasta! ¡Se acabó el tiempo de los escritores que fantasean y esperan a que caiga la nieve en busca de inspiración! Tu libro, sin que hayas escrito una sola línea, ya es un bombazo, porque el país entero quiere saber los detalles de esta historia. Y enseguida. La oportunidad comercial es limitada: este otoño son las elecciones presidenciales y los candidatos seguramente publicarán libros que coparán todo el espacio mediático. Ya está en boca de todos el libro de Barack Obama, ¿te lo puedes creer?

Yo ya no me creía nada. Pagué mis compras y volví al coche, aparcado en la calle. Entonces encontré, enganchado a uno de los limpiaparabrisas, un trozo de papel. Y de nuevo el mismo mensaje:

Vuelve a tu casa, Goldman

Miré a mi alrededor: nadie. Algunas personas en la mesa de una terraza cercana, clientes que salían del supermercado. ¿Quién me estaba siguiendo? ¿Quién no tenía ganas de que continuara investigando la muerte de Nola Kellergan?

Al día siguiente, el viernes 20 de junio, volví a la prisión a ver a Harry. Antes de dejar Aurora, pasé por la biblioteca, donde comprobé que había llegado mi paquete.

—¿Qué es? —preguntó Pinkas con curiosidad, esperando que lo abriese delante de él.

—Una herramienta que necesito.

—¿Una herramienta para qué?

—Una herramienta de trabajo. Gracias por haberla recogido, Erne.

—Espera un poco, ¿no quieres un café? Acabo de hacerlo. ¿Necesitas tijeras para abrir el paquete?

—Gracias, Erne. Otra vez será lo del café. Me tengo que ir.

Al llegar a Concord, decidí dar un rodeo y pasar por el cuartel general de la policía estatal para visitar al sargento Gahalowood y presentarle algunas hipótesis que había esbozado desde nuestro breve encuentro.

El cuartel general de la policía estatal de New Hampshire, sede de la brigada criminal, era un gran edificio de ladrillo rojo situado en el número 33 de Hazen Drive, en el centro de Concord. Era casi la una de la tarde; me informaron de que Gahalowood había salido a comer y me pidieron que le esperara en un pasillo, sentado en un banco, al lado de una mesa donde se podía comprar café y revistas. Cuando llegó, una hora más tarde, llevaba impresa en la cara su expresión de pocos amigos.

—¿Así que es usted? —exclamó al verme—. Me llaman y me dicen: *Perry, mueve el culo que hay un tío esperándote desde hace una hora,* así que yo interrumpo el final de mi comida para venir a ver lo que pasa pensando que es importante, ¡y me encuentro con el escritor!

—No se lo tome a mal... Me parecía que habíamos empezado con mal pie y que quizás...

—Le odio, escritor, que le quede claro. Mi mujer ha leído su libro, y piensa que es guapo e inteligente. Su cara, en la contraportada de su libro, ha reinado sobre mi mesita de noche durante semanas. ¡Ha estado usted en nuestro dormitorio! ¡Ha dormido con nosotros! ¡Ha cenado con nosotros! ¡Ha venido de vacaciones con nosotros! ¡Se ha bañado con mi mujer! ¡Ha provocado las risitas de todas sus amigas! ¡Me ha jodido usted la vida!

—¿Está usted casado, sargento? Qué cosas, es usted tan desagradable que habría jurado que no tenía familia.

Hundió con furia su cabeza en su papada:

—Por amor de Dios, ¿qué es lo que quiere? —ladró.

—Comprender.

—Eso es muy ambicioso para un tipo como usted.

—Lo sé.

—Deje hacer a la policía, ¿quiere?

—Necesito información, sargento. Me gusta saberlo todo, es una enfermedad. Me puede la ansiedad, necesito controlar todo lo que está a mi alrededor.

—Pues bien, ¡contrólese usted mismo!

—¿Podríamos ir a su despacho?

—No.

—Dígame sólo si Nola murió efectivamente a los quince años.

—Sí. El examen de los huesos lo ha confirmado.

—¿Así que fue secuestrada y asesinada en el mismo momento?

—Sí.

—Pero el bolso... ¿Por qué la enterraron con el bolso?

—Ni idea.

—Y si llevaba un bolso, eso nos podría llevar a pensar que se había fugado, ¿no?

—Si usted coge un bolso para huir, lo llena de ropa, ¿no?

—Exacto.

—Pues dentro sólo estaba el libro.

—Punto para usted —dije—. Su sagacidad me deslumbra. Pero ese bolso...

Me cortó:

—No debí hablarle de ese bolso el otro día. No sé qué se me pasó por la cabeza...

—Yo tampoco lo sé.

—Supongo que me apiadé. Sí, eso es: me dio usted pena, su aspecto perdido y sus zapatos cubiertos de barro.

—Gracias. Otra cosa, si no le importa: ¿qué puede decirme de la autopsia? Por cierto, ¿se dice *autopsia* cuando se trata de un esqueleto?

—Ni idea.

—¿Quizás *examen médico-legal* sería un término más apropiado?

—Me la trae al pairo el término preciso. Todo lo que puedo decirle ¡es que le partieron el cráneo! ¡Partido! ¡Bum! ¡Bum!

Como lo dijo mientras bateaba en el aire, le pregunté:

—¿Así que fue con un bate?

—Pero ¿cómo quiere que lo sepa, pesado?

—¿Un hombre o una mujer?

—¿Cómo?

—¿Es posible que una mujer hubiese podido dar esos golpes? ¿Por qué tuvo que ser obligatoriamente un hombre?

—Porque el testigo visual de la época, Deborah Cooper, identificó inequívocamente a un hombre. Bueno, esta conversación ha terminado, escritor. Me pone usted de los nervios.

—Pero ¿y usted? ¿Qué piensa de este asunto?

Sacó de su cartera una foto familiar.

—Tengo dos hijas, escritor. De catorce y diecisiete años. No quiero ni imaginarme pasar por lo que pasó Kellergan padre. Quiero la verdad. Quiero justicia. La justicia no es la suma de simples hechos: es un trabajo mucho más complejo. Así que voy a seguir con el caso. Si descubro una prueba de la inocencia de Quebert, créame, saldrá libre. Pero si es culpable, esté usted seguro de que no dejaré que Roth se tire ante el jurado uno de los típicos faroles que usa para que sus clientes se vayan de rositas. Porque eso tampoco es justicia.

Gahalowood, detrás de esos aires de bisonte agresivo, tenía una filosofía que me gustaba.

—En el fondo es usted simpático, sargento. ¿Me deja invitarle a unos dónuts y continuamos charlando?

—No quiero dónuts, quiero que se largue. Tengo trabajo.

—Pero me tiene que explicar cómo se investiga. No sé investigar. ¿Qué debo hacer?

—Adiós, escritor. Ya le he aguantado lo suficiente para el resto de la semana. Quizás incluso para el resto de mi vida.

Me sentía decepcionado por no haber sido tomado en serio y no insistí. Le tendí la mano para despedirme, me machacó las falanges con su enorme manaza y me fui. Pero, ya en el aparcamiento exterior, le oí llamarme: «¡Escritor!». Me volví y le vi haciendo trotar su enorme masa hacia mí.

—Escritor —me dijo cuando me tuvo enfrente—. Los buenos policías no se concentran en el asesino... sino en la víctima. Debe usted investigar a la víctima. Debe empezar por el principio, antes del crimen. No por el final. Se equivoca usted al centrarse en el asesinato. Debe preguntarse quién era la víctima... Pregúntese quién era Nola Kellergan...

—¿Y Deborah Cooper?

—Si quiere mi opinión, todo está relacionado con Nola. Deborah Cooper no fue más que una víctima colateral. Averigüe quién era Nola: entonces encontrará a su asesino, y también al de la abuela Cooper.

¿Quién era Nola Kellergan? Ésa era la pregunta que pensaba hacer a Harry al llegar a la prisión estatal. Tenía mala cara. Parecía muy preocupado por el contenido de su taquilla en el gimnasio.

—¿Lo encontró usted todo? —me preguntó antes incluso de saludarme.

—Sí.

—¿Y lo quemó?

—Sí.

—¿Incluido el manuscrito?

—Incluido el manuscrito.

—¿Y por qué no me lo confirmó? ¡Me tenía usted muerto de inquietud! ¿Y dónde ha estado estos dos últimos días?

—Estaba investigando por mi cuenta. Harry, ¿por qué escondió la caja en la taquilla del gimnasio?

—Sé que le va a parecer raro... Después de su visita a Aurora, en marzo, tuve miedo de que alguien encontrara la caja. Pensé que cualquiera podría toparse con ella: un visitante entrometido, la asistenta... Pensé que era más prudente esconder mis recuerdos en otro lado.

—¿Los escondió? El problema es que eso le convierte en culpable. Y en cuanto al manuscrito... ¿Era el de *Los orígenes del mal*?

—Sí. La primera versión.

—Reconocí el texto. No había título en la portada...

—El título me vino a posteriori.

—¿Quiere decir tras la desaparición de Nola?

—Sí. No hablemos de ese manuscrito, Marcus. Está maldito, no me ha traído más que desgracias y ésta es la prueba: Nola está muerta y yo en prisión.

Nos miramos durante un instante. Dejé sobre la mesa una bolsa de plástico en la que se encontraba el contenido de mi paquete.

—¿Qué es eso? —preguntó Harry.

Sin responder, saqué un reproductor minidisc con un micrófono para poder grabar. Lo puse delante de Harry.

—Pero ¿qué demonios está haciendo, Marcus? No me diga que todavía tiene ese artefacto satánico.

—Por supuesto, Harry. Lo conservé cuidadosamente.

—Guarde eso, ¿quiere?

—No ponga usted esa cara, Harry...

—Pero ¿qué demonios pretende hacer con ese trasto?

—Quiero que me hable de Nola, de Aurora, de todo. Del verano de 1975, de su libro. Necesito saber. La verdad, Harry, debe quedar reflejada en alguna parte.

Sonrió tristemente. Puse en marcha la grabadora y le dejé hablar. Fue una bonita escena: en ese locutorio de la prisión en el que, en las mesas de plástico, los maridos veían a sus mujeres y los padres a sus hijos, yo me encontraba con mi Maestro, que me contaba su historia.

Esa tarde cené pronto, en el camino de regreso a Aurora. Después, como no tenía ganas de volver inmediatamente a Goose Cove y encontrarme solo en aquella casa inmensa, conduje un rato bordeando la costa. Caía la noche, el océano brillaba: todo era magnífico. Pasé por el Sea Side Motel, el bosque de Side Creek, Side Creek Lane, Goose Cove, atravesé Aurora y llegué a la playa de Grand Beach. Caminé hasta la orilla, y después me subí a las rocas para contemplar el anochecer. Las luces de Aurora bailaban a lo lejos en el espejo de las olas; las aves acuáticas lanzaban gritos estridentes, los ruiseñores cantaban entre los matorrales cercanos, se escuchaban las sirenas de bruma de los faros. Puse en marcha la grabadora, y la voz de Harry resonó en la oscuridad:

¿Conoce usted la playa de Grand Beach, Marcus? Es la primera al llegar a Aurora desde Massachusetts. A veces voy hasta allí cuando cae la noche y observo las luces de la ciudad. Y vuelvo a pensar en todo lo que pasó hace treinta años. En esa playa me detuve el día que llegué a Aurora. Fue el 20 de mayo de 1975. Tenía treinta y cuatro años. Venía de Nueva York, donde acababa de decidir enfrentarme a mi destino: lo había dejado todo, había renunciado a mi plaza de profesor de Literatura, había reunido todos mis ahorros y había decidido probar suerte como escritor: aislarme en Nueva Inglaterra y escribir allí la novela con la que soñaba.

Pensé primero en alquilar una casa en Maine, pero un agente inmobiliario de Boston me convenció para hacerlo en Aurora. Me había hablado de una casa de ensueño que se correspondía exactamente con lo que yo buscaba: era Goose Cove. En el mismo instante en que llegué a esa casa, me enamoré de ella. Era el lugar que necesitaba: un retiro tranquilo y salvaje, sin que tampoco estuviese completamente aislado, porque estaba a pocas millas de Aurora. La ciudad también me gustaba mucho. La vida allí parecía suave, la tasa de criminalidad era inexistente, era un lugar de postal. Goose Cove estaba muy por encima de mis posibilidades, pero la agencia de alquiler aceptó que lo pagara en dos partes e hice mis cálculos: si no gastaba mucho dinero, podría reunir los dos pagos. Y además tenía un presentimiento: el de la elección acertada. No me equivoqué, porque aquella decisión cambió mi vida: el libro que escribí ese verano me convertiría en un hombre rico y famoso.

Creo que lo que me gustaba tanto de Aurora era el estatuto particular que se me adjudicó inmediatamente: en Nueva York era un profesor de instituto que se las daba de escritor anónimo, pero en Aurora era Harry Quebert, un escritor que había venido de Nueva York para escribir su siguiente novela. Recuerde, Marcus, esa historia del Formidable, de cuando estaba en el instituto y se limitó a moldear su relación con los demás para brillar: pues es exactamente lo que me pasó al llegar aquí. Yo era un joven seguro de mí mismo, atractivo, atlético y culto, que residía además en la magnífica propiedad de Goose Cove. Los habitantes de la ciudad, a pesar de que no conocían mi nombre, juzgaban mi éxito por mi actitud y la casa que ocupaba. No necesité más para que imaginaran que yo era una gran estrella: y de la noche a la mañana me convertí en alguien. El escritor respetado que no podía ser en Nueva York lo era en Aurora. Doné a la biblioteca municipal algunos ejemplares de mi primer libro que había traído conmigo y, para mi sorpresa, ese miserable montón de folios despreciado por Nueva York entusiasmó aquí en Aurora. Fue en 1975, en una minúscula ciudad de New Hampshire que buscaba una razón para existir, mucho antes de Internet y toda esa tecnología, y encontró en mí la estrella local con la que siempre había soñado.

*

Eran aproximadamente las once de la noche cuando volví a Goose Cove. Al enfilar el pequeño sendero de grava que llevaba a la casa vi aparecer, a la luz de mis faros, una silueta enmascarada que se dio a la fuga por el bosque. Frené bruscamente y salté fuera del coche gritando, disponiéndome a perseguir al intruso. Pero en ese momento mi mirada se desvió, atraída por un intenso resplandor: algo estaba ardiendo cerca de la casa. Corrí a ver lo que pasaba: era el Corvette de Harry lo que ardía. Las llamas eran ya inmensas, y una espesa columna de humo se levantaba hacia el cielo. Grité pidiendo ayuda, pero no había nadie, sólo bosque a mi alrededor. Los cristales del Corvette explotaron por efecto del calor, el techo empezó a fundirse y las llamas crecieron, alcanzando las paredes del garaje. No podía hacer nada. Todo iba a arder.

26. N-O-L-A

«Si los escritores son seres tan frágiles, Marcus, es porque pueden conocer dos clases de dolor afectivo, es decir, el doble que los seres humanos normales: las penas de amor y las penas de libro. Escribir un libro es como amar a alguien: puede ser muy doloroso.»

Fue el peso de la botella de sirope de arce el que desequilibró la bandeja. En cuanto la puso encima, se tambaleó: al querer atraparla perdió el equilibrio, y tanto la bandeja como ella acabaron en el suelo con un estruendo monumental.

Harry asomó la cabeza por encima de la barra.

—¿Estás bien, Nola?

Se levantó, un poco atontada.

—Sí, sí, es que...

Observaron un momento la magnitud de los daños y se echaron a reír.

—No se ría, Harry —acabó reprochándole dulcemente Nola—. Si la señora Quinn se entera de que se me ha vuelto a caer una bandeja, me regañará.

Harry pasó por detrás de la barra y se agachó para ayudarle a recoger los trozos de cristal que flotaban en una mezcla de mostaza, mayonesa, ketchup, sirope de arce, mantequilla, azúcar y sal.

—Vamos a ver —dijo—, ¿me podría alguien explicar por qué desde hace una semana todo el mundo aquí se desvive por traerme tantas cosas al mismo tiempo cada vez que pido algo?

—Es por la nota —respondió Nola.

—¿La nota?

Señaló con la mirada el papel pegado detrás del mostrador; Harry se levantó y la cogió para leerla en voz alta.

—¡No, Harry! ¿Qué hace? ¿Está usted loco? Como se entere la señora Quinn...

—No te preocupes, aquí no hay nadie.

Eran las siete y media de la mañana; el Clark's estaba todavía desierto.

—¿Qué es esta nota?

—La señora Quinn ha dado ciertas consignas.

—¿A quién?

—A todo el personal.

Entraron unos clientes e interrumpieron su conversación; Harry volvió inmediatamente a su mesa y Nola se apresuró a retomar sus ocupaciones.

—Ahora mismo le traigo sus tostadas, señor Quebert —declaró con tono solemne antes de desaparecer en la cocina.

Detrás de las puertas batientes, permaneció un momento ensimismada y sonrió para sí misma: estaba enamorada de él. Desde que le había conocido en la playa, dos semanas antes, desde ese magnífico día de lluvia en que había ido a pasear al azar cerca de Goose Cove, había quedado prendada. Lo tenía claro. Era una sensación inequívoca, no había otra parecida: se sentía diferente, se sentía más feliz; los días le parecían más hermosos. Y, sobre todo, cuando él estaba allí, sentía cómo su corazón latía más fuerte.

Tras el episodio de la playa, se habían cruzado dos veces: delante del supermercado de la calle principal, y después en el Clark's, donde ella trabajaba los sábados. En cada uno de sus encuentros, entre ellos se había producido algo especial. Desde entonces, él se había acostumbrado a venir todos los días al Clark's para escribir, lo que provocó que Tamara Quinn, la propietaria del negocio, convocara una reunión urgente de sus «chicas» —así llamaba a sus camareras— un miércoles, al final de la tarde. Entonces fue cuando presentó la famosa nota de servicio. «Señoritas —había dicho Tamara Quinn solemnemente a sus empleadas—, esta última semana habrán constatado que el gran escritor neoyorquino Harry Quebert acude cada día aquí, demostrando que encuentra en este lugar los criterios de refinamiento y calidad de los mejores establecimientos de la Costa Este. El Clark's es un restaurante de calidad: debemos mostrarnos a la altura de nuestros clientes más exigentes. Como algunas de ustedes tienen un cerebro de mosquito, he redactado una nota de servicio para recordar cómo conviene tratar al señor Quebert. Deberán leerla, releerla, ¡aprenderla de memoria! Realizaré exámenes sorpresa. Estará expuesta en la cocina y detrás del mostrador». Tamara Quinn había continuado machacando con sus consignas: sobre todo, no molestar al señor Quebert, necesitaba calma y concentración. Mostrarse eficaz para que se sintiese como en su casa. Las estadísticas de sus precedentes visitas al Clark's indicaban que solamente tomaba café solo: se le debía servir café en cuanto llegase y nada más. Si necesitara otra cosa, si el señor Quebert tuviera hambre, lo pediría. No se le debía importunar y empujarle al consumo como se hacía con el resto de clientes. Si quería comer, era obligatorio llevarle inmediatamente todas las salsas y condimentos, para que no tuviese que reclamarlos: mostaza, ketchup, mayonesa, pimienta, sal, mantequilla, azúcar y sirope de arce. Los grandes escritores no deben estar pendientes de pedir nada: deben tener la mente liberada para poder crear en paz. Quizás lo que estaba escribiendo, esas notas que redactaba durante horas sentado en el mismo lugar, era el comienzo de una inmensa obra maestra, y pronto se hablaría del Clark's en todo el país. Y Tamara Quinn soñaba con que el libro otorgara a su restaurante el éxito que deseaba: con el dinero, abriría un segundo establecimiento en Concord, luego en Boston, Nueva York y todas las grandes ciudades de la costa hasta Florida.

Mindy, una de las camareras, había pedido explicaciones adicionales:

—Pero, señora Quinn, ¿cómo podemos estar seguras de que el señor Quebert quiere únicamente café solo?

—Lo sé y punto. En los grandes restaurantes, los clientes importantes no necesitan pedir nada: el personal conoce sus costumbres. ¿Somos un gran restaurante o no?

«Sí, señora Quinn», respondieron las empleadas. «Sí, mamá», bramó su hija Jenny.

—Y tú vas a dejar de llamarme «mamá» aquí —decretó entonces Tamara—. Suena a mesón de pueblo.

—Entonces ¿cómo tengo que llamarte? —preguntó Jenny.

—No me llames, escucha mis órdenes y asiente servilmente con la cabeza. No necesitas hablar. ¿Entendido?

Jenny afirmó con la cabeza a modo de respuesta.

—¿Lo has entendido o no? —repitió su madre.

—Pues claro que lo he entendido. Estoy asintiendo...

—Ah, muy bien, cariño. ¿Ves como aprendes rápido? Vamos, chicas, quiero veros a todas vuestra expresión servil... Eso es... Muy bien... Y ahora, asentid. Eso es... Así... De arriba abajo... Así está muy bien, esto parece el Chateau Marmont.

Tamara Quinn no era la única alterada por la presencia de Harry Quebert en Aurora: toda la ciudad parecía presa de la excitación. Algunos afirmaban que en Nueva York era una gran estrella, cosa que los demás confirmaban para no ser tratados de incultos. Sin embargo, Erne Pinkas, que había colocado varios ejemplares de su primera novela en la biblioteca municipal, decía que no había oído hablar nunca de ese tal Quebert, aunque en el fondo a nadie le importaba la opinión de un empleado de fábrica que no sabía nada de la alta sociedad neoyorquina. Por encima de todo existía el consenso de que no era ningún cualquiera si podía instalarse en la magnífica casa de Goose Cove, que llevaba años sin acoger inquilinos.

El otro gran tema candente afectaba a las jóvenes en edad de contraer matrimonio y, por ende, a sus padres: Harry Quebert era soltero. Era un hombre disponible, y su celebridad, sus cualidades intelectuales, su fortuna y su agraciado físico lo convertían en un futuro esposo muy codiciado. En el Clark's todo el personal comprendió inmediatamente que Jenny Quinn, veinticuatro años, rubia sensual y antigua capitana de las animadoras del instituto de Aurora, le había echado el ojo a Harry. Jenny, que trabajaba los días de diario, era la única que se saltaba abiertamente las recomendaciones de su madre: bromeaba con Harry, le hablaba sin cesar, interrumpía su trabajo y jamás traía todos los condimentos al mismo tiempo. Jenny nunca trabajaba los fines de semana; los sábados trabajaba Nola.

El cocinero pulsó el timbre de servicio, sacando a Nola de su ensoñación: las tostadas de Harry estaban listas. Puso el plato sobre la bandeja y, antes de volver a la sala, se ajustó el pasador dorado que recogía su melena; después empujó la puerta, orgullosa. Hacía dos semanas que estaba enamorada.

Sirvió a Harry lo que había pedido. El Clark's iba llenándose poco a poco.

—Que aproveche, señor Quebert —dijo.

—Llámame Harry...

—Aquí no —murmuró—, la señora Quinn se enfadaría.

—Ahora no está. Nadie lo sabrá.

Señaló a los otros clientes con la mirada y se dirigió a la mesa de éstos.

Él dio un bocado a una tostada y garabateó algunas líneas en su folio. Escribió la fecha: *sábado 14 de junio de 1975*. Embadurnaba las páginas sin saber realmente lo que escribía: hacía tres semanas que estaba allí y no había conseguido empezar su novela. Las ideas que tenía en mente no habían cuajado y cuanto más lo intentaba, menos lo conseguía. Tenía la impresión de hundirse lentamente, se sentía contagiado del virus más terrible que puede afectar a la gente de su clase: había contraído la enfermedad del escritor. El pánico a la página en blanco le invadía cada vez más, hasta el punto de hacerle dudar de las bases de su proyecto: acababa de sacrificar todos sus ahorros para alquilar esa impresionante casa al borde del mar hasta septiembre, una casa de escritor como siempre había soñado, pero ¿de qué servía jugar a los escritores si no sabía qué escribir? En el momento de acordar el alquiler, su plan le había parecido infalible: escribir una novela condenadamente buena, tenerla avanzada lo suficiente en septiembre para ofrecer los primeros capítulos a unas cuantas grandes editoriales de Nueva York que, cautivadas, se pelearían por obtener los derechos del manuscrito. Le ofrecerían un atractivo anticipo por terminar el libro; su futuro financiero estaría asegurado y se convertiría en la estrella que siempre había imaginado. Pero, ahora, su sueño tenía cierto sabor a cenizas: todavía no había escrito una sola línea. A ese ritmo, tendría que volver a Nueva York en otoño, sin dinero, sin libro, suplicar su readmisión al director del instituto donde trabajaba y olvidarse para siempre de la gloria. Y, si era necesario, encontrar un trabajo de vigilante nocturno para poder ahorrar.

Miró a Nola, que hablaba con los otros clientes. Estaba resplandeciente. La oyó reír y escribió:

Nola. Nola. Nola. Nola. Nola.
N-O-L-A. N-O-L-A.

N-O-L-A. Cuatro letras que habían conmocionado su mundo. Nola, esbozo de mujer por el que había perdido la cabeza desde que la vio. N-O-L-A. Dos días después de la playa, se cruzaron delante del supermercado y bajaron juntos por la calle principal hasta la marina.

—Todo el mundo dice que ha venido usted a Aurora para escribir un libro —le había dicho.

—Es verdad.

Se entusiasmó.

—¡Qué emocionante! ¡Es usted el primer escritor que conozco! Hay tantas preguntas que me gustaría hacerle...

—¿Por ejemplo?

—¿Cómo se escribe?

—Es algo que viene sin pensar. Ideas que giran en la cabeza hasta convertirse en frases alineadas en un papel.

—¡Debe de ser formidable ser escritor!

La miró y sencillamente quedó prendado de ella.

N-O-L-A. Le dijo que trabajaba en el Clark's los sábados, y el sábado siguiente, a primera hora, Harry se presentó allí. Se pasó el día contemplándola, admirando cada uno de sus gestos. Después recordó que sólo tenía quince años y sintió vergüenza: si alguien en aquella ciudad imaginase lo que sentía por la joven camarera del Clark's, se metería en problemas. Incluso podría ir a la cárcel. Así que, para evitar sospechas, empezó a ir a comer al Clark's todos los días. Ya llevaba más de una semana jugando al cliente habitual, trabajando allí a diario, como si nada, fingiendo: nadie debía saber que los sábados su corazón se aceleraba. Y ningún día, ya estuviese en su despacho, en la terraza de Goose Cove o en el Clark's, podía escribir más que su nombre. N-O-L-A. Páginas enteras, nombrándola, contemplándola, describiéndola. Páginas que rompía y quemaba después en su papelera metálica. Si alguien encontraba esas palabras, estaría acabado.

A mediodía, Nola pasó el relevo a Mindy en plena hora punta para comer, algo poco habitual. Se acercó con educación a despedirse de Harry, acompañada por un hombre que evidentemente era su padre, el reverendo David Kellergan. Había llegado a mediodía y se había bebido un vaso de leche con granadina en la barra.

—Adiós, señor Quebert —dijo Nola—. He terminado por hoy. Me gustaría presentarle a mi padre, el reverendo Kellergan.

Harry se levantó y ambos hombres se estrecharon la mano de forma amistosa.

—Así que es usted el famoso escritor —sonrió el reverendo.

—Y usted debe de ser el reverendo Kellergan del que todo el mundo habla aquí —respondió Harry.

David Kellergan sonrió divertido:

—No haga mucho caso de lo que cuenta la gente. Siempre exageran.

Nola sacó una octavilla del bolsillo y se la ofreció a Harry.

—Es el espectáculo de fin de curso en el instituto, señor Quebert. Por eso tengo que irme hoy antes. Es a las cinco, ¿vendrá?

—Nola —la reprendió dulcemente su padre—, deja al pobre señor Quebert tranquilo. ¿Qué pretendes que haga en el espectáculo del instituto?

—¡Será un espectáculo estupendo! —se justificó, entusiasmada.

Harry le agradeció la invitación y se despidió. A través del ventanal, la vio desaparecer detrás de la esquina de la calle. Acto seguido, volvió a Goose Cove para sumergirse en sus borradores.

Dieron las dos de la tarde. N-O-L-A. Hacía dos horas que estaba sentado en su despacho y no había escrito nada: tenía la mirada clavada en su reloj. No debía ir al instituto: estaba prohibido. Pero ni los muros ni las prisiones podían impedirle querer estar con ella: su cuerpo se había encerrado en Goose Cove, pero su mente bailaba en la playa con Nola. Dieron las tres. Y después las cuatro. Se agarraba a su pluma para no dejar su despacho. Tenía quince años, era un amor prohibido. N-O-L-A.

A las cinco menos diez, Harry, vestido con un elegante traje oscuro, entró en el salón de actos del instituto. La sala estaba repleta de gente; toda la ciudad estaba allí. A medida que avanzaba por el pasillo, tuvo la impresión de que todo el mundo susurraba a su paso, de que los padres de alumnos con cuyas miradas se cruzaba le decían: *Sé por qué estás aquí.* Se sintió terriblemente incómodo y, tras elegir una fila al azar, se hundió en una butaca para que no le vieran.

Empezó el espectáculo; escuchó un coro infame, y después un conjunto de trompetas sin swing. Estrellas de la danza sin estrella, piano a cuatro manos sin alma y cantantes sin voz. Después todo quedó a oscuras y un proyector dibujó en el escenario un círculo de luz. En medio apareció ella, con un vestido azul de lentejuelas que la cubría de reflejos. N-O-L-A. Se hizo un silencio absoluto mientras se acomodaba en una silla alta, se colocaba el pasador y ajustaba el pie del micrófono que tenía delante. Antes de empezar dedicó una sonrisa resplandeciente al auditorio, y acto seguido cogió una guitarra y empezó a entonar una versión muy personal de *Can't Help Falling in Love with You...*

El público se quedó con la boca abierta; y Harry comprendió en ese instante que el destino le había llevado a Aurora para encontrar a Nola Kellergan, el ser más extraordinario que había conocido nunca y que nunca volvería a conocer. Quizás su destino no era ser escritor sino ser amado por esa joven fuera de lo común; ¿podía existir un destino más hermoso? Se sintió tan conmovido que al final del espectáculo se levantó de su butaca en mitad de los aplausos y huyó. Volvió precipitadamente a Goose Cove, se sentó en la terraza de la casa y, mientras tragaba generosas cantidades de whisky, se puso a escribir frenéticamente: *N-O-L-A, N-O-L-A, N-O-L-A.* Ya no sabía qué debía hacer. ¿Irse de Aurora? Pero ¿adónde? ¿Volver al cacofónico Nueva York? Se había comprometido a alquilar la casa durante cuatro meses y había pagado ya la mitad. Estaba allí para escribir un libro, y debía quedarse. Tendría que reponerse y comportarse como un escritor.

Tras escribir hasta que le dolió la muñeca y beber whisky hasta que la cabeza empezó a darle vueltas, bajó a la playa, infeliz, y se tumbó sobre una gran roca para contemplar el horizonte. De pronto escuchó un ruido a su espalda.

—¿Harry? Harry, ¿qué le pasa?

Era Nola, con su vestido azul. Se precipitó hasta él y se arrodilló sobre la arena.

—¡Harry, por amor de Dios! ¿Está usted enfermo?

—¿Qué... qué estás haciendo aquí? —preguntó a su vez.

—Le esperé después del espectáculo. Le vi marcharse durante los aplausos y ya no volví a verle. Estaba preocupada... ¿Por qué se fue tan deprisa?

—No deberías quedarte aquí, Nola.

—¿Por qué?

—Porque he bebido. Quiero decir, estoy algo borracho. Ahora me arrepiento, si hubiese sabido que vendrías, habría permanecido sobrio.

—¿Por qué ha bebido, Harry? Tiene un aspecto tan triste.

—Me siento solo. Me siento horriblemente solo.

Se acurrucó junto a él y le atravesó la mirada con sus nítidos ojos.

—Pero bueno, Harry, ¡tiene un montón de gente a su alrededor!

—La soledad me está matando, Nola.

—Entonces le haré compañía.

—No deberías...

—Es lo que quiero hacer. Si no le molesta.

—Tú nunca me molestas.

—Harry, ¿por qué los escritores están siempre tan solos? Hemingway, Melville... ¡Son los hombres más solitarios del mundo!

—No sé si los escritores son solitarios o es la soledad la que empuja a escribir.

—¿Y por qué todos los escritores se suicidan?

—No todos los escritores se suicidan. Sólo aquellos que nadie lee.

—Yo he leído su libro. ¡Lo cogí prestado de la biblioteca municipal y lo leí en una sola noche! ¡Me encantó! ¡Es usted un gran escritor, Harry! Harry... Esta tarde, canté para usted. Esa canción, ¡la canté para usted!

Él sonrió y la miró; ella acarició su pelo con una ternura infinita antes de repetir:

—Es un gran escritor, Harry. No se sienta solo. Yo estoy aquí.

25. A propósito de Nola

«En el fondo, Harry, ¿cómo se convierte uno en escritor?

—No renunciando nunca. Mire, Marcus, la libertad, el deseo de libertad es una guerra en sí mismo. Vivimos en una sociedad de empleados de oficina resignados y, para salir de esa trampa, hay que luchar a la vez contra uno mismo y contra el mundo entero. La libertad es un combate continuo del que somos poco conscientes. No me resignaré nunca.»

Uno de los inconvenientes de las pequeñas ciudades de la América profunda es que no disponen más que de brigadas de bomberos voluntarios, que se movilizan con menos rapidez que las profesionales. La noche del 20 de junio de 2008, mientras veía cómo las llamas devoraban el Corvette y se propagaban al pequeño anexo que servía de garaje, transcurrió bastante tiempo entre mi llamada a los bomberos y su llegada a Goose Cove. Así pues, puede calificarse de milagroso el hecho de que la casa no se viese afectada, incluso si, según la opinión del jefe de bomberos de Aurora, el milagro se debió sobre todo a la circunstancia de que el garaje fuese un edificio separado, lo que permitió aislar rápidamente el incendio.

Mientras la policía y los bomberos trabajaban en Goose Cove, Travis Dawn, que también había sido avisado, llegó a la propiedad.

—¿Te ha pasado algo, Marcus? —me preguntó abalanzándose sobre mí.

—No, yo estoy bien, pero la casa ha estado a punto de arder por completo...

—¿Qué ha ocurrido?

—Cuando volví de la playa de Grand Beach y entré por el sendero, vi una silueta que huía a través del bosque. Después vi las llamas...

—¿Tuviste tiempo de identificar a esa persona?

—No. Todo sucedió demasiado deprisa.

Un policía que había llegado al lugar al mismo tiempo que los bomberos y que estaba registrando los alrededores de la casa nos llamó. Acababa de encontrar, encajado en el quicio de la puerta, un mensaje que decía:

Vuelve a tu casa, Goldman

—Joder. Si recibí otro ayer —dije.

—¿Otro? ¿Dónde? —preguntó Travis.

—En mi coche. Entré diez minutos en el supermercado, y al volver encontré ese mismo mensaje en el limpiaparabrisas.

—¿Crees que te están siguiendo?

—Pues... ni idea. Hasta ahora no le he hecho mucho caso. Pero ¿qué significa?

—Este incendio tiene toda la pinta de ser una advertencia, Marcus.

—¿Una advertencia? ¿Y de qué tienen que advertirme?

—Parece ser que alguien no aprecia tu presencia en Aurora. Todo el mundo sabe que andas haciendo muchas preguntas...

—¿Y entonces? ¿Alguien teme lo que pueda descubrir sobre Nola?

—Quizás. En todo caso, no me gusta. Todo este asunto huele muy mal. Voy a dejar una patrulla aquí durante la noche, será más prudente.

—No necesito patrullas. Si ese tipo me está buscando, que venga y me encontrará.

—Cálmate, Marcus. Una patrulla se quedará aquí esta noche, lo quieras o no. Si, como creo, se trata de una advertencia, eso significa que pasarán más cosas. Vamos a tener que ser muy precavidos.

A primera hora del día siguiente, fui hasta la prisión estatal para informar del incidente a Harry.

—*¿Vuelve a tu casa, Goldman?* —repitió cuando le mencioné el hallazgo del mensaje.

—Tal y como le cuento. Escrito a ordenador.

—¿Qué ha hecho la policía?

—Vino Travis Dawn. Se llevó la nota y dijo que la mandaría a analizar. Según él, se trata de una advertencia. Quizás alguien que no desea que revuelva este asunto. Alguien que considera que usted es el culpable ideal y que no tiene ganas de que meta las narices.

—¿El asesino de Nola y Deborah Cooper?

—Por ejemplo.

Harry me miró con aire preocupado.

—Roth me ha dicho que pasaré ante el Gran Jurado el martes que viene. Un puñado de buenos ciudadanos que van a estudiar mi caso y decidir si las acusaciones son fundadas. Parece ser que el Gran Jurado sigue siempre la opinión del fiscal... Es una pesadilla, Marcus, cada día que pasa tengo la impresión de hundirme más. De perder el equilibrio. Primero me detienen, y pienso que es un error, cosa de unas horas, y después me encuentro encerrado aquí hasta el juicio, que tendrá lugar Dios sabe cuándo, en el que me pueden condenar a muerte. ¡La pena capital, Marcus! No dejo de pensar en ello. Tengo miedo.

Comprendí que Harry se estaba derrumbando. Hacía apenas una semana que estaba en prisión, era evidente que no aguantaría un mes.

—Le sacaré de aquí, Harry. Descubriremos la verdad. Roth es un abogado excelente, debemos confiar en él. Siga contándome, ¿quiere? Hábleme de Nola, siga con su relato. ¿Qué pasó después?

—¿Después de qué?

—Después del episodio de la playa. Cuando Nola vino a su encuentro ese sábado, después del espectáculo del instituto, y le dijo que no debía sentirse solo.

Mientras hablaba, coloqué la grabadora sobre la mesa y la puse en marcha. Harry esbozó una sonrisa.

—Es usted un tipo sagaz, Marcus. Porque eso es lo importante: Nola yendo a la playa y pidiéndome que no me sienta solo, que está allí por mí... En el fondo, yo siempre había sido un tipo bastante solitario, y de pronto todo cambiaba. Con Nola sentía que pertenecía a un todo, de una entidad que formábamos juntos. Cuando no estaba a mi lado, sentía un vacío dentro de mí, una sensación de falta que nunca había experimentado hasta entonces: como si, en el instante en que ella había entrado en mi vida, mi mundo no pudiese girar correctamente sin su presencia. Sabía que mi felicidad pasaba por ella, pero era igualmente consciente de que nuestra relación era algo terriblemente complicado. De hecho, mi primera reacción fue rechazar mis sentimientos: era una historia imposible. Ese sábado nos quedamos un rato en la playa, y después le dije que era tarde, que debía volver a casa antes de que sus padres se preocuparan, y obedeció. Se marchó bordeando la playa, y yo me quedé mirando cómo se alejaba, esperando que se volviese, sólo una vez, para hacerme una pequeña seña con la mano. N-O-L-A. Era absolutamente necesario que saliese de mi cabeza... Entonces, durante toda la semana siguiente, me esforcé en acercarme a Jenny para olvidarme de Nola, la misma Jenny que ahora es dueña del Clark's.

—Espere... ¿Quiere usted decir que la Jenny de la que habla, la camarera del Clark's, la de 1975, es Jenny Dawn, la mujer de Travis, la que dirige ahora el restaurante?

—La misma. Con treinta años más. En aquella época era una mujer muy guapa. De hecho, sigue siendo una mujer muy guapa. Habría podido probar suerte en Hollywood, como actriz. Hablaba mucho de eso. Irse de Aurora y marcharse a vivir la gran vida en California. Pero no hizo nada: se quedó aquí, se hizo cargo del restaurante de su madre, y al final se habrá pasado la vida vendiendo hamburguesas. Es culpa suya: tenemos la vida que elegimos, Marcus. Sé de lo que estoy hablando...

—¿Por qué dice eso?

—No tiene importancia... Divago y me desvío de mi relato. Le estaba hablando de Jenny. Jenny, veinticuatro años, guapísima: reina de la belleza en el instituto, una rubia sensual que haría perder la cabeza a cualquiera. De hecho, todo el mundo se la disputaba en aquella época. Yo me pasaba los días en el Clark's en su compañía. Tenía una cuenta allí y hacía que lo apuntasen todo en ella. No me preocupaba de lo que gastaba, a pesar de que había dilapidado mis ahorros para alquilar la casa y no me quedaba mucho de donde tirar.

*

Miércoles 18 de junio de 1975

Desde la aparición de Harry en Aurora, Jenny Quinn necesitaba una hora larga más para arreglarse por la mañana. Se había enamorado de él el primer día que le vio. Nunca antes había sentido algo parecido: era el hombre de su vida, lo sabía. El que había esperado siempre. Cada vez que le veía, imaginaba su vida juntos: su boda triunfal y su vida neoyorquina. Goose Cove se convertiría en su casa de verano, donde él podría releer sus manuscritos tranquilamente, y ella vendría para visitar a sus padres. Él era el que la sacaría de Aurora; ya no tendría que limpiar mesas cubiertas de grasa ni los baños de ese restaurante de paletos. Haría carrera en Broadway y rodaría películas en California. Las revistas hablarían de su relación.

No se estaba inventando nada, su imaginación no la engañaba: era evidente que había algo entre Harry y ella. Él la amaba también, no había duda alguna. Si no, ¿por qué iba a venir todos los días al Clark's? ¡Todos los días! ¡Y esas conversaciones en la barra! Le gustaba tanto que fuese a sentarse frente a ella para charlar un poco. Era diferente a todos los hombres que había conocido hasta entonces, mucho más maduro. Su madre, Tamara, había dado consignas a los empleados, había prohibido expresamente hablarle y distraerle, y alguna vez se había enfadado con ella en casa porque juzgaba su comportamiento inadecuado. Pero su madre no entendía nada, no entendía que Harry la amaba hasta el punto de escribir un libro sobre ella.

Hacía varios días que sospechaba lo del libro, y lo supo con certeza esa mañana. Harry llegó al Clark's al amanecer, sobre las seis y media, poco después de abrir. Era extraño que llegase tan pronto; en principio, sólo los camioneros y los representantes entraban a esa hora. Apenas se instaló en su mesa habitual, se puso a escribir, frenéticamente, casi tumbado sobre la hoja, como temiendo que alguien pudiese leer sus palabras. A veces se detenía, y se quedaba mirándola; ella simulaba no enterarse, pero sabía que la estaba devorando con los ojos. Al principio no captó la razón de esas miradas insistentes. Fue poco antes del mediodía cuando comprendió que estaba escribiendo un libro sobre ella. Sí, ella, Jenny Quinn, era el tema central de la nueva obra maestra de Harry Quebert. Por eso no quería que nadie viese lo que escribía. En cuanto se convenció, le invadió una inmensa excitación. Aprovechó la hora de la comida para llevarle la carta y charlar un poco.

Se había pasado la mañana escribiendo las cuatro letras de su nombre: *N-O-L-A*. Tenía su imagen en la cabeza, su rostro invadía su mente. A veces, cerraba los ojos para imaginársela; después, como intentando curarse, se obligaba a mirar a Jenny con la esperanza de olvidarla por completo. Jenny era una mujer muy hermosa, ¿por qué no podría amarla?

Cuando, poco antes de las doce, vio a Jenny acercarse a él con la carta y café, cubrió su página con una hoja en blanco, como hacía cada vez que alguien se acercaba.

—Es hora de comer algo, Harry —ordenó con tono demasiado maternal—. No se ha echado nada al estómago en todo el día aparte de litro y medio de café. Va a tener ardor de estómago si se queda en ayunas.

Se esforzó en sonreír amablemente y darle un poco de conversación. Sintió que su frente estaba llena de sudor y se la secó con el dorso de la mano.

—Tiene usted calor, Harry. ¡Trabaja demasiado!

—Es posible.

—¿Está usted inspirado?

—Sí. Se puede decir que no me está yendo mal últimamente.

—No ha levantado la nariz en toda la mañana.

—Efectivamente.

Jenny esbozó una sonrisa cómplice para darle a entender que sabía lo del libro.

—Harry... Sé que esto es atrevido, pero... ¿podría leerlo? Sólo algunas páginas. Tengo curiosidad por ver lo que escribe. Deben de ser palabras maravillosas.

—Todavía no está bien del todo...

—Seguro que está formidable.

—Ya veremos más tarde.

Ella volvió a sonreír.

—Deje que le traiga una limonada para que se refresque. ¿Quiere comer algo?

—Tomaré huevos con beicon.

Jenny desapareció inmediatamente en la cocina y gritó al cocinero: *¡Huevos con beicon para el grrrrran escritor!* Su madre, que la había visto tontear en la sala, la llamó al orden:

—Jenny, quiero que dejes de molestar al señor Quebert.

—¿Molestarle? Ay, mamá, no te enteras: soy su inspiración.

Tamara Quinn miró a su hija con aire poco convencido. Su Jenny era una chica estupenda, pero demasiado ingenua.

—¿Quién te ha metido esa ridiculez en la cabeza?

—Sé que Harry está loco por mí, mamá. Y creo que figuro en un lugar importante de su libro. Sí, mamá, tu hija no se pasará la vida sirviendo beicon y café. Tu hija será alguien.

—¿Qué tonterías dices?

Jenny exageró un poco para que su madre lo entendiese.

—Lo de Harry conmigo pronto será oficial.

Y, triunfante, esbozó una sonrisa socarrona y volvió a la sala dándose aires de Primera Dama.

Tamara Quinn no pudo reprimir una sonrisa de satisfacción: si su hija conseguía echarle el guante a Quebert, se hablaría del Clark's en todo el país. Quién sabe, hasta podría celebrarse allí la boda, ya se encargaría de convencer a Harry. El tráfico cortado, grandes veladores en la calle, invitados cuidadosamente escogidos; la mitad de la flor y nata neoyorquina, decenas de periodistas cubriendo el acontecimiento, y el brillo inagotable de los flashes. Harry era un hombre providencial.

Ese día, Harry dejó el Clark's a las cuatro de la tarde, de forma precipitada, como si se hubiese sorprendido de la hora. Se metió en su coche, aparcado delante del establecimiento, y arrancó rápidamente. No quería llegar tarde, no quería perdérsela. Poco después de su partida, un coche de la policía de Aurora aparcó en la plaza que había dejado libre. El oficial de policía Travis Dawn observó discretamente el interior del restaurante mientras se agarraba nerviosamente al volante. Juzgó que todavía había demasiada gente dentro y no se atrevió a entrar. Aprovechó para ensayar la frase que tenía preparada. Una sola frase, de eso sí era capaz; no podía ser tan tímido. Una miserable frase, apenas una decena de palabras. Se miró en el retrovisor y declamó: *Yuenos días, Benny. Si te cienes al vine el sábado...* ¡Así no era! Se maldijo. Una frasecita de nada y no conseguía recordarla. Desplegó un trocito de papel y releyó las palabras que había escrito:

Buenos días, Jenny:
Estaba pensando que, si estás libre, podríamos ir al cine a Montburry el sábado por la tarde.

Pero si no era tan difícil: sólo tenía que entrar en el Clark's, sonreír, sentarse en la barra y pedir un café. Mientras ella llenaba la taza, debía decir la frase. Se colocó el pelo y fingió hablar por el micro de la radio para parecer ocupado si alguien le veía. Esperó diez minutos: cuatro clientes salieron juntos del Clark's. Vía libre. Su corazón latía con fuerza: lo sentía golpear en su pecho, en sus manos, en su cabeza, hasta las yemas de los dedos parecían reaccionar a cada una de sus pulsaciones. Salió del coche, con el trozo de papel estrujado en su puño. La amaba. La amaba desde que estaban en el instituto. Era la mujer más maravillosa que había conocido. Se había quedado en Aurora por ella: en la academia de policía habían advertido sus aptitudes, le habían sugerido que apuntase más alto que la policía local. Le habían hablado de la policía estatal e incluso de la federal. Un tipo de Washington le había dicho: «Chico, no pierdas el tiempo en un pueblucho perdido. Te puede contratar el FBI, y el FBI no es cualquier cosa». El FBI. Le habían ofrecido el FBI. Habría podido incluso pedir destino en el prestigioso Secret Service, encargado de la protección del Presidente y los altos cargos del país. Pero estaba esa chica que servía en el Clark's, en Aurora, esa chica de la que siempre había estado enamorado y de la que siempre había esperado que algún día pusiese sus ojos en él: Jenny Quinn. Así que había pedido que le destinaran a Aurora. Sin Jenny, su vida no tenía sentido. Al llegar a la puerta del restaurante, inspiró profundamente y entró.

Ella pensaba en Harry mientras secaba tazas ya secas con gesto mecánico. Últimamente se marchaba siempre sobre las cuatro; se preguntaba adónde iría con tanta regularidad. ¿Tendría alguna cita? ¿Con quién? Un cliente se instaló en la barra, sacándola de sus pensamientos.

—Hola, Jenny.

Era Travis, su buen amigo del instituto convertido en policía.

—Qué tal, Travis. ¿Te sirvo un café?

—Muchas gracias.

Cerró los ojos un instante para concentrarse: debía decirle la frase. Ella puso una taza ante él y la llenó. Era el momento de lanzarse.

—Jenny... Quería decirte...

—¿Sí?

Plantó sus grandes ojos claros en los de él y se sintió completamente desestabilizado. ¿Qué era lo que seguía de la frase? El cine.

—El cine —dijo.

—¿Qué pasa con el cine?

—Esto... Ha habido un atraco en el cine de Manchester.

—¿Ah, sí? ¿Un atraco en un cine? Qué cosa más curiosa.

—En la oficina de correos de Manchester, quería decir.

¿Por qué diablos estaba hablando de ese atraco? ¡El cine! ¡Tienes que hablarle del cine!

—¿En correos o en el cine? —preguntó Jenny.

El cine. El cine. El cine. El cine. ¡Háblale del cine! Su corazón iba a explotar. Se lanzó:

—Jenny... Me gustaría... Bueno, estaba pensando que quizás... En fin, si quieres...

En ese instante Tamara llamó a su hija desde la cocina y Jenny tuvo que interrumpir su declamación.

—Perdóname, Travis, tengo que ir. De un tiempo a esta parte, mamá está de un humor de perros.

La joven desapareció tras las puertas batientes sin dejar al joven policía terminar su frase. Suspiró y murmuró: *Estaba pensando que, si estás libre, podríamos ir al cine a Montburry el sábado por la tarde.* Después dejó cinco dólares para pagar un café de cincuenta centavos que ni siquiera se había bebido y salió del Clark's, decepcionado y triste.

*

—¿Dónde iba usted todos los días a las cuatro, Harry? —pregunté.

No me respondió inmediatamente. Miró por la ventana y me pareció que sonreía de felicidad. Al final me dijo:

—Necesitaba tanto verla...

—A Nola, ¿verdad?

—Sí. Jenny era una chica formidable, ¿sabe? Pero no era Nola. Estar con Nola era vivir de verdad. No sabría decirlo de otro modo. Cada segundo que pasaba con ella era un segundo de vida vivido plenamente. Eso es lo que significa el amor, creo. Esa risa, Marcus, esa risa, la escucho en mi cabeza todos los días desde hace treinta y tres años. Esa mirada extraordinaria, esos ojos deslumbrantes de vida, todavía están ahí, delante de mí... Lo mismo que sus gestos, su forma de colocarse el pelo, de morderse los labios. Su voz sigue resonando dentro de mí, a veces es como si estuviera aquí. Cuando voy al centro, a la marina, al supermercado, la vuelvo a ver hablarme de la vida y de los libros. En ese mes de junio de 1975, ni siquiera hacía un mes que había entrado en mi vida y sin embargo tenía la impresión de que siempre había formado parte de ella. Y cuando no estaba, me parecía que nada tenía sentido: un día sin ver a Nola era un día perdido. Tenía tanta necesidad de verla que no podía esperar al sábado siguiente. Entonces empecé a esperarla a la salida del instituto. Eso era lo que hacía cuando salía del Clark's a las cuatro. Cogía mi coche e iba al instituto de Aurora. Lo dejaba en el aparcamiento de profesores, justo delante de la puerta principal, y esperaba a que saliese, escondido en mi coche. Tan pronto como aparecía, me sentía infinitamente más vivo, más fuerte. La felicidad de percibirla me bastaba: la miraba hasta que subía al autobús escolar, y me quedaba allí un rato, esperando a que el autobús desapareciese por la calle. ¿Acaso estaba loco, Marcus?

—No, no lo creo, Harry.

—Todo lo que sé es que Nola vivía dentro de mí. Literalmente. Llegó de nuevo el sábado, y ese sábado fue un día maravilloso. Ese sábado, el buen tiempo había animado a la gente a ir a la playa: el Clark's estaba desierto y Nola y yo pudimos charlar tranquilamente. Decía que había pensado mucho en mí, en mi libro, y que lo que estaba escribiendo sería seguramente una obra maestra. Al final de su turno, sobre las seis, le propuse llevarla en coche. La dejé a una manzana de su casa, en una calle desierta, al abrigo de las miradas. Me preguntó si quería dar un paseo con ella, pero le expliqué que era complicado, que la gente empezaría a hablar si nos veían juntos. Recuerdo que me dijo: «Pasear no es un crimen, Harry...». «Lo sé, Nola. Pero creo que la gente murmuraría.» Hizo una pequeña mueca. «Me gusta tanto su compañía, Harry. Es usted una persona excepcional. Estaría bien que pudiésemos estar un poco juntos sin tener que escondernos.»

*

Sábado 28 de junio de 1975

Era la una de la tarde. Jenny Quinn se afanaba detrás de la barra del Clark's. Cada vez que la puerta del restaurante se abría, se sobresaltaba esperando que fuese él. Pero no venía. Estaba nerviosa y molesta. La puerta se abrió otra vez, y otra vez no era Harry. Era su madre, Tamara, que se extrañó de la indumentaria de su hija: llevaba un resplandeciente conjunto color crema que normalmente reservaba para las grandes ocasiones.

—Cariño, ¿qué haces vestida así? —preguntó Tamara—. ¿Qué has hecho con tu delantal?

—Quizás me haya hartado de llevar tus horribles delantales que tan mal me sientan. Tengo derecho a ponerme guapa de vez en cuando, ¿no? ¿Crees que me gusta pasarme el día sirviendo filetes?

Jenny tenía lágrimas en los ojos.

—Pero bueno, ¿qué te pasa? —preguntó su madre.

—¡Pasa que es sábado y no debería estar trabajando! ¡Nunca trabajo los fines de semana!

—Pero si has sido tú la que insistió en sustituir a Nola cuando me pidió el día libre.

—Sí. Quizás. Ya no sé. ¡Ay, mamá, soy tan desgraciada!

Jenny, que jugueteaba con una botella de ketchup entre sus manos, la dejó caer torpemente al suelo: la botella se rompió y sus zapatillas blancas inmaculadas se cubrieron de salpicaduras rojas. Estalló en sollozos.

—Pero ¿qué te pasa, cariño? —se inquietó su madre.

—¡Estoy esperando a Harry! Viene todos los sábados... ¿Por qué no éste? ¡Qué tonta soy, mamá! ¿Cómo he podido pensar que me quería? Un hombre como Harry no querrá nunca a una vulgar camarera como yo, que sirve hamburguesas. ¡Soy una imbécil!

—Venga, no digas eso —la consoló Tamara abrazándola—. Ve a divertirte, cógete el día libre. Yo te sustituyo. No quiero que llores. Eres una chica maravillosa y estoy segura de que Harry está loco por ti.

—Entonces ¿por qué no está aquí?

Mamá Quinn reflexionó un instante:

—¿Acaso sabía que trabajarías hoy? Nunca trabajas los sábados, ¿para qué iba a venir si no estás? ¿Sabes lo que creo, cariño? Que Harry debe de sentirse muy infeliz los sábados, porque es el día que no te ve.

El rostro de Jenny se iluminó.

—Oh, mamá, ¿por qué no se me había ocurrido eso?

—Deberías ir a hacerle una visita a su casa. Estoy segura de que se alegrará mucho de verte.

El rostro de Jenny se iluminó: ¡qué idea tan maravillosa acababa de tener su madre! Ir a ver a Harry a Goose Cove y llevarle una buena cesta de pícnic: el pobre debía de estar trabajando mucho, seguramente se habría olvidado de comer. Y entró precipitadamente en la cocina a buscar provisiones.

En ese mismo instante, a ciento veinte millas de allí, en la pequeña ciudad de Rockland, Maine, Harry y Nola daban cuenta de su pícnic en un paseo al borde del océano. Nola tiraba trozos de pan a unas gaviotas enormes que lanzaban roncos graznidos.

—¡Me encantan las gaviotas! —exclamó Nola—. Son mis pájaros preferidos. Quizás porque me gusta el mar, y allí donde hay gaviotas, hay mar. Es cierto: incluso cuando el horizonte se esconde detrás de los árboles, el vuelo de las gaviotas en el cielo nos recuerda que el mar está justo detrás. ¿Su libro habla de las gaviotas, Harry?

—Si quieres. Pondré todo lo que quieras en ese libro.

—¿De qué habla?

—Me gustaría decírtelo, pero no puedo.

—¿Es una historia de amor?

—En cierto modo.

La miraba divertido. Tenía un cuaderno a mano e intentó dibujar la escena a lápiz.

—¿Qué está haciendo?

—Un boceto.

—¿También sabe dibujar? Sabe usted hacer de todo. ¡Enséñemelo, quiero verlo!

Se acercó y se entusiasmó al ver el dibujo.

—¡Qué bonito, Harry! ¡Tiene usted tanto talento!

En un impulso de ternura, se estrechó contra él, pero él la rechazó, casi como por reflejo, y miró a su alrededor para asegurarse de que no los habían visto.

—¿Por qué hace eso? —se enfadó Nola—. ¿Se avergüenza de mí?

—Nola, tienes quince años... Yo tengo treinta y cuatro. A la gente no le gustaría.

—¡La gente es imbécil!

Él rió y esbozó su aspecto furioso en pocos trazos. Ella volvió a estrecharse contra él y él la dejó hacer. Miraron juntos cómo las gaviotas se peleaban por los trozos de pan.

Habían planeado esa escapada días antes. La había esperado cerca de su casa, después de clase. Cerca de la parada del autobús. Ella se había alegrado mucho y extrañado a la vez de verle.

—¿Harry? ¿Qué está haciendo aquí? —preguntó.

—El caso es que no lo sé. Tenía ganas de verte. Yo... Sabes, he vuelto a pensar en tu idea.

—¿Estar solos los dos?

—Sí. Pensé que podríamos salir este fin de semana. No muy lejos. A Rockland, por ejemplo. Donde nadie nos conozca. Para sentirnos más libres. Si te apetece, claro.

—¡Harry, sería formidable! Pero tendría que ser el sábado, no puedo faltar a misa el domingo.

—Entonces el sábado. ¿Puedes arreglártelas para librar?

—¡Claro! Pediré el día libre a la señora Quinn. Ya pensaré lo que les diré a mis padres. No se preocupe.

Pensará lo que les dirá a sus padres. Cuando ella pronunció esas palabras, se preguntó qué demonios estaba haciendo enamoriscándose de una adolescente. Y, en esa playa de Rockland, pensó en ellos dos.

—¿En qué está pensando, Harry? —preguntó Nola, abrazada todavía contra él.

—En lo que estamos haciendo.

—¿Qué hay de malo en lo que estamos haciendo?

—Lo sabes muy bien. O quizá no. ¿Qué les has dicho a tus padres?

—Piensan que estoy con mi amiga Nancy Hattaway y que nos hemos marchado por la mañana temprano a pasar todo el día en el barco del padre de Teddy Bapst, su novio.

—¿Y dónde está Nancy?

—En el barco con Teddy. Solos. Les ha dicho a sus padres que yo iría con ella para que los padres de Teddy los dejasen ir a navegar solos.

—Así que su madre la cree contigo, la tuya con Nancy y, si hablan por teléfono, lo confirmarán.

—Eso es. Es un plan infalible. Debo volver antes de las ocho, ¿nos dará tiempo a ir a bailar? Tengo tantas ganas de que bailemos juntos.

Eran las tres de la tarde cuando Jenny llegó a Goose Cove. Al aparcar su coche delante de la casa, constató que el Chevrolet negro no estaba. Probablemente Harry había salido. A pesar de todo, llamó a la puerta: como esperaba, no hubo respuesta. Dio la vuelta para comprobar si estaba en la terraza, pero allí tampoco había nadie. Al final decidió entrar. Seguramente Harry se había marchado a tomar un poco el aire. Últimamente trabajaba mucho, necesitaba descansar. Seguro que se alegraría mucho de encontrarse un buen tentempié sobre la mesa a su regreso: sándwiches de carne, huevos, queso, verdura para mojar en una salsa a las finas hierbas de elaboración propia, un trozo de tarta y algo de fruta bien jugosa.

Jenny no había entrado nunca en la casa de Goose Cove. Todo le pareció magnífico. El lugar era amplio, decorado con gusto, vigas vistas en el techo, grandes librerías en las paredes, parqué de madera lacada y amplios ventanales que ofrecían una inigualable vista al océano. No pudo evitar imaginarse viviendo allí con Harry: desayunos de verano en la terraza, bien abrigados en invierno, acurrucados cerca de la chimenea del salón mientras él leía pasajes de su nueva novela. ¿Para qué irse a Nueva York? Serían tan felices juntos incluso aquí. No necesitarían nada más que ellos mismos. Colocó la comida sobre la mesa del comedor, dispuso la vajilla que encontró en una alacena y después, cuando hubo terminado, se sentó en un sillón y esperó. Para darle una sorpresa.

Esperó una hora. ¿Qué estaría haciendo? Como se aburría, decidió visitar el resto de la casa. La primera habitación en la que entró fue el despacho de la planta baja. El sitio era más bien estrecho pero bien amueblado, con un armario, un escritorio de ébano, una librería mural y un gran pupitre de madera, cubierto de hojas y bolígrafos. Allí trabajaba Harry. Se acercó al pupitre, sin otra intención que echar un vistazo. No quería violar su creación, no quería traicionar su confianza, simplemente quería ver lo que escribía sobre ella durante todo el día. Y además, nadie se enteraría. Convencida de su derecho, cogió la primera hoja que había encima de la pila y la leyó, el corazón en un puño. Las primeras líneas estaban tachadas y cubiertas de rotulador negro hasta hacerlas ilegibles. Pero después, leyó claramente:

Sólo voy al Clark's para verla. Sólo voy para estar cerca de ella. Ella es todo lo que siempre he soñado. Estoy fascinado. Embrujado. No tengo derecho. No debería. No debería ir allí, ni siquiera debería quedarme en esta ciudad maldita: debería marcharme, huir y no volver jamás. No tengo derecho a amarla, está prohibido. ¿Es que me he vuelto loco?

Llena de felicidad, Jenny empezó a besar la hoja y la estrechó contra su pecho. Después dio unos pasos de baile y gritó en voz alta: «¡Harry, amor mío, no está loco! ¡Yo también le quiero y tiene todo el derecho del mundo a amarme! ¡No huya, mi amor! ¡Le quiero tanto!». Excitada por su descubrimiento, volvió a poner apresuradamente la hoja sobre el pupitre, temiendo ser sorprendida, y volvió de inmediato al salón. Se tumbó en el sofá, levantó su falda para dejar sus muslos al aire y se desabrochó la blusa para que se entrevieran sus senos. Nunca nadie le había escrito nada tan bonito. En cuanto volviese, se ofrecería a él. Le regalaría su virginidad.

En ese mismo instante, David Kellergan entró en el Clark's y se sentó en la barra, donde pidió, como siempre, un gran vaso de leche tibia con granadina.

—Su hija no viene hoy, reverendo —le dijo Tamara Quinn mientras le servía—. Ha cogido el día libre.

—Lo sé, señora Quinn. Está en el mar, con unos amigos. Se marchó al amanecer. Me ofrecí a llevarla, pero se negó, me dijo que descansara, que me quedase en la cama. Es una buena chica.

—Tiene usted toda la razón, reverendo. Aquí trabaja muy bien.

David Kellergan sonrió, y Tamara observó por un instante a ese hombrecillo jovial, de rostro amable tocado con gafas. Debía de rondar los cincuenta, era delgado, de apariencia más bien frágil, pero irradiaba una gran fuerza. Tenía una voz tranquila y pausada, nunca pronunciaba una palabra más alta que otra. Le apreciaba mucho, como todo el mundo allí. Le gustaban sus sermones, aun pronunciados con ese fuerte acento sureño. Su hija se le parecía: dulce, amable, servicial, afectuosa. David y Nola Kellergan eran buena gente, buenos americanos y buenos cristianos. Eran muy queridos en Aurora.

—¿Cuánto tiempo hace que llegó usted a Aurora, reverendo? —preguntó Tamara Quinn—. Tengo la impresión de que está aquí desde siempre.

—Pronto hará seis años, señora Quinn. Seis hermosos años.

El reverendo escrutó durante un instante a los otros clientes y, como buen habitual, observó que la mesa 17 estaba libre.

—Anda, ¿hoy no ha venido el escritor? Qué raro, ¿no?

—Hoy no. Es un hombre encantador, ¿sabe?

—A mí también me cae muy bien. Le conocí aquí. Tuvo la amabilidad de ir a ver el espectáculo de fin de curso del instituto. Me gustaría que fuera un miembro de la parroquia. Necesitamos personalidades que hagan avanzar esta ciudad.

Tamara pensó entonces en su hija y, esbozando una sonrisa, no pudo evitar compartir la gran noticia:

—No se lo diga a nadie, reverendo, pero está cuajando algo entre él y mi Jenny.

David Kellergan sonrió y bebió un trago de su leche con granadina.

Las seis de la tarde en Rockland. En una terraza, empachados de sol, Harry y Nola saboreaban zumos de fruta. Nola quería que Harry le hablase de su vida neoyorquina. Quería saberlo todo. «Cuéntemelo todo —pidió—, cuénteme lo que significa ser una estrella allí». Harry sabía que Nola se imaginaba una vida de cócteles y canapés, así que ¿qué podía decirle? ¿Que no era nada de lo que se imaginaban en Aurora? ¿Que nadie le conocía en Nueva York? ¿Que su primer libro había pasado desapercibido y que, hasta entonces, no había sido más que un anodino profesor de instituto? ¿Que no tenía apenas dinero porque había gastado todos sus ahorros en alquilar Goose Cove? ¿Que no conseguía escribir nada? ¿Que era un impostor? ¿Que el soberbio Harry Quebert, escritor de renombre, instalado en la lujosa casa al borde del mar y que pasaba el tiempo escribiendo en los cafés, sólo existiría lo que iba a durar un verano? No podía arriesgarse a decir la verdad: se exponía a perderla. Decidió inventar, interpretar el papel de su vida hasta el final: el de un artista dotado y respetado, harto de alfombras rojas y de la agitación neoyorquina, que había venido a tomarse el necesario descanso para su genio en una pequeña ciudad de New Hampshire.

—Tiene tanta suerte, Harry —se maravilló ella al escuchar su relato—. ¡Vaya vida excitante que lleva! A veces me gustaría volar y partir lejos de aquí, lejos de Aurora. Aquí me falta el aire, ¿sabe? Mis padres son gente difícil. Mi padre es un hombre estupendo, pero un hombre de iglesia: tiene ideas muy definidas. En cuanto a mi madre, ¡es tan dura conmigo! Se diría que nunca ha sido joven. Y después la iglesia, todos los domingos por la mañana, ¡qué lata! No sé si creo en Dios. ¿Cree en Dios, Harry? Si cree, entonces yo también creeré.

—No lo sé, Nola. Ya no lo sé.

—Mi madre dice que debemos creer en Dios, si no nos castigará severamente. A veces pienso que, ante la duda, mejor caminar derecho.

—En el fondo —replicó Harry—, el único que sabe si Dios existe o no es el mismo Dios.

Se echó a reír con una risa ingenua e inocente. Le cogió la mano con ternura y preguntó:

—¿Se puede elegir no querer a una madre?

—Eso creo. El amor no es una obligación.

—Pero está escrito en los mandamientos. Amarás a tus padres. El cuarto o el quinto. No me acuerdo. Eso sí, el primer mandamiento es creer en Dios. Así que, como no creo en Dios, no estoy obligada a querer a mi madre, ¿verdad? Mi madre es muy severa. A veces me encierra en mi habitación, me llama desvergonzada. Y yo no soy una desvergonzada, simplemente me gusta ser libre. Me gustaría tener derecho a soñar un poco. ¡Dios mío, ya son las seis! Desearía que el tiempo se detuviera. Tenemos que volver, ni siquiera hemos tenido tiempo de bailar.

—Bailaremos, Nola. Bailaremos. Tenemos toda la vida para bailar.

A las ocho de la tarde, Jenny se despertó sobresaltada. Estaba adormilada, de tanto esperar. El sol empezaba a ocultarse, acababa la tarde. Se había quedado tendida en el sofá, con un hilillo de baba en la comisura del labio y mal aliento. Se subió las bragas, se guardó los senos, se apresuró a recoger su pícnic y huyó de la casa de Goose Cove, avergonzada.

Minutos más tarde, llegaron a Aurora. Harry se detuvo en una callejuela, cerca del puerto, para que Nola se uniese a su amiga Nancy y volviesen juntas. Permanecieron un momento en el coche. La calle estaba desierta, oscurecía. Nola sacó un paquete de su bolso.

—¿Qué es? —preguntó Harry.

—Ábralo. Es un regalo. Lo encontré en esa tiendecita del centro, donde tomamos los zumos. Es un recuerdo para que no olvide este día maravilloso.

Deshizo el embalaje: era una caja de latón, pintada en azul y con la inscripción RECUERDO DE ROCKLAND, MAINE.

—Es para meter pan duro —dijo Nola—. Para que alimente a las gaviotas de su casa. Hay que alimentar a las gaviotas, es importante.

—Gracias. Te prometo que siempre alimentaré a las gaviotas.

—Ahora dígame cosas bonitas, Harry. Dígame que soy su querida Nola.

—Mi querida Nola...

Sonrió y acercó su rostro para besarle. Él se retiró bruscamente.

—Nola —dijo con sequedad—, no es posible.

—¿No? Pero ¿por qué?

—Lo nuestro es demasiado complicado.

—¿Qué tiene de complicado?

—Todo, Nola, todo. Ahora vete con tu amiga, se hace tarde. Creo... creo que deberíamos dejar de vernos.

Bajó precipitadamente del coche para abrirle la puerta. Tenía que marcharse de inmediato; era tan difícil no decirle cuánto la amaba.

*

—Así que la caja de pan, en la cocina, es un recuerdo del día en Rockland —dije.

—Eso es, Marcus. Doy de comer a las gaviotas porque Nola me pidió que lo hiciese.

—¿Qué pasó después de Rockland?

—Ese día fue tan maravilloso que me asusté. Era maravilloso pero demasiado complicado. Entonces decidí que debía alejarme de Nola y centrarme en otra chica. Una chica a la que pudiese amar. ¿Adivina quién?

—¿Jenny?

—Bingo.

—¿Y?

—Se lo contaré otro día, Marcus. Hemos hablado mucho, estoy cansado.

—Claro, lo entiendo.

Apagué la grabadora.

24. Recuerdos de una fiesta nacional

«Póngase en guardia, Marcus.

—¿En guardia?

—Sí. ¡Vamos! Levante los puños, separe las piernas, prepárese para el combate. ¿Qué siente?

—Me... me siento dispuesto a todo.

—Muy bien. ¿Ve? Escribir y boxear se parecen tanto... Uno se pone en guardia, decide lanzarse a la batalla, levanta los puños y se enfrenta al adversario. Con un libro es más o menos lo mismo. Un libro es una batalla.»

—Tienes que dejar de investigar, Marcus.

Fueron las primeras palabras que me dedicó Jenny cuando fui a verla al Clark's para que me hablase de su relación con Harry en 1975. Habían mencionado el incendio en la televisión local y la noticia se estaba propagando poco a poco.

—¿Por qué razón debería dejarlo? —pregunté.

—Porque estoy preocupada por ti. No me gustan este tipo de historias... —me hablaba con la ternura de una madre—. Empieza con un incendio y no se sabe cómo termina.

—No dejaré esta ciudad hasta que me entere de lo que pasó hace treinta y tres años.

—¡Eres de lo que no hay, Marcus! ¡Una auténtica mula, igual que Harry!

—Me lo tomaré como un cumplido.

Jenny sonrió.

—Bueno, ¿qué puedo hacer por ti?

—Me gustaría hablar un poco. Podríamos dar un paseo fuera, si te parece bien.

Dejó el Clark's a cargo de su empleada y bajamos hasta la marina. Nos sentamos en un banco, frente al mar, y contemplé a esa mujer que debía de tener cincuenta y siete años según mis cálculos. Parecía gastada por la vida, el cuerpo demasiado delgado, el rostro marcado y ojeras. Intenté imaginármela tan hermosa como Harry me la había descrito, una bonita mujer rubia, sinuosa, reina de la belleza durante sus años de instituto. De pronto, me preguntó:

—Marcus..., ¿qué es lo que se siente?

—¿Con qué?

—Con la gloria.

—Duele. Es agradable, pero suele doler.

—Recuerdo cuando eras estudiante y venías al Clark's con Harry para corregir tus textos. Te hacía trabajar como a una mula. Os pasabais horas allí, en su mesa, releyendo, tachando, volviendo a empezar. Recuerdo que en tus temporadas aquí se os veía a ti y a Harry salir a correr al alba con esa disciplina de hierro. Cuando venías, resplandecía, ¿sabes? Cambiaba radicalmente. Y todo el mundo sabía que ibas a venir porque ya estaba anunciándolo días antes. Repetía: «¿Ya os he dicho que Marcus viene a visitarme la semana que viene? Menudo tipo extraordinario. Llegará lejos, lo sé». Tus visitas le cambiaban la vida. Tu presencia le cambiaba la vida. Porque nadie dudaba de lo solo que se sentía Harry en su gran casa. El día que entraste en su vida, desordenaste todo. Fue un renacimiento. Como si el viejo solitario hubiese conseguido que alguien le quisiese. Tus estancias aquí le venían muy bien. Después, cuando te ibas, nos seguía dando la lata: Marcus por aquí, Marcus por allá. Estaba tan orgulloso de ti. Orgulloso como un padre puede estarlo de su hijo. Eras el hijo que nunca tuvo. Hablaba de ti todo el rato: nunca dejaste Aurora, Marcus. Y entonces, un día, te vimos en el periódico. El fenómeno Marcus Goldman. Había nacido un gran escritor. Harry compró todos los periódicos del supermercado, invitó a rondas de champán en el Clark's. Por Marcus, ¡hip, hip, hurra! Y te vimos en la tele, te escuchamos en la radio, en todo el país no se hablaba más que de ti y de tu libro. Compró docenas de ejemplares, los regalaba a todo el mundo. Y nosotros le preguntábamos cómo te iba, cuándo te volveríamos a ver. Y él respondía que seguro que estabas bien, pero que no sabía mucho de ti. Que debías de estar muy ocupado. Dejaste de llamar de la noche a la mañana, Marc. Estabas tan ocupado haciéndote el importante, saliendo en los periódicos y hablando en la televisión, que le abandonaste. No volviste por aquí. Él, que estaba tan orgulloso de ti, que esperaba una pequeña señal por tu parte que nunca llegó. Lo habías conseguido, te habías ganado la gloria, así que ya no le necesitabas.

—¡Eso no es verdad! —exclamé—. Me dejé llevar por el éxito, pero pensaba en él. Todos los días. No tuve ni un segundo libre.

—¿Ni siquiera un segundo para llamarle?

—¡Por supuesto que le llamé!

—Le llamaste cuando estabas con la mierda hasta el cuello, eso fue. Porque después de haber vendido no sé cuántos millones de libros, al señor gran escritor le dio el canguelo y ya no supo qué más escribir. Ese episodio también lo vivimos en directo, así es como lo sé. Harry, en la barra del Clark's, muy inquieto porque acaba de recibir una llamada tuya, que estás muy deprimido, que ya no tienes ideas para escribir, que tu editor se va a quedar con tu querida pasta. Y de pronto apareces de nuevo en Aurora, con tus ojos de perro apaleado, y Harry haciendo todo lo posible por subirte la moral. Pobre escritorcillo infeliz, ¿sobre qué vas a escribir? Hasta que se produce el milagro, ya hace dos semanas: estalla el escándalo y ¿quién reaparece por aquí? El bueno de Marcus. ¿Qué coño estás haciendo en Aurora, Marcus? ¿Buscar inspiración para tu próximo libro?

—¿Qué te hace pensar eso?

—Es intuición.

En un primer momento no respondí nada, un poco aturdido. Después dije:

—Mi editor me ha propuesto escribir un libro. Pero no lo haré.

—¡Pues precisamente sí! ¡No puedes dejar de hacerlo, Marc! Porque un libro es probablemente la única forma de demostrar al país que Harry no es un monstruo. No ha hecho nada, estoy segura. En el fondo lo sé. No puedes dejarle tirado, no tiene a nadie más que a ti. Tú eres famoso, la gente te escuchará. Debes escribir un libro sobre Harry, sobre vuestros años juntos. Contar lo fenomenal que es.

Murmuré:

—Estás enamorada de él, ¿verdad?

Bajó los ojos:

—Creo que no sé lo que significa la palabra *amar*.

—Yo en cambio creo que sí. Sólo hay que ver cómo hablas de él, a pesar de todos tus esfuerzos por odiarle.

Dibujó una sonrisa triste y su voz se llenó de lágrimas:

—Hace más de treinta años que pienso en él todos los días. Le veo tan solo, mientras yo hubiese querido hacerle tan feliz. Mírame, Marcus... Soñaba con ser una estrella de cine, y no soy más que la estrella de la sartén. No he tenido la vida que quería.

Sentí que estaba dispuesta a confiarse y le pregunté:

—Jenny, háblame de Nola, por favor...

Sonrió tristemente.

—Era una chica muy buena. Mi madre la quería mucho, decía muchas cosas buenas de ella, y a mí eso me ponía de los nervios. Porque hasta que apareció Nola, era yo la princesita de esta ciudad. La que todo el mundo miraba. Tenía nueve años cuando llegó aquí. En ese momento a todo el mundo le daba igual, evidentemente. Después, un verano, como suele pasar con las chicas en la pubertad, esa misma gente se dio cuenta de que Nola se había convertido en una hermosa jovencita, con maravillosas piernas, senos generosos y un rostro de ángel. Y la nueva Nola, en bañador, suscitó muchas envidias.

—¿Estabas celosa de ella?

Reflexionó un instante antes de contestar.

—Bah, hoy puedo decírtelo, ya no tiene mucha importancia: sí, estaba algo celosa. Los hombres la miraban y una mujer se da cuenta de eso.

—Pero no tenía más que quince años...

—No parecía una niña pequeña, créeme. Era una mujer. Una mujer guapa.

—¿Sospechabas que había algo entre Harry y ella?

—¡Ni lo más mínimo! Nadie aquí hubiese podido imaginar algo parecido. Ni con Harry, ni con nadie. Es verdad que era una chica muy guapa. Pero tenía quince años, todo el mundo lo sabía. Y además, era la hija del reverendo Kellergan.

—¿Así que no había rivalidad entre las dos por culpa de Harry?

—¡Claro que no!

—Y entre Harry y tú, ¿hubo algo?

—Poca cosa. Salimos un poco. Tenía mucho éxito entre las mujeres de por aquí. Quiero decir, una gran estrella de Nueva York que aparece en este agujero...

—Jenny, tengo una pregunta que quizás te sorprenda, pero... ¿sabías que, al llegar aquí, Harry no era nadie? Sólo un modesto profesor de instituto que había gastado todos sus ahorros para alquilar la casa de Goose Cove.

—¿Qué? Pero si ya era escritor...

—Había publicado una novela, pero con su propio dinero y no había tenido ningún éxito. Creo que hubo un malentendido sobre su fama y él lo aprovechó para ser en Aurora lo que hubiese querido ser en Nueva York. Y como después publicó *Los orígenes del mal,* que le hizo famoso, la ilusión fue perfecta.

Jenny sonrió, casi riéndose.

—¡Pero bueno! No lo sabía. Este Harry... Recuerdo nuestra primera cita de verdad. Estaba tan excitada ese día. Recuerdo la fecha porque era la fiesta nacional, 4 de julio de 1975.

Hice un rápido cálculo mental: el 4 de julio fue días después de la escapada a Rockland. Era el momento en el que Harry había decidido sacarse a Nola de la cabeza. Animé a Jenny a que siguiera:

—Háblame de ese 4 de julio.

Cerró los ojos, como si volviese a aquella época.

—Era un día magnífico. Harry había entrado en el Clark's esa misma mañana y me había propuesto ir juntos a ver los fuegos artificiales a Concord. Me dijo que vendría a buscarme a las seis de la tarde. Yo, en principio, acababa mi turno a las seis y media, pero le había dicho que me venía muy bien. Y mamá me dejó marcharme antes para ir a prepararme.

*

Viernes 4 de julio de 1975

La casa de la familia Quinn, en Norfolk Avenue, bullía. Eran las cinco cuarenta y cinco de la tarde, y Jenny no estaba lista. Subía y bajaba las escaleras hecha una furia, en ropa interior, con un vestido diferente en cada mano.

—¿Y éste, mamá? ¿Qué piensas de éste? —preguntó al entrar por enésima vez en el salón donde estaba su madre.

—No, ése no —juzgó severamente Tamara—, te hace un trasero enorme. No querrás que Harry piense que te atiborras. ¡Pruébate otro!

Jenny subió rápidamente a su habitación, gimoteando que era una chica horrible, que no tenía nada que ponerse y que iba a quedarse sola y fea el resto de su vida.

Tamara estaba muy nerviosa: su hija debía estar a la altura. Harry Quebert pertenecía a una categoría completamente distinta a la de los jóvenes de Aurora, Jenny no podía cometer errores. Tan pronto como su hija le había informado de su cita, había ordenado que abandonara el Clark's: estaban en plena hora punta del mediodía, el restaurante estaba lleno, pero no quería que su Jenny permaneciese ni un segundo más en medio del olor a grasa que podría incrustarse en su piel y su pelo. Debía estar perfecta para Harry. La envió a la peluquería y a la manicura, limpió la casa de arriba abajo y preparó un aperitivo que consideraba *delicado,* por si acaso Harry quería picar algo. Así que su Jenny no se había equivocado: Harry la cortejaba. Estaba muy excitada, no podía evitar pensar en la boda: por fin colocaría a su hija. Oyó cerrarse la puerta de entrada: su marido, Robert Quinn, que trabajaba de ingeniero en una fábrica de guantes de Concord, acababa de llegar a casa. Lo miró horrorizada.

Robert se dio cuenta de inmediato de que el piso de abajo estaba limpio y perfectamente ordenado. La entrada lucía un bonito ramo de iris y unos mantelitos que no había visto en su vida.

—¿Qué pasa aquí, Bichito? —preguntó al entrar en el salón, en el que había una mesita baja con golosinas, aperitivos salados, una botella de champán y copas.

—Ay, Bobby, mi Bobbo —respondió Tamara molesta pero esforzándose en ser amable—, eres muy inoportuno, no me viene bien que andes por aquí. Te había dejado un mensaje en la fábrica.

—No me lo han dado. ¿Qué decía?

—Que sobre todo no volvieses a casa antes de las siete.

—Ah, ¿y eso por qué?

—Porque Harry Quebert ha invitado hoy a Jenny a ver los fuegos artificiales en Concord.

—¿Quién es Harry Quebert?

—Ay, Bobbo, ¡tienes que enterarte un poco de la vida mundana! Es el gran escritor que llegó a finales de mayo.

—Ah. ¿Y por qué razón no puedo volver a casa?

—¿Cómo que *ah*? Un gran escritor corteja a tu hija y tú vas y dices *ah*. Pues precisamente no quería que volvieses porque no sabes tener conversaciones distinguidas. Que sepas que Harry Quebert no es un cualquiera: se ha instalado en la casa de Goose Cove.

—¿En Goose Cove? Ostras.

—Para ti puede ser una fortuna, pero alquilar la casa de Goose Cove, para un tipo como él, es como escupir en el agua. ¡Es una estrella en Nueva York!

—¿Escupir en el agua? No conocía esa expresión.

—Ay, Bobbo, no sabes nada de nada.

Robert hizo una ligera mueca y se acercó al pequeño bufé que había preparado su mujer.

—¡Sobre todo no toques nada, Bobbo!

—¿Qué son esas cosas?

—No son cosas. Es un aperitivo delicado. Tiene mucha clase.

—¡Pero me habías dicho que los vecinos nos habían invitado a hamburguesas esta noche! ¡El 4 de julio vamos siempre a comer hamburguesas con los vecinos!

—Iremos. ¡Pero más tarde! ¡Y sobre todo no te pongas a contar a Harry Quebert que comemos hamburguesas como la gente corriente!

—Pero si somos gente corriente. Me gustan las hamburguesas. Y tú diriges una hamburguesería.

—¡No entiendes nada de nada, Bobbo! No es lo mismo. Y yo tengo grandes proyectos.

—No lo sabía. No me has dicho nada.

—No te lo cuento todo.

—¿Y por qué no me cuentas todo? Yo sí te cuento todo. De hecho, venía pensando en contarte que me ha dolido la tripa toda la tarde. Tenía unos gases terribles. Incluso he tenido que encerrarme en mi despacho y ponerme a cuatro patas para tirarme pedos de lo que me dolía. Ya ves que te cuento todo.

—¡Vale ya, Bobbo! ¡Me estás desconcentrando!

Jenny reapareció con otro vestido.

—¡Demasiado elegante! —ladró Tamara—. ¡Debes vestir con buen gusto pero informal!

Robert Quinn aprovechó que su mujer desviaba la atención para sentarse en su sillón preferido y servirse un vaso de whisky.

—¡Prohibido sentarte! —gritó Tamara—. Lo vas a ensuciar todo. ¿Sabes cuántas horas he pasado limpiando? Sube a cambiarte.

—¿Cambiarme?

—Ve y ponte un traje, ¡no irás a recibir a Harry Quebert en zapatillas!

—¿Has sacado la botella de champán que guardábamos para una gran ocasión?

—¡Ésta es una gran ocasión! ¿No quieres que tu hija se case bien? Corre a cambiarte, venga, en vez de decir tonterías. Estará a punto de llegar.

Tamara acompañó a su marido hasta las escaleras para asegurarse de que obedecía. En ese instante Jenny bajó llorando, en bragas y con los senos al aire, diciendo entre sollozo y sollozo que iba a anularlo todo porque aquello era demasiado para ella. Robert aprovechó para gemir a su vez que quería leer el periódico, y no tener grandes conversaciones con ese gran escritor y que, de todas formas, no leía nunca libros porque le dormían, así que no sabría qué contarle. Eran las seis menos diez, faltaban diez minutos para la cita. Estaban los tres en el recibidor, discutiendo, cuando de pronto sonó el timbre. Tamara creyó que le daba un infarto. Ya estaba allí. El gran escritor llegaba con antelación.

Acababan de llamar. Harry se dirigió a la puerta. Llevaba un traje de lino y un sombrero ligero: se disponía a marcharse para ir a buscar a Jenny. Abrió: era Nola.

—¿Nola? ¿Qué haces tú aquí?

—Se dice *hola*. La gente amable dice *hola* cuando se saluda, y no *¿qué haces tú aquí?*

Sonrió:

—Hola, Nola. Perdona, es que no esperaba verte.

—¿Qué pasa, Harry? No tengo noticias suyas desde ese día en Rockland. ¡Sin noticias desde hace una semana? ¿Fui mala? ¿O desagradable? Ay, Harry, me gustó tanto nuestro día en Rockland. ¡Fue algo mágico!

—No estoy enfadado en absoluto, Nola. Y a mí también me gustó nuestro día en Rockland.

—Entonces ¿por qué no ha dado señales de vida?

—Es por mi libro. He tenido mucho trabajo.

—Me gustaría que estuviéramos juntos todos los días, Harry. Toda la vida.

—Eres un ángel, Nola.

—Ahora podemos. Ya no tengo clases.

—¿Cómo que *ya no tienes clases*?

—Las clases han terminado, Harry. Estamos de vacaciones. ¿No lo sabía?

—No.

Puso cara de contenta.

—Sería formidable, ¿no? Lo he pensado y creo que podría ocuparme de usted, aquí. Estaría usted mejor trabajando en casa que en el barullo del Clark's. Podría escribir en la terraza. El mar me parece tan bonito, ¡estoy segura de que le inspiraría! Y yo me ocuparía de que estuviese cómodo. Le prometo que velaría por usted, pondría toda mi alma en ello, ¡le haría un hombre feliz! Por favor, déjeme hacerle feliz, Harry.

Harry vio que llevaba una cesta.

—Es un pícnic —dijo—. Para nosotros, esta noche. Hay incluso una botella de vino. Pensé que podríamos hacer un pícnic en la playa, sería tan romántico.

Él no quería pícnic romántico, no quería estar cerca de ella, no quería nada de ella: debía olvidarla. Se arrepentía de su sábado en Rockland: se había marchado a otro Estado con una chica de quince años, a escondidas de sus padres. Si la policía los hubiese detenido, habrían podido llegar a pensar que la había secuestrado. Esa chica iba a hacerle perder la cabeza, tenía que alejarla de su vida.

—No puedo, Nola —dijo simplemente.

Ella puso cara de decepción.

—¿Por qué?

Tenía que decirle que estaba citado con otra mujer. Le sería difícil entenderlo, pero tenía que comprender que lo suyo era imposible. Sin embargo, no se atrevió y mintió, una vez más:

—Tengo que ir a Concord a ver a mi editor, que ha ido allí a pasar la fiesta del 4 de julio. Va a ser muy aburrido. Hubiese preferido hacer algo contigo.

—¿No puedo ir con usted?

—No. Quiero decir: te aburrirías.

—Está muy guapo con esa camisa, Harry.

—Gracias.

—Harry... Estoy enamorada de usted. Desde ese día de lluvia en que le vi en la playa, estoy locamente enamorada de usted. ¡Me gustaría estar con usted el resto de mi vida!

—Para, Nola. No digas eso.

—¿Por qué? ¡Si es la verdad! ¡No soporto pasar ni siquiera un día sin estar a su lado! ¡Cada vez que le veo, tengo la impresión de que la vida es más bella! Pero usted, usted me odia, ¿verdad?

—¡No! ¡Claro que no!

—Sé muy bien que le parezco fea. Y que en Rockland seguramente le parecí aburrida. Por eso no he vuelto a tener noticias suyas. Piensa que soy una niña feúcha, tonta y aburrida.

—No digas tonterías. Venga, te voy a llevar a casa.

—Dígame *mi querida Nola*... Dígamelo otra vez.

—No puedo, Nola.

—¡Por favor!

—No puedo. Esas palabras están prohibidas.

—Pero ¿por qué? ¿Por qué, Dios mío? ¿Por qué no podemos amarnos si nos amamos?

Él repitió:

—Ven, Nola. Voy a llevarte a casa.

—Pero, Harry, ¿para qué vivir si no tenemos derecho a querernos?

Él no respondió nada y la llevó al Chevrolet negro. Ella lloraba.

No era Harry Quebert quien había llamado a la puerta, sino Amy Pratt, la mujer del jefe de policía de Aurora. Iba de puerta en puerta en calidad de organizadora del baile de verano, uno de los acontecimientos más importantes de la ciudad, que tenía lugar, ese año, el sábado 19 de julio. En el momento en que sonó el timbre, Tamara había enviado a su hija medio desnuda y a su marido al primer piso, antes de constatar con alivio que no era su célebre visitante el que esperaba ante su puerta, sino Amy Pratt, que había venido a vender boletos para la tómbola del día del baile. Ese año, el primer premio era una semana de vacaciones en un magnífico hotel en la isla de Martha's Vineyard, en Massachusetts, donde muchas estrellas pasaban las vacaciones. Al conocer el primer premio, los ojos de Tamara empezaron a brillar: compró dos cuadernos enteros de boletos y después, a pesar de que lo amable hubiese sido invitar a un zumo de naranja a su visitante —a quien de hecho apreciaba—, le cerró la puerta en las narices porque ya eran las seis menos cinco. Jenny, ya más tranquila, volvió a bajar con un vestidito de verano verde que le sentaba de maravilla, seguida de su padre que se había puesto un traje de tres piezas.

—No era Harry sino Amy Pratt —declaró Tamara con tono aburrido—. Ya sabía yo que no podía ser él. Había que haberos visto huir como conejos. ¡Ja! Yo sabía perfectamente que no era él, porque tiene clase y la gente con clase no llega antes de la hora. Es de peor educación todavía que llegar tarde. Recuerda eso, Bobbo, tú que siempre tienes miedo de llegar tarde a las citas.

El reloj del salón dio seis campanadas y la familia Quinn se puso en fila tras la puerta de entrada.

—¡Sobre todo sed naturales! —rogó Jenny.

—Somos muy naturales —respondió su madre—. ¿Eh, Bobbo? ¿Verdad que somos naturales?

—Sí, Bichito. Pero creo que tengo gases de nuevo: me siento como una olla a presión a punto de estallar.

Minutos más tarde, Harry llamó a la puerta de la casa de los Quinn. Acababa de dejar a Nola a una manzana de su casa, para que no los viesen juntos. La había dejado llorando.

*

Jenny me contó que esa velada del 4 de julio fue un momento maravilloso para ella. Me describió, emocionada, la verbena, la cena y los fuegos artificiales sobre el cielo de Concord.

Comprendí por su forma de hablar de Harry que no había dejado de amarle en toda su vida, y que la aversión que sentía ahora por él era sobre todo la expresión del dolor de haber sido abandonada por culpa de Nola, la camarerita de los sábados, a la que había escrito una obra maestra. Antes de dejarla, le hice una última pregunta:

—Jenny, ¿tú quién piensas que sería la persona que podría darme más detalles sobre Nola?

—¿Sobre Nola? Su padre, claro.

Su padre. Claro.

23. Aquellos que la conocieron bien

«¿Y los personajes? ¿En quién se inspira para los personajes?

—En todo el mundo. Un amigo, la mujer de la limpieza, el empleado de la ventanilla del banco. Pero cuidado: no son las personas mismas las que inspiran, sino sus acciones. Su forma de actuar es lo que hace pensar que podrían ser personajes de una novela. Los escritores que dicen que no se inspiran en nadie mienten, pero hacen bien en hacerlo: así se ahorran un montón de problemas.

—¿Y eso?

—El privilegio del escritor, Marcus, es que puede ajustar cuentas con sus semejantes gracias a su libro. La única regla es no citarlos directamente. Nunca por su nombre: es una puerta abierta a denuncias y tormentos. ¿En qué número estamos de la lista?

—El 23.

—Entonces será el 23, Marcus: no escriba más que ficción. El resto sólo le traerá problemas.»

El domingo 22 de junio de 2008 me enfrenté por primera vez al reverendo David Kellergan. Era uno de esos días de verano grises como sólo pueden existir en Nueva Inglaterra, en los que la bruma del océano es tan espesa que se queda pegada a la copa de los árboles y a los tejados. La casa de los Kellergan se encontraba en el 245 de Terrace Avenue, en el corazón de un bonito barrio residencial. Al parecer la residencia no había cambiado desde su llegada a Aurora. El mismo color en la fachada y la misma valla rodeándola. Los rosales, entonces recién plantados, se habían convertido en macizos y el cerezo que estaba ante la entrada había sido reemplazado por otro igual tras su muerte, hacía diez años.

A mi llegada, una música ensordecedora salía de la casa. Llamé varias veces, sin respuesta. Al final, alguien que pasaba me gritó: «Si busca usted al padre Kellergan, no sirve de nada llamar. Está en el garaje». Llamé a la puerta del garaje, de donde procedía efectivamente esa música. Tras insistir un buen rato, la puerta se abrió por fin y encontré ante mí a un viejecillo minúsculo, aparentemente frágil, de cabellos y piel grises, vestido con un mono de trabajo y con gafas de protección en los ojos. Era David Kellergan, ochenta y cinco años.

—¿Qué desea? —gritó amablemente a pesar de la música, cuyo volumen era apenas soportable.

Tuve que poner las manos a modo de altavoz para que me escuchara.

—Me llamo Marcus Goldman. Usted no me conoce pero estoy investigando la muerte de Nola.

—¿Es usted policía?

—No, soy escritor. ¿Podría usted apagar la música o bajar un poco el volumen?

—Imposible. Nada de apagar la música. Pero podemos ir al salón si quiere.

Entramos en la casa a través del garaje: lo había transformado en un taller, presidido en el centro por una Harley-Davidson de coleccionista. En una esquina, un viejo tocadiscos portátil conectado a una cadena estéreo hacía resonar clásicos del jazz.

Esperaba ser mal recibido. Pensé que el padre Kellergan, tras haber sido acosado por los periodistas, aspiraba a un poco de tranquilidad; por el contrario, se mostró muy amable. A pesar de mis numerosas estancias en Aurora, no le había visto nunca. Estaba claro que él ignoraba mi relación con Harry y yo me guardé bien de mencionarla. Preparó dos vasos de té helado y nos instalamos en el salón. Había conservado las gafas de protección sobre sus ojos, como si debiera estar listo para volver a su moto en cualquier momento, y todavía se podía escuchar la ensordecedora música como ruido de fondo. Intenté imaginármelo treinta y tres años antes, cuando era el dinámico pastor de la parroquia de St. James.

—¿Qué le trae por aquí, señor Goldman? —me preguntó tras observarme con curiosidad—. ¿Un libro?

—Todavía no lo sé muy bien, reverendo. Sobre todo quiero saber lo que le pasó a Nola.

—No me llame usted reverendo, ya no soy reverendo.

—Siento mucho lo de su hija, señor.

Sonrió de forma extrañamente calurosa.

—Gracias. Es usted la primera persona que me presenta sus condolencias, señor Goldman. Toda la ciudad habla de mi hija desde hace dos semanas, todos se precipitan sobre los periódicos para conocer las últimas novedades, pero no hay uno solo que venga aquí para saber cómo estoy. La única gente que llama a mi puerta, aparte de los periodistas, son los vecinos que vienen a quejarse del ruido. Los padres en duelo tienen perfecto derecho a escuchar música, ¿no?

—En efecto, señor.

—Entonces ¿está usted escribiendo un libro?

—Ya no sé si soy capaz de escribir. Escribir bien es muy difícil. Mi editor me ha propuesto escribir un libro sobre este caso, dice que daría un impulso a mi carrera. ¿Se opondría usted a la idea de un libro acerca de Nola?

Se encogió de hombros.

—No, si eso puede ayudar a los padres a ser más prudentes. Sabe, el día que mi hija desapareció, estaba en su habitación. Yo estaba trabajando en el garaje, con la música. No oí nada. Cuando quise ir a verla, ya no estaba en casa. La ventana de su habitación estaba abierta. Era como si se hubiese evaporado. No supe velar por mi hija. Escriba un libro para los padres, señor Goldman. Los padres deben cuidar mucho de sus hijos.

—¿Qué hacía usted aquel día en el garaje?

—Estaba arreglando esa moto. La Harley que ha visto.

—Bonita máquina.

—Gracias. La recuperé en aquella época en una chatarrería de Montburry. El chatarrero me dijo que no podía hacer nada con ella y me la cedió por cinco dólares simbólicos. Eso es lo que estaba haciendo cuando desapareció mi hija: ocuparme de esa maldita moto.

—¿Vive usted aquí solo?

—Sí. Mi mujer murió hace mucho tiempo...

Se levantó y trajo un álbum de fotos. Me enseñó a Nola de pequeña, y a su mujer, Louisa. Parecían felices. Me extrañé de la facilidad con la que me confiaba aquello, teniendo en cuenta que en el fondo no me conocía. Creo que sobre todo tenía ganas de recordar un poco a su hija. Me contó que habían llegado a Aurora en otoño de 1969 procedentes de Jackson, Alabama. A pesar de tener allí una congregación en plena expansión, la llamada del mar había sido más fuerte: la comunidad de Aurora buscaba un nuevo reverendo, y él había sido el elegido. La principal razón de la mudanza a New Hampshire había sido la voluntad de encontrar un lugar tranquilo para educar a Nola. En aquella época, el país ardía en su interior, entre disensiones políticas, segregación y guerra de Vietnam. Los acontecimientos de 1967 —los motines raciales en Saint-Quentin y la quema de los barrios negros de Montclair y Detroit— los habían empujado a buscar un sitio recogido, al abrigo de toda aquella agitación. Cuando su pequeño y decrépito coche, agotado por el peso de la caravana, había llegado hasta el borde de los grandes estanques cubiertos de nenúfares de Montburry, antes de empezar la bajada hasta Aurora, David Kellergan se había felicitado por su elección. ¿Cómo podía imaginarse que sería allí donde, seis años más tarde, desaparecería su única hija?

—He pasado delante de su antigua parroquia —dije—. Se ha convertido en un McDonald's.

—El mundo entero se está convirtiendo en un McDonald's, señor Goldman.

—Pero ¿qué pasó con la parroquia?

—Durante años fue de maravilla. Después desapareció mi Nola y todo cambió. En el fondo, cambió una sola cosa: dejé de creer en Dios. Si Dios existiera de verdad, los niños no desaparecerían. Empecé a hacer tonterías, pero nadie se atrevía a echarme. Hace quince años, la parroquia de Aurora se fusionó con la de Montburry por razones económicas. Vendieron el edificio. Ahora los fieles van a Montburry los domingos. Después de la desaparición, nunca estuve en condiciones de volver a mis funciones, incluso aunque no dimitiera oficialmente hasta seis años más tarde. La parroquia me paga todavía una pensión. Y me cedió esta casa por un precio irrisorio.

David Kellergan me describió después los años de vida feliz y despreocupada en Aurora. Los mejores de su vida según él. Recordaba esas noches de verano en las que le daba permiso a Nola para quedarse leyendo bajo la marquesina; hubiese querido que los veranos no terminasen nunca. También me contó que su hija ahorraba concienzudamente el dinero que ganaba en el Clark's todos los sábados; decía que con ese dinero se iría a California a ser actriz. Él mismo estaba orgulloso de ir al Clark's y ver cómo los clientes y Tamara Quinn estaban satisfechos con ella. Durante mucho tiempo, después de su desaparición, se preguntó si no se habría marchado a California.

—¿Por qué marchado? —pregunté—. ¿Quiere usted decir que se habría fugado?

—¿Fugado? ¿Por qué habría de fugarse? —preguntó indignado.

—¿Y Harry Quebert? ¿Le conocía usted bien?

—No. Apenas. Me lo crucé algunas veces.

—¿Apenas? —me extrañé—. Pero si viven en la misma ciudad desde hace treinta años.

—No conocía a todo el mundo, señor Goldman. Y además, vivo más bien recluido, sabe usted. ¿Lo que dicen es verdad? ¿Lo de Harry Quebert y Nola? ¿Escribió ese libro para ella? ¿Qué significa ese libro, señor Goldman?

—Para ser franco con usted, creo que su hija amaba a Harry y que era recíproco. Ese libro cuenta la historia de un amor imposible entre dos personas que no pertenecen a la misma clase social.

—Lo sé —exclamó—. ¡Lo sé! Pero ¿sabe qué? ¡Quebert reemplazó *perversión* por *clase social* para parecer digno, y vendió millones de ejemplares! ¡Un libro que cuenta historias obscenas con mi hija, con mi pequeña Nola, que toda América ha leído y exaltado durante treinta años!

El reverendo Kellergan se había dejado llevar, había pronunciado sus últimas palabras con un acceso de violencia que no hubiese podido sospechar de un hombre aparentemente tan frágil. Calló un instante y se puso a dar vueltas por la habitación como si necesitara expulsar su cólera. La música seguía tronando como ruido de fondo. Le dije:

—Harry Quebert no mató a Nola.

—¿Cómo puede estar tan seguro?

—Nunca se está seguro de nada, señor Kellergan. Por eso la existencia se vuelve muy complicada a veces.

Hizo una mueca.

—¿Qué quiere saber, señor Goldman? Si está usted aquí, ¿no es usted el que debería estar haciéndome preguntas?

—Intento comprender lo que pudo pasar. La noche que desapareció su hija, ¿no oyó usted nada?

—Nada.

—Algunos vecinos declararon en aquel momento haber escuchado gritos.

—¿Gritos? No hubo ningún grito. Nunca hubo gritos en esta casa. ¿Por qué los tendría que haber habido? Ese día yo estuve ocupado en el garaje. Toda la tarde. Cuando dieron las siete, empecé a preparar la cena. Fui a buscarla a su habitación para que me ayudase, pero ya no estaba. Primero pensé que quizás había salido a dar un paseo, aunque no era su costumbre. Esperé un poco y después, como empecé a preocuparme, salí a dar una vuelta por el barrio. No había caminado ni cien metros cuando me topé con un grupo de gente, los vecinos se estaban avisando mutuamente de que una joven ensangrentada había sido vista en Side Creek, y que estaban llegando coches de policía de toda la región y cerrando todos los accesos. Me metí en la primera casa que vi para llamar a la policía y avisarles de que quizás podía ser Nola... Su habitación estaba en la planta baja, señor Goldman. Me he pasado más de treinta años preguntándome qué le había pasado a mi hija. Y durante mucho tiempo me dije que si hubiese tenido otros hijos, los habría hecho dormir en el desván. Pero no hubo otros hijos.

—¿Observó usted algún comportamiento extraño en su hija el verano de su desaparición?

—No. Ya no lo sé. No creo. Ésa es otra pregunta que me hago a menudo y que no puedo responder.

Sin embargo, recordaba que aquel verano, cuando las vacaciones acababan de empezar, Nola le había parecido muy melancólica. Lo había achacado a la adolescencia. Después pedí visitar la habitación de su hija; me escoltó como el vigilante de un museo, ordenándome: «Sobre todo, no toque nada». Desde su desaparición, había mantenido la habitación intacta. Todo estaba allí: la cama, la estantería llena de muñecas, la pequeña librería, el pupitre donde se amontonaban los bolígrafos, una larga regla metálica y hojas de papel amarillento. Era papel de carta, el mismo sobre en el que había escrito la nota para Harry.

—Compraba ese papel en una papelería de Montburry —me explicó su padre cuando vio que me interesaba—. Lo adoraba. Siempre lo llevaba encima, lo utilizaba para sus notas. Ese papel era ella. Siempre tenía varios blocs de reserva.

También había, en una esquina de la habitación, una Remington portátil.

—¿Era de ella? —pregunté.

—Era mía. Pero ella también la utilizaba. Decía que tenía documentos importantes que mecanografiar. Incluso solía llevársela fuera de casa. Yo me ofrecía a cargarla, pero ella nunca quería. Se marchaba andando, llevándosela debajo del brazo.

—Así que la habitación está igual que en el momento de la desaparición de su hija.

—Todo estaba exactamente como está. Esta habitación vacía fue la que vi cuando entré a buscarla. La ventana estaba abierta de par en par y un viento suave agitaba las cortinas.

—¿Cree que alguien pudo entrar en la habitación aquella noche y llevársela a la fuerza?

—No sabría decirle. No oí nada. Pero, como puede ver, no hay señales de lucha.

—La policía ha encontrado un bolso junto a ella. Un bolso con su nombre grabado en su interior.

—Sí, me pidieron que lo identificara, se lo regalé cuando cumplió quince años. Había visto ese bolso en Montburry, un día que estábamos juntos. Todavía recuerdo la tienda, en la calle principal. Volví al día siguiente para comprárselo. E hice grabar su nombre en el interior a un guarnicionero.

Intenté plantear una hipótesis:

—Pero entonces, si era su bolso, se lo había llevado ella. Y si se lo llevó, iría a alguna parte, ¿no? Señor Kellergan, sé que es duro de imaginar, pero ¿no cree que Nola podría haber huido?

—Ya no lo sé, señor Goldman. La policía ya me hizo esa pregunta hace treinta años, y de nuevo hace unos días. Pero aquí no falta nada. Ni ropa, ni dinero, nada. Mire, su hucha está ahí, en la estantería, repleta —cogió un bote de galletas de un estante superior—. Mire, ¡hay ciento veinte dólares! ¡Ciento veinte dólares! ¿Los habría dejado aquí si se hubiese fugado? La policía dice que en su bolso no había nada más que ese maldito libro. ¿Es cierto?

—Sí.

En mi cabeza continuaban agitándose preguntas: ¿por qué habría huido Nola sin llevarse ni ropa ni dinero? ¿Por qué habría cogido sólo ese manuscrito?

En el garaje, el disco terminó de interpretar su último corte y el padre se precipitó para volverlo a poner desde el principio. No quise molestarle más tiempo: me despedí y me fui, tomando de paso una foto de la Harley-Davidson.

De vuelta a Goose Cove, bajé a boxear a la playa. Para mi gran sorpresa, enseguida se me unió el sargento Gahalowood, que llegó desde la casa. Llevaba los cascos puestos y no me di cuenta de su presencia hasta que me golpeó un hombro.

—Está usted en forma —me dijo contemplando mi torso desnudo, secándose la mano llena de mi sudor en su pantalón.

—Intento mantenerme.

Saqué mi grabadora del bolsillo para apagarla.

—¿Un minidisc? —dijo con su desagradable tono—. ¿Sabe que Apple ha revolucionado el mercado y que ahora se puede guardar música de forma casi ilimitada sobre un disco duro portátil llamado iPod?

—No estoy escuchando música, sargento.

—¿Qué escucha usted mientras hace deporte, entonces?

—No importa. Dígame más bien a qué debo el honor de su visita. Un domingo, además.

—El jefe Dawn me llamó por teléfono: me contó lo del incendio del viernes por la noche. Está preocupado y debo confesarle que lo comprendo: no me gusta cuando los casos dan este tipo de giros.

—¿Está usted diciéndome que le preocupa mi seguridad?

—Ni lo más mínimo. Quiero evitar simplemente que esto degenere. Es bien sabido que los asesinatos de niños afectan sensiblemente a la población. Puedo asegurarle que cada vez que se habla de la chiquilla muerta en la tele hay, sin duda alguna, montones de padres de familia perfectamente civilizados que estarían dispuestos a cortarle los cojones a Quebert.

—Salvo que, en este caso, el objetivo soy yo.

—Por eso estoy aquí. ¿Por qué no me dijo que había recibido una carta anónima?

—Porque usted me echó a patadas de su despacho.

—Eso es cierto.

—¿Quiere tomar una cerveza, sargento?

Dudó un instante y después aceptó. Subimos a la casa y fui a buscar dos botellas que bebimos en la terraza. Le conté cómo, la noche antes, al volver de Grand Beach, me había cruzado con el pirómano.

—Imposible describirlo —dije—. Llevaba la cara tapada. Era una silueta. Y de nuevo el mismo mensaje: *Vuelve a tu casa, Goldman.* Ya van tres.

—El jefe Dawn me lo contó. ¿Quién más sabe que está usted investigando por su cuenta?

—Todo el mundo. Quiero decir, que me paso el día haciendo preguntas a todo el que me encuentro. Podría ser cualquiera. ¿Qué piensa usted? ¿Que es alguien que no quiere que meta las narices en este asunto?

—Alguien que no quiere que descubra la verdad con respecto a Nola. Por cierto, ¿cómo avanza su investigación?

—¿Mi investigación? ¿Ahora le interesa?

—Quizás. Digamos que su credibilidad se ha disparado desde que le amenazan para que se calle.

—He hablado con el padre Kellergan. Es un buen tipo. Me ha enseñado la habitación de Nola. Me imagino que usted también la ha visitado...

—Sí.

—Entonces, si es una fuga, ¿cómo se explica que no se llevase nada? Ni ropa, ni dinero, ni nada.

—Porque no era una fuga —me dijo Gahalowood.

—Pero si no lo era, ¿por qué no había señales de lucha? ¿Y por qué se habría llevado ese bolso con el manuscrito?

—Habría bastado con que conociese al asesino. Quizá mantuvieran una relación. Aparecería en su ventana, como tal vez solía hacer, y la convencería para que le siguiese. Igual sólo para dar un paseo.

—Ahora está usted hablando de Harry.

—Sí.

—¿Y entonces qué? ¿Ella coge el manuscrito y sale por la ventana?

—¿Y quién le ha dicho que se llevó ese manuscrito? ¿Quién le ha dicho que tuvo nunca ese manuscrito en sus manos? Ésa es la explicación de Quebert, su forma de justificar la presencia de su manuscrito junto al cadáver de Nola.

Durante una fracción de segundo, dudé en contarle lo que sabía a propósito de Harry y Nola, que habían quedado en verse en el Sea Side Motel y huir. Pero preferí no decirle nada por el momento, para no perjudicar a Harry. Simplemente pregunté a Gahalowood:

—¿Así que ésa es su hipótesis?

—Quebert mató a la chiquilla y enterró el manuscrito junto a ella. Quizá por remordimiento. Era un libro sobre su amor, y su amor la había matado.

—¿Qué le hace pensar eso?

—Hay una nota en el manuscrito.

—¿Una nota? ¿Qué nota?

—No puedo decírselo. Es confidencial.

—Venga, ¡déjese de tonterías, sargento! Me ha dicho usted demasiado o no lo suficiente: no se puede esconder detrás del secreto de sumario cuando le conviene.

—Pone: *Adiós, mi querida Nola.*

Me quedé sin habla. *Mi querida Nola.* ¿No era así como Nola le había pedido a Harry que la llamara en Rockland? Intenté guardar la calma.

—¿Y qué piensa hacer con esa nota? —pregunté.

—Vamos a realizar un examen grafológico. Esperamos sacar algo en limpio.

Esa revelación me había confundido por completo. *Mi querida Nola.* Eran exactamente las palabras pronunciadas por el mismo Harry, las palabras que yo había grabado.

Me pasé el resto de la tarde cavilando sin saber qué hacer. A las nueve de la noche en punto, recibí una llamada de mi madre. Parece ser que habían mencionado el incendio en la televisión. Me dijo:

—Dios mío, Markie, ¿vas a morir por culpa de ese diabólico criminal?

—Cálmate, mamá. Cálmate.

—Están hablando de ti por aquí, y no muy bien si quieres que te diga. En el barrio la gente empieza a murmurar... Se preguntan por qué te empeñas en seguir con ese Harry.

—Sin Harry nunca me habría convertido en el Gran Goldman, mamá.

—Tienes razón: sin ese tipo, te habrías convertido en el Grandísimo Goldman. Desde que empezaste a relacionarte con ese sujeto, en la universidad, cambiaste. Tú eres el Formidable, Markie. ¿Recuerdas? Incluso la pequeña señora Lang, la cajera del supermercado, me preguntó el otro día: *¿Cómo le va al Formidable?*

—Mamá... Nunca hubo ningún Formidable.

—¿Ningún Formidable? ¿Ningún Formidable? —llamó a mi padre—. ¡Nelson, ven aquí! ¿Quieres? Markie dice que nunca ha sido el Formidable —oí a mi padre gruñir por detrás de forma incomprensible—. ¿Ves? Tu padre dice lo mismo: en el instituto eras el Formidable. Ayer me crucé con tu antiguo director. Me dijo que conservaba un gran recuerdo de ti... Pensé que se iba a echar a llorar de lo emocionado que estaba. Y después añadió: «Ay, señora Goldman, no sé en qué berenjenal se ha metido ahora su hijo». Ya ves lo triste que es: incluso tu antiguo director se hace preguntas. ¿Y nosotros qué? ¿Por qué corres a preocuparte por un viejo profesor en lugar de buscarte una mujer? ¡Tienes treinta años y todavía estás soltero! ¿Quieres que nos muramos sin verte casado?

—Tienes cincuenta y dos años, mamá. Todavía queda algo de tiempo.

—¡Deja de replicarme! ¿Acaso te hemos enseñado a replicarnos? Otra de las cosas que has sacado de ese maldito Quebert. ¿Por qué no te preocupas de presentarnos a una chica guapa? ¿Eh? ¿Qué pasa? ¿Ya no respondes?

—No he conocido a nadie que me gustase estos últimos tiempos, mamá. Entre mi libro, la gira, el próximo libro...

—¡Eso no son más que excusas! ¿Y el próximo libro? ¿Será un libro sobre qué? ¿Historias de un pervertido? Ya no te reconozco, Markie... Markie, cariño, escucha, tengo que preguntártelo: ¿estás enamorado de ese Harry? ¿Practicas la homosexualidad con él?

—¡No! ¡Para nada!

La oí decirle a mi padre: «Dice que no. Eso quiere decir que sí». Después mi madre me preguntó susurrando:

—¿Tienes esa enfermedad? Tu mamá te querrá igual si estás enfermo.

—¿Cómo? ¿Qué enfermedad?

—La de los hombres que son alérgicos a las mujeres.

—¿Me preguntas si soy homosexual? ¡No! E incluso si fuese el caso, no habría nada malo en ello. Pero me gustan las mujeres, mamá.

—¿Las mujeres? ¿Cómo que *las* mujeres? ¡Conténtate con una sola y con casarte con ella! ¿Quieres? ¡Las mujeres! No eres capaz de ser fiel, ¿es eso lo que quieres decir? ¿Eres un obseso sexual, Markie? ¿Quieres que vayamos a un psiquiatra para que te ponga en tratamiento?

Acabé colgando, harto. Me sentía muy solo. Me instalé en el despacho de Harry, puse en marcha la grabadora y escuché su voz. Necesitaba un elemento nuevo, una prueba tangible que cambiase el curso de la investigación, algo que pudiese aclarar este rompecabezas absurdo que intentaba resolver y que hasta entonces se limitaba a Harry, un manuscrito y una adolescente muerta. A medida que reflexionaba, me sentí invadido por una sensación extraña que no había experimentado desde hacía mucho tiempo: tenía ganas de escribir. Escribir lo que estaba viviendo, lo que sentía. Pronto un aluvión de ideas brotó en mi cabeza. Más que tener ganas, necesitaba escribir. Aquello no me había pasado desde hacía año y medio. Como un volcán que se despertara de pronto y se preparase para entrar en erupción. Me precipité sobre mi ordenador portátil y, después de haberme preguntado un instante cómo debería empezar esta historia, comencé a escribir las primeras líneas de lo que se convertiría en mi siguiente libro:

En la primavera de 2008, más o menos un año después de haberme convertido en la nueva estrella de la literatura americana, tuvo lugar un acontecimiento que decidí guardar en un rincón perdido de mi memoria: descubrí que mi profesor de universidad, Harry Quebert, sesenta y siete años, uno de los escritores más respetados del país, había mantenido una relación con una chica de quince años cuando él contaba treinta y cuatro. Sucedió durante el verano de 1975.

*

El martes 24 de junio de 2008, un Gran Jurado popular confirmó el fundamento de las acusaciones presentadas por el fiscal e inculpó oficialmente a Harry de secuestro y de doble asesinato en primer grado. Cuando Roth me comunicó esa decisión, estallé a través del teléfono: «Usted, que aparentemente ha estudiado Derecho, ¿puede decirme en qué fundan todas estas estupideces?». La respuesta era simple: en el informe de la policía. Y en su calidad de defensor, la inculpación de Harry nos daba acceso a éste. La mañana que pasé con Roth estudiando las pruebas fue tensa, sobre todo porque a medida que analizaba los documentos, repetía: «Uf, uf, uf, esto no es bueno. Incluso diría que nada bueno». Yo replicaba: «Eso de que no es bueno no quiere decir nada: es usted el que debe ser bueno, ¿no?». Y él me respondía con mímicas perplejas que disminuían mi confianza en su talento como abogado.

El dossier contenía fotografías, testimonios, informes, análisis y actas de interrogatorios. Una parte de las fotos databa de 1975: fotos de la casa de Deborah Cooper, de su cuerpo tendido en el suelo de la cocina, bañado en un charco de sangre, y por fin el lugar del bosque donde se habían encontrado los restos de sangre, de pelo y los jirones del vestido. Hacían después un viaje en el tiempo de treinta y tres años para encontrarse en Goose Cove, donde podía verse, yaciendo en el fondo del agujero excavado por la policía, un esqueleto en posición fetal. Quedaban trozos de carne pegada todavía a los huesos y algo de cabello diseminado en el cráneo; llevaba puesto un vestido medio descompuesto y a su lado se encontraba el famoso bolso de piel. Sentí un mareo.

—¿Es Nola? —pregunté.

—Es ella. Y ése es el bolso donde estaba el manuscrito de Quebert. Ese manuscrito y nada más. El fiscal dice que una chiquilla que se fuga no lo hace sin llevarse nada.

El informe de la autopsia revelaba una importante fractura en el cráneo. Nola había recibido un golpe extremadamente violento que había destrozado el hueso occipital. El forense estimaba que el asesino había utilizado una maza muy pesada o un objeto similar, como un bate o una porra.

Leímos después algunas declaraciones, las de los jardineros, la de Harry y sobre todo una, firmada por Tamara Quinn, que afirmaba al sargento Gahalowood haber descubierto entonces que Harry se había encaprichado de Nola pero que la prueba en la que se fundaba se había volatilizado y que, en consecuencia, nadie la había creído.

—¿Su testimonio es creíble? —me inquieté.

—Frente al jurado, sí —estimó Roth—. Y no tenemos nada para contraatacar, el mismo Harry reconoció durante su interrogatorio haber tenido una relación con Nola.

—Vamos a ver, ¿hay algo en este dossier que no le culpe?

Sobre eso, Roth tenía su propia idea: registró los documentos y me tendió un paquete de folios unidos por un trozo de banda adhesiva.

—Una copia del famoso manuscrito —me dijo.

La página de portada estaba virgen, sin título; aparentemente, a Harry se le había ocurrido más tarde. Pero se veían, en el centro, cuatro palabras que podían leerse claramente, escritas a mano con tinta azul:

Adiós, mi querida Nola

Roth comenzó una larga explicación. Estimaba que utilizar ese manuscrito como principal prueba de cargo contra Harry era un tremendo error por parte de la fiscalía: en cuanto se realizase el examen grafológico y se conociesen los resultados —estaba convencido de que exculparían a Harry—, el dossier se derrumbaría como un castillo de naipes.

—Es el pilar de mi defensa —me dijo, triunfal—. Con un poco de suerte, ni siquiera necesitaremos llegar a juicio.

—Pero ¿qué pasaría si la letra fuese identificada como la de Harry? —pregunté.

Roth me miró con aire extrañado:

—¿Y por qué diablos iba a ser la de Harry?

—Tiene que saber algo muy importante: Harry me contó que había pasado un día en Rockland con Nola, y que ella le había pedido que la llamara *mi querida Nola*.

Roth palideció. Me dijo: «Entenderá que si, de algún modo, Harry es el autor de esa nota...», y antes incluso de terminar su frase recogió sus cosas y me llevó de camino a la prisión estatal. Estaba furioso.

Apenas entró en la sala, Roth blandió el manuscrito ante las narices de Harry y exclamó:

—¿Le pidió ella que la llamase *mi querida Nola*?

—Sí —respondió Harry bajando la cabeza.

—Pero ¿ve usted lo que hay escrito aquí? ¿En la primera página de este maldito manuscrito? ¿Cuándo cojones pensaba decírmelo?

—Le aseguro que no es mi letra. ¡Yo no la maté! ¡Yo no maté a Nola! Dios, usted lo sabe, ¿no? ¡Usted sabe que no soy un asesino de niñas!

Roth se calmó y se sentó.

—Lo sabemos, Harry —dijo—. Pero todas estas coincidencias son desconcertantes. La fuga, la nota... Y yo debo defender su trasero frente a un jurado de buenos ciudadanos que tendrán ganas de condenarle a muerte antes incluso de que empiece el juicio.

Harry tenía muy mala cara. Se levantó y empezó a dar vueltas por la salita de hormigón.

—El país entero está levantándose contra mí. Pronto todo el mundo pedirá mi cabeza. Si no lo está haciendo ya... La gente me dedica palabras sin medir su alcance: pedófilo, pervertido, degenerado. Ensucian mi nombre y queman mis libros. Pero debe usted saberlo, y se lo repito por última vez: yo no soy ningún maniaco. Nola fue la única mujer que he querido y, para mi desgracia, sólo tenía quince años. ¡El amor no se decide, joder!

—¡Pero estamos hablando de una chica de quince años! —exclamó Roth.

Harry puso cara de hartazgo. Se volvió hacia mí.

—¿Piensa usted lo mismo, Marcus?

—Harry, lo que me confunde es que nunca me habló de todo esto... Hace diez años que somos amigos y no mencionó a Nola una sola vez. Pensaba que teníamos confianza.

—Pero, por Dios, ¿qué quería que le dijese? «Mi querido Marcus, hay una cosa que nunca le he dicho, pero en 1975, al llegar a Aurora, me enamoré de una chica de quince años, una chiquilla que cambió mi vida pero que desapareció tres meses más tarde, una noche de finales de verano, y nunca me he recuperado del todo.»

Dio una patada a una de las sillas de plástico y la envió contra la pared.

—Harry —dijo Roth—. Si no fue usted quien escribió esa nota, y le creo cuando me lo asegura, ¿tiene usted idea de quién pudo ser?

—No.

—¿Quién sabía lo suyo con Nola? Tamara Quinn afirma que lo sospechaba desde siempre.

—¡No lo sé! Quizás Nola habló de nosotros a alguna de sus amigas...

—Pero ¿cree usted probable que alguien hubiese podido estar al corriente? —prosiguió Roth.

Hubo un silencio. Harry tenía una expresión tan triste y desgarrada que me encogía el corazón.

—Vamos —insistió Roth para incitarle a hablar—, creo que no me lo ha dicho todo. ¿Cómo quiere que le defienda si me esconde información?

—Hubo... hubo esas cartas anónimas.

—¿Qué cartas anónimas?

—Justo después de la desaparición de Nola, empecé a recibir cartas anónimas. Las encontraba siempre en el marco de la puerta, cuando volvía a casa. En aquella época aquello me aterrorizó: quería decir que alguien me espiaba, que estaba al corriente de cuándo salía y entraba. En un momento dado tuve tanto miedo que llamaba sistemáticamente a la policía cuando encontraba una. Decía que me parecía haber visto a alguien rondando, venía una patrulla y eso me tranquilizaba. Por supuesto, no podía mencionar el verdadero motivo de mi inquietud.

—Pero ¿quién pudo haber enviado esas cartas?

—No tengo ni la menor idea. En todo caso, aquello duró seis meses. Luego nada.

—¿Las ha conservado?

—Sí. En mi casa. Entre las páginas de una gran enciclopedia, en mi despacho. Me imagino que la policía no las encontró porque nadie me lo ha comentado.

De regreso a Goose Cove, eché mano rápidamente de la enciclopedia a la que se había referido, y encontré un sobre de estraza que contenía una decena de cuartillas. Cartas, en papel amarillento. Un mensaje idéntico y escrito a máquina figuraba en cada una de ellas:

Sé lo que le hizo a esa chiquilla de 15 años.
Y pronto toda la ciudad lo sabrá.

Así que alguien estaba al corriente de lo de Harry y Nola. Alguien que había guardado silencio durante treinta y tres años.

*

A lo largo de los dos días siguientes, me dediqué a interrogar a todas las personas que, de una u otra forma, hubiesen podido conocer a Nola. Erne Pinkas fue de nuevo una inestimable ayuda en esta empresa: encontró en el archivo de la biblioteca el *yearbook* de 1975 del instituto de Aurora y consiguió redactar, gracias a la guía telefónica y a Internet, una lista de las direcciones actuales de una gran parte de los antiguos compañeros de clase que todavía vivían en la zona. Desgraciadamente, tanto trabajo no dio ningún fruto: toda esa gente había llegado ya a la cincuentena, pero no tenían más que contarme que recuerdos infantiles, sin gran interés para el avance del caso. Hasta que me di cuenta de que uno de los nombres de la lista no me era desconocido: Nancy Hattaway. Aquella que según Harry había servido de coartada a Nola durante su escapada a Rockland.

La información que me había dado Pinkas decía que Nancy Hattaway tenía una tienda de costura y patchwork en un complejo industrial algo apartado de la ciudad, en la federal 1 en dirección a Massachusetts. Me presenté allí por primera vez el jueves 26 de junio de 2008. Era una bonita tienda con un colorido escaparate, entre un snack-bar y una ferretería. En su interior, la única persona que había era una mujer que rondaba los cincuenta años y tenía el pelo grisáceo y corto. Estaba sentada en una mesa de despacho, con gafas de lectura en los ojos, y tras haberme saludado cortésmente le pregunté:

—¿Es usted Nancy Hattaway?

—Yo misma —respondió—. ¿Nos conocemos? Su cara me suena.

—Me llamo Marcus Goldman. Soy...

—Escritor —me cortó—. Ahora lo recuerdo. Usted es el que está haciendo preguntas sobre Nola.

Parecía a la defensiva. De hecho, añadió inmediatamente:

—Imagino que no está usted aquí por mis patchworks.

—Efectivamente. Y también es exacto que estoy investigando la muerte de Nola Kellergan.

—¿Y qué tengo que ver yo con eso?

—Si es usted quien creo, conocía muy bien a Nola. Cuando tenía quince años.

—¿Quién se lo ha dicho?

—Harry Quebert.

Se levantó de su silla y se dirigió con paso decidido hacia la puerta. Pensaba que iba a pedirme que me fuera, pero colgó el cartel de *cerrado* en la cristalera y echó el cerrojo de entrada. Después se volvió hacia mí y me preguntó:

—¿Cómo le gusta el café, señor Goldman?

Pasamos más de una hora en su trastienda. Era en efecto la Nancy de la que me había hablado Harry, la amiga de Nola en aquella época. No se había casado y había conservado su apellido.

—¿No se marchó nunca de Aurora? —le pregunté.

—No. Estoy demasiado apegada a esta ciudad. ¿Cómo me ha encontrado?

—Por Internet, creo. Internet hace milagros.

Asintió.

—¿Y bien? —preguntó—. ¿Qué quiere usted saber exactamente, señor Goldman?

—Llámeme Marcus. Necesito que alguien me hable de Nola.

Sonrió.

—Nola y yo estábamos en la misma clase en el colegio. Estábamos muy unidas desde su llegada a Aurora. Vivíamos casi al lado, en Terrace Avenue, y venía a menudo a mi casa. Decía que le gustaba venir a mi casa porque tenía una familia *normal*.

—¿Normal? ¿Qué quiere usted decir?

—Me imagino que ha conocido usted al padre Kellergan...

—Sí.

—Era un hombre muy estricto. Es difícil imaginar que tuviera una hija como Nola: inteligente, dulce, amable, sonriente.

—Me extraña lo que dice a propósito del reverendo Kellergan, señora Hattaway. Fui a visitarle hace unos días y me dio la impresión de ser un hombre más bien dulce.

—Puede dar esa impresión, sí. Al menos en público. Había sido llamado para rescatar la parroquia de St. James, que estaba casi abandonada, tras haber, parece ser, hecho milagros en Alabama. Efectivamente, poco después de su llegada, St. James se llenaba todos los domingos. Pero, aparte de eso, es difícil explicar lo que pasaba de verdad en casa de los Kellergan.

—¿Qué quiere usted decir?

—A Nola le pegaban.

—¿Cómo?

El episodio que me relató Nancy Hattaway se desarrolló, según mis cálculos, el lunes 7 de julio de 1975, es decir, durante el periodo en el que Harry había rechazado a Nola.

*

Lunes 7 de julio de 1975

Eran las vacaciones. Hacía un tiempo absolutamente magnífico y Nancy había venido a buscar a Nola a su casa para ir a la playa. Mientras recorrían Terrace Avenue, Nola preguntó de pronto:

—Nancy, ¿tú crees que soy una chica mala?

—¿Una chica mala? ¡No, qué horror! ¿Por qué dices eso?

—Porque en casa me dicen que soy mala.

—¿Cómo? ¿Por qué te dicen algo así?

—No importa. ¿Dónde vamos a bañarnos?

—A Grand Beach. Respóndeme, Nola: ¿por qué te dicen eso?

—Quizás porque es verdad —respondió Nola—. Quizás por lo que pasó cuando vivíamos en Alabama.

—¿En Alabama? ¿Qué pasó allí?

—No tiene importancia.

—Pareces triste, Nola.

—Estoy triste.

—¿Triste? ¡Estamos de vacaciones! ¿Cómo se puede estar triste durante las vacaciones?

—Es complicado, Nancy.

—¿Tienes problemas? ¡Si tienes problemas, cuéntamelo!

—Estoy enamorada de alguien que no me quiere.

—¿De quién?

—No tengo ganas de hablar de él.

—¿No será Cody, el chico de segundo que te hacía tilín? ¡Estaba segura de que te gustaba! ¿Qué se siente al salir con un chico de segundo? Pero es un gilipollas, ¿no? ¡Es un pedazo de gilipollas! ¿Sabes?, no porque esté en el equipo de baloncesto se convierte en un chico majo. ¿Fue con él con quien te fuiste el sábado pasado?

—No.

—Entonces ¿con quién? Vamos, dímelo. ¿Os habéis acostado juntos? ¿Te has acostado ya con un chico?

—¡No! ¿Estás loca? Me reservo para el hombre de mi vida.

—Pero ¿con quién estabas el sábado?

—Es alguien mayor. Pero no le des más vueltas. De todas formas, no me querrá nunca. Nadie me querrá nunca.

Llegaron a Grand Beach. La playa no era muy bonita pero estaba desierta. Lo mejor era que las mareas, que vaciaban tres metros de océano cada vez, dejaban piscinas naturales en los huecos de las grandes rocas que se calentaban al sol. Les gustaba chapotear allí, la temperatura del agua era mucho más agradable que la del océano. Como no había nadie en la playa, no tuvieron que esconderse para ponerse los bañadores y Nancy se fijó en que Nola tenía hematomas en los senos.

—¡Nola! ¡Eso es horrible! ¿Qué tienes ahí?

Nola se cubrió el pecho.

—¡No mires!

—¡Pero lo he visto! Tienes unas marcas...

—No es nada.

—¿Cómo que no es nada? ¡Qué es eso?

—Mamá me pegó el sábado.

—¿Cómo? No digas tonterías...

—¡Es la verdad! Es ella la que me dice que soy una niña mala.

—Pero bueno, ¿qué me estás contando?

—¡La verdad! ¿Por qué nadie quiere creerme?

Nancy no se atrevió a hacer más preguntas y cambió de tema. Después de bañarse fueron a casa de los Hattaway. Nancy cogió la pomada de farmacia del cuarto de baño de su madre y la aplicó en los magullados senos de su amiga.

—Nola —dijo—, en cuanto a tu madre... creo que deberías hablar con alguien. En el instituto, quizás la señora Sanders, la enfermera...

—Olvídalo, Nancy. Por favor...

*

Al recordar su último verano con Nola, los ojos de Nancy se llenaron de lágrimas.

—¿Qué pasó en Alabama? —pregunté.

—No lo sé. Nunca lo supe. Nola nunca me lo dijo.

—¿Está relacionado con su partida?

—No lo sé. Me gustaría poder ayudarle, pero no lo sé.

—Y esa pena de amor, ¿sabía usted de quién se trataba?

—No —respondió Nancy.

Yo sabía que se trataba de Harry; sin embargo, necesitaba saber si ella también conocía ese dato.

—Pero usted estaba al corriente de que se veía con alguien —dije—. Si no me equivoco, era la época en que se servían mutuamente de coartada habitual para encontrarse con chicos.

Esbozó una sonrisa.

—Veo que está bien informado... Las primeras veces que lo hicimos fue para pasar un día en Concord. Para nosotras, Concord era la gran aventura, siempre había algo que hacer allí. Teníamos la impresión de ser grandes señoras. Después repetimos aquello, yo para irme sola en barco con mi novio de entonces, y ella para... ¿Sabe?, en aquella época estaba segura de que se veía con un hombre mayor. Me lo contaba a medias.

—Así que usted sabía lo de ella y Harry Quebert.

Respondió espontáneamente:

—¡No, por Dios!

—¿Cómo que *no*? Acaba de decirme que Nola se veía con un hombre mayor.

Hubo un silencio incómodo. Comprendí que Nancy poseía información que no tenía ninguna gana de compartir.

—¿Quién era ese hombre? —pregunté—. No era Harry Quebert, ¿verdad? Señora Hattaway, sé que usted no me conoce, que me presento por las buenas y que la obligo a ahondar en su memoria. Si tuviese más tiempo, haría las cosas mejor. Pero tengo prisa: Harry Quebert se pudre en prisión mientras yo estoy convencido de que no mató a Nola. Así que, si sabe algo que pueda ayudarme, debe decírmelo.

—Yo ignoraba todo lo de Harry —confesó—. Nola nunca me lo dijo. Me enteré por la televisión hace diez días, como todo el mundo... Pero me habló de un hombre. Sí, sabía que había tenido una relación con un hombre mucho mayor. Pero ese hombre no era Harry Quebert.

Me quedé completamente aturdido.

—Pero ¿quién era? —pregunté.

—No recuerdo toda la historia con detalle, hace demasiado tiempo de eso, pero puedo asegurarle que en el verano de 1975, el verano que Harry Quebert llegó aquí, Nola tuvo una relación con un hombre de unos cuarenta años.

—¿Cuarenta años? ¿Recuerda usted su nombre?

—No hay manera de que lo olvide. Era Elijah Stern, probablemente uno de los hombres más ricos de New Hampshire.

—¿Elijah Stern?

—Sí. Ella me contaba que debía desnudarse para él, obedecerle, dejarse hacer. Tenía que ir a su casa, en Concord. Stern enviaba a su hombre de confianza a buscarla, un tipo raro, Luther Caleb se llamaba. Venía a buscarla a Aurora y la llevaba a casa de Stern. Lo sé porque lo vi con mis propios ojos.

22. Investigación policial

«Harry, ¿cómo se puede confiar en tener siempre la fuerza para escribir libros?

—Algunos la tienen, otros no. Usted la tendrá, Marcus. Estoy seguro de que la tendrá.

—¿Cómo puede tenerlo tan claro?

—Porque está dentro de usted. Es una especie de enfermedad. La enfermedad del escritor, Marcus, no es la de no poder escribir más: es la de no querer escribir más y ser incapaz de dejarlo.»

Viernes 27 de junio de 2008. 7.30 horas. Espero al sargento Perry Gahalowood. Hace apenas diez días que empezó este caso, pero tengo la impresión de que han pasado meses. Creo que la pequeña ciudad de Aurora esconde extraños secretos, que la gente dice mucho menos de lo que realmente sabe. La cuestión es saber por qué todo el mundo calla... Ayer por la noche, encontré de nuevo ese mensaje: *Vuelve a tu casa, Goldman.* Alguien está jugando con mis nervios.

Me pregunto lo que Gahalowood me dirá acerca de mi descubrimiento sobre Elijah Stern. Me informé sobre el tema en Internet: es el último heredero de un imperio financiero que dirige con éxito. Nació en 1933, en Concord, donde sigue viviendo. Ahora tiene setenta y cinco años.

Escribí estas líneas mientras esperaba a Gahalowood, ante su despacho, en un pasillo del cuartel general de la policía estatal en Concord. La voz ronca del sargento me interrumpió de pronto:

—¿Escritor? ¿Qué está haciendo aquí?

—He descubierto cosas sorprendentes, sargento. Tengo que contárselas.

Abrió la puerta de su despacho, dejó su vaso de café sobre una mesita auxiliar, tiró su chaqueta sobre una silla y subió las persianas. Después me dijo, mientras seguía con lo que estaba haciendo:

—Podría haberme llamado por teléfono, ¿sabe? Es lo que hace la gente civilizada. Hubiéramos fijado una cita y se habría presentado usted a una hora que nos conviniese a los dos. Hacer las cosas bien, en resumen.

Yo le solté de un tirón:

—Nola tenía un amante, un tal Elijah Stern. Harry recibió cartas anónimas en la época de su relación con Nola, así que alguien estaba al corriente.

Me miró estupefacto:

—¿Cómo diablos se ha enterado de todo eso?

—Estoy haciendo mis propias pesquisas, ya se lo dije.

Volvió a adoptar su mueca de hastío.

—Me está usted tocando los cojones, escritor. Está poniendo patas arriba mi caso.

—¿Está de mal humor, sargento?

—Sí. Porque son las siete de la mañana y ya está usted gesticulando en mi despacho.

Le pregunté si podía hacerle un esquema en algún sitio. Con expresión resignada me condujo a una habitación contigua. Clavadas con chinchetas sobre un tablón de corcho había fotos de Side Creek y Aurora. Me señaló una pizarra blanca al lado y me tendió un rotulador.

—Venga —suspiró—, le escucho.

Escribí en la pizarra el nombre de Nola y dibujé flechas para unir los nombres de las personas relacionadas con el caso. El primero fue Elijah Stern, y después Nancy Hattaway.

—¿Y si Nola Kellergan no era la niña modelo que todo el mundo nos describe? —dije—. Sabemos que tuvo una relación con Harry. Ahora sé que tuvo otra relación, en ese mismo periodo, con un tal Elijah Stern.

—¿Elijah Stern, el hombre de negocios?

—El mismo.

—¿Quién le ha contado esas sandeces?

—La mejor amiga de Nola de entonces. Nancy Hattaway.

—¿Cómo la ha encontrado?

—Por el *yearbook* del instituto de Aurora, del año 1975.

—Bueno. ¿Y qué está intentando decirme, escritor?

—Que Nola era una chiquilla infeliz. A principios de verano de 1975, su historia con Harry se complica: él la rechaza y ella se deprime. Además, su madre le pone la mano encima con frecuencia. Sargento: cuanto más lo pienso más creo que su desaparición es consecuencia de extraños acontecimientos que se produjeron ese verano, contrariamente a lo que todo el mundo quiere creer.

—Continúe.

—Pues bien, estoy convencido de que otras personas sabían lo de Harry y Nola. Esa Nancy Hattaway, quizás, pero no estoy seguro: dice que lo ignoraba todo y parece sincera. En todo caso, alguien mandaba cartas anónimas a Harry...

—¿Referentes a Nola?

—Sí, mire. Las encontré en su casa —dije, enseñándole una de las cartas que había traído conmigo.

—¿En su casa? Pero si la registramos.

—Eso no importa. Pero quiere decir que alguien está al corriente desde siempre.

Leyó el texto en voz alta:

—*Sé lo que le hizo a esa chiquilla de 15 años. Y pronto toda la ciudad lo sabrá.* ¿Cuándo recibió Quebert estas cartas?

—Justo después de la desaparición de Nola.

—¿Tiene alguna idea de quién pudo ser el autor?

—Ninguna, por desgracia.

Me volví hacia el tablón de corcho repleto de fotografías y notas.

—¿Es su investigación, sargento?

—En efecto. Empecemos desde el principio, si quiere. Nola Kellergan desapareció la noche del 30 de agosto de 1975. El informe de la policía de Aurora de la época indica que no fue posible establecer si fue secuestrada o si se trató de una fuga que acabó mal: ni rastro de lucha, ni testigos. Sin embargo, ahora nos inclinamos firmemente hacia la pista del secuestro. Sobre todo porque no llevaba ni dinero ni equipaje.

—Yo creo que se fugó —dije.

—Bueno. Partamos de esa hipótesis, entonces —sugirió Gahalowood—. Salta por la ventana y se fuga. ¿Adónde va?

Había llegado la hora de revelarle lo que sabía.

—Iba a reunirse con Harry —respondí.

—¿Eso cree?

—Lo sé. Me lo ha dicho. No se lo he comentado hasta ahora porque temía comprometerle, pero creo que ha llegado la hora de poner las cartas sobre la mesa: la noche de la desaparición, Nola había quedado con Harry en un motel de la federal 1. Para huir juntos.

—¿Huir? Pero ¿por qué? ¿Cómo? ¿Adónde?

—Eso lo ignoro. Pero espero enterarme. En todo caso, la famosa noche, Harry estaba esperando a Nola en una habitación de ese motel. Ella le había dejado una nota para decirle que se reuniría con él allí. La esperó toda la noche. Ella no apareció.

—¿Qué motel? ¿Y dónde está esa nota?

—El Sea Side Motel. Pocas millas al norte de Side Creek. Pasé por allí, todavía existe. En cuanto a la nota..., la quemé para proteger a Harry...

—¿La quemó? Pero ¿está usted completamente loco, escritor? ¿En qué estaba pensando? ¿Quiere que le condenen por destrucción de pruebas?

—No debí hacerlo. Lo siento, sargento.

Gahalowood, sin dejar de refunfuñar, agarró un mapa de Aurora y sus alrededores y lo extendió sobre una mesa. Me mostró el centro de la ciudad, señaló la federal 1 que bordeaba la costa, Goose Cove y después el bosque de Side Creek. Reflexionó en voz alta:

—Si yo fuera una chiquilla que quisiese fugarse sin ser vista, habría ido hasta la playa más cercana a mi casa y habría bordeado el mar hasta llegar a la carretera. Es decir, o hacia Goose Cove o hacia...

—Side Creek —dije—. Hay un sendero que cruza el bosque y que une la orilla del mar con el motel.

—¡Bingo! —exclamó Gahalowood—. Podríamos imaginar sin aventurarnos demasiado que la chiquilla se largó de su casa. Terrace Avenue está aquí... y la playa más cercana es... ¡Grand Beach! Así que pasó por la playa y fue caminando junto al océano hasta el bosque. Pero ¿qué pudo pasar después en ese maldito bosque?

—Podríamos pensar que al atravesar el bosque tuvo un mal encuentro. Un pervertido que intenta abusar de ella, y después coge una rama pesada y la asesina.

—Podríamos, escritor, pero omite un detalle que plantea muchas preguntas: el manuscrito. Y esa nota, escrita a mano. *Adiós, mi querida Nola.* Eso quiere decir que el que mató y enterró a Nola la conocía, y que sentía algo por ella. Y suponiendo que esa persona no fuera Harry, alguien tendría que explicarme cómo fue encontrada en posesión de su manuscrito.

—Nola lo llevaba con ella. Eso está claro. A pesar de fugarse, no quiere llevar equipaje consigo: correría el riesgo de llamar la atención, sobre todo si sus padres la sorprenden en el momento de marcharse. Y además, no necesita nada: se imagina que Harry es rico, que comprarán todo lo que haga falta para su nueva vida. Entonces ¿qué es la única cosa que se lleva? La que no se puede reemplazar: el manuscrito del libro que Harry acaba de escribir y que ella se ha llevado como hace normalmente. Sabe que ese manuscrito es importante para él, lo mete en su bolso y huye de su casa.

Gahalowood consideró mi teoría durante un instante.

—Así que, según usted —me dijo—, el asesino entierra el bolso junto a ella para librarse de las pruebas.

—Exacto.

—Pero eso no nos explica por qué hay esa nota de amor escrita en el mismo texto.

—Es una buena pregunta —concedí—. Tal vez es la prueba de que el asesino de Nola la amaba. ¿Deberíamos considerar el móvil de un crimen pasional? ¿Un arrebato de rabia que, una vez pasado, empuja al asesino a escribir esa nota para no dejar la tumba anónima? ¿Alguien que amaba a Nola y que no soportó su relación con Harry? ¿Alguien que estaba al corriente de la huida y que, incapaz de disuadirla, prefirió matarla a perderla? Es una hipótesis que se sostiene, ¿no?

—Se sostiene, escritor. Pero, como dice, no es más que una hipótesis y ahora habrá que verificarla. Como las demás. Bienvenido al difícil y meticuloso trabajo de la poli.

—¿Qué propone, sargento?

—Hemos procedido a realizar un examen grafológico de Quebert, pero habrá que esperar un poco los resultados. Queda otro punto por aclarar: ¿por qué enterraron a Nola en Goose Cove? Está cerca de Side Creek: ¿por qué tomarse la molestia de transportar un cuerpo para enterrarlo a dos millas de allí?

—Sin cuerpo no hay asesinato —sugerí.

—Lo mismo pensé yo. El asesino se sintió quizás cercado por la policía. Tuvo que contentarse con un lugar cercano.

Contemplamos la pizarra en la que había terminado de escribir mi lista de nombres.

Harry Quebert		Tamara Quinn
Nancy Hattaway	NOLA	David y Louisa Kellergan
Elijah Stern		Luther Caleb

—Toda esa gente tiene una relación probable con Nola o con el caso —dije—. Podría incluso ser una lista de potenciales culpables.

—Sobre todo es una lista que nos deja más confundidos de lo que estábamos —concluyó Gahalowood.

Ignoré sus recriminaciones e intenté desarrollar mi lista.

—Nancy sólo tenía quince años en 1975 y ningún móvil, creo que podemos eliminarla. En cuanto a Tamara Quinn, repite a quien quiere escucharla que estaba al corriente de lo de Harry y Nola... Quizás es la autora de las cartas anónimas a Harry.

—Por lo que respecta a las mujeres —me interrumpió Gahalowood—, no lo tengo claro. Se necesita una fuerza enorme para partir un cráneo de esa forma. Me inclinaría más por un hombre. Y, sobre todo, Deborah Cooper identificó claramente al perseguidor de Nola como un hombre.

—¿Y los Kellergan? La madre pegaba a su hija...

—Pegar a una hija no es para presumir, pero está muy lejos de la salvaje agresión que sufrió Nola.

—He leído en Internet que en los casos de desaparición de niños, el culpable es a menudo un miembro del círculo familiar.

Gahalowood levantó la mirada al cielo:

—Y yo he leído en Internet que era usted un gran escritor. Ya ve que en Internet todo son mentiras.

—No olvidemos a Elijah Stern. Creo que deberíamos interrogarle inmediatamente. Nancy Hattaway dice que enviaba a su chófer, Luther Caleb, a buscar a Nola para llevarla hasta su propiedad en Concord.

—Pare un momento, escritor: Elijah Stern es un hombre influyente que pertenece a una importantísima familia. Es muy poderoso. El tipo de persona a la que el fiscal no iría a tocar las narices sin unas pruebas abrumadoras en las que apoyarse. ¿Qué tiene contra él, aparte de su testigo, que era una niña en la época de los hechos? Hoy su testimonio no vale nada. Se necesitan elementos sólidos, pruebas. He diseccionado los informes de la policía de Aurora: no mencionan ni a Harry, ni a Stern, ni a ese Luther Caleb.

—Sin embargo, Nancy Hattaway me dio la impresión de ser alguien fiable...

—No digo lo contrario, pero simplemente desconfío de los recuerdos que surgen treinta años más tarde, escritor. Voy a intentar informarme sobre esa historia, pero necesito más pruebas para plantearme en serio hacerle una visita a Stern. No me voy a jugar el trasero yendo a interrogar a un tipo que juega al golf con el gobernador sin tener un mínimo de elementos contra él.

—A todo esto hay que añadir el hecho de que los Kellergan se mudaron de Alabama a Aurora por una razón bien precisa pero que todo el mundo ignora. El padre dice que venían buscando aire fresco, pero Nancy Hattaway me comentó que Nola había mencionado un acontecimiento que se había producido cuando ella y su familia vivían en Jackson.

—Hum. Vamos a tener que profundizar en todo eso, escritor.

*

Decidí no decir nada sobre Elijah Stern a Harry mientras no tuviese pruebas más sólidas. En cambio, informé a Roth porque me parecía que ese dato podría resultar primordial para la defensa de Harry.

—¿Que Nola Kellergan tuvo una relación con Elijah Stern? —dijo atragantándose por teléfono.

—Como se lo cuento. Lo he sabido de buena fuente.

—Buen trabajo, Marcus. Haremos subir a Stern al estrado, le presionaremos y daremos la vuelta a la situación. Imagínese la cara del jurado cuando Stern, tras haber prestado juramento sobre la santa Biblia, les cuente los detalles picantes de sus ratos de cama con la pequeña Kellergan.

—No diga nada a Harry, por favor. No mientras yo no sepa más a propósito de Stern.

Esa misma tarde me presenté en la prisión, donde Harry corroboró lo que me había revelado Nancy Hattaway.

—Nancy Hattaway me ha contado lo de los golpes que recibía Nola —dije.

—Esos golpes eran algo terrible, Marcus.

—También me ha contado que, a principios de aquel verano, Nola parecía muy triste y melancólica.

Harry asintió con la cabeza con tristeza:

—Cuando intenté rechazar a Nola la hice muy desgraciada, y aquello tuvo un resultado catastrófico. El fin de semana de la fiesta nacional, después de ir a Concord con Jenny, me sentía completamente trastornado por mis sentimientos hacia Nola. Tenía que alejarme de ella como fuese. Así que el sábado 5 de julio decidí no ir al Clark's.

Y mientras grababa lo que Harry me contaba del desastroso fin de semana del 5 y 6 de julio de 1975, comprendí que *Los orígenes del mal* trazaba con precisión su historia con Nola, mezclando relato y extractos de correspondencia auténticos. Harry no había escondido nada a propósito: desde siempre había confesado su historia de amor imposible a todo el país. De hecho, acabé interrumpiéndole para decirle:

—Pero Harry, ¡todo eso está en su libro!

—Todo, Marcus, todo. Pero nadie intentó nunca comprenderlo. Todo el mundo hacía grandes análisis de texto, hablando de alegorías, símbolos y figuras estilísticas cuyo alcance yo mismo no consigo ver. Y todo lo que había hecho era escribir un libro sobre Nola y yo.

*

Sábado 5 de julio de 1975

Eran las cuatro de la mañana. Las calles de la ciudad estaban desiertas, sólo resonaba la cadencia de sus pasos. Sólo pensaba en ella. Desde que había decidido que debía dejar de frecuentarla, ya no conseguía dormir. Se despertaba espontáneamente antes del alba y no lograba volver a conciliar el sueño. Se vestía entonces con ropa deportiva y salía a correr. Corría por la playa, perseguía a las gaviotas, imitaba su vuelo, y seguía galopando, hasta llegar a Aurora. Había sus buenas cinco millas desde Goose Cove;

las recorría como una flecha. En principio, tras haber atravesado la ciudad de cabo a rabo, fingía enfilar el camino a Massachusetts, como si huyese, antes de detenerse en Grand Beach, donde contemplaba el amanecer. Pero esa mañana, cuando llegó al barrio de Terrace Avenue, se detuvo para recuperar el aliento y caminó un momento entre las filas de casas, cubierto de sudor, sintiendo su propio latido en las sienes.

Pasó delante de la casa de los Quinn. La velada de la víspera con Jenny había sido sin duda la más aburrida de su vida. Jenny era una chica formidable, pero no le hacía reír, ni soñar. La única que le hacía soñar era Nola. Siguió caminando y bajó la calle, hasta llegar a la casa prohibida: la de los Kellergan, allí donde, el día anterior, había dejado a Nola llorando. Se había esforzado en mostrarse frío, para que comprendiese, pero ella no había comprendido nada. Había dicho: «¿Por qué me hace esto, Harry? ¿Por qué es tan malo?». Había estado pensando en ella toda la velada. En Concord, durante la cena, hasta se había ausentado un momento para telefonear desde una cabina. Había pedido a la operadora que le pusiese con los Kellergan en Aurora, y nada más escuchar el tono de llamada, había colgado. Al volver a la mesa, Jenny le había preguntado si se encontraba bien.

Inmóvil sobre la acera, escrutaba las ventanas. Intentaba imaginarse en qué habitación dormiría. N-O-L-A. Mi querida Nola. Permaneció así un buen rato. De pronto, le pareció oír un ruido; quiso alejarse pero tropezó con los cubos metálicos de basura, que se volcaron con gran estrépito. Se encendió una luz en la casa y Harry huyó a toda velocidad: volvió a Goose Cove y se instaló en su despacho para intentar escribir. Estaban a primeros de julio y todavía no había empezado su gran novela. ¿Cuál sería su futuro? ¿Qué pasaría si no conseguía escribir? Volvería a su vida de infelicidad. Nunca sería escritor. Nunca sería nada. Por primera vez, pensó en matarse. Sobre las siete de la mañana, se durmió sobre su mesa, la cabeza apoyada en hojas de apuntes, rotas y cubiertas de tachones.

A las doce y media, en el servicio para empleados del Clark's, Nola se mojaba la cara con agua con la esperanza de hacer desaparecer el rojo que marcaba sus ojos. Había llorado toda la mañana. Era sábado y Harry no había venido. Ya no quería verla más.

Los sábados en el Clark's era su cita semanal: por primera vez, él había faltado. Sin embargo, cuando se despertó, todavía estaba llena de esperanza: pensó que iría a pedirle perdón por haber sido malo y que ella evidentemente le perdonaría. Ante la idea de volver a verle le había vuelto el buen humor, y en el momento de prepararse había puesto un poco de rosa en sus mejillas, para gustarle. Pero a la hora del desayuno, su madre la había reñido con dureza:

—Nola, quiero saber qué me estás ocultando.

—No te oculto nada, mamá.

—¡No mientas a tu madre! ¿Piensas que no me he dado cuenta? ¿Te crees que soy imbécil?

—¡Claro que no, mamá! ¡Nunca pensaría algo parecido!

—¿Te crees que no me he dado cuenta de que te pasas el día fuera, de que estás de magnífico humor y de que te pones colorete en las mejillas?

—No hago nada malo, mamá. Te lo prometo.

—¿Te crees que no sé que fuiste a Concord con esa desvergonzada de Nancy Hattaway? ¡Eres una mala hija, Nola! ¡Me avergüenzas!

El reverendo Kellergan abandonó la cocina para encerrarse en el garaje. Lo hacía siempre durante las peleas, no quería saber nada. Encendió el tocadiscos para no oír los golpes.

—Mamá, te prometo que no hago nada malo —repitió Nola.

Louisa Kellergan miró fijamente a su hija con una mezcla de asco y desprecio. Después exclamó con sarcasmo:

—¿Nada malo? Sabes por qué nos fuimos de Alabama... Sabes por qué, ¿verdad? ¿Quieres que te refresque la memoria? ¡Ven aquí!

La agarró del brazo y la arrastró hasta su habitación. La hizo desnudarse ante ella y la miró temblar de miedo en ropa interior.

—¿Por qué llevas sujetador? —preguntó Louisa Kellergan.

—Porque tengo pecho, mamá.

—¡No deberías tener pecho! ¡Eres demasiado joven! ¡Quítate el sujetador y ven aquí!

Nola se desnudó y se acercó a su madre, que había cogido una regla metálica del escritorio de su hija. Primero la miró de arriba abajo y después, alzando la regla, la golpeó en los pezones.

La golpeó con mucha fuerza, varias veces, y cuando su hija se retorcía de dolor, le ordenaba mantenerse tranquila o le pegaría aún más. Y mientras pegaba a su hija, Louisa repetía: «No se debe mentir a una madre. No hay que ser una mala hija, ¿comprendes? ¡Deja de tomarme por una imbécil!». Desde el garaje se oía jazz a todo volumen.

Nola sólo pudo sacar fuerzas para ir a su trabajo en el Clark's porque sabía que allí vería a Harry. Él era el único que hacía que tuviera ganas de vivir, y quería vivir con él. Pero no había venido. Presa de la angustia, se había pasado toda la mañana llorando, escondida en el servicio. Se miraba en el espejo, levantándose la blusa y contemplando sus magullados senos: estaba cubierta de cardenales. Se decía que su madre tenía razón: era malvada y fea, y ése era el motivo por el que Harry no quería saber nada de ella.

De pronto llamaron a la puerta. Era Jenny:

—¡Nola! ¿Qué estás haciendo! ¡El restaurante está a tope! ¡Hay que ir a servir!

Nola abrió la puerta, aterrorizada: ¿habrían llamado los demás a Jenny para quejarse de que se había pasado la mañana en el servicio? Pero no, Jenny había aparecido en el Clark's por casualidad. O más bien con la esperanza de encontrar a Harry allí. Al llegar, había constatado que el servicio de sala no marchaba bien.

—¿Has estado llorando? —preguntó Jenny al ver el rostro apesadumbrado de Nola.

—Yo... no me siento bien.

—Lávate la cara con agua y ven conmigo a la sala. Te ayudaré durante la hora punta. En la cocina cunde el pánico.

Al terminar el turno de mediodía, cuando volvió la calma, Jenny sirvió una limonada a Nola para tratar de animarla.

—Bébetela —dijo con cariño—, te sentirás mejor.

—Gracias. ¿Vas a decirle a tu madre que hoy he trabajado mal?

—No te preocupes, no diré nada. Todo el mundo puede tener un momento difícil. ¿Qué te ha pasado?

—Penas de amor.

Jenny sonrió:

—¡Pero bueno, si todavía eres muy joven! Un día encontrarás a alguien para ti.

—No lo sé...

—Vamos, vamos. ¡No estés tan triste! Ya verás, todo llega. Mira, hace poco yo estaba en tu misma situación. Me sentía sola y desgraciada. Y entonces Harry llegó a la ciudad y...

—¿Harry? ¿Harry Quebert?

—¡Sí! ¡Es tan maravilloso! Escucha... Todavía no es oficial y no debería decirte nada, pero en el fondo somos un poco amigas, ¿verdad? Me siento tan feliz de poder contárselo a alguien: Harry me quiere. ¡Me quiere! Escribe textos de amor sobre mí. Ayer por la tarde me llevó a Concord por la fiesta nacional. Fue tan romántico.

—¿Ayer por la tarde? ¿No estaba con su editor?

—¡Te digo que estaba conmigo! Fuimos a ver los fuegos artificiales sobre el río, ¡fue maravilloso!

—Entonces, Harry y tú... estáis... ¿estáis juntos?

—¡Sí! Ay, Nola, ¿no te alegras por mí? Sobre todo, no digas nada a nadie. No quiero que todo el mundo lo sepa. Ya sabes cómo es la gente: enseguida se pone celosa.

Nola sintió cómo su corazón se encogía y de pronto le dolió tanto que tuvo ganas de morir: así que Harry amaba a otra. Amaba a Jenny Quinn. Todo había terminado, no quería saber nada de ella. Hasta la había reemplazado. Su cabeza empezó a dar vueltas.

A las seis de la tarde, cuando terminó su turno, pasó un momento por su casa y fue hasta Goose Cove. El coche de Harry no estaba. ¿Dónde podía haber ido? ¿Con Jenny? Sólo de pensarlo se sintió aún peor; se obligó a contener sus lágrimas. Subió los escalones que llevaban hasta la marquesina de la entrada, sacó de su bolsillo el sobre que tenía para él y lo encajó en el marco de la puerta. En su interior había dos fotos, tomadas en Rockland. Una, de la bandada de gaviotas al borde del mar. La segunda era una foto de los dos durante su pícnic. También había una breve carta, unas pocas líneas escritas en su papel preferido:

Mi querido Harry:
Sé que no me quiere. Pero yo le querré siempre.
Aquí tiene una foto de los pájaros que tan bien dibuja, y una foto nuestra para que no me olvide nunca.

Sé que no quiere verme más. Pero, al menos, escríbame. Sólo una vez. Sólo unas pocas palabras para tener un recuerdo suyo.

No le olvidaré nunca. Es la persona más extraordinaria que he conocido.

Le querré siempre.

Y huyó a toda prisa. Bajó a la playa, se quitó las sandalias y corrió por el agua, como corría el día que se conocieron.

Extractos de *Los orígenes del mal,* de Harry L. Quebert

Su correspondencia comenzó cuando ella dejó una nota en la puerta de la casa. Una carta de amor para decirle lo que sentía por él:

Querido mío:
Sé que no me quiere. Pero yo le querré siempre.
Aquí tiene una foto de los pájaros que tan bien dibuja, y una foto nuestra para que no me olvide nunca.
Sé que no quiere verme más. Pero, al menos, escríbame. Sólo una vez. Sólo unas pocas palabras para tener un recuerdo suyo.
No le olvidaré nunca. Es la persona más extraordinaria que he conocido.
Le querré siempre.

Él respondió días más tarde, cuando encontró el valor para escribirle. Escribir no era nada. Escribirle era una epopeya.

Querida mía:
¿Cómo puede decir que no la quiero? Aquí le envío unas palabras de amor, palabras eternas que surgen de lo más profundo de mi corazón. Palabras para decirle que pienso en usted todas las mañanas cuando me levanto, y todas las noches cuando me acuesto. Su rostro está grabado en mí: cuando cierro los ojos, sigue ahí.
Hoy al amanecer he pasado de nuevo frente a su casa. Debo confesárselo: lo hago a menudo. He mirado hacia su ventana, estaba a oscuras. La he imaginado durmiendo como un ángel. Más tarde la he visto y me ha maravillado cómo vestía. Un vestido de flores que le sentaba muy bien. Parecía un poco triste. ¿Por qué está triste? Dígamelo y me entristeceré con usted.

P. D.: Escríbame por correo, es más seguro.
La quiero tanto. Todos los días y todas las noches.

Querido mío:
Respondo justo después de leer su carta. A decir verdad, la he leído diez veces, ¡quizás cien! Escribe tan bien. Cada una de sus palabras es una joya. Tiene tanto talento.
¿Por qué no quiere estar conmigo? ¿Por qué se limita a esconderse de mí? ¿Por qué no quiere hablarme? ¿Por qué viene hasta mi ventana si no es para estar conmigo?
Muéstrese, se lo suplico. Estoy tan triste desde que no me habla.
Escríbame pronto. Espero sus cartas con impaciencia.

Sabían que escribir sería su forma de amarse a partir de ese momento, pues no tenían derecho a estar juntos. Besarían el papel con la misma ansia que tenían por besarse, esperarían la llegada del correo como si esperaran en el andén de una estación.

A veces, en el mayor de los secretos, él iba a esconderse en la esquina de su calle y esperaba el paso del cartero. La veía salir de su casa precipitadamente, lanzarse sobre el buzón para recoger el valioso correo. Ella sólo vivía para esas palabras de amor. Era una escena maravillosa y trágica a la vez: el amor era su mayor tesoro, pero estaban privados de él.

Mi querida y tierna amada:
No puedo mostrarme ante usted porque nos haríamos demasiado daño. No pertenecemos al mismo mundo, la gente no lo comprendería.
¡Cómo sufro por haber nacido así! ¿Por qué debemos respetar las costumbres de los demás? ¿Por qué no podemos simplemente amarnos a pesar de todas nuestras diferencias? Ése es el mundo de hoy: un mundo en el que dos seres que se aman no pueden darse la mano. Ése es el mundo de hoy: lleno de códigos y lleno de reglas, pero son reglas negras que encierran y oscurecen el corazón de la gente. En cambio, nuestros corazones son puros, no pueden estar encerrados.
La quiero con un amor infinito y eterno. Desde el primer día.

Amor mío:

*Gracias por su última carta. No deje nunca de escribirme,
es tan bonito.*

*Mi madre se pregunta quién me escribe tanto. Quiere saber
por qué hurgo sin cesar en el buzón. Para tranquilizarla, le
respondo que es una amiga que conocí en un campamento el verano pasado. No me gusta mentir, pero es más sencillo así. No podemos hacer nada, sé que tiene razón: la gente le haría daño. Incluso si me da tanta pena enviarle las cartas por correo cuando
estamos tan cerca.*

21. Sobre la dificultad del amor

«Marcus, ¿sabe cuál es el único modo de medir cuánto se ama a alguien?

—No.

—Perdiendo a esa persona.»

Existe, en el camino de Montburry, un pequeño lago conocido en toda la región y que, durante los calurosos días de verano, es invadido por familias y campamentos infantiles. El lugar es tomado al asalto desde por la mañana: las praderas se cubren de toallas de playa y de sombrillas bajo las que se parapetan los padres mientras sus hijos chapotean ruidosamente en un agua verdosa y calentorra, espumosa en los lugares donde la corriente acumula los desechos de los domingueros. El ayuntamiento de Montburry hizo un esfuerzo por acondicionar la orilla del lago después de que hace dos años un niño pisara una jeringuilla usada. Se colocaron mesas de merendero y barbacoas para evitar la multiplicación de hogueras salvajes que daban al prado un aspecto de paisaje lunar, el número de papeleras aumentó considerablemente, se instalaron servicios prefabricados y el aparcamiento, que linda con el borde del lago, acaba de ser ampliado y asfaltado. Además, de junio a agosto un equipo de mantenimiento procede diariamente a limpiar las praderas de residuos, preservativos y excrementos caninos.

El día que me acerqué al lago para documentar mi libro, unos niños habían atrapado una rana —quizás el último ser vivo en esa masa de agua— e intentaban desmembrarla tirando simultáneamente de sus dos patas traseras.

Erne Pinkas dice que ese lago ilustra bien la decadencia que afecta a Estados Unidos y al mundo en general. Hace treinta y tres años, al lago no iba casi nadie. Era de difícil acceso: había que dejar el coche en el borde de la carretera, atravesar una parte del bosque y caminar media milla larga a través de las altas hierbas y los rosales salvajes. Pero el esfuerzo valía la pena: el lago era magnífico, estaba cubierto de nenúfares rosas y bordeado por inmensos sauces llorones. A través del agua transparente, se podía ver el reflejo de los bancos de percas doradas que las garzas grises pescaban apostándose en los juncos. En uno de los costados, había incluso una playita de arena gris.

Fue al borde de ese lago donde Harry acudió para esconderse de Nola. Allí se encontraba el sábado 5 de julio cuando ella dejó su primera carta en la puerta de su casa.

*

Sábado 5 de julio de 1975

Era casi mediodía cuando llegó al lago. Erne Pinkas ya estaba allí, tumbado en la orilla.

—Así que al final ha venido —dijo divertido Pinkas al verle—. Se me hace raro verle en otro sitio que no sea el Clark's.

Harry sonrió.

—Me ha hablado tanto de este lago que no podía dejar de venir.

—Es bonito, ¿eh?

—Fantástico.

—Esto es Nueva Inglaterra, Harry. Es un paraíso protegido y por eso me gusta. El resto del país se dedica a construir y asfaltar. Pero aquí es diferente: puedo asegurarle que, dentro de treinta años, este sitio permanecerá intacto.

Después de refrescarse en el agua, fueron a secarse al sol y hablaron de literatura.

—A propósito de libros —preguntó Pinkas—, ¿qué tal avanza el suyo?

—Uf —se limitó a responder Harry.

—No ponga esa cara, estoy seguro de que es bueno.

—No, creo que es muy malo.

—Déjeme leerlo, le daré una opinión objetiva, se lo prometo. ¿Qué es lo que no le gusta?

—Todo. No estoy inspirado. No sé cómo empezar. Creo que ni siquiera sé de lo que hablo.

—¿Qué tipo de historia es?

—Una historia de amor.

—Ah, el amor... —suspiró Pinkas—. ¿Está usted enamorado?

—Sí.

—Es un buen principio. Dígame, Harry, ¿no echa mucho de menos la gran vida?

—No. Estoy bien aquí. Necesito calma.

—Pero ¿a qué se dedica exactamente en Nueva York?

—Soy... soy escritor.

Pinkas dudó antes de contradecirle.

—Harry... No se lo tome a mal, pero he hablado con uno de mis amigos que vive en Nueva York...

—¿Y?

—Dice que nunca ha oído hablar de usted.

—No todo el mundo me conoce... ¿Sabe usted cuántas personas viven en Nueva York?

Pinkas sonrió para mostrar que no tenía mala intención.

—Me parece que no le conoce nadie, Harry. Me he puesto en contacto con la editorial que publicó su libro... Quería pedir más ejemplares... No conocía ese sello, pensaba que era yo el ignorante... Hasta que descubrí que se trata de una imprenta de Brooklyn... Les he llamado, Harry... Pagó usted a una imprenta para que imprimiese su libro...

Harry bajó la cabeza, muy avergonzado.

—Así que lo sabe todo —murmuró.

—¿Todo de qué?

—Que soy un impostor.

Pinkas puso una mano amistosa sobre su hombro.

—¿Un impostor? ¡Vamos, no diga tonterías! He leído su libro ¡y me ha encantado! Por eso quería pedir más. ¡Es una novela magnífica, Harry! ¿Cree que es necesario ser un escritor famoso para ser un buen escritor? Tiene usted muchísimo talento, y estoy seguro de que pronto se lo reconocerán. Quién sabe: quizás el libro que está escribiendo aquí sea una obra maestra.

—¿Y si no lo consigo?

—Lo conseguirá. Lo sé.

—Gracias, Ernie.

—No me lo agradezca, es la verdad. Y no se preocupe, no diré nada a nadie. Todo quedará entre nosotros.

*

Domingo 6 de julio de 1975

A las tres de la tarde en punto, Tamara Quinn colocó a su marido, vestido con traje, bajo el porche de su casa con una copa de champán en la mano y un puro en la boca.

—Sobre todo, no te muevas —le ordenó.

—Es que me pica la camisa, Bichito.

—¡Cállate, Bobbo! Esa camisa ha costado muy cara, lo caro no pica.

Bichito había comprado camisas nuevas en una tienda muy de moda en Concord.

—¿Por qué no me puedo poner mis otras camisas? —preguntó Bobbo.

—Ya te lo he dicho: ¡no quiero que enseñes tus asquerosos harapos cuando nos visita un gran escritor!

—Y además, no me gusta el puro...

—¡Es del otro lado, tontaina! Lo has mordido del revés. ¿No ves que la vitola indica cuál es la embocadura?

—Creí que era un tapón.

—¿No sabes nada de estilidad?

—*¿Estilidad?*

—Las cosas con estilo.

—No sabía que se decía *estilidad*.

—Porque no sabes nada, mi pobre Bobbo. Harry va a llegar dentro de quince minutos: trata de mostrarte digno. E intenta impresionarle.

—Pero ¿cómo?

—Fúmate el puro con aire pensativo. Como un gran empresario. Y cuando te hable, adopta un aire superior.

—¿Cómo se hace para tener un aire superior?

—Excelente pregunta: como eres tonto y no sabes nada de nada, tendrás que disimular. Hay que responder a las preguntas con otras preguntas. Si te pregunta: «¿Estaba usted a favor o en contra de la guerra de Vietnam?», tu respondes: «Si me hace usted esa pregunta, es que debe de tener una opinión precisa sobre el asunto». Y entonces, ¡paf! ¡Le sirves champán! A eso se le llama «cambiar de tema».

—Sí, Bichito.

—Y no me decepciones.

—Sí, Bichito.

Tamara entró en casa y Robert fue a sentarse en un sofá de mimbre, disgustado. Odiaba a ese Harry Quebert, que a lo mejor era el rey de los escritores, pero que sobre todo era el rey de los cursis. Y odiaba ver a su mujer realizando su danza nupcial frente a él. Si no protestaba era porque Tamara le había prometido que esa noche podría convertirse en su Bobbo Gorrinito y que incluso podría dormir en su habitación. El señor y la señora Quinn dormían en cuartos separados. Por lo general, ella aceptaba un coito cada tres o cuatro meses, en su mayoría tras largas súplicas, pero hacía mucho tiempo que no le había dejado pasar la noche con ella.

En casa, en el piso de arriba, Jenny estaba lista: llevaba un gran vestido de fiesta, amplio, con hombreras abombadas, bisutería falsa, demasiado carmín en los labios y varios anillos en cada mano. Tamara arregló el vestido de su hija y sonrió.

—Estás magnífica, querida. Quebert se va a volver loco cuando te vea.

—Gracias, mamá, pero ¿no es demasiado?

—¿Demasiado? No, estás perfecta.

—¡Pero si sólo vamos al cine!

—¿Y después? ¿Y si te lleva a un buen sitio a cenar? ¿Lo has pensado?

—No hay buenos restaurantes en Aurora.

—Por eso quizás Harry haya reservado una mesa en un lujoso restaurante de Concord para su prometida.

—Mamá, todavía no estamos prometidos.

—Ya caerá, querida, estoy segura. ¿Os habéis besado ya?

—Todavía no.

—En todo caso, si empieza a toquetearte, por amor de Dios, ¡déjate!

—Sí, mamá.

—¡Qué idea tan encantadora la de invitarte al cine!

—De hecho, fue idea mía. Me armé de valor, le llamé por teléfono y le dije: «Querido Harry, ¡trabajas demasiado! Vamos al cine esta tarde».

—Y aceptó...

—¡Inmediatamente! ¡Sin dudarlo un segundo!

—¿Ves? Como si hubiera sido idea suya.

—Siempre tengo miedo de molestarle mientras escribe... Porque está escribiendo cosas sobre mí. Lo sé, he visto algo. Decía que sólo iba al Clark's para verme.

—¡Ay, querida! Es tan excitante...

Tamara cogió un bote de maquillaje y comenzó a untar la cara de su hija mientras fantaseaba. Estaba escribiendo un libro para ella: pronto, en Nueva York, todo el mundo hablaría del Clark's y de Jenny. Seguro que también harían una película. ¡Qué maravillosa perspectiva! Quebert era la respuesta a todas sus plegarias: qué bien habían hecho siendo buenos cristianos, ésta era su recompensa. Sus pensamientos se sucedían a toda velocidad: había que organizar sin falta una *garden-party* el próximo domingo para oficializar el asunto. El plazo era muy corto pero el tiempo apremiaba: el sábado de la semana siguiente se celebraría el baile de verano y toda la ciudad, boquiabierta y envidiosa, vería a su Jenny en brazos del gran escritor. Así que era necesario que sus amigas los viesen juntos antes del baile para que el rumor se extendiese por Aurora y, esa noche, fuesen la atracción de la velada. ¡Ay, qué felicidad! Su hija le había dado tantas preocupaciones: hubiese podido caer en brazos de un camionero de paso. O peor: de un socialista. O peor aún: ¡de un negro! Ese pensamiento le provocó un estremecimiento: su Jenny con un negro horrible. La angustia la invadió de repente: muchos grandes escritores eran judíos. ¿Y si Quebert era judío? ¡Qué horror! ¡Quizás hasta era un judío socialista! Lamentó que los judíos pudiesen tener la piel blanca porque eso los hacía invisibles. Al menos, los negros tenían la honestidad de ser negros, para que se los pudiese identificar claramente. Pero los judíos eran unos hipócritas. Notó pinchazos en el vientre y un nudo en el estómago. Desde el caso Rosenberg, tenía un miedo atroz hacia los judíos. Estaba comprobado que fueron los que entregaron la bomba atómica a los soviéticos. ¿Cómo saber si Quebert era judío? De pronto tuvo una idea. Miró su reloj: tenía el tiempo justo para ir al supermercado antes de que llegase. Así que se marchó corriendo.

A las tres y veinte de la tarde, un Chevrolet Monte Carlo negro aparcó delante de la casa de los Quinn. Robert Quinn se sorprendió al ver que era Harry Quebert el que salía de él: era un modelo de coche por el que sentía una especial atracción. Notó además que el Gran Escritor iba vestido de manera muy normal. A pesar de todo, le saludó con solemnidad y le invitó inmediatamente a beber algo lleno de *estilidad,* como le había indicado su mujer.

—¿Champán? —chilló.

—Esto..., a decir verdad, no me gusta mucho el champán —respondió Harry—. Quizás una cerveza, si tiene...

—¡Por supuesto! —dijo entusiasmado Robert, con repentina familiaridad.

Sabía de cervezas. Hasta tenía un libro sobre todas las cervezas que se fabricaban en América. Se apresuró a ir a buscar dos al frigorífico y anunció de paso a las chicas del piso de arriba que el no-tan-grande Harry Quebert había llegado. Sentados bajo la marquesina, las camisas remangadas, los dos hombres brindaban chocando sus botellines y hablando de coches.

—¿Por qué un Monte Carlo? —preguntó Robert—. Quiero decir que, en su situación, podía haber elegido cualquier modelo, y escoge usted el Monte Carlo...

—Es un modelo deportivo y a la vez práctico. Además, me gusta su línea.

—¡A mí también! ¡Estuve a dos dedos de sucumbir el año pasado!

—Debió hacerlo.

—Mi mujer no quería.

—Haber comprado primero el coche y pedido su opinión después.

Robert se echó a reír: este Quebert era de hecho alguien muy sencillo, afable y sobre todo muy simpático. En ese instante apareció Tamara y, en sus manos, lo que había ido a buscar al supermercado: una bandeja llena de beicon y de embutido. Y, a voz en grito, exclamó: «¡Buenas tardes, señor Quebert! ¡Bienvenido! ¿Quiere usted algo de picar?». Harry saludó y se sirvió un poco de jamón. Tamara sintió cómo la invadía una dulce sensación de alivio al ver a su invitado comer cerdo. Era el hombre perfecto: ni negro, ni judío.

Ya más tranquila, se dio cuenta de que Robert se había quitado la corbata y de que los dos hombres bebían cerveza a morro.

—Pero ¿qué pasa? ¿Y el champán? Y tú, Robert, ¿qué haces medio descamisado?

—¡Tengo calor! —se quejó Bobbo.

—Y yo prefiero la cerveza —explicó Harry.

Entonces llegó Jenny, demasiado arreglada pero deslumbrante con su vestido de noche.

En ese mismo instante, en el 245 de Terrace Avenue, el reverendo Kellergan encontró a su hija llorando en su habitación.

—¿Qué te pasa, cariño?

—Jo, papá, estoy tan triste...

—¿Por qué?

—Por culpa de mamá...

—No digas eso...

Nola estaba sentada en el suelo, con los ojos llenos de lágrimas. El reverendo sintió mucha pena por ella.

—¿Y si fuésemos al cine? —le propuso para consolarla—. ¡Tú, yo y un enorme paquete de palomitas! La sesión es a las cuatro, todavía estamos a tiempo.

—Mi Jenny es una chica muy especial —explicó Tamara mientras Robert, aprovechando que su mujer no miraba, se atiborraba a embutido—. Figúrese que con sólo diez años era la reina de todos los concursos de belleza de la región. ¿Te acuerdas, Jenny?

—Sí, mamá —suspiró Jenny, incómoda.

—¿Por qué no miramos los álbumes de fotos? —sugirió Robert con la boca llena, siguiendo el guión que le había obligado a memorizar su mujer.

—¡Oh, sí! —se entusiasmó Tamara—. ¡Los álbumes!

Se apresuró a ir a buscar una pila de álbumes que retrataban los veinticuatro primeros años de existencia de Jenny. Y, mientras pasaba las páginas, exclamaba: «Pero ¿quién es esta chiquilla maravillosa?». Y ella y Robert respondían a coro: «¡Es Jenny!».

Después de las fotos, Tamara ordenó a su marido que llenase las copas de champán, y luego se decidió a hablar de la *garden-party* que pretendía organizar el domingo siguiente.

—Si está usted libre, venga a comer el domingo que viene, señor Quebert.

—Por supuesto —respondió.

—No se preocupe, no será nada del otro mundo. Quiero decir, sé que ha venido para alejarse de toda esa agitación mundana de Nueva York. Será una simple comida campestre entre buena gente.

Diez minutos antes de las cuatro de la tarde, Nola y su padre entraban en el cine cuando el Chevrolet Monte Carlo negro aparcó delante.

—Ve a coger sitio —sugirió David Kellergan a su hija—, yo me ocupo de las palomitas.

Nola penetró en la sala en el mismo instante en que Harry y Jenny entraban en el cine.

—Ve a coger sitio —sugirió Jenny a Harry—, yo voy un momento al servicio.

Harry entró en la sala y, entre el barullo de los espectadores, se dio de narices con Nola.

Cuando él la vio, sintió que su corazón iba a estallar. La echaba tanto de menos.

Cuando ella le vio, sintió que su corazón iba a estallar. Tenía que hablarle: si estaba con esa Jenny, tenía que decírselo. Necesitaba oírselo decir.

—Harry —dijo—, yo...

—Nola...

En aquel instante, surgió Jenny entre el gentío. Al verla, Nola comprendió que había venido con Harry y huyó fuera de la sala.

—¿Va todo bien, Harry? —preguntó Jenny, que no había tenido tiempo de ver a Nola—. Te noto raro.

—Sí... Ahora... ahora vuelvo. Coge sitio. Voy a comprar palomitas.

—¡Palomitas! ¡Sí! Pídelas con mucha mantequilla.

Harry atravesó las puertas batientes de la sala: vio a Nola cruzar el vestíbulo principal y subir al entresuelo, cerrado al público. Subió las escaleras de cuatro en cuatro para atraparla.

El entresuelo estaba desierto; la alcanzó, la cogió de la mano y la acorraló contra la pared.

—¡Déjeme! —dijo ella—. ¡Déjeme o grito!

—¡Nola! Nola, no te enfades conmigo.

—¿Por qué me evita? ¿Por qué ya no viene al Clark's?

—Lo siento...

—No le parezco guapa, ¿verdad? ¿Por qué no me ha dicho que se había prometido con Jenny Quinn?

—¿Cómo? Yo no estoy prometido. ¿Quién te ha dicho eso?

Nola dibujó una inmensa sonrisa de alivio.

—¿Usted y Jenny no están juntos?

—¡No! Ya te he dicho que no.

—Entonces ¿no le parezco fea?

—¿Fea? No, por Dios, Nola, eres preciosa.

—¿En serio? He estado tan triste... Pensaba que ya no quería saber nada de mí. Hasta me han entrado ganas de tirarme por la ventana.

—No digas esas cosas.

—Entonces, dígame otra vez que soy guapa.

—Me pareces una chica muy guapa. Siento que hayas estado triste por mi culpa.

Ella volvió a sonreír. ¡Toda esta historia no era más que un malentendido! Él la quería. ¡Se querían! Murmuró:

—Callémonos y estréchame en sus brazos... Me parece tan inteligente, tan apuesto, tan elegante.

—No puedo, Nola...

—¿Por qué? Si de verdad le gusto, ¡no me rechace!

—Me encantas. Pero eres una niña.

—¡No soy una niña!

—Nola... Lo nuestro es imposible.

—¿Por qué es tan malo conmigo? ¡Ya no puedo ni hablarle!

—Nola, yo...

—Déjeme. Déjeme y cállese. Cállese o diré a todos que es un pervertido. ¡Váyase con su novia! Fue ella la que me dijo que estaban juntos. ¡Lo sé todo! ¡Lo sé todo y le odio, Harry! ¡Váyase! ¡Váyase!

Le empujó, bajó corriendo las escaleras y huyó fuera del cine. Harry, destrozado, volvió a la sala. Al empujar la puerta se dio de bruces con el padre Kellergan.

—Buenas tardes, Harry.

—¡Reverendo!

—Estoy buscando a mi hija, ¿no la habrá visto? Le había encargado que cogiera sitio, pero parece haber desaparecido.

—Creo... creo que acaba de marcharse.

—¿Marcharse? ¡No puede ser! Si la película va a empezar.

Después del cine comieron una pizza en Montburry. De regreso a Aurora, Jenny resplandecía: había sido una velada maravillosa. Quería pasar todas sus veladas y toda su vida con ese hombre.

—Harry, no me dejes en casa todavía —suplicó—. Ha sido todo tan perfecto... Me gustaría prolongar un poco más esta noche. Podríamos ir a la playa.

—¿A la playa? ¿Por qué a la playa? —preguntó.

—¡Porque es tan romántico! Aparca cerca de Grand Beach, allí nunca hay nadie. Podemos tontear como los estudiantes, tumbados en el capó del coche. Mirar las estrellas y disfrutar de la noche. Por favor...

Harry quiso negarse, pero ella insistió. Entonces propuso el bosque en vez de la playa; la playa estaba reservada a Nola. Aparcó cerca de Side Creek Lane, y en cuanto apagó el motor, Jenny se lanzó sobre él para besarle en los labios. Le cogió la cabeza y le asfixió con su lengua sin pedirle permiso. Sus manos tocaban todo, lanzaba unos gemidos odiosos. En el estrecho habitáculo del coche, se montó sobre él: sintió sus pezones duros contra su torso. Era una mujer magnífica, se hubiese convertido en una esposa modelo, y ella no pedía más. Se hubiese casado con ella al día siguiente sin dudarlo: una mujer como Jenny era el sueño de muchos hombres. Pero en su corazón había ya cuatro letras que ocupaban todo el sitio: N-O-L-A.

—Harry —dijo Jenny—. Eres el hombre que siempre había esperado.

—Gracias.

—¿Eres feliz conmigo?

No respondió, y se limitó a rechazarla con dulzura.

—Deberíamos volver, Jenny. No me había dado cuenta de que era tan tarde.

Arrancó el coche y se dirigió a Aurora.

Cuando la dejó ante su casa, no se dio cuenta de que Jenny estaba llorando. ¿Por qué había reaccionado así? ¿No la quería?

¿Por qué se sentía tan sola? No pedía gran cosa: ella no quería nada más que un hombre bueno, que la amase y la protegiese, que le regalase flores de vez en cuando y la llevara a cenar. Aunque fueran perritos calientes, si no tenían suficiente dinero. Sólo por el placer de salir juntos. En el fondo, qué importaba Hollywood si encontraba a alguien al que querer y que la quisiese a su vez. Desde la marquesina vio cómo se perdía en la noche el Chevrolet negro y rompió a llorar de nuevo. Se tapó la cara con las manos para que sus padres no la oyesen: sobre todo su madre, no quería dar explicaciones. Esperaría a que las luces se apagasen arriba para entrar en casa. De pronto, oyó el ruido de un motor y levantó la cabeza, con la esperanza de que fuera Harry, que volvía para estrecharla en sus brazos y consolarla. Pero no era más que un coche de policía que acababa de detenerse frente a su casa. Reconoció a Travis Dawn, que estaba haciendo su patrulla nocturna.

—¿Jenny? ¿Va todo bien? —preguntó a través de la ventanilla abierta del coche.

Jenny se encogió de hombros. Travis detuvo el motor y abrió la puerta. Antes de salir del vehículo, desplegó un trozo de papel cuidadosamente guardado en su bolsillo y lo releyó rápidamente:

YO: *Hola, Jenny, ¿qué tal?*
ELLA: *¡Hola, Travis! ¿Cómo te va?*
YO: *Pasaba por aquí por casualidad.* ~~*Estás magnífi-
            ca. Estás estupenda.*~~ *Te veo muy bien. Me pre-
            guntaba si ya tenías pareja para el baile de vera-
            no. Estaba pensando que podríamos ir juntos.*
—IMPROVISAR—
Invitarla a dar un paseo y/o tomar un batido.

Se unió a ella bajo la marquesina y se sentó a su lado.

—¿Qué pasa? —dijo preocupado.

—Nada —dijo Jenny secándose los ojos.

—Algo será, porque estás llorando.

—Alguien me ha hecho daño.

—¿Cómo? ¿Quién? ¡Dímelo! Puedes contármelo... Le partiré la cara, ¡ya verás!

Ella sonrió con tristeza y apoyó la cabeza en su hombro.

—No tiene importancia. Pero gracias, Travis, eres un tío genial. Me alegro de que estés aquí.

Él se atrevió a pasar un brazo reconfortante sobre sus hombros.

—¿Sabes? —siguió Jenny—, he recibido una carta de Emily Cunningham, la que estaba con nosotros en el instituto. Ahora vive en Nueva York. Ha encontrado un buen trabajo y está embarazada de su primer hijo. A veces me doy cuenta de que todo el mundo se ha marchado de aquí. Todos excepto yo. Y tú. En el fondo, ¿por qué nos hemos quedado en Aurora, Travis?

—No sé. Eso depende...

—¿Tú, por ejemplo, por qué te has quedado?

—Quería estar cerca de alguien que me gusta.

—¿Quién? ¿La conozco?

—Pues, precisamente. ¿Sabes, Jenny?, quería... quería preguntarte... Bueno, si tú... Es decir...

Estrujó la nota en su bolsillo e intentó permanecer en calma: tenía que proponerle que fueran juntos al baile. Era fácil. Pero en ese instante la puerta de la casa se abrió estrepitosamente. Era Tamara, en bata y con los rulos puestos.

—¿Jenny? Cariño, ¿qué estás haciendo fuera? Ya me parecía haber oído voces... Anda, pero si es el bueno de Travis. ¿Cómo estás, muchacho?

—Buenas noches, señora Quinn.

—Jenny, me vienes de perlas. Entra a ayudarme, ¿quieres? Tengo que quitarme estas cosas de la cabeza y tu padre es incapaz. Parece que el Buen Señor le puso pies en los brazos, en lugar de manos.

Jenny se levantó y despidió a Travis con la mano; desapareció en la casa y Travis permaneció un buen rato sentado solo bajo la marquesina.

A las doce en punto de esa misma noche, Nola saltó por la ventana de su habitación y huyó de su casa para ir a ver a Harry. Tenía que averiguar la razón por la que no quería saber nada de ella. ¿Por qué no había respondido siquiera a su carta? ¿Por qué no le escribía? Tardó media hora larga en llegar caminando a Goose

Cove. Vio luz en la terraza: Harry estaba sentado ante su gran mesa de madera, mirando al océano. Se sobresaltó cuando Nola le llamó por su nombre.

—¡Santo Dios, Nola! ¡Qué susto me has dado!

—¿Así que eso es lo que le inspiro? ¿Miedo?

—Sabes que no es verdad... ¿Qué estás haciendo aquí?

Ella se echó a llorar.

—No lo sé... Le quiero tanto. Nunca había sentido nada igual...

—¿Te has fugado de casa?

—Sí. Le quiero, Harry. ¿Me oye? Le quiero como nunca he querido a nadie y como nunca volveré a querer.

—No digas eso, Nola...

—¿Por qué?

Harry tenía un nudo en el estómago. Ante él, la hoja que escondía era el primer capítulo de su novela. Por fin había conseguido empezarla. Era un libro sobre ella. Le estaba escribiendo una novela. La quería tanto que estaba escribiendo un libro para ella. Pero no se atrevió a decírselo. Le asustaba demasiado lo que podía llegar a pasar si se amaban.

—No puedo quererte —dijo con tono falsamente despreocupado.

Ella dejó que sus lágrimas corriesen por sus mejillas:

—¡Está mintiendo! ¡Es usted una mala persona, está mintiendo! Entonces ¿qué fue lo de Rockland? ¿Qué fue todo aquello?

Harry se esforzó en parecer malvado.

—Fue un error.

—¡No! ¡No! ¡Yo pensaba que lo nuestro era algo especial! ¿Es por Jenny? Está enamorado de ella, ¿verdad? ¿Qué tiene ella que no tenga yo? ¿Eh?

Y Harry, incapaz de pronunciar palabra alguna, miró a Nola, que lloraba y huía a toda velocidad a través de la noche.

*

«Fue una noche atroz —me contó Harry en la sala de visitas de la prisión estatal—. Lo nuestro era muy fuerte. Muy fuerte, ¿comprende? Era una locura. ¡Amores así sólo ocurren una vez en la vida! Todavía puedo verla marcharse corriendo, aquella noche, por la playa. Y yo preguntándome qué debía hacer: ¿debía correr tras ella? ¿O quedarme clavado en casa? ¿Debía tener el valor de abandonar esa ciudad? Pasé los días siguientes en el lago de Montburry, sólo por no estar en Goose Cove, para que no viniese a verme. En cuanto a mi libro, la razón de mi llegada a Aurora, por el que había sacrificado mis ahorros, no avanzaba. Peor. Después de haber escrito las primeras páginas, estaba otra vez bloqueado. Era un libro sobre Nola, pero ¿cómo escribir sin ella? ¿Cómo escribir una historia de amor destinada al fracaso? Permanecía horas y horas delante de los folios, horas para escribir algunas palabras, tres líneas. Tres malas líneas, banalidades insípidas. Ese lamentable estado en el que uno se pone a odiar cualquier libro y cualquier cosa que escriba porque todo lo demás parece mejor, hasta el punto de que incluso la carta de cualquier restaurante le resulta de un talento desmesurado, *T-bone steak: 8 dólares,* qué maestría, ¡qué originalidad! Un horror, Marcus: me sentía infeliz y, por mi culpa, Nola también lo era. Durante casi toda una semana, la evité todo lo que me fue posible. Sin embargo, volvió varias veces a Goose Cove, por la noche. Llegaba con flores silvestres que había recogido para mí. Llamaba a la puerta, suplicando: "Harry, Harry, cariño, le necesito. Déjeme entrar, por favor. Déjeme al menos hablar con usted". Yo me hacía el muerto. La escuchaba derrumbarse contra la puerta y volver a llamar, lloriqueando. Y yo me quedaba al otro lado, sin moverme. Esperando. A veces se quedaba más de una hora. Después oía cómo dejaba sus flores en la puerta y se iba: yo corría hasta la ventana de la cocina para ver cómo se alejaba por el camino de grava. La quería tanto que sentía ganas de arrancarme el corazón. Pero tenía quince años. ¡Había enloquecido de amor por una chica de quince años! Salía a recoger las flores y, al igual que hacía con los demás ramos que me había traído, las metía en un jarrón, en el salón. Y me pasaba horas contemplándolas. Me sentía tan solo, y tan triste. Entonces, el domingo siguiente, 13 de julio de 1975, sucedió algo terrible».

*

Domingo 13 de julio de 1975

Un nutrido grupo de curiosos se agolpaba delante del 245 de Terrace Avenue. La noticia había corrido como la pólvora. Había surgido del jefe Pratt, o más bien de su mujer, Amy, después de que su marido hubiese tenido que marcharse con urgencia a casa de los Kellergan. Amy Pratt había avisado inmediatamente a su vecina, que había llamado por teléfono a una amiga, que a su vez se lo había dicho a su hermana, cuyos niños, a lomos de sus bicicletas, habían ido a llamar a las puertas de sus camaradas: había pasado algo grave. Delante de la casa de los Kellergan había dos coches de policía y una ambulancia; el agente Travis Dawn contenía a los curiosos en la acera. Desde el garaje, se escuchaba la música a todo volumen.

Fue Erne Pinkas quien avisó a Harry al filo de las diez de la mañana. Golpeó la puerta y comprendió que le había despertado al verle en bata y con el pelo revuelto.

—He venido porque sé que nadie le iba a avisar —dijo.

—¿Avisarme de qué?

—De Nola.

—¿Qué pasa con Nola?

—Ha intentado quitarse de en medio. Ha intentado suicidarse.

20. El día de la *garden-party*

«Harry, ¿hay algún orden en todo esto que me está contando?

—Claro que sí...

—¿Cuál?

—Cierto. Ahora que me lo pregunta, quizás no lo haya.

—¡Pero, Harry! ¡Esto es importante! ¡No lo conseguiré si no me ayuda!

—Bueno, mi orden no importa. Es el suyo el que cuenta al final. ¿En qué número estamos? ¿19?

—En el 20.

—Entonces, 20: la victoria está en usted, Marcus. Basta con querer dejarla salir.»

Roy Barnaski me llamó por teléfono la mañana del sábado 28 de junio.

—Mi querido Goldman —me dijo—, ¿sabe usted a qué día estaremos el lunes?

—A 30 de junio.

—30 de junio. ¡Es verdad! Hay qué ver cómo pasa el tiempo. *Il tempo è passato,* Goldman. ¿Y qué sucede el 30 de junio?

—Es el día nacional de la soda con helado —respondí—. Acabo de leer un artículo sobre el asunto.

—¡El 30 de junio termina el plazo, Goldman! Eso es lo que sucede ese día. Vengo de hablar con Douglas Claren, su agente. Está fuera de sí. Dice que ya no le llama porque se ha vuelto usted incontrolable. «Goldman es un caballo desbocado», eso me ha dicho. He intentado echarle una mano, encontrar una solución, pero usted prefiere galopar sin freno y embestir contra el muro.

—¿Echarme una mano? Usted quiere que me invente una especie de relato erótico sobre Nola Kellergan.

—Ya empieza a sacar todo de quicio, Marcus. Sólo quiero entretener al público. Animarle a comprar libros. La gente compra cada vez menos libros, excepto cuando se trata de historias espantosas que los ligan a sus más bajos instintos.

—No voy a escribir un libro basura para salvar mi carrera.

—Como quiera. Entonces, esto es lo que va a pasar el 30 de junio: Marisa, mi secretaria, ya la conoce, vendrá a mi despacho para la reunión de las diez y media. Todos los lunes, a las diez y media, pasamos revista a los principales vencimientos de la semana. Me dirá: «Marcus Goldman tenía hasta hoy para entregar su manuscrito. No hemos recibido nada». Yo asentiré con gravedad, probablemente dejaré que pase la jornada, retrasando el cumplimiento de mi horrible deber; después, sobre las cinco y media de la tarde, con un nudo en la garganta, llamaré a Richardson, el jefe del servicio jurídico, para informarle de la situación. Le diré que vamos a proceder a denunciarle vía judicial de forma inmediata por incumplimiento de contrato, y que reclamaremos diez millones de dólares por daños y perjuicios.

—¿Diez millones de dólares? No sea usted ridículo, Barnaski.

—Tiene razón. ¡Quince millones!

—Es usted idiota, Barnaski.

—Precisamente en eso se equivoca, Goldman: ¡el idiota es usted! Quiere jugar en primera división, pero no quiere respetar las reglas. Quiere jugar en la NHL, pero se niega a participar en los playoffs, y las cosas no son así. ¿Y sabe qué? Con el dinero que gane en el juicio, pagaré generosamente a un joven escritor lleno de ambición para contar la historia de Marcus Goldman, o de cómo un tipo prometedor pero lleno de buenos sentimientos torpedeó su carrera y su futuro. Irá a entrevistarle en el cuchitril de Florida donde vivirá recluido e intoxicado de whisky desde las diez de la mañana para evitar pensar en el pasado. Hasta pronto, Goldman. Nos vemos en el juzgado.

Colgó.

Poco después de esa edificante conversación telefónica, me fui a comer al Clark's. Encontré allí por casualidad a los Quinn, versión 2008. Tamara estaba en la barra, reprendiendo a su hija por algo que debía de haber hecho mal. En cuanto a Robert, estaba escondido en una esquina, sentado en un taburete, comiendo huevos revueltos y leyendo la sección de deportes del *Concord Herald*. Me senté al lado de Tamara, abrí un periódico al azar y fingí sumergirme en la lectura para escucharla mejor refunfuñar y quejarse de que la cocina estaba sucia, el café frío, las botellas de sirope de arce pegajosas, los azucareros vacíos; protestar porque las mesas tenían manchas de grasa, hacía demasiado calor dentro y las tostadas no estaban buenas, y decir que no pagaría un céntimo por lo que había pedido, que dos dólares por el café eran un robo, que nunca le habría traspasado el restaurante si hubiese sabido que iba a convertirlo en un tugurio de segunda clase, que ella tenía muchas ambiciones para ese establecimiento y que, de hecho, en su época, venía gente de todo el Estado para probar sus hambur-

guesas, consideradas las mejores de la región. Al darse cuenta de que
estaba escuchando, me miró con cara de desprecio y me espetó:

—Oiga, joven. Sí, usted. ¿Por qué me está escuchando?

Puse cara de santo y me volví hacia ella.

—¿Yo? Pero si no la estoy escuchando, señora.

—Claro que me está escuchando, ¿por qué me responde
si no? ¿De dónde sale?

—De Nueva York, señora.

Tamara Quinn se dulcificó de forma instantánea, como si
las palabras *Nueva York* tuviesen el efecto de calmarla, y me preguntó con voz melosa:

—¿Y qué es lo que un joven neoyorquino con tan buena
facha ha venido a hacer a Aurora?

—Estoy escribiendo un libro.

Volvió a oscurecerse de inmediato y se puso a berrear:

—¿Un libro? ¿Es usted escritor? ¡Odio a los escritores! Son
una pandilla de ociosos, de improductivos y de mentirosos. ¿De
qué vive? ¿De las subvenciones? Este restaurante lo lleva mi hija y,
se lo advierto, ¡aquí no se fía! Así que si no puede pagar, lárguese.
Lárguese antes de que llame a la policía. El jefe de policía es mi
yerno.

Jenny, detrás de la barra, se sentía desolada:

—Es Marcus Goldman, ma. Es un escritor conocido.

A mamá Quinn se le atragantó el café:

—Dios, ¿es usted el hijo de puta que hacía de perrito fal-
dero de Quebert?

—Sí, señora.

—Pues sí que ha crecido... Incluso diría que no está usted
nada mal. ¿Quiere que le diga lo que pienso de Quebert?

—No, señora, muchas gracias.

—Se lo diré de todas formas: ¡pienso que es un maldito
hijo de puta y que merece acabar en la silla eléctrica!

—¡Ma! —protestó Jenny.

—¡Es la verdad!

—¡Para ya, ma!

—Cierra el pico, hija. Estoy hablando yo. Tome nota, señor
escritor de mierda. Si le queda un gramo de honestidad, escriba la
verdad sobre Harry Quebert: es el cabrón más grande de la historia,

un pervertido, un montón de basura y un asesino. Mató a Nola, a la abuela Cooper y, en cierto modo, también mató a mi Jenny.

Jenny huyó a la cocina. Creo que estaba llorando. Sentada en el taburete de la barra, erguida como una escoba, Tamara Quinn me contó la razón de su ira y cómo Harry Quebert había deshonrado su apellido. El incidente que me relató se produjo el domingo 13 de julio de 1975, día que hubiese debido ser memorable para la familia Quinn, que organizaba, sobre el césped recién cortado de su jardín y desde las doce (como se indicaba en la tarjeta de invitación enviada a apenas una decena de invitados), una *garden-party*.

*

13 de julio de 1975

Tenía que ser todo un acontecimiento, así que Tamara Quinn había hecho las cosas a lo grande: carpa en el jardín, cubertería de plata y mantel blanco sobre la mesa y bufé encargado a un restaurante de Concord con aperitivos de pescado, carnes frías, bandejas de marisco y ensaladilla rusa. Había contratado a un camarero con referencias para que sirviese refrescos y vino italiano. Todo debía ser perfecto. La comida iba a ser una cita social de primer orden: Jenny presentaría oficialmente a su nuevo novio a algunos miembros eminentes de la sociedad de Aurora.

Eran las doce menos diez. Tamara contemplaba con orgullo la disposición de su jardín, reluciente. Esperaría hasta el último minuto para sacar las bandejas, por el calor. Qué deleite para los invitados degustar las vieiras, almejas y las colas de bogavante mientras escuchaban la brillante conversación de Harry Quebert, mientras cogía del brazo a su radiante Jenny. Aquello rozaba lo grandioso, y Tamara se estremeció de placer imaginando la escena. Volvió a admirar sus preparativos, y después revisó por última vez el plan de servicio, que había anotado en una hoja de papel y que intentaba aprenderse de memoria. Todo era perfecto. Sólo faltaban los invitados.

Tamara había invitado a cuatro de sus amigas y a sus maridos. Se había pensado mucho el número de invitados. Era una elección difícil: con muy pocos invitados se podría pensar que era una *garden-party* fallida y demasiadas personas presentes podían dar a su exquisito convite campestre aspecto de verbena. Así que finalmente había decidido elegir a aquellos que con seguridad alimentarían a la ciudad con los rumores más alocados, gracias a los que pronto se diría que Tamara Quinn organizaba acontecimientos con clase muy selectivos desde que tenía a la estrella de la literatura americana como futuro yerno. Por esa razón había invitado a Amy Pratt, organizadora del baile de verano; a Belle Carlton, a quien consideraba la reina del buen gusto porque su marido cambiaba de coche todos los años; a Cindy Tirsten, que dirigía varios clubes femeninos, y a Donna Mitchell, una arpía que hablaba demasiado y se pasaba el tiempo presumiendo del éxito de sus hijos. Tamara se preparaba para dejarlas anonadadas. En cuanto recibieron la tarjeta, todas se habían apresurado a llamar para conocer las razones de aquel encuentro. Pero Tamara había sabido prolongar el suspense siendo sabiamente evasiva: «Voy a anunciar una gran noticia». Estaba deseando ver la cara que pondrían todas cuando vieran a su Jenny y al gran Quebert juntos, de por vida. Pronto la familia Quinn sería el tema de todas las conversaciones y de todas las envidias.

Tamara, demasiado ocupada en su recepción, era uno de los pocos habitantes de la ciudad que no estaban husmeando delante del domicilio de los Kellergan. Se había enterado de la noticia a primera hora de la mañana, como todo el mundo, y había temido por su *garden-party:* Nola había intentado matarse. Pero gracias a Dios, la chiquilla había fallado estrepitosamente su intento de suicidio, y Tamara se había sentido doblemente afortunada: primero porque si Nola hubiese muerto, habría tenido que anular la fiesta; no habría sido correcto celebrar un acontecimiento en esas circunstancias. Después, era una bendición que se hubiese producido el domingo y no el sábado, porque si Nola hubiese intentado matarse un sábado, habría que haberla reemplazado en el Clark's y hubiese sido muy complicado. Nola había tenido el buen gusto de montar su numerito un domingo por la mañana y de haberlo fallado, además.

Satisfecha del arreglo exterior, Tamara fue a controlar lo que pasaba en el interior de la casa. Encontró a Jenny en su puesto, en la entrada, lista para recibir a los invitados. Sin embargo, tuvo que reprender severamente al pobre Bobbo, que ya se había ajustado la corbata pero aún no se había puesto los pantalones. Los domingos tenía permiso para leer el periódico en calzoncillos en el porche, y le encantaba que la corriente se colase por sus calzones porque le refrescaba el interior, sobre todo las partes con más pelo.

—¡Se acabó eso de salir a la calle desnudo! —gruñó su mujer—. Cuando el gran Harry Quebert sea nuestro yerno, ¿también te vas a pasear en calzoncillos?

—¿Sabes? —respondió Bobbo—, creo que Quebert no es como piensas que es. En el fondo es un chico muy sencillo. Le gustan los motores de coche, la cerveza bien fría, y creo que no se molestaría al verme vestido de domingo. De hecho, se lo voy a preguntar...

—¡No vas a preguntar nada de nada! ¡No vas a decir ni mu en toda la comida! Así de simple, no quiero ni oírte. Ay, mi pobre Bobbo, si pudiera, te cosería los labios para que no pudieses hablar. Cada vez que abres la boca es para decir estupideces. A partir de ahora, los domingos serán de camisa y pantalón. Y punto. Se acabó eso de verte pasear en ropa interior por la casa. Ahora somos gente importante.

Mientras hablaba, se dio cuenta de que su marido había garabateado algunas palabras en una tarjeta postal que tenía sobre la mesa del salón.

—¿Qué es eso? —exclamó.

—Una cosa.

—¡Enséñamela!

—¡No! —se resistió Bobbo cogiendo la tarjeta.

—¡Bobbo, quiero verla!

—Es correo personal.

—Oh, así que ahora el *señor* escribe correo personal. ¡Te digo que me la enseñes! Soy yo la que decide en esta casa, ¿sí o sí?

Arrancó la tarjeta a su marido, que intentaba esconderla bajo su periódico. La imagen representaba un perrito. La leyó en voz alta con tono burlón:

Muy querida Nola:
Te deseamos un rápido restablecimiento y esperamos encontrarte pronto en el Clark's.
Aquí tienes unos caramelos para que te endulcen la vida.
Con afecto,
La familia Quinn

—¿Qué es esta estupidez? —exclamó Tamara.

—Una tarjeta para Nola. Voy a ir a comprar caramelos para enviárselos también. Eso le gustará, ¿no crees?

—¡Qué ridículo eres, Bobbo! ¡Esta tarjeta con el perrito es ridícula, tu texto es ridículo! *¿Esperamos encontrarte pronto en el Clark's?* Acaba de intentar matarse: ¿crees de verdad que tiene ganas de volver a servir café? ¿Y los caramelos? ¿Qué quieres que haga con los caramelos?

—Se los comerá, estoy seguro de que le gustarán. Ya ves, lo destrozas todo. Por eso no quería enseñártela.

—Oh, deja de lloriquear, Bobbo —dijo molesta Tamara mientras rompía la tarjeta en cuatro—. Voy a enviar flores, unas elegantes flores de una buena floristería de Montburry, y no tus caramelos de supermercado. Escribiré yo misma la nota, en una tarjeta blanca. Pondré con bonita letra: *La familia Quinn y Harry Quebert te desean un feliz restablecimiento.* Ahora ponte el pantalón, los invitados están al llegar.

Donna Mitchell y su marido llamaron a la puerta a las doce en punto, inmediatamente seguidos de Amy y el jefe Pratt. Tamara ordenó al camarero traer los cócteles de bienvenida, que bebieron en el jardín. El jefe Pratt contó entonces cómo le habían sacado de la cama llamándole por teléfono:

—La pequeña de los Kellergan se tragó un montón de pastillas. Creo que empezó a tragarse cualquier cosa sin mirar, incluidos algunos somníferos. Pero nada grave. Se la han llevado al hospital de Montburry para hacerle un lavado de estómago. Fue el reverendo quien la encontró en el cuarto de baño. Asegura que tenía fiebre y que se equivocó de medicina. En fin, es lo que digo... Lo importante es que la chiquilla esté bien.

—Ha sido una suerte que haya pasado por la mañana y no por la tarde —dijo Tamara—. Hubiese sido una pena que no pudieseis venir.

—Por cierto, ¿qué es eso tan importante que vas a anunciarnos? —preguntó Donna, que no aguantaba más.

Tamara dibujó una larga sonrisa y respondió que prefería esperar a que todos los invitados estuviesen presentes para hacer su anuncio. Los Tirsten llegaron poco después, y a las doce y veinte aparecieron los Carlton, que justificaron su retraso por un problema con la dirección de su nuevo coche. Así que todos estaban presentes ya. Todos menos Harry Quebert. Tamara propuso tomar un segundo cóctel de bienvenida.

—¿A quién esperamos? —preguntó Donna.

—Ya veréis —respondió Tamara.

Jenny sonrió, iba a ser un día magnífico.

A la una menos veinte, Harry todavía no había llegado. Se sirvió un tercer cóctel de bienvenida. Y después un cuarto, a las doce cincuenta y ocho.

—¿Otro cóctel de bienvenida? —se quejó Amy Pratt.

—¡Es porque todos sois muy bienvenidos! —declaró Tamara, que comenzaba a preocuparse de verdad del retraso de su invitado estrella.

El sol golpeaba con fuerza. Las cabezas empezaron a girar un poco. «Tengo hambre», acabó diciendo Bobbo, que recibió una magistral colleja en la nuca. Dieron la una y cuarto, y Harry no había llegado. Tamara sintió cómo se formaba un nudo en su estómago.

*

—Le esperamos —confesó Tamara en la barra del Clark's—. ¡Sabe Dios lo que le esperamos! Y hacía un calor de muerte. Todo el mundo sudaba la gota gorda.

—Nunca he pasado tanta sed en mi vida —exclamó Robert, que intentaba participar en nuestra conversación.

—¡Tú calla! Me están preguntando a mí, que yo sepa. Los grandes escritores como el señor Goldman no se interesan en borricos como tú.

Le lanzó un tenedor y se volvió hacia mí y me dijo:

—En fin, que esperamos hasta la una y media de la tarde.

*

Tamara deseó que hubiese sufrido una avería en el coche, o incluso un accidente. Cualquier cosa menos que estuviera dejándolos plantados. Con el pretexto de ir a la cocina, fue a telefonear varias veces a la casa de Goose Cove, sin respuesta. Después escuchó las noticias por la radio, pero no había ocurrido ningún accidente de importancia, y ningún escritor había muerto en New Hampshire ese día. En dos ocasiones escuchó ruidos de coche ante la casa y cada vez su corazón dio un salto: ¡era él! Pero no: eran sus estúpidos vecinos.

Los invitados no aguantaban más: rendidos por el calor, acabaron colocándose bajo la carpa en busca de algo de fresco. Sentados en sus sitios, se aburrían en medio de un silencio mortal. «Espero que sea una noticia importante», acabó diciendo Donna. «Si bebo otro de esos cócteles, creo que voy a vomitar», declaró Amy. Al final, Tamara rogó al camarero que sirviera el bufé y propuso a los invitados que empezasen a comer.

A las dos, en plena comida, seguían sin noticias de Harry. Jenny, el estómago en un puño, no podía tragar nada. Se esforzaba por no estallar en sollozos delante de todo el mundo. En cuanto a Tamara, temblaba de rabia: dos horas de retraso, ya no vendría. ¿Cómo diablos había podido hacerle algo parecido? ¿Qué tipo de caballero se comportaba así? Y como si eso no bastara, Donna empezó a preguntar con insistencia qué noticia tan importante era esa que debía anunciar. Tamara permaneció muda. El infeliz de Bobbo, queriendo salvar la situación y el honor de su mujer, se levantó de su silla y, solemne, alzó su vaso y declaró con orgullo a sus invitados: «Mis queridos amigos, queremos anunciaros que hemos comprado un nuevo televisor». Hubo un largo silencio de incomprensión. Tamara, que no pudo soportar la idea de verse ridiculizada de esa forma, se levantó a su vez y anunció: «Robert tiene cáncer. Va a morir». Los invitados se quedaron de piedra, al igual que Bobbo, que no sabía que había sido desahuciado y que se preguntó cuándo había llamado el médico a su casa y por qué su mujer no le había dicho nada. De pronto empezó a llorar, porque iba a echar de menos vivir. A su familia, a su hija, su pequeña ciudad: iba a echar de menos todo. Y todos le abrazaron, prometiendo que irían a visitarle al hospital hasta su último suspiro y que nunca le iban a olvidar.

La razón de que Harry no se hubiese presentado en la fiesta organizada por Tamara Quinn era que estaba al pie de la cama de Nola. Inmediatamente después de que Pinkas le hubiese dado la noticia, había conducido hasta el hospital de Montburry donde estaba ingresada. Había permanecido varias horas en el aparcamiento, al volante de su coche, sin saber qué hacer. Se sentía culpable: si había querido morir, era por su culpa. Ese pensamiento le había dado ganas de matarse también. Se había dejado invadir por sus emociones: se daba cuenta de la amplitud de sentimientos que experimentaba por ella. Y maldecía el amor; cuando estaba ella, muy cerca, era capaz de convencerse de que no existían sentimientos profundos entre ellos y que debía alejarla de su vida, pero ahora que había estado a punto de perderla, no se imaginaba vivir sin ella. Nola, mi querida Nola. N-O-L-A. La quería tanto.

Eran las cinco de la tarde cuando por fin se atrevió a entrar en el hospital. Esperaba no cruzarse con nadie, pero en el vestíbulo principal se dio de bruces con David Kellergan, con los ojos enrojecidos por las lágrimas.

—Reverendo... Me he enterado de lo de Nola. Lo siento de veras.

—Gracias por haber venido a expresar su simpatía, Harry. Seguramente habrá oído decir que Nola ha intentado suicidarse: no es más que una infeliz mentira. Le dolía y se ha equivocado de medicina. Se distrae a menudo, como todos los niños.

—Por supuesto —respondió Harry—. Qué asco de medicinas. ¿En qué habitación está Nola? Me gustaría ir a saludarla.

—Es muy amable por su parte, pero, sabe usted, es preferible por el momento evitar visitas. No debe fatigarse, lo comprenderá.

El reverendo Kellergan tenía sin embargo un librito en el que los visitantes podían firmar. Tras haber escrito *Buen restablecimiento. H. L. Quebert*, Harry fingió marcharse y fue a esconderse en el Chevrolet. Esperó una hora más, y cuando vio al reverendo Kellergan atravesar el aparcamiento para llegar a su coche, volvió discretamente al edificio central del hospital e hizo que le indicaran la habitación de Nola. Habitación 26, segundo piso. Llamó a la puerta con el corazón en un puño. Sin respuesta. Abrió suavemente: Nola estaba sola, sentada al borde de la cama. Volvió la cabeza y le vio; al principio, sus ojos se iluminaron, luego adoptó una expresión triste.

—Déjeme, Harry... Déjeme o llamo a la enfermera.

—Nola, no puedo dejarte.

—Ha sido tan malo, Harry. No quiero verle. Me ha causado pena. He querido morir por su culpa.

—Perdóname, Nola...

—Sólo le perdonaré si quiere volver a verme. Si no, déjeme tranquila.

Le miró fijamente a los ojos; él la miró con tristeza y culpabilidad y ella no pudo evitar sonreír.

—Oh, mi querido Harry, no ponga esa cara de perro apaleado. ¿Me promete no volver a ser malo?

—Te lo prometo.

—Pídame perdón por todos esos días que me ha dejado sola delante de su puerta sin querer abrirme.

—Te pido perdón, Nola.

—Pídame perdón mejor. Póngase de rodillas. De rodillas y pídame perdón.

Se arrodilló, sin pensárselo, y apoyó la cabeza sobre sus rodillas desnudas. Ella se inclinó y le acarició el rostro.

—Levántese, Harry. Y venga a mis brazos, mi amor. Le quiero. Le quiero desde el día en que le vi. Quiero ser su mujer para siempre.

Mientras en la pequeña habitación del hospital Harry y Nola se reencontraban, en Aurora, donde hacía varias horas que había terminado la *garden-party,* Jenny, encerrada en su habitación, lloraba su vergüenza y su desgracia. Robert había intentado ir a consolarla, pero se negaba a abrir la puerta. En cuanto a Tamara, presa de la cólera, acababa de abandonar la casa para ir a la de Harry a pedirle explicaciones. No se cruzó por poco con el visitante que llamó a la puerta diez minutos después de su marcha. Fue Robert el que abrió. En el rellano, Travis Dawn, con los ojos apretados, en uniforme de gala, le presentó un ramo de rosas y recitó de un tirón:

—Jennyquieresacompañarmealbailedeveranoporfavorgracias.

Robert se echó a reír.

—Hola, Travis, quizás quieres hablar con Jenny.

Travis abrió los ojos y soltó un grito.

—¿Señor Quinn? Lo... lo siento. ¡Soy tan torpe! Yo sólo quería... En fin, ¿dejaría usted que acompañara a su hija al baile de verano? Si ella está de acuerdo, por supuesto. En fin, quizás tiene ya a alguien. Ya sale con alguien, es eso, ¿no? ¡Estaba seguro! Qué tonto soy.

Robert le dio una palmadita amistosa en el hombro.

—Vamos, muchacho, no podías haber llegado en mejor momento. Entra.

Condujo al joven policía hasta la cocina y sacó una cerveza del frigo.

—Gracias —dijo Travis dejando las flores sobre la encimera.

—No, esto es para mí. A ti te hace falta algo mucho más fuerte.

Robert cogió una botella de whisky y sirvió uno doble con varios hielos.

—Bébetelo de un trago, ¿quieres?

Travis obedeció. Robert prosiguió:

—Muchacho, pareces muy nervioso. Tienes que relajarte. A las chicas no les gustan los chicos nerviosos. Créeme, entiendo algo de esto.

—El caso es que no soy tímido, pero cuando veo a Jenny, me siento como bloqueado. No sé lo que es...

—Eso es amor, muchacho.

—¿Eso cree?

—Estoy seguro.

—Es que su hija es formidable, señor Quinn. Tan dulce, e inteligente, ¡y tan guapa! No sé si debería contarle esto, pero a veces paso delante del Clark's sólo para verla a través del ventanal. La miro... la miro y creo que mi corazón me va a estallar en el pecho, como si el uniforme me estuviera asfixiando. Eso es amor, ¿verdad?

—Seguro.

—Y entonces, en ese momento, quiero salir del coche, entrar en el Clark's y preguntarle qué tal está y si por casualidad no tendría ganas de ir al cine después del trabajo. Pero nunca me atrevo a entrar. ¿Eso es también amor?

—Para nada, eso es una estupidez. Así es como se le escapan a uno las chicas que le gustan. No hay que ser tímido, muchacho. Eres joven, guapo, estás lleno de cualidades.

—Entonces ¿qué debo hacer, señor Quinn?

Robert le sirvió otro whisky.

—No me importaría hacer bajar a Jenny, pero ha tenido una tarde difícil. Si quieres un consejo, trágate eso y vuelve a tu casa: quítate el uniforme y ponte una camisa sencilla. Luego, llamas aquí e invitas a Jenny a cenar fuera. Le dices que tienes ganas de comer una hamburguesa en Montburry. Allí hay un restaurante que le encanta, te voy a dar la dirección. Ya verás, no puedes caer en mejor momento. Y durante la velada, cuando veas que la atmósfera se relaja, la invitas a dar un paseo. Os sentáis en un banco y miráis las estrellas. Le enseñas las constelaciones...

—¿Las constelaciones? —interrumpió Travis, desesperado—. ¡Pero si no conozco ninguna!

—Tú sólo muéstrale la Osa Mayor.

—¿La Osa Mayor? ¡No sé reconocer la Osa Mayor! ¡Ay, Dios, estoy perdido!

—Bueno, enséñale cualquier punto luminoso en el cielo y dale un nombre al azar. A las mujeres les parece muy romántico que un chico sepa de astronomía. Intenta sólo no confundir una estrella fugaz con un avión. Después de eso, le pides que sea tu pareja en el baile de verano.

—¿Cree usted que aceptará?

—Estoy seguro de ello.

—¡Gracias, señor Quinn! ¡Muchas gracias!

Tras haber enviado a Travis a su casa, Robert se esforzó por hacer salir a Jenny de su habitación. Comieron helado en la cocina.

—¿Con quién voy a ir al baile ahora, pa? —preguntó Jenny tristemente—. Tendré que ir sola y todo el mundo se reirá de mí.

—No digas esas tonterías. Estoy seguro de que hay montones de chicos soñando con llevarte.

—¡Me gustaría saber quién! —gimió con la boca llena—. Porque yo no sé de nadie.

En ese mismo instante, sonó el teléfono. Robert dejó responder a su hija y oyó decir: «Ah, hola, Travis», «¿Sí?», «Sí, claro», «Dentro de media hora, perfecto. Hasta luego». Colgó y se apresuró a contar a su padre que era su amigo Travis, que acababa de llamarla para invitarla a cenar en Montburry. Robert se obligó a adoptar un aire de sorpresa:

—¿Ves? —dijo—, ya te había dicho que no irías sola al baile.

En ese mismo instante, en Goose Cove, Tamara husmeaba por la casa desierta. Había llamado a la puerta durante mucho tiempo, sin respuesta: si Harry se escondía, le encontraría. Pero no había nadie y decidió proceder a una pequeña inspección. Empezó por el salón, después por las habitaciones y al final el despacho de Harry. Registró los papeles esparcidos en su mesa de trabajo, hasta encontrar el que acababa de escribir:

Mi Nola, mi querida Nola, mi amada Nola. ¿Qué has hecho? ¿Por qué querer morir? ¿Es por culpa mía? Te quiero, te quiero más que a nada. No me abandones. Si mueres, yo moriré también. Todo lo que importa en mi vida eres tú, Nola. Cuatro letras: N-O-L-A.

Y Tamara, atónita, se guardó la nota, completamente decidida a destruir a Harry Quebert.

19. El caso Harry Quebert

«Los escritores que se pasan la noche escribiendo, enfermos de cafeína y fumando tabaco de liar, son un mito, Marcus. Debe ser disciplinado, exactamente igual que en los entrenamientos de boxeo. Hay horarios que respetar, ejercicios que repetir. Conservar el ritmo, ser tenaz y respetar un orden impecable en sus asuntos: ésos son los tres cancerberos que le protegerán del peor enemigo de los escritores.

—¿Quién es ese enemigo?

—El plazo. ¿Sabe lo que implica un plazo?

—No.

—Quiere decir que su cerebro, en esencia caprichoso, debe producir en un lapso de tiempo fijado por otro. Exactamente como si fuese un recadero y su jefe le exigiese estar en tal sitio a tal hora precisa: debe arreglárselas para estar, y poco importa que haya mucho tráfico o se le pinche una rueda. No puede llegar tarde, porque si no, está usted acabado. Pasará lo mismo con los plazos que le imponga su editor. Su editor es a la vez su mujer y su jefe: sin él no es nada, pero no podrá evitar odiarlo. Sobre todo, respete los plazos, Marcus. Pero si puede permitirse el lujo, sálteselos. Es mucho más divertido.»

¡Fue la misma Tamara Quinn la que me confesó que había robado la nota en casa de Harry! Me hizo esa confidencia al día siguiente de nuestra conversación en el Clark's. Su relato había picado mi curiosidad, así que me tomé la libertad de ir a visitarla a su casa para que me siguiese contando. Me recibió en su salón, muy excitada por el interés que mostraba por ella. Citando su declaración hecha a la policía dos semanas antes, le pregunté cómo se había enterado de la relación entre Harry y Nola. Fue en ese momento cuando me habló de su visita a Goose Cove el domingo por la noche, después de la *garden-party*.

—Esa nota que encontré en su despacho era para vomitar —me dijo—. ¡Llena de horrores sobre la pequeña Nola!

Comprendí por la forma en que me hablaba que nunca se había planteado la hipótesis de una historia de amor entre Harry y Nola.

—¿No imaginó en ningún momento que podían estar enamorados? —pregunté.

—¿Enamorados? No diga tonterías. Ya se sabe que Quebert es un completo pervertido, punto final. No puedo imaginarme ni por un instante que Nola le correspondiera. Dios sabe lo que pudo hacerla sufrir... Pobre niña.

—¿Y después? ¿Qué hizo con esa nota?

—Me la llevé a casa.

—¿Para qué?

—Para acabar con Quebert. Quería que fuese a la cárcel.

—¿Y le habló a alguien de esa nota?

—¡Pues claro!

—¿A quién?

—Al jefe Pratt. Pocos días después de encontrarla.

—¿Sólo a él?

—Hablé más de ello en el momento de la desaparición de Nola. Quebert era una pista que la policía no debía pasar por alto.

—Así pues, si he entendido bien, usted descubre que Harry está loco por Nola, y no se lo dice a nadie, salvo cuando la chiquilla desaparece, unos dos meses más tarde.

—Eso es.

—Señora Quinn. Por lo poco que la conozco, no alcanzo a entender por qué en el momento de su descubrimiento no se sirve usted de la nota para hacer daño a Harry, que al fin y al cabo se ha comportado mal con usted al no acudir a su fiesta... Quiero decir, sin querer faltarle al respeto, es usted más bien el tipo de persona que colgaría esa nota en todas las esquinas de la ciudad o la distribuiría en los buzones de todos sus vecinos.

Bajó los ojos:

—¿Así que no lo entiende? Yo me sentía tan avergonzada. ¡Tan avergonzada! Harry Quebert, el gran escritor llegado de Nueva York, rechazaba a mi hija por una niña de quince años. ¡A mi hija! ¿Cómo cree que me sentía? Había sido tan humillada. ¡Tan humillada! Había difundido el rumor de que lo de Harry y Jenny era algo sólido, así que imagínese la cara de la gente... Y además, Jenny estaba muy enamorada. De haberse enterado en aquel momento, se habría muerto. Así que decidí callármelo. Si hubiese visto a mi Jenny, la noche del baile de verano la semana siguiente. Tenía un aspecto tan triste, incluso en brazos de Travis.

—¿Y el jefe Pratt? ¿Qué le dijo cuando se lo contó?

—Que lo investigaría. Volví a hablar con él cuando desapareció la niña: dijo que podía ser una pista. El problema fue que, mientras tanto, la nota desapareció.

—¿Cómo que *desapareció*?

—La guardaba en la caja fuerte del Clark's. Yo era la única que tenía acceso a ella. Y un día, a primeros de agosto de 1975, la hoja desapareció misteriosamente. Fuera nota, fuera pruebas contra Harry.

—¿Quién pudo cogerla?

—¡Ni idea! Sigue siendo un misterio. Una caja enorme, de acero fundido, de la que sólo yo tenía llave. Dentro guardaba toda la contabilidad del Clark's, el dinero de los salarios y algo de efectivo para los pedidos. Una mañana me di cuenta de que la hoja ya no estaba. No había ninguna señal de robo. Todo seguía en su sitio menos aquel maldito trozo de papel. No tengo ni la menor idea de lo que pudo pasar.

Tomé nota de lo que me contaba: todo aquello se volvía cada vez más interesante. Volví a preguntar:

—Entre usted y yo, señora Quinn. Cuando descubrió lo que sentía Harry por Nola, ¿qué sintió?

—Rabia, y asco.

—¿No intentó vengarse enviando cartas anónimas a Harry?

—¿Cartas anónimas? ¿Tengo cara de hacer ese tipo de guarradas?

No insistí y seguí con mis preguntas:

—¿Cree usted que Nola pudo tener relaciones con otros hombres de Aurora?

Estuvo a punto de ahogarse con su té helado.

—¡No tiene ni idea de lo que está diciendo! ¡Ni idea! Era una niña muy buena, encantadora, siempre dispuesta a ayudar a todo el mundo, trabajadora, inteligente. ¿Qué me quiere decir con esa pregunta tan repugnante?

—Déjeme que le haga otra, muy sencilla. ¿Conoce a un tal Elijah Stern?

—Claro —respondió como si fuese lo más evidente del mundo, antes de añadir—: Era el propietario, antes de Harry.

—¿El propietario de qué? —pregunté.

—De la casa de Goose Cove. Pertenecía a Elijah Stern, y antes venía regularmente. Era una casa familiar, creo. Hubo una época en la que se le veía mucho por Aurora. Cuando se hizo cargo de los negocios de su padre en Concord, dejó de tener tiempo para venir aquí, así que puso Goose Cove en alquiler, antes de vendérsela finalmente a Harry.

No podía creérmelo:

—¿Goose Cove pertenecía a Elijah Stern?

—Pues sí. ¿Qué le pasa, neoyorquino? Se ha puesto completamente pálido...

*

En Nueva York, el lunes 30 de junio de 2008 a las diez y media, en el piso 51 de la torre Schmid & Hanson en Lexington

Avenue, Roy Barnaski comenzó su reunión semanal con Marisa, su secretaria.

—Marcus Goldman tenía de plazo hasta hoy para enviar su manuscrito —recordó Marisa.

—Me imagino que no nos ha hecho llegar nada...

—Nada, señor Barnaski...

—Me lo temía, hablé con él el sábado. Es terco como una mula. Qué desperdicio.

—¿Qué debo hacer?

—Informe a Richardson de la situación. Dígale que lo llevamos a juicio.

En ese instante la ayudante de Marisa se permitió interrumpir la reunión llamando a la puerta del despacho. Sostenía una hoja de papel entre sus manos.

—Sé que está reunido, señor Barnaski —se disculpó—, pero acaba de recibir un e-mail y creo que es muy importante.

—¿De quién es? —preguntó Barnaski, molesto.

—De Marcus Goldman.

—¿Goldman? ¡Tráigalo inmediatamente!

De: m.goldman@nobooks.com
Fecha: lunes 30 de junio de 2008 – 10.24
Querido Roy:
Esto no es un libro basura que se aprovecha de la agitación general para vender.

Esto no es un libro porque usted me lo exige.

Esto no es un libro para salvar el pellejo.

Es un libro porque soy escritor. Es un libro que cuenta algo. Es un libro que profundiza en la historia de uno de los hombres a quienes les debo todo.

Aquí le adjunto las primeras páginas.

Si le gustan, llámeme.

Si no le gustan, llame directamente a Richardson y nos vemos en el tribunal.

Le deseo una feliz reunión con Marisa, transmítale mi afecto.

Marcus Goldman

—¿Ha imprimido el documento adjunto?

—No, señor Barnaski.

—¡Vaya a imprimirlo inmediatamente!

—Sí, señor Barnaski.

EL CASO HARRY QUEBERT
(título provisional)
Por Marcus Goldman

En la primavera de 2008, más o menos un año después de haberme convertido en la nueva estrella de la literatura americana, tuvo lugar un acontecimiento que decidí guardar en un rincón perdido de mi memoria: descubrí que mi profesor de universidad, Harry Quebert, sesenta y siete años, uno de los escritores más respetados del país, había mantenido una relación con una chica de quince años cuando él contaba treinta y cuatro. Sucedió durante el verano de 1975.

Hice este descubrimiento un día de marzo mientras me alojaba en su casa de Aurora, New Hampshire. Recorriendo su biblioteca, topé con una carta y algunas fotos. Estaba lejos de imaginar que vivía entonces el preludio de lo que se convertiría en uno de los mayores escándalos del año 2008.

[...]

La pista de Elijah Stern me la sugirió una antigua compañera de clase de Nola, una tal Nancy Hattaway, que sigue viviendo en Aurora. En aquella época Nola le habría confiado que mantenía una relación con un hombre de negocios de Concord, Elijah Stern. Éste enviaba a su chófer, un tal Luther Caleb, a buscarla a Aurora para llevarla a su casa.

No tengo ninguna información sobre Luther Caleb. En cuanto a Stern, el sargento Gahalowood se niega a interrogarle por el momento. Estima que a estas alturas del caso nada justifica mezclarlo en la investigación. He sabido por Internet que estudió en Harvard y que sigue implicado en las asociaciones de antiguos alumnos. Parece ser que es un apasionado del arte y un reconocido mecenas. Es visiblemente un hombre de buena posición en todos los aspectos. Coincidencia particularmente turbadora: la casa de Goose Cove, donde vive Harry, fue anteriormente propiedad suya.

Esos párrafos fueron los primeros que escribí acerca de Elijah Stern. Acababa de terminarlos cuando los adjunté al resto del documento enviado a Roy Barnaski esa mañana del 30 de junio de 2008. Inmediatamente después me había puesto en camino hacia Concord, decidido a ver a ese Stern y enterarme de lo que le relacionaba con Nola. Hacía media hora que estaba en la carretera cuando sonó mi teléfono.

—¿Diga?

—¿Marcus? Soy Roy Barnaski.

—¿Qué tal, Roy? ¿Ha recibido usted mi e-mail?

—¡Su libro, Goldman, es formidable! ¡Lo vamos a hacer!

—¿De verdad?

—¡Por supuesto! ¡Me ha gustado! ¡Me ha gustado, maldita sea! Estamos deseando conocer el final.

—También yo estoy bastante interesado en conocer el final de esta historia.

—Escúcheme, Goldman, escriba ese libro y anularé el contrato anterior.

—Escribiré el libro, pero a mi manera. No quiero escuchar sus sórdidas sugerencias. No quiero ninguna idea suya y no quiero censura de ningún tipo.

—Haga lo que le parezca, Goldman. Sólo pongo una condición: que el libro aparezca en otoño. Desde que Obama se convirtió en el candidato demócrata, su autobiografía se vende como rosquillas. Así que hay que sacar un libro sobre este asunto con mucha rapidez, antes de que nos atrape la ola de las elecciones presidenciales. Necesito el manuscrito a finales de agosto.

—¿Finales de agosto? Eso me deja apenas dos meses.

—Exactamente.

—Es muy poco tiempo.

—Arrégleselas. Quiero que sea usted la atracción del otoño. ¿Quebert está al corriente?

—No. Todavía no.

—Infórmele, es un consejo de amigo. E infórmeme de sus progresos.

Me disponía a colgar cuando me preguntó:

—¡Espere, Goldman!

—¿Qué?

—¿Qué le ha hecho cambiar de idea?

—He recibido amenazas. En varias ocasiones. Alguien parece muy preocupado por lo que pueda descubrir. Así que pensé que la verdad merecía quizás un libro. Por Harry, por Nola. Forma parte del oficio de escritor, ¿no?

Barnaski ya no me escuchaba. Se había quedado en las amenazas.

—¿Amenazas? ¡Eso es formidable! Eso nos dará una publicidad de muerte. Imagínese incluso que sea víctima de una tentativa de asesinato, podrá añadir directamente un cero a la cifra de ventas. ¡Y dos si muere!

—Con la condición de morirme después de terminar el libro.

—Eso por descontado. ¿Dónde está? La comunicación no es muy buena.

—Estoy en la autopista. Voy a casa de Elijah Stern.

—Entonces ¿cree de verdad que está implicado en esta historia?

—Eso es lo que pretendo descubrir.

—Está completamente loco, Goldman. Es lo que me gusta de usted.

Elijah Stern vivía en una mansión en las colinas de Concord. La verja de la entrada estaba abierta, así que pasé con el coche. Un camino pavimentado llevaba hasta un edificio de piedra, rodeado de espectaculares macizos de flores y delante del cual, en una plaza adornada con una fuente que representaba un león de bronce, un chófer de uniforme daba brillo al asiento de una berlina de lujo.

Dejé mi coche en medio de la plaza, saludé al chófer como si le conociese bien y llamé a la puerta principal con decisión. Me abrió una doncella. Le di mi nombre y pedí ver al señor Stern.

—¿Tiene usted cita?

—No.

—Entonces es imposible. El señor Stern no recibe sin cita. ¿Quién le ha dejado entrar aquí?

—La verja estaba abierta. ¿Cómo se cita uno con el señor Stern?

—Es el señor Stern el que fija las citas.

—Déjeme verle unos minutos. Seré breve.

—Eso es imposible.

—Dígale que vengo de parte de Nola Kellergan. Creo que su nombre le dirá algo.

La doncella me hizo esperar fuera antes de volver inmediatamente. «El señor Stern le recibirá —me dijo—. Debe usted de ser alguien realmente importante». Me condujo a través de la planta baja hasta un despacho cubierto de adornos de madera y tapices en el que, sentado en un sillón, un hombre muy elegante me miraba de arriba abajo con aire severo. Era Elijah Stern.

—Me llamo Marcus Goldman —dije—. Gracias por recibirme.

—¿Goldman, el escritor?

—El mismo.

—¿A qué le debo esta visita imprevista?

—Estoy investigando el caso Kellergan.

—Ignoraba que existiese un caso Kellergan.

—Digamos que existen misterios sin resolver.

—¿Eso no es asunto de la policía?

—Soy amigo de Harry Quebert.

—¿Y en qué me concierne eso?

—Me han dicho que ha vivido usted en Aurora. Que la casa de Goose Cove donde vive ahora Harry Quebert fue suya con anterioridad. Quería asegurarme de que era exacto.

Me hizo una seña para que me sentase.

—Sus informaciones son correctas —me dijo—. Se la vendí en 1976, justo después del éxito de su libro.

—Entonces ¿conocía usted a Harry?

—Muy poco. Me lo encontré varias veces en la época en la que se instaló en Aurora. Nunca tuvimos contacto después.

—¿Puedo preguntarle qué lazos tenía con Aurora?

Me miró con dureza.

—¿Esto es un interrogatorio, señor Goldman?

—De ninguna manera. Tengo simple curiosidad por saber por qué alguien como usted poseía una casa en una pequeña ciudad como Aurora.

—¿Alguien como yo? ¿Quiere usted decir muy rico?

—Sí. Comparada con otras ciudades de la costa, Aurora no es particularmente atractiva.

—Fue mi padre el que hizo construir esa casa. Quería un lugar al borde del mar pero cerca de Concord. Aurora es una bonita ciudad. Entre Concord y Boston, además. De niño pasé allí muchos veranos estupendos.

—Entonces ¿por qué la vendió?

—Cuando murió mi padre, heredé un patrimonio considerable. Ya no tenía tiempo para disfrutarla y dejé de utilizar la casa de Goose Cove. Decidí pues alquilarla, durante casi diez años. Pero los inquilinos eran cada vez menos. La casa permanecía mucho tiempo vacía. Así que, cuando Harry Quebert me propuso comprarla, acepté inmediatamente. De hecho, se la vendí por un buen precio, no lo hice por el dinero: me alegraba de que la casa siguiese teniendo vida. En general, siempre me ha gustado Aurora. En los tiempos en los que tenía muchos negocios en Boston, pasaba por allí a menudo. Hasta financié durante mucho tiempo su baile de verano. Y el Clark's hace las mejores hamburguesas de la región. O al menos las hacía.

—¿Y Nola Kellergan? ¿La conoció?

—Vagamente. Digamos que todo el Estado oyó hablar de ella cuando desapareció. Una historia espantosa, y ahora van y encuentran su cuerpo en Goose Cove... Y ese libro escrito para ella por Quebert... Es realmente sórdido. ¿Me arrepiento ahora de haberle vendido Goose Cove? Sí, por supuesto. Pero ¿cómo podía adivinarlo?

—Pero, técnicamente, cuando Nola desapareció, usted era todavía el propietario de Goose Cove...

—¿Qué intenta insinuar? ¿Que tengo algo que ver con su muerte? ¿Sabe?, hace ya diez días que me pregunto si Harry Quebert no me compró la casa solamente para asegurarse de que nadie descubriese el cuerpo enterrado en el jardín.

Stern decía conocer vagamente a Nola; ¿debía revelarle que tenía un testigo que afirmaba que habían mantenido una relación?

Decidí guardarme esa carta en la manga por el momento pero intenté pincharle un poco, mencionando el nombre de Caleb.

—¿Y Luther Caleb? —pregunté.

—¿*Luther Caleb* qué?

—¿Conocía a un tal Luther Caleb?

—Si me lo pregunta, es porque debe de saber que fue mi chófer durante muchos años. ¿A qué está jugando, señor Goldman?

—Hay un testigo que dice haber visto a Nola montar varias veces en su coche el verano de su desaparición.

Apuntó hacia mí un dedo amenazante.

—No despierte a los muertos, señor Goldman. Luther era un hombre honrado, valiente, recto. No toleraré que vengan a ensuciar su nombre ahora que ya no puede defenderse.

—¿Está muerto?

—Sí. Desde hace mucho tiempo. Le dirán que iba a menudo por Aurora y es la verdad: se ocupaba de mi casa en la época en que la alquilaba. Velaba por su estado. Era un hombre generoso y no le permito que venga ahora a insultar su memoria. Algunos mocosos de Aurora le dirán también que era un tipo raro: es cierto que era distinto del común de los mortales. En todos los aspectos. Tenía mala apariencia: su rostro estaba terriblemente desfigurado, su mandíbula mal encajada, por lo que su dicción era difícilmente comprensible. Pero tenía buen corazón, estaba dotado de una gran sensibilidad.

—¿Y no cree que podría estar implicado en la desaparición de Nola?

—No. Y ahí soy categórico. Pensaba que Harry Quebert era culpable. Me parece que está en la cárcel en estos momentos...

—No estoy convencido de su culpabilidad. Por eso estoy aquí.

—Vamos, encontraron a esa chica en su jardín y el manuscrito de uno de sus libros al lado de su cuerpo. Un libro que escribió para ella... ¿Qué más necesita?

—Escribir no es matar, señor.

—Debe de andar usted bastante perdido como para venir aquí a hablarme de mi pasado y del bueno de Luther. La entrevista ha terminado, señor Goldman.

Llamó a la doncella para que me acompañase hasta la salida.

Abandoné el despacho de Stern con la desagradable sensación de que aquella entrevista no había servido para nada. Sentí no haber sido capaz de confrontarle a las acusaciones de Nancy Hattaway, pero no tenía suficientes pruebas como para acusarle. Gahalowood me lo había advertido: ese testimonio por sí solo no bastaba, era su palabra contra la de Stern. Necesitaba una prueba concreta. Y entonces se me ocurrió que quizás podría dar una vuelta por la casa.

Al llegar al inmenso recibidor, pregunté a la doncella si podía ir al servicio antes de marcharme. Me condujo al cuarto de baño de invitados de la planta baja y me indicó, por discreción, que me esperaría en la puerta de entrada. En cuanto desapareció, me precipité por el pasillo para ir a explorar el ala de la casa en la que me encontraba. No sabía lo que buscaba, pero sabía que debía darme prisa. Era mi única oportunidad de encontrar alguna pista que ligara a Stern con Nola. Mi corazón latía con fuerza mientras abría algunas puertas al azar, rogando que no hubiese nadie detrás. Pero todas las habitaciones estaban desiertas: no había más que una fila de salones, ricamente decorados. A través de los ventanales podía verse el magnífico parque. Al acecho del menor ruido, proseguí mi registro. Una de las puertas resultó ser la de un pequeño despacho. Entré rápidamente, abrí los armarios: estaban llenos de carpetas y pilas de documentos. Los que hojeé no tenían ningún interés para mí. Buscaba algo, pero ¿qué? ¿Qué era lo que, en aquella casa, treinta años después, podía aparecérseme de pronto y ayudarme? El tiempo apremiaba: la sirvienta no tardaría en ir a buscarme al baño si no volvía. Desemboqué en un segundo pasillo que llevaba hasta una única puerta que me apresuré a abrir: daba a una enorme galería con el techo de cristal cubierto por una jungla de plantas trepadoras, que la protegía de las miradas indiscretas. Había caballetes, algunos lienzos sin terminar y pinceles desparramados sobre un pupitre. Era un taller de pintura. Colgados de la pared, una serie de cuadros, técnicamente muy buenos. Uno de ellos atrajo mi atención: reconocí inmediatamente el puente colgante que se encontraba justo a la entrada a Aurora, al borde del mar. Me di cuenta entonces de que todos los cuadros eran representaciones de la ciudad. Estaba Grand Beach, la calle princi-

pal, incluso el Clark's. Las telas tenían un realismo impresionante. Llevaban todas la firma *L. C.* Y las fechas no iban más allá
de 1975. Fue entonces cuando me fijé en otro cuadro, mayor que
el resto, colgado en una esquina; había un sillón colocado frente
a él y era el único que estaba iluminado. Era el retrato de una joven. La representaba por encima de los senos pero dejaba entender que estaba desnuda. Me acerqué; la cara no me era completamente desconocida. Lo observé un instante más hasta que de
pronto comprendí y me quedé completamente estupefacto: era
un retrato de Nola. Era ella, sin ninguna duda. Tomé algunas
fotos con el teléfono móvil y hui de inmediato de la habitación.
La sirvienta esperaba pacientemente en la puerta de entrada. Me
despedí educadamente y me marché sin más, temblando y cubierto de sudor.

*

Media hora después de mi descubrimiento, me presenté
urgentemente en el despacho de Gahalowood, en el cuartel general de la policía estatal. Evidentemente, se puso furioso cuando se enteró de que había ido a ver a Stern sin consultarle con antelación.

—¡Es usted insoportable, escritor! ¡Insoportable!

—No he hecho más que ir a visitarle —expliqué—. Llamé a la puerta, pedí verle y me recibió. No veo qué tiene de malo.

—¡Le había dicho que esperase!

—¿Esperar a qué, sargento? ¿A que me diese la bendición?
¿A que las pruebas cayesen del cielo? Usted se quejó de que no po-
día acercarse a él, así que yo he actuado. Usted se queja, yo actúo.
¡Y mire lo que he encontrado en su casa!

—¿Un cuadro? —me dijo Gahalowood con tono desdeñoso.

—Mírelo bien.

—Dios Santo... Parece...

—¡Nola! Hay un cuadro de Nola Kellergan en casa de Elijah Stern.

Envié por e-mail las fotos a Gahalowood, que las impri-
mió en gran formato.

—Sin duda es ella, es Nola —constató, comparándolo con las fotos de la época que tenía en su dossier.

La calidad de la imagen no era muy buena, pero no existía duda posible.

—Así que sí existe un lazo entre Stern y Nola —dije—. Nancy Hattaway afirma que Nola mantenía una relación con Stern y he encontrado un retrato de Nola en su taller. Y no le he contado todo: la casa de Harry perteneció a Elijah Stern hasta 1976. Técnicamente, cuando Nola desapareció, Stern era el propietario de Goose Cove. Maravillosas coincidencias, ¿no? Bueno, pida una orden y llame a la caballería: haremos un registro en regla en casa de Stern y lo atraparemos.

—¿Una orden de registro? Pero hombre, ¡está usted loco! ¿Con qué fundamento? ¿Sus fotos? ¡Son ilegales! Esas pruebas no tienen validez alguna: ha registrado usted una casa sin autorización. Tengo las manos atadas. Necesitaremos otra cosa para enfrentarnos a Stern y, mientras tanto, seguro que se habrá librado del cuadro.

—Pero él no sabe que he visto el cuadro. Cuando mencioné a Luther Caleb, se enfadó. En cuanto a Nola, fingió conocerla vagamente cuando posee un retrato suyo medio desnuda. No sé quién ha pintado ese cuadro, pero hay otros en el taller con la firma *L. C.* ¿Luther Caleb, quizás?

—Esta historia está tomando un cariz que no me gusta, escritor. Si me enfrento a Stern y me equivoco, me coloco en una difícil posición.

—Lo sé, sargento.

—Vaya a hablar de Stern a Harry. Intente enterarse de más cosas. Yo iré a hurgar un poco en la vida de ese Luther Caleb. Necesitamos indicios sólidos.

En el coche, entre el cuartel general de la policía y la prisión, me enteré por la radio de que la obra completa de Harry iba a ser retirada de los programas escolares de casi la totalidad del país. Era el colmo de los colmos: en menos de dos semanas, Harry lo había perdido todo. A partir de entonces era un autor prohibido, un profesor repudiado, un ser odiado por toda la nación. Fuese cual fuese el resultado de la investigación y del juicio, su nombre estaba manchado para siempre; ya no se podría hablar de su obra sin mencionar la inmensa controversia de ese pasado con Nola y, para evitar escándalos, ninguna celebración cultural se atrevería a asociar a Harry Quebert a su programa. Era la silla eléctrica intelectual. Lo peor era que Harry era plenamente consciente de esa situación; al llegar a la sala de visita, las primeras palabras que me dirigió fueron:

—¿Y si me matan?

—Nadie le va a matar, Harry.

—¿Acaso no estoy ya muerto?

—No. ¡No está muerto! ¡Es usted el gran Harry Quebert! La importancia de saber caer, ¿lo recuerda? Lo importante no es la caída, porque la caída es inevitable, lo importante es saber levantarse. Y nos levantaremos.

—Es usted un tipo genial, Marcus. Pero las gafas de la amistad le impiden ver la verdad. En el fondo, la cuestión no es saber si he matado a Nola, o a Deborah Cooper, o incluso al presidente Kennedy. El problema es que tuve una relación con esa chiquilla y que era un acto imperdonable. ¿Y ese libro? ¡Pero cómo se me ocurrió escribir ese libro!

Repetí:

—Nos levantaremos, ya verá. Recuerde la paliza que me dieron en Lowell, en aquel hangar transformado en sala de boxeo clandestina. Nunca me he levantado mejor.

Forzó una sonrisa y preguntó:

—¿Y usted? ¿Sigue recibiendo amenazas?

—Digamos que cada vez que vuelvo a Goose Cove me pregunto qué me espera.

—Encuentre al que hizo eso, Marcus. Encuéntrelo y dele una paliza de muerte. No soporto la idea de que alguien le esté amenazando.

—No se preocupe.

—¿Y sus pesquisas?

—Avanzando... Harry, he empezado a escribir un libro.

—¡Eso es formidable!

—Es un libro sobre usted. Hablo de nosotros, de Burrows. Y hablo de su historia con Nola. Es un libro de amor. Creo en su historia de amor.

—Bonito homenaje.

—Entonces ¿me da usted su bendición?

—Por supuesto, Marcus. ¿Sabe?, probablemente ha sido uno de mis mejores amigos. Es usted un magnífico escritor. Me siento halagado de ser el tema de su próximo libro.

—¿Por qué utiliza el pasado? ¿Por qué dice que *he sido* uno de sus mejores amigos? Todavía lo somos, ¿no?

Me miró con tristeza:

—Es una forma de hablar.

Le agarré por los hombros.

—¡Siempre seremos amigos, Harry! No le dejaré tirado. Ese libro es la prueba de mi inquebrantable amistad.

—Gracias, Marcus. Me conmueve. Pero la amistad no debe ser el motivo de ese libro.

—¿Qué quiere decir?

—¿Recuerda nuestra conversación, el día que obtuvo su diploma en Burrows?

—Sí, dimos un largo paseo juntos a través del campus. Fuimos hasta la sala de boxeo. Me preguntó qué pensaba hacer a partir de entonces, y le respondí que iba a escribir un libro. Y entonces, me preguntó por qué escribía. Le respondí que escribía porque me gustaba y entonces me dijo...

—Eso, ¿qué le dije?

—Que la vida tenía muy poco sentido. Y que escribir daba sentido a la vida.

—Eso es, Marcus. Y ése es el error que cometió hace unos meses, cuando Barnaski le reclamó un nuevo manuscrito. Se puso a escribir porque tenía que escribir un libro, no para dar un sentido a su vida. Hacer por hacer nunca ha tenido sentido: así que no tenía nada de extraño que fuese incapaz de escribir una sola línea. El don de la escritura es un don no porque escriba correctamente, sino porque puede dar sentido a su vida. Todos los días hay gente que nace, y otros que mueren. Todos los días, millones de trabajadores anónimos entran y salen de enormes edificios grises. Y luego están los escritores. Los escritores viven la vida más intensamente que los demás, creo. No escriba usted en nombre de nuestra amistad, Marcus. Escriba porque es el único medio para usted de hacer de esa minúscula cosa insignificante que llamamos *vida* una experiencia válida y gratificante.

Me quedé mirándole a los ojos. Tenía la impresión de asistir a la última lección del Maestro. Era una sensación insoportable. Acabó diciendo:

—A ella le gustaba la ópera, Marcus. Póngalo en el libro. Su preferida era *Madame Butterfly*. Decía que las óperas más bonitas eran las historias de amor tristes.

—¿Quién? ¿Nola?

—Sí. A esa chiquilla de quince años le gustaba muchísimo la ópera. Después de su tentativa de suicidio, fue a pasar unos diez días en Charlotte's Hill, una clínica de reposo. Es lo que hoy llaman una clínica psiquiátrica. Yo iba a visitarla a escondidas. Le llevaba discos de ópera que escuchábamos en un pequeño tocadiscos portátil. Se emocionaba hasta las lágrimas, decía que si no llegaba a ser actriz en Hollywood, sería cantante en Broadway. Y yo le decía que sería la cantante más grande de la historia de América. ¿Sabe, Marcus?, creo que Nola Kellergan hubiese podido dejar huella en este país...

—¿Cree usted que pudieron matarla sus padres?

—No, me parece poco probable. Además, el manuscrito, la nota... De todas formas, no puedo imaginarme a David Kellergan asesinando a su hija.

—Y sin embargo, están los golpes que recibía...

—Esos golpes... Tienen su historia...

—¿Y Alabama? ¿Le habló Nola de Alabama?

—¿Alabama? Los Kellergan venían de Alabama, sí.

—No, hay algo más, Harry. Creo que pasó algo en Alabama y que ese algo tiene relación con su marcha. Pero no sé qué es... No sé quién podría contármelo.

—Mi pobre Marcus, tengo la impresión de que cuanto más se sumerge en este asunto, más enigmas encuentra...

—No es sólo una impresión, Harry. De hecho, he descubierto que Tamara Quinn sabía lo suyo con Nola. Me lo ha dicho. El día del intento de suicidio de Nola, fue a su casa, furiosa, porque le había dado plantón en una fiesta que había organizado. Pero usted no estaba en casa, y anduvo husmeando en su despacho. Encontró una hoja que usted acababa de escribir sobre Nola.

—Ahora que me lo dice, recuerdo que me faltaba una de mis páginas. La busqué mucho tiempo, en vano. Creí haberla perdido, lo que en aquella época me había extrañado mucho porque siempre he sido muy ordenado. ¿Qué hizo con ella?

—Dice que la perdió...

—Lo de los anónimos, ¿era ella?

—Lo dudo. Ni siquiera se había imaginado que hubiese podido pasar algo entre los dos. Pensaba simplemente que usted fantaseaba sobre ella. Hablando de eso, ¿el jefe Pratt le interrogó durante la investigación sobre la desaparición de Nola?

—¿El jefe Pratt? No, nunca.

Qué extraño: ¿por qué el jefe Pratt no había interrogado a Harry durante la investigación cuando Tamara afirmaba haberle informado de lo que sabía? Sin aludir a Nola ni el cuadro, probé a mencionar el nombre de Stern.

—¿Stern? —me dijo Harry—. Sí, le conozco. Era el propietario de la casa de Goose Cove. Se la compré después del éxito de *Los orígenes del mal*.

—¿Le conocía bien?

—Muy bien no. Le vi una o dos veces ese verano de 1976. La primera fue durante el baile de verano. Estábamos sentados en la misma mesa. Era un hombre simpático. Me lo encontré después en varias ocasiones. Era generoso, creía en mí. Ha hecho mucho por la cultura, es un hombre profundamente bueno.

—¿Cuándo lo vio por última vez?

—¿La última vez? Debió de ser cuando la venta de la casa. Como a finales de 1976. Pero ¿por qué demonios me habla de él así de pronto?

—Por nada. Dígame, Harry, el baile de verano que ha mencionado, ¿es aquel al que Tamara Quinn esperaba que fuese con su hija?

—El mismo. Al final me presenté solo. Qué velada... Figúrese que me tocó el primer premio de la tómbola: una semana de vacaciones en Martha's Vineyard.

—¿Y fue?

—Claro.

Esa noche, al volver a Goose Cove, encontré un e-mail de Roy Barnaski en el que me hacía una oferta que ningún escritor podía rechazar.

De: r.barnaski@schmidandhanson.com
Fecha: lunes 30 de junio de 2008 – 19.54
Querido Marcus:
Me gusta su libro. Siguiendo nuestra conversación de esta mañana, encontrará adjunta una propuesta de contrato que creo no rechazará.

Envíeme nuevas páginas lo antes posible. Como le comenté, quiero publicarlo en otoño. Creo que será un gran éxito. De hecho, estoy seguro. La Warner Bros ya se ha mostrado interesada en hacer una adaptación, con unos derechos cinematográficos a negociar para usted, por supuesto.

Me adjuntaba un borrador de contrato en el que me prometía un anticipo de un millón de dólares.

Esa noche permanecí despierto durante mucho tiempo, invadido por todo tipo de pensamientos. A las diez y media en punto, recibí una llamada de mi madre. Se escuchaba un ruido de fondo y susurraba.

—¿Mamá?

—¡Markie! Markie, no adivinarías nunca con quién estoy ahora.

—¿Con papá?

—Sí. Pero... ¡no! Figúrate que tu padre y yo hemos decidido ir a pasar la velada en Nueva York y hemos ido a cenar a ese italiano, cerca de Colombus Circle. ¿Y a quién nos hemos encontrado allí? ¡A Denise! ¡Tu secretaria!

—¡Vaya!

—¡No te hagas el inocente! ¿Crees que no sé lo que has hecho? ¡Me lo ha contado todo! ¡Todo!

—¿Contado qué?

—¡Que la has despedido!

—No la he despedido, mamá. Le he encontrado un buen trabajo en Schmid & Hanson. No tenía nada que proponerle, ni libro, ni proyecto, ¡nada! Tenía que asegurarle un poco el porvenir, ¿no? Le encontré un puesto estupendo en el departamento de marketing.

—Ay, Markie, ¡qué abrazo nos hemos dado! Dice que te echa de menos.

—Mamá, por piedad.

Susurró aún más. Apenas la oía.

—He tenido una idea, Markie.

—¿Cómo?

—¿Conoces al gran Jack London?

—¿Al escritor? Sí. ¿Qué tiene que ver?

—Ayer vi un documental sobre él. ¡Qué regalo del cielo haber visto ese programa! Figúrate que se casó con su secretaria. ¡Su secretaria! ¡Y a quién me encuentro hoy? ¡A tu secretaria! ¡Es una señal, Markie! ¡No es nada fea y sobre todo rebosa de estrógenos! Lo sé, las mujeres notamos eso. Es fértil, dócil, ¡te dará un niño cada nueve meses! Yo le enseñaré cómo educar niños, ¡y así serán exactamente como quiero! ¿No es maravilloso?

—Ni hablar. No me gusta, es demasiado mayor para mí y de todas formas ya sale con alguien. Además, uno no se casa con su secretaria.

—Pero si el gran Jack London lo ha hecho, ¡quiere decir que está permitido! Hay un tipo con ella, es cierto, ¡pero no es más que un pelele! Huele a colonia de supermercado. Tú eres un gran escritor, Markie. ¡Eres el Formidable!

—El Formidable fue vencido por Marcus Goldman, mamá. Y fue en ese momento en el que pude empezar a vivir.

—¿Qué quieres decir?

—Nada, mamá. Pero deja a Denise cenar tranquila, por favor.

Una hora más tarde, una patrulla de policía pasó para asegurarse de que todo iba bien. Eran dos jóvenes policías de mi edad, muy simpáticos. Los invité a tomar café y me dijeron que iban a quedarse un rato delante de la casa. La temperatura era muy suave y, por la ventana abierta, les oí charlar y bromear, sentados en el capó de su coche, fumando un cigarrillo. Al escucharles, me sentí de pronto muy solo y muy lejos del mundo. Acababan de proponerme una suma de dinero colosal por escribir un libro que volvería a colocarme sin duda en primera fila, llevaba una existencia con la que soñaban millones de americanos; sin embargo, me faltaba algo: una verdadera vida. Había pasado treinta años satisfaciendo mis ambiciones, me enfrentaba a los siguientes treinta intentando mantener esas ambiciones a flote y, al pensar bien en ellas, me pregunté en qué momento me dedicaría a vivir, sin más. En mi cuenta en Facebook, pasé revista a la lista de mis miles de amigos virtuales; no había ni uno al que pudiese llamar para ir a tomar una cerveza. Quería un grupo de buenos amigos con los que seguir el campeonato de hockey y marcharme de camping el fin de semana; quería una novia, buena y dulce, que me hiciese reír y soñar un poco. Ya no quería estar solo.

En el despacho de Harry, me dediqué a contemplar las fotografías de la pintura que había tomado y de las que Gahalowood me había dado una ampliación. ¿Quién era el pintor? ¿Caleb? ¿Stern? Era, en todo caso, un hermoso cuadro. Encendí mi minidisc y volví a escuchar la conversación de ese día con Harry.

—*Gracias, Marcus. Me conmueve. Pero la amistad no debe ser el motivo de ese libro.*

—*¿Qué quiere decir?*

—*¿Recuerda nuestra conversación, el día que obtuvo su diploma en Burrows?*

—*Sí, dimos un largo paseo juntos a través del campus. Fuimos hasta la sala de boxeo. Me preguntó qué pensaba hacer a partir de entonces, y le respondí que iba a escribir un libro. Y entonces, me preguntó por qué escribía. Le respondí que escribía porque me gustaba y entonces me dijo...*

—*Eso, ¿qué le dije?*

—*Que la vida tenía muy poco sentido. Y que escribir daba sentido a la vida.*

Siguiendo los consejos de Harry, me senté frente al ordenador y continué escribiendo.

Es medianoche en Goose Cove. Por la ventana abierta del despacho, una suave brisa marina penetra en la habitación. Hay un agradable olor a vacaciones. La brillante luna ilumina el exterior.

La investigación avanza. O al menos el sargento Gahalowood y yo descubrimos poco a poco la amplitud del caso. Creo que va mucho más allá de una historia de amor prohibida o de una sórdida noche de verano en la que una adolescente fugada es víctima de un delincuente. Todavía hay muchas preguntas sin respuesta:

• En 1969, los Kellergan abandonan Jackson, Alabama, cuando David, el padre, dirigía una floreciente parroquia. ¿Por qué?

• Verano de 1975, Nola vive una historia de amor con Harry Quebert, que le inspirará para escribir *Los orígenes del mal*. Pero Nola mantiene también una relación con Elijah Stern, que hace que la pinten desnuda. ¿Quién es Nola en realidad? ¿Una especie de musa?

• ¿Qué papel tiene Luther Caleb, que según me confió Nancy Hattaway venía a buscar a Nola a Aurora para llevarla a Concord?

• ¿Quién, aparte de Tamara Quinn, sabía lo de Nola y Harry? ¿Quién pudo enviar esas cartas anónimas a Harry?

• ¿Por qué el jefe Pratt, que dirige la investigación sobre la desaparición, no interroga a Harry tras las revelaciones de Tamara Quinn? ¿Interrogó a Stern?

• ¿Quién diablos mató a Deborah Cooper y a Nola Kellergan?

• ¿Y quién es esa sombra evanescente que quiere impedirme contar esta historia?

Extractos de *Los orígenes del mal,*
de Harry L. Quebert

El drama tuvo lugar un domingo. Ella era infeliz y había intentado matarse.

Su corazón ya no tenía fuerzas para luchar si no luchaba por él. Necesitaba de él para vivir. Y en cuanto lo hubo comprendido, él visitaba el hospital todos los días para verla en secreto. ¿Cómo una persona tan bella podía haber querido matarse? Estaba enfadado consigo mismo. Era como si hubiese sido él quien la hubiese dañado.

Todos los días se sentaba discretamente sobre un banco del gran parque público que rodeaba la clínica y esperaba el momento en que ella salía a tomar el sol. La observaba vivir. Vivir era tan importante. Después, aprovechaba que estaba fuera de su habitación para entrar a dejarle una carta bajo su almohada.

> *Cariño mío:*
> *No debe morir nunca. Es usted un ángel. Los ángeles no mueren.*
> *Ya ve que nunca me alejo de usted. Seque sus lágrimas, se lo suplico. No soporto saber que está triste.*
> *Un beso para aliviar su pena.*

> *Mi amor:*
> *¡Qué sorpresa encontrar su nota al ir a acostarme! Le escribo a escondidas: por la noche no se nos permite estar despiertos después del toque de queda y las enfermeras son unas auténticas harpías. Pero no he podido resistirme: apenas he leído sus palabras, he tenido que responderle. Sólo para decirle que le quiero.*
> *Sueño que bailo con usted. Estoy segura de que baila como nadie. Me gustaría pedirle que me llevase al baile de verano, pero sé que no querrá. Dirá que si nos ven juntos, estaremos*

perdidos. *Creo que de todas formas no habré salido de aquí. Pero ¿para qué vivir, si no se puede amar? Eso fue lo que me pregunté cuando hice lo que hice.*

Suya para siempre.

Mi maravilloso ángel:

Un día bailaremos, se lo prometo. Llegará el día en que vencerá el amor y podremos amarnos a la luz del día. Y bailaremos, bailaremos en la playa. La playa, como el primer día. Es usted tan hermosa cuando está en la playa.

¡Recupérese pronto! Un día bailaremos, en la playa.

Amor mío:

Bailar en la playa. Sólo sueño con eso.

Dígame que un día me llevará a bailar a la playa, solos usted y yo...

18. Martha's Vineyard

(Massachusetts, finales de julio de 1975)

«En esta sociedad, Marcus, los hombres a los que más admiramos son los que ponen en pie rascacielos, puentes e imperios. Pero en realidad, los más nobles y admirables son aquéllos capaces de poner en pie el amor. Porque es la mayor y la más difícil de las empresas.»

Ella bailaba abajo, en la playa. Jugaba con las olas y corría por la arena con el pelo suelto; reía, estaba feliz de vivir. Desde la terraza del hotel, Harry la contempló un instante y después volvió a sumergirse en los folios que cubrían la mesa en la que se había instalado. Escribía deprisa, y bien. Varias decenas de páginas desde que habían llegado, un ritmo frenético. Gracias a ella. Nola, su querida Nola, su vida, su inspiración. N-O-L-A. Por fin estaba escribiendo su gran novela. Una novela de amor.

«¡Harry! —gritó ella—, ¡descansa un poco! ¡Ven a bañarte!». Se permitió interrumpir su trabajo y subió a su habitación, guardó las hojas en su maletín y se puso el bañador. Se reunió con ella en la playa y caminaron al borde del mar, alejándose del hotel, de la terraza, de los demás clientes y de los bañistas. Detrás de un saliente rocoso encontraron una cala aislada. Allí podían amarse.

—Abrázame, mi querido Harry —dijo Nola cuando estuvieron protegidos de las miradas.

La abrazó y ella se agarró a su cuello, con fuerza. Después se lanzaron al mar y se salpicaron entre risas, antes de volver a secarse al sol, tumbados sobre las amplias toallas blancas del hotel. Nola apoyó la cabeza en su pecho.

—Te quiero, Harry... Te quiero como nunca he querido a nadie.

Se sonrieron.

—Son las mejores vacaciones de mi vida —dijo Harry.

El rostro de Nola se iluminó:

—¡Vamos a hacer fotos! ¡Vamos a hacer fotos, así no lo olvidaremos nunca! ¿Has traído la cámara?

Sacó la cámara del bolso y se la dio. Ella se pegó contra él y alargó lo más que pudo el brazo, dirigiendo a la vez el objetivo hacia ellos, y tomó una foto. Justo antes de pulsar el disparador, volvió la cabeza y le besó con fuerza en la mejilla. Se rieron.

—Creo que va a ser una foto estupenda —dijo ella—. Sobre todo, consérvala toda tu vida.

—Toda mi vida. Esa foto no me dejará nunca.

Llevaban cuatro días allí.

*

Dos semanas antes

El sábado 19 de julio se celebraba el tradicional baile de verano. Por tercer año consecutivo, el evento no tenía lugar en Aurora sino en el Club de Campo de Montburry, único escenario digno de acoger tan insigne acontecimiento según Amy Pratt, que, desde que había tomado sus riendas, se había esforzado por convertirlo en una velada de alto standing. No más bailes en el gimnasio del instituto ni mesas de bufé. En su lugar, corbata obligatoria para los hombres, cena con asiento reservado y una tómbola entre los postres y el baile para animar más el ambiente.

Durante el mes que precedía al baile, podía verse a Amy Pratt recorriendo de arriba abajo la ciudad para vender a precio de oro los boletos para la tómbola, que nadie se atrevía a rechazar por temor a ser colocado en un mal sitio esa noche. Según algunos, los —jugosos— beneficios iban a parar directamente a su bolsillo, pero nadie se atrevía a comentarlo abiertamente: era importante llevarse bien con ella. Se decía que un año había olvidado voluntariamente asignar un sitio a una mujer con la que se había peleado. En el momento de la cena, la infeliz se había encontrado de pie en medio de la sala.

Harry tenía claro que no iba a asistir. Había comprado su entrada semanas antes, pero ahora no estaba de humor para fiestas: Nola seguía en la clínica y él se sentía infeliz. Quería estar solo. Pero esa misma mañana, Amy Pratt se había presentado ante su puerta: hacía días que no le veía en la ciudad, que no pasaba por el Clark's. Quería asegurarse de que no la dejaría plantada, no podía fallar, había dicho a todo el mundo que iría. Por primera vez, una gran estrella neoyorquina iba a asistir a su velada y, quién sabe, quizás el año siguiente Harry se trajese a lo más granado del show-business. Y en unos años las estrellas de Hollywood y Broadway vendrían a New Hampshire para tomar parte en lo que se habría convertido en uno de los acontecimientos más señalados de la Costa Este. «Vendrá usted esta noche, Harry, ¿verdad? ¿Eh, vendrá?», había gemido contoneándose ante su puerta. Se lo había suplicado y él había prometido acudir, sobre todo porque no sabía decir que no, incluso ella había conseguido sacarle cincuenta dólares en boletos para la tómbola.

Un rato más tarde, Harry había ido a ver a Nola a la clínica. Por el camino, en una tienda de Montburry, volvió a comprar discos de ópera. No podía evitarlo, sabía que la música la hacía muy feliz. Pero estaba gastando demasiado dinero, ya no podía permitírselo. No se atrevía a imaginar el estado de su cuenta bancaria; no quería conocer su saldo. Sus ahorros se esfumaban y, a ese ritmo, no tendría dinero ni para pagar la casa hasta el final del verano.

Dieron un paseo por los jardines de la clínica. Nola se abrazó a él detrás de unos arbustos.

—Harry, quiero marcharme...

—Los médicos dicen que podrás salir de aquí dentro de unos días...

—No lo entiende: quiero marcharme de Aurora. Con usted. Aquí nunca seremos felices.

Harry respondió:

—Un día.

—¿Cómo que *un día*?

—Un día, nos marcharemos.

Su rostro se iluminó.

—¿De veras, Harry? ¿De veras? ¿Me llevará lejos?

—Muy lejos. Y seremos felices.

—¡Sí! ¡Muy felices!

Nola le abrazó con fuerza. Cada vez que se acercaba a él, sentía cómo un suave escalofrío atravesaba su cuerpo.

—Esta noche es el baile —dijo ella.

—Sí.

—¿Irá?

—No lo sé. He prometido a Amy Pratt que iría, pero no estoy de humor.

—¡Oh, vaya, por favor! Me encantaría ir. Siempre soñé que un día alguien me llevaría a ese baile. Pero no podré ir nunca... Mamá no me deja.

—¿Y qué voy a hacer allí, solo?

—No estará solo, Harry. Yo estaré allí, en sus pensamientos. ¡Bailaremos juntos! Pase lo que pase, estaré siempre en sus pensamientos.

Al escuchar esas palabras, Harry se enfadó:

—¿Cómo que *pase lo que pase*? ¿Qué quieres decir con eso? ¿Eh?

—Nada, Harry, mi querido Harry, no se enfade. Simplemente quería decir que le querré siempre.

Así que Harry hizo acto de presencia en el baile. Por amor a Nola, de mala gana y solo. Nada más llegar se arrepintió de su decisión: se sentía incómodo con tanta gente alrededor. Decidió instalarse en la barra y pidió unos cuantos martinis para parecer relajado mientras miraba a los invitados que iban llegando. La sala se llenaba rápidamente, el murmullo de las conversaciones crecía. Estaba convencido de que todas las miradas se fijaban en él, como si todos supiesen que estaba enamorado de una chica de quince años. Aquel pensamiento le hizo sentir náuseas. Entró en el baño, se lavó la cara con agua, se encerró en uno de los váteres y se sentó en el inodoro para recuperar fuerzas. Inspiró profundamente: debía conservar la calma. Nadie podía saber lo de Nola. Habían sido siempre muy prudentes y discretos. No había razón para inquietarse. Debía comportarse con naturalidad. Acabó tranquilizándose y sintió que su estómago se relajaba. Entonces abrió la puerta y fue cuando descubrió la inscripción hecha con lápiz de labios en el espejo del baño:

FOLLADOR DE NIÑAS

Sintió un ataque de pánico. ¿Quién andaba allí? Llamó, miró a su alrededor y abrió todas las puertas de los váteres: nadie. El cuarto de baño estaba desierto. Agarró una toalla, la empapó de agua y trató de borrar el mensaje, que se transformó en una grasienta mancha roja en el espejo. Después, salió huyendo del servicio, temiendo ser sorprendido. Enfermo y con náuseas otra vez, la frente cubierta de sudor y temblor en las sienes, trató de unirse de nuevo a la velada como si nada hubiese pasado. ¿Quién sabía lo de Nola?

En el salón se había anunciado ya la cena y los invitados iban instalándose en sus mesas. Tenía la impresión de estar volviéndose loco. Una mano le agarró del hombro. Se sobresaltó. Era Amy Pratt. Harry estaba empapado.

—¿Va todo bien, Harry?

—Sí... Sí... Es que tengo algo de calor.

—Su sitio está en la mesa de honor. Venga, ahí delante.

Le guió hasta una gran mesa adornada con flores donde ya estaba sentado un hombre de unos cuarenta años con aspecto de aburrirse soberanamente.

—Harry Quebert —declaró Amy Pratt con tono ceremonioso—, déjeme presentarle a Elijah Stern, que financia generosamente este baile. Es gracias a él que las entradas son tan baratas. También es propietario de la casa de Goose Cove, en la que reside.

Elijah Stern le tendió la mano sonriente y Harry se echó a reír:

—¿Es usted mi casero, señor Stern?

—Llámeme Elijah. Es un placer conocerle.

Tras el plato principal, los dos hombres salieron a fumar un cigarrillo y dar un paseo sobre el césped del Club de Campo.

—¿Le gusta la casa? —preguntó Stern.

—Muchísimo. Es magnífica.

Mientras apuraba la colilla, Elijah Stern contó, con nostalgia, que Goose Cove había sido la casa de vacaciones de la familia durante años: su padre la había hecho construir porque su madre sufría terribles migrañas y el aire del mar, según el médico, le sentaba bien.

—Cuando mi padre vio esa parcela al borde del océano, sintió un flechazo. La compró inmediatamente para construir la casa. Fue él quien hizo los planos. Me encantaba ese sitio. Pasamos tantos veranos maravillosos. Y después, pasó el tiempo, mi padre murió, mi madre se instaló en California y nadie volvió a ocupar Goose Cove. Me gusta esa casa, hice que la renovaran hace unos años. Pero no me he casado, no tengo hijos, ni ya tampoco ocasión de aprovechar esa casa, que de todas formas es demasiado grande para mí. Así que la confié a una agencia para que la alquilase. No podía soportar la idea de que estuviese deshabitada y condenada al abandono. Me alegro mucho de que ahora esté en manos de un hombre como usted.

Stern relató cómo había vivido en Aurora, de niño, sus primeros bailes y sus primeros amores y cómo, desde entonces, volvía una vez al año, precisamente con ocasión del baile, en recuerdo de aquellos tiempos.

Encendieron un segundo cigarrillo y se sentaron un momento en un banco de piedra.

—Y bien, ¿en qué trabaja actualmente, Harry?

—En una novela romántica... Bueno, lo intento. Aquí todos piensan que soy un gran escritor, pero es una especie de malentendido, ¿sabe?

Harry sabía que Stern no era el tipo de persona que se dejaba engañar. Éste se limitó a responder:

—La gente de por aquí es muy impresionable. No hay más que ver el giro lamentable que está tomando este baile. ¿Así que una novela romántica?

—Sí.

—¿La tiene muy avanzada?

—Voy por el principio solamente. A decir verdad, no consigo escribir.

—Eso no es nada bueno en un escritor. ¿Alguna preocupación?

—Si lo quiere llamar así.

—¿Está usted enamorado?

—¿Por qué me pregunta eso?

—Por curiosidad. Me estaba preguntando si era necesario estar enamorado para escribir novelas románticas. En todo caso, me impresionan mucho los escritores. Quizás porque también a mí me hubiese gustado ser escritor. O artista, en general. Siento un amor incondicional por la pintura. Pero desgraciadamente no tengo ningún don para las artes. ¿Cómo se titula su libro?

—Todavía no lo sé.

—¿Y qué tipo de historia de amor es?

—La historia de un amor prohibido.

—Eso parece muy interesante —se entusiasmó Stern—. Tendremos que volvernos a ver.

A las nueve y media de la noche, después del postre, Amy Pratt anunció el sorteo de los lotes de la tómbola, cuya presentación realizaba, como cada año, su marido. El jefe Pratt, acercándose demasiado el micrófono a la boca, fue proclamando los vencedores. Los premios, ofrecidos en su mayoría por los comercios locales, eran bastante modestos, salvo el primero, que provocó una agitación especial: se trataba de una semana en un hotel de lujo de Martha's Vineyard, con todos los gastos pagados para dos personas. «Silencio, por favor —exclamó el jefe de policía—: El ganador del primer premio es... Atención... ¡El boleto 1385!». Hubo un breve instante de silencio y, de pronto, Harry, dándose cuenta de que se trataba de uno de sus boletos, se levantó, atónito. Estalló una salva de aplausos en su honor y numerosos invitados le rodearon para felicitarle. Fue el foco de atención hasta el final de la velada: era el centro del mundo. Pero él no tenía ojos para nadie, porque el centro del mundo dormía en una pequeña habitación de hospital a quince millas de allí.

Cuando Harry abandonó el baile, sobre las dos de la mañana, se cruzó en el guardarropa con Elijah Stern, que también se iba.

—El primer premio de la tómbola —sonrió Stern—. Puede decirse que es usted un hombre con suerte.

—Sí... Y pensar que estuve a punto de no comprar boletos.

—¿Quiere que le lleve a su casa? —preguntó Stern.

—Gracias, Elijah, pero he venido en mi coche.

Caminaron juntos hasta el aparcamiento. Una berlina negra esperaba a Stern, ante la cual un hombre fumaba un cigarrillo. Stern le señaló y dijo:

—Harry, me gustaría presentarle a mi mano derecha. Es alguien realmente formidable. De hecho, si no tiene usted inconveniente, lo voy a enviar a Goose Cove para que se ocupe de los rosales. Pronto habrá que podarlos y es un jardinero de gran talento, al contrario que los incapaces que envía la agencia de alquiler y que destrozaron todas las plantas el verano pasado.

—Por supuesto. Es su casa, Elijah.

A medida que se acercaban al hombre, Harry observó que tenía una apariencia espantosa: su cuerpo era enorme y musculoso, su rostro torcido y demacrado. Se saludaron con un apretón de manos.

—Me llamo Harry Quebert —dijo Harry.

—Buenaz nochez, zeñod Quebedt —respondió el hombre, que se expresaba con una locución dolorosa y muy irregular—. Me llamo Luthed Caleb.

Al día siguiente, Aurora era un nido de agitación: ¿con quién iría Harry Quebert a Martha's Vineyard? Nadie le había visto con una mujer. ¿Tenía alguna buena amiga en Nueva York? Quizás una estrella de cine. ¿O llevaría a una joven de Aurora? ¿Tendría alguna conquista aquí, él que era tan discreto? ¿Se hablaría de ello en las revistas de famosos?

El único que no se preocupaba del viaje era el mismo Harry. La mañana del lunes 21 de julio estaba en su casa, inquieto: ¿quién sabía lo de Nola? ¿Quién le había seguido hasta el baño? ¿Quién se había atrevido a marcar el espejo con aquellas infames palabras? Lápiz de labios: sin duda era una mujer. Pero ¿quién? Para ocupar su mente, se sentó a su mesa y decidió ordenar sus papeles: fue entonces cuando se dio cuenta de que faltaba uno. Una hoja sobre Nola, escrita el día de su tentativa de suicidio. La había dejado allí, lo recordaba perfectamente. Había ido acumulando borradores desordenadamente la última semana, pero siempre los numeraba según un código cronológico muy preciso para poder clasificarlos después. Una vez ordenados, constató que le faltaba uno. Era una hoja importante, la recordaba bien. Volvió a ordenar todo dos veces, vació su portafolios: la hoja no estaba. Imposible. Siempre se cuidaba de comprobar su mesa cuando dejaba el Clark's para asegurarse de que no olvidaba nada. En Goose Cove sólo trabajaba en su despacho, y si por casualidad se instalaba en la terraza, dejaba después todo lo que había escrito en la mesa de trabajo. No podía haber perdido esa hoja. Entonces ¿dónde estaba? Tras registrar la casa en vano, empezó a preguntarse si alguien habría entrado allí en busca de pruebas comprometedoras. ¿Sería la misma persona que hizo la inscripción en el espejo del baño la noche del baile? Se sintió tan mal del estómago al pensarlo que tuvo ganas de vomitar.

Ese mismo día, Nola pudo abandonar la clínica de Charlotte's Hill. Apenas volvió a Aurora, su primera preocupación fue ir a ver a Harry. Se presentó en Goose Cove al final de la tarde: él estaba en la playa, con su caja de latón. En cuanto lo vio, se echó en sus brazos; Harry la levantó en el aire y la hizo girar.

—¡Oh, Harry! ¡Mi querido Harry! ¡He echado tanto de menos estar aquí con usted!

Él la abrazó lo más fuerte que pudo.

—¡Nola! Mi querida Nola...

—¿Qué tal está, Harry? Nancy me lo ha contado, ¿ha ganado el primer premio de la tómbola?

—¡Sí! ¿Te das cuenta?

—¡Vacaciones para dos personas en Martha's Vineyard! ¿Y cuándo son?

—Las fechas están abiertas. Puedo llamar al hotel cuando me apetezca para hacer la reserva.

—¿Me llevará? Oh, Harry, ¡lléveme y allí podremos ser felices sin escondernos!

Harry no respondió nada y caminaron un momento sobre la playa. Contemplaron cómo las olas terminaban su carrera en la arena.

—¿De dónde vienen las olas? —preguntó Nola.

—De lejos —respondió Harry—. Vienen de lejos para ver la orilla de la gran América antes de morir.

Miró a los ojos a Nola y, de pronto, agarró su cara de forma impulsiva.

—¡Por Dios, Nola! ¿Por qué querer morir?

—No es querer morir —dijo Nola—. Es no querer seguir viviendo.

—¿No recuerdas ese día, en la playa, después del espectáculo, cuando me dijiste que no debía preocuparme porque estabas allí? ¿Cómo velarás por mí si te matas?

—Lo sé, Harry. Perdón, le pido perdón.

Y en esa playa donde se habían conocido y amado desde la primera mirada, Nola se puso de rodillas para que él la perdonase. Volvió a pedir: «Lléveme, Harry. Lléveme con usted a Martha's Vineyard. Lléveme y amémonos para siempre». Él se lo prometió, empujado por la euforia del momento. Pero cuando, algo más tarde, ella volvió a su casa y la vio alejarse por el camino de Goose Cove, pensó que no podría. Era imposible. Alguien conocía ya su historia; si se marchaban juntos, toda la ciudad lo sabría. Iría a la cárcel con toda seguridad. No podía llevarla, y si ella se lo volvía a pedir, él se negaría al viaje prohibido. Se negaría hasta la eternidad.

Al día siguiente, volvió al Clark's por primera vez desde hacía mucho tiempo. Como de costumbre, Jenny estaba de servicio. Cuando vio entrar a Harry, sus ojos se iluminaron: había vuelto. ¿Quizás por lo del baile? ¿Había sentido celos de verla con Travis? ¿Quería llevarla a Martha's Vineyard? Si se marchaba sin ella, era que no la amaba. Esa pregunta la obsesionaba tanto que se la hizo antes incluso de anotar su pedido:

—¿A quién vas a llevar a Martha's Vineyard, Harry?

—No lo sé —respondió—. Quizás a nadie. Quizás aproveche para avanzar en mi libro.

Jenny hizo una mueca de disgusto:

—¿Un viaje tan bonito, solo? Sería un desperdicio.

En secreto, esperaba que él respondiese: «Tienes razón, Jenny, mi amor, vayamos juntos para besarnos bajo el sol poniente». Pero todo lo que dijo fue: «Un café, por favor». Y Jenny la esclava se puso en marcha. En ese mismo instante, Tamara Quinn salió de su despacho en la trastienda, donde estaba haciendo cuentas. Al ver a Harry sentado en su mesa de costumbre, se precipitó hacia él y, sin saludarle siquiera, con un tono lleno de rabia y amargura, le dijo:

—Estoy revisando la contabilidad. Ya no tiene usted crédito aquí, señor Quebert.

—Lo comprendo —respondió Harry, que quería evitar un escándalo—. Siento lo de su fiesta del domingo... Yo...

—Sus excusas no me interesan. He tirado a la basura las flores que me envió. Le ruego abone su cuenta en lo que queda de semana.

—Por supuesto. Deme usted la factura, le pagaré sin demora.

Tamara le entregó su nota detallada y estuvo a punto de ahogarse al leerla: ascendía a más de quinientos dólares. Había gastado sin mirar: quinientos dólares en comida y bebida, quinientos dólares tirados por la ventana, sólo por estar con Nola. A esa cuenta se le unió, a la mañana siguiente, una carta de la agencia de alquiler. Ya había pagado la mitad de su estancia en Goose Cove, hasta finales de julio. La carta le informaba de que quedaban todavía mil dólares por pagar para disfrutar de la casa hasta septiembre y que, como habían acordado, esa suma se descontaría directamente de su cuenta. Pero esos mil dólares no los tenía. Ya no le quedaba casi dinero. La cuenta del Clark's le había dejado sin blanca. No tenía con qué pagar el alquiler de una casa como aquélla. No podía quedarse. ¿Qué debía hacer? ¿Llamar a Elijah Stern y explicarle su situación? ¿De qué serviría? No había escrito la novela que esperaba, no era más que un impostor.

Tras haberlo pensado bien, telefoneó al hotel de Martha's Vineyard. Estaba decidido: renunciaría a la casa. Debía acabar con la mascarada. Se marcharía una semana con Nola para vivir su amor por última vez, y después desaparecería. La recepción del hotel le informó de que quedaba una habitación libre para la semana del 28 de julio al 3 de agosto. Eso es lo que haría: amar a Nola por última vez, y después abandonar aquella ciudad para siempre.

Hecha la reserva, llamó a la agencia que alquilaba la casa. Explicó que había recibido su carta pero que, por desgracia, se había quedado sin dinero para pagar Goose Cove. Solicitó pues la anulación del alquiler a partir del 1 de agosto y consiguió convencer al empleado, argumentando razones prácticas, de que le dejaran la casa hasta el lunes 4 de agosto, fecha en la que entregaría directamente las llaves en la sucursal de Boston, de camino a Nueva York. Por teléfono había estado a punto de echarse a llorar: así terminaba la aventura del supuesto gran escritor Harry Quebert, incapaz de escribir tres líneas de la inmensa obra de arte que ambicionaba. Y, a punto de hundirse, colgó con estas palabras: «Perfecto, señor. Iré a dejar las llaves de Goose Cove a la agencia el lunes 4 de agosto, de vuelta a Nueva York». Tras colgar se sobresaltó al oír una voz ahogada a su espalda: «¿Se va, Harry?». Era Nola. Había entrado en casa sin avisar y había oído la conversación. Tenía los ojos llenos de lágrimas. Repitió:

—¿Se va, Harry? ¿Qué pasa?

—Nola... Tengo problemas.

Corrió hacia él.

—¿Problemas? ¿Qué problemas? ¡No puede marcharse! ¡Harry, no puede marcharse! ¡Si se marcha, me moriré!

—¡No! ¡No vuelvas a decir eso!

Nola cayó a sus pies.

—¡No se marche, Harry! ¡Por amor de Dios! ¡Sin usted no soy nada!

Harry se dejó caer a su lado.

—Nola... Tengo que decirte... He mentido desde el principio. No soy un escritor famoso... ¡He mentido! ¡He mentido sobre todo! Sobre mí, sobre mi carrera... ¡ya no tengo dinero! ¡Nada! No puedo permitirme quedarme más tiempo en esta casa. No puedo quedarme más tiempo en Aurora.

—¡Encontraremos una solución! Estoy segura de que se convertirá en un escritor muy famoso. ¡Ganará mucho dinero! Su primer libro era formidable, y ese libro que está escribiendo ahora con tanta pasión será un gran éxito, ¡estoy segura! ¡No me equivoco!

—Nola, ese libro no es más que un montón de horrores. No son más que palabras horribles.

—¿Cómo que palabras horribles?

—Palabras sobre ti que no debería escribir. Todo por culpa de lo que siento.

—¿Y qué siente, Harry?

—Amor. ¡Un amor tan grande!

—Pero entonces, esas palabras ¡conviértalas en palabras bonitas! ¡Póngase a trabajar! ¡Escriba palabras bonitas!

Le cogió de la mano y le instaló en la terraza. Le trajo sus folios, sus cuadernos, sus bolígrafos. Hizo café, puso un disco de ópera y abrió las ventanas del salón para que lo oyese bien. Sabía que la música le ayudaba a concentrarse. Poco a poco, él recuperó la calma y se puso a la tarea de empezar de nuevo; escribir una novela de amor, como si su historia con Nola fuese posible. Escribió durante dos horas largas, las palabras venían por sí mismas, las frases se dibujaban con perfección, naturalmente, brotando de su bolígrafo, que bailaba sobre el papel. Por primera vez desde que estaba allí, tuvo la impresión de que su novela estaba realmente empezando a nacer.

Cuando levantó los ojos del folio, se dio cuenta de que Nola, sentada aparte en un sillón de mimbre para no molestar, se había dormido. El sol era espléndido, hacía mucho calor. Y de pronto, con su novela, con Nola, con esa casa al borde del océano, le pareció que su vida era una vida maravillosa. Le pareció incluso que dejar Aurora no era algo malo: terminaría su novela en Nueva York, se convertiría en un gran escritor y esperaría a Nola. En el fondo, partir no significaba perderla. Quizás lo contrario. En cuanto terminara el instituto podría ir a la universidad de Nueva

York. Y estarían juntos. Hasta entonces, se escribirían y se verían durante las vacaciones. Los años pasarían deprisa y pronto su amor dejaría de ser un amor prohibido. Despertó a Nola, suavemente. Ella sonrió y se estiró.

—¿Ha podido escribir?

—Mucho.

—¡Formidable! ¿Podré leerlo?

—Muy pronto. Te lo prometo.

Una bandada de gaviotas pasó por encima del agua.

—¡Gaviotas! ¡Ponga gaviotas en su novela!

—Las habrá en todas las páginas, Nola. ¿Y si nos fuésemos unos días a hacer ese viaje a Martha's Vineyard? Queda una habitación libre la semana próxima.

Nola resplandeció:

—¡Sí! ¡Vamos! Vámonos juntos.

—Pero ¿qué les dirás a tus padres?

—No se preocupe, mi querido Harry. Yo me ocupo de mis padres. Preocúpese usted de escribir su obra maestra y de quererme. Entonces ¿se queda?

—No, Nola. Tengo que irme a finales de mes porque ya no puedo pagar esta casa.

—¿Finales de mes? Pero eso es dentro de nada.

—Lo sé.

Sus ojos se humedecieron:

—¡No se vaya, Harry!

—Nueva York no está muy lejos. Vendrás a visitarme. Nos escribiremos. Hablaremos por teléfono. Y luego podrías ir a la universidad allí. Me dijiste que soñabas con ver Nueva York.

—¿La universidad? ¡Pero eso es dentro de tres años! ¡No quiero pasar tres años sin usted, Harry! ¡No podré aguantarlo!

—No te preocupes, el tiempo pasa rápido. Cuando se ama, el tiempo vuela.

—No me deje, Harry. No quiero que Martha's Vineyard sea nuestro viaje de despedida.

—Nola, ya no tengo dinero. No puedo seguir aquí.

—No, Harry, por favor. Encontraremos una solución. ¿Me quiere?

—Sí.

—Entonces, si nos amamos, encontraremos una solución. La gente que se quiere encuentra soluciones para seguir queriéndose. Prométame al menos que lo pensará.

—Te lo prometo.

Se fueron una semana después, al alba del lunes 28 de julio de 1975, sin haber vuelto a hablar de ese final que se hacía inevitable para Harry. Se arrepentía de haberse dejado llevar por sus ambiciones y por sus sueños de grandeza: ¿cómo había podido ser tan ingenuo de querer escribir una gran novela en lo que dura un verano?

Quedaron a las cuatro de la mañana en el aparcamiento de la marina. Aurora dormía. Todavía era de noche. Harry condujo a buen ritmo hasta Boston. Allí desayunaron. Después continuaron casi de un tirón hasta Falmouth, donde cogieron el ferry. Llegaron a la isla de Martha's Vineyard cuando se hacía de noche. A partir de entonces, vivieron como en un sueño en ese magnífico hotel al borde del mar. Se bañaban, paseaban, cenaban uno frente al otro en el gran comedor del hotel, sin que nadie los mirase ni hiciese preguntas. En Martha's Vineyard podían vivir.

*

Hacía ya cuatro días que estaban allí. Tumbados sobre la cálida arena, en su cala, al abrigo del mundo, no pensaban más que en ellos y en la felicidad de estar juntos. Ella jugaba con la cámara de fotos y él pensaba en su libro.

Nola había dicho a Harry que había hecho creer a sus padres que estaba en casa de una amiga, pero había mentido. Se había fugado de casa sin avisar a nadie: una semana de ausencia era demasiado complicada de justificar. Así que se había marchado sin decir nada. Al amanecer había saltado por la ventana de su habitación. Y mientras Harry y ella disfrutaban tumbados en la playa, en Aurora el reverendo Kellergan estaba desesperado. El lunes por la mañana había encontrado el dormitorio vacío. No había avisado a la policía. Primero la tentativa de suicidio, después una fuga; si avisaba a la policía, todo el mundo lo sabría. Se había dado siete días para encontrarla. Siete días, como el Señor hizo la semana. Se pasaba el día en el coche, recorriendo la región, en busca de su hija. Se temía lo peor. Pasados los siete días, acudiría a las autoridades.

Harry no sospechaba nada. Estaba cegado por el amor. Asimismo, la mañana de su partida hacia Martha's Vineyard, cuando recogió a Nola en el aparcamiento de la marina, tampoco vio la silueta oculta en la oscuridad, observándolos.

Volvieron a Aurora la tarde del domingo 3 de agosto de 1975. Al pasar la frontera entre Massachusetts y New Hampshire, Nola se echó a llorar. Dijo a Harry que no podía vivir sin él, que no tenía derecho a marcharse, que un amor como el suyo sólo pasaba una vez en la vida. Y suplicaba: «No me abandones, Harry. No me dejes aquí». Le decía que había avanzado tanto en su libro esos últimos días que no podía arriesgarse a perder su inspiración. Le rogaba: «Me ocuparé de ti, y sólo tendrás que concentrarte en escribir. Estás escribiendo una novela magnífica, no puedes arriesgarte a echarla a perder». Y tenía razón: era su musa, su inspiración, gracias a ella podía escribir tan bien, tan rápido. Pero era demasiado tarde; no tenía dinero para pagar la casa. Debía marcharse.

Dejó a Nola a unas manzanas de su casa y se besaron por última vez. Tenía la cara cubierta de lágrimas, se agarraba a él para retenerlo.

—¡Dime que estarás aquí mañana por la mañana!

—Nola, yo...

—Te traeré bollos calientes, haré el café. Lo haré todo. Seré tu mujer y tú serás un gran escritor. Dime que estarás aquí...

—Estaré aquí.

Nola se iluminó.

—¿De verdad?

—Estaré aquí. Te lo prometo.

—No basta con prometerlo, Harry. Júramelo, júrame en nombre de nuestro amor que no me dejarás.

—Te lo juro, Nola.

Había mentido porque era demasiado difícil. En cuanto desapareció por la esquina, volvió rápidamente a Goose Cove. Debía actuar con rapidez: no quería arriesgarse a que ella regresase más tarde y le sorprendiese fugándose. Esa misma noche estaría en Boston. En casa, recogió sus cosas apresuradamente, metió las maletas en su coche y amontonó el resto de lo que debía llevarse en el asiento de atrás. Después cerró las persianas y cortó el gas, el agua y la electricidad. Estaba huyendo, huyendo del amor.

Quería dejar un mensaje para ella. Garabateó algunas líneas: *Mi querida Nola, he tenido que marcharme. Te escribiré. Te amo para siempre,* escritas precipitadamente en un trozo de papel que dejó en el marco de la puerta para quitarlo justo después, por temor a que otro encontrase la nota. Nada de mensajes, será más seguro. Cerró la puerta con llave, subió al coche y salió disparado. Huyó a toda velocidad. Adiós Goose Cove, adiós New Hampshire, adiós Nola.

Aquello había terminado para siempre.

17. Tentativa de fuga

«Debe usted preparar sus textos como quien prepara un combate de boxeo, Marcus. Los días precedentes a la velada conviene entrenarse a un setenta por ciento del máximo, para dejar hervir y crecer dentro de uno mismo esa rabia que debe explotar la noche del combate.

—¿Qué quiere decir eso?

—Que cuando tenga una idea, en lugar de convertirla inmediatamente en uno de esos ilegibles cuentos que publica en la revista que dirige, debe guardarla en lo más profundo de sí mismo y dejarla madurar. Debe impedir que salga, debe dejarla crecer en su interior hasta que sienta que ha llegado el momento. Esto hace el número... ¿En cuál estamos?

—En el 18.

—No, estamos en el 17.

—¿Por qué me lo pregunta, si lo sabe?

—Para ver si me sigue, Marcus.

—Entonces, el 17, Harry... Convertir las ideas...

—... en iluminaciones.»

El martes 1 de julio de 2008, Harry, a quien escuchaba con fervor en la sala de visitas de la prisión estatal de New Hampshire, me contó que la noche del 3 de agosto de 1975, cuando abandonaba precipitadamente Aurora por la federal 1, se cruzó con un coche que dio media vuelta de repente y empezó a perseguirle.

*

Noche del domingo 3 de agosto de 1975

Creyó por un instante que se trataba de un coche de policía, pero no llevaba ni faro giratorio ni sirena. Un coche le pisaba los talones y le hacía señas con el claxon sin que supiera por qué, y temió estar siendo víctima de un asalto. Intentó acelerar más, pero su perseguidor consiguió adelantarle y obligarle a parar en el arcén atravesándose delante de él. Harry saltó fuera del coche, dispuesto a pelear, antes de reconocer al chófer de Stern, Luther Caleb, al salir a su vez del suyo.

—¿Está usted completamente loco o qué? —gritó Harry.

—Le pido dizculpaz, zeñod Quebedt. No quedía azuztarle. El zeñod Ztern quiede vedle zin falta. Le eztoy buzcando dezde hace vadioz díaz.

—¿Y qué quiere de mí el señor Stern?

Harry temblaba, la adrenalina hacía estallar su corazón.

—No zé nada, zeñod —dijo Luther—. Pedo ha dicho que eda impodtante. Le eztá ezpedando en zu caza.

Ante la insistencia de Luther, Harry aceptó de mala gana seguirle hasta Concord. Caía la noche. Llegaron a la inmensa propiedad de Stern, donde Caleb, sin pronunciar palabra, guió a Harry por el interior de la casa hasta una amplia terraza. Elijah Stern, instalado en una mesa, bebía limonada, vestido con una bata de verano. En cuanto vio llegar a Harry, se levantó para ir a su encuentro, visiblemente aliviado de verle:

—Por Dios, mi querido Harry, ¡pensé que no iba a conseguir encontrarle! Le agradezco que haya venido aquí a estas horas. Llamé a su casa, le escribí una carta. Envié a Luther todos los días. Ni una noticia suya. ¿Dónde demonios se había metido?

· —Estaba fuera de la ciudad. ¿Qué es eso tan importante?

—¡Lo sé todo! ¡Todo! ¿Y quiso usted ocultarme la verdad?

Harry sintió cómo sus piernas flaqueaban: Stern sabía lo de Nola.

—¿De qué me está hablando? —balbuceó para ganar tiempo.

—¡De la casa de Goose Cove, por supuesto! ¡Por qué no me dijo que iba a dejar la casa por una cuestión de dinero? Ha sido la agencia de Boston la que me ha informado. Me han dicho que había acordado dejar las llaves mañana, ¡comprenda la urgencia de la situación! ¡Tenía que hablar con usted sin falta! ¡Es una verdadera pena que se vaya! No necesito el dinero del alquiler de la casa, y me apetece apoyar su proyecto literario. Quiero que se quede en Goose Cove el tiempo que tarde en terminar su novela, ¿qué le parece? Me dijo que ese sitio le inspiraba, ¿para qué marcharse? Ya lo he arreglado todo con la agencia. Me gustan mucho el arte y la cultura: si se encuentra usted bien en esa casa, ¡quédese unos meses más! Me sentiré muy orgulloso de haber podido contribuir al nacimiento de una gran novela. No lo rechace, no conozco a muchos escritores... De verdad que me gustaría ayudarle.

Harry dejó escapar un suspiro de alivio y se hundió en una silla. Aceptó inmediatamente la oferta de Elijah Stern. Era una oportunidad inesperada: poder aprovechar la casa de Goose Cove unos meses más, poder terminar su gran novela gracias a la inspiración de Nola. Si vivía modestamente, sin tener que enfrentarse al pago del alquiler de la casa, conseguiría cubrir sus necesidades. Permaneció un momento con Stern, en la terraza, hablando de literatura, más que nada para mostrarse educado con su benefactor, pero su único anhelo era volver inmediatamente a Aurora para ver a Nola y anunciarle que había encontrado una solución. Después pensó que quizás ella se hubiese presentado ya en Goose Cove, de improviso. ¿Habría encontrado la puerta cerrada? ¿Habría descubierto que había huido, que había estado dispuesto a abandonarla? Sintió un nudo en su estómago y, en cuanto creyó prudente marcharse, volvió a toda velocidad a Goose Cove. Se apresuró a abrir la casa, las persianas, el agua, el gas y la electricidad, poner todas sus cosas en su sitio y borrar toda huella de la tentativa de fuga. Nola no debía enterarse nunca. Nola, su musa. Sin ella no podía hacer nada.

*

—Así fue —me dijo Harry—, así fue como pude permanecer en Goose Cove y continuar mi libro. De hecho, las semanas siguientes no hice más que eso: escribir. Escribir como un loco, escribir febrilmente, escribir hasta perder la noción de la mañana y la noche, del hambre y la sed. Escribir sin parar, escribir hasta que me dolían los ojos, las muñecas, la cabeza, todo. Durante tres semanas, escribí día y noche. Y durante todo ese tiempo, Nola se ocupaba de mí. Venía a cuidarme, a hacerme comer, a obligarme a dormir, me llevaba a dar un paseo cuando veía que no podía más. Discreta, invisible y omnipresente: gracias a ella todo era posible. Con frecuencia mecanografiaba mis folios con la ayuda de una pequeña Remington portátil. Y a menudo se llevaba un fragmento de manuscrito para leerlo. Sin pedírmelo. Al día siguiente, me lo comentaba. A menudo me alababa exageradamente, me decía que era un texto magnífico, que eran las palabras más bonitas que había leído, y me llenaba, con sus grandes ojos enamorados, de una confianza excepcional.

—¿Qué le contó sobre el asunto de la casa? —pregunté.

—Que la amaba más que a nada, que quería permanecer cerca de ella y que había podido llegar a un acuerdo con mi banquero que me permitía pagar el alquiler. Gracias a ella pude escribir ese libro, Marcus. Ya no iba al Clark's, ya no se me veía por la ciudad. Nola iba a mi casa, se ocupaba de todo. Me decía incluso que no podía hacer las compras solo porque no sabía lo que necesitaba, e íbamos a hacer la compra juntos a supermercados alejados, donde estábamos tranquilos. Cuando se daba cuenta de que me había saltado una comida o cenado una barra de chocolate, se enfadaba muchísimo. Qué enfados maravillosos... Hubiese querido que esos dulces enfados me acompañasen en mi obra y en mi vida para siempre.

—Entonces ¿es verdad que escribió *Los orígenes del mal* en unas pocas semanas?

—Sí. Me sentía invadido por una especie de fiebre creadora que no volví a sentir jamás. ¿Provocada por el amor? Sin ninguna duda. Creo que cuando Nola desapareció, una parte de mi talento desapareció con ella. Comprenderá ahora por qué le suplico que no se preocupe cuando le cuesta encontrar la inspiración.

Un guardia nos anunció que la visita debía terminar y nos invitó a despedirnos.

—Así pues, ¿Nola se llevaba el manuscrito con ella? —retomé rápidamente para no perder el hilo de nuestra conversación.

—Se llevaba las partes que había pasado a máquina. Las leía y me daba su opinión. Marcus, ese mes de agosto de 1975 fue el paraíso. Fui tan feliz. Fuimos tan felices. Pero a pesar de ello me acosaba la idea de que alguien sabía lo nuestro. Alguien que estaba dispuesto a embadurnar un espejo con atrocidades. Ese alguien podía espiarnos desde el bosque y verlo todo. Me ponía enfermo.

—¿Ésa fue la razón por la que quiso marcharse? La partida que habían previsto juntos, la noche del 30 de agosto, ¿a qué se debió?

—Eso, Marcus, fue a causa de una historia terrible. ¿Está usted grabando?

—Sí.

—Le voy a contar un episodio muy grave. Para que lo comprenda. Pero no quiero que esto se divulgue.

—Cuente conmigo.

—En realidad, durante nuestra semana en Martha's Vineyard, Nola, en lugar de decir que estaba con una amiga, simplemente se había fugado. Se había marchado sin decir nada a nadie. Al día siguiente de nuestra vuelta, tenía una cara espantosamente triste. Me dijo que su madre le había pegado. Tenía marcas en el cuerpo. Lloraba. Ese día me dijo que su madre la castigaba por cualquier motivo. Que le pegaba con una regla de hierro, y que también le hacía esa cosa vergonzosa que hacen en Guantánamo, las simulaciones de ahogo: llenaba un barreño de agua, cogía a su hija por el pelo y hundía su cabeza en el agua. Decía que era para liberarla.

—¿Liberarla?

—Liberarla del mal. Una especie de bautismo, creo. Jesús en el Jordán o algo parecido. Al principio no podía creérmelo, pero las pruebas eran evidentes. Entonces le pregunté: «Pero ¿quién te hace esto?». «Mamá.» «¿Y por qué tu padre no reacciona?» «Papá se encierra en el garaje y escucha música a todo volumen. Eso es lo que hace cuando mamá me castiga. No quiere oír nada.» Nola no aguantaba más, Marcus. No aguantaba más. Quise arreglar esa historia, ir a ver a los Kellergan. Aquello tenía que acabar. Pero Nola me suplicó que no hiciese nada, me dijo que tendría unos problemas terribles, que sus padres la alejarían de la ciudad con toda seguridad y que no volveríamos a vernos. Sin embargo, esa situación no podía continuar así. De modo que a finales de agosto, sobre el 20, decidimos que debíamos marcharnos. Rápidamente. Y en secreto, por supuesto. Fijamos la fecha de nuestra partida el 30 de agosto. Queríamos ir en coche hasta Canadá, pasar la frontera de Vermont. Llegar quizás hasta la Columbia Británica, instalarnos en una cabaña de madera. Una vida feliz al borde de un lago. Nadie hubiese sabido nunca nada.

—¿Así que por eso planearon huir juntos?

—Sí.

—Pero ¿por qué no quiere que hable de esto?

—Esto no es más que el principio de la historia, Marcus. Después hice un descubrimiento terrible sobre la madre de Nola...

En ese instante, el guardia nos interrumpió. La visita había terminado.

—Seguiremos esta conversación la próxima vez, Marcus —me dijo Harry levantándose—. Mientras tanto, no diga nada a nadie.

—Se lo prometo, Harry. Sólo dígame: ¿qué habría hecho con el libro si hubiesen huido?

—Habría sido un escritor en el exilio. O no habría sido escritor. En aquel momento, aquello no tenía ninguna importancia. Sólo importaba Nola. Nola era mi mundo. El resto no contaba.

Me quedé estupefacto. Así que ése era el insensato plan que había fraguado Harry treinta años antes: huir a Canadá con la adolescente de la que se había enamorado perdidamente. Marcharse con Nola y llevar una vida a escondidas al borde de un lago. No imaginaba que la noche prevista para la fuga, Nola desaparecería y sería asesinada, ni que el libro que había escrito en un tiempo récord y al que estaba dispuesto a renunciar iba a ser uno de los grandes éxitos de ventas de la segunda mitad del siglo.

Durante nuestra segunda entrevista, Nancy Hattaway me dio su versión de las vacaciones en Martha's Vineyard. Me contó que la semana que siguió a la vuelta de Nola de la clínica de reposo Charlotte's Hill fueron a bañarse todos los días a Grand Beach, y que Nola se había quedado a cenar en su casa en varias ocasiones. Pero el lunes siguiente, cuando Nancy fue al 245 de Terrace Avenue para llevar a Nola a la playa, como los días anteriores, le respondieron que Nola estaba muy enferma y que debía guardar cama.

—Toda la semana —me dijo Nancy— me contaron la misma historia: «Nola está muy enferma, ni siquiera puede recibir visitas». Ni siquiera mi madre, que, intrigada, fue a interesarse, pudo pasar del umbral de la casa. Aquello me puso como loca, sabía que se tramaba algo. Y entonces lo comprendí: Nola había desaparecido.

—¿Qué le hizo pensar eso? Podría haber estado enferma y en cama...

—Fue mi madre la que notó un detalle entonces: ya no se escuchaba música. Durante toda esa semana, no se oyó música ni una sola vez.

Me puse en el papel de abogado del diablo:

—Si estaba enferma —dije—, quizás no querían molestarla con la música.

—Era la primera vez desde hacía mucho tiempo que no había música. Era un hecho completamente fuera de lo normal. Entonces quise comprobarlo y, tras oír por enésima vez que Nola estaba enferma en la cama, me deslicé furtivamente hasta la parte de atrás de la casa y fui a mirar por la ventana del cuarto de Nola. La habitación estaba desierta, la cama estaba hecha. Nola no estaba, no había duda. Y además, el domingo por la noche empezó de nuevo la música, esa maldita música que surgía del garaje; al día siguiente, Nola reapareció. ¿Cree que fue una coincidencia? Se presentó en mi casa al final del día, y fuimos a la gran plaza, en la calle principal. Allí le tiré de la lengua. Sobre todo por lo de las marcas que tenía en la espalda: la obligué a levantarse el vestido detrás de un seto, y comprobé que le habían dado una buena paliza. Insistí en que quería saber lo que había pasado, y terminó confesándome que la habían castigado porque se había fugado una semana entera. Se había marchado con un hombre, un hombre mayor. Stern, seguramente. Me dijo que había sido maravilloso y que había valido la pena a pesar de los golpes que había recibido en casa a su regreso.

Evité precisar a Nancy que Nola había pasado esa semana con Harry en Martha's Vineyard, y no con Elijah Stern. De hecho, parecía no saber mucho más sobre la relación de Nola y este último.

—Creo que lo de Stern era algo sórdido —prosiguió—. Sobre todo ahora que vuelvo a pensar en ello. Luther Caleb venía a buscarla a Aurora en coche, en un Mustang azul. Sé que la llevaba a casa de Stern. Todo se hacía a escondidas, evidentemente, pero fui testigo de esa escena una vez. En aquel momento Nola me dijo: «¡Sobre todo, no se lo cuentes a nadie! Júramelo, en nombre de nuestra amistad. Nos meteríamos en problemas las dos». Y yo dije: «Pero, Nola, ¿por qué vas a casa de ese vejestorio?». Ella me respondió: «Por amor».

—Pero ¿cuándo empezó todo aquello? —pregunté.

—No sabría decirle. Me enteré durante el verano, no recuerdo cuándo exactamente. Pasaron tantas cosas aquel verano. Quizás aquello venía ocurriendo desde hacía mucho tiempo, quizás años, quién sabe.

—Pero, al final, usted acabó contándoselo a alguien, ¿verdad? Cuando Nola desapareció.

—¡Por supuesto! Se lo conté al jefe Pratt. Le dije todo lo que sabía, todo lo que le he contado a usted. Me dijo que no me preocupase, que él aclararía todo ese asunto.

—¿Y estaría dispuesta a repetir todo esto ante un tribunal?

—Por supuesto, si es necesario.

Tenía bastantes ganas de tener una segunda conversación con el reverendo Kellergan en presencia de Gahalowood. Llamé a este último para exponerle mi idea.

—¿Interrogar juntos al reverendo Kellergan? Me imagino que esconde usted alguna idea.

—Sí y no. Me gustaría abordar con él los nuevos indicios del caso: las relaciones de su hija y los golpes que recibía.

—¿Y qué quiere? ¿Que vaya a preguntar al padre si su hija no sería por casualidad una zorra?

—Vamos, sargento, usted sabe que estamos sacando a la luz elementos importantes. En una semana todas sus convicciones se han derrumbado. ¿Puede usted, ahora mismo, decirme quién era realmente Nola Kellergan?

—De acuerdo, escritor, me ha convencido. Mañana mismo salgo para Aurora. ¿Conoce usted el Clark's?

—Claro. ¿Por qué?

—Nos vemos allí a las diez. Ya le explicaré.

Al día siguiente, llegué al Clark's antes de la hora de nuestra cita para poder hablar un poco del pasado con Jenny. Mencioné el baile de verano de 1975, uno de los que recordaba más amargamente, pues se había imaginado ir del brazo de Harry. Lo peor fue lo de la tómbola, cuando Harry ganó el primer premio. Había esperado en secreto ser la afortunada elegida, que Harry la fuera a buscar una mañana y la llevara a pasar una semana de amor bajo el sol.

—Lo esperaba —me dijo—, esperaba tanto que me eligiese. Esperé todos los días. Después, a finales del mes de julio, desapareció una semana entera, y comprendí que probablemente se había marchado a Martha's Vineyard sin mí. Ignoro con quién fue...

Mentí para protegerla un poco:

—Solo —dije—. Se marchó solo.

Ella sonrió, como si se sintiese aliviada. Después dijo:

—Desde que sé lo de Harry y Nola, desde que sé que escribió ese libro para ella, he dejado de sentirme mujer. ¿Por qué la eligió a ella?

—Ese tipo de cosas no pueden evitarse. ¿Nunca sospechaste lo que pasaba entre ellos?

—¿Harry y Nola? Pero bueno, ¿quién hubiese podido imaginarse algo parecido?

—Tu madre, ¿no? Afirma que estaba al corriente desde siempre. ¿No te habló nunca de ello?

—Nunca mencionó una relación entre los dos. Pero es cierto que, tras la desaparición de Nola, dijo que sospechaba de Harry. De hecho, recuerdo que los domingos, Travis, que me cortejaba, venía a veces a comer a casa, y mamá no dejaba de repetir: «¡Estoy segura de que Harry está relacionado con la desaparición de la pequeña!». Y Travis respondía: «Hacen falta pruebas, señora Quinn, sin pruebas eso no se sostiene». Y mi madre repetía: «Tenía una prueba. Una prueba irrefutable. Pero la he perdido». Yo nunca la creí. Mamá odiaba a muerte a Harry por lo de la *gardenparty*.

Gahalowood se presentó en el Clark's a las diez en punto.

—Ha metido el dedo en una llaga, escritor —me dijo sentándose en la barra, a mi lado.

—¿Por qué lo dice?

—Me he informado por mi cuenta sobre ese Luther Caleb. No ha sido fácil, pero esto es lo que he encontrado: nacido en 1940, en Portland, Maine. Ignoro lo que le trajo a esta región, pero, entre 1970 y 1975, fue fichado por la policía de Concord, de Montburry y de Aurora por comportamiento inadecuado con mujeres. Vagaba por la calle abordándolas. Existe incluso una denuncia contra él de una tal Jenny Quinn, de casada Dawn. Es la dueña de este establecimiento. Denuncia por acoso, registrada en agosto de 1975. Por eso le he citado aquí.

—¿Jenny denunció a Luther Caleb?

—¿La conoce?

—Claro.

—Hágala venir, ¿quiere?

Pedí a uno de los camareros que llamase a Jenny, que estaba en la cocina. Gahalowood se presentó y le pidió que le hablase de Luther. Jenny se encogió de hombros:

—No hay mucho que decir, ¿sabe usted? No era mal chico. Muy amable a pesar de su apariencia. Venía de vez en cuando aquí, al Clark's. Yo le invitaba a un café y a un sándwich. Nunca le dejaba pagar, era un pobre diablo. Me daba un poco de pena.

—Y sin embargo, puso una denuncia contra él —dijo Gahalowood.

Jenny puso cara de asombro.

—Veo que está usted muy informado, sargento. Aquello se remonta a hace mucho tiempo. Fue Travis el que me animó a denunciarle. En aquella época decía que Luther era peligroso y que había que mantenerle alejado.

—¿Peligroso por qué?

—Ese verano rondaba mucho por Aurora. Alguna vez se puso un poco agresivo conmigo.

—¿Y por qué razón Luther Caleb se mostró violento?

—Violento es una palabra muy fuerte. Digamos agresivo. Insistía en... En fin, le va a parecer ridículo...

—Díganoslo todo, señora. Quizás sea un detalle importante.

Hice un gesto con la cabeza para animar a Jenny a hablar.

—Insistía en pintarme —dijo.

—¿Pintarla?

—Sí. Decía que yo era una mujer muy guapa, que le parecía magnífica y que todo lo que quería era poder pintarme.

—¿Qué fue de él? —dije.

—Un día le dejamos de ver —me respondió Jenny—. Dicen que se mató en un accidente de coche. Eso hay que preguntárselo a Travis, seguro que lo sabe.

Gahalowood me confirmó que Luther Caleb había muerto en un accidente de circulación. El 26 de septiembre de 1975, es decir, cuatro semanas después de la desaparición de Nola. Habían encontrado su coche al pie de un acantilado, cerca de Sagamore, en Massachusetts, a unas doscientas millas de Aurora. También me dijo que Luther había estudiado en una escuela de Bellas Artes en Portland, y según Gahalowood, podíamos empezar a pensar seriamente que fue él quien pintó el retrato de Nola.

—Ese Luther parece un tipo extraño —me dijo—. ¿Habría intentado agredir a Nola? ¿Podría haberla arrastrado hasta el bosque de Side Creek? En un acceso de violencia, la mata, y después se libra del cuerpo antes de huir a Massachusetts. Corroído por el remordimiento, sabiéndose acosado, se tira con su coche desde lo alto de un acantilado. Tiene una hermana en Portland, Maine. He intentado hablar con ella sin éxito. Volveré a llamarla.

—¿Por qué la policía no lo relacionó con el caso en aquel momento?

—Para relacionarlo, era necesario considerar a Caleb como sospechoso. Pero ningún elemento de la investigación conducía hasta él.

Entonces pregunté:

—¿Podríamos volver a interrogar a Stern? Oficialmente. ¿Podríamos registrar su casa?

Gahalowood puso cara de derrota:

—Es muy poderoso. Por el momento, pinchamos en hueso. Mientras no tengamos algo más sólido, el fiscal no lo permitirá. Necesitamos indicios más concretos. Pruebas, escritor, necesitamos pruebas.

—Está el cuadro.

—El cuadro es una prueba ilegal, ¿cuántas veces voy a tener que repetírselo? Por el momento, dígame más bien qué piensa hacer con el reverendo Kellergan.

—Necesito aclarar algunos puntos. Cuantas más cosas descubro de él y su mujer, más preguntas me hago.

Mencioné la escapada de Harry y Nola a Martha's Vineyard, el maltrato de la madre, el padre escondiéndose en el garaje. Estaba convencido de que había un espeso halo misterioso que cubría a Nola: una chica luminosa y apagada a la vez que, según la opinión de todos, resplandecía, pero que sin embargo había intentado suicidarse. Terminamos el desayuno y nos fuimos a ver a David Kellergan.

La puerta de la casa de Terrace Avenue estaba abierta, pero él no estaba allí; ninguna música salía del garaje. Esperamos bajo el porche. Llegó al cabo de media hora a lomos de una estridente moto. La Harley-Davidson que había tardado treinta y tres años en reparar. La conducía con la cabeza sin cubrir. En vez de eso, llevaba unos cascos conectados a un discman. Nos saludó gritando por culpa del volumen de la música, que acabó apagando en el momento en que puso en marcha el tocadiscos del garaje, ensordeciendo toda la casa.

—La policía ha tenido que intervenir varias veces —explicó—. Por culpa del volumen de la música. Todos los vecinos se han quejado. El jefe Travis Dawn vino en persona a intentar convencerme de renunciar a mi música. Yo le respondí: «¿Qué quiere?, la música es mi castigo». Entonces fue a comprarme este lector portátil y una versión cedé del vinilo que escucho una y otra vez. Me dijo que así podría reventarme los tímpanos sin que el teléfono de la policía reventase a su vez con las llamadas de los vecinos.

—¿Y la moto? —pregunté.

—He terminado de restaurarla. Es bonita, ¿verdad?

Ahora que sabía lo que había sucedido con su hija, había podido terminar la moto en la que trabajaba desde la noche de su desaparición.

David Kellergan nos llevó a la cocina y nos sirvió té helado.

—¿Cuándo me devolverá el cuerpo de mi hija, sargento? —preguntó a Gahalowood—. Ahora hay que enterrarla.

—Pronto, señor. Sé que es difícil para usted.

El padre jugó con su vaso.

—A Nola le gustaba el té helado —dijo—. Muchas veces, las noches de verano, cogíamos una botella grande e íbamos a bebérnosla a la playa para ver el sol ponerse tras el océano y a las gaviotas bailando en el cielo. Le gustaban mucho las gaviotas. Las quería tanto. ¿Lo sabían?

Yo asentí. Después dije:

—Señor Kellergan, hay aspectos oscuros en este caso. Por eso el sargento Gahalowood y yo estamos aquí.

—¿Aspectos oscuros? Me lo imagino... Mi hija fue asesinada y enterrada en un jardín. ¿Saben algo más?

—Señor Kellergan, ¿conocía usted a un tal Elijah Stern? —preguntó Gahalowood.

—No personalmente. Me lo crucé alguna vez en Aurora. Pero eso fue hace mucho tiempo. Un tipo muy rico.

—¿Y a su hombre de confianza? Un tal Luther Caleb.

—Luther Caleb... Ese nombre no me suena. He podido olvidarlo, ¿sabe? El tiempo que ha pasado ha hecho su propia limpieza general. ¿Por qué me pregunta eso?

—Todo conduce a creer que Nola estaba vinculada a esas dos personas.

—¿Vinculada? —repitió David Kellergan, que no era estúpido—. ¿Qué significa *vinculada* en su lenguaje diplomático de policía?

—Pensamos que Nola pudo tener una relación con el señor Stern. Siento decírselo de forma tan brutal.

El rostro del reverendo se puso de color púrpura.

—¿Nola? ¿Qué está insinuando? ¿Que mi hija era una puta? ¡Mi hija fue víctima de ese repugnante Harry Quebert, famoso pedófilo que pronto debería acabar en el corredor de la muerte! ¡Vaya a ocuparse de él y no venga aquí a ensuciar la memoria de los muertos, sargento! Esta conversación ha terminado. Adiós, señores.

Gahalowood se levantó lentamente, pero había algunos puntos que yo quería dejar claros. Dije:

—Su mujer le pegaba, ¿verdad?

—¿Cómo dice? —dijo Kellergan, atónito.

—Su mujer daba a Nola unas palizas de muerte. ¿Estoy en lo cierto?

—¡Está usted completamente loco!

No le dejé continuar:

—Nola se fugó a finales de julio de 1975. Se fugó y usted no dijo nada a nadie, ¿me equivoco? ¿Por qué? ¿Sentía vergüenza? ¿Por qué no llamó a la policía cuando se fugó a finales de julio de 1975?

Empezó a desgranar una explicación:

—Iba a volver... La prueba es que, una semana después, volvió...

—¡Una semana! ¡Esperó usted una semana! Sin embargo, la noche de su desaparición, llamó usted a la policía sólo una hora después de haber comprobado que no estaba. ¿Por qué?

El reverendo se puso a gritar:

—¡Porque esa noche, mientras la buscaba por el barrio, oí hablar de esa chica que habían visto ensangrentada en Side Creek Lane, y lo relacioné inmediatamente! Pero bueno, ¿qué quiere usted, Goldman? ¡Ya no tengo familia, ya no tengo nada! ¿Por qué viene a abrir mis heridas? ¡Lárguese ahora mismo! ¡Lárguese!

No me dejé impresionar:

—¿Qué pasó en Alabama, señor Kellergan? ¿Por qué vinieron a Aurora? ¿Y qué pasó aquí en 1975? ¡Responda! ¡Responda de una vez! ¡Es lo que le debe a su hija!

Kellergan se levantó como loco y se abalanzó sobre mí. Me agarró por el cuello con una fuerza que nunca hubiese sospechado. «¡Fuera de mi casa!», gritó empujándome hacia atrás. Seguramente me habría caído si Gahalowood no me hubiese atrapado antes de arrastrarme fuera.

—¿Está usted loco, escritor? —exclamó cuando volvíamos al coche—. ¿O simplemente es usted anormalmente gilipollas? ¿Quiere poner a todos los testigos en contra de nosotros?

—Admita que no está claro...

—¿Que no está claro el qué? Acaban de decirle que su hija era una zorra y se enfada. Es bastante normal, ¿no? En cambio, ha estado a punto de darle un buen guantazo. Es fuerte, el anciano. Nunca lo hubiese imaginado.

—Lo siento, sargento. No sé qué es lo que me ha pasado.

—¿Y qué es toda esa historia de Alabama? —preguntó.

—Ya le hablé de eso: los Kellergan dejaron Alabama para venir aquí. Y estoy convencido de que tenían una buena razón para marcharse.

—Me informaré de ello. Si me promete comportarse en el futuro.

—Lo conseguiremos, ¿verdad, sargento? Quiero decir, se da cuenta de que Harry es inocente, ¿verdad?

Gahalowood me miró fijamente:

—Lo que me molesta, escritor, es usted. Yo hago mi trabajo. Investigo dos asesinatos. Pero usted, usted parece estar ante todo obsesionado por la necesidad de exculpar a Quebert del asesinato de Nola, como si quisiera decir al resto del país: ya ven que es inocente, ¿qué podemos reprochar a este buen escritor? Pero lo que se le reprocha, Goldman, ¡es también haberse liado con una chica de quince años!

—¡Lo sé muy bien! ¡Pienso en ello a cada momento!

—En ese caso, ¿por qué no lo dice nunca?

—Llegué aquí después del escándalo. Sin reflexionar. Pensaba ante todo en mi amigo, en mi viejo amigo Harry. Dentro de un orden normal de cosas, hubiese permanecido aquí dos o tres días, lo justo para quedarme con la conciencia tranquila, y hubiera vuelto a Nueva York de inmediato.

—Entonces ¿por qué sigue aquí jodiendo la marrana?

—Porque Harry Quebert es mi único amigo. He cumplido treinta años y sólo le tengo a él. Me lo ha enseñado todo, ha sido mi único hermano durante los últimos diez años. Aparte de él, no tengo a nadie.

Creo que en ese instante Gahalowood sintió piedad de mí, porque me invitó a cenar a su casa. «Venga esta noche, escritor. Hablaremos de la investigación y comeremos algo. Así conoce a mi mujer.» Y como ser amable le hubiera supuesto demasiado esfuerzo, enseguida adoptó su tono desagradable y añadió: «La verdad es que es mi mujer la que se va a alegrar. Hace tiempo que me da la lata con que le invite a casa. Sueña con conocerle. Menudo sueño».

*

La familia Gahalowood vivía en una bonita casita en un barrio residencial del este de Concord. Helen, la mujer del sargento, era elegante y muy agradable, es decir, exactamente lo opuesto a su marido. Me acogió con mucha amabilidad. «Me gustó tanto su libro —me dijo—. ¿Es cierto que está investigando con Perry?». Su marido refunfuñó que yo no estaba investigando, que el jefe era él y que a mí solamente me enviaba el Cielo para amargarle la existencia. Sus dos hijas, dos adolescentes visiblemente sin complejos, vinieron después a saludarme cortésmente antes de desaparecer en sus cuartos. Le dije a Gahalowood:

—En el fondo, usted es el único que no me quiere en esta casa.

Sonrió.

—Cierre el pico, escritor. Cierre el pico y venga fuera a beber una cerveza bien fría. Hace un tiempo estupendo.

Pasamos un buen rato en la terraza, sentados cómodamente en unos sillones de mimbre, vaciando una nevera de plástico. Gahalowood llevaba traje, pero se había puesto unas viejas zapatillas. El atardecer era muy caluroso, se oía a los niños jugar en la calle. El aire olía a verano.

—Tiene usted una familia estupenda —le dije.

—Gracias. ¿Y usted? ¿Tiene mujer? ¿Hijos?

—No, nada.

—¿Perro?

—No.

—¿Ni siquiera un perro? Efectivamente, debe de sentirse usted condenadamente solo, escritor... Déjeme adivinar: vive usted en un piso demasiado grande en un barrio elegante de Nueva York. Un gran piso siempre vacío.

Ni siquiera intenté negarlo.

—Antes —dije— mi agente venía a ver el béisbol a mi casa. Hacíamos nachos con queso. Estaba bien. Pero con esta historia, no sé si querrá volver a mi casa. No tengo noticias suyas desde hace dos semanas.

—Está usted acojonado, ¿eh, escritor?

—Sí. Pero lo peor es que no sé de qué tengo miedo. Estoy escribiendo mi nuevo libro sobre este asunto. Voy a ganar con él un millón de dólares por lo menos. Seguro que voy a vender un montón. Y en el fondo, me siento infeliz. ¿Qué cree que debo hacer?

Me miró casi extrañado:

—¿Está pidiendo consejo a un tipo que gana cincuenta mil dólares al año?

—Sí.

—No sé qué decirle, escritor.

—Si fuera su hijo, ¿qué me aconsejaría?

—¿Usted, hijo mío? Déjeme vomitar. Vaya a un psicoanalista, escritor. Ya tengo un hijo, ¿sabe? Más joven que usted, tiene veinte años...

—No lo sabía.

Buscó en su bolsillo y sacó una pequeña foto que había pegado a un trozo de cartón para que no se arrugase. En ella salía un joven con el uniforme de gala de los Marines.

—¿Su hijo es soldado?

—Segunda división de infantería. Está destinado en Irak. Recuerdo el día que se alistó. Había una oficina móvil de reclutamiento del US Army aparcada frente al centro comercial. Para él era lo lógico. Volvió a casa y me comunicó su elección: renunciaba a la universidad, quería marcharse a la guerra. Por culpa de las imágenes del 11 de Septiembre que tenía grabadas en su cabeza. Entonces saqué un mapa del mundo y le dije: «¿Dónde está Irak?». Y me respondió: «Irak está donde debo estar yo». ¿Qué opina usted, Marcus? —era la primera vez que me llamaba por mi nombre—. ¿Hizo lo correcto o no?

—No tengo ni idea.

—Yo tampoco. Todo lo que sé es que la vida es una sucesión de elecciones que después hay que asumir.

Fue una bonita velada. Hacía mucho tiempo que no me había sentido tan bien rodeado. Después de la comida, me quedé un momento solo en la terraza, mientras Gahalowood ayudaba a su mujer a recoger. Se había hecho de noche, el cielo estaba negro como la tinta. Localicé la Osa Mayor, que tintineaba. Todo estaba en calma. Los niños habían desaparecido de las calles y podía oírse el relajante canto de los grillos. Cuando Gahalowood vino a mi encuentro, comentamos el caso. Le conté que Stern había dejado a Harry permanecer en Goose Cove gratuitamente.

—¿Es el mismo Stern que tenía relaciones con Nola? —apuntó—. Todo esto es muy extraño.

—Usted lo ha dicho, sargento. Y puedo confirmarle que alguien sabía, en aquella época, lo de Harry y Nola. Harry me contó que la noche del baile de aquel año encontró el espejo del baño pintado con una inscripción que le llamaba *follador de niñas*. Por cierto, ¿qué fue de la nota en el manuscrito? ¿Cuándo tendrá los resultados de los exámenes grafológicos?

—De aquí a una semana, en principio.

—Entonces pronto lo sabremos.

—He estudiado concienzudamente el informe policial sobre la desaparición de Nola —me dijo después Gahalowood—. El que redactó el jefe Pratt. Le confirmo que no hay ninguna mención de Stern ni de Harry.

—Es extraño, porque tanto Nancy Hattaway como Tamara me confirmaron que habían informado al jefe Pratt de sus suposiciones a propósito de Harry y Stern en el momento de la desaparición.

—Sin embargo, el informe está firmado por Pratt en persona. ¿Lo sabía y no hizo nada?

—¿Qué puede significar? —pregunté.

Gahalowood adoptó una expresión sombría:

—Que quizás él también hubiese tenido una relación con Nola Kellergan.

—¿También él? ¿Cree usted que... por amor de Dios... el jefe Pratt y Nola?

—La primera cosa que haremos mañana por la mañana, escritor, será ir a preguntárselo.

*

La mañana del jueves 3 de julio de 2008, Gahalowood vino a buscarme a Goose Cove y fuimos a ver al jefe Pratt a su casa de Mountain Drive. Fue el mismo Pratt el que nos abrió la puerta. Primero sólo me vio a mí y me acogió con simpatía.

—Señor Goldman, ¿qué le trae de nuevo por aquí? Se dice en la ciudad que está realizando su propia investigación...

Oí a Amy preguntar quién era y a Pratt responder: «Es el escritor, Goldman». Después vio a Gahalowood, unos pasos a mi espalda, y soltó:

—Así que es una visita oficial...

Gahalowood asintió con la cabeza.

—Sólo unas preguntas, jefe —explicó—. El caso no está claro y nos faltan elementos. Estoy seguro de que lo entiende.

Nos instalamos en el salón. Amy Pratt vino a saludarnos. Su marido le ordenó que saliese al jardín, y ella se puso un sombrero y fue a ocuparse de sus gardenias sin decir ni pío. La escena podría haber resultado graciosa si de repente, por una razón que todavía no me explicaba, la atmósfera en el salón de los Pratt no hubiese sido tan tensa.

Dejé que Gahalowood hiciese su interrogatorio. Era un policía muy bueno y un buen conocedor de la psicología humana, a pesar de su aparente agresividad. Primero hizo algunas preguntas triviales; pidió a Pratt que le recordase brevemente el desarrollo de los acontecimientos que habían desembocado en la desaparición de Nola Kellergan. Pero Pratt perdió rápidamente la paciencia: dijo que ya había hecho su informe en 1975 y que no teníamos más que leerlo. Ahí fue donde Gahalowood le respondió:

—Bueno, para ser honesto, he leído su informe y no me he quedado muy convencido de lo que he encontrado. Por ejemplo, sé que Tamara Quinn le dijo que sabía lo de Harry y Nola, y sin embargo no figura en el dossier en ningún momento.

Pratt no se dejó avasallar:

—Quinn vino a verme, es cierto. Me dijo que lo sabía todo, me dijo que Harry fantaseaba sobre Nola. Pero no tenía ninguna prueba, y yo tampoco.

—Está mintiendo —intervine—. Ella le enseñó una nota escrita por Harry que le comprometía claramente.

—Me la enseñó una vez. ¡Y luego esa hoja desapareció! ¡No tenía nada! ¿Qué quería que hiciese?

—¿Y Elijah Stern? —preguntó Gahalowood simulando volver a ser amable—. ¿Qué sabía usted de Stern?

—¿Stern? —repitió Pratt—. ¿Elijah Stern? ¿Qué tiene que ver en toda esta historia?

Gahalowood dominaba. Dijo, con voz muy tranquila pero que no permitía ninguna tergiversación:

—Deje de tomarnos el pelo, Pratt, estoy al corriente de todo. Sé que no realizó la investigación como hubiese debido. Sé que, en el momento de la desaparición de la chiquilla, Tamara Quinn le informó de sus sospechas sobre Quebert y Nancy Hattaway le contó que Nola había tenido relaciones sexuales con Elijah Stern. Tenía que haber detenido a Quebert y a Stern, por lo menos tenía que haberlos interrogado, registrar su casa, aclarar ese asunto e incluirlo en su informe. Es el procedimiento habitual. ¡Y no hizo nada de eso! ¿Por qué? ¿Por qué, eh? ¡Si tenía ante sus narices a una mujer asesinada y a una chiquilla desaparecida!

Noté que Pratt estaba desconcertado. Alzó la voz para recuperar su superioridad:

—¡Hice rastrear la región durante semanas! —gritó—, ¡incluso durante mis vacaciones! ¡Hice todo lo posible por encontrar a la chiquilla! ¡Así que no venga aquí, a mi casa, a poner en duda mi trabajo! ¡Los policías no hacemos eso con los compañeros!

—¡Removió cielo y tierra y registró hasta el fondo del mar! —replicó Gahalowood—, ¡pero sabía que había personas a las que debía interrogar y no lo hizo! ¿Por qué, eh? ¿Qué tenía que reprocharse?

Hubo un largo silencio. Miré a Gahalowood, era muy impresionante. Miraba fijamente a Pratt con una calma tormentosa.

—¿Qué tiene que reprocharse? —repitió—. ¡Hable! ¡Hable de una vez! ¿Qué pasó con esa chiquilla?

Pratt desvió la vista. Se levantó y se colocó frente a la ventana para evitar nuestras miradas. Miró un momento a su mujer, fuera, que quitaba las hojas secas de sus gardenias.

—Fue a principios de agosto —dijo con voz apenas audible—. Los primeros días de agosto de ese maldito año de 1975. Una tarde, me crean o no, la pequeña vino a buscarme, a mi despacho, en la comisaría. Oí que llamaban a la puerta y entró Nola Kellergan, sin esperar respuesta. Yo estaba sentado en mi despacho, leyendo un informe. Me sorprendió verla. La saludé y le pregunté lo que pasaba. Tenía una expresión extraña. No me dirigió una sola palabra. Cerró la puerta, giró la llave en la cerradura, me miró fijamente y vino hacia mí. Hacia la mesa, entonces...

Pratt se interrumpió. Estaba visiblemente conmocionado, no encontraba las palabras. Gahalowood no mostró ninguna empatía. Le preguntó con tono cortante:

—¿Y *entonces* qué, jefe Pratt?

—Lo crea o no, sargento, se metió bajo la mesa del despacho... y... y me abrió el pantalón, me agarró el pene y se lo metió en la boca.

Di un salto:

—Pero ¿qué dice?

—Es la verdad. Me hizo una felación, y yo me dejé hacer. Me dijo: «Déjese llevar, jefe». Y cuando terminó, me dijo, secándose la boca: «Ahora es usted un criminal».

Nos quedamos estupefactos: así que ésa era la razón por la que Pratt no interrogó ni a Stern ni a Harry. Porque también él, y al mismo nivel, estaba directamente implicado en ese caso.

Ahora que había empezado a aliviar su conciencia, Pratt necesitaba contarlo todo. Nos confesó que se había producido una segunda felación. Pero si la primera había sido iniciativa de Nola, él la había forzado a repetir. Nos contó que un día, mientras patrullaba solo, se había cruzado con Nola, que volvía de la playa a pie. Cerca de Goose Cove. Llevaba su máquina de escribir. Él se ofreció a llevarla y cuando ella aceptó, en lugar de dirigirse a Aurora, se internó en el bosque de Side Creek. Nos dijo:

—Semanas antes de su desaparición, estuve en Side Creek con ella. Detuve el coche en la linde del bosque, no había nadie por allí. Cogí su mano y la obligué a tocar mi sexo hinchado, y le pedí que me hiciese de nuevo lo que me había hecho. Abrí mi pantalón, la agarré por la nuca y le pedí que me la chupara... No sé qué me pasó. ¡Llevo treinta años atormentado! ¡No puedo más! Deténgame, sargento. Quiero que me interroguen, que me juzguen, que me perdonen. ¡Perdón, Nola! ¡Perdón!

Cuando Amy Pratt vio a su marido salir de su casa esposado, empezó a dar unos gritos que alertaron a todo el vecindario. Los jardines se llenaron de curiosos por ver lo que pasaba, y oí a una mujer llamar a su marido para que no se perdiese el espectáculo: «¡La policía se lleva a Gareth Pratt!».

Gahalowood metió a Pratt en el coche y partió, con todas las sirenas puestas, hacia el cuartel general de la policía estatal de Concord. Yo me quedé sobre el césped de los Pratt: Amy lloraba, arrodillada al lado de sus gardenias, y los vecinos, y los vecinos de los vecinos, y toda la calle, y todo el barrio y pronto la mitad de Aurora se apelotonaron ante la casa de Mountain Drive.

Aturdido por lo que acababa de descubrir, me senté por fin en una boca de incendios y llamé a Roth para contarle lo que había pasado. No tenía valor para enfrentarme a Harry: no quería ser yo el que le diera la noticia. La televisión se encargó de ello en las horas que siguieron: todos los canales informativos se ocuparon del tema, y la gran maquinaria mediática volvió a la carga: Gareth Pratt, antiguo jefe de la policía de Aurora, había confesado abusos sexuales sobre Nola Kellergan y se convertía en un nuevo sospechoso potencial en el caso. Harry me llamó a cobro revertido desde la cárcel al final de la tarde, lloraba. Me pidió que fuese a verle. No podía creer que aquello fuese verdad.

En la sala de visitas de la prisión, le conté lo que acababa de pasar con el jefe Pratt. Estaba completamente descompuesto, sus ojos no dejaban de llorar. Por fin, le dije:

—Eso no es todo... Creo que ya es hora de que lo sepa...

—¿Saber qué? Me está usted asustando, Marcus.

—Si el otro día le mencioné a Stern, fue porque he estado en su casa.

—¿Y?

—Encontré un retrato de Nola.

—¿Un retrato? ¿Cómo que *un retrato*?

—Stern tiene un retrato que representa a Nola desnuda, en su casa.

Había traído la ampliación de la foto y se la enseñé.

—¡Es ella! —exclamó Harry—. ¡Es Nola! ¡Es Nola! ¿Qué significa esto? ¿Qué significa esta basura?

Un guardia le llamó al orden.

—Harry —dije—, intente conservar la calma.

—Pero ¿qué tiene que ver Stern en todo este asunto?

—Lo ignoro... ¿Nola nunca le habló de él?

—¡Nunca! ¡Nunca!

—Harry, por lo que sé, Nola pudo tener una relación con Elijah Stern. Durante ese mismo verano de 1975.

—¿Co... cómo? Pero ¿qué quiere decir con eso, Marcus?

—Creo... En fin, por lo que sé... Harry, debe hacerse a la idea de que quizás no fue el único hombre en la vida de Nola.

Se puso como loco. Se levantó de un salto y estrelló su silla de plástico contra la pared gritando:

—¡Eso es imposible! ¡Sólo me amaba a mí! ¿Lo entiende? ¡Me amaba a mí!

Los guardias se abalanzaron sobre él para controlarlo y llevárselo. Seguía gritando: «¿Por qué me hace esto, Marcus? ¿Por qué ha venido a ensuciarlo todo? ¡Malditos sean! ¡Malditos sean usted, Pratt y Stern!».

Tras este episodio empecé a escribir la historia de Nola Kellergan, quince años, que pondría patas arriba a toda una pequeña ciudad de la campiña americana.

16. Los orígenes del mal

(Aurora, New Hampshire, 11-20 de agosto de 1975)

«Harry, ¿cuánto tiempo se necesita para escribir un libro?
—Depende.
—¿Depende de qué?
—De todo.»

11 de agosto de 1975

—¡Harry! ¡Mi querido Harry!

Nola entró en la casa corriendo, con el manuscrito en sus manos. Era muy pronto, ni siquiera habían dado las nueve. Harry estaba en su despacho, revolviendo montones de folios. Nola apareció en la puerta y blandió la carpeta que contenía el precioso documento.

—¿Dónde estaba? —preguntó Harry, molesto—. ¿Dónde diablos tenías ese maldito manuscrito?

—Perdón, Harry. Mi querido Harry... No te enfades conmigo. Lo cogí ayer por la noche, estabas dormido y me lo llevé a casa para leerlo... No debí hacerlo, pero... ¡es tan bonito! ¡Es extraordinario! ¡Es tan bonito!

Le entregó las hojas, sonriente.

—Entonces ¿te ha gustado?

—¿Que si me ha gustado? —exclamó—. ¿Me preguntas que si me ha gustado? ¡Me ha encantado! Es la cosa más bonita que he leído en mi vida. ¡Eres un escritor excepcional! ¡Ese libro es un libro importantísimo! Te vas a hacer famoso, Harry. ¿Me oyes? ¡Famoso!

Al decir eso, empezó a bailar; bailó por el pasillo, bailó hasta el salón, bailó en la terraza. Bailaba de alegría, era tan feliz. Preparó la mesa sobre la terraza. Le secó el rocío, la cubrió con un mantel y organizó su espacio de trabajo, con sus bolígrafos, sus cuadernos, sus borradores y algunas piedras recogidas cuidadosamente en la playa que le servían de pisapapeles. Después trajo café, gofres, galletas y fruta, y colocó un cojín sobre la silla para que estuviese cómodo. Nola se aseguraba de que todo fuese perfecto para que Harry pudiese trabajar en las mejores condiciones. Una vez instalado, se encargaba de la casa. Limpiaba, preparaba la comida: se ocupaba de todo para que él sólo tuviera que concentrarse en la escritura. Su escritura y nada más. A medida que avanzaba en su manuscrito, ella lo releía, hacía algunas correcciones y después lo pasaba a limpio con su Remington, trabajando con la pasión y la devoción de la más fiel de las secretarias. Sólo cuando había terminado todas sus tareas, se permitía sentarse cerca de Harry —no demasiado para no molestarle— y le miraba escribir, feliz. Era la mujer del escritor.

Ese día se marchó poco antes del mediodía. Como hacía siempre que lo dejaba solo, recitó sus consignas:

—Te he preparado unos sándwiches. Están en la cocina. Hay té helado en el frigorífico. Es importante que comas bien. Y descansa un poco. Si no, te dolerá la cabeza. Ya sabes lo que pasa cuando trabajas demasiado, mi querido Harry: te atacan esas espantosas migrañas que te vuelven tan irritable.

Le rodeó con sus brazos.

—¿Volverás más tarde? —preguntó Harry.

—No, Harry. Estoy ocupada.

—¿Ocupada en qué? ¿Por qué te vas tan pronto?

—Ocupada y punto. Las mujeres debemos guardar cierto misterio. Lo he leído en una revista.

Harry sonrió.

—Nola...

—¿Sí?

—Gracias.

—¿Por qué, Harry?

—Por todo. Yo... estoy escribiendo un libro. Y es gracias a ti que lo estoy consiguiendo.

—Harry, querido, eso es lo que quiero hacer en mi vida: ocuparme de ti, estar aquí por ti, ayudarte con tus libros, fundar una familia contigo. ¡Imagínate lo felices que seremos juntos! ¿Cuántos hijos quieres, Harry?

—¡Por lo menos tres!

—¡Sí! ¡Incluso cuatro! Dos niños y dos niñas, para que no haya demasiadas peleas. ¡Quiero convertirme en la señora Nola Quebert! ¡La mujer más orgullosa de su marido del mundo!

Se fue. Bordeando el camino de Goose Cove, llegó hasta la federal 1. Tampoco ese día se dio cuenta de que una silueta la espiaba, oculta en la espesura.

Necesitó treinta minutos para llegar a Aurora a pie. Hacía ese camino dos veces al día. Al llegar a la ciudad, giró por la calle principal y continuó hasta la plaza donde la esperaba Nancy Hattaway, como habían convenido.

—¿Por qué en la plaza y no en la playa? —se quejó Nancy al verla—. ¡Hace mucho calor!

—Tengo una cita esta tarde...

—¿Cómo? ¡No, no me digas que vas a ver a Stern otra vez!

—¡No pronuncies su nombre!

—¿Me has vuelto a llamar para que te sirva de coartada?

—Venga, te lo suplico, cúbreme...

—¡Pero si te cubro todo el tiempo!

—Una vez más. Sólo una vez. Por favor.

—¡No vayas! —suplicó Nancy—. No vayas a casa de ese tipo, ¡eso tiene que parar! Tengo miedo por ti. ¿Qué hacéis juntos? Tenéis sexo, ¿verdad? ¿Es eso?

Nola la miró con expresión dulce y tranquilizadora:

—No te preocupes, Nancy. Sobre todo, no te preocupes. Me cubrirás, ¿verdad? Prométeme que me cubrirás: sabes lo que pasará si se enteran de que miento. Sabes lo que me harán en casa...

Nancy suspiró, resignada:

—Muy bien. Me quedaré aquí hasta que vuelvas. Pero no más tarde de las seis y media, si no mi madre se enfadará.

—De acuerdo. Y si te preguntan, ¿qué hemos hecho?

—Hemos estado aquí charlando toda la tarde —repitió Nancy con voz de autómata—. ¡Pero estoy harta de mentir por ti! —gimió—. ¿Por qué haces eso? ¿Eh?

—¡Porque le quiero! ¡Le quiero tanto! ¡Haría cualquier cosa por él!

—Puaj, qué asco me da. No quiero pensarlo siquiera.

Un Mustang azul apareció por una de las calles que bordeaban la plaza y se detuvo a su lado. Nola lo vio.

—Ahí está —dijo—. Tengo que irme. Hasta luego, Nancy. Eres una amiga de verdad.

Se dirigió rápidamente al coche y se metió en él. «Hola, Luther», le dijo al chófer sentándose en el asiento de atrás. El coche arrancó inmediatamente y desapareció sin que nadie, aparte de Nancy, se diese cuenta del extraño acontecimiento que acababa de producirse.

Una hora más tarde, el Mustang llegó a la explanada de la mansión de Elijah Stern, en Concord. Luther condujo a la joven al interior. Nola conocía el camino hasta la habitación.

—Deznúdate —le conminó amablemente Luther—. Voy a avizad al zeñod Ztern de que haz llegado.

*

12 de agosto de 1975

Como todas las mañanas desde el viaje a Martha's Vineyard, desde que había encontrado su inspiración, Harry se levantaba al alba y salía a correr antes de ponerse a trabajar.

Como todas las mañanas, llegó corriendo hasta Aurora. Y como todas las mañanas, se detuvo en la marina para hacer series de flexiones. No habían dado las seis. La ciudad dormía. Había evitado pasar delante del Clark's: era la hora de apertura y no quería arriesgarse a cruzarse con Jenny. Era una chica formidable, no se merecía la forma en que la trataba. Permaneció un instante contemplando el océano, bañado de los improbables colores del amanecer. Se sobresaltó cuando oyó pronunciar su nombre:

—¿Harry? ¿Así que es cierto? ¿Te levantas tan temprano para ir a correr?

Se volvió: era Jenny, con el uniforme del Clark's. Se acercó e intentó abrazarle, torpemente.

—Es que me gusta ver el amanecer —dijo.

Jenny sonrió. Pensó que si iba hasta allí, es que quizás la amaba un poco.

—¿Quieres pasarte por el Clark's a tomar un café? —propuso.

—Gracias, pero no quiero romper mi ritmo...

Jenny ocultó su decepción.

—Al menos, podríamos sentarnos un momento.

—No quiero entretenerme mucho.

Jenny puso expresión triste:

—¡Es que no he tenido noticias tuyas desde hace días! Ya no vienes al Clark's...

—Lo siento. Estaba muy ocupado con mi libro.

—¡Pero hay otras cosas en la vida además de los libros! Ven a verme de vez en cuando, me encantaría. Te prometo que mamá no se enfadará contigo. No debió obligarte a pagar toda tu cuenta de una sola vez.

—No pasa nada.

—Tengo que ir a trabajar, abrimos a las seis. ¿Estás seguro de que no quieres un café?

—Estoy seguro, gracias.

—¿Te veré quizás más tarde?

—No, no lo creo.

—Si vienes aquí todas las mañanas, podría esperarte en la marina... En fin, si quieres. Sólo para saludarte.

—No te molestes.

—De acuerdo. En todo caso, hoy trabajo hasta las tres. Si quieres venir a escribir... No te molestaré, te lo prometo. Espero que no estés enfadado porque haya ido al baile con Travis... No estoy enamorada de él, ¿sabes? Es sólo un amigo. Yo... quería decirte que... Harry, te quiero. Te quiero como nunca había querido a nadie.

—No digas eso, Jenny...

El reloj del ayuntamiento dio las seis de la mañana: Jenny llegaba tarde. Besó a Harry en la mejilla y se fue corriendo. No debió decirle que le quería, se arrepintió enseguida. Se sintió tonta. Al subir la calle de camino al Clark's, se volvió para hacerle una seña con la mano, pero había desaparecido. Pensó que, si se pasaba por el Clark's, querría decir que la amaba un poco, que no todo estaba perdido. Aceleró el paso, pero justo antes de llegar al final de la cuesta, una sombra larga y retorcida surgió de detrás de una valla y le cerró el camino. Jenny, sorprendida, soltó un grito. Después reconoció a Luther.

—¡Luther! ¡Qué susto me has dado!

Una farola iluminó el rostro deforme y el poderoso cuerpo.

—¿Quién ez éze?... ¿Qué quiede?

—Nada, Luther...

La agarró del brazo con fuerza.

—No... no... ¡no te díaz de mí! ¿Qué quiede?

—¡Es un amigo! ¡Suéltame, Luther! ¡Me estás haciendo daño! ¡Suéltame o grito!

La soltó y preguntó:

—¿Haz penzado en mi popozizión?

—¡La respuesta es no, Luther! ¡No quiero que me pintes! ¡Déjame pasar! O diré que me estás acosando y te meterás en problemas.

Luther desapareció corriendo en la penumbra, sin decir nada más, como un animal enloquecido. Jenny estaba asustada y se echó a llorar. Se fue al restaurante a toda prisa y, antes de cruzar la puerta de entrada, se secó los ojos para que su madre, que ya estaba allí, no se diese cuenta de nada.

Harry había reanudado su carrera, atravesando por completo la ciudad para llegar a la federal 1 y volver a Goose Cove. Pensaba en Jenny, no debía darle falsas esperanzas. Esa chica le daba mucha pena. Cuando llegó a la intersección con la carretera, sus piernas le abandonaron; los músculos se habían enfriado en la marina, sintió que iba a sufrir calambres y estaba solo en una carretera desierta. Se arrepintió de haber llegado hasta Aurora, era impensable que volviera a Goose Cove corriendo. En ese instante, un Mustang azul que no había visto se detuvo a su altura. El conductor bajó la ventanilla y Harry reconoció a Luther Caleb.

—¿Nezezita ayuda?

—He corrido demasiado... Creo que me he hecho daño.

—Zuba. Le llevadé.

—Es una suerte haberme cruzado con usted —dijo Harry instalándose en el asiento del acompañante—. ¿Qué está haciendo en Aurora tan temprano?

Caleb no respondió: condujo a su pasajero a Goose Cove sin pronunciar una sola palabra. Tras haber dejado a Harry en su casa, el Mustang deshizo el camino, pero en lugar de dirigirse hacia Concord, giró a la izquierda, en dirección a Aurora, hasta llegar a un pequeño sendero forestal sin salida. Caleb dejó el coche escondido entre los pinos y después, con paso ágil, atravesó las hileras de árboles y se escondió en la espesura cerca de la casa. Eran las seis y cuarto. Se apoyó en un tronco y esperó.

Sobre las nueve, Nola llegó a Goose Cove para ocuparse de su enamorado.

*

13 de agosto de 1975

—Compréndalo, doctor Ashcroft, siempre hago lo mismo, y luego me arrepiento.

—¿Qué es lo que le sucede?

—No lo sé. Es como si saliese de mí a mi pesar. Una especie de impulso, no puedo evitarlo. Y luego me siento muy mal. ¡Me siento tan mal! Pero no puedo evitarlo.

El doctor Ashcroft miró fijamente a Tamara Quinn durante un instante, después le preguntó:

—¿Se ve capaz de decir a la gente lo que siente por ellos?

—Pues... No. No lo digo nunca.

—¿Por qué?

—Porque lo saben.

—¿Está usted segura?

—¡Por supuesto!

—¿Y cómo lo saben si usted no se lo dice?

Se encogió de hombros:

—No lo sé, doctor...

—¿Sabe su familia que viene a verme?

—No. ¡Claro que no! Eso... eso no es cosa suya.

El doctor asintió con la cabeza.

—¿Sabe, señora Quinn? Debería escribir lo que siente. A veces, escribir calma.

—Si lo hago, lo escribo todo. Desde que lo comentamos, escribo en un cuaderno que guardo cuidadosamente.

—¿Y eso la ayuda?

—No lo sé. Un poco, sí. Eso creo.

—Hablaremos la semana que viene. Ya es la hora.

Tamara Quinn se levantó y se despidió del médico con un apretón de manos. Luego abandonó la consulta.

*

14 de agosto de 1975

Eran cerca de las once. Desde muy temprano, instalada en la terraza de la casa de Goose Cove, Nola mecanografiaba aplicadamente las hojas manuscritas con su Remington mientras, frente a ella, Harry proseguía su trabajo de escritura. «¡Qué bueno! —se entusiasmaba a medida que descubría las palabras—. ¡Es realmente bueno!». A modo de respuesta, Harry sonreía, se sentía repleto de una inspiración eterna.

Hacía calor. Nola se dio cuenta de que Harry ya no tenía nada de beber y dejó un instante la terraza para ir a preparar té helado en la cocina. Apenas entró en el interior de la casa, un visitante apareció en la terraza: Elijah Stern.

—¡Harry Quebert, trabaja usted demasiado! —exclamó Stern con voz atronadora sobresaltando a Harry, que no le había oído llegar y que se sintió invadido por un tremendo pánico: nadie debía ver a Nola allí.

—¡Elijah Stern! —gritó Harry lo más fuerte que pudo para que Nola lo oyese y permaneciese en la casa.

—¡Harry Quebert! —repitió aún más fuerte Stern, que no comprendía por qué Harry gritaba así—. He llamado a la puerta, pero no ha contestado nadie. Como he visto su coche, pensé que quizás estaría en la terraza, y me he permitido rodear la casa.

—¡Ha hecho usted muy bien! —exclamó Harry a voz en grito.

Stern vio las hojas, y después la Remington al otro lado de la mesa.

—¿Escribe y mecanografía al mismo tiempo? —preguntó con curiosidad.

—Sí. Esto... escribo varias páginas a la vez.

Stern se derrumbó sobre una silla. Estaba sudando.

—¿Varias páginas a la vez? Es usted un escritor genial, Harry. Andaba por la zona y pensé que podría pasarme por Aurora. Estupenda ciudad. Dejé el coche en la calle principal y me fui a dar un paseo. Y así llegué hasta aquí. La costumbre, sin duda.

—Esta casa, Elijah..., es increíble. Es un lugar fabuloso.

—Me siento muy feliz de que haya podido quedarse.

—Gracias a su generosidad. Le debo todo.

—No quiero que me lo agradezca, no me debe nada.

—Un día, tendré suficiente dinero y le compraré la casa.

—Me parece bien, Harry, muy bien. Se lo deseo sinceramente. Estaría encantado de que reviviera con usted. Perdóneme, estoy empapado de sudor, me muero de sed.

Harry, nervioso, miraba hacia la cocina, esperando que Nola los hubiese oído y no se mostrara. Debía encontrar sin falta una forma de librarse de Stern.

—Por desgracia, aparte de agua, no tengo nada que ofrecerle...

Stern se echó a reír:

—Venga, amigo mío, no se preocupe... Estaba seguro de que no habría nada de comer ni beber en su casa. Y eso es lo que me preocupa: escribir está bien, ¡pero no se descuide! Ha llegado la hora de que se case, de tener a alguien que se ocupe de usted. ¿Sabe? Lléveme a la ciudad y allí le invito a comer, eso nos dará la oportunidad de charlar un poco, si le apetece, claro.

—¡Por supuesto! —respondió Harry, aliviado—. ¡Estaré encantado! Buena idea. Déjeme ir a por las llaves del coche.

Entró en la casa. Al pasar por delante de la cocina, encontró a Nola, escondida bajo la mesa. Le regaló una sonrisa magnífica y cómplice, poniéndose un dedo en los labios. Harry le devolvió la sonrisa y salió fuera con Stern.

Montaron en el Chevrolet y fueron hasta el Clark's. Se instalaron en la terraza, donde pidieron huevos, tostadas y tortitas. Los ojos de Jenny brillaron al ver a Harry. Hacía tanto tiempo que no venía.

—Qué cosas —dijo Stern—. Créame que sólo quería dar un paseo, y de pronto me encontré en Goose Cove. Es como si el paisaje me hubiese empujado a ello.

—La costa entre Aurora y Goose Cove es maravillosa —respondió Harry—. No me canso de ella.

—¿La recorre a menudo?

—Casi todas las mañanas. La bordeo corriendo. Es una buena forma de empezar la jornada. Me despierto al amanecer y corro mientras se levanta el sol. Es una sensación estupenda.

—Mi querido amigo, es usted un atleta. Me gustaría tener su disciplina.

—Un atleta, no sé. Antes de ayer, por ejemplo, cuando tuve que volver a Aurora, me dieron unos calambres terribles. No podía avanzar. Por suerte, me crucé con su chófer. Me llevó amablemente a casa.

A Stern se le escapó una sonrisa crispada.

—¿Luther estaba aquí antes de ayer por la mañana? —preguntó.

Jenny los interrumpió para servir café y desapareció inmediatamente.

—Sí —prosiguió Harry—. A mí también me extrañó verle en Aurora tan temprano. ¿Vive por aquí?

Stern intentó eludir la pregunta.

—No, vive en mi propiedad. Dispongo de un anexo para mis empleados. Pero a él le gusta esta zona. Debo decir que Aurora es preciosa con las luces del alba.

—¿No me dijo usted que se ocupaba de los rosales de Aurora? Porque no lo he visto nunca...

—Pero las plantas siguen magníficas, ¿no? Eso es que es muy discreto.

—Pero yo paso mucho tiempo en casa... De hecho, estoy casi siempre.

—Luther es extremadamente discreto.

—Me preguntaba qué le pasó. Su forma de hablar es tan extraña...

—Un accidente. Una vieja historia. Es una bella persona, ¿sabe?... A veces puede asustar, pero en el fondo es muy buena persona.

—No lo dudo.

Jenny volvió para traerles más café, a pesar de que las tazas seguían llenas. Colocó el servilletero, rellenó el salero y cambió la botella de ketchup. Sonrió a Stern e hizo una seña a Harry antes de desaparecer en el interior.

—¿Avanza con su libro? —preguntó Stern.

—Estoy avanzando mucho. Gracias de nuevo por dejarme disponer de la casa. Me siento muy inspirado.

—Inspirado por esa chica, sobre todo —sonrió Stern.

—¿Cómo dice? —respondió Harry, atragantándose.

—Soy muy bueno adivinando este tipo de cosas. Se la está tirando, ¿eh?

—¿Co... cómo dice?

—Vamos, no ponga usted esa cara, amigo mío. No hay nada de malo en ello. Jenny, la camarera, se la está tirando, ¿verdad? Porque no hay más que ver su comportamiento desde que llegamos aquí: uno de los dos se la está tirando. Y como sé que no soy yo, he deducido que es usted. ¡Ja, ja, ja! Hace bien. Bonita chica. Mire lo perspicaz que soy.

Quebert se esforzó por reír, aliviado.

—Jenny y yo no estamos juntos —dijo—. Digamos que sólo flirteamos un poco. Es una buena chica, pero, si quiere que le diga la verdad, me aburro un poco con ella... Me gustaría encontrar a alguien de quien estuviera muy enamorado, alguien especial, alguien... diferente.

—Bah, no me preocupo por usted. Acabará encontrando su media naranja, la que le haga feliz.

Mientras Harry y Stern comían, Nola volvía a su casa por la federal 1, azotada por el sol, transportando su máquina de escribir. Un coche llegó por detrás y se detuvo a su altura. Era el jefe Pratt, al volante de un vehículo de la policía de Aurora.

—¿Dónde vas con esa máquina de escribir? —preguntó, algo divertido.

—Vuelvo a casa, jefe.

—¿Andando? ¿De dónde demonios vienes? No importa. Sube, te llevo.

—Gracias, jefe Pratt, pero prefiero caminar.

—No seas ridícula. Hace un calor de muerte.

—No, gracias, jefe.

El jefe Pratt cambió repentinamente a un tono agresivo.

—¿Por qué no quieres que te lleve? ¡Sube, te digo! ¡Sube!

Nola acabó aceptando y Pratt hizo que se sentara en el asiento del acompañante, a su lado. Pero en lugar de continuar en dirección a la ciudad, dio media vuelta y partió en dirección contraria.

—¿Adónde vamos, jefe? Aurora está del otro lado.

—No te preocupes, pequeña. Sólo te voy a enseñar algo bonito. No estás asustada, ¿verdad? Quiero enseñarte el bosque, es un sitio muy bonito. Quieres ver un sitio bonito, ¿no? A todo el mundo le gustan los sitios bonitos.

Nola no dijo nada más. El coche llegó hasta Side Creek, se internó en un camino forestal y se detuvo al abrigo de los árboles. El jefe se quitó entonces el cinturón, abrió su bragueta y, agarrando a Nola por la nuca, le ordenó hacer lo que había hecho tan bien en su despacho.

*

15 de agosto de 1975

A las ocho de la mañana, Louisa Kellergan fue a buscar a su hija a su cuarto. Nola la esperaba sentada en la cama, en ropa interior. Era el día. Lo sabía. Louisa le dedicó una sonrisa llena de ternura.

—Sabes por qué hago esto, Nola...

—Sí, mamá.

—Es por tu bien. Para que vayas al Paraíso. Quieres ser un ángel, ¿no?

—No sé si quiero ser un ángel, mamá.

—Vamos, no digas tonterías. Ven, cariño.

Nola se levantó y siguió dócilmente a su madre hasta el cuarto de baño. El gran barreño estaba listo, puesto en el suelo, lleno de agua. Nola miró a su madre: era una hermosa mujer, con un magnífico pelo rubio y ondulado. Todo el mundo decía que se parecían mucho.

—Te quiero, mamá —dijo Nola.

—Yo también te quiero, cariño.

—Siento ser una niña mala.

—No eres una niña mala.

Nola se arrodilló delante del barreño; su madre la agarró por la cabeza y la hundió dentro, sosteniéndola por el pelo. Contó hasta veinte, lenta y severamente, después sacó del agua helada la cabeza de Nola, que dejó escapar un grito de pánico. «Vamos, cariño, es tu penitencia —le dijo Louisa—. Otra vez, otra vez». Y hundió de nuevo la cabeza bajo el agua helada.

Encerrado en el garaje, el reverendo escuchaba su música.

Harry estaba espantado por lo que acababa de escuchar.

—¿Tu madre te ahoga? —dijo, atónito.

Eran las doce. Nola acababa de llegar a Goose Cove. Había estado llorando toda la mañana y, a pesar de sus esfuerzos por secar sus ojos enrojecidos en el momento de llegar a la gran casa, Harry se había dado cuenta de inmediato de que algo no marchaba bien.

—Me mete la cabeza en el barreño grande —explicó Nola—. ¡El agua está helada! Me mete la cabeza dentro y aprieta. Cada vez tengo la impresión de que voy a morir... No puedo más, Harry. Ayúdame...

Se acurrucó contra él. Harry propuso que bajaran a la playa; la playa siempre la alegraba. Cogió la caja metálica RECUERDO DE ROCKLAND, MAINE y fueron a repartir pan a las gaviotas por las rocas, y después se sentaron en la arena a contemplar el horizonte.

—¡Quiero que nos marchemos, Harry! —exclamó Nola—. ¡Quiero que me lleves lejos de aquí!

—¿Marcharnos?

—Tú y yo, lejos de aquí. Me dijiste que un día nos marcharíamos. Quiero marcharme a un sitio seguro. ¿No quieres estar lejos de todo junto a mí? Marchémonos, te lo suplico. Marchémonos en cuanto termine este horrible mes. Digamos el 30, eso nos deja exactamente quince días para prepararnos.

—¿El 30? ¿Quieres que el 30 de agosto nos marchemos tú y yo? ¡Pero eso es una locura!

—¿Una locura? Lo que es una locura, Harry, es vivir en esta miserable ciudad. Lo que es una locura es amarnos como nos amamos y no tener derecho. Lo que es una locura es tener que escondernos, como si fuéramos monstruos. ¡No puedo más, Harry! Yo me marcho. La noche del 30 de agosto me voy de esta ciudad. No puedo quedarme más aquí. Ven conmigo, te lo suplico. No me dejes sola.

—¿Y si nos detienen?

—¿Detenernos? ¿Quién? En dos horas estaremos en Canadá. Además, ¿por qué nos iban a detener? Marcharnos no es un crimen. Marcharnos es ser libre, ¿quién podría impedirnos ser libres? ¡La libertad es el fundamento de América! Está escrito en nuestra Constitución. Yo me voy a marchar, Harry, lo tengo decidido: en quince días me voy. La noche del 30 de agosto dejaré esta maldita ciudad. ¿Vendrás conmigo?

Respondió sin pensárselo:

—¡Sí! ¡Por supuesto! No puedo imaginarme mi vida sin ti. El 30 de agosto, nos marcharemos juntos.

—¡Oh, mi querido Harry, soy tan feliz! ¿Y tu libro?

—Mi libro está casi terminado.

—¿Casi terminado? ¡Eso es formidable! ¡Qué rápido has escrito!

—Ahora el libro ya no importa. Si me marcho contigo, ya no creo que pueda ser escritor. ¡Y no me importa nada! ¡Todo lo que importa eres tú! ¡Todo lo que importa somos nosotros! Todo lo que importa es ser feliz.

—¡Claro que seguirás siendo escritor! ¡Enviaremos el manuscrito a Nueva York por correo! ¡Me encanta tu nueva novela! Es probablemente la novela más bonita que he leído nunca. Te vas a convertir en un escritor grandioso. ¡Creo en ti! Entonces ¿el 30? Dentro de quince días. Dentro de quince días, huiremos, ¡tú y yo! En dos horas estaremos en Canadá. Seremos muy felices, ya verás. El amor, Harry, el amor es lo único que puede hacer que la vida sea realmente hermosa. El resto es superficial.

*

18 de agosto de 1975

Sentado al volante de su coche patrulla, la miraba a través de la cristalera del Clark's. Apenas habían hablado después del baile; ella había impuesto cierta distancia y eso le entristecía. Desde hacía algún tiempo, parecía especialmente desgraciada. Se preguntaba si había alguna relación entre su comportamiento y lo que le había contado cuando la había encontrado llorando en el porche de su casa; que un hombre le había hecho daño. ¿Qué había querido decir con *daño*? ¿Estaría en problemas? Peor aún: ¿le habrían pegado? ¿Quién? ¿Qué estaba pasando? Decidió armarse de valor e ir a hablar con ella. Esperó, como siempre, a que el *diner* se vaciara un poco antes de aventurarse dentro. Cuando finalmente se decidió, Jenny estaba recogiendo una mesa.

—Hola, Jenny —dijo, con el corazón a mil por hora.

—Hola, Travis.

—¿Qué tal?

—Bien.

—No hemos tenido muchas ocasiones de vernos después del baile —dijo.

—He tenido mucho trabajo aquí.

—Quería decirte que me sentí muy feliz por haberte acompañado.

—Gracias.

Tenía aspecto preocupado.

—Jenny, de un tiempo a esta parte pareces distante conmigo.

—No, Travis... Yo... No tiene nada que ver contigo.

Jenny pensaba en Harry; pensaba en Harry día y noche. ¿Por qué la rechazaba? Hacía unos días había venido con Elijah Stern y apenas le había dirigido la palabra. Se había dado cuenta de que incluso habían bromeado sobre ella.

—Jenny, si tienes problemas, puedes contármelo todo.

—Lo sé. Eres muy bueno conmigo, Travis. Ahora tengo que terminar de recoger.

Se dirigió a la cocina.

—Espera —dijo Travis.

Quiso retenerla agarrándola por la muñeca. Fue un gesto ligero, pero Jenny lanzó un grito de dolor y soltó los platos que llevaba en la mano, que se estrellaron contra el suelo. Travis había presionado un enorme hematoma que marcaba su brazo derecho desde que Luther lo había agarrado con tanta fuerza, y que Jenny intentaba esconder llevando manga larga a pesar del calor.

—Lo siento de veras —se disculpó Travis, agachándose para recoger los pedazos.

—No es culpa tuya.

La acompañó hasta la cocina y cogió una escoba para limpiar la sala. Cuando volvió, Jenny estaba lavándose las manos y, entonces, al verla remangada, se fijó en la marca azulada en su muñeca.

—Pero ¿qué es eso?

—Nada, me di un golpe contra la puerta de la cocina el otro día.

—¿Un golpe? ¡No me cuentes historias! —explotó Travis—. ¡Lo que pasa es que te han pegado! ¿Quién te ha hecho eso?

—No tiene importancia.

—¡Claro que es importante! Quiero saber quién es ese hombre que te ha hecho daño. Dímelo, no me iré de aquí hasta que lo sepa.

—Fue... fue Luther Caleb. El chófer de Stern. Él... Fue la otra mañana, estaba enfadado. Me agarró de la muñeca y me hizo daño. Pero no lo hizo adrede, ¿sabes? No supo medir sus fuerzas.

—¡Eso es grave, Jenny! ¡Es muy grave! ¡Si vuelve por aquí, quiero que me lo digas inmediatamente!

*

20 de agosto de 1975

Cantaba por el camino de Goose Cove. Se sentía invadida por una dulce sensación de alegría: dentro de diez días, se marcharían juntos. Dentro de diez días, empezaría a vivir de verdad. Contaba las noches antes del gran día, estaba tan cerca. Cuando vio la casa, al final del camino de grava, aceleró el paso, impaciente por ver a Harry. No se fijó en la silueta escondida en la espesura que la observaba. Entró en la casa por la puerta principal, sin llamar, como hacía siempre.

—¡Harry, querido! —llamó para anunciarse.

No hubo respuesta. La casa parecía desierta. Volvió a llamar. Silencio. Atravesó el comedor y el salón, sin encontrarle. No estaba en su despacho. Ni en la terraza. Bajó entonces las escaleras hasta la playa y gritó su nombre. ¿Habría ido a bañarse? Solía hacerlo cuando trabajaba demasiado. Pero tampoco había nadie en la playa. Sintió que la invadía el pánico: ¿dónde podría estar? Regresó a la casa, volvió a llamar. Nadie. Pasó revista a todas las habitaciones del piso bajo y subió a la primera planta. Al abrir la puerta del dormitorio, lo encontró sentado en su cama, leyendo un paquete de folios.

—¿Harry? ¿Estás aquí? Hace casi diez minutos que te estoy buscando...

Él se sobresaltó al oírla.

—Perdona, Nola, estaba leyendo... No te he oído.

Se levantó, apiló las hojas que tenía en las manos y las metió en un cajón de su cómoda.

Ella sonrió:

—¿Y qué estabas leyendo tan apasionante que ni siquiera me has oído gritar tu nombre por toda la casa?

—Nada importante.

—¿Es la continuación de tu novela? ¡Enséñamelo!

—No es nada importante, ya te lo enseñaré.

Le miró con aire coqueto.

—¿Estás seguro de que te encuentras bien, Harry?

Él rió.

—Todo va bien, Nola.

Salieron a la playa. Ella quería ver las gaviotas. Abrió los brazos, como si tuviese alas, y corrió describiendo grandes círculos.

—¡Me gustaría poder volar, Harry! ¡No quedan más que diez días! ¡Dentro de diez días volaremos! ¡Nos marcharemos de esta maldita ciudad para siempre!

Se creían solos en la playa. Ni Harry ni Nola sospechaban que Luther Caleb los observaba, desde el bosque, por encima de las rocas. Esperó hasta que volvieron a la casa para salir de su escondite: bordeó el camino de Goose Cove corriendo y llegó hasta su Mustang, en el sendero forestal paralelo. Condujo hasta Aurora y aparcó su coche delante del Clark's. Se precipitó dentro: tenía que hablar sin falta con Jenny. Alguien debía saberlo. Tenía un mal presentimiento. Pero Jenny no tenía ninguna gana de verle.

—¿Luther? No deberías estar aquí —le dijo cuando apareció frente al mostrador.

—Jenny... Ziento lo de la ota mañana. No debí agadazte del bazo como lo hice.

—Me hiciste un cardenal...

—Lo ziento.

—Ahora tienes que marcharte.

—No, ezpeda...

—He puesto una denuncia contra ti, Luther. Travis ha dicho que si vuelves por aquí, debo llamarle y tendrás que vértelas con él. Harías bien en marcharte antes de que te vea.

El gigante parecía contrariado.

—¿Me haz denunciado?

—Sí. Me asustaste mucho el otro día.

—Pedo debo decidte una coza muy impodtante.

—No hay nada importante, Luther. Vete...

—Ez acedca de Hady Quebedt...

—¿Harry?

—Zí, dime qué pienzaz de Hady Quebedt...

—¿Por qué me hablas de él?

—¿Confíaz en él?

—¿Confiar? Sí, claro. ¿Por qué me lo preguntas?

—Tengo que decidte una coza...

—¿Decirme qué? Dime.

En el instante en que Luther iba a responder, un coche de policía apareció en la plaza frente al Clark's.

—¡Es Travis! —exclamó Jenny—. ¡Vete, Luther, vete! No quiero que te metas en problemas.

Caleb salió corriendo. Jenny le vio subirse al coche y marcharse disparado. Instantes después, Travis Dawn entró precipitadamente.

—¿El que acabo de ver era Luther Caleb? —preguntó.

—Sí —respondió Jenny—. Pero no pasa nada. Es un buen chico, me arrepiento de haberle denunciado.

—¡Te dije que me avisaras! ¡Nadie tiene derecho a levantarte la mano! ¡Nadie!

—¡Te lo suplico, Travis!, ¡déjale en paz! Por favor. Creo que ya lo ha entendido.

Travis la miró y de pronto se dio cuenta de lo que se le escapaba. Por eso estaba tan distante últimamente.

—No, Jenny... No me digas que...

—¿Qué?

—Que te gusta ese pirado.

—¿Eh? Pero ¿qué tonterías dices?

—¡Dios! ¡Cómo he podido ser tan estúpido!

—No, Travis, no digas tonterías...

Travis había dejado de escuchar. Volvió a su coche y arrancó como un loco, con la sirena a todo volumen.

En la federal 1, poco antes de Side Creek Lane, Luther vio por el retrovisor el coche de policía que acababa de alcanzarle. Se detuvo en el arcén, tenía miedo. Travis salió de su coche, furioso. Por su mente pasaban miles de ideas: ¿cómo era posible que Jenny se sintiese atraída por ese monstruo? ¿Cómo podía preferirle a él? Él, que lo hacía todo por ella, que se había quedado en Aurora para estar cerca de ella, y ahora venía este tío a quitársela. Ordenó a Luther que saliese del coche y le miró de arriba abajo.

—Maldito chiflado, ¿estás molestando a Jenny?

—No, Taviz. Te pometo que no ez lo que pienzaz.

—¡He visto los cardenales en el brazo!

—No zupe contolar mi fuedza. Lo ziento de vedad. No quiedo poblemaz.

—¿Problemas? ¡Si eres tú el que crea problemas! Te la estás tirando, ¿eh?

—¿Cómo?

—Jenny y tú, ¿folláis juntos?

—¡No! ¡No!

—Yo... yo hago todo para hacerla feliz, ¿y eres tú el que se la tira? Pero, joder, ¿así es como funciona el mundo?

—Taviz... No ez lo que pienzaz.

—¡Cierra la boca! —gritó Travis agarrando a Luther por el cuello de la camisa antes de tirarlo al suelo.

No sabía muy bien lo que debía hacer: pensó en Jenny, que le rechazaba, se sentía humillado y miserable. También sentía cólera, estaba harto de que le pisoteasen sin parar, ya era hora de que se comportase como un hombre. Así que sacó la porra de su cinturón, la levantó en el aire y, en un acto de locura, empezó a golpear a Luther salvajemente.

15. Antes de la tormenta

«¿Cuál es su opinión?

—No está mal. Pero creo que les da demasiada importancia a las palabras.

—¿Las palabras? Pero, cuando se escribe, son importantes, ¿no?

—Sí y no. El sentido de la palabra es más importante que la palabra en sí.

—¿Qué quiere decir?

—Bueno, una palabra es una palabra y las palabras son de todos. Basta con abrir un diccionario y elegir una. Es en ese momento cuando se vuelve interesante: ¿será usted capaz de dar a esa palabra un sentido particular?

—¿Como cuál?

—Coja usted una palabra y repítala en uno de sus libros, por todas partes. Cojamos una palabra al azar: *gaviota*. La gente empezará a decir cuando hable de usted: "Ya sabes, Goldman, el tipo que habla de gaviotas". Y después, llegará un momento en que, al ver gaviotas, la gente empezará a pensar en usted. Se fijarán en esos estridentes pájaros y se dirán: "Me pregunto qué es lo que Goldman ha podido ver en ellos". Y después empezarán a asimilar *gaviotas* y *Goldman*. Y cada vez que vean gaviotas, pensarán en su libro y en toda su obra. Ya no verán esos pájaros de la misma forma. Sólo en ese instante estará usted escribiendo algo. Las palabras son de todos, hasta que uno demuestra que es capaz de apropiarse de ellas. Eso es lo que define a un escritor. Y ya verá, Marcus, algunos querrán hacerle creer que un libro tiene relación con las palabras, pero es falso. Se trata de una relación con la gente.»

Lunes 7 de julio de 2008, Boston, Massachusetts

Cuatro días después del arresto del jefe Pratt, me cité con Roy Barnaski en un salón privado del hotel Park Plaza de Boston para firmar un contrato de edición de un millón de dólares por mi libro sobre el caso Harry Quebert. Douglas también estaba presente; se le veía visiblemente aliviado por el feliz epílogo de aquella historia.

—Vaya giro a su situación —me dijo Barnaski—. El gran Goldman se ha puesto por fin a trabajar. ¡Que todo el mundo aplauda!

No respondí, y me limité a sacar un paquete de hojas de mi cartera y a entregárselo. Sonrió ampliamente:

—Así que aquí están sus famosas cincuenta primeras páginas...

—Sí.

—Permítanme que me tome el tiempo de echarles un vistazo.

—Por favor.

Douglas y yo dejamos la sala para permitirle leer tranquilamente y bajamos al bar del hotel, donde pedimos dos jarras de cerveza tostada.

—¿Qué tal estás, Marc? —me preguntó Douglas.

—Bien. Estos cuatro últimos días han sido una locura...

Asintió con la cabeza y prosiguió:

—¡La verdadera locura es esta historia! No tienes ni idea del éxito que va a tener tu libro. Barnaski lo sabe, por eso te ofrece tanta pasta. Un millón de dólares no son nada comparados con lo que va a sacarse. Tendrías que verlo: en Nueva York no se habla más que de este asunto. Los estudios de cine ya están hablando de una película, todas las editoriales quieren sacar un libro sobre

Quebert. Pero todo el mundo sabe que el único realmente capacitado para hacer ese libro eres tú. Tú eres el único que conoce a Harry, el único que conoce Aurora desde dentro. Barnaski quiere apropiarse de esta historia antes que los demás: dice que si somos los primeros en sacar un libro, Nola Kellergan podría convertirse en la marca registrada de Schmid & Hanson.

—¿Y tú qué piensas? —le pregunté.

—Que es una hermosa aventura de escritor. Y una bonita forma de contrarrestar un poco todas las ignominias que se han podido decir sobre Quebert. Tu idea inicial era defenderlo, ¿no?

Asentí. Después eché un vistazo por encima de nosotros, en dirección al primer piso, donde Barnaski estaba descubriendo una parte de mi relato, al que los acontecimientos de los últimos días habían permitido dar cuerpo de forma considerable.

*

3 de julio de 2008, cuatro días antes de la firma del contrato

Sucedió pocas horas después del arresto del jefe Pratt. Volvía a Goose Cove desde la prisión estatal, donde Harry acababa de perder los papeles y había estado a punto de estrellarme una silla en la cara cuando le informé de la existencia de un cuadro que representaba a Nola en casa de Elijah Stern. Aparqué delante de la casa y, al bajar del coche vi inmediatamente el trozo de papel encajado en la puerta de entrada. Otra nota. Y, esta vez, el tono era distinto.

Último aviso, Goldman

No le presté atención: primer o último aviso, ¿qué diferencia había? Tiré la nota en el cubo de basura de la cocina y encendí la televisión. Estaban hablando del arresto del jefe Pratt: algunos llegaban a poner en duda la investigación que él mismo había dirigido entonces, y se preguntaban si la búsqueda no habría sido voluntariamente negligente por parte del antiguo jefe de policía.

Caía la noche, que prometía ser dulce y hermosa; el tipo de velada que merecía ser disfrutada entre amigos, poniendo enormes filetes en la barbacoa y bebiendo cerveza. No tenía amigos, pero sí creía tener los filetes y la cerveza. Fui a abrir la nevera, pero estaba vacía: me había olvidado de hacer la compra. Me había olvidado de mí mismo. Me di cuenta de que tenía la nevera de Harry: la nevera de un hombre solo. Pedí una pizza y me la comí en la terraza. Por lo menos tenía la terraza y el mar: sólo me faltaba una barbacoa, unos amigos y una novia para que la velada fuese perfecta. Fue entonces cuando recibí la llamada de uno de mis pocos amigos, del que no tenía noticias desde hacía algún tiempo: Douglas.

—Marc, ¿qué tal estás?

—*¿Qué tal estoy?* ¡Hace dos semanas que no sé nada de ti! ¿Dónde te habías metido? ¿Eres o no eres mi agente, joder?

—Lo sé, Marc. Lo siento. Hemos vivido una situación difícil. Quiero decir, tú y yo. Pero si quieres que siga siendo tu agente, me sentiré honrado de continuar nuestra colaboración.

—Por supuesto. Sólo con una condición: que sigas viniendo a mi casa a ver las Series Mundiales.

Se rió.

—Vale. Tú te ocupas de las cervezas y yo de los nachos con queso.

—Barnaski me ha ofrecido un contrato enorme —dije.

—Lo sé. Me ha llamado. ¿Lo vas a aceptar?

—Sí, eso creo.

—Barnaski está muy emocionado. Quiere verte lo antes posible.

—¿Verme? ¿Para qué?

—Para firmar el contrato.

—¿Ya?

—Sí. Creo que quiere asegurarse de que tu trabajo va por buen camino. Los plazos van a ser cortos: vas a tener que escribir deprisa. Está completamente obsesionado por la campaña presidencial. ¿Te sientes capaz?

—Eso creo. Ya he empezado a hacerlo. Pero ignoro qué debo contar: ¿todo lo que sé? ¿Que Harry tenía previsto huir con la chiquilla? Doug, esta historia es completamente delirante. Creo que ni siquiera te das cuenta.

—La verdad, Marc. Escribe simplemente la verdad acerca de Nola Kellergan.

—¿Y si la verdad perjudica a Harry?

—La responsabilidad del escritor es decir la verdad. Incluso si es difícil. Ése es mi consejo de amigo.

—¿Y tu consejo de agente?

—Sobre todo, protégete el culo: evita terminar con tantas demandas como habitantes tiene New Hampshire. Por ejemplo, me dices que los padres pegaban a la chiquilla.

—Sí, su madre.

—Entonces, conténtate con escribir que Nola era *una hija infeliz y maltratada*. Todo el mundo comprenderá que son sus padres los responsables de ese maltrato, pero evitarás decirlo explícitamente... Nadie podrá demandarte.

—Pero la madre tiene un papel importante en esta historia.

—Un consejo de agente, Marc: necesitas pruebas sólidas para acusar a alguien; si no, te van a acribillar a demandas. Y creo que ya has tenido suficientes marrones estos últimos meses. Encuentra un testigo fiable que afirme que la madre era una hija de puta que daba tremendas palizas a la chiquilla, y si no, limítate a *hija infeliz y maltratada*. Así evitamos que un juez acepte suspender la venta del libro por problemas de difamación. En cambio, con lo de Pratt, ahora que todo el mundo sabe lo que hizo, puedes entrar en detalles sórdidos. Eso aumenta las ventas.

Barnaski proponía vernos el lunes 7 de julio en Boston, ciudad que tenía la ventaja de estar a una hora de avión de Nueva York y dos de carretera desde Aurora, así que acepté. Eso me dejaba cuatro días para escribir a tumba abierta y tener algunos capítulos que presentarle.

—Llámame si necesitas cualquier cosa —me dijo Douglas antes de colgar.

—Lo haré, gracias. Doug, espera...

—¿Sí?

—Tú hacías los mojitos. ¿Recuerdas?

Le oí sonreír.

—Lo recuerdo bien.

—Fue una bonita época, ¿verdad?

—Sigue siendo una bonita época, Marc. Tenemos vidas formidables, incluso si, a veces, hay momentos más difíciles.

*

1 de diciembre de 2006, New York City

—Doug, ¿puedes hacer más mojitos?

Detrás de la encimera de mi cocina, Douglas, cubierto con un delantal que representaba un cuerpo de mujer desnuda, lanzó un aullido de lobo, agarró una botella de ron y la vació en una coctelera llena de hielo picado.

Habían pasado tres meses desde la salida de mi primer libro; mi carrera estaba en su cima. Por quinta vez en tres semanas, desde que me había mudado a mi piso en el Village, organizaba una fiesta en mi casa. Decenas de personas se apelotonaban en mi salón y yo sólo conocía a una cuarta parte. Pero me encantaba. Douglas se ocupaba de inundar a los invitados de mojitos y yo me encargaba de los white russians, el único cóctel que consideraba desde siempre como decentemente bebible.

—Qué velada —me dijo Douglas—. ¿Es el portero del edificio el que está bailando en el salón?

—Sí. Le he invitado yo.

—¡Y está Lydia Gloor, joder! ¿Te das cuenta? ¡Lydia Gloor está en tu casa!

—¿Quién es Lydia Gloor?

—Por Dios, Marc, ¡si lo sabes! Es la actriz de moda. Actúa en esa serie que todo el mundo ve... Bueno, excepto tú, claro. ¿Cómo has hecho para invitarla?

—Ni idea. La gente llama y yo les abro la puerta. *¡Mi casa es tu casa!**

Volví al salón con unas pastas y las cocteleras. Después vi cómo caía la nieve detrás de las ventanas, y sentí el repentino impulso de respirar aire libre. Salí al balcón en camisa; hacía un frío glacial. Contemplé la inmensidad de Nueva York ante mí y los millones de puntos de luz hasta perderse de vista, y grité con todas mis fuerzas: «¡Soy Marcus Goldman!». En ese instante escuché una voz detrás de mí: era una bonita rubia de mi edad que no había visto en mi vida.

---

* En español en el original. *(N. del T.)*

—Marcus Goldman, tu teléfono está sonando —me dijo.

Su rostro no me era del todo desconocido.

—Ya te he visto en alguna parte, ¿verdad? —le pregunté.

—En la televisión, seguramente.

—Eres Lydia Gloor...

—Sí.

—Vaya.

Le rogué que fuera buena y me esperase en el balcón y fui a responder rápidamente.

—¿Diga?

—¿Marcus? Soy Harry.

—¡Harry! ¡Qué gusto escucharle! ¿Cómo está usted?

—Bastante bien. Sólo quería saludarle. Escucho un escándalo terrible de fondo... ¿Tiene visita? Quizás llamo en mal momento...

—He organizado una pequeña fiesta. En mi nuevo piso.

—¿Ha dejado Montclair?

—Sí, he comprado un piso en el Village. ¡Ahora vivo en Nueva York! Tiene que venir a verlo sin falta, tengo unas vistas que cortan la respiración.

—Estoy seguro de ello. En todo caso, parece que se está divirtiendo. Me alegro por usted. Debe de tener muchos amigos...

—¡Centenares! Y eso no es todo: ¡hay una actriz increíblemente guapa esperándome en el balcón! ¡Ja ja ja, no puedo creerlo! La vida es demasiado hermosa, Harry. Demasiado. ¿Y usted? ¿Qué hace esta noche?

—Yo... organizo una pequeña velada en mi casa. Amigos, filetes y cerveza. ¿Qué más se puede pedir? Nos divertimos. Sólo falta usted. Están llamando a la puerta, Marcus. Otros invitados que llegan. Tengo que dejarle para ir a abrir. No sé si cabremos todos en casa, ¡y Dios sabe que es grande!

—Que pase una feliz velada, Harry. Diviértase. Le volveré a llamar sin falta.

Volví a mi balcón: esa noche empecé a salir con Lydia Gloor, la que mi madre llamaría «la actriz televisiva». En Goose Cove, Harry fue a abrir la puerta: era el chico de la pizza. Cogió el pedido y se instaló delante de la televisión para cenar.

Como le prometí, volví a llamar a Harry después de esa velada. Pero entre las dos llamadas pasó un año. Fue en febrero de 2008.

—¿Diga?

—¡Hombre, Marcus! ¿Es usted de verdad? Increíble. Desde que es famoso, ya no tengo noticias suyas. Intenté llamarle hace un mes y se puso su secretaria, que me dijo que no estaba usted para nadie.

Fui directo al grano:

—La cosa va mal, Harry. Creo que he dejado de ser escritor.

Inmediatamente se puso serio:

—¿Qué me está usted contando, Marcus?

—Ya no sé qué escribir, estoy acabado. Página en blanco. Desde hace meses. Casi un año.

Estalló en una risa cálida y reconfortante.

—¡Bloqueo mental, Marcus, de eso se trata! Las crisis de la página en blanco son tan estúpidas como los gatillazos: es el pánico del genio, el mismo que le deja la colita desinflada cuando se dispone a jugar a los médicos con una de sus admiradoras y en lo único que piensa es en procurarle un orgasmo tal que sólo se podría medir en la escala de Richter. No se preocupe de la inspiración, conténtese con alinear palabras una tras otra. El genio viene de forma natural.

—¿Eso cree?

—Estoy seguro. Pero debería dejar un poco a un lado sus salidas nocturnas y sus canapés. Escribir es algo serio. Creí que se lo había inculcado.

—¡Pero si estoy trabajando duro! ¡No hago otra cosa! Y, a pesar de todo, no consigo nada.

—Entonces es que necesita un marco propicio. Nueva York es muy bonito, pero sobre todo es demasiado ruidoso. ¿Por qué no se viene aquí, a mi casa, como en la época en la que estudiaba conmigo?

*

4-6 de julio de 2008

Durante los días que precedieron a la cita en Boston con Barnaski, la investigación progresó de forma espectacular.

En primer lugar, el jefe Pratt fue inculpado por abusos sexuales a una menor de quince años, y puesto en libertad bajo fianza al día siguiente de su arresto. Se instaló provisionalmente en un hotel de Montburry, mientras Amy abandonaba la ciudad para ir a casa de su hermana, que vivía en otro Estado. El interrogatorio de Pratt por la brigada criminal de la policía estatal confirmó no sólo que Tamara Quinn le había enseñado la nota sobre Nola encontrada en casa de Harry, sino también que Nancy Hattaway le había informado de lo que sabía acerca de Elijah Stern. La razón por la que Pratt había descartado voluntariamente las dos pistas era que temía que Nola le hubiese confesado a una de las dos el episodio del coche de policía, y en consecuencia no quería arriesgarse a verse comprometido interrogándolas. Sin embargo, juró que no tenía nada que ver con las muertes de Nola y Deborah Cooper y que había dirigido la búsqueda de forma irreprochable.

Con su declaración como base, Gahalowood consiguió convencer al fiscal para que solicitase una orden de registro del domicilio de Elijah Stern, que tuvo lugar el viernes 4 de julio, día de la fiesta nacional. El cuadro que representaba a Nola fue encontrado en el taller y requisado. Elijah Stern fue conducido a la sede de la policía estatal para ser interrogado, pero no fue inculpado. Sin embargo, este nuevo capítulo excitó aún más la curiosidad de la opinión pública: tras el arresto del célebre escritor Harry Quebert y del antiguo jefe de policía Gareth Pratt, el hombre más rico de New Hampshire se veía mezclado a su vez en la muerte de la pequeña Kellergan.

Gahalowood me contó con detalle el interrogatorio a Stern. «Un tipo impresionante —me dijo—. Absolutamente tranquilo. Incluso había ordenado a su ejército de abogados que esperase fuera. Su presencia, su mirada azul acero, casi me sentí incómodo frente a él, y sin embargo, Dios sabe la de veces que he hecho este trabajo. Le enseñé el cuadro y me confirmó que se trataba de Nola».

—¿Por qué ese cuadro estaba en su casa? —preguntó Gahalowood.

Stern respondió como si se tratase de algo evidente:

—Porque es mío. ¿Hay alguna ley en éste Estado que prohíba colgar cuadros en la pared?

—No. Pero es el retrato de una joven que fue asesinada.

—Y si tuviese un cuadro de John Lennon, que también fue asesinado, ¿sería grave?

—Sabe usted muy bien lo que quiero decir, señor Stern. ¿De dónde salió ese cuadro?

—Lo pintó uno de mis empleados. Luther Caleb.

—¿Por qué pintó ese cuadro?

—Porque le gustaba pintar.

—¿Cuándo fue pintado?

—En el verano de 1975. Julio y agosto, si la memoria no me falla.

—Justo antes de la desaparición de la chica.

—Sí.

—¿Cómo lo pintó?

—Con pinceles, imagino.

—Deje de hacerse el tonto, se lo ruego. ¿De qué conocía él a Nola?

—Todo el mundo conocía a Nola en Aurora. Se inspiró en ella para pintar ese cuadro.

—¿Y no le incomodaba tener en su casa un cuadro de una chica desaparecida?

—No. Es un hermoso cuadro. Es lo que se llama «arte». Y el auténtico arte molesta. El arte actual no es más que el resultado de la degeneración del mundo podrido por lo políticamente correcto.

—¿Es usted consciente de que la posesión de una obra que representa a una jovencita de quince años desnuda podría causarle problemas, señor Stern?

—¿Desnuda? No se ven ni sus senos ni sus partes genitales.

—Pero resulta evidente que está desnuda.

—¿Está dispuesto a defender su opinión ante un tribunal, sargento? Porque perdería, y lo sabe tan bien como yo.

—Sólo me gustaría saber por qué Luther Caleb pintó a Nola Kellergan.

—Ya se lo he dicho: le gustaba pintar.

—¿Conocía usted a Nola Kellergan?

—Un poco. Como todo el mundo en Aurora.

—¿Solamente un poco?

—Solamente un poco.

—Está mintiendo, señor Stern. Tengo testigos que afirman que tenía una relación con ella. Que hacía que fuese a su casa.

Stern se echó a reír:

—¿Tiene usted pruebas de lo que me cuenta? Lo dudo, porque es falso. Nunca he tocado a esa chiquilla. Escuche, sargento, me da usted pena: su investigación patina y a usted le cuesta formular preguntas. Así que le voy a ayudar: fue la misma Nola Kellergan la que vino a verme. Se presentó un día en mi casa, me dijo que necesitaba dinero. Y aceptó posar para un retrato.

—¿Le pagó usted por posar?

—Sí. Luther tenía un gran don para la pintura. ¡Un talento inusitado! Ya me había pintado cuadros magníficos, vistas de New Hampshire, escenas de la vida cotidiana de nuestra hermosa América, y yo estaba entusiasmado. Para mí, Luther podía convertirse en uno de los grandes pintores de este siglo, y pensé que podría hacer algo grandioso pintando a esa hermosa jovencita. La prueba es que, si vendiese ahora ese cuadro, con todo el ruido que está haciendo este caso, sacaría sin duda alguna uno o dos millones de dólares. ¿Conoce usted muchos pintores contemporáneos que vendan por dos millones de dólares?

Una vez terminada su explicación, Stern decretó que había perdido bastante tiempo y que el interrogatorio había terminado, y se marchó, seguido por su legión de abogados, dejando a Gahalowood mudo y con un misterio más en el caso.

—¿Entiende usted algo, escritor? —me preguntó Gahalowood tras terminar de contarme el interrogatorio de Stern—. Un día, la chiquilla se presenta en casa de Stern y le propone que la pinten a cambio de dinero. ¿Puede usted creerlo?

—Es una insensatez. ¿Para qué necesitaría el dinero? ¿Para la fuga?

—Quizás. Sin embargo, ni siquiera se llevó sus ahorros. En su habitación hay una caja de galletas con ciento veinte dólares en su interior.

—¿Y qué ha hecho con el cuadro? —pregunté.

—Nos lo hemos quedado por ahora. Como prueba.

—¿Qué prueba, si Stern no está acusado?

—Prueba contra Caleb.

—Entonces ¿de verdad sospecha de él?

—No sé nada, escritor. Stern pintaba, Pratt se dejaba hacer felaciones, pero ¿qué móvil tenían para matar a Nola?

—¿Miedo de que hablase? —sugerí—. Quizás los amenazó con contarlo todo y, en un momento de pánico, uno de los dos la golpeó hasta matarla antes de enterrarla en el bosque.

—Pero ¿por qué dejaría esa nota en el manuscrito? *Adiós, mi querida Nola* es de alguien que amaba a la chiquilla. Y el único que la amaba era Quebert. ¿Y si Quebert, al enterarse de lo de Pratt y Stern, hubiese perdido un tornillo y matado a Nola? Esta historia tiene toda la pinta de ser un crimen pasional. De hecho, ésa era su hipótesis.

—¿Harry, cometer un crimen pasional? No tiene ningún sentido. ¿Cuándo tendrá los resultados de ese maldito análisis grafológico?

—Enseguida. Es sólo cuestión de días, supongo. Marcus, tengo que decírselo: la oficina del fiscal va a proponer un acuerdo a Quebert. Renuncian a acusarlo de secuestro y él se declara culpable de crimen pasional. Veinte años de cárcel. Y se quedarán en quince si se porta bien. Se libraría de la pena de muerte.

—¿Un acuerdo? ¿Y por qué un acuerdo? Harry no es culpable de nada.

Tenía la impresión de que olvidábamos algo, un detalle que podía explicarlo todo. Tiré del hilo de los últimos días de Nola, pero no encontré ningún acontecimiento importante que señalar durante todo el mes de agosto de 1975 en Aurora, hasta la famosa noche del día 30. A decir verdad, hablando con Jenny Dawn, Tamara Quinn y otros habitantes de la ciudad, me pareció que las tres últimas semanas de Nola Kellergan habían sido felices. Harry me describió las escenas de ahogo, Pratt contó cómo la había forzado a realizarle una felación, Nancy me habló de sus citas sórdidas con Luther Caleb, pero las declaraciones de Jenny y Tamara fueron muy distintas: según ellas, nada hacía pensar que Nola fuera una chica maltratada o infeliz. Tamara Quinn me llegó a decir que le había pedido volver a trabajar en el Clark's a partir de principios de curso, y que lo había aceptado. Me quedé tan extrañado que le obligué a repetírmelo. ¿Por qué Nola había pedido volver al trabajo si tenía previsto huir? En cuanto a Robert

Quinn, me contó que a veces se la cruzaba transportando una máquina de escribir, pero que marchaba ligera, canturreando alegremente. Parecía que Aurora, ese agosto de 1975, era el paraíso terrenal. Llegué a preguntarme si era verdad que Nola tenía intención de dejar la ciudad. Después, me invadió una duda terrible: ¿qué garantías tenía de que Harry me hubiese contado la verdad? ¿Cómo saber si Nola le había pedido realmente que se fuese con ella? ¿Y si no era más que una estratagema para disculparse del asesinato? ¿Y si Gahalowood tuviese razón desde el principio?

Volví a ver a Harry la tarde del 5 de julio, en la prisión. Tenía una cara horrible, con la piel sombría. Su frente estaba atravesada por líneas que no había visto antes.

—El fiscal quiere proponerle un trato —dije.

—Lo sé. Roth me lo ha contado. Crimen pasional. Podría salir al cabo de quince años.

Por su tono de voz, comprendí que estaba dispuesto a plantearse esa opción.

—No me diga que va a aceptar esa oferta —le recriminé.

—No lo sé, Marcus. Pero es una forma de evitar la pena de muerte.

—¿Evitar la pena de muerte? ¿Qué quiere decir con eso? ¿Que es culpable?

—¡No! ¡Pero todas las pruebas están en mi contra! No tengo ninguna gana de meterme en una partida de póquer con un jurado que ya me ha condenado. Quince años de prisión siempre serán mejor que la perpetua o el corredor de la muerte.

—Harry, se lo voy a preguntar por última vez: ¿mató usted a Nola?

—¡Por supuesto que no, por Dios! ¿Cuántas veces tendré que decírselo?

—¡Entonces lo demostraremos!

Saqué mi grabadora y la puse en la mesa.

—Piedad, Marcus. ¡Esa maldita máquina otra vez no!

—Tengo que comprender lo que pasó.

—Ya no quiero que me grabe. Por favor.

—Muy bien. Tomaré notas.

Saqué un cuaderno y un bolígrafo.

—Me gustaría que volviésemos a hablar de su fuga del 30 de agosto de 1975. Si he entendido bien, cuando Nola y usted decidieron marcharse, su libro estaba casi terminado.

—Lo terminé pocos días antes de la marcha. Escribí rápido, muy rápido. Estaba como poseído. Todo era tan especial: Nola allí, todo el rato, releyendo, corrigiendo, pasando a máquina. Le pareceré cursi, pero era mágico. Terminé el libro el día 27 de agosto. Lo recuerdo porque ese día fue el último que vi a Nola. Habíamos acordado que sería mejor que yo dejara la ciudad dos o tres días antes que ella, para no despertar sospechas. El 27 de agosto fue, pues, nuestro último día juntos. Había escrito la novela en un mes. Era una locura. Estaba tan orgulloso de mí mismo. Recuerdo esos dos manuscritos presidiendo la mesa de la terraza: uno escrito a mano, el original, y luego la transcripción a máquina, gracias al trabajo titánico que había llevado a cabo Nola. Estuvimos en la playa, donde nos habíamos conocido tres meses antes. Caminamos un buen rato. Nola me cogió de la mano y me dijo: «Haberte conocido ha cambiado mi vida, Harry. Ya verás, seremos muy felices juntos». Seguimos caminando. El plan estaba listo: yo debía marcharme de Aurora a la mañana siguiente, tras pasar por el Clark's para dejarme ver y anunciar que estaría ausente una semana o dos con el pretexto de unos asuntos urgentes en Boston. Después debía pasar dos días en Boston y conservar las facturas del hotel: así todo sería coherente si la policía me interrogaba. El 30 de agosto debía coger una habitación en el Sea Side Motel, en la federal 1. Habitación 8, me dijo Nola, porque le gustaba el número 8. Le pregunté cómo iba a hacer para llegar a ese motel que estaba a varias millas de Aurora, y me contestó que no me preocupara, que caminaba muy deprisa y que conocía un atajo por la playa. Nos encontraríamos en la habitación al final de la tarde, a las siete. Tendríamos que marcharnos enseguida, llegar a Canadá, encontrar un lugar donde quedarnos, un pequeño piso de alquiler. Yo debía volver a Aurora días más tarde, como si nada. La policía estaría seguramente buscando a Nola y yo debía conservar la calma: si me preguntaban, responder que estaba en Boston y mostrar las facturas del hotel. Después debía permanecer una semana más allí, para no despertar sospechas; ella se quedaría en el piso, esperándome tranquilamente. Por último, yo debía dejar la casa de Goose Cove y marcharme definitivamente de Aurora, pretextando que había terminado la novela y que a partir de entonces tendría que preocuparme de publicarla. A esas alturas habría vuelto con Nola, habría enviado el manuscrito por correo a los editores neoyorquinos y después habría viajado desde nuestro escondite en Canadá hasta Nueva York para ocuparme de la publicación del libro.

—Pero ¿y Nola? ¿Qué habría hecho mientras tanto?

—Teníamos pensado buscar unos papeles falsos, para que pudiera seguir estudiando en el instituto y después en la universidad. Habríamos esperado a que cumpliese dieciocho años y se habría convertido en la señora de Harry Quebert.

—¿Papeles falsos? ¡Pero si eso es una locura!

—Lo sé. Era completamente loco. ¡Completamente loco!

—¿Y qué pasó después?

—Ese 27 de agosto, en la playa, ensayamos nuestro plan varias veces y volvimos a casa. Nos sentamos en el viejo sofá del salón, que no era viejo pero que ha terminado siéndolo porque nunca he podido separarme de él, y tuvimos nuestra última conversación. Éstas fueron, Marcus, éstas fueron sus últimas palabras, que nunca olvidaré. Me dijo: «Seremos tan felices, Harry. Me convertiré en tu mujer. Serás un gran escritor. Y profesor universitario. Siempre soñé con casarme con un profesor universitario. A tu lado seré la más feliz de las mujeres. Y tendremos un gran perro del color del sol, un labrador al que llamaremos Storm. Espérame, Harry, te lo ruego, espérame». Y yo le respondí: «Te esperaré toda mi vida si es necesario, Nola». Ésas fueron sus últimas palabras, Marcus. Después de eso, me quedé dormido, y cuando desperté, el sol se estaba poniendo y Nola se había marchado. Una luz rosada iluminaba el océano, y gritaban las bandadas de gaviotas. Esas malditas gaviotas que ella amaba tanto. Sobre la mesa de la terraza no quedaba más que un manuscrito: el que me quedé, el original. Y a su lado, esa nota, la que usted encontró en la caja y que decía, recuerdo esas frases de memoria: *No te preocupes, Harry, no te preocupes por mí, me las arreglaré para verte allí. Espérame en la habitación número 8, me gusta esa cifra, es mi número preferido. Espérame en esa habitación a las siete de la tarde. Después nos marcharemos juntos.* No busqué el manuscrito, comprendí que se lo había llevado para releerlo una vez más. O quizás para asegurarse de que acudiría a nuestra cita en el motel, el día 30. Ella se llevó ese maldito manuscrito, Marcus, como hizo otras veces. Y yo, el día siguiente, dejé la ciudad. Como habíamos previsto. Pasé por el Clark's a tomarme un café, adrede, para dejarme ver y decir que me ausentaba. Estaba Jenny, como todas las mañanas; le dije que tenía cosas que hacer en Boston, que mi libro estaba casi terminado y que tenía citas importantes allí. Y me marché. Me marché sin pensar ni por un momento que no volvería a ver a Nola.

Dejé mi bolígrafo. Harry estaba llorando.

*

7 de julio de 2008

En Boston, en el salón del Park Plaza, Barnaski pasó media hora hojeando las cincuenta páginas que le había traído, antes de avisarnos.

—¿Y bien? —le pregunté al entrar en la habitación.

Me lanzó una mirada de alegría.

—¡Es sencillamente genial, Goldman! ¡Genial! ¡Sabía que era usted el hombre perfecto para este asunto!

—Cuidado, esas páginas son ante todo mis notas. Contienen algunos hechos que no deberán publicarse.

—Por supuesto, Goldman. Por supuesto. De todas formas, usted aprobará las pruebas finales.

Pidió champán, extendió los contratos sobre la mesa y resumió su contenido:

—Entrega del manuscrito a finales de agosto. La sobrecubierta promocional ya estará lista. Relectura y maquetación en dos semanas, impresión en ese mes de septiembre. Salida prevista para la última semana de septiembre. Como muy tarde. ¡Una agenda perfecta! ¡Justo antes de las elecciones presidenciales y más o menos cuando comience el proceso de Quebert! ¡Fenomenal golpe de marketing, mi querido Goldman! ¡Hip hip, hurra!

—¿Y si la investigación no ha concluido? —pregunté—. ¿Cómo debo terminar el libro?

Barnaski ya tenía una respuesta preparada y aprobada por su servicio jurídico:

—Si la investigación ha concluido, es un relato auténtico. Si no es el caso, dejamos el tema abierto o sugiere usted el final y es una novela. Jurídicamente es intocable y, para los lectores, no existe diferencia alguna. Y además, si la investigación no ha terminado, mejor: ¡podremos hacer una segunda parte! ¡Menudo chollo!

Me miró con expresión de complicidad; un camarero trajo champán e insistió en abrir él mismo la botella. Firmé el contrato, hizo saltar el tapón, puso todo perdido de champán, llenó dos copas y entregó una a Douglas y otra a mí. Le pregunté:

—¿No bebe usted?

Hizo una mueca de disgusto y se secó las manos en un cojín.

—No me gusta nada. El champán es sólo por el espectáculo. El espectáculo, Goldman, es el noventa por ciento del interés que muestra la gente hacia el producto final.

Y se largó a llamar a la Warner Bros para hablar de los derechos cinematográficos.

Esa misma tarde, de regreso a Aurora, recibí una llamada de Roth: estaba como loco.

—¡Han llegado los resultados, Goldman!

—¿Qué resultados?

—¡La letra! ¡No es la de Harry! ¡Harry no escribió la nota en el manuscrito!

Lancé un grito de alegría.

—¿Y eso qué significa en concreto? —pregunté.

—Todavía no lo sé. Pero si no es su letra, eso confirma que no tenía el manuscrito en el momento en que Nola fue asesinada. Y el manuscrito es una de las principales pruebas de cargo de la acusación. El juez acaba de fijar una nueva comparecencia este jueves 10 de julio a las once. Una convocatoria tan rápida es sin duda una buena noticia para Harry.

Yo estaba tremendamente excitado: Harry estaría pronto en libertad. Así que había dicho la verdad, era inocente. Esperaba con impaciencia la llegada del jueves. Pero el día antes de la nueva comparecencia, el miércoles 9 de julio, se produjo una catástrofe. Ese día, sobre las cinco de la tarde, yo estaba en Goose Cove, en el despacho de Harry, leyendo mis notas sobre Nola. Fue entonces cuando recibí la llamada de Barnaski a mi móvil. Su voz temblaba.

—Marcus, tengo una noticia terrible —me dijo de golpe.

—¿Qué pasa?

—Ha habido un robo...

—¿Cómo que *un robo*?

—Sus folios... Los que me trajo a Boston.

—¿Qué? ¿Cómo es posible?

—Estaban en un cajón de mi despacho. Ayer por la mañana, no los encontré... Primero pensé que Marisa había estado ordenando y los había puesto en la caja fuerte, a veces lo hace. Pero cuando se lo pregunté, me dijo que no los había tocado. Ayer me pasé todo el día buscándolos en vano.

Mi corazón latía con fuerza. Presentía una tormenta.

—Pero ¿qué le hace pensar que han sido robados? —pregunté.

Hubo un largo silencio y respondió:

—He estado recibiendo llamadas toda la tarde: el *Globe,* el *USA Today,* el *New York Times...* Alguien ha mandado sus hojas a toda la prensa nacional, que se dispone a difundirlas. Marcus: es probable que mañana todo el país esté al corriente del contenido de su libro.

Segunda parte

LA CURA DE LOS ESCRITORES
(Redacción del libro)

14. Un famoso 30 de agosto de 1975

«Ya ve usted, Marcus, nuestra sociedad ha sido concebida de tal forma que hay que elegir continuamente entre razón y pasión. La razón nunca ha servido de nada y la pasión a menudo es destructiva. Así que me va a costar ayudarle.

—¿Por qué me dice eso, Harry?

—Porque sí. La vida es una estafa.

—¿Se va a terminar las patatas fritas?

—No. Cójalas si le apetece.

—Gracias, Harry.

—¿De verdad le interesa lo que le estoy contando?

—Sí, mucho. Le estoy escuchando atentamente. Número 14: la vida es una estafa.

—Dios mío, Marcus, no ha entendido usted nada. A veces tengo la impresión de estar hablando con un estúpido.»

16.00 horas

Había sido una jornada magnífica. Uno de esos sábados soleados de final de verano que bañaban Aurora en una atmósfera apacible. El centro se había llenado de gente que paseaba tranquila y se detenía en los escaparates aprovechando los últimos días de buen tiempo. Las calles de los barrios residenciales, libres de coches, habían sido invadidas por niños que organizaban carreras de bicicletas y patines mientras sus padres, a la sombra de los porches, sorbían limonada y hojeaban el periódico. Por tercera vez en menos de una hora, Travis Dawn, a bordo de su coche patrulla, atravesó el barrio de Terrace Avenue y pasó por delante de la casa de los Quinn. Su tarde había sido absolutamente apacible; nada que reseñar, ni una sola llamada a la centralita. Había realizado algunos controles de carretera para pasar el rato, pero su mente estaba en otro sitio: no podía pensar en otra cosa que no fuera Jenny. Estaba allí, en el porche, con su padre. Llevaban toda la tarde rellenando crucigramas, mientras Tamara podaba los setos de cara al otoño. Al acercarse a la casa, Travis ralentizó la marcha hasta circular al paso; esperaba que ella le viese, que volviese la cabeza y se fijase en él, que le hiciera entonces una seña con la mano, un gesto amistoso que le animase a detenerse un instante, a saludarla con la ventana abierta. Quizás le invitase a un vaso de té helado y conversaran un poco. Pero ella no volvió la cabeza, no le vio. Estaba riendo junto a su padre, parecía feliz. Continuó su camino y se detuvo unas decenas de metros más allá, fuera de su vista. Miró el ramo de flores en el asiento del pasajero y cogió la hoja de papel que estaba justo al lado, sobre la que había anotado lo que le quería decir:

Hola, Jenny. Bonito día. Si estás libre esta noche, pensaba que podríamos ir a pasear por la playa. Quizás hasta podríamos ir al cine. Han estrenado nuevas películas en Montburry. (Darle las flores.)

Invitarla a un paseo y al cine. Era fácil. Pero no se atrevió a salir del coche. Se puso en marcha rápidamente y retomó su patrulla, siguiendo el mismo camino que le llevaría a volver a pasar frente a la casa de los Quinn veinte minutos después. Ocultó las flores bajo el asiento para que no se viesen. Eran rosas salvajes, que había cogido cerca de Montburry, al borde de un pequeño lago del que le había hablado Erne Pinkas. A primera vista, eran menos bonitas que las rosas de cultivo, pero sus colores eran mucho más brillantes. Soñaba a menudo con llevar a Jenny allí; incluso había esbozado todo un plan. Le vendaría los ojos, la guiaría hasta las matas de rosal y le quitaría el pañuelo frente a las plantas, para que sus mil colores explotaran ante ella como fuegos artificiales. Después comerían a la orilla del lago. Pero nunca había tenido valor para proponérselo. Conducía ahora por Terrace Avenue, por delante de la casa de los Kellergan, sin prestar mayor atención. Tenía la cabeza en otra parte.

A pesar del buen tiempo, el reverendo se había pasado toda la tarde encerrado en el garaje, reparando una vieja Harley-Davidson que esperaba poder conducir algún día. Según los informes de la policía de Aurora, no dejó su taller más que para servirse de beber en la cocina y, en cada una de esas ocasiones, encontró a Nola leyendo tranquilamente en el salón.

*

17.30 horas

A medida que el día tocaba a su fin, las calles del centro se iban vaciando poco a poco, mientras en los barrios residenciales los niños volvían a casa para la hora de la cena y en los porches no quedaban más que sillones vacíos y periódicos abandonados.

El jefe de policía Gareth Pratt, que estaba de permiso, y su mujer Amy regresaban tras haber pasado parte de la jornada visitando a unos amigos fuera de la ciudad. En ese mismo instante, la familia Hattaway —es decir, Nancy, sus dos hermanos y sus padres— llegaba a su casa, en Terrace Avenue, después de llevar toda la tarde en la playa de Grand Beach. Figura en el informe policial que la señora Hattaway, la madre de Nancy, notó que se escuchaba música a un volumen muy alto en casa de los Kellergan.

A varias millas de allí, Harry llegó al Sea Side Motel. Se registró en la habitación 8 con un nombre falso y pagó al contado para no tener que enseñar un documento de identidad. De camino había comprado unas flores. También había llenado el depósito del coche. Todo estaba listo. Sólo faltaba hora y media. Apenas. En cuanto Nola llegara, celebrarían su reencuentro y se marcharían enseguida. Llegarían a Canadá a las nueve. Estarían bien juntos. Ella no volvería a ser infeliz.

*

18.00 horas

Deborah Cooper, de sesenta y un años, que desde la muerte de su marido vivía sola en una casa aislada en la linde del bosque de Side Creek, se instaló en la mesa de su cocina para preparar una tarta de manzana. Tras haber pelado y cortado la fruta, tiró algunos trozos por la ventana para los mapaches y esperó pegada al cristal para si venían. Fue entonces cuando le pareció distinguir una silueta que corría a través de las hileras de árboles; al prestar más atención, tuvo tiempo de distinguir a una joven con un vestido rojo perseguida por un hombre, antes de que desaparecieran en la espesura. Entró precipitadamente en el salón, donde estaba el teléfono, para llamar a la policía. El informe policial indica que la llamada se recibió en la central a las dieciocho horas veintiún minutos. Duró veintisiete segundos. Su transcripción es la siguiente:

—*Central de policía, ¿es una emergencia?*
—*¿Oiga? Me llamo Deborah Cooper, vivo en Side Creek Lane. Creo que acabo de ver a una joven perseguida por un hombre en el bosque.*

—¿Qué ha pasado exactamente?

—¡No lo sé! Estaba en la ventana, mirando hacia fuera, y de pronto he visto a esa chica corriendo entre los árboles. Había un hombre tras ella... Creo que intentaba escapar de él.

—¿Dónde están ahora?

—Pues... ya no los veo. Se han metido en el bosque.

—Enviamos una patrulla de inmediato, señora.

—Gracias, ¡dense prisa!

Después de colgar, Deborah Cooper volvió inmediatamente a la ventana de la cocina. Ya no se veía nada. Pensó que su vista la habría engañado, pero ante la duda, era mejor que la policía viniese a inspeccionar los alrededores. Y salió de su casa para esperar a la patrulla.

Está indicado en el informe que la central de policía transmitió la información a la policía de Aurora, cuyo único oficial de servicio ese día era Travis Dawn. Llegó a Side Creek Lane unos cuatro minutos después de la llamada.

Tras informarse rápidamente de la situación, el oficial Dawn procedió a un primer registro del bosque. A unas decenas de metros hacia el interior encontró un jirón de tela roja. Consideró la posibilidad de que la situación fuese grave y decidió avisar inmediatamente al jefe Pratt, aunque estuviera de permiso. Llamó a su casa desde la de Deborah Cooper. Eran las dieciocho horas cuarenta y cinco.

*

19.00 horas

Al jefe Pratt el asunto le pareció lo suficientemente serio como para ir a comprobarlo personalmente: Travis Dawn no le habría molestado en su casa si no se tratara de una situación excepcional.

A su llegada a Side Creek Lane recomendó a Deborah Cooper que se encerrara en casa, mientras él y Travis se marchaban para proceder a un registro más detallado del bosque. Tomaron el camino que bordeaba el océano, en la dirección que parecía haber seguido la joven del vestido rojo. Según el informe policial, tras haber caminado una milla larga, los dos policías descubrieron rastros de sangre y cabellos rubios en una parte más bien despejada del bosque, cercana a la orilla del mar. Eran las diecinueve treinta horas.

Es probable que Deborah Cooper se quedara en la ventana de su cocina para intentar ver a los policías. Hacía un buen rato que éstos habían desaparecido por el sendero cuando de pronto vio surgir de entre la maleza a una joven con el vestido desgarrado y el rostro lleno de sangre, que llegaba pidiendo ayuda y se precipitaba hacia la casa. Deborah Cooper, presa del pánico, abrió el cerrojo de la puerta de la cocina para acogerla y corrió hasta el salón para llamar de nuevo a la policía.

El informe policial indica que la segunda llamada se recibió en la central a las diecinueve horas treinta y tres minutos. Duró poco más de cuarenta segundos. Su transcripción es la siguiente:

—Central de policía, ¿es una emergencia?
—¿Oiga? (Voz asustada.) Soy Deborah Cooper, he... he llamado antes para... para indicar que perseguían a una chica en el bosque, y ahora ¡está aquí! ¡Está en mi cocina!
—Cálmese, señora. ¿Qué ha pasado?
—¡No lo sé! Surgió del bosque. De hecho, hay dos policías allí ahora mismo, ¡pero creo que no la han visto! Está escondida en mi cocina. Creo... creo que es la hija del reverendo... La chica que trabaja en el Clark's... Creo que es ella...
—¿Cuál es su dirección?
—Deborah Cooper, Side Creek Lane, en Aurora. ¡He llamado antes! La chica está aquí, ¿entiende? ¡Tiene la cara llena de sangre! ¡Vengan pronto!
—No se mueva, señora. Envío refuerzos inmediatamente.

Los dos policías estaban inspeccionando los restos de sangre cuando oyeron el estruendo de la deflagración procedente de la casa. Sin perder un segundo, volvieron por el camino corriendo, las armas en la mano.

En ese momento el operador de la centralita de policía, al no conseguir contactar ni con el agente Travis Dawn ni con el jefe Pratt en su radio patrulla, y juzgando que la situación era preocupante, decidió dar la alerta general a la oficina del sheriff y a la de la policía estatal, y enviar las unidades disponibles a Side Creek Lane.

*

19.45 horas

Dawn y Pratt llegaron a la casa sin aliento. Entraron por la puerta trasera, que daba a la cocina, y allí encontraron a Deborah Cooper muerta, tendida en el suelo, bañada en su propia sangre, con un impacto de bala a la altura del corazón. Tras un registro rápido e infructuoso de la planta baja, el jefe Pratt corrió hasta su coche para prevenir a la central y pedir refuerzos. La transcripción de su conversación con la central es la siguiente:

—*Aquí el jefe Pratt, policía de Aurora. Envíen urgentemente refuerzos a Side Creek Lane, en el cruce con la federal 1. Tenemos una mujer muerta por impacto de bala y seguramente una chica desaparecida.*

—*Jefe Pratt, ya hemos recibido una llamada de auxilio de una tal señora Deborah Cooper, en Side Creek Lane, hace siete minutos, informándonos de que una joven había encontrado refugio en su casa. ¿Están relacionados los dos asuntos?*

—*¿Cómo? La muerta es Deborah Cooper. Y no hay nadie más en la casa. ¡Envíeme toda la caballería disponible! ¡Aquí está pasando algo muy gordo!*

—*Las unidades están en camino. Le voy a enviar otras.*

Antes incluso de terminar la comunicación, Pratt escuchó una sirena: ya llegaban los refuerzos. Apenas había tenido tiempo de avisar a Travis de la situación y de pedirle que volviese a registrar la casa cuando la radio se puso de nuevo en marcha: se estaba produciendo una persecución en la federal 1, a unos cientos de metros de allí, entre un coche de la oficina del sheriff y un vehículo sospechoso, que había sido sorprendido en la linde del bosque. El ayudante del sheriff, Paul Summond, el primero de los refuerzos en camino, acababa de cruzarse por casualidad con un Chevrolet Monte Carlo negro con matrícula ilegible que salía del sotobosque y huía a toda velocidad a pesar de sus advertencias. Marchaba en dirección norte.

El jefe Pratt saltó dentro de su coche y se marchó a apoyar a Summond. Tomó una pista forestal paralela a la 1 para poder cortar más adelante el camino al fugitivo; alcanzó la carretera principal a tres millas de Side Creek Lane y le faltó poco para interceptar al Chevrolet negro.

Los coches rodaban a una velocidad vertiginosa. El Chevrolet negro proseguía su carrera por la federal 1 hacia el norte. El jefe Pratt lanzó un aviso por radio a todas las unidades disponibles para que cortasen la carretera, y pidió el envío de un helicóptero. Después, el Chevrolet, tras un giro espectacular, tomó una carretera secundaria, y a continuación otra. Conducía a tumba abierta, a los coches de policía les costaba seguirlo. Por su radio patrulla, Pratt gritaba que estaban perdiéndolo.

La persecución continuó por carreteras estrechas; el conductor, que parecía saber exactamente adónde iba, conseguía distanciarse poco a poco de los policías. Al llegar a una intersección, el Chevrolet estuvo a punto de colisionar con un vehículo que venía en sentido inverso, y que quedó inmovilizado en medio de la carretera. Pratt consiguió evitar el obstáculo pasando por la hierba del arcén, pero Summond, que iba justo detrás de él, no pudo eludir el choque, afortunadamente sin gravedad. Pratt, a partir de entonces el único perseguidor del Chevrolet, guió a los refuerzos lo mejor que pudo. Perdió por un instante el contacto visual con el coche, pero volvió a verlo enseguida en la carretera de Montburry, antes de que se alejara definitivamente. Al cruzarse con las patrullas que llegaban de frente, comprendió que el vehículo sospechoso había escapado. Pidió inmediatamente que se cerraran todas las carreteras, un registro general de toda la zona y la llegada de la policía estatal. En Side Creek Lane, Travis Dawn era categórico: no había la menor huella de la joven del vestido rojo, ni en la casa ni en las inmediaciones.

*

20.00 horas

El reverendo David Kellergan, presa del pánico, marcó el número de urgencias de la policía para indicar que su hija, Nola, de quince años, había desaparecido. El primero en llegar al 245 de Terrace Avenue fue un ayudante del sheriff del condado enviado como refuerzo, inmediatamente seguido por Travis Dawn. A las veinte horas quince minutos, el jefe Pratt llegó a su vez al lugar. La conversación entre Deborah Cooper y el operador de la central no dejaba duda posible: era Nola Kellergan la que había sido vista en Side Creek Lane.

A las veinte horas veinticinco, el jefe Pratt envió un nuevo mensaje de alerta general confirmando la desaparición de Nola Kellergan, quince años, vista por última vez una hora antes en Side Creek Lane. Pidió la emisión de un aviso de búsqueda de una mujer joven, blanca, 5,2 pies de altura, cien libras, cabello rubio largo, ojos verdes, con un vestido rojo, que llevaba un collar de oro con su nombre grabado.

Los refuerzos de la policía llegaban de todo el condado. Mientras se desarrollaba una primera fase de registro en el bosque y la playa con la esperanza de encontrar a Nola antes de la noche, las patrullas recorrían la región en busca del Chevrolet negro, al que, por el momento, habían perdido la pista.

*

21.00 horas

A las veintiuna horas, las unidades de la policía estatal llegaron a Side Creek Lane, a las órdenes del capitán Neil Rodik. Equipos de la brigada científica se desplegaron también en casa de Deborah Cooper y en el bosque, donde se habían encontrado las huellas de sangre. Se instalaron potentes faros halógenos para iluminar la zona; se encontraron mechones de pelo rubio arrancados, trozos de diente y jirones de tela roja.

Rodik y Pratt, observando la escena de lejos, hicieron balance de la situación.

—Parece que ha sido una auténtica carnicería —dijo Pratt.

Rodik asintió y preguntó:

—¿Cree que la chica está todavía en el bosque?

—O desapareció en ese coche, o está en el bosque. La playa ha sido registrada a fondo. Nada que señalar.

Rodik permaneció un momento pensativo.

—¿Qué ha podido pasar? ¿Se la habrán llevado lejos de aquí? ¿O seguirá en algún lugar del bosque?

—No entiendo nada —suspiró Pratt—. Todo lo que quiero es encontrar a esa chica viva y pronto.

—Lo sé, jefe. Pero con toda la sangre que ha perdido, si todavía está con vida en alguna parte del bosque, debe de encontrarse en un estado lamentable. A saber de dónde sacó las fuerzas para llegar hasta esta casa. La fuerza de la desesperación, sin duda.

—Sin duda.

—¿No hay noticias del coche? —preguntó de nuevo Rodik.

—Ninguna. Un auténtico misterio. No obstante, todas las carreteras están cortadas en todas las direcciones posibles.

Cuando los agentes descubrieron restos de sangre que iban desde la casa de Deborah Cooper hasta el lugar donde había sido descubierto el Chevrolet negro, Rodik hizo una mueca de resignación.

—No me gusta ser pájaro de mal agüero —dijo—, pero o se ha arrastrado hasta alguna parte para morir, o ha acabado en el maletero de ese coche.

A las veintiuna horas cuarenta y cinco, cuando el día ya no era más que un halo que flotaba por encima del horizonte, Rodik pidió a Pratt que interrumpiera la búsqueda durante la noche.

—¿Interrumpir la búsqueda? —protestó Pratt—. Ni lo sueñe. Imagínese que está en alguna parte, justo ahí, aún viva, esperando a que vayamos en su ayuda. ¡No pensará abandonar a esa chiquilla en el bosque! Los chicos pasarán toda la noche buscándola si es necesario, pero si está ahí, la encontrarán.

Rodik tenía mucha experiencia sobre el terreno. Sabía que los policías locales se comportaban a veces de forma ingenua y una parte de su trabajo consistía en convencer a sus responsables de la realidad de la situación.

—Jefe Pratt, debe usted suspender la búsqueda. Este bosque es inmenso, ya no se ve nada. Un registro nocturno es inútil. En el mejor de los casos, agotará sus recursos y mañana tendrá que iniciar todo de nuevo. En el peor, perderá a algún agente en este bosque gigantesco y habrá que empezar a buscarlo también. Ya tiene usted suficientes preocupaciones.

—¡Pero hay que encontrarla!

—Jefe, confíe en mi experiencia: pasar la noche fuera no servirá de nada. Si la pequeña está con vida, incluso herida, la encontraremos mañana.

Mientras tanto, en Aurora, la población estaba en estado de shock. Centenares de curiosos se apelotonaban alrededor de la casa de los Kellergan, apenas contenidos por el cordón policial. Todo el mundo quería saber qué había pasado. Cuando el jefe Pratt volvió al lugar, se vio obligado a confirmar los rumores: Deborah Cooper estaba muerta, Nola había desaparecido. Se oyeron gritos de horror entre el gentío; las madres se llevaron a sus hijos a casa y se encerraron, mientras los padres sacaron sus viejos fusiles y se organizaron en milicias ciudadanas para vigilar los barrios. La tarea del jefe Pratt se complicaba: la ciudad no debía sucumbir al pánico. Patrullas de policía recorrieron las calles sin descanso para tranquilizar a la población, mientras los agentes de la policía estatal se encargaban de ir puerta a puerta para recoger los testimonios de los vecinos de Terrace Avenue.

*

23.00 horas

En la sala de reuniones de la policía de Aurora, el jefe Pratt y el capitán Rodik hacían balance. Los primeros resultados de la investigación indicaban que no había señal alguna de allanamiento ni de lucha en la habitación de Nola. Sólo la ventana abierta.

—¿La pequeña se llevó algo? —preguntó Rodik.

—No. Ni ropa, ni dinero. Su hucha está intacta, hay ciento veinte dólares dentro.

—Apesta a secuestro.

—Y ningún vecino ha visto nada anormal.

—No me extraña. Alguien debió de convencer a la chiquilla para que le acompañase.

—¿Por la ventana?

—Quizás. O no. Estamos en agosto, todo el mundo tiene la ventana abierta. Quizás salió a dar una vuelta y tuvo un encuentro desagradable.

—Aparentemente, un testigo, un tal Gregory Stark, ha declarado haber oído gritos en casa de los Kellergan al pasear a su perro. Sucedió sobre las cinco de la tarde, pero no está seguro.

—¿Cómo que *no está seguro*? —preguntó Rodik.

—Dice que había música en casa de los Kellergan. Música muy alta.

Rodik maldijo:

—No tenemos nada: ni pistas, ni huellas. Es como un fantasma. Sólo sabemos que esa chiquilla ha sido vista durante un momento, ensangrentada, asustada y pidiendo ayuda.

—Según usted, ¿qué es lo que debemos hacer ahora? —preguntó Pratt.

—Créame, ya ha hecho todo lo que ha podido por esta noche. A partir de ahora, es mejor concentrarse en el día de mañana. Envíe a todo el mundo a descansar, pero mantenga los controles de carretera. Prepare un plan de registro del bosque, habrá que proseguir la búsqueda en cuanto amanezca. Es usted el único que puede dirigir la batida, conoce el bosque como la palma de su mano. Envíe también un comunicado a todas las comisarías, intente dar precisiones sobre Nola. Una joya que llevase, un detalle físico que la diferencie y que algún testigo pueda identificar. Transmitiré toda la información al FBI, a la policía de los Estados vecinos y a la de fronteras. Voy a pedir un helicóptero para mañana y nuevos perros. Duerma usted también un poco, si puede. Y rece. Me gusta mi trabajo, jefe, pero los secuestros de niños son algo superior a mis fuerzas.

La ciudad permaneció agitada toda la noche por el ir y venir de coches patrulla y de curiosos alrededor de Terrace Avenue. Algunos querían ir al bosque. Otros se presentaban en comisaría para ofrecerse a participar en la búsqueda. El pánico invadía a sus habitantes.

*

Domingo 31 de agosto de 1975

Una lluvia gélida caía sobre la región, invadida por una espesa bruma llegada del océano. A las cinco de la mañana, en las cercanías de la casa de Deborah Cooper, bajo una inmensa carpa desplegada a toda prisa, el jefe Pratt y el capitán Rodik daban consignas a los primeros grupos de policías y voluntarios. Habían dividido el bosque en sectores con la ayuda de un mapa y cada sector había sido asignado a un equipo. Esperaban que esa mañana llegaran refuerzos con perros adiestrados y guardias forestales que permitiesen ampliar la búsqueda y organizar relevos entre los equipos. El helicóptero había sido descartado por el momento, por culpa de la mala visibilidad.

A las siete, en la habitación 8 del Sea Side Motel, Harry se despertó sobresaltado. Había dormido completamente vestido. En la radio, encendida aún, sonaba un boletín informativo: ... *Alerta general en la región de Aurora tras la desaparición de una adolescente de quince años, Nola Kellergan, ayer tarde, sobre las diecinueve horas. La policía busca a toda persona susceptible de aportar información... En el momento de su desaparición, Nola Kellergan llevaba un vestido rojo...*

¡Nola! Se habían dormido y habían olvidado marcharse. Saltó fuera de la cama y la llamó. Durante una fracción de segundo, creyó que estaba en la habitación con él. Después recordó que no se había presentado a la cita. ¿Por qué le había abandonado? ¿Por qué no estaba allí? La radio mencionaba su desaparición, así que había huido de su casa como acordaron. Pero ¿por qué sin él? ¿Habría tenido algún contratiempo? ¿Habría ido a refugiarse en Goose Cove? Su fuga se estaba convirtiendo en catástrofe.

Sin darse cuenta todavía de la gravedad de la situación, tiró las flores y abandonó precipitadamente la habitación, sin gastar tiempo siquiera en peinarse o anudarse la corbata. Metió las maletas en el coche y arrancó precipitadamente para volver a Goose Cove. Cuando llevaba recorridas apenas dos millas, llegó a un imponente control policial. El jefe Gareth Pratt había venido a inspeccionar la marcha del dispositivo, con un fusil de repetición en la mano. Todos estaban muy nerviosos. Reconoció el coche de Harry en la fila de vehículos detenidos y se acercó:

—Jefe, acabo de escuchar en la radio lo de Nola —dijo Harry por la ventanilla bajada—. ¿Qué ha ocurrido?

—Algo malo, muy malo —dijo.

—Pero ¿qué ha pasado?

—Nadie lo sabe: desapareció de su casa. Fue vista cerca de Side Creek Lane ayer por la tarde, y después, ni rastro de ella. Toda la región está cercada, estamos peinando el bosque.

Harry creyó que su corazón iba a pararse. Side Creek Lane estaba en dirección al motel. ¿Y si se había hecho daño de camino a su cita? ¿Habría temido, al llegar a Side Creek Lane, que la policía apareciera en el motel y los encontrara juntos? En ese caso, ¿dónde se habría escondido?

El jefe vio la mala cara de Harry y su maletero lleno de equipaje.

—¿Vuelve usted de viaje? —le interrogó.

Harry decidió que había que mantener la coartada acordada con Nola.

—Estaba en Boston. Por mi libro.

—¿Boston? —se extrañó Pratt—. Pero viene usted del norte...

—Lo sé —balbuceó Harry—. He dado un rodeo por Concord.

El jefe le miró con aire de sospecha. Harry conducía un Chevrolet Monte Carlo negro. Le ordenó apagar el motor de su vehículo.

—¿Algún problema? —preguntó Harry.

—Estamos buscando un coche como el suyo que podría estar implicado en el caso.

—¿Un Monte Carlo?

—Sí.

Dos agentes registraron el coche. No encontraron nada sospechoso y el jefe Pratt permitió a Harry marcharse. Al pasar le dijo: «Le pido que no deje la región. Es una simple precaución, por supuesto». La radio del coche continuaba repitiendo la descripción de Nola. *Mujer joven, blanca, 5,2 pies de altura, cien libras, cabello rubio largo, ojos verdes, vestido rojo. Lleva un collar de oro con el nombre NOLA grabado.*

No estaba en Goose Cove. Ni en la playa, ni en la terraza, ni dentro de la casa. En ninguna parte. La llamó, no le importaba que le oyeran. Recorrió la playa como loco. Buscó una carta, una nota. Pero no había nada. El pánico empezó a apoderarse de él. ¿Por qué había huido si no era para que se fueran juntos?

Sin saber qué otra cosa podía hacer, fue al Clark's. Allí se enteró de que Deborah Cooper había visto a Nola ensangrentada antes de que la encontrasen asesinada. No podía creerlo. ¿Qué había pasado? ¿Por qué él había aceptado que ella acudiese por sus propios medios? Deberían haber quedado en Aurora. Atravesó andando la ciudad hasta la casa de los Kellergan, rodeada de coches de policía, y se inmiscuyó en las conversaciones de los curiosos para intentar comprender. Al final de la mañana, de vuelta a Goose Cove, se sentó en la terraza con unos prismáticos y pan para las gaviotas. Y esperó. Se había perdido, volvería. Volvería, estaba seguro. Escrutó la playa con los prismáticos. Siguió esperando. Hasta que llegó la noche.

13. La tormenta

«El peligro de los libros, mi querido Marcus, es que a veces se puede perder el control. Publicar significa que lo que ha escrito usted en compañía de la soledad se escapa de pronto de sus manos y desaparece entre la gente. Es un momento muy peligroso: debe usted conservar el control de la situación en todo momento. Perder el control de su propio libro es catastrófico.»

Extractos de los principales periódicos de la Costa Este

10 de julio de 2008

Extracto del New York Times

Marcus Goldman se dispone a levantar el velo sobre el caso Harry Quebert

Los rumores según los cuales el escritor Marcus Goldman estaba preparando un libro sobre Harry Quebert recorrían desde hace días el mundo de la cultura. Acaban de ser confirmados por la filtración de algunos extractos de la obra en cuestión, recibidos ayer en las redacciones de numerosos periódicos nacionales. El libro cuenta la minuciosa investigación emprendida por Marcus Goldman para arrojar luz sobre los acontecimientos del verano de 1975 que condujeron al asesinato de Nola Kellergan, desaparecida el 30 de agosto de 1975 y encontrada enterrada en un bosque cercano a Aurora el 12 de junio de 2008.

Los derechos han sido adquiridos por un millón de dólares por la poderosa editorial neoyorquina Schmid & Hanson. Su director general, Roy Barnaski, que no ha hecho ningún comentario, ha indicado sin embargo que la salida del libro está prevista para el próximo otoño con el título *El caso Harry Quebert* [...]

Extracto del Concord Herald

Las revelaciones de Marcus Goldman

[...] Goldman, muy cercano a Harry Quebert, de quien fue alumno en la universidad, cuenta los recientes acontecimientos de Aurora desde dentro. Su relato empieza por el descubrimiento de la relación entre Quebert y la joven Nola Kellergan, que entonces tenía quince años.

«En la primavera de 2008, más o menos un año después de haberme convertido en la nueva estrella de la literatura americana, tuvo lugar un acontecimiento que decidí guardar en un rincón perdido de mi memoria: descubrí que mi profesor de universidad, Harry Quebert, sesenta y siete años, uno de los escritores más respetados del país, había mantenido una relación con una chica de quince años cuando él contaba treinta y cuatro. Sucedió durante el verano de 1975.»

Extracto del Washington Post

La bomba de Marcus Goldman

[...] A medida que profundiza en el caso, Goldman parece ir de descubrimiento en descubrimiento. Cuenta por ejemplo que Nola Kellergan era una niña perdida, golpeada y torturada, sometida a simulacros de ahogo y a repetidos golpes. Su amistad y su proximidad a Harry Quebert le aportaron una estabilidad que nunca había conocido hasta entonces y que le permitía soñar con una vida mejor [...]

Extracto del Boston Globe

La sulfurosa vida de la joven Nola Kellergan

Marcus Goldman aporta elementos hasta ahora desconocidos por la prensa.

Se había convertido en el objeto sexual de E. S., un poderoso hombre de negocios de Concord que enviaba a su hombre de confianza a buscarla como si fuese a por carne fresca. Mitad mujer, mitad niña, a merced de las fantasías de los hombres de Aurora, se convirtió también en la presa del jefe de la policía local, que la habría forzado a relaciones bucales. Fue ese mismo jefe de policía el encargado de dirigir su búsqueda cuando desapareció [...]

Y entonces perdí el control de un libro que ni siquiera existía.

A primera hora de la mañana del jueves 10 de julio, descubrí los titulares sensacionalistas de la prensa: todos los periódicos nacionales mostraban, en primera página, fragmentos de lo que había escrito pero cortando las frases, arrancándolas de su contexto. Mis hipótesis se habían convertido en odiosas afirmaciones, mis suposiciones en hechos comprobados y mis reflexiones en infames juicios de valor. Habían desmontado mi trabajo, saqueado mis ideas, violado mi pensamiento. Habían matado a Goldman, el escritor redimido que intentaba trabajosamente volver al camino de los libros.

A medida que Aurora despertaba, la conmoción se extendía por la ciudad; sus habitantes, atónitos, leían y releían los artículos de los periódicos. El teléfono de la casa empezó a sonar sin parar, algunos exaltados vinieron a llamar a mi puerta para pedirme explicaciones. Podía elegir entre hacerles frente o esconderme: decidí dar la cara. A las diez, me tragué dos whiskies dobles y me presenté en el Clark's.

Nada más franquear la puerta de cristal sentí cómo todas las miradas se clavaban sobre mí como puñales. Me senté en la mesa 17, con el corazón en un puño, y Jenny, furiosa, se precipitó sobre mí para decirme que no era más que basura. Pensé que iba a estrellarme la cafetera en la cabeza.

—Entonces ¿qué? —explotó—, ¿has venido aquí sólo para forrarte a nuestra costa? ¿Sólo para escribir todas esas porquerías sobre nosotros?

Tenía los ojos llenos de lágrimas. Intenté calmar los ánimos:

—Jenny, sabes que no es verdad. Esos fragmentos nunca deberían haberse publicado.

—Pero ¿escribiste esas cosas horribles o no?

—Esas frases, fuera de contexto, suenan abominables...

—Pero ¿las escribiste?

—Sí, pero...

—¡No hay *pero* que valga, Marcus!

—Te lo aseguro, no quería perjudicar a nadie...

—¿No perjudicar a nadie? ¿Quieres que te cite tu obra maestra? —desplegó una sección del periódico—. Mira, aquí está escrito: *Jenny Quinn, la camarera del Clark's, estaba enamorada de Harry desde el primer día...* ¿Así es como me defines? ¿Como la camarera, la zorrita de turno que babea de amor pensando en Harry?

—Sabes que no es verdad...

—¡Pero es lo que está escrito, joder! ¡Está escrito en todos los periódicos de este maldito país! ¡Lo van a leer todos! ¡Mis amigos, mi familia, mi marido!

Jenny chillaba. Los clientes observaban la escena en silencio. Preferí marcharme para que la cosa se calmase y fui hasta la biblioteca, esperando encontrar en Erne Pinkas un aliado que pudiese comprender la catástrofe de las palabras mal empleadas. Pero tampoco él tenía muchas ganas de verme.

—Mira, aquí está el gran Goldman —dijo al verme—. ¿Vienes buscando más porquería que escribir sobre esta ciudad?

—Estoy horrorizado por esa filtración.

—¿Horrorizado? Déjate de cuentos. Todos hablan de tu libro. Los periódicos, Internet, la televisión: ¡no se habla más que de ti! Deberías estar contento. En todo caso, espero que hayas aprovechado bien la información que te he dado. Marcus Goldman, el dios todopoderoso de Aurora; Marcus, que se presenta aquí y me dice: «Necesito saber esto, necesito saber aquello». Ni un gracias, como si todo fuese normal, como si yo estuviese al servicio del grandísimo escritor Marcus Goldman. ¿Sabes qué voy a hacer este fin de semana? Tengo setenta y cinco años y, cada dos domingos, voy a trabajar al supermercado de Montburry para llegar mejor a fin de mes. Recojo los carritos en el aparcamiento y los apilo en la entrada de la tienda. Sé que no tiene nada de glorioso, que no soy una gran estrella como tú, pero tengo derecho a un poco de respeto, ¿no?

—Lo siento.

—¿Lo sientes? ¡Pero si no lo sientes en absoluto! No sabías porque nunca te interesó, Marc. Nunca te interesó nadie en Aurora. Para ti lo único que cuenta es la gloria. ¡Pero la gloria tiene consecuencias!

—Lo siento de veras, Erne. Venga, vamos a comer juntos, si quieres.

—¡No quiero comer! ¡Quiero que me dejes tranquilo! Tengo que ordenar libros. Los libros son importantes. Tú no eres nada.

Volví a encerrarme en Goose Cove, espantado. Marcus Goldman, el hijo adoptivo de Aurora, había traicionado, a su pesar, a su propia familia. Llamé a Douglas y le pedí que publicase un desmentido.

—¿Un desmentido de qué? Los periódicos no han hecho más que publicar lo que has escrito. De todas formas, se habría publicado dentro de dos meses.

—¡Los periódicos lo han deformado todo! ¡Nada de lo que se ha publicado corresponde a mi libro!

—Venga, Marc. No saques las cosas de quicio. Tienes que concentrarte en escribir, eso es lo que cuenta. Te queda poco tiempo. ¿Recuerdas que hace tres días nos vimos en Boston y firmaste un contrato de un millón de dólares por escribir un libro en siete semanas?

—¡Claro que me acuerdo! ¡Pero eso no significa que deba ser un churro!

—Un libro escrito en pocas semanas es un libro escrito en pocas semanas...

—Es el tiempo que necesitó Harry para escribir *Los orígenes del mal.*

—Harry es Harry, si entiendes lo que quiero decir.

—No, no lo entiendo.

—Harry es un escritor magnífico.

—¡Gracias! ¡Muchas gracias! ¿Y yo qué?

—Sabes que no quiero decir eso... Tú eres un escritor, digamos... moderno. Gustas porque eres joven y dinámico... Y estás de moda. Eres un escritor de moda. Eso es. La gente no espera que ganes el Premio Pulitzer, les gustan tus libros porque estás en boga, porque les entretienen, y eso también está muy bien.

—¿Así que es eso lo que piensas? ¿Que soy un escritor *entretenido*?

—No deformes lo que digo, Marc. Eres consciente de que el público siente debilidad por ti porque eres... un chico mono.

—¿Mono? ¡Esto es cada vez peor!

—Venga, Marc, ya sabes adónde quiero llegar. Transmites cierta imagen. Ya te lo he dicho: estás en boga. Todo el mundo te quiere. Eres a la vez el buen amigo, el amante misterioso, el yerno ideal... Por eso *El caso Harry Quebert* tendrá un éxito inmenso. Qué locura, tu libro no existe y ya es un bombazo. No he visto nada igual en toda mi carrera.

—¿El caso Harry Quebert?

—Es el título del libro.

—¿Cómo que *el título del libro*?

—Fuiste tú el que lo escribió en el texto.

—Era un título provisional. Lo precisaba en la portada. *Pro-vi-sio-nal*. Ya sabes, es un adjetivo que significa que algo no es definitivo.

—¿Barnaski no te lo ha dicho? El departamento de marketing ha considerado que era el título perfecto. Lo decidieron ayer por la tarde. Hubo una reunión urgente por lo de la filtración. Consideraron que era mejor utilizarla como herramienta de marketing y lanzaron la campaña del libro esta mañana. Creí que lo sabías. Míralo en Internet.

—¿*Creías* que lo sabía? ¡Joder, Doug! ¡Eres mi agente! ¡Tu trabajo no es creer, tu trabajo es actuar! ¡Tienes que asegurarte de que estoy al corriente de todo lo que pasa con mi libro, joder!

Colgué, furioso, y fui corriendo a mi ordenador. La portada de la página web de Schmid & Hanson estaba dedicada al libro. Había una foto mía en color e imágenes de Aurora en blanco y negro, ilustrando el texto siguiente:

El caso Harry Quebert
El relato de Marcus Goldman sobre la desaparición
de Nola Kellergan
A la venta en otoño
¡Ya puede hacer su pedido!

A la una de la tarde de ese mismo día debía celebrarse la audiencia convocada por la oficina del fiscal para valorar los resultados de los análisis grafológicos. Los periodistas habían tomado al asalto las escaleras del palacio de justicia de Concord, mientras en los canales de televisión, que cubrían el acontecimiento en directo, los comentaristas repetían las revelaciones publicadas en la prensa. En ese momento se hablaba de una posible retirada de los cargos. Un escándalo mayúsculo.

Una hora antes de la audiencia llamé por teléfono a Roth para decirle que no iría al tribunal.

—¿Se esconde usted, Marcus? —me espetó—. Vamos, no juegue a hacerse el tímido: ese libro es una bendición para todos. Hará que declaren inocente a Harry, relanzará su carrera y dará un buen empujón a la mía: dejaré de ser el Roth de Concord, ¡seré el Roth del que se habla en su best-seller! Ese libro cae como agua de mayo. Sobre todo para usted, en realidad. ¿Cuánto hacía que no escribía nada? ¿Dos años?

—¡Cierre el pico, Roth! ¡No sabe de lo que está usted hablando!

—¡Y usted, Goldman, déjese de historias! Su libro va a ser un exitazo y lo sabe muy bien. Va a revelar a todo el país por qué Harry es un pervertido. Le faltaba inspiración, no sabía qué escribir, y ahora está escribiendo un libro con el éxito asegurado.

—Esas páginas nunca debieron llegar a la prensa.

—Pero usted escribió esas páginas. No se preocupe, espero sacar a Harry de prisión hoy mismo. Gracias a usted, sin duda. Me imagino que el juez lee el periódico, así que no me costará convencerle de que Nola era una especie de zorra facilona.

Exclamé:

—¡No haga eso, Roth!

—¿Por qué no?

—Porque ella no era así. ¡Y él la amaba! ¡La amaba!

Pero ya había colgado. Lo vi poco después en la pantalla de televisión, triunfante, subiendo las escaleras del palacio de justicia con una gran sonrisa. Los periodistas le tendían los micrófonos, preguntándole si lo que decía la prensa era verdad: ¿había tenido Nola Kellergan aventuras con todos los hombres de la ciudad? ¿Volvería a empezar el caso desde cero? Y él respondía alegre y afirmativamente a todas las preguntas que se le hacían.

Esa audiencia fue la de la liberación de Harry. Duró apenas veinte minutos, durante los cuales, a medida que el juez hablaba, todo el caso se iba desinflando como un suflé. La principal prueba de la acusación —el manuscrito— perdió toda credibilidad en cuanto se demostró que el mensaje *Adiós, mi querida Nola* no había sido escrito por Harry. Los otros elementos fueron barridos como paja seca: las acusaciones de Tamara Quinn no se apoyaban en ninguna prueba material, el Chevrolet Monte Carlo negro ni siquiera había sido considerado como prueba de cargo en la época de los hechos. La investigación parecía desbaratada por completo, y el juez decidió, en vista de las nuevas pruebas que habían llegado a su conocimiento, proceder a la liberación de Harry Quebert bajo fianza de medio millón de dólares. Se abrían las puertas a la retirada total de los cargos.

Este giro espectacular provocó la histeria de los periodistas. Empezaron a preguntarse si el fiscal no habría querido dar un monumental golpe publicitario deteniendo a Harry y lanzándolo como carnaza a la opinión pública. Ambas partes desfilaron delante del palacio de justicia: primero Roth, exultante, que informó de que al día siguiente —el tiempo de reunir la fianza— Harry sería un hombre libre; después apareció el fiscal, que intentó, sin convencer, explicar la lógica de sus investigaciones.

Cuando me harté del gran ballet de la justicia en la pequeña pantalla, me marché a correr. Necesitaba ir lejos, poner a prueba mi cuerpo. Necesitaba sentirme vivo. Corrí hasta el pequeño lago de Montburry, infestado de niños y familias. Por el camino de regreso, cuando ya casi había llegado a Goose Cove, me adelantó un camión de bomberos, inmediatamente seguido por otro y por un coche de policía. Fue entonces cuando vi la humareda acre y espesa que brotaba por encima de los pinos, y lo comprendí de inmediato: la casa estaba ardiendo. El incendiario había ejecutado sus amenazas.

Corrí como nunca había corrido, me precipité para salvar esa casa de escritor que tanto había amado. Los bomberos estaban ya manos a la obra, pero las llamas, inmensas, devoraban la fachada. Todo se estaba quemando. A unas decenas de metros del incendio, un policía observaba de cerca la carrocería de mi coche, sobre la que habían escrito en pintura roja: *Arde, Goldman. Arde.*

*

A las diez de la mañana del día siguiente, las brasas seguían humeando. La casa había quedado casi destruida. Los expertos de la policía trabajaban entre las ruinas mientras un equipo de bomberos se aseguraba de que las llamas no brotasen de nuevo. La intensidad del fuego daba pie a pensar que habían vertido gasolina o un producto inflamable similar en el porche. El incendio se había propagado inmediatamente. La terraza y el salón habían quedado devastados, al igual que la cocina. El primer piso se había salvado relativamente, pero el humo y sobre todo el agua utilizada por los bomberos habían causado daños irreversibles.

Me movía como un fantasma, todavía con la ropa de deporte, sentado en la hierba contemplando las ruinas. Había pasado la noche allí. A mis pies, un bolso intacto que los bomberos habían sacado de mi habitación: en su interior había algo de ropa y mi ordenador.

Oí llegar un coche y un rumor brotó entre los curiosos a mi espalda. Era Harry. Acababa de ser puesto en libertad. Yo había avisado a Roth y sabía que él le había informado del drama. Dio algunos pasos hasta mí, en silencio, después se sentó en la hierba y me dijo simplemente:

—¿En qué estaba pensando, Marcus?

—No sé qué decirle, Harry.

—No diga nada. Mire lo que ha hecho. No se necesitan palabras.

—Harry, yo...

Se fijó en la inscripción sobre el capó de mi Range Rover.

—¿Su coche no tiene nada?

—No.

—Mejor. Porque ahora mismo se mete dentro y se larga de aquí.

—Harry...

—¡Ella me amaba, Marcus! ¡Me amaba! Y yo la amaba como nunca amé después. ¿Por qué ha tenido que escribir esas cosas tan horribles? ¿Sabe cuál es el problema? ¡Usted nunca ha sido amado! ¡Nunca! ¡Quiere escribir novelas de amor, pero no sabe usted nada de amor! Ahora quiero que se marche. Adiós.

—Nunca he descrito, ni siquiera imaginado, a Nola tal y como afirma la prensa. ¡Les robaron el sentido a mis palabras, Harry!

—Pero ¿en qué estaba pensando cuando dejó que Barnaski enviara esa basura a toda la prensa nacional?

—¡Se lo robaron!

Estalló en una carcajada de cinismo.

—¿Robado? ¡No me diga que es usted lo suficientemente ingenuo como para creer las sandeces que le cuenta Barnaski! Puedo asegurarle que fue él mismo el que copió y repartió sus malditas páginas por todo el país.

—¿Cómo? Pero...

Me interrumpió.

—Marcus, creo que hubiese preferido no haberle conocido nunca. Ahora márchese. Está usted en mi propiedad y aquí ya no es bienvenido.

Hubo un largo silencio. Los bomberos y los policías nos miraban. Cogí mi bolso, subí al coche y me fui. Llamé inmediatamente a Barnaski.

—Qué alegría oírle, Goldman —me dijo—. Acabo de enterarme de lo de la casa de Quebert. Lo ponen en todos los canales informativos. Me alegra saber que está usted bien. No puedo hablarle mucho tiempo, tengo cita con los directivos de la Warner Bros: ya han contratado a los guionistas para escribir una película sobre *El caso* a partir de sus primeras páginas. Están encantados. Creo que podremos vender los derechos por una pequeña fortuna.

Le interrumpí:

—No habrá libro, Roy.

—¿Qué me está contando?

—Fue usted, ¿eh? ¡Fue usted el que envió mis borradores a la prensa! ¡Usted el que lo ha echado todo por tierra!

—No se ponga en plan caprichoso, Goldman. Peor aún: se está poniendo en plan diva y eso no me gusta nada. Monta su gran espectáculo detectivesco y de pronto, cuando se le antoja, lo deja todo. ¿Sabe qué? Voy a pensar en la noche atroz que ha pasado y olvidar esta conversación. Que ya no habrá libro, dice... Pero ¿quién se cree usted que es, Goldman?

—Creo que soy un auténtico escritor. Escribir es un acto libre.

Soltó una risa forzada.

—¿Y quién le ha contado esas tonterías? Usted es esclavo de su carrera, de sus ideas, de su éxito. Usted es esclavo de su condición. Escribir es ser dependiente. De los que le leen o de los que no le leen. ¡Eso de la libertad no son más que gilipolleces! Nadie es libre. Una parte de su libertad me pertenece, al igual que una parte de la mía pertenece a los accionistas de la compañía. Así es la vida, Goldman. Nadie es libre. Si la gente fuese libre, sería feliz. ¿Conoce usted a alguien verdaderamente feliz? —como no respondí, prosiguió—. ¿Sabe? La libertad es un concepto interesante. Yo conocí a un tipo que trabajaba como trader en Wall Street, el típico golden boy forrado y a quien la vida le sonríe. Un día, quiso convertirse en un hombre libre. Vio un reportaje en televisión sobre Alaska que le impresionó mucho. Entonces decidió convertirse en cazador, se marchó al sur de Alaska, al Wrangler. Pues bien, figúrese que ese tipo, que siempre había salido ganador, ganó también esa apuesta: se convirtió en un auténtico hombre libre. Sin lazos, sin familia, sin casa: sólo algunos perros y una tienda de campaña. Fue el único hombre libre que he conocido.

—¿Fue?

—Fue. El muy imbécil fue libre durante tres meses, de junio a octubre. Después acabó muriendo de frío en cuanto llegó el invierno, tras haberse comido a todos sus perros por desesperación. Nadie es libre, Goldman, ni siquiera los cazadores de Alaska. Y sobre todo en América, donde los buenos americanos dependen del sistema, los inuits dependen de la ayuda del Gobierno y del alcohol, y los indios son libres pero están hacinados en unos zoos para humanos llamados reservas y condenados a repetir su lamentable y sempiterna danza de la lluvia ante un grupo de turistas. Nadie es libre, hijo mío. Somos prisioneros de los demás y de nosotros mismos.

Mientras hablaba Barnaski, oí de pronto una sirena detrás de mí: me perseguía un coche de policía camuflado. Colgué y me detuve en el arcén, pensando que me daban el alto por utilizar el móvil mientras conducía. Pero del coche de policía surgió el sargento Gahalowood. Se acercó a mi ventanilla y me dijo:

—No me diga que se vuelve a Nueva York, escritor.

—¿Qué le hace pensar eso?

—Digamos que va usted de camino.

—Conducía sin pensar.

—Hum. ¿Instinto de supervivencia?

—No lo sabe usted bien. ¿Cómo me ha reconocido?

—Por si no se ha fijado, su nombre está escrito en rojo sobre el capó de su coche. No es momento de volver a casa, escritor.

—La casa de Harry ha ardido.

—Lo sé. Por eso estoy aquí. No puede usted volver a Nueva York.

—¿Por qué?

—Porque es usted un tipo con agallas. En toda mi carrera no había visto tanta tenacidad.

—Han saqueado mi libro.

—Pero todavía no ha escrito ese libro: ¡su destino está en sus manos! ¡Le queda todo por hacer! ¡Tiene usted el don de crear! ¡Así que póngase a trabajar y escriba una obra maestra! Es usted un luchador, escritor. Es usted un luchador y tiene un libro que escribir. ¡Tiene usted cosas que decir! Y además, si me lo permite, me ha puesto usted de mierda hasta el cuello. El fiscal está en la cuerda floja, y yo con él. Fui yo quien le dijo que había que arrestar a Harry de inmediato. Pensaba que, treinta y tres años después de los hechos, una detención sorpresa minaría su aplomo. Me equivoqué como un novato. Y después llegó usted, con sus zapatos de charol que cuestan un mes de mi salario. No voy a montarle una escena de amor aquí, al borde de la carretera, pero... no se vaya. Debemos cerrar este caso.

—No tengo sitio donde dormir. La casa se ha quemado...

—Acaban de soltarle un millón de dólares. Lo dice el periódico. Alquile una suite en un hotel de Concord. Comeré allí a cuenta suya. Me muero de hambre. En marcha, escritor. Tenemos tarea pendiente.

*

Durante toda la semana siguiente, no volví a poner un pie en Aurora. Me instalé en una suite del Regent's, en el centro de Concord, donde me pasaba el día inmerso tanto en el caso como en mi libro. No tuve noticias de Harry salvo por intermediación de Roth, que me informó de que se había instalado en la habitación 8 del Sea Side Motel. Roth me dijo que Harry no quería verme más porque había ensuciado el nombre de Nola. Después añadió:

—En el fondo, ¿por qué tuvo que contar a toda la prensa que Nola era una especie de zorrita con complejos?

Intenté defenderme:

—¡Yo no conté nada de nada! Había escrito algunos borradores que entregué a esa rata de Roy Barnaski, que quería asegurarse de que mi trabajo progresaba. Luego se las arregló para difundirlos a la prensa haciendo creer que se los habían robado.

—Si usted lo dice...

—¡Pero si es la verdad, joder!

—En todo caso, enhorabuena. Yo no habría podido hacerlo mejor.

—¿Qué quiere decir?

—No hay nada como convertir a la víctima en culpable para desmontar una acusación.

—Harry ha sido liberado gracias al informe grafológico. Lo sabe usted mejor que yo.

—Bah, como ya le dije, Marcus, los jueces no son más que seres humanos. Lo primero que hacen por las mañanas mientras se toman el café es leer el periódico.

Roth, que a pesar de ser una persona bastante materialista no era demasiado antipático, intentó consolarme diciéndome que Harry estaba muy afectado por la destrucción de Goose Cove, pero que, en cuanto la policía echara el guante al culpable, se sentiría mucho mejor. En este sentido, la investigación disponía de una pista valiosa: al día siguiente del incendio, tras un registro minucioso de los alrededores de la casa, habían descubierto, en la playa, un bidón de gasolina escondido entre los matorrales, del que habían podido obtener una huella digital. Desgraciadamente, no se había encontrado ninguna correspondencia en los ficheros policiales, y Gahalowood consideraba que, sin más elementos, sería difícil encontrar al culpable. Según él, probablemente se trataba de un ciudadano de lo más honrado, sin antecedentes policiales, del que nunca se sospecharía. Sin embargo, consideraba que podía reducirse el círculo de sospechosos a alguien de la zona, alguien de Aurora que, habiendo cometido la acción en pleno día, se había apresurado a desembarazarse de una molesta prueba por miedo a ser reconocido por algún paseante.

Disponía de seis semanas para cambiar el curso de los acontecimientos y hacer de mi libro un buen libro. Había llegado la hora de luchar y de convertirme en el escritor que quería ser. Me dedicaba al texto por las mañanas, y por las tardes trabajaba en el caso con Gahalowood, que había transformado mi suite en un anexo de su despacho, utilizando a los botones del hotel para transportar cajas llenas de testimonios, informes, recortes de periódicos, fotos y archivos.

Retomamos toda la investigación desde el principio: releímos los informes policiales, estudiamos las declaraciones de todos los testigos de la época. Dibujamos un mapa de Aurora y sus alrededores y calculamos todas las distancias desde la casa de los Kellergan hasta Goose Cove y desde Goose Cove hasta Side Creek Lane. Gahalowood verificó personalmente todos los tiempos de trayecto, andando y en coche, y comprobó también los tiempos de intervención de la policía local en la época de los hechos, que resultaron ser muy rápidos.

—Resulta difícil sacar defectos del trabajo del jefe Pratt —me dijo—. La investigación se llevó a cabo con mucha profesionalidad.

—En cuanto a Harry, sabemos que no escribió el mensaje sobre su manuscrito —apunté—. Pero, entonces, ¿por qué enterraron a Nola en Goose Cove?

—Para quedarse tranquilos, quizás —sugirió Gahalowood—. Usted me dijo que Harry había ido diciendo a quien quisiera escucharle que se marchaba de Aurora por un tiempo.

—Exacto. Entonces, según usted, ¿el asesino sabía que Harry no estaba en casa?

—Es posible. Pero reconozca que es bastante sorprendente que, a su vuelta, Harry no se hubiese dado cuenta de que habían cavado un agujero cerca de su casa.

—No estaba en su estado normal —dije—. Se sentía inquieto, destrozado. Seguía esperando a Nola. Es lógico que no se fijase en un poco de tierra removida, sobre todo en Goose Cove: en cuanto llueve un poco, la tierra se convierte en barro.

—En último término, le doy la razón. Así pues, el asesino sabe que nadie irá a molestarle. Y si alguna vez encuentran el cadáver, ¿quién será el acusado?

—Harry.

—¡Bingo, escritor!

—Pero, entonces, ¿por qué esa nota? —pregunté—. ¿Por qué escribir *Adiós, mi querida Nola*?

—Ésa es la pregunta del millón, escritor. Bueno, sobre todo para usted, si me permite decirlo.

Nuestro principal problema era que nuestras pistas se dispersaban en todas direcciones. Varias preguntas importantes permanecían en suspenso, y Gahalowood las anotaba en enormes hojas de papel.

- *Elijah Stern*
  ¿Por qué paga a Nola para que la pinten?
  ¿Cuál es su móvil para matarla?

- *Luther Caleb*
  ¿Por qué pinta a Nola? ¿Por qué ronda por Aurora?
  ¿Cuál es su móvil para matar a Nola?

- *David y Louisa Kellergan*
  ¿Pegaron a su hija demasiado fuerte?
  ¿Por qué ocultan la tentativa de suicidio de Nola y su fuga a Martha's Vineyard?

- *Harry Quebert*
  ¿Es culpable?

- *Jefe Gareth Pratt*
  ¿Por qué Nola mantuvo una relación con él?
  Móvil: ¿amenazó Nola con contarlo?

- *Tamara Quinn afirma que la nota robada a Harry desapareció. ¿Quién la cogió en la oficina del Clark's?*

- *¿Quién escribió las cartas anónimas a Harry? ¿Quién sabe la verdad desde hace treinta y tres años y no ha dicho nada?*

- *¿Quién ha prendido fuego a Goose Cove? ¿Quién está interesado en que la investigación no tenga resultado?*

La tarde en que Gahalowood clavó esos carteles en una pared de mi suite, lanzó un largo suspiro, lleno de desesperanza.

—Cuanto más avanzamos, menos claro lo veo —me dijo—. Creo que existe un elemento central que relaciona a toda esa gente y esos acontecimientos. ¡Ésa es la clave de la investigación! Si encontramos el vínculo, tendremos al culpable.

Se hundió en un sillón. Eran las siete y ya no tenía fuerzas para pensar. Como había hecho todos los días anteriores a la misma hora, me preparé para continuar lo que había empezado a hacer: volver a boxear. Había encontrado una sala a un cuarto de hora en coche y había decidido realizar mi gran vuelta al ring. Había ido todas las tardes desde mi llegada al Regent's, después de que el conserje del hotel me recomendara ese club, donde él mismo practicaba.

—¿Adónde va usted así? —me preguntó Gahalowood.

—A boxear. ¿Quiere venir conmigo?

—Claro que no.

Metí mis cosas en una bolsa y me despedí.

—Quédese el tiempo que quiera, sargento. Sólo tiene que cerrar la puerta cuando se vaya.

—No se preocupe por eso, me han dado una tarjeta de la habitación. ¿De verdad va usted a boxear?

—Sí.

Dudó un momento, y después, cuando me disponía a atravesar el umbral de la puerta, me llamó.

—Espere, escritor, al final le acompaño.

—¿Qué le ha hecho cambiar de opinión?

—La tentación de darle una paliza. ¿Por qué le gusta tanto el boxeo, escritor?

—Es una larga historia, sargento.

El jueves 17 de julio fuimos a visitar a Neil Rodik, el capitán de policía que había codirigido la investigación en 1975. Ya tenía ochenta y cinco años y se movía en silla de ruedas. Vivía en una residencia de ancianos al borde del mar. Todavía recordaba la siniestra búsqueda de Nola. Decía que había sido el caso de su vida.

—¡El caso de la chiquilla que desapareció fue una auténtica locura! —exclamó—. Una mujer la había visto salir del bosque, ensangrentada. Fue a llamar a la policía y la chiquilla desapareció para siempre. Lo que a mí siempre me sorprendió fue esa historia de la música que ponía el reverendo Kellergan. Nunca dejé de darle vueltas a ese asunto. Además, siempre me pregunté cómo no pudo darse cuenta de que su hija había sido secuestrada.

—Así pues, según usted, ¿fue un secuestro? —preguntó Gahalowood.

—Es difícil afirmarlo. Faltaron pruebas. ¿Podía la chiquilla estar paseando fuera y que un maniaco la recogiese en su camioneta? Sí, claro.

—¿No recordará por casualidad el tiempo que hacía durante la búsqueda?

—Las condiciones meteorológicas eran deplorables, llovía, había una espesa bruma. ¿Por qué me hace esa pregunta?

—Para saber si Harry Quebert pudo no darse cuenta de que habían excavado en su jardín.

—No es imposible. La propiedad es inmensa. ¿Tiene usted jardín, sargento?

—Sí.

—¿De qué tamaño?

—Pequeño.

—¿Considera que sería posible que alguien hiciese un agujero de tamaño modesto en su ausencia y que no se diese cuenta de ello inmediatamente?

—Es posible, en efecto.

En el camino de vuelta a Concord, Gahalowood me preguntó lo que pensaba.

—Creo que el manuscrito prueba que Nola no fue secuestrada en su casa —dije—. Se marchó a ver a Harry. Se habían citado en ese motel, huyó discretamente de su casa con la única cosa importante: el libro de Harry, que tenía en su poder. Fue secuestrada por el camino.

Gahalowood esbozó una sonrisa.

—Creo que empieza a gustarme esa idea —dijo—. Huye de su casa, lo que explica que nadie oyese nada. Camina por la federal 1 para ir hasta el Sea Side Motel. Y en ese momento es secuestrada. O recogida al borde de la carretera por alguien en quien confiaba. *Mi querida Nola,* escribió el asesino. La conocía. Se ofrece a llevarla. Y después, empieza a tocarla. Quizás aparca en el arcén y le mete la mano debajo de la falda. Ella se resiste: él la golpea y le dice que se esté quieta. Pero no ha cerrado la puerta del coche y ella consigue huir. Intenta esconderse en el bosque, pero ¿quién vive al lado de la federal 1 y del bosque de Side Creek?

—Deborah Cooper.

—¡Exacto! El agresor persigue a Nola, dejando el coche al borde de la carretera. Deborah Cooper los ve y llama a la policía. Mientras tanto, el agresor atrapa a Nola en el lugar donde encontraron la sangre y el pelo; ella se defiende, él la golpea con fuerza. Quizás incluso abusa de ella. De pronto llega la policía: el agente Dawn y el jefe Pratt empiezan a registrar el bosque y se acercan poco a poco a ellos. Entonces se lleva a Nola a lo más profundo, pero ella consigue escapar y llegar hasta la casa de Deborah Cooper, donde se refugia. Dawn y Pratt prosiguen su registro del bosque. Están demasiado lejos para darse cuenta de nada. Deborah Cooper acoge a Nola en su cocina y se apresura a ir al salón a llamar a la policía. Cuando vuelve, el agresor está allí; ha entrado en la casa para atrapar a Nola. Acaba con Cooper de un balazo en el corazón y se lleva a Nola. La arrastra hasta el coche y la introduce en el maletero. Quizás sigue viva, pero probablemente está inconsciente: ha perdido mucha sangre. En ese momento se cruza con el coche del ayudante del sheriff. Empieza la persecución. Tras haber conseguido despistar a la policía, se oculta en Goose Cove. Sabe que el lugar está desierto, que nadie vendrá a molestarle allí. La policía le busca más arriba, en la carretera de Montburry. Deja su coche en Goose Cove, con Nola dentro; quizás incluso lo esconde en el garaje. Después baja a la playa y vuelve caminando a Aurora. Sí, estoy seguro de que nuestro hombre vive en Aurora: conocía los caminos, conocía el bosque, sabía que Harry no estaba. Lo sabe todo. Vuelve a su casa sin que nadie se dé cuenta. Se ducha, se cambia, y después, cuando la policía llega al domicilio de los Kellergan, donde el padre acaba de anunciar la desaparición de su hija, se une a la multitud de curiosos en Terrace Avenue y se mezcla con ellos. Por eso nunca encontraron al asesino, porque, cuando todo el mundo estaba buscándolo en los alrededores de Aurora, él estaba en medio de toda la agitación, en el centro de Aurora.

—Dios mío —exclamé—. Entonces ¿estaba allí?

—Sí. Creo que en todo ese tiempo él estuvo precisamente allí. En mitad de la noche, le bastará con volver a Goose Cove pasando por la playa. Me imagino que a esas horas Nola estará ya muerta. Entonces la entierra en la propiedad, al pie del bosque, allí donde nadie se dará cuenta de que han removido la tierra. Después recupera su coche y lo deja a buen recaudo en su propio garaje, de donde no saldrá durante algún tiempo para no despertar sospechas. El crimen era perfecto.

Me quedé sin palabras ante esa demostración.

—¿Qué nos dice todo eso sobre nuestro sospechoso?

—Que era un hombre solo. Alguien que pudo actuar sin que nadie se hiciese preguntas ni se extrañase de que no quisiera sacar el coche del garaje. Alguien que tenía un Chevrolet Monte Carlo negro.

Me dejé llevar por la excitación:

—¡Basta con saber quién poseía un Chevrolet negro en Aurora en aquella época y tendremos a nuestro hombre!

Gahalowood calmó inmediatamente mis ardores:

—Pratt también lo pensó en aquel momento. Pratt pensó en todo. En su informe figura la lista de propietarios de Chevrolets en Aurora y los alrededores. Visitó a todos ellos y todos tenían coartadas sólidas. Todos excepto uno: Harry Quebert.

Otra vez Harry. Siempre llegábamos a Harry. Cada criterio adicional que definíamos para desenmascarar al asesino, él lo cumplía.

—¿Y Luther Caleb? —pregunté con un halo de esperanza—. ¿Qué coche tenía?

Gahalowood negó con la cabeza:

—Un Mustang azul —dijo.

Suspiré.

—Según usted, sargento, ¿qué debemos hacer ahora?

—Está la hermana de Caleb, a la que todavía no hemos interrogado. Creo que ha llegado el momento de hacerle una visita. Es la única pista que no hemos explorado en profundidad.

Esa noche, después del boxeo, me armé de valor y fui hasta el Sea Side Motel. Eran cerca de las nueve y media de la noche. Harry estaba sentado en una silla de plástico delante de la habitación 8, bebiendo una lata de refresco y aprovechando el buen tiempo que hacía. No dijo nada al verme; por primera vez, me sentí incómodo en su presencia.

—Necesitaba verle, Harry. Decirle cuánto siento toda esta historia...

Me hizo una señal para que me sentara en una silla a su lado.

—¿Un refresco? —propuso.

—Sí, gracias.

—La máquina está al final del pasillo.

Sonreí y fui a buscar una Coca-Cola Light. Al volver, dije:

—Es lo mismo que me dijo la primera vez que estuve en Goose Cove. Era mi primer año en la universidad. Había hecho limonada, me preguntó si quería, respondí que sí y me contestó que fuese a servirme al frigorífico.

—Fue una hermosa época.

—Sí.

—¿Qué ha cambiado, Marcus?

—Nada. Todo, pero nada. Todos hemos cambiado, el mundo ha cambiado. El World Trade Center se ha derrumbado, Estados Unidos ha entrado en guerra... Pero lo que siento por usted no ha cambiado. Sigue siendo mi Maestro. Sigue siendo Harry.

—Lo que ha cambiado, Marcus, es el combate entre maestro y alumno.

—Nosotros no combatimos.

—Y sin embargo, sí lo hacemos. Yo le enseñé a escribir libros, y mire lo que me hacen sus libros: me perjudican.

—Nunca quise perjudicarle, Harry. Encontraremos al que quemó Goose Cove, se lo prometo.

—¿Y eso me devolverá los treinta años de recuerdos que acabo de perder? ¡Toda mi vida desvanecida! ¿Por qué contó esas cosas horribles sobre Nola?

No respondí. Permanecimos en silencio un instante. A pesar de la débil luz de los apliques, vio las marcas que había dejado en mis puños la repetición de golpes en los sacos de boxeo.

—Sus manos —dijo—. ¿Ha vuelto a boxear?

—Sí.

—Coloca usted mal los golpes. Ése ha sido siempre su defecto. Golpea bien, pero deja siempre la falange del corazón sobresalir demasiado y eso hace que roce en el momento del impacto.

—Vamos a boxear —propuse.

—Si quiere.

Fuimos al aparcamiento. No había nadie, nos quitamos las camisas. Había adelgazado mucho. Me contempló:

—Es usted muy guapo, Marcus. ¡Márchese y cásese, por Dios! ¡Márchese y viva!

—Tengo un caso que cerrar.

—¡Al diablo su caso!

Nos pusimos frente a frente e intercambiamos golpes amortiguados; uno pegaba y el otro debía mantener la guardia en alto y protegerse. Harry golpeaba con sequedad.

—¿No quiere saber quién mató a Nola? —pregunté.

Se detuvo en seco.

—¿Lo sabe?

—No. Pero las pistas se van concretando. El sargento Gahalowood y yo vamos a ver mañana a la hermana de Luther Caleb. En Portland. Y todavía nos queda gente a la que interrogar en Aurora.

Suspiró:

—Aurora... Desde que salí de la cárcel, no he vuelto a ver a nadie. El otro día me quedé un momento delante de la casa destruida. Un bombero me dijo que podía entrar, recogí algunas cosas y vine andando hasta aquí. No he vuelto a moverme. Roth se ocupa de los seguros y de todo lo necesario. Ya no puedo ir a Aurora. Ya no puedo mirar a esa gente de frente y decirles que amaba a Nola y que escribí un libro para ella. Ni siquiera puedo mirarme a la cara. Roth dice que su libro va a titularse *El caso Harry Quebert*.

—Es cierto. Es un libro que cuenta que su libro es un libro muy hermoso. ¡Adoro *Los orígenes del mal*! ¡Es el libro que me impulsó a convertirme en escritor!

—¡No diga eso, Marcus!

—¡Es la verdad! Es probablemente el libro más hermoso que haya leído nunca. ¡Y usted mi escritor preferido!

—¡Por amor de Dios, cállese!

—Quiero escribir un libro para defender el suyo, Harry. Cuando me enteré de que lo había escrito para Nola, primero me quedé estupefacto, es cierto. Y después lo volví a leer. ¡Es una novela magnífica! ¡Lo cuenta usted todo! Sobre todo al final. Cuenta la pena con la que cargará siempre. No puedo dejar que la gente ensucie ese libro, porque ese libro me ha construido. El episodio de la limonada, ya sabe, durante mi primera visita a su casa: cuando abrí ese frigorífico, ese frigorífico vacío, comprendí su soledad. Y ese día lo entendí: *Los orígenes del mal* es un libro sobre la soledad. Usted escribió sobre la soledad de una forma espectacular. ¡Es usted un escritor grandioso!

—¡Déjelo ya, Marcus!

—¡El final de su libro es tan bonito! Renuncia usted a Nola: ha desaparecido para siempre, usted lo sabe, y a pesar de todo la sigue esperando... Mi única pregunta, ahora que he comprendido de verdad su libro, se refiere al título. ¿Por qué dio un título tan sombrío a un libro tan hermoso?

—Es complicado, Marcus.

—Pero estoy aquí para comprender...

—Es demasiado complicado...

Nos miramos fijamente, frente a frente, en posición de defensa, como dos guerreros. Terminó diciendo:

—No sé si podré perdonarle, Marcus...

—¿Perdonarme? ¡Pero si voy a reconstruir Goose Cove! ¡Lo pagaré todo! ¡Con el dinero de mi libro reconstruiremos una casa! ¡No puede dinamitar así nuestra amistad!

Se puso a llorar.

—No lo entiende, Marcus. ¡No es culpa suya! Nada es su culpa, y sin embargo, no puedo perdonarle.

—Pero ¿perdonarme qué?

—No puedo decírselo. No lo comprendería...

—¡Pero bueno, Harry! ¿A qué vienen esas adivinanzas? ¿Qué demonios está pasando?

Se secó las lágrimas del rostro con el dorso de la mano.

—¿Recuerda usted mi consejo? —preguntó—. Cuando era usted mi alumno, un día le dije: no escriba nunca un libro si no conoce el final.

—Sí, lo recuerdo bien. Lo recordaré siempre.

—El final de su libro ¿cómo es?

—Es un final bonito.

—¡Pero si al final ella muere!

—No, el libro no acaba con la muerte de la protagonista. Pasan cosas bonitas después.

—¿Cuáles?

—El hombre que la espera durante treinta años empieza a vivir de nuevo.

Extractos de *Los orígenes del mal* (última página)

Cuando comprendió que nada sería posible y que las esperanzas no eran sino mentiras, le escribió por última vez. Tras las cartas de amor, llegó el momento de una carta de tristeza. Había que aceptarlo. A partir de ahora, no haría más que esperarla. La esperaría toda su vida. Pero sabía perfectamente que no regresaría. Sabía que no volvería a verla, que no volvería a encontrarla, que no volvería a escucharla.

Cuando comprendió que nada sería posible, le escribió por última vez.

Querida mía:
Ésta es mi última carta. Son mis últimas palabras.
Le escribo para decirle adiós.
A partir de hoy, ya no habrá un «nosotros».
Los enamorados se separan y no se vuelven a encontrar, y así terminan las historias de amor.
Querida mía, la echaré de menos. La echaré tanto de menos.
Mis ojos lloran. Todo arde dentro de mí.
No volveremos a vernos más; la echaré tanto de menos.
Espero que sea feliz.
Intento convencerme de que lo nuestro no era más que un sueño, y que ahora debemos despertar.
La echaré de menos toda la vida.
Adiós. La amo como nunca volveré a amar.

12. Aquel que peinaba cuadros

«Aprenda a amar sus derrotas, Marcus, pues son las que le construirán. Son sus derrotas las que darán sabor a sus victorias.»

Hacía un tiempo radiante en Portland, Maine, el día que visitamos a Sylla Caleb Mitchell, la hermana de Luther. Fue el viernes 18 de julio de 2008. La familia Mitchell vivía en una coqueta casa de un barrio residencial cercano a la colina sobre la que se dibuja el centro de la ciudad. Sylla nos recibió en su cocina; a nuestra llegada, el café humeaba en dos tazas idénticas colocadas sobre la mesa y a su lado se apilaban los álbumes de fotos de la familia.

Gahalowood había conseguido contactar con ella el día anterior. En el trayecto desde Concord a Portland me contó que cuando hablaron por teléfono tuvo la impresión de que esperaba su llamada. «Me presenté como policía, le dije que estaba investigando los asesinatos de Deborah Cooper y Nola Kellergan y que necesitaba verla para hacerle algunas preguntas. En principio, la gente se inquieta cuando oye las palabras *policía estatal*: se ponen nerviosos, se preguntan lo que pasa y en qué les afecta a ellos. En cambio, Sylla Mitchell me respondió simplemente: "Venga usted mañana a la hora que quiera, estaré en casa. Es importante que hablemos".»

En su cocina, se sentó frente a nosotros. Era una mujer guapa, en una bien llevada cincuentena, de aspecto sofisticado y madre de dos hijos. Su marido, también presente, permaneció de pie, retirado, como si temiese ser inoportuno.

—Entonces —preguntó—, ¿todo eso es verdad?

—¿El qué? —dijo Gahalowood.

—Lo que he leído en el periódico... Todas esas cosas espantosas sobre esa pobre chiquilla de Aurora.

—Sí. La prensa lo ha deformado un poco, pero los hechos son verídicos. Señora Mitchell, no pareció que le sorprendiera mi llamada, ayer...

Sonrió tristemente.

—Como le dije por teléfono —dijo—, el periódico no citaba los nombres, pero comprendí que E. S. era Elijah Stern. Y que su chófer era Luther —sacó un recorte de periódico y lo leyó en voz alta como para comprender lo que no comprendía—. *E. S., uno de los hombres más ricos de New Hampshire, enviaba a su chófer a buscar a Nola a la ciudad para llevarla a su casa, en Concord. Treinta y tres años más tarde, una amiga de Nola, que entonces no era más que una niña, relataría cómo había asistido un día a la cita con el chófer, con el que Nola se había marchado como quien marchaba hacia la muerte. Esa joven testigo describiría al chófer como un hombre espantoso, de cuerpo fornido y rostro deformado.* Esa descripción sólo puede corresponder a mi hermano.

Calló y nos miró fijamente. Esperaba una respuesta y Gahalowood puso las cartas sobre la mesa:

—Encontramos un retrato de Nola Kellergan, más o menos desnuda, en casa de Elijah Stern —dijo—. Según Stern, fue su hermano quien la pintó. Aparentemente, Nola habría aceptado que la pintasen a cambio de dinero. Luther iba a buscarla a Aurora y la llevaba a Concord a casa de Stern. No sabemos muy bien lo que pasaba allí, pero en todo caso Luther pintó un cuadro de ella.

—¡Pintaba mucho! —exclamó Sylla—. Tenía mucho talento, hubiese podido tener una gran carrera. Ustedes... ¿creen que pudo matar a la chica?

—Digamos que está en la lista de sospechosos —respondió Gahalowood.

Sobre la mejilla de Sylla rodó una lágrima.

—¿Sabe, sargento?, recuerdo el día en que murió. Fue un viernes a finales de septiembre. Yo acababa de cumplir veintiún años. Recibimos una llamada de la policía, que nos anunciaba que Luther había muerto en un accidente de coche. Recuerdo bien cómo sonó el teléfono, a mi madre descolgándolo. Al lado, mi padre y yo. Mamá responde y nos murmura inmediatamente: «Es la policía». Escucha atentamente y dice: «Vale». Nunca olvidaré ese instante. Al otro lado del hilo, un agente de policía le anunciaba la muerte de su hijo. Acababa de decir algo del tipo «Señora, tengo el penoso deber de anunciarle que su hijo ha muerto en un accidente de tráfico», y ella responde: «Vale». Después, cuelga, nos mira y nos dice: «Ha muerto».

—¿Qué pasó? —preguntó Gahalowood.

—Una caída de veinte metros, desde los acantilados de Sagamore, Massachusetts. Se dijo que estaba borracho. Es una carretera llena de curvas y sin iluminar.

—¿Qué edad tenía?

—Treinta años... Tenía treinta años. Mi hermano era un buen hombre, pero... ¿Sabe?, me alegro de que estén aquí. Creo que debo contarles algo que debimos contar hace treinta y tres años.

Y, con voz temblorosa, Sylla nos relató una escena que se desarrolló aproximadamente tres semanas antes del accidente. Fue el sábado 30 de agosto de 1975.

*

30 de agosto de 1975, Portland, Maine

Esa noche, la familia Caleb tenía previsto ir a cenar al Horse Shoe, el restaurante preferido de Sylla, para celebrar sus veintiún años. Había nacido un 1 de septiembre. Jay Caleb, el padre, le había dado la sorpresa de reservar el salón privado del primer piso; había invitado a todos sus amigos y a algunos conocidos, unas treinta personas en total, incluido Luther.

Los Caleb —Jay, Nadia, la madre, y Sylla— se presentaron en el restaurante a las seis de la tarde. Todos los invitados estaban esperando a Sylla en el salón y la felicitaron cuando apareció. Empezó la fiesta: comenzó a sonar la música y se sirvió champán. Luther no había llegado todavía. Su padre pensó primero en un contratiempo por el camino. Pero a las siete y media, cuando se sirvió la cena, su hijo no había llegado todavía. No acostumbraba a llegar tarde y Jay empezó a inquietarse por su ausencia. Intentó hablar con Luther llamando al teléfono de la habitación que ocupaba en el anexo a la mansión de Stern, pero nadie contestó.

Luther faltó a la cena, al pastel y al baile. A la una de la mañana, los Caleb volvieron a casa, silenciosos e inquietos: estaban preocupados. Por nada del mundo se hubiese perdido Luther el cumpleaños de su hermana. En casa, Jay encendió la radio del salón, en un gesto automático. Las noticias mencionaron una importante operación policial en Aurora, tras la desaparición de una chica de quince años. Aurora era un nombre familiar. Luther decía que iba allí a menudo para ocuparse de los rosales de una magnífica casa que poseía Elijah Stern al borde del mar. Jay Caleb creyó que era una coincidencia. Escuchó atentamente el resto del boletín, y después los de otras emisoras para saber si se había producido un accidente de carretera en la región; pero no se mencionó nada parecido. Inquieto, pasó en vela parte de la noche, sin saber si debía avisar a la policía, esperar en casa o recorrer el camino hasta Concord. Acabó durmiéndose en el sofá del salón.

A primera hora de la mañana, todavía sin noticias, llamó a Elijah Stern para saber si había visto a su hijo. «¿Luther? —respondió Stern—. No está. Se ha tomado unos días libres. ¿No les ha dicho nada?». Toda aquella historia era muy rara: ¿por qué Luther se habría marchado sin avisarles? Aturdido, sin poder resignarse más a seguir esperándole, Jay Caleb decidió entonces ir en busca de su hijo.

*

Sylla Mitchell, al rememorar ese episodio, empezó a temblar. Se levantó bruscamente de la silla e hizo más café.

—Ese día —nos dijo—, mientras mi padre se dirigía a Concord y mi madre permanecía en casa por si Luther llegaba, fui a pasar la jornada con unos amigos. Volví a casa bastante tarde. Mis padres estaban en el salón, hablando, y escuché a mi padre decir a mi madre: «Creo que Luther ha hecho una enorme estupidez». Pregunté lo que pasaba y me ordenó que no hablara de la desaparición de Luther con nadie, y menos con la policía. Dijo que él mismo se encargaría de encontrarlo. Lo buscó en vano durante más de tres semanas. Hasta el accidente.

Ahogó un sollozo.

—¿Qué pasó, señora Mitchell? —preguntó Gahalowood con voz tranquilizadora—. ¿Por qué su padre pensaba que Luther había cometido una estupidez? ¿Por qué no quería llamar a la policía?

—Es complicado, sargento. Es todo tan complicado...

Abrió los álbumes de fotos y nos habló de la familia Caleb: de Jay, su dulce padre, de Nadia, su madre, una antigua Miss Maine que había inculcado el gusto por la belleza a sus hijos. Luther era el mayor, tenía nueve años más que ella. Ambos habían nacido en Portland.

Nos enseñó fotos de su infancia. La casa familiar, las vacaciones en Colorado, el inmenso almacén de la empresa de su padre, donde Luther y ella habían pasado veranos enteros. Una serie de fotos nos mostró a la familia en Yosemite, en 1963. Luther tiene dieciocho años, es un joven guapo, delgado, elegante. Después nos fijamos en una foto que data del otoño de 1974: Sylla cumple veinte años. Jay, el orgulloso padre de familia, tiene sesenta años y barriga. La madre tiene el rostro marcado por arrugas indelebles. Luther tiene casi treinta años: su rostro está deformado.

Sylla contempló largamente esa última imagen.

—Antes éramos una hermosa familia —dijo—. Antes éramos tan felices.

—¿Antes de qué? —preguntó Gahalowood.

Ella le miró como si fuese evidente.

—Antes de la agresión.

—¿Una agresión? —repitió Gahalowood—. No estoy al corriente.

Sylla puso las dos fotografías de su hermano una al lado de la otra.

—Sucedió durante el otoño que siguió a las vacaciones en Yosemite. Miren esta foto... Miren lo guapo que era. Luther era un joven muy especial, ¿saben? Le gustaba el arte, tenía talento para la pintura. Había terminado el instituto y acababa de ser admitido en la escuela de Bellas Artes de Portland. Todo el mundo decía que podía convertirse en un gran pintor, que tenía un don. Era un chico feliz. Pero también empezaba la guerra de Vietnam, y tenía que ir a hacer el servicio militar. Decía que, a su vuelta, haría Bellas Artes y se casaría. Estaba prometido. Ella se llamaba Eleanore Smith. Una chica de su instituto. Se lo repito, era un chico feliz. Antes de esa noche de septiembre de 1964.

—¿Qué pasó esa noche?

—¿Ha oído hablar alguna vez de la banda de los *field goals,* sargento?

—¿La banda de los *field goals*? No, nunca.

—Es el apodo que la policía dio a un grupo de delincuentes que hacía estragos en la región en aquella época.

*

Septiembre de 1964

Eran las diez de la noche aproximadamente. Luther había pasado la velada en casa de Eleanore y volvía andando a casa de sus padres. Debía partir al día siguiente a un centro de reclutamiento. Eleanore y él acababan de decidir que se casarían a su regreso: se habían jurado fidelidad y habían hecho el amor por primera vez en la camita de niña de Eleanore, mientras su madre, en la cocina, preparaba cookies.

Tras haber salido de casa de los Smith, se había vuelto varias veces a mirar atrás. Bajo el porche, a la luz de las farolas, había visto a Eleanore llorando y despidiéndose con la mano. En aquel momento caminaba por Lincoln Road: una carretera poco frecuentada a esa hora y mal iluminada, pero que era el camino más corto para llegar a su casa, que estaba a tres millas a pie. Le adelantó un primer coche; el halo de los faros iluminó un buen tramo de carretera. Poco después, un segundo vehículo llegó por detrás a gran velocidad. Sus ocupantes, visiblemente muy alterados, lanzaron gritos por la ventanilla para asustarle. Luther no reaccionó y el coche se detuvo bruscamente en medio de la carretera, a unas decenas de metros delante de él. Continuó avanzando: ¿qué podía hacer si no? ¿Debió cruzar al otro lado de la carretera? Cuando adelantó al coche, el conductor le preguntó:

—¡Eh, tú! ¿Eres de aquí?

—Sí —respondió Luther.

Recibió un chorro de cerveza en plena cara.

—¡Los tíos de Maine son unos paletos! —gritó el conductor.

Los pasajeros lanzaron gritos. Eran cuatro en total, pero, en la oscuridad, Luther no podía ver sus caras. Adivinaba que eran jóvenes, entre veinticinco y treinta años, borrachos, muy agresivos. Tenía miedo y continuó su camino, con el corazón acelerado. No era un camorrista, no quería problemas.

—¡Eh! —volvió a espetarle el conductor—. ¿Adónde vas así, paletillo?

Luther no respondió y aceleró el paso.

—¡Vuelve aquí! ¡Vuelve! Vamos a enseñarte cómo se trata a los mierdecillas como tú.

Luther oyó cómo se abrían las puertas del coche y al conductor gritar: «¡Señores, se abre la caza al paleto! ¡Cien dólares para el que lo atrape!». Intentó huir a toda velocidad: tenía la esperanza de que llegase otro coche. Uno de sus perseguidores lo atrapó y lo tiró al suelo gritando a los demás: «¡Lo tengo! ¡Lo tengo! ¡Los cien dólares son para mí!». Rodearon a Luther y le dieron una paliza. Mientras yacía en el suelo, uno de los agresores exclamó: «¿Quién quiere echar un partido de fútbol? ¿Qué tal una ronda de *field goals**?». Los demás lanzaron gritos de entusiasmo y, uno a uno, le patearon la cara con una violencia inaudita, como si golpearan un balón para marcar un tanto. Terminada la ronda, le dieron por muerto y lo dejaron al borde de la carretera. Lo encontró un motorista cuarenta minutos más tarde, y fue a buscar auxilio.

*

—Después de varios días en coma, Luther despertó con la cara completamente destrozada —nos explicó Sylla—. Le realizaron varias cirugías reconstructivas, pero ninguna consiguió devolverle su apariencia. Pasó dos meses en el hospital. Salió de allí condenado a vivir con el rostro torcido y dificultades para hablar. Evidentemente, no hubo Vietnam para él, pero tampoco hubo nada más. Permanecía postrado en casa todo el día, ya no pintaba, ya no tenía proyectos. Al cabo de seis meses, Eleanore rompió su compromiso. Incluso se marchó de Portland. ¿Quién podía reprochárselo? Tenía dieciocho años y ninguna gana de sacrificar su vida para ocuparse de Luther, que se había convertido en una sombra y arrastraba su malestar. Ya no era la misma persona.

—¿Y sus agresores? —preguntó Gahalowood.

* *Field goal:* jugada de fútbol americano que consiste en intentar marcar pateando el balón para pasarlo entre las dos barras verticales de la portería. *(N. del A.)*

—No los encontraron nunca. Aparentemente, esa banda había actuado varias veces en la zona. Y en cada ocasión, habían realizado su ronda de *field goals*. Pero la de Luther fue la agresión más grave que cometieron: estuvieron a punto de matarle. Toda la prensa habló de ello, la policía andaba de cabeza tras ellos. Después no volvieron a dar más que hablar. Sin duda, tenían miedo de que los cogieran.

—¿Qué pasó con su hermano después?

—Luther pasó los dos años siguientes vagando por la casa familiar. Era como un fantasma. No hacía nada. Mi padre pasaba el mayor tiempo posible en su almacén, mi madre se las arreglaba para estar todo el día fuera. Fueron dos años difícilmente soportables. Después, un día de 1966, alguien llamó a la puerta.

*

1966

Dudó antes de abrir: no soportaba que le vieran. Pero era el único que estaba en casa y podía ser importante. Abrió y encontró ante él a un hombre de unos treinta años, muy elegante.

—Hola —dijo el hombre—. Siento presentarme así, pero he tenido un percance con el coche, a cincuenta metros de aquí. ¿No sabrás algo de mecánica, por casualidad?

—Debende —respondió Luther.

—No es nada serio, sólo una rueda pinchada. Pero no .consigo hacer funcionar el gato.

Luther aceptó ir a echar un vistazo. El coche era un cupé de lujo, aparcado en el arcén, a cien metros de la casa. Un clavo había perforado la rueda delantera derecha. El gato se bloqueaba porque estaba mal engrasado; a pesar de ello, Luther consiguió manipularlo y cambiar la rueda.

—Bueno, qué impresionante —dijo el hombre—. Menuda suerte haberte encontrado. ¿A qué te dedicas? ¿Eres mecánico?

—A nada. Antez pintaba. Pedo tuve un accidente.

—¿Y cómo te ganas la vida?

—Do be gano la vida.

El hombre le contempló y le tendió la mano.

—Me llamo Elijah Stern. Gracias, me has sacado de una buena.

—Luthed Caleb.

—Encantado, Luther.

Se miraron un momento. Stern se decidió a hacer la pregunta que le rondaba desde que Luther había abierto la puerta de su casa.

—¿Qué te pasó en la cara? —preguntó.

—¿Ha oído uzted hablad de la banda de loz *field goalz*?

—No.

—Unoz tipoz que cometiedon aguezionez, pada divedtidze. Golpeaban la cabeza de zuz víctimaz como zi fueze un balón.

—Qué horror... Lo siento.

Luther se encogió de hombros, fatalista.

—¡No te desanimes! —exclamó Stern con tono amistoso—. Si la vida te da golpes así, ¡revuélvete contra ella! ¿Qué te parecería tener trabajo? Estoy buscando a alguien que se ocupe de mis coches y me sirva de chófer. Me gustas. Si te tienta mi oferta, te contrato.

Una semana más tarde, Luther se instalaba en Concord, en la dependencia para empleados anexa a la inmensa casa de la familia Stern.

*

Sylla pensaba que el encuentro con Stern había sido providencial para su hermano.

—Gracias a Stern, Luth se convirtió en alguien —dijo—. Tenía un trabajo, una paga. Su vida volvía a tener algo de sentido. Y sobre todo, volvió a pintar. Stern y él se llevaban muy bien: era su chófer pero también su hombre de confianza, incluso casi su amigo, diría yo. Stern acababa de hacerse cargo de los negocios de su padre; vivía solo en esa casa demasiado grande para él. Creo que era feliz en compañía de Luther. Tenían una relación muy estrecha. Luth permaneció a su servicio durante los nueve años siguientes. Hasta su muerte.

—Señora Mitchell —preguntó Gahalowood—. ¿Cómo era su relación con su hermano?

Sonrió:

—Era alguien tan especial. ¡Tan bueno! Le gustaban las flores, le gustaba el arte. Nunca debió terminar su vida como un vulgar chófer de limusina. Bueno, no es que tenga nada contra los chóferes, pero Luth... ¡era distinto! Venía muchos domingos a comer a casa. Llegaba por la mañana, pasaba el día con nosotros y volvía a Concord por la tarde. Me gustaban esos domingos, sobre todo cuando se ponía a pintar, en su antigua habitación transformada en taller. Tenía un talento inmenso. En cuanto se ponía a dibujar, surgía de él una belleza inusitada. Me ponía detrás de él, me sentaba en una silla y miraba cómo trabajaba. Miraba cómo sus trazos, que parecían caóticos al principio, formaban al final escenas de un realismo tremendo. Primero tenía la impresión de que garabateaba, y después, de pronto, aparecía una imagen en medio de los trazos, hasta que cada uno de ellos tomaba sentido. Era un momento absolutamente extraordinario. Y yo le decía que debía continuar dibujando, que debía volver a pensar en hacer Bellas Artes, que debía exponer sus lienzos. Pero ya no quería, por culpa de su cara, por culpa de su forma de hablar. Por culpa de todo. Antes de la agresión, decía que pintaba porque estaba dentro de él. Cuando se recuperó por fin, decía que pintaba para estar menos solo.

—¿Podríamos ver algunos de sus cuadros? —preguntó Gahalowood.

—Sí, claro. Mi padre reunió una pequeña colección con todas las telas que dejó en Portland y las que recuperó en la habitación que tenía Luther en casa de Stern después de su muerte. Decía que un día podrían donarlas a un museo, que quizás habrían tenido éxito. Pero se contentó con almacenar los recuerdos en cajas que ahora conservo yo en casa desde la muerte de mis padres.

Sylla nos llevó hasta el sótano, donde uno de los cuartos de la bodega estaba repleto de enormes cajas de madera. Sobresalían varios grandes cuadros, y los bocetos y dibujos se apilaban entre los marcos. Había una cantidad impresionante.

—Hay mucho desorden —se disculpó—. Son recuerdos desordenados. No me he atrevido a tirar nada.

Hurgando entre los cuadros, Gahalowood sacó un lienzo que representaba a una joven rubia.

—Es Eleanore —explicó Sylla—. Esos lienzos son anteriores a la agresión. Le gustaba pintarla. Decía que podría pintarla el resto de su vida.

Eleanore era una jovencita rubia muy guapa. Un detalle intrigante: se parecía muchísimo a Nola. Había otros numerosos retratos de mujeres diferentes, todas rubias, y las fechas indicaban en todos los casos años posteriores a la agresión.

—¿Quiénes son las mujeres de estos cuadros? —interrogó Gahalowood.

—No lo sé —respondió Sylla—. Sin duda, salieron de la imaginación de Luther.

Fue en ese momento cuando encontramos una serie entera de bocetos a carboncillo. En uno de ellos, creí reconocer el interior del Clark's y, en la barra, una mujer hermosa pero triste. El parecido con Jenny era asombroso, aunque al principio pensé que era una coincidencia. Hasta que, al dar la vuelta al dibujo, encontré la siguiente anotación: *Jenny Quinn, 1974*. Entonces pregunté:

—¿Por qué su hermano tenía esa obsesión por pintar mujeres rubias?

—Lo ignoro —dijo Sylla—. De verdad...

Gahalowood la miró entonces fijamente con expresión dulce y grave a la vez y le dijo:

—Señora Mitchell, ha llegado el momento de que nos diga por qué la noche del 31 de agosto de 1975 su padre les dijo que pensaba que Luther había hecho «una estupidez».

Ella asintió.

*

31 de agosto de 1975

A las nueve de la mañana, cuando Jay Caleb colgó el teléfono, comprendió que había algo que no iba bien. Elijah Stern acababa de informarle de que Luther había cogido un permiso de duración indeterminada. «¿Está usted buscando a Luther? —se había extrañado Stern—. Pero si no está aquí. Pensaba que lo sabía». «¿No está allí? Entonces ¿dónde está? Ayer le esperábamos para el cumpleaños de su hermana y no se presentó. Estoy muy preocupado. ¿Qué le dijo exactamente?» «Me dijo que probablemente iba a tener que dejar de trabajar para mí. Eso fue el viernes.» «¿Dejar de trabajar para usted? Pero ¿por qué?» «Lo ignoro. Pensaba que usted lo sabría.»

Inmediatamente después de haber soltado el auricular, Jay lo volvió a coger para avisar a la policía. Pero al instante desistió. Tenía un extraño presentimiento. Nadia, su mujer, irrumpió en el despacho.

—¿Qué ha dicho Stern? —preguntó.

—Que Luther dimitió el viernes.

—¿Dimitió? ¿Cómo que *dimitió*?

Jay suspiró; estaba agotado por culpa de la falta de sueño.

—No tengo ni idea —dijo—. No comprendo nada de lo que pasa. Nada de nada... Tengo que ir a buscarle.

—¿Buscarle dónde?

Se encogió de hombros. No tenía la menor idea.

—Quédate aquí —ordenó a Nadia—. Por si acaso vuelve. Te llamaré cada hora para informarte.

Cogió las llaves de su camioneta y se puso en marcha, sin saber siquiera por dónde empezar. Al final decidió ir a Concord. Conocía poco la ciudad y la recorrió a ciegas; se sentía perdido. En varias ocasiones pasó por delante de una comisaría: le hubiese gustado detenerse y pedir ayuda a los agentes, pero cada vez que pensaba en hacerlo, algo dentro de él lo disuadía. Acabó presentándose en casa de Elijah Stern. Éste estaba ausente, fue un empleado de la casa el que le condujo hasta la habitación de su hijo. Jay esperaba que Luther hubiese dejado un mensaje; pero no encontró nada. La habitación estaba ordenada, no había ni carta ni pista alguna que explicara su marcha.

—¿Luther le comentó algo? —preguntó Jay al empleado que le acompañaba.

—No. No he estado aquí los dos últimos días, pero me han dicho que Luther no volvería a trabajar por el momento.

—¿Que no volvería por el momento? Pero ¿ha cogido un permiso o lo ha dejado?

—No sabría decirle, señor.

Toda esa confusión sobre Luther era muy extraña. Jay estaba convencido de que tenía que haber pasado algo grave para que su hijo se evaporase de esa forma. Dejó la propiedad de Stern y volvió a la ciudad. Se detuvo en un restaurante para llamar a su mujer y comer un sándwich. Nadia le informó de que seguía sin noticias. Mientras desayunaba, hojeó el periódico: sólo hablaba del suceso acaecido en Aurora.

—¿Qué es toda esta historia de la desaparición? —preguntó al dueño del local.

—Mal asunto... Ha pasado en un pueblucho a una hora de aquí: una pobre mujer ha sido asesinada y han secuestrado a una chica de quince años. Toda la policía del Estado está buscándola...

—¿Cómo se va a Aurora?

—Coja la 101, dirección este. Cuando llegue al mar, siga la federal 1, dirección sur, y desde ahí ya llega.

Guiado por un presentimiento, Jay Caleb se dirigió a Aurora. En la federal 1 tuvo que detenerse en dos controles de policía; después, cuando bordeaba el espeso bosque de Side Creek, pudo constatar la amplitud del dispositivo de búsqueda: decenas de vehículos de urgencias, policías por todas partes, perros y mucha agitación. Condujo hasta el centro de la ciudad, y poco después de la marina se detuvo delante de un *diner* de la calle principal abarrotado de gente. Entró y se instaló en la barra. Una deslumbrante joven rubia le sirvió café. Durante una fracción de segundo, creyó que la conocía; sin embargo, era la primera vez en su vida que había ido allí. La miró fijamente, ella le sonrió, y después vio su nombre en su broche: Jenny. De pronto, comprendió: la mujer del boceto a carboncillo realizado por Luther y que él apreciaba particularmente ¡era ella! Recordaba bien la anotación al dorso: *Jenny Quinn, 1974.*

—¿Puedo ayudarle en algo, señor? —le preguntó Jenny—. Parece usted perdido.

—Yo... Es horrible lo que ha pasado aquí...

—A quién se lo dice... Todavía no sabemos qué le ha pasado a la chica. ¡Es tan joven! No tiene más que quince años. La conozco bien, trabaja aquí los sábados. Se llama Nola Kellergan.

—Co... ¿cómo dice? —balbuceó Jay, que esperaba haber oído mal.

—Nola. Nola Kellergan.

Al oír ese nombre de nuevo, sintió que vacilaba. Tenía ganas de vomitar. Debía marcharse de allí. Lejos. Dejó diez dólares en la barra y huyó.

En el mismo instante en que entró en casa, Nadia comprendió inmediatamente que a su marido le pasaba algo grave. Se precipitó hacia él, y casi se echó en sus brazos.

—Dios mío, Jay, ¿qué pasa?

—Hace tres semanas, Luth y yo fuimos a pescar. ¿Te acuerdas?

—Sí. Pescasteis esas lubinas negras de carne incomible. Pero ¿por qué me hablas de eso?

Jay relató ese día a su mujer. Era el domingo 10 de agosto de 1975. Luther había llegado de Portland el día anterior por la tarde: habían previsto ir a pescar por la mañana temprano al borde de un pequeño lago. Hacía un día magnífico, los peces picaban, habían elegido un lugar muy tranquilo y no había nadie que les molestara. Mientras bebían cerveza, conversaban acerca de la vida.

—Tengo que decidte algo, papá —había dicho Luther—. He conocido a una mujed eztaoddinadia.

—¿En serio?

—Como te digo. Ez una mujed fueda de lo común. Eztoy enamodado, y ademaz, ella me quiede. Me lo ha dicho. Un día te la pezentadé. Eztoy zegudo de que te guztadá mucho.

Jay sonrió.

—¿Y esa joven tiene un nombre?

—Nola, papá. Nola Kelledgan.

Recordando ese día, Jay Caleb contó a su mujer: «Nola Kellergan es el nombre de la chica que ha sido secuestrada en Aurora. Creo que Luther ha hecho una enorme estupidez».

Sylla entró en casa en ese mismo instante. Oyó las palabras que pronunciaba su padre. «¿Qué quiere decir eso? —exclamó—. ¿Qué ha hecho Luther?». Él, después de explicarle la situación, le ordenó que no contara nada bajo ningún concepto. Nadie debía relacionar a Luther con Nola. Después pasó toda la semana fuera, buscando a su hijo: primero recorrió Maine, después toda la costa, desde Canadá hasta Massachusetts. Visitó los lugares recónditos, lagos y cabañas, a los que su hijo era aficionado. Pensaba que quizás estaría oculto allí, presa del pánico, acosado como una fiera por toda la policía del país. No encontró rastro alguno. Le esperaba todas las noches, atento al menor ruido. Cuando la policía llamó para anunciar su muerte, pareció casi aliviado. Exigió a Nadia y a Sylla que no comentasen nunca más esa historia, para que nadie ensuciase la memoria de su hijo.

*

Cuando Sylla terminó su relato, Gahalowood le preguntó:

—¿Nos está usted diciendo que cree que su hermano tuvo algo que ver con el secuestro de Nola?

—Digamos que tenía un comportamiento extraño hacia las mujeres. Sé que solía dibujarlas a escondidas, en lugares públicos. Nunca supe qué placer encontraba en aquello... Entonces, sí, creo que pudo pasar algo con esa joven. Mi padre pensaba que Luther se había vuelto loco, que ella le había rechazado y él la había asesinado. Cuando la policía llamó para decirnos que se había matado, mi padre lloró mucho tiempo. Y, entre lágrimas, le oí decirnos: «Mejor que haya muerto... Si le hubiese encontrado yo, creo que le habría matado. Para que no acabase en la silla eléctrica».

Gahalowood balanceó la cabeza. Lanzó un último vistazo a las cosas de Luther y cogió un cuaderno de notas.

—¿Es la letra de su hermano?

—Sí, son indicaciones para la poda de rosales... También se ocupaba de los rosales en casa de Stern. No sé por qué lo he guardado.

—¿Podría llevármelo? —preguntó Gahalowood.

—¿Llevárselo? Sí, claro. Pero me temo que no tendrá mucho interés para su investigación. Lo he hojeado y no es más que una guía de jardinería.

Gahalowood asintió.

—Compréndalo —dijo—, necesito que analicen la letra de su hermano.

11. Esperando a Nola

«Golpee ese saco, Marcus. Golpéelo como si su vida dependiese de ello. Debe usted boxear como escribe y escribir como boxea: debe dar todo lo que tiene porque cada pelea, como cada libro, puede ser la última.»

El verano de 2008 fue un verano muy tranquilo en Estados Unidos. La batalla de las nominaciones presidenciales terminó a principios de junio, cuando los demócratas, en las primarias de Montana, nombraron candidato a Barack Obama; en cuanto a los republicanos, tenían elegido a John McCain desde febrero. Había llegado la hora de que cada uno reagrupase a sus partidarios: las próximas citas importantes no tendrían lugar hasta finales de agosto, con las convenciones nacionales de los dos grandes partidos históricos del país, que entronarían oficialmente a sus candidatos a la Casa Blanca.

Esta relativa calma antes de la tormenta electoral que llevaría hasta el Election Day del 4 de noviembre dejaba al caso Harry Quebert, que estaba provocando una agitación sin precedentes en el seno de la opinión pública, la cabecera de todos los medios de comunicación. Estaban los «pro-Quebert», los «anti-Quebert», los adeptos de la teoría del complot o incluso los que pensaban que su liberación bajo fianza se debía a un acuerdo financiero con el reverendo Kellergan. Desde que la prensa había publicado mis borradores, mi libro circulaba de boca en boca; la gente no hablaba más que del «nuevo Goldman que saldrá este otoño». Elijah Stern, aunque su nombre no se mencionaba directamente en los extractos, había interpuesto una demanda por difamación para impedir la publicación. En cuanto a David Kellergan, había expresado también su intención de ir a los tribunales, defendiéndose vigorosamente de las acusaciones de maltrato a su hija. En medio de esta batalla, había dos personas especialmente contentas: Barnaski y Roth.

Roy Barnaski, que había enviado a sus equipos de abogados neoyorquinos a New Hampshire para detener cualquier embrollo jurídico susceptible de retrasar la aparición del libro, estaba entusiasmado: las filtraciones, que ya nadie dudaba que habían sido orquestadas por él mismo, le garantizaban unas ventas excepcionales y le permitían ocupar el espectro mediático. Consideraba que su estrategia no era mejor ni peor que la de los demás, que el mundo de los libros había dejado de ser el noble arte de la impresión para convertirse en la locura capitalista del siglo XXI, que ahora un libro debía escribirse para ser vendido, y que para que se hablase de él había que apropiarse de un espacio que, si no se tomaba por la fuerza, sería invadido por otros. Matar o morir.

En cuanto a la justicia, había pocas dudas de que al proceso penal le quedaba poco para derrumbarse. Benjamin Roth iba camino de convertirse en el abogado del año y de conseguir fama a escala nacional. Aceptaba todas las peticiones de entrevistas y pasaba la mayor parte del tiempo en estudios de televisión y radios locales. Todo con tal de que se hablase de él. «Imagínese, ahora puedo facturar mil dólares la hora —me dijo—. Y cada vez que salgo en las noticias, añado diez dólares a mis tarifas horarias para mis próximos clientes. Poco importa lo que digan los periódicos, lo importante es salir en ellos. La gente recuerda haber visto tu foto en el *New York Times,* nunca recuerda lo que decías». Roth había esperado toda su carrera a que llegara el caso del siglo, y por fin lo tenía. Bajo la luz de los focos, contaba a la prensa todo lo que quería oír: hablaba del jefe Pratt, de Elijah Stern, repetía hasta la saciedad que Nola era una chica turbadora, sin duda una manipuladora, y que Harry era finalmente la verdadera víctima del caso. Para excitar a la audiencia, dejaba incluso sobreentender, apoyándose en detalles imaginarios, que la mitad de la ciudad de Aurora había tenido relaciones íntimas con Nola, por lo que tuve que hablar con él para llamarle la atención.

—Debe usted dejar de contar esas habladurías pornográficas, Benjamin. Está usted salpicando a todo el mundo.

—Precisamente, Marcus, mi trabajo no es tanto lavar el honor de Harry como mostrar de qué manera el honor de los demás estaba cubierto de manchas y de mierda. Y si ha de haber un proceso, llamaré a declarar a Pratt, convocaré a Stern, haré que suban todos los hombres de Aurora al estrado para que expíen públicamente sus pecados carnales con la pequeña de los Kellergan. Y probaré que ese pobre Harry no tuvo más culpa que dejarse seducir por una mujer perversa, como tantos otros antes que él.

—Pero ¿qué está diciendo? —exclamé—. ¡Nunca hubo nada de eso!

—Vamos, amigo mío, llamemos a las cosas por su nombre. Esa chiquilla era una zorra.

—Es usted una tortura —respondí.

—¿Una tortura? Pero si no hago más que repetir lo que dice usted en su libro, ¿no?

—Pues no, precisamente, ¡y lo sabe usted muy bien! Nola no tenía nada de escandalosa, ni de provocadora. Su historia con Harry ¡es una historia de amor!

—El amor, el amor, ¡siempre el amor! ¡El amor no quiere decir nada, Goldman! ¡El amor es un truco que se inventaron los hombres para no tener que lavarse la ropa!

El despacho del fiscal estaba en la picota de la prensa y la atmósfera que invadía los locales de la brigada criminal de la policía estatal se resentía con ello: corría el rumor de que el gobernador en persona, durante una reunión tripartita, había instado a la policía a resolver el caso lo más rápidamente posible. Desde las revelaciones de Sylla Mitchell, Gahalowood había empezado a ver más claro en la investigación; los elementos convergían cada vez más sobre Luther, y tenía muchas esperanzas en los resultados del análisis grafológico del cuaderno para confirmar su intuición. Mientras tanto, necesitaba saber más, especialmente sobre los paseos de Luther por Aurora. Así fue como el domingo 20 de julio fuimos a visitar a Travis Dawn, que nos contó lo que sabía sobre el asunto.

Como yo no me sentía todavía listo para volver al centro de Aurora, Travis aceptó que nos viésemos en un restaurante de carretera cercano a Montburry. Me esperaba ser mal recibido, por culpa de lo que había escrito acerca de Jenny, pero se mostró muy amable conmigo.

—Siento lo de las filtraciones —le dije—. Eran notas personales, nada de todo eso debía publicarse.

—No puedo reprochártelo, Marc...

—Podrías...

—No hacías más que contar la verdad. Sé muy bien que Jenny andaba detrás de Quebert... Me di cuenta entonces de cómo le miraba... Al contrario, creo que tu investigación va por buen camino, Marcus... Al menos eso lo prueba. A propósito de la investigación: ¿qué hay de nuevo?

Fue Gahalowood el que respondió:

—Lo que hay de nuevo es que tenemos serias sospechas de Luther Caleb.

—¿Luther Caleb? ¿Ese chalado? Entonces ¿es cierta esa historia de los cuadros?

—Sí. Aparentemente, la chiquilla iba regularmente a casa de Stern. ¿Estaba usted al corriente de lo del jefe Pratt y Nola?

—¿De ese asunto repugnante? ¡No! Cuando me enteré, me caí de espaldas. ¿Sabe?, quizás tuvo algún desliz, pero siempre fue un buen policía. Dudo que pueda cuestionarse su investigación y sus pesquisas, como he podido leer en la prensa.

—¿Qué piensa de las sospechas sobre Stern y Quebert?

—Que habéis sido un poco ingenuos. Tamara Quinn dice que nos había avisado de lo de Quebert en aquella época. Lo que creo es que hay que encuadrar un poco la situación: ella pretendía saberlo todo, pero no sabía nada. No tenía ninguna prueba de lo que contaba. Todo lo que podía decir es que había tenido una prueba concreta, pero que la había perdido misteriosamente. Nada que fuese creíble. Usted mismo, sargento, sabe con qué precaución hay que tratar las acusaciones gratuitas. El único elemento que teníamos contra Quebert era el Chevrolet Monte Carlo negro. Y aquello era, de lejos, insuficiente.

—Una amiga de Nola nos asegura haber advertido a Pratt de lo que se tramaba en casa de Stern.

—Pratt nunca me dijo nada.

—Entonces ¿cómo no pensar que manipuló la investigación?

—No ponga en mi boca palabras que no he dicho, sargento.

—¿Y Luther Caleb? ¿Qué puede decirnos de él?

—Luther era un tipo raro. Molestaba a las mujeres. Yo mismo animé a Jenny a denunciarle cuando se mostró agresivo con ella.

—¿Nunca sospechó de él?

—No mucho. Nos lo planteamos y comprobamos qué vehículo poseía: un Mustang azul, lo recuerdo bien. De todas formas, parecía poco probable que fuese nuestro hombre.

—¿Por qué?

—Poco antes de la desaparición de Nola, me había asegurado de que no volvería a acercarse a Aurora.

—¿Qué quiere decir?

Travis se mostró repentinamente incómodo.

—Digamos que... le vi en el Clark's, a mediados de agosto, justo después de haber convencido a Jenny para que le denunciase... La había molestado y le había provocado un horrible hematoma en el brazo. Quiero decir, que la cosa había sido seria. Cuando me vio llegar, huyó. Salí tras él y lo detuve en la federal 1. Y allí... Yo... ¿Sabe?, Aurora es una ciudad tranquila, no quería que volviese a rondar por aquí...

—¿Qué hizo?

—Le di una paliza. No estoy orgulloso de ello. Y...

—¿Y qué, jefe Dawn?

—Le puse la pistola en sus partes. Le di una buena tunda y, cuando estaba encogido, tumbado en el suelo, le agarré con fuerza, saqué el revólver, lo cargué y le hundí el cañón en los testículos. Le dije que no quería volver a verlo en mi vida. Gemía. Gemía diciendo que no volvería, me suplicó que le dejara marchar. Sé que no son formas, pero quería asegurarme de que no lo vería más en Aurora.

—¿Y cree usted que obedeció?

—Sin duda.

—Entonces ¿fue usted el último que lo vio en Aurora?

—Sí. Pasé la consigna a mis compañeros, con una descripción de su coche. No volvió a aparecer por allí. Nos enteramos de que se había matado en un accidente en Massachusetts, un mes más tarde.

—¿Qué tipo de accidente?

—Se salió en una curva, creo. No sé mucho más. A decir verdad, no me interesé mucho por ello, teníamos cosas más importantes entre manos.

Cuando salimos del restaurante de carretera, Gahalowood me dijo:

—Creo que el coche ese es la clave del enigma. Hay que saber quién pudo conducir un Chevrolet Monte Carlo negro. O más bien hacerse la siguiente pregunta: ¿podía Luther Caleb estar conduciendo un Chevrolet Monte Carlo negro el 30 de agosto de 1975?

Al día siguiente, volví a Goose Cove por primera vez después del incendio. A pesar de las cintas policiales que cruzaban el porche para prohibir el paso a la casa, penetré en su interior. Todo estaba devastado. En la cocina, encontré la caja RECUERDO DE ROCKLAND, MAINE intacta. La vacié de pan seco y la llené con algunos objetos que habían salido indemnes y que fui recogiendo a medida que visitaba las habitaciones. En el salón, descubrí un pequeño álbum de fotos que no había resultado dañado de milagro. Lo saqué fuera y me senté bajo un gran abedul, frente a la casa, para mirar las fotos. En ese instante apareció Erne Pinkas. Me dijo simplemente:

—He visto tu coche a la entrada del camino.

Vino a sentarse a mi lado.

—¿Son fotos de Harry? —preguntó señalándome el álbum.

—Sí, las he encontrado en la casa.

Hubo un largo silencio. Yo pasaba las páginas. Las fotos databan probablemente de principios de los años ochenta. En varias de ellas aparecía un labrador joven.

—¿De quién es ese perro? —pregunté.

—De Harry.

—No sabía que había tenido uno.

—Storm, se llamaba. Debió de vivir sus buenos doce o trece años.

Storm. Aquel nombre me sonaba familiar, pero no recordaba la razón.

—Marcus —prosiguió Pinkas—. No quise ser desagradable el otro día. Lo siento si he podido herirte.

—No tiene importancia.

—Sí, sí que la tiene. No sabía que habías recibido amenazas. ¿Fueron por culpa de tu libro?

—Probablemente.

—Pero ¿quién hizo esto? —dijo indignado, señalando la casa quemada.

—No se sabe. La policía dice que utilizaron un producto acelerador, tipo gasolina. Descubrieron un bidón vacío en la playa, pero no saben de quién son las huellas que tenía.

—Entonces ¿recibiste amenazas y te quedaste?

—Sí.

—¿Por qué?

—¿Qué razón tenía para marcharme? ¿El miedo? Hay que despreciar el miedo.

Pinkas me dijo que yo era importante, que él también hubiese querido ser alguien importante. Su mujer siempre había creído en él. Había muerto años antes, por culpa de un tumor. En su lecho de muerte le había dicho, como si fuese un chiquillo con toda la vida por delante: «Ernie, harás algo importante en la vida. Creo en ti». «Soy demasiado viejo. Mi vida ha pasado.» «Nunca es tarde, Ernie. Mientras uno no muere, tiene la vida por delante.» Pero todo lo que había conseguido hacer Ernie tras la muerte de su mujer había sido conseguir un trabajo en el supermercado de Montburry para devolver el dinero de la quimioterapia y cuidar la lápida de su tumba.

—Ordeno los carros, Marcus. Recorro el aparcamiento, buscando los carros solos y abandonados, me los llevo, los reconforto, los coloco con sus compañeros en su lugar para los clientes que vengan. Los carros nunca están solos. No demasiado tiempo. Porque en todos los supermercados del mundo hay un Ernie que va a buscarlos y los lleva junto a su familia. Pero ¿quién va después a casa de Ernie para llevarlo junto a su familia, eh? ¿Por qué hacemos con los carros de supermercado lo que no hacemos con los hombres?

—Tienes razón. ¿Qué puedo hacer por ti?

—Me gustaría estar en los agradecimientos de tu libro. Me gustaría que figurase mi nombre en los agradecimientos, en la última página, como suelen hacer muchos escritores. Me gustaría que mi nombre figurase en primer lugar. En letras grandes. Porque te he ayudado un poco en tu investigación. ¿Crees que sería posible? Mi mujer estará orgullosa de mí. Su maridito habrá contribuido al inmenso éxito de Marcus Goldman, la nueva estrella de la literatura.

—Cuenta conmigo —le dije.

—Iré a leerle tu libro, Marc. Todos los días, me sentaré a su lado y le leeré tu libro.

—Nuestro libro, Erne. Nuestro libro.

De pronto, oímos pasos a nuestra espalda: era Jenny.

—He visto tu coche a la entrada del camino, Marcus —me dijo.

Ante esas palabras, Erne y yo sonreímos. Me levanté y Jenny me abrazó como una madre. Después miró hacia la casa y se echó a llorar.

Según regresaba a Concord ese día, pasé a ver a Harry al Sea Side Motel. Estaba delante de la puerta de su habitación, con el torso desnudo. Repasando movimientos de boxeo. Ya no era el mismo. Cuando me vio, me dijo:

—Vamos a boxear, Marcus.

—He venido a hablar.

—Hablaremos mientras boxeamos.

Le tendí la caja RECUERDO DE ROCKLAND, MAINE que había encontrado en las ruinas de la casa.

—Le he traído esto —dije—. He pasado por Goose Cove. Su casa todavía está llena de cosas suyas... ¿Por qué no va a recuperarlas?

—¿Qué quiere que recupere?

—¿Recuerdos?

Hizo una mueca.

—Los recuerdos no sirven más que para ponerse triste, Marcus. Sólo con ver esa caja ¡me dan ganas de llorar!

Cogió la caja y la estrechó contra él.

—Cuando desapareció —me contó—, no participé en su búsqueda... ¿Sabe lo que hacía?

—No...

—La esperaba, Marcus. La esperaba. Buscarla quería decir que ya no estaba allí. Así que la esperaba, convencido de que volvería. Estaba seguro de que un día volvería. Y ese día quería que estuviese orgullosa de mí. Me estuve preparando para su vuelta durante treinta y tres años. ¡Treinta y tres años! Todos los días compraba bombones y flores, para ella. Sabía que era la única persona a la que amaría; el amor, Marcus, ¡sólo se presenta una vez en la vida! Y si no me cree, eso significa que no ha amado jamás. Por las noches me quedaba en mi sofá esperándola, pensando que llegaría como siempre había llegado. Cuando me marchaba a dar conferencias por todo el país, dejaba una nota en mi puerta: *Estoy en una conferencia en Seattle. Volveré el martes que viene.* Por si aparecía en el intervalo. Y dejaba siempre la puerta abierta. ¡Siempre! Nunca la cerré con llave, en treinta y tres años. La gente decía que estaba loco, que un día me encontraría mi casa saqueada por los ladrones, pero nadie roba a nadie en Aurora, New Hampshire. ¿Sabe por qué me pasé años en la carretera, aceptando todas las conferencias que me proponían? Porque pensaba que quizás la encontraría. Tanto en las ciudades inmensas como en los pequeños pueblos, recorrí el país de parte a parte, asegurándome de que todos los periódicos locales anunciaban mi llegada, pagando a veces anuncios publicitarios de mi propio bolsillo, ¿y para qué? Para ella, para que pudiésemos encontrarnos. Y en cada una de mis charlas escrutaba mi auditorio, buscaba a las jóvenes rubias de su edad, buscaba parecidos. En cada ocasión me decía: quizás estará allí. Y después de las conferencias respondía a todas las preguntas, pensando que quizás se acercaría a mí. La busqué entre el público durante años, mirando a las chicas de quince años primero, después las de dieciséis, las de veinte, ¡las de veinticinco! Si me quedé en Aurora, Marcus, fue porque esperaba a Nola. Y entonces, hace mes y medio, la encontraron muerta. ¡Enterrada en mi jardín! ¡Había estado esperándola todo ese tiempo y estaba allí, justo al lado! ¡Allí donde siempre quise, pensando en ella, plantar hortensias! ¡Desde el día que la encontraron siento que el corazón me va a explotar, Marcus! Porque he perdido al amor de mi vida, porque si no me hubiese citado con ella en este maldito motel, ¡quizás estaría aún con vida! Así que no venga aquí con recuerdos que me desgarran el corazón. Déjelo, se lo suplico, déjelo.

Se dirigió hacia las escaleras.

—¿Adónde va usted, Harry?

—A boxear. Ya no me queda más que eso, el boxeo.

Bajó al aparcamiento y comenzó a lanzar golpes al aire ante la mirada inquieta de los clientes del restaurante vecino. Me uní a él y se puso frente a mí en posición de defensa. Intentó encadenar directos, pero, incluso cuando boxeaba, ya no era lo mismo.

—En el fondo, ¿por qué ha venido aquí? —me preguntó entre dos golpes de derecha.

—¿Por qué? Pues para verle...

—¿Y por qué desea tanto verme?

—¡Pues porque somos amigos!

—Precisamente, Marcus, eso es lo que no comprende: ya no podemos ser amigos.

—¿Qué me está diciendo, Harry?

—La verdad. Yo le quiero como a un hijo. Y le querré siempre. Pero ya no podremos volver a ser amigos.

—¿Por qué? ¿Por lo de la casa? ¡Ya le he dicho que se la pagaré! ¡Se la pagaré!

—Sigue sin entenderlo, Marcus. No es por culpa de la casa.

Bajé la guardia un instante y me propinó una serie de directos en lo alto del hombro derecho.

—¡Manténgase en guardia, Marcus! ¡Si hubiese sido su cabeza, le habría noqueado!

—¡Me trae sin cuidado la guardia! ¡Lo que quiero es saber! ¡Quiero comprender lo que significa su jueguecito de adivinanzas!

—No es un juego. El día que lo entienda, habrá resuelto todo este asunto.

Me detuve en seco.

—Por Dios, ¿de qué me está usted hablando? Me está ocultando algo, ¿es así? No me ha contado toda la verdad.

—Le he contado todo, Marcus. La verdad está en sus manos.

—No lo entiendo.

—Lo sé. Pero cuando lo haya entendido, todo será diferente. Está usted en una etapa crucial de su vida.

Me senté en el asfalto, lleno de rabia. Se puso a gritarme que no era el momento de sentarme.

—¡Levántese, levántese! —gritó—. ¡Practicamos el noble arte del boxeo!

Pero a mí ya no me interesaba su noble arte del boxeo.

—¡El boxeo sólo tiene sentido para mí por usted, Harry! ¿Recuerda el campeonato de boxeo de 2002?

—Claro que lo recuerdo... ¿Cómo podría olvidarlo?

—Pues entonces ¿por qué no volveremos a ser amigos?

—Por culpa de los libros. Los libros nos han unido y ahora nos separan. Estaba escrito.

—¿Cómo que estaba escrito?

—Todo está en los libros... Marcus, yo sabía que este momento llegaría el día en que lo vi.

—Pero ¿qué momento?

—Es por culpa del libro que está usted escribiendo.

—¿Ese libro? Pero si quiere, ¡renunciaré al libro! ¿Quiere que lo anule todo? ¡Pues ya está! ¡Anulado! ¡Ya no habrá libro! ¡Ya no habrá nada!

—Desgraciadamente, no sería suficiente. Si no es éste, será otro.

—Harry, ¿qué está intentando decirme? No entiendo nada.

—Va usted a escribir ese libro y será un libro magnífico, Marcus. Estoy muy contento, sobre todo no me malinterprete. Pero llegamos al momento de la separación. Un escritor se va, otro nace. Va usted a coger el relevo, Marcus. Va a convertirse en un gran escritor. ¡Ya ha vendido los derechos del manuscrito por un millón de dólares! ¡Un millón de dólares! Se va usted a convertir en alguien muy grande, Marcus. Siempre lo supe.

—Pero, por todos los demonios, ¿qué está usted intentando decirme?

—Marcus, la clave está en los libros. Está ante sus ojos. ¡Mírelo! ¡Mírelo bien! ¿Dónde estamos?

—¡Estamos en el aparcamiento de un motel!

—¡No! ¡No, Marcus! ¡Estamos en los orígenes del mal! Y hace más de treinta años que temía que llegara este momento.

*

Sala de boxeo de la Universidad de Burrows, febrero de 2002

—Coloca usted mal los golpes, Marcus. Golpea bien, pero deja siempre la falange del corazón sobresalir demasiado y eso hace que roce en el momento del impacto.

—Cuando llevo guantes, ya no lo siento.

—Debe usted saber boxear con los puños desnudos. Los guantes sirven para no matar a su adversario. Lo sabría si golpease otra cosa que no fuera ese saco.

—Harry... Según usted, ¿por qué boxeo siempre solo?

—Pregúnteselo a usted mismo.

—Porque tengo miedo, creo. Tengo miedo a perder.

—Pero cuando se presentó en aquella sala de Lowell, por consejo mío, y aquel negro enorme le pegó una paliza, ¿qué sintió?

—Orgullo. Después del golpe, sentí orgullo. Al día siguiente, cuando miré los moratones de mi cuerpo, me gustaron: ¡me había sobrepasado, me había atrevido! ¡Había osado combatir!

—Así que considera usted que ganó...

—En el fondo, sí. Incluso si, técnicamente, perdí el combate, tengo la impresión de que ese día gané.

—La respuesta está ahí: poco importa ganar o perder, Marcus. Lo que cuenta es el camino que recorre entre la campana del primer round y la campana final. El resultado del combate, en el fondo, no vale más que para el público. ¿Quién tiene derecho a decirle que perdió si usted cree que ganó? La vida es como una carrera a pie, Marcus: siempre habrá gente más rápida o más lenta que usted. Todo lo que cuenta al final es la voluntad que ha puesto en recorrer el camino.

—Harry, he encontrado este cartel en un pasillo.

—¿Es del campeonato universitario de boxeo?

—Sí... Participarán todas las grandes universidades... Harvard, Yale... Yo... Me gustaría participar.

—Entonces le ayudaré.

—¿De veras?

—Por supuesto. Siempre podrá contar conmigo, Marcus. No lo olvide nunca. Usted y yo somos un equipo. Para toda la vida.

10. En busca de una chica de quince años
(Aurora, New Hampshire, 1-18 de septiembre de 1975)

«Harry ¿cómo se transmiten emociones que no se han vivido?

—Ése es precisamente su trabajo como escritor. Escribir significa que es usted capaz de sentir mejor que los demás y transmitirlo después. Escribir es permitir a sus lectores ver lo que a veces no pueden ver. Si sólo los huérfanos contasen historias de huérfanos, no llegaríamos a ninguna parte. Eso significaría que no podría usted hablar de madres, de padres, de perros o de pilotos de avión, ni de la Revolución Rusa, porque no es usted ni madre, ni padre, ni perro, ni piloto de avión y no ha conocido la Revolución Rusa. No es más que Marcus Goldman. Y si todos los escritores debieran limitarse a sí mismos, la literatura sería espantosamente triste y perdería todo su sentido. Tenemos derecho a hablar de todo, Marcus, de todo lo que nos conmueve. Y no existe nadie que pueda juzgarnos por eso. Somos escritores porque hacemos diferente una cosa que todo el mundo a nuestro alrededor sabe hacer: escribir. Ahí reside todo nuestro ingenio.»

En un momento u otro, todo el mundo creyó ver a Nola en alguna parte. En el supermercado de una ciudad vecina, en una parada de autobús, en la barra de un restaurante. Una semana después de su desaparición, mientras seguía su búsqueda, la policía se enfrentaba a una multitud de pistas falsas. En el condado de Cordridge un espectador interrumpió la proyección de una película porque creyó reconocer a Nola Kellergan en la tercera fila. En los alrededores de Manchester, un padre de familia que acompañaba a su hija —rubia y de quince años— a una feria fue llevado a comisaría para una comprobación.

La búsqueda, a pesar de su intensidad, seguía sin dar frutos: la movilización de los habitantes de la región había permitido extenderla a todas las ciudades cercanas a Aurora, pero no se obtuvo ni el menor indicio. Llegaron especialistas del FBI para optimizar el trabajo de la policía señalando los lugares prioritarios que registrar, según su experiencia estadística: corrientes de agua y lindes de bosques cercanas a un aparcamiento, vertederos en los que se pudrían basuras nauseabundas. El caso les pareció tan complejo que hasta solicitaron ayuda de un médium que se había demostrado eficaz en dos casos de asesinato en Oregón, pero esta vez no tuvo éxito.

La ciudad de Aurora era un hervidero de curiosos y periodistas. De la comisaría de la calle principal brotaba una intensa actividad: allí se coordinaba la búsqueda, se centralizaba y seleccionaba la información. Las líneas telefónicas estaban saturadas, el teléfono sonaba sin cesar, a menudo por nada, y cada llamada necesitaba largas verificaciones. Se habían encontrado pistas probables en Vermont y en Massachusetts, donde habían sido enviados perros rastreadores. Sin resultado. El comunicado de prensa que ofrecían dos veces al día el jefe Pratt y el capitán Rodik delante de la entrada de la comisaría se parecía cada vez más a una confesión de impotencia.

Sin que nadie se diese cuenta, Aurora estaba estrechamente vigilada: disimulados entre los periodistas venidos de todo el país para cubrir el acontecimiento, agentes federales observaban los alrededores de la casa de los Kellergan y habían pinchado su teléfono. Si se trataba de un secuestro, el culpable no tardaría en manifestarse. Llamaría, o quizás, por perversión, se mezclaría entre los curiosos que desfilaban delante del 245 de Terrace Avenue para dejar un mensaje de apoyo. Si no se trataba de una petición de rescate sino de la acción de un maniaco, como algunos temían, había que neutralizarlo lo más rápidamente posible, antes de que volviese a actuar.

La población hacía piña: los hombres se pasaban horas y horas registrando parcelas enteras de prados y bosques, o inspeccionando las orillas de los ríos. Robert Quinn pidió dos días libres para participar en la búsqueda. Erne Pinkas, con la autorización de su capataz, abandonaba la fábrica una hora antes para unirse a los equipos desde el final de la tarde hasta la llegada de la noche. En la cocina del Clark's, Tamara Quinn, Amy Pratt y otras voluntarias preparaban comida para los que tomaban parte. No hablaban más que del caso:

—¡Tengo información! —repetía Tamara Quinn—. ¡Tengo información capital!

—¿El qué? ¿El qué? ¡Cuenta! —exclamaba su auditorio untando mantequilla en el pan de molde para hacer sándwiches.

—No puedo deciros nada... Es demasiado grave.

Todos tenían su pequeña historia: se sospechaba desde hacía tiempo que pasaban cosas raras en el 245 de Terrace Avenue y no era casualidad que aquello terminara mal. La señora Philips, cuyo hijo había estado en la misma clase que Nola, contó que al parecer, durante un recreo, un alumno había levantado por sorpresa el polo de ella para hacerle una broma, y todo el mundo había visto que la pequeña tenía marcas en el cuerpo. La madre de Nancy Hattaway contó que su hija era muy amiga de Nola y que a lo largo del verano había tenido lugar una serie de hechos muy extraños, y especialmente uno: durante toda una semana, Nola había desaparecido y la puerta de la casa de los Kellergan había estado cerrada para todos los visitantes. «¡Y esa música! —añadió la señora Hattaway—. Todos los días escuchaba esa música demasiado alta en el garaje, y me preguntaba qué necesidad había de ensordecer a todo el barrio. Debí quejarme del ruido, pero nunca me atreví. Pensaba que, al fin y al cabo, era el reverendo...».

*

Lunes 8 de septiembre de 1975

Sería alrededor de mediodía.

En Goose Cove, Harry esperaba. Las mismas preguntas golpeaban sin cesar su cabeza: ¿qué había sucedido? ¿Qué le había pasado? Hacía una semana que permanecía enclaustrado en casa, esperando. Dormía en el sofá del salón, al acecho del menor ruido. Ya no comía. Tenía la impresión de estar enloqueciendo. ¿Dónde podía estar Nola? ¿Cómo era posible que la policía no encontrase el menor rastro de ella? Cuanto más lo pensaba, más vueltas le daba a una idea: ¿y si Nola había querido borrar pistas? ¿Y si la agresión hubiese sido una puesta en escena? Salsa roja en el rostro y gritos para que pensaran que la estaban secuestrando: mientras la policía la buscaba en los alrededores de Aurora, ella podía marcharse tranquilamente muy lejos, hasta lo más recóndito de Canadá. Quizás hasta llegaría un momento en que la creerían muerta y dejarían de buscarla. ¿Había preparado Nola todo ese número para que estuviesen tranquilos para siempre? Y si era ése el caso, ¿por qué no había ido a la cita del hotel? ¿Había llegado la policía demasiado deprisa? ¿Había tenido que esconderse en el bosque? ¿Y qué había pasado en casa de Deborah Cooper? ¿Había alguna relación entre los dos casos o aquello no era más que pura coincidencia? Si Nola no había sido secuestrada, ¿por qué no daba señales de vida? ¿Por qué no había venido a refugiarse aquí, en Goose Cove? Seguía dándole vueltas a la cabeza: ¿dónde podría estar? En algún lugar que sólo ellos conocían. ¿Martha's Vineyard? Demasiado lejos. La caja de latón de la cocina le recordó su escapada a Maine, al principio de su relación. ¿Estaría escondida en Rockland? En cuanto se le ocurrió, cogió las llaves de su coche y se precipitó fuera. Al abrir la puerta, se dio de bruces con Jenny, que se disponía a llamar. Venía a ver si todo iba bien: hacía días que no le había visto, estaba preocupada. Le pareció que tenía muy mala cara, que había adelgazado. Llevaba el mismo traje que la última vez que había estado en el Clark's, una semana antes.

—Harry, ¿qué te pasa? —preguntó.

—Estoy esperando.

—¿Qué esperas?

—A Nola.

Jenny no lo comprendió. Dijo:

—Ah, sí, ¡qué cosa tan terrible! Toda la ciudad está aterrorizada. Ha pasado una semana y ni rastro. Ni el menor rastro. Harry... Tienes mala cara, me preocupas. ¿Has comido últimamente? Te voy a preparar un baño y cocinaré algo.

No tenía tiempo de entretenerse con Jenny. Debía encontrar el lugar donde se escondía Nola. La apartó con cierta brusquedad, bajó los escalones de madera que llevaban al aparcamiento y subió a su coche.

—No quiero nada —dijo simplemente a través de la ventanilla abierta—. Estoy muy ocupado, no quiero que me molesten.

—Pero ¿ocupado en qué? —insistió tristemente Jenny.

—Esperando.

Arrancó y desapareció tras una hilera de pinos. Jenny se sentó en los escalones del porche y se echó a llorar. Cuanto más le quería, más infeliz se sentía.

En ese mismo momento, Travis Dawn entró en el Clark's con sus rosas en la mano. Hacía días que no la había visto, desde la desaparición. Había pasado la mañana en el bosque, junto a los equipos de búsqueda, y después, al subir a su coche patrulla, vio las flores bajo el asiento. Se habían secado un poco y estaban medio caídas, pero sintió el repentino deseo de llevárselas a Jenny inmediatamente. Como si la vida fuese demasiado corta. Se marchó a tiempo de ir a verla al Clark's, pero no estaba allí.

Se instaló en la barra y Tamara Quinn vino inmediatamente hacia él, como hacía cada vez que veía un uniforme desde que había empezado este asunto.

—¿Qué tal va la búsqueda? —preguntó con expresión de madre inquieta.

—No hemos encontrado nada, señora Quinn. Nada de nada.

Tamara suspiró y contempló las marcas de cansancio del joven policía.

—¿Has comido, hijo?

—Esto... No, señora Quinn. De hecho, quería ver a Jenny.

—Ha salido un momento.

Le sirvió un vaso de té helado y colocó ante él un mantelete de papel y cubiertos. Vio las flores y preguntó:

—¿Son para ella?

—Sí, señora Quinn. Quería asegurarme de que estaba bien. Con todo este lío de los últimos días...

—No debería tardar. Le pedí que estuviese de vuelta antes del turno de mediodía, pero está claro que se ha retrasado. Ese tipo va a hacerle perder la cabeza.

—¿Quién? —preguntó Travis, que de pronto sintió cómo se le encogía el corazón.

—Harry Quebert.

—¿Harry Quebert?

—Estoy segura de que ha ido a su casa. No entiendo por qué se empecina en gustarle a esa rata... En fin, no debería contarte estas cosas. El plato del día es bacalao con patatas salteadas...

—Está muy bien, señora Quinn. Gracias.

Tamara le puso una mano en el hombro con gesto amistoso.

—Eres un buen chico, Travis. Me gustaría mucho que Jenny estuviese con alguien como tú.

Se marchó a la cocina y Travis empezó a sorber su té helado. Se sentía triste.

Jenny llegó minutos más tarde; se había vuelto a maquillar rápidamente para que no viesen que había llorado. Pasó detrás de la barra, se anudó el delantal y entonces vio a Travis. Le sonrió y él le tendió su ramo de flores marchitas.

—No tienen buen aspecto —se disculpó—, pero hace varios días que quiero dártelas. He pensado que lo que cuenta es la intención.

—Gracias, Travis.

—Son rosas salvajes. Conozco un sitio cerca de Montburry donde crecen por centenas. Te llevaré un día si quieres. ¿Qué tal, Jenny? No tienes buena cara...

—Estoy bien.

—Es esta horrible historia la que te preocupa, ¿verdad? ¿Tienes miedo? No te preocupes, hay policía por todas partes. Y además, estoy seguro de que encontraremos a Nola.

—No tengo miedo. Es otra cosa.

—¿El qué?

—Nada importante.

—¿Es por culpa de Harry Quebert? Tu madre dice que te gusta.

—Quizás. No te preocupes, Travis, no tiene importancia. Tengo... tengo que ir a la cocina. Llego tarde y mamá me va a echar la bronca de nuevo.

Jenny desapareció detrás de la puerta de la cocina y se encontró a su madre preparando platos.

—¡Llegas otra vez tarde, Jenny! Estoy sola en la sala con toda esa gente.

—Perdona, mamá.

Tamara le tendió un plato de bacalao y patatas salteadas.

—Ve a llevar esto a Travis, ¿quieres?

—Sí, mamá.

—Es un buen chico, ya lo sabes.

—Lo sé...

—Invítale a comer a casa el domingo.

—¿Invitarle a comer? No, mamá. No quiero. No me gusta nada. Además, se haría ilusiones, no estaría bien por mi parte.

—¡No me discutas! No tuviste tantos remilgos cuando te viste sin pareja para el baile y vino a invitarte. Le gustas mucho, está claro, y podría llegar a ser un buen marido. ¡Olvídate ya de Quebert! ¡Quebert se acabó para siempre! ¡Métete eso en la cabeza de una vez por todas! ¡Quebert no es un hombre bueno! Ya es hora de que encuentres a un hombre, ¡y considérate afortunada de que un chico guapo te corteje cuando estás todo el día con el delantal puesto!

—¡Mamá!

Tamara imitó los gemidos de un niño con voz aguda e infantil:

—¡Mamá! ¡Mamá! Deja de lloriquear, ¿quieres? ¡Vas a cumplir veinticinco años! ¿Quieres terminar siendo una solterona?

¡Todas tus compañeras de clase se han casado! ¿Y tú? ¿Eh? ¡Eras la reina del instituto, por amor de Dios! Cómo me has decepcionado, hija mía. Mamá está muy decepcionada contigo. Travis comerá con nosotros el domingo y se acabó. Ahora mismo le llevas su plato y le invitas. Y después, les pasas el trapo a las mesas del fondo, que están asquerosas. Así aprenderás a no llegar siempre tarde.

*

Miércoles 10 de septiembre de 1975

—Compréndalo, doctor, ese encantador policía está loco por ella. Le dije que le invitara a comer el domingo. No quería, pero la obligué.

—¿Por qué la obligó, señora Quinn?

Tamara se encogió de hombros y dejó caer su cabeza sobre el brazo del sofá. Se dio un momento de reflexión.

—Porque... porque no quiero que acabe sola.

—Así que tiene miedo de que su hija se encuentre sola hasta el final de su vida.

—¡Sí! ¡Exacto! ¡Hasta el final de su vida!

—¿Y usted? ¿Tiene miedo de la soledad?

—Sí.

—¿Qué le inspira la soledad?

—La soledad es la muerte.

—¿Tiene usted miedo de morir?

—Doctor, la muerte me aterroriza.

*

Domingo 14 de septiembre de 1975

En la mesa, los Quinn bombardearon a preguntas a Travis. Tamara quería saberlo todo sobre esa investigación que no avanzaba. En cuanto a Robert, tenía también alguna curiosidad que compartir, pero las raras veces que quiso hablar su mujer le desairaba diciéndole: «Cállate, Bobbo. No es bueno para tu cáncer». Jenny tenía un aspecto triste y apenas tocó su comida. Sólo su madre llevaba la voz cantante. En el momento de servir la tarta de manzana, acabó atreviéndose a preguntar:

—Bueno, Travis, ¿ya tenéis una lista de sospechosos?

—No exactamente. Debo confesar que andamos perdidos por el momento. Resulta increíble, pero no tenemos ni una sola pista.

—¿No se sospecha de Harry Quebert? —preguntó Tamara.

—¡Mamá! —se indignó Jenny.

—¿Qué pasa? ¿No se pueden hacer preguntas en esta casa? Si le nombro, es porque tengo buenas razones: es un pervertido, Travis. ¡Un pervertido! No me extrañaría nada que estuviese implicado en la desaparición de la pequeña.

—Lo que está diciendo es muy grave, señora Quinn —respondió Travis—. No se pueden decir esas cosas sin alguna prueba.

—¡Pero si la tenía! —bramó, enloquecida—. ¡La tenía! Figúrate que tenía una nota escrita por él que le comprometía, guardada en mi caja fuerte, en el restaurante. ¡Soy la única que tiene la llave! ¿Y sabes dónde guardo la llave? ¡Colgada del cuello! ¡No me la quito nunca! ¡Nunca! Pues bien, el otro día fui a coger ese maldito papel para dárselo al jefe Pratt ¡y resulta que había desaparecido! ¡Ya no estaba en la caja! ¿Cómo es posible? No lo sé. ¡Es cosa de brujas!

—Quizás lo guardaste en otro sitio —sugirió Jenny.

—Cierra la boca, hija. Al menos no me he vuelto loca, ¿verdad? ¿Eh, Bobbo? ¿Acaso estoy loca?

Robert balanceó la cabeza con un gesto que no decía ni sí ni no, y que tuvo por efecto irritar aún más a su mujer.

—¿Qué pasa, Bobbo? ¿Por qué no respondes cuando te hago una pregunta?

—No es bueno para mi cáncer —acabó contestando.

—Pues bien, no tendrás tarta. Ya lo ha dicho el doctor: los postres podrían matarte al instante.

—¡Yo no he oído decir eso al doctor! —protestó Robert.

—¿Ves? El cáncer ya te ha vuelto sordo. En dos meses estarás en el cielo, mi pobre Bobbo.

Travis intentó relajar la tensión retomando el hilo de la conversación.

—En todo caso, si no tiene pruebas, la cosa no encaja —concluyó—. La investigación policial es algo muy preciso y científico. Y me conozco algo de eso: fui el primero de mi promoción en la academia.

Sólo de pensar dónde podía estar aquel trozo de papel que podía arruinar a Harry enfurecía a Tamara. Para calmarse, agarró la paleta y cortó varios trozos de tarta con furia, mientras Bobbo sollozaba porque no tenía ninguna gana de morir.

*

Miércoles 17 de septiembre de 1975

La búsqueda de la nota obsesionaba a Tamara Quinn. Había pasado dos días registrando la casa, el coche e incluso el garaje, donde no iba nunca. En vano. Esa mañana, después de la hora del desayuno en el Clark's, se encerró en su despacho y vació el contenido de su caja fuerte en el suelo: nadie tenía acceso a la caja, era imposible que la hoja hubiese desaparecido. Debía estar allí. Volvió a comprobar el contenido, en vano. Desalentada, guardó de nuevo todo en la caja. En aquel instante, Jenny llamó a la puerta y se asomó por el quicio. Encontró a su madre con la cabeza metida en el cubículo de acero.

—¿Qué haces, ma?

—Estoy ocupada.

—¡Pero ma! No me digas que todavía estás buscando ese maldito trozo de papel.

—Ocúpate de tus asuntos, hija mía, ¿quieres? ¿Qué hora es?

Jenny consultó el reloj.

—Casi las ocho y media —dijo.

—¡Maldita sea! Llego tarde.

—¿Tarde para qué?

—Tengo una cita.

—¿Una cita? Pero si esta mañana recibimos las bebidas. El miércoles pasado también te...

—Ya eres mayor, ¿verdad? —interrumpió secamente su madre—. Tienes dos brazos, sabes dónde está la bodega. No necesitas ir a Harvard para apilar las botellas de Coca-Cola una encima de otra: estoy segura de que te las arreglarás. ¡Y no le pongas ojitos al repartidor para que lo haga por ti! ¡Ya es hora de que empieces a arremangarte!

Sin dirigir una sola mirada a su hija, Tamara cogió las llaves de su coche y se marchó. Media hora después de su partida, un imponente camión aparcó en la parte trasera del Clark's: el repartidor dejó un pesado palé cargado de cajas de Coca-Cola ante la entrada de servicio.

—¿Le echo una mano? —preguntó a Jenny cuando le firmó el recibo.

—No, señor. Mi madre quiere que me las arregle sola.

—Como quiera. Buenos días.

El camión se fue y Jenny empezó a levantar una por una las pesadas cajas para llevarlas a la bodega. Tenía ganas de llorar. En aquel instante, Travis, que pasaba por allí dentro de su coche patrulla, la vio. Aparcó inmediatamente y bajó del coche.

—¿Te echo una mano? —propuso.

Jenny se encogió de hombros.

—Estoy bien. Seguro que tienes otras cosas que hacer —respondió sin interrumpir su trabajo.

Travis agarró una caja e intentó darle conversación.

—Dicen que la receta de la Coca-Cola es secreta y que se conserva en una caja fuerte en Atlanta.

—No lo sabía.

Siguió a Jenny hasta la bodega y apilaron una sobre otra las dos cajas que acababan de traer. Como ella no decía nada, prosiguió su explicación:

—Parece ser también que levanta la moral de los GI's, y que desde la Segunda Guerra Mundial envían cajas a las tropas desplegadas en el extranjero. Lo leí en un libro sobre la Coca-Cola. Bueno, lo leí sin más, también leo libros más serios.

Volvieron a salir al aparcamiento. Jenny le miró fijamente a los ojos.

—Travis...

—¿Sí, Jenny?

—Abrázame fuerte. ¡Cógeme en tus brazos y abrázame fuerte! ¡Me siento tan sola! ¡Me siento tan desgraciada! Tengo la impresión de que el frío me invade hasta el fondo del corazón.

Él la cogió en sus brazos y la abrazó lo más fuerte que pudo.

—Ahora resulta que mi hija se pone a hacerme preguntas, doctor. Hace un rato me preguntó adónde iba todos los miércoles.

—¿Y qué le respondió?

—¡Que no le importaba! ¡Y que se encargara de los palés de Coca-Cola! ¡Adónde voy no es cosa suya!

—Noto por su tono de voz que está usted enfadada.

—¡Sí, claro que estoy enfadada, doctor Ashcroft!

—¿Enfadada con quién?

—Enfadada con... con... ¡conmigo!

—¿Por qué?

—Porque he vuelto a gritarle. ¿Sabe, doctor?, tenemos niños y queremos que sean los más felices del mundo. ¡Y después va la vida y se pone en medio!

—¿Qué quiere decir?

—¡Siempre tiene que pedirme consejo para todo! Siempre está bajo mi falda, preguntándome: «Ma, ¿cómo se hace esto?», «Ma, ¿dónde se guarda aquello?»... ¡Ma por aquí y ma por allá! ¡Ma! ¡Ma! ¡Ma! ¡Pero no voy a estar siempre para ayudarla! Un día ya no podré velar por ella, ¿entiende? Y cuando lo pienso, me duele aquí, en el vientre. ¡Como si tuviese todo el estómago hecho un nudo! ¡Me duele físicamente y me corta el apetito!

—¿Quiere usted decir que está angustiada, señora Quinn?

—¡Sí, eso es! ¡Estoy angustiada! ¡Terriblemente angustiada! ¡Intentamos hacerlo todo bien, intentamos darles lo mejor a nuestros hijos! Pero ¿qué harán nuestros hijos cuando ya no estemos aquí? ¿Qué harán? ¿Eh? ¿Y cómo asegurarse de que serán felices y de que no les pasará nunca nada? Es como esa chiquilla, doctor Ashcroft. Esa pobre Nola, ¿qué le ha pasado? ¿Dónde puede estar?

*

¿Dónde podía estar? No estaba en Rockland. Ni en la playa, ni en ningún restaurante, ni en la tienda. En ninguna parte. Llamó al hotel de Martha's Vineyard para saber si el personal no habría visto a una chica joven rubia, pero el recepcionista que habló con él le tomó por un loco. Así que siguió esperándola, todos los días y todas las noches.

La esperó todo el lunes.

La esperó todo el martes.

La esperó todo el miércoles.

La esperó todo el jueves.

La esperó todo el viernes.

La esperó todo el sábado.

La esperó todo el domingo.

La esperó con fervor y esperanza: volvería. Y se marcharían juntos. Y serían felices. Ella era la única persona que había dado sentido a su vida. Ya podían quemar los libros, las casas, la música y a las personas: no importaba nada con tal de que estuviese junto a él. La amaba: amar quería decir que ni la muerte ni la adversidad le daban miedo con tal de que estuviese a su lado. Así que la esperaba. Y cuando caía la noche, juraba a las estrellas que la esperaría siempre.

Mientras Harry se negaba a perder la esperanza, el capitán Rodik no podía más que constatar el fracaso de la operación policial a pesar de la amplitud de los medios desplegados. Hacía ya dos semanas que removían cielo y tierra, sin éxito. Durante una reunión con el FBI y con el jefe Pratt, Rodik realizó una amarga constatación:

—Los perros no encuentran nada, los hombres no encuentran nada. Me parece que no vamos a encontrarla.

—Estoy bastante de acuerdo con usted —asintió el responsable del FBI—. En principio, en este tipo de sucesos, o la víctima aparece enseguida, viva o muerta, o hay una petición de rescate. Y si no hay nada de eso, entonces el caso se une a las desapariciones no resueltas que se acumulan en nuestros despachos año tras año. Sólo la última semana, el FBI ha recibido cinco avisos de niños desaparecidos en el conjunto del país. No tenemos tiempo de ocuparnos de todo.

—Pero entonces ¿qué ha podido pasar con esa chiquilla? —preguntó Pratt, que no podía resignarse a rendirse—. ¿Una fuga?

—¿Una fuga? No. Entonces ¿por qué la habrían visto ensangrentada y aterrorizada?

Rodik se encogió de hombros, y el tipo del FBI propuso ir a beber una cerveza.

Al día siguiente, la tarde del 18 de septiembre, durante una última rueda de prensa común, el jefe Pratt y el capitán Rodik anunciaron que la operación para encontrar a Nola Kellergan iba a suspenderse. El caso se mantendría abierto en la brigada criminal de la policía del Estado. No se habían encontrado ni el menor indicio ni la menor pista. En quince días, nadie había encontrado rastro alguno de la pequeña Nola Kellergan.

Los voluntarios, dirigidos por el jefe Pratt, continuaron su búsqueda durante varias semanas, hasta la frontera del Estado. Pero en vano. Era como si Nola Kellergan se hubiese volatilizado.

9. Un Monte Carlo negro

«Las palabras están bien, Marcus. Pero no escriba para que le lean: escriba para ser escuchado.»

Mi libro avanzaba. Las horas que pasaba escribiendo se materializaban poco a poco, y sentía en mi interior la vuelta de esa sensación indescriptible que creía haber perdido para siempre. Era como si por fin descubriese un sentido vital que, por haberme faltado, me hacía funcionar mal; como si de pronto alguien hubiese pulsado un botón en mi cerebro y lo hubiese vuelto a encender. Como si hubiera recobrado la vida. Era la sensación del escritor.

Mi jornada comenzaba al amanecer. Me marchaba a correr: atravesaba Concord de lado a lado con mis cascos conectados al minidisc. Después, de vuelta a mi habitación del hotel, pedía un litro largo de café y me ponía a trabajar. Podía contar de nuevo con la ayuda de Denise, a la que había recuperado de Schmid & Hanson y que había aceptado volver a trabajar para mí en mi despacho de la Quinta Avenida. Le enviaba los borradores por correo electrónico a medida que los iba escribiendo, y ella se encargaba de realizar las correcciones precisas. Cuando un capítulo estaba completo, se lo enviaba a Douglas, para que me diese su opinión. Resultaba divertido ver la dedicación que ponía en mi libro; sé que se quedaba pegado al ordenador esperando mis capítulos. Tampoco se olvidaba de recordarme la inminencia de la fecha de entrega, repitiéndome: «¡Si no lo terminamos a tiempo, estamos fritos!». Decía *terminamos,* cuando él, teóricamente, no arriesgaba nada en este asunto, pero se sentía tan responsable como yo.

Creo que Douglas sufría mucha presión por parte de Barnaski e intentaba protegerme: Barnaski temía que no consiguiese cumplir los plazos sin ayuda externa. Ya me había telefoneado varias veces para decírmelo directamente.

—Debe usted utilizar escritores fantasma para redactar ese libro —me dijo—, de otro modo no lo va a conseguir. Tengo equipos especializados en eso, no tiene más que darles una idea general y lo escribirán en su lugar.

—Jamás —respondí—. Escribir ese libro es mi responsabilidad. Nadie lo va a hacer en mi lugar.

—Goldman, se pone usted insoportable con su moral y sus buenos sentimientos. Todo el mundo manda escribir sus libros a otro hoy en día. *Fulano,* por ejemplo, no rechaza nunca a mi equipo.

—¿*Fulano* no escribe sus libros?

Lanzó su estúpida risita característica.

—¡Claro que no! ¿Cómo demonios quiere que mantenga ese ritmo? Los lectores no quieren saber si *Fulano* escribe sus libros, ni siquiera quieren saber quién los escribe. Todo lo que quieren es tener, cada año, cuando empieza el verano, un nuevo libro de *Fulano* para las vacaciones. Y se lo damos. A eso se le llama tener sentido comercial.

—A eso se le llama engañar al público —dije.

—Engañar al público... Venga, Goldman, siempre viendo las cosas por el lado trágico.

Le hice comprender que por nada del mundo dejaría que otro escribiese mi libro: perdió la paciencia y se puso violento.

—Goldman, creo recordar que he soltado un millón de dólares por ese maldito libro, así que me gustaría que se mostrara un poco más cooperativo. Y si yo pienso que necesita usted a mis escritores, ¡se ponen a trabajar y punto, joder!

—Cálmese, Roy, tendrá usted el libro dentro del plazo. A condición de dejar de interrumpir mi trabajo llamándome sin parar.

Y entonces Barnaski se volvió espantosamente grosero.

—Me cago en la Virgen, Goldman, espero que sea consciente de que con ese libro he puesto mis cojones sobre la mesa. ¡Mis cojones sobre la mesa! He invertido una pasta inimaginable y me juego la credibilidad de una de las editoriales más importantes del país. Así que si la cosa va mal, si no hay libro por culpa de sus caprichos o de cualquier otra mierda que haga que me hunda, ¡sepa que le arrastraré conmigo! ¡Hasta lo más profundo!

—Tomo nota, Roy. Tomo nota.

Barnaski, debilidades humanas aparte, tenía un talento innato para el marketing: mi libro ya se había convertido en el libro del año cuando su promoción, a base de anuncios gigantes en las fachadas de Nueva York, no había hecho más que empezar. Poco después del incendio de la casa de Goose Cove había hecho unas estrepitosas declaraciones. Había dicho: «Hay, oculto en alguna parte de los Estados Unidos, un escritor que se esfuerza por conocer la verdad de lo que ocurrió en 1975, en Aurora. Y como la verdad molesta, hay alguien dispuesto a todo para hacerle callar». Al día siguiente, el *New York Times* publicó un artículo titulado «¿Quién quiere acabar con Marcus Goldman?». Evidentemente, mi madre me llamó por teléfono en cuanto lo leyó:

—Por amor de Dios, Markie, ¿dónde estás?

—En Concord, en el Regent's. Suite 208.

—¡Pero no me lo digas! —exclamó—. ¡No quiero saberlo!

—Pero bueno, mamá. Si has sido tú la que...

—Si me lo dices, no podré evitar contárselo al carnicero, que se lo dirá a su recadero, que se lo repetirá a su madre, que no es otra que la prima del conserje del instituto Felton, al que no podrá evitar decírselo, y ese demonio irá a contárselo al director, que lo comentará en la sala de profesores, y pronto todo Montclair sabrá que mi hijo está en la suite 208 del Regent's en Concord, y el que quiere acabar contigo irá a degollarte mientras duermes. Por cierto, ¿por qué una suite? ¿Tienes novia? ¿Te vas a casar?

Llamó entonces a mi padre, y la escuché gritar: «Nelson. ¡Ven al teléfono! ¡Markie se va a casar!».

—Mamá, no me voy a casar. Estoy solo en mi suite.

A Gahalowood, que estaba en mi habitación, donde acababa de zamparse un copioso desayuno, no se le ocurrió mejor idea que exclamar: «¡Eh! ¡Que estoy aquí!».

—¿Quién es? —había preguntado mi madre.

—Nadie.

—¡No me digas nadie! He oído una voz de hombre. Marcus, te voy a hacer una pregunta médica extremadamente importante, y tendrás que ser honesto con la mujer que te ha llevado en su vientre durante nueve meses: ¿hay un hombre homosexual secretamente escondido en tu habitación?

—No, mamá. Está el sargento Gahalowood, que es policía. Está investigando conmigo y también se encarga de engordar la factura del servicio de habitaciones.

—¿Está desnudo?

—¿Cómo? ¡Claro que no! ¡Es policía, mamá! Trabajamos juntos.

—Un policía... Oye, que no me he caído de un guindo: conozco ese número musical, esos hombres que cantan juntos, un motorista vestido de cuero, un fontanero, un indio y un policía...

—Mamá, éste es un auténtico agente de policía.

—Markie, en nombre de nuestros antepasados que huyeron de los pogromos, y si quieres a tu mamaíta, echa a ese hombre desnudo de tu habitación.

—No voy a echar a nadie, mamá.

—Oh, Markie, ¿para qué me llamas entonces? ¿Para ponerme triste?

—Pero si has llamado tú, mamá.

—Porque tu padre y yo tenemos miedo de que ese criminal loco te persiga.

—Nadie me persigue. La prensa exagera.

—Todas las mañanas y todas las tardes miro el buzón, ¿sabes?

—¿Por qué?

—¿Por qué? ¿Por qué? ¿Me preguntas por qué? ¡Por si hay una bomba!

—No creo que nadie vaya a poner una bomba en vuestra casa, mamá.

—¡Moriremos en un atentado! Y sin haber conocido la alegría de ser abuelos. ¿Estás contento? Figúrate que el otro día, a tu padre le siguió un gran coche negro hasta llegar a casa. Papá entró corriendo y el coche aparcó en la calle, justo al lado.

—¿Llamasteis a la policía?

—Claro. Vinieron dos coches con las sirenas puestas.

—¿Y?

—Eran los vecinos. ¡Esos malditos se han comprado un coche nuevo! Sin avisarnos siquiera. Un coche nuevo, hay que ver. Ahora que todo el mundo dice que va a haber una enorme crisis económica y ellos van y se compran un coche nuevo. ¿No te parece raro? Creo que el marido se dedica al tráfico de drogas o algo así.

—Mamá, pero ¿qué estupideces me estás contando?

—¡Sé lo que me digo! No hables así a tu pobre madre que puede morir de un momento a otro de un atentado con bomba. ¿Cómo va tu libro?

—Avanza muy bien. Tengo que terminarlo dentro de cuatro semanas.

—¿Y cómo acaba? Quizás el que quiere matarte es el que mató a esa niña.

—Ése es mi único problema: todavía no sé cómo termina el libro.

La tarde del lunes 21 de julio, Gahalowood se presentó en mi habitación mientras estaba escribiendo el capítulo en el que Nola y Harry deciden marcharse juntos a Canadá. Llegó en un evidente estado de excitación, y empezó por servirse una cerveza del minibar.

—He estado en casa de Elijah Stern —me dijo.

—¿Stern? ¿Sin mí?

—Le recuerdo que Stern ha puesto una denuncia contra su libro. En fin, precisamente vengo a contarle...

Gahalowood me explicó que se había presentado de improviso en casa de Stern, para que no fuese una visita oficial, y que había sido el abogado de Stern, Bo Sylford, una primera figura de los tribunales de Boston, quien le había recibido sudando y vestido con ropa deportiva, diciéndole: «Deme cinco minutos, sargento. Me doy una ducha rápida y enseguida estoy con usted».

—¿Una ducha? —pregunté.

—Como se lo cuento, escritor: ese Sylford se paseaba medio desnudo por el recibidor. Le esperé en un saloncito, y después volvió vestido de traje, acompañado de Stern, que me dijo: «Bueno, sargento, ya ha conocido a mi pareja».

—¿A su pareja? —repetí—. ¿Quiere usted decir que Stern es...?

—Homosexual. Lo que quiere decir que con toda seguridad nunca sintió la menor atracción por Nola Kellergan.

—Pero ¿qué significa eso? —pregunté.

—Ésa es la pregunta que le hice. Estaba bastante abierto a comentarlo.

Stern se declaró muy molesto con mi libro. Consideraba que yo no sabía de lo que estaba hablando. Gahalowood había aprovechado la ocasión y le había pedido que le aclarase algunas cosas sobre el caso:

—Señor Stern —dijo—, con respecto a lo que acabo de averiguar sobre sus... preferencias sexuales, ¿puede usted decirme qué tipo de relación mantuvo con Nola?

—Se lo dije desde el principio —respondió Stern sin dudarlo—. Una relación de trabajo.

—¿Una relación de trabajo?

—Es cuando alguien hace algo por usted y usted le paga por ello, sargento. En este caso, ella posaba.

—Entonces ¿es cierto que Nola Kellergan vino aquí a posar para usted?

—Sí. Pero no para mí.

—¿No para usted? ¿Para quién, entonces?

—Para Luther Caleb.

—¿Para Luther? Pero ¿por qué?

—Para que disfrutase con ello.

La escena que relató Stern tuvo lugar una tarde de julio de 1975. Stern no recordaba la fecha exacta, pero fue hacia finales de mes. Mis cálculos me permiten establecer que debió de suceder justo antes del viaje a Martha's Vineyard.

*

Concord. Finales de julio de 1975

Ya era tarde. Stern y Luther, solos en casa, se entretenían jugando al ajedrez en la terraza. De pronto, sonó el timbre de la puerta, y se preguntaron quién podría ser a esas horas. Luther se levantó a abrir. Volvió a la terraza acompañado de una deslumbrante joven rubia con los ojos enrojecidos por las lágrimas. Nola.

—Buenas noches, señor Stern —dijo tímidamente—. Le ruego me disculpe por esta visita tan intempestiva. Me llamo Nola Kellergan y soy la hija del pastor de Aurora.

—¿Aurora? ¿Has venido desde Aurora? —preguntó—. ¿Cómo has llegado hasta aquí?

—Haciendo autostop, señor Stern. Tenía que hablar con usted sin falta.

—¿Nos conocemos?

—No, señor. Pero tengo que pedirle algo extremadamente importante.

Stern contempló a esa joven mujer de ojos deslumbrantes pero tristes, que iba a visitarle cuando ya había caído la noche para pedirle algo *extremadamente importante*. Hizo que se sentase en un sillón confortable, y Caleb le trajo un vaso de limonada y unas galletas.

—Te escucho —dijo, casi divertido por la escena, mientras ella se bebía la limonada de un tirón—. ¿Qué es eso tan importante que quieres pedirme?

—Señor Stern, quiero disculparme otra vez por venir a molestarle a estas horas. Pero es un caso de fuerza mayor. Vengo a verle de forma confidencial para... para pedirle que me contrate.

—¿Contratarte? Pero ¿contratarte para hacer qué?

—Para hacer lo que usted quiera, señor. Haré lo que sea por usted.

—¿Contratarte? —repitió Stern, que no comprendía bien—. Pero ¿por qué? ¿Necesitas dinero, jovencita?

—A cambio me gustaría que permitiese a Harry Quebert quedarse en Goose Cove.

—¿Harry Quebert va a dejar Goose Cove?

—No tiene dinero para seguir allí. Ya se ha puesto en contacto con la agencia que alquila la casa. No puede pagar el mes de agosto. ¡Pero tiene que quedarse! ¡Por su libro, que apenas está comenzando a escribir y que sé que se convertirá en un libro magnífico! ¡Si se va, no lo terminará nunca! ¡Su carrera se truncará! ¡Qué desperdicio, señor, qué desperdicio! ¡Y luego, por nosotros! Le quiero, señor Stern. Le quiero como no querré a nadie jamás. Sé que esto le parecerá ridículo, que piensa que tengo quince años y que no sé nada de la vida. Quizás no sepa nada de la vida, señor Stern, ¡pero sé cómo es mi corazón! Sin Harry, ya no seré nada.

Unió sus manos como si implorara y Stern preguntó:

—¿Qué esperas de mí?

—No tengo dinero. Si lo tuviera, habría pagado el alquiler de la casa para que Harry pudiese quedarse. ¡Pero puede usted contratarme! Seré su empleada, y trabajaré para usted el tiempo que haga falta para cubrir el alquiler de la casa durante unos meses más.

—Ya tengo bastantes empleados en casa.

—Puedo hacer lo que quiera. ¡Todo! O entonces déjeme pagar el alquiler poco a poco: ¡ya tengo ciento veinte dólares! —sacó unos billetes de su bolsillo—. ¡Son todos mis ahorros! Los sábados trabajo en el Clark's, ¡trabajaré hasta que se lo haya devuelto todo!

—¿Cuánto ganas?

Respondió con orgullo:

—¡Tres dólares la hora! ¡Más las propinas!

Stern sonrió, conmovido por aquella petición. Miró a Nola con ternura: en el fondo, no necesitaba los ingresos del alquiler de Goose Cove, podía dejar que Quebert se quedase unos meses. Pero fue entonces cuando Luther pidió hablarle en privado. Se vieron a solas en la habitación contigua.

—Eli —dijo Caleb—, me guztadía pintadla. Pod favod... Pod favod.

—No, Luther. Eso no... Otra vez no...

—Te lo zuplico... Déjame pintadla... Ha pazado tanto tiempo...

—Pero ¿por qué? ¿Por qué ella?

—Podque me decueda a Eleanode.

—¿Otra vez Eleanore? ¡Ya basta! ¡Tienes que dejar eso!

Stern empezó negándose. Pero Caleb insistió mucho y Stern terminó cediendo. Volvió con Nola, que picoteaba del plato de galletas.

—Nola, lo he estado pensando —dijo—. Estoy dispuesto a dejar a Harry Quebert disponer de la casa todo el tiempo que quiera.

Nola le abrazó espontáneamente.

—¡Oh, gracias! ¡Gracias, señor Stern!

—Espera, hay una condición...

—¡Claro! ¡Haré todo lo que quiera! Es usted tan bueno, señor Stern.

—Harás de modelo. Para un cuadro. Te pintará Luther. Posarás desnuda y te pintará.

Nola se atragantó:

—¿Desnuda? ¿Quiere que me desnude por completo?

—Sí. Pero sólo para servir de modelo. Nadie te tocará.

—Pero señor, me resulta muy violento desnudarme... Quiero decir... —empezó a sollozar—. Pensaba que usted me pediría pequeños servicios: trabajar en el jardín u ordenar su biblioteca. Pensaba que tendría que... No pensaba en eso.

Se secó las mejillas. Stern miró fijamente a esa mujercita llena de dulzura y a la que obligaba a posar desnuda. Hubiese querido abrazarla para reconfortarla, pero no debía dejarse llevar por los sentimientos.

—Es mi precio —dijo secamente—. Tú posas desnuda y Quebert se queda en la casa.

Ella asintió.

—Lo haré, señor Stern. Haré lo que usted quiera. A partir de ahora, le pertenezco.

*

Treinta y tres años después de esa escena, atormentado por los remordimientos y como si pidiese una expiación, Stern llevó a Gahalowood hasta la terraza de su casa, la misma en la que había exigido a Nola que se desnudase a petición de su chófer si quería que el amor de su vida pudiese permanecer cerca de ella.

—Así fue —dijo—, así fue como Nola entró en mi vida. Al día siguiente de su visita intenté ponerme en contacto con Quebert para decirle que podía quedarse en Goose Cove, pero me fue imposible localizarlo. Desapareció una semana. Llegué a dejar a Luther de guardia ante su casa, y fue él quien consiguió atraparlo cuando ya se disponía a abandonar Aurora.

Gahalowood preguntó después:

—¿No le pareció extraña la petición de Nola? ¿Ni el hecho de que una chiquilla de quince años que mantenía relaciones con un hombre de más de treinta viniese a pedirle un favor para él?

—¿Sabe, sargento?, hablaba tan bien del amor... Tan bien que ni siquiera yo podría utilizar sus palabras. Y además, a mí me gustaban los hombres. ¿Sabe usted cómo era tratada la homosexualidad en aquella época? De hecho, todavía hoy... La prueba es que sigo ocultándolo. Hasta el punto de que, mientras ese Goldman va contando por ahí que soy un viejo sádico y deja entender que he abusado de Nola, no me atrevo a decir nada. Envío a mis abogados por delante, me meto en juicios, intento hacer prohibir el libro. Bastaría con decir al país que soy de la otra acera. Pero nuestros conciudadanos son todavía muy mojigatos y yo tengo una reputación que proteger.

Gahalowood volvió a encauzar la conversación.

—Su acuerdo con Nola, ¿qué tal fue?

—Luther se ocupaba de ir a buscarla a Aurora. Yo decía que no quería saber nada de todo aquello. Exigía que utilizase su coche personal, un Mustang azul, y no el Lincoln negro de servicio. En cuanto se marchaba a Aurora, enviaba a todos los empleados a su casa. No quería que nadie se quedase allí. Sentía demasiada vergüenza. Al igual que no quería que utilizasen la galería que habitualmente utilizaba Luther de taller: tenía miedo de que alguien le sorprendiera. Así que instalaba a Nola en un pequeño salón colindante con mi despacho. Yo iba a saludarla a su llegada y cuando se marchaba. Fue la condición que impuse a Luther: quería asegurarme de que todo había ido bien. O digamos no demasiado mal. Recuerdo que, la primera vez, ella estaba sentada en un sofá cubierto con una sábana blanca. Ya estaba desnuda, temblorosa, incómoda, asustada. Le estreché la mano y la tenía helada. Nunca me quedé en la habitación, pero siempre andaba cerca, para asegurarme de que no le hacía ningún daño. Hasta llegué a esconder un interfono en la habitación. Lo ponía en marcha y así podía escuchar lo que pasaba.

—¿Y?

—Nada. Luther no decía una sola palabra. Era de natural callado, a causa de su mandíbula rota. La pintaba. Eso era todo.

—Entonces ¿nunca la tocó?

—¡Nunca! Ya se lo he dicho, no lo hubiese tolerado.

—¿Cuántas veces vino Nola?

—No lo sé. Quizás unas diez.

—¿Y cuántos cuadros pintó Luther?

—Sólo uno.

—¿El que hemos requisado?

—Sí.

Así que fue únicamente gracias a Nola que Harry pudo quedarse en Aurora. Pero ¿por qué Luther Caleb había sentido la necesidad de pintarla? ¿Y por qué Stern, quien, según lo que había contado, estaba dispuesto a dejar a Harry disponer de la casa sin contrapartida, había accedido de pronto a la petición de Caleb y obligado a Nola a posar desnuda? Eran preguntas para las que Gahalowood no tenía respuesta.

—Se lo pregunté —me contó—. Le dije: «Señor Stern, hay un detalle que se me escapa todavía: ¿por qué Luther quería pintar a Nola? Ha dicho usted antes que eso le permitiría disfrutar: ¿quiere decir que aquello le procuraba placer sexual? También ha mencionado a una tal Eleanore: ¿se trata de su antigua novia?». Pero se negó a hablar de ello. Dijo que era un asunto complicado y que ya sabía lo que necesitaba saber, que el resto pertenecía al pasado. Y en ese punto terminó la entrevista. Yo estaba allí extraoficialmente, no podía obligarle a responder.

—Jenny nos contó que Luther quería pintarla a ella también —recordé a Gahalowood.

—Entonces ¿qué era? ¿Una especie de maniaco del pincel?

—No lo sé, sargento. ¿Cree que Stern accedió a la petición de Caleb porque se sentía atraído por él?

—Esa hipótesis se me pasó por la cabeza y se lo pregunté a Stern. Le pregunté si entre él y Caleb había habido algo. Me respondió con mucha calma que no. «He sido muy fiel a mi pareja, el señor Sylford, desde principios de los setenta», me dijo. «Por Luther Caleb no sentía más que compasión, y ésa fue la razón por la que le contraté. Era un pobre chico de las afueras de Portland que había quedado gravemente desfigurado e impedido tras una violenta paliza. Una vida destrozada sin razón. Sabía de mecánica y precisamente yo necesitaba a alguien que se ocupase de mis coches y me sirviera de chófer. Enseguida nuestros lazos se estrecharon. Era un buen hombre, ¿sabe? Puedo afirmar que éramos amigos.» Ya ve, escritor, lo que me extraña son precisamente esos lazos de los que habla y que describe como amistosos. Tengo la impresión de que hay algo más. Y tampoco es sexual: estoy seguro de que Stern no nos miente cuando dice que no sentía atracción por Caleb. No, serían lazos más... malsanos. Fue la impresión que me dio cuando Stern me describió la escena en la que accedió a la petición de Caleb y pidió a Nola que posase desnuda. Sintió náuseas, y sin embargo lo hizo, como si Caleb tuviese algún tipo de poder sobre él.

De hecho, aquello tampoco se le escapó a Sylford. Hasta entonces no había dicho ni pío, se había conformado con escuchar, pero cuando Stern relató el episodio de la chiquilla, aterrorizada y completamente desnuda, a la que iba a saludar antes de las sesiones de pintura, acabó diciendo: «Pero Eli, ¿cómo? ¿Cómo? ¿Qué es toda esa historia? ¿Por qué nunca me dijiste nada?».

—¿Habló con Stern de la desaparición de Luther? —pregunté.

—Calma, escritor, he dejado lo mejor para el final. Sylford, sin querer, le había metido presión. Estaba confuso y había perdido sus reflejos de abogado. Empezó a bramar: «Pero bueno, Eli, ¡explícate! ¿Por qué nunca me has contado nada? ¿Por qué has callado todos estos años?». El propio Eli, que no se encontraba mucho mejor, como puede imaginar, balbuceó: «He callado, he callado, ¡pero no he olvidado nada! ¡He conservado ese cuadro durante treinta y tres años! Todos los días entraba en el taller, me sentaba en el sofá y la contemplaba. Debía sostener su mirada, su presencia. Ella me miraba fijamente, con esos ojos de fantasma. ¡Ése ha sido mi castigo!».

Evidentemente, Gahalowood preguntó a Stern de qué castigo estaba hablando.

—¡Mi castigo por haberla matado en cierta forma! —exclamó Stern—. Creo que al dejar a Luther que la pintara desnuda, desperté en él unos instintos demoniacos... Yo... le dije a esa chiquilla que debía posar desnuda para Luther, y así se creó una especie de conexión entre los dos. Creo que quizás soy indirectamente responsable de la muerte de aquella chiquilla tan amable.

—¿Qué pasó, señor Stern?

Al principio, Stern se quedó callado; empezó a dar vueltas, visiblemente incapaz de saber si debía contar lo que sabía. Después se decidió a hablar:

—Comprendí rápidamente que Luther se había enamorado locamente de Nola y que él necesitaba comprender por qué Nola estaba a su vez locamente enamorada de Harry. Aquello le ponía enfermo. Y se obsesionó completamente con Quebert, hasta el punto de que empezó a esconderse en el bosque cerca de la casa de Goose Cove para espiarle. Yo veía cómo iba y venía de Aurora, sabía que a veces pasaba días enteros allí. Tenía la impresión de que estaba perdiendo el control de la situación. Entonces, un día, le seguí. Encontré su coche aparcado en el bosque, cerca de Goose Cove. Dejé el mío algo más lejos, escondido, e inspeccioné el bosque: fue entonces cuando le vi, sin que él me viese. Estaba escondido detrás de unos matorrales, espiando la casa. No me mostré, pero quise darle una buena lección, que sintiese silbar la bala cerca de su oreja. Decidí presentarme allí como si fuese a visitar a Harry improvisadamente. Así que me fui por la federal 1 y llegué por el camino de Goose Cove, como si no pasara nada. Me dirigí directamente a la terraza, haciendo ruido. Grité: «¡Hola! ¡Hola, Harry!», para estar seguro de que Luther me oía. Harry debió de tomarme por un loco, de hecho recuerdo que también él empezó a gritar como un poseso. Le hice creer que había dejado mi coche en Aurora y le invité a que fuésemos juntos a comer a la ciudad. Afortunadamente aceptó y nos fuimos. Pensé que eso dejaría tiempo a Luther para desaparecer y que se habría llevado un buen susto. Fuimos a comer al Clark's. Allí, Harry Quebert me contó que dos días antes, al alba, Luther le había llevado desde Aurora hasta Goose Cove cuando le dio un fuerte calambre mientras corría. Harry me preguntó qué hacía Luther tan temprano en Aurora. Cambié de conversación, pero estaba muy preocupado: aquello debía cesar. Aquella misma tarde le dije a Luther que no volviese a Aurora, y que tendría problemas si lo hacía. Pero continuó yendo a pesar de todo. Así que, una o dos semanas más tarde, le dije que ya no quería que pintase a Nola. Tuvimos una discusión terrible. Fue el viernes 29 de agosto de 1975. Me dijo que ya no podía seguir trabajando para mí, y se marchó dando un portazo. Pensé que se trataba de un ataque de mal humor y que volvería. Al día siguiente, el famoso 30 de agosto de 1975, me marché muy pronto porque tenía varias citas privadas, pero a mi regreso, al final de la jornada, constaté que Luther no había vuelto y tuve un extraño presentimiento. Fui en su busca. Me dirigí hacia Aurora, debían de ser las ocho de la tarde. Por el camino, me adelantó una fila de coches de policía. Al llegar a la ciudad, descubrí que reinaba una agitación terrible: la gente decía que Nola había desaparecido. Pregunté la dirección de los Kellergan, aunque me hubiese bastado seguir el flujo de curiosos y de vehículos de emergencia que se dirigían hacia allí. Permanecí un momento delante de su casa, entre los curiosos, incrédulo, contemplando el sitio en el que vivía aquella chica tan simpática, esa pequeña casa tranquila, de madera blanca, con el columpio colgado de un gran cerezo. Volví a Concord al caer la noche, y fui hasta la habitación de Luther para ver si estaba allí, pero no había nadie, evidentemente. El cuadro de Nola me miraba fijamente. Estaba terminado, el cuadro estaba terminado. Lo cogí y lo colgué en el taller. No volvió a moverse de allí. Esperé a Luther toda la noche, en vano. Al día siguiente, su padre me llamó: también le estaba buscando. Le dije que su hijo se había marchado dos días antes, sin precisar más. Ni a él ni a nadie. Me callé. Porque señalar a Luther como culpable del secuestro de Nola era también ser un poco culpable. Intenté encontrar a Luther durante tres semanas; todos los días partía a buscarle. Hasta que su padre me avisó de que se había matado en un accidente de carretera.

—¿Está usted diciendo que cree que fue Luther Caleb quien mató a Nola? —preguntó Gahalowood.

Stern asintió con la cabeza.

—Sí, sargento. Hace treinta y tres años que lo creo.

El relato de Stern que me transmitió Gahalowood me dejó primero sin habla. Fui a buscar otras dos cervezas al minibar y encendí la grabadora.

—Tiene que repetir todo lo que me ha dicho, sargento —dije—. Tengo que grabarlo para mi libro.

Aceptó sin protestar.

—Si es lo que quiere, escritor.

Pulsé el botón de grabar. En ese momento, sonó el teléfono de Gahalowood. Respondió, y la grabación atestigua su conversación: «¿Está seguro? ¿Lo ha comprobado todo? ¿Cómo? ¿Cómo? ¡Dios mío, no es posible!». Me pidió papel y bolígrafo, tomó nota de lo que le decían y colgó. Después me miró con expresión extraña y me dijo:

—Era un agente en prácticas de la brigada... Le había pedido que encontrase el informe del accidente de Luther Caleb.

—¿Y?

—Según el informe de aquella época, Luther Caleb fue encontrado en un Chevrolet Monte Carlo negro matriculado a nombre de la empresa de Stern.

*

Viernes 26 de septiembre de 1975

Era un día brumoso. Aunque el sol había salido hacía horas, la visibilidad era escasa. Estelas de nubes opacas borraban el paisaje, como sucedía a menudo en los húmedos otoños de Nueva Inglaterra. Eran las ocho de la mañana cuando George Tent, un pescador de langostas, salió del puerto de Sagamore, Massachusetts, a bordo de su barco, acompañado de su hijo. Su zona de pesca principal era la costa, pero formaba parte de los pocos que también ponían trampas en ciertos brazos de mar que evitaban otros pescadores, porque solían considerarse de difícil acceso y demasiado dependientes de los caprichos de las mareas para ser rentables. Fue precisamente a uno de esos brazos adonde se dirigió George Tent ese día para levantar dos trampas. Mientras maniobraba su barco en un lugar llamado Sunset Cove —un entrante del océano rodeado por abruptos acantilados—, un destello deslumbró de pronto a su hijo. Un rayo de luz se había filtrado entre las nubes y se había reflejado contra algo. No había durado más que una fracción de segundo, pero había sido lo suficientemente potente como para intrigar al joven, que cogió un par de prismáticos y se puso a escrutar el acantilado.

—¿Qué pasa? —preguntó su padre.

—Hay algo allí, en el borde. No sé lo que era, pero he visto un objeto brillar con fuerza.

Tent estimó el nivel del océano en relación a las rocas, y consideró que el agua era suficientemente profunda para acercarse al acantilado. Avanzó después muy lentamente a lo largo de la pared.

—¿Sabrías decir lo que era? —preguntó de nuevo George Tent, intrigado.

—Un reflejo, eso seguro. Pero de algo extraño, como metal, o cristal.

Siguieron avanzando y, a la vuelta de un saliente rocoso, descubrieron de pronto lo que había llamado su atención. «¡Me cago en la leche!», juró Tent padre, los ojos como platos. Y se precipitó hasta la radio para llamar a los guardacostas.

A las ocho horas cuarenta y siete de ese mismo día, la policía de Sagamore fue avisada por los guardacostas de un accidente mortal: un coche se había salido de la carretera que bordeaba los acantilados de Sunset Cove y se había estrellado contra las rocas. Fue el agente Darren Wanslow el que se presentó allí. Conocía bien aquel lugar: una estrecha carretera al borde de una pared vertiginosa, que ofrecía unas vistas espectaculares. Incluso se había acondicionado un aparcamiento en el punto más alto para permitir a los turistas admirar el panorama. El sitio era magnífico, pero el agente Wanslow siempre lo había considerado peligroso, porque no había barrera alguna para proteger a los vehículos. Había dirigido varias peticiones al municipio, pero sin éxito: a pesar del gran número de visitantes durante las noches de verano, sólo habían colocado un cartel de aviso.

Al llegar a la altura del aparcamiento, Wanslow vio una camioneta de la guardia forestal que señalaba sin duda el lugar donde se había producido el accidente. Apagó la sirena de su coche y aparcó inmediatamente. Dos guardias forestales contemplaban la escena que se desarrollaba abajo: una lancha guardacostas se situaba en las cercanías del acantilado y comenzaba a desplegar un brazo articulado.

—Dicen que hay un coche ahí abajo —declaró uno de los guardias forestales a Wanslow—, pero no se ve ni papa.

El policía se acercó al borde del acantilado: la pendiente era abrupta, cubierta de zarzas, hierbas altas y repliegues rocosos. Efectivamente, era imposible ver nada de nada.

—¿Y dicen que el coche está justo ahí abajo? —preguntó.

—Es lo que hemos oído en la frecuencia de socorro. Según la posición del barco guardacostas, me imagino que el coche estaba en el aparcamiento y que, por alguna razón, cayó por la pendiente. Rezo para que no sean un par de adolescentes que hayan venido a besuquearse en plena noche y hayan olvidado poner el freno de mano.

—Señor —murmuró Wanslow—, espero que no sean unos chiquillos los que están ahí abajo.

Inspeccionó la parte del aparcamiento más cercana al acantilado: había una larga franja de hierba entre el final del asfalto y el principio de la pendiente. Buscó huellas del paso del vehículo, hierbas silvestres o zarzas arrancadas en el momento en que pasó por encima.

—¿Así que, según usted, el coche se fue todo recto? —preguntó al guardia forestal.

—Quizás. Anda que no hace tiempo que dicen que hay que poner barreras. Unos chavales. Le digo que son unos chavales. Se han pasado con la bebida y han seguido recto. Porque, aparte de unas cuantas copas de más, hay que tener una muy buena razón para no pararse después del aparcamiento.

La lancha efectuó una maniobra y se alejó del acantilado. Los tres hombres vieron entonces un coche balanceándose al final del brazo articulado. Wanslow volvió al suyo y se puso en contacto con los guardacostas por medio de su radio.

—¿Qué modelo es? —preguntó.

—Es un Chevrolet Monte Carlo —le respondieron—. Negro.

—¿Un Monte Carlo negro? Confírmelo, ¿es un Monte Carlo negro?

—Afirmativo. Matriculado en New Hampshire. Hay un fiambre dentro. No es un espectáculo muy edificante.

*

Llevábamos dos horas metidos en el polvoriento Chrysler oficial de Gahalowood. Era el martes 22 de julio de 2008.

—¿Quiere que le lleve, sargento?

—Ni hablar.

—Conduce usted muy despacio.

—Conduzco con prudencia.

—Este coche es una basura, sargento.

—Es un vehículo de la policía estatal. Un poco de respeto, por favor.

—Entonces es una basura estatal. ¿Y si ponemos algo de música?

—Ni lo sueñe, escritor. Estamos investigando un caso, no somos amiguitas dando un paseo.

—Bueno, pues pondré en mi libro que conduce como un ancianito.

—Ponga música, escritor. Y póngala fuerte. No quiero oírle hasta que hayamos llegado.

Me reí.

—Bien, recuérdeme quién es ese tipo —pregunté—. Darren...

—... Wanslow. Era agente de policía en Sagamore. Se presentó en el lugar cuando unos pescadores encontraron los restos del coche de Luther.

—Un Chevrolet Monte Carlo negro.

—Exactamente.

—¡Qué insensatez! ¿Por qué nadie lo relacionó?

—Ni idea, escritor. Es eso precisamente lo que hay que aclarar.

—¿Qué hace ahora ese Wanslow?

—Lleva unos años retirado. Ahora tiene un garaje con su primo. ¿Está ya grabando?

—Sí. ¿Qué le dijo ayer Wanslow por teléfono?

—No mucho. Parecía extrañado por mi llamada. Dijo que estaría todo el día en el garaje.

—¿Y por qué no le interrogó por teléfono?

—No hay nada mejor que un buen cara a cara, escritor. El teléfono es demasiado impersonal. El teléfono es para los alfeñiques como usted.

El garaje estaba situado a la entrada de Sagamore. Encontramos a Wanslow con la cabeza metida en el motor de un viejo Buick. Echó a su primo del despacho, nos metió en él, desplazó unas pilas de carpetas de contabilidad sobre las sillas para que pudiésemos sentarnos, se lavó largamente las manos en un pequeño lavabo y nos ofreció café.

—¿Y bien? —preguntó mientras llenaba las tazas—. ¿Qué se le ha perdido a la policía estatal de New Hampshire para venir a buscarlo aquí?

—Como le dije ayer —respondió Gahalowood—, estamos investigando la muerte de Nola Kellergan. Y más concretamente un accidente de carretera que tuvo lugar en su distrito el 26 de septiembre de 1975.

—El Monte Carlo negro, ¿verdad?

—Exacto. ¿Cómo sabe que es eso lo que nos interesa?

—Están investigando el caso Kellergan. Y en aquella época yo mismo pensé que tenían relación.

—¿De veras?

—Sí. De hecho, es ésa la razón por la que lo recuerdo. Quiero decir, a la larga, hay intervenciones que se olvidan y otras que se quedan grabadas en la memoria. Ese accidente fue de los que se recuerdan.

—¿Por qué?

—¿Sabe?, cuando uno es policía de una pequeña ciudad, los accidentes de carretera forman parte de las intervenciones más importantes a las que debe hacer frente. Quiero decir, yo, en toda mi carrera, los únicos muertos que he visto han sido en accidentes de carretera. Pero aquello era diferente: durante las semanas que lo precedieron, habíamos sido todos alertados del secuestro que había tenido lugar en New Hampshire. Se buscaba activamente un Chevrolet Monte Carlo negro y nos habían pedido que abriésemos el ojo. Recuerdo que durante esas semanas me había pasado los turnos de patrulla buscando algún Chevrolet parecido a ese modelo y de todos los colores, y controlándolos. Pensé que un coche negro podía repintarse fácilmente. En fin, me impliqué en el caso, como cualquier policía de la región: queríamos encontrar a esa chiquilla a cualquier precio. Y después, al final, una mañana, mientras estaba en la oficina, los guardacostas nos avisan de que están recuperando un coche al pie del acantilado de Sunset Cove. Y adivine qué modelo de coche...

—Un Monte Carlo negro.

—Bingo. Matriculado en New Hampshire. Y con un muerto dentro. Recuerdo todavía el momento en que inspeccioné el coche: estaba completamente aplastado por la caída y había un tipo dentro, hecho papilla. Llevaba su documentación: Luther Caleb. Lo recuerdo bien. El coche estaba registrado a nombre de una gran empresa de Concord, Stern Limited. Inspeccionamos detenidamente el interior: no había gran cosa. Debo decir que el agua había hecho bastantes destrozos. Pero encontramos restos de botellas de alcohol hechas pedazos. En el maletero sólo había un bolso que contenía ropa.

—¿Un equipaje?

—Sí, eso es. Digamos que era un pequeño equipaje.

—¿Qué hizo después? —preguntó Gahalowood.

—Mi trabajo: me pasé las horas que siguieron investigando. Me pregunté quién era ese tipo, qué hacía allí y cuándo había caído al agua. Busqué datos sobre ese Caleb y adivine lo que encontré.

—Que le habían denunciado por acoso en la comisaría de Aurora —declaró Gahalowood, casi con desgana.

—¡Exacto! Pero ¿cómo lo sabe?

—Simplemente lo sé.

—A partir de ese momento, pensé que ya no era una simple coincidencia. Primero me informé para saber si alguien había denunciado su desaparición. Quiero decir que, según mi experiencia en accidentes de carretera, sé que siempre hay allegados inquietos y que de hecho son los que frecuentemente nos ayudan a identificar a los muertos. Pero tampoco en ese caso encontré nada. Extraño, ¿no? Así que llamé a la empresa Stern Limited, para saber más. Les dije que acababa de encontrar uno de sus vehículos y entonces, de pronto, me pidieron que esperase: tras unos segundos de música de espera, voy y me encuentro hablando con el señor Elijah Stern. El heredero de la familia Stern en persona. Le expliqué la situación, le pregunté si alguno de sus vehículos había desaparecido y me dijo que no. Le hablé del Chevrolet negro y me explicó que era el coche que su chófer solía utilizar cuando no estaba de servicio. Entonces le pregunté cuánto tiempo hacía que no veía a su chófer, y me dijo que se había marchado de vacaciones. «¿De vacaciones? ¿Desde hace cuánto exactamente?», le pregunté. Y él me respondió: «Varias semanas». «¿Y dónde?» Me dijo que de eso no tenía ni idea. A mí todo aquello me pareció pero que muy extraño.

—¿Y qué hizo entonces? —interrogó Gahalowood.

—En mi opinión acabábamos de poner la mano sobre el sospechoso número uno del secuestro de la pequeña Kellergan. Y llamé inmediatamente al jefe de policía de Aurora.

—¿Llamó usted al jefe Pratt?

—El jefe Pratt. Sí, así se llamaba. Sí, le informé de mi hallazgo. Él dirigía la investigación del secuestro.

—¿Y?

—Se presentó ese mismo día. Me dio las gracias y estudió el informe con atención. Era muy simpático. Inspeccionó el coche y dijo que, desgraciadamente, no se correspondía con el modelo que había visto durante la persecución, y que incluso se estaba preguntando si de verdad lo que había visto era un Chevrolet Monte Carlo, o más bien un Nova, que es un modelo muy similar. Dijo que lo comprobaría con la oficina del sheriff. Añadió que ya habían investigado a ese Caleb pero que existían suficientes pruebas exculpatorias para no seguir esa pista. Me pidió que, a pesar de todo, le enviase el informe, y así lo hice.

—¿Así que avisó usted al jefe Pratt y él no siguió su pista?

—Exacto. Ya le digo que me aseguró que me equivocaba. Estaba convencido y, además, era él quien dirigía el caso. Sabía lo que hacía. Concluyó que se trataba de un simple accidente de carretera, y eso fue lo que puse en mi informe.

—¿Y no le pareció extraño?

—En aquel momento no. Pensé que había atado cabos demasiado deprisa. Pero cuidado, no descuidé mi trabajo: envié el fiambre al forense, principalmente para intentar comprender lo que había pasado, y saber si el accidente pudo deberse al consumo de alcohol, por lo de las botellas que descubrimos. Desgraciadamente, con lo que quedaba del cuerpo, entre la violencia de la caída y la acción del agua del mar, no pudimos confirmar nada. Ya se lo he dicho, el tipo estaba destrozado. Todo lo que pudo sacar en claro el forense fue que el cuerpo llevaba probablemente allí varias semanas. Y Dios sabe cuánto tiempo podría haberse quedado si el pescador no hubiese visto el coche. Después devolvimos el cuerpo a la familia, y así terminó la historia. Ya le digo, todo hacía pensar que se trataba de un simple accidente de carretera. Evidentemente, hoy, con todo lo que sé, sobre todo acerca de Pratt y de la chiquilla, ya no estoy seguro de nada.

El asunto, tal y como lo relató Darren Wanslow, era efectivamente muy misterioso. Después de entrevistarnos con él, Gahalowood y yo fuimos hasta la marina de Sagamore para comer algo. Era un puertecito minúsculo, junto a un supermercado y un kiosco que vendía postales. Hacía buen tiempo, los colores eran brillantes, el océano parecía inmenso. Alrededor se adivinaban algunas casitas coloreadas, a veces justo al borde del agua, rodeadas de jardines bien cuidados. Comimos filete y cerveza en un pequeño restaurante, con una terraza sobre el mar. Gahalowood masticaba con aire pensativo.

—¿Qué es lo que anda barruntando? —le pregunté.

—El hecho de que todo parece indicar que Luther sea culpable. Llevaba equipaje con él... Tenía previsto huir, llevándose a Nola, quizás. Pero sus planes fallaron: Nola se le escapó, tuvo que matar a la abuela Cooper y después golpeó demasiado fuerte a Nola.

—¿Cree que fue él?

—Sí, lo creo. Pero no está todo claro... No entiendo por qué Stern no nos mencionó el Chevrolet negro. Se trata de un detalle importante. ¿Luther desaparece con un vehículo propiedad de su empresa y no se preocupa? ¿Y por qué demonios Pratt tampoco se inquietó sobre el asunto?

—¿Cree que el jefe Pratt está implicado en la desaparición de Nola?

—Digamos que me interesaría mucho preguntarle por qué razón abandonó la pista Caleb a pesar del informe de Wanslow. Imagínese, le ponen en bandeja a un sospechoso, en un Chevrolet Monte Carlo negro, y él decide que no hay relación. Es muy raro, ¿no cree? Y si de verdad tenía dudas sobre el modelo del coche, sobre si era un Nova en vez de un Monte Carlo, debería haberlo hecho constar. En cambio, en su informe, sólo habla de un Monte Carlo...

Nos presentamos en Montburry esa misma tarde, en el pequeño motel donde se alojaba el jefe Pratt. Era un edificio de una sola planta, con una decena de habitaciones alineadas una al lado de la otra y plazas de aparcamiento ante la puerta de cada una de ellas. El lugar parecía desierto, no había más que dos vehículos, uno de ellos ante la puerta de Pratt, probablemente el suyo. Gahalowood llamó con los nudillos. Sin respuesta. Volvió a golpear. En vano. Pasó una camarera y Gahalowood le pidió que abriese con su llave maestra.

—Imposible —nos respondió.

—¿Cómo que imposible? —preguntó molesto Gahalowood mostrándole su placa.

—Ya he pasado varias veces hoy para hacer la habitación —explicó—. Pensaba que quizás el cliente se había marchado sin que lo viera, pero ha dejado la llave en la cerradura. Es imposible abrir. Eso quiere decir que está dentro. Salvo si ha salido cerrando la puerta con la llave dentro. Suele pasarles a los clientes con prisa. Pero su coche está aquí.

Gahalowood la miró contrariado. Llamó con fuerza y conminó a Pratt a que abriese. Intentó mirar por la ventana, pero la cortina impedía ver nada. Decidió entonces forzar la puerta. La cerradura cedió a la tercera patada.

El jefe Pratt estaba tumbado sobre la moqueta. Bañado en su propia sangre.

8. El cuervo

«Quien arriesga gana, Marcus. Piense en este lema cada vez que se enfrente a una elección difícil. Quien arriesga gana.»

El martes 22 de julio de 2008, le tocó a la pequeña ciudad de Montburry conocer la agitación que había conocido Aurora semanas antes, tras el descubrimiento del cuerpo de Nola. Llegaron patrullas de policía de toda la zona, convergiendo en un motel cercano al área industrial. Corría la voz entre los curiosos de que habían asesinado a un hombre y de que se trataba del antiguo jefe de policía de Aurora.

El sargento Gahalowood estaba de pie frente a la puerta de la habitación, imperturbable. Varios policías de la brigada científica se afanaban alrededor de la escena del crimen. Él se conformaba con observar. Yo me preguntaba qué estaba pasando por su cabeza en aquel momento preciso. Acabó volviéndose y dándose cuenta de que le estaba mirando, sentado en el capó de un coche de policía. Me lanzó su mirada de bisonte asesino y vino hacia mí.

—¿Qué anda haciendo con su grabadora, escritor?

—Dicto la escena para mi libro.

—¿Sabe que está sentado sobre el capó de un coche de policía?

*

—¿Qué anda haciendo con su grabadora, escritor?

—Dicto la escena para mi libro.

—¿Sabe que está sentado sobre el capó de un coche de policía?

—Oh, perdón, sargento. ¿Qué es lo que tenemos?

—Apague su grabadora, ¿quiere?

Lo hice.

—Según las primeras impresiones de la investigación —me explicó Gahalowood—, el jefe fue golpeado en la parte trasera del cráneo. Una o varias veces. Con un objeto pesado.

—¿Igual que Nola?

—Parecido, sí. Lleva muerto como mucho unas doce horas. Eso nos conduce a esta noche. Creo que conocía a su asesino. Sobre todo si dejó la llave en la puerta. Probablemente le abrió, quizás le esperaba. Los golpes están detrás del cráneo, eso quiere decir que probablemente se volvió: seguramente no se lo esperaba y su visitante aprovechó para asestarle el golpe fatal. No hemos encontrado el arma del crimen. Sin duda se la llevó el asesino. Quizás una barra de hierro o algo así. Eso quiere decir que seguramente no se trató de una discusión que degeneró, sino más bien de un acto premeditado. Alguien vino aquí a matar a Pratt.

—¿Hay testigos?

—Ninguno. El motel está casi desierto. Nadie ha visto nada, ni oído nada. La recepción cierra a las diecinueve horas. Hay un vigilante desde las veintidós hasta las siete, pero estaba absorto delante de la televisión. No ha sabido decirnos nada. Evidentemente, no hay cámaras.

—¿Quién puede haberlo hecho, según usted? —pregunté—. ¿Puede tratarse de la misma persona que incendió Goose Cove?

—Quizás. En todo caso, probablemente alguien a quien Pratt encubrió y que temía que le descubriera. Quizás Pratt ha conocido la identidad del asesino de Nola todo este tiempo. Le habrían eliminado para que no hablase.

—Ya tiene una hipótesis, ¿eh, sargento?

—Pues bien, ¿qué elemento une a todos esos personajes entre ellos: Goose Cove, el Chevrolet negro, y que no sea Harry Quebert?...

—¿Elijah Stern?

—Elijah Stern. Pienso en ello desde hace algún tiempo y lo he vuelto a pensar al ver el cadáver de Pratt. No sé si Elijah Stern asesinó a Nola, pero me pregunto en todo caso si no lleva treinta años cubriendo a Caleb. Entre esa misteriosa marcha de vacaciones y ese coche que desaparece, y que no informa a nadie...

—¿En qué está pensando, sargento?

—En que Caleb es culpable y Stern está mezclado en esta historia. Creo que cuando Caleb es sorprendido en Side Creek Lane, a bordo del Chevrolet negro, y consigue escapar de Pratt durante la persecución, va a refugiarse a Goose Cove. La región entera está cercada, sabe que no tiene ninguna posibilidad de huir, pero en cambio nadie irá a buscarle allí. Nadie salvo... Stern. Es probable que el 30 de agosto de 1975 Stern haya pasado efectivamente el día acudiendo a citas privadas, como afirma. Pero al final de la jornada, cuando vuelve a su casa y constata que Luther no ha regresado todavía, peor aún, que se ha llevado uno de los coches de la casa, más discreto que su Mustang azul, ¿cómo pensar que se haya quedado de brazos cruzados? Lo lógico es que fuera en busca de Luther para impedirle hacer una estupidez. Y creo que es lo que hizo. Pero cuando llegó a Aurora ya era demasiado tarde: hay policía por todos lados y el drama que temía se ha producido. Debe encontrar a Caleb a cualquier precio, y ¿a qué lugar va primero, escritor?

—A Goose Cove.

—Exacto. Es su casa y sabe que Luther se siente seguro allí. Incluso es posible que Luther tuviese copia de las llaves. Resumiendo, Stern va a ver lo que pasa en Goose Cove y encuentra allí a Luther.

*

30 de agosto de 1975 según la hipótesis de Gahalowood

Stern encontró el coche delante del garaje: Luther estaba inclinado sobre el maletero.

—¡Luther! —gritó Stern saliendo del coche—. ¿Qué has hecho?

Luther estaba aterrado.

—Noz hemoz... Noz hemoz peleado... Yo... no quedía hacedle daño.

Stern se acercó al coche y entonces vio a Nola, tendida en el maletero, con un bolso de cuero en bandolera; su cuerpo estaba retorcido, ya no se movía.

—Pero... ¡Luther! ¡La has matado!

Stern vomitó.

—Zi no, hubieze avizado a la policía...

—¡Luther! ¿Qué has hecho? ¿Qué has hecho?

—Ayúdame, Eli, pod piedad, ayúdame.

—Tienes que huir, Luther. Si te coge la policía, acabarás en la silla eléctrica.

—¡No! ¡Piedad! —gritó Luther, aterrorizado.

Stern vio entonces la empuñadura de un arma en su cintura.

—¡Luth! ¿Qué... qué es eso?

—La vieja... la vieja lo vio todo.

—¿Qué vieja?

—Allí, en la caza...

—Dios mío, ¿te ha visto alguien?

—Eli, Nola y yo noz peleamoz... Ze deziztía. Tuve que hacedle daño. Pero conziguió huid, codió, entó en aquella caza... Entoncez enté también, penzaba que la caza eztaba deziedta. Pedo me di de buzes con eza vieja... Tuve que matadla...

—Pero... ¿cómo? ¿Qué me estás contando?

—Eli, ¡te lo zuplico!, ¡ayúdame!

Era necesario deshacerse del cuerpo. Sin perder un segundo, Stern cogió una pala del garaje y empezó a cavar un hoyo. Eligió la orilla del bosque, donde el suelo era blando y nadie, ni siquiera Quebert, se daría cuenta de que la tierra había sido removida. Cavó rápidamente un hoyo poco profundo: entonces llamó a Caleb para que trajese el cuerpo, pero no lo vio. Lo encontró arrodillado delante del coche, ensimismado ante un montón de folios.

—¿Luther? Pero ¿qué demonios estás haciendo?

Luther se había echado a llorar.

—Ez el libdo de Quebedt... Nola me habló de él. Ha ezquito un libdo pada ella... Ez tan bonito.

—Llévala allí, he cavado un hoyo.

—¡Ezpeda!

—¿Qué?

—Quiedo decidle que la quiedo.

—¿Eh?

—Déjame ezquibidle una nota. Zólo una nota. Déjame tu pluma. Dezpuez la entedademoz, y dezapadecedé pada ziempre.

Stern soltó un taco, pero sacó su pluma del bolsillo de la chaqueta y se la entregó a Caleb, que escribió sobre la portada del manuscrito: *Adiós, mi querida Nola.* Después, guardó con delicadeza el libro en el bolso, que seguía colgado del cuello de Nola, y la llevó hasta el agujero. La tiró allí y los dos hombres lo rellenaron con la tierra, ocultándolo cuidadosamente con agujas de pino, algunas ramas y musgo, para que la ilusión fuese perfecta.

*

—¿Y después? —pregunté.

—Después —me dijo Gahalowood—, Stern quiere encontrar un medio de proteger a Luther. Y ese medio es Pratt.

—¿Pratt?

—Sí, creo que Stern sabía lo que Pratt había hecho a Nola. Sabemos que Caleb rondaba Goose Cove, que espiaba a Harry y a Nola: pudo ver cómo Pratt recogía a Nola al borde de la carretera y la forzaba a hacerle una felación... Y pudo decírselo a Stern. Así que, esa noche, Stern deja a Luther en Goose Cove y se va a ver a Pratt a la comisaría: espera a que sea tarde, quizás después de las once, cuando la búsqueda se ha suspendido. Quiere estar solo con Pratt, y le hace cantar: le pide que deje marchar a Luther y que se las arregle para dejarle atravesar el cerco policial, a cambio de su silencio acerca de Nola. Y Pratt acepta: ¿qué probabilidad había, de otro modo, de que Caleb hubiese podido circular libremente hasta Massachusetts? Pero Caleb se siente acorralado. No tiene adónde ir, está perdido. Compra alcohol, y bebe. Quiere acabar con todo. Y da el gran salto desde los acantilados de Sunset Cove. Semanas más tarde, cuando encuentran el coche, Pratt se presenta en Sagamore para silenciar el asunto. Se las arregla para que Caleb no se convierta en sospechoso.

—Pero ¿por qué desviar las sospechas de Caleb cuando ya estaba muerto?

—Estaba Stern. Y Stern sabía. Al disculpar a Caleb, Pratt se protegía.

—Entonces ¿Pratt y Stern conocían la verdad desde siempre?

—Sí. Enterraron esta historia en el fondo de sus memorias. No se volvieron a ver. Stern se deshizo de la casa de Goose Cove malvendiéndola a Harry y no volvió a poner los pies en Aurora. Y durante treinta años todo el mundo creyó que ese asunto quedaría sin resolver.

—Hasta que encuentran los restos de Nola.

—Y un escritor testarudo viene a remover el fondo de todo este asunto. Un escritor contra el que han intentado todo para que renuncie a descubrir la verdad.

—Así que Pratt y Stern quisieron silenciar el caso —dije—. Pero, entonces, ¿quién ha matado a Pratt? ¿Stern, al ver que Pratt estaba a punto de ceder y desvelar toda la verdad?

—Eso todavía hay que descubrirlo. Pero ni una palabra de todo esto, escritor —me ordenó Gahalowood—. No escriba nada sobre el tema por el momento, no quiero una nueva filtración en la prensa. Voy a profundizar en la vida de Stern. Será una hipótesis difícil de verificar. En todo caso, hay un denominador común en todos estos escenarios: Luther Caleb. Y si finalmente fue él quien asesinó a Nola Kellergan, lo podremos confirmar...

—Con el análisis grafológico... —dije.

—Exacto.

—Una última pregunta, sargento: ¿por qué Stern quería proteger a Caleb a cualquier precio?

—Eso es lo que me gustaría saber, escritor.

La investigación sobre la muerte de Pratt se anunciaba difícil: la policía no disponía de ningún elemento sólido y no tenía la menor pista. Una semana después de su asesinato, tuvo lugar el entierro de los restos de Nola, que habían sido devueltos por fin a su padre. Fue el miércoles 30 de julio de 2008. La ceremonia, a la que no asistí, tuvo lugar en el cementerio de Aurora a primera hora de la tarde, bajo una llovizna inesperada y ante una escasa concurrencia. David Kellergan llegó con su moto hasta la misma tumba, sin que ninguno de los presentes se atreviese a decir nada. Llevaba su música en los oídos y sus únicas palabras —según lo que me contaron— fueron: «Pero ¿por qué la han desenterrado para volverla a enterrar?». No soltó ni una lágrima.

Si no fui al entierro fue porque a esa misma hora hice lo que me parecía importante hacer: ir a ver a Harry para hacerle compañía. Estaba sentado en el aparcamiento, el torso desnudo bajo la tibia lluvia.

—Venga a ponerse a cubierto, Harry —le dije.

—La están enterrando, ¿verdad?

—Sí.

—La están enterrando y ni siquiera estoy allí.

—Es mejor así... Es mejor que no esté... Por toda esa historia.

—¡Al diablo el *qué dirán*! Entierran a Nola y ni siquiera estoy allí para decirle adiós, para verla por última vez. Para estar con ella. Hace treinta y tres años que espero volver a encontrarla, aunque sólo sea una última vez. ¿Sabe dónde me gustaría estar?

—¿En el entierro?

—No. En el paraíso de los escritores.

Se tumbó sobre el cemento y no volvió a moverse. Me tumbé a su lado. La lluvia nos caía encima.

—Marcus, me gustaría estar muerto.

—Lo sé.

—¿Cómo lo sabe?

—Los amigos sienten esas cosas.

Hubo un largo silencio. Acabé diciendo:

—El otro día me dijo usted que ya no podríamos ser amigos.

—Y es verdad. Estamos despidiéndonos poco a poco, Marcus. Es como si usted supiese que voy a morir pronto y tuviese unas semanas para hacerse a la idea. Es el cáncer de la amistad.

Cerró los ojos y extendió sus brazos como si estuviese crucificado. Lo imité. Nos quedamos tumbados así, sobre el cemento, durante mucho tiempo.

Más tarde, ese mismo día, al marcharme del motel, me presenté en el Clark's para intentar hablar con alguien que hubiese asistido a la inhumación de Nola. El local estaba desierto: no había más que un empleado que sacaba brillo con desgana al mostrador y que sacó fuerzas suficientes para tirar del grifo de la cerveza y servirme una pinta. Fue entonces cuando me di cuenta de que Robert Quinn estaba acurrucado en el fondo de la sala, picando cacahuetes y rellenando los crucigramas de periódicos viejos abandonados sobre las mesas. Se escondía de su mujer. Me acerqué a él. Le propuse tomarse otra, aceptó y se apartó en su banco para invitarme a tomar asiento. Era un gesto conmovedor, hubiese podido sentarme frente a él, en una de las cincuenta sillas vacías del local. Pero se había apartado para que me sentase a su lado, en el mismo banco.

—¿Ha estado en el entierro de Nola?

—Sí.

—¿Cómo fue?

—Sórdido. Igual que toda esta historia. Había más periodistas que allegados.

Nos quedamos un momento en silencio y después preguntó, para entablar conversación:

—¿Cómo va su libro?

—Avanza. Pero al releerlo ayer, me di cuenta de que hay algunas zonas oscuras que aclarar. Especialmente sobre su mujer. Ella me asegura que poseía una nota comprometedora escrita de la mano de Harry Quebert y que había desaparecido misteriosamente. ¿No sabrá usted lo que pasó con aquella nota, por casualidad?

Dio un largo trago a su cerveza y hasta se tomó el tiempo de comer algunos cacahuetes antes de responderme.

—Se quemó —me dijo—. Esa desgraciada nota se quemó.

—¿Qué? ¿Cómo lo sabe? —pregunté, estupefacto.

—Porque fui yo el que la quemó.

—¿Cómo? Pero ¿por qué? Y sobre todo, ¿por qué no lo dijo nunca?

Se encogió de hombros, muy pragmático.

—Porque nunca me lo han preguntado. Hace treinta y tres años que mi mujer me habla de esa nota. Se pasa el día chillando, vociferando, diciendo: «¡La dejé allí! ¡En la caja! ¡Allí mismo!». Nunca me dijo: «Robert, querido, ¿no habrás visto esa nota, por casualidad?». Nunca me lo preguntó, así que nunca le respondí.

Intenté ocultar mi asombro para que continuase hablando.

—Pero ¿entonces? ¿Qué pasó?

—Todo empezó un domingo por la tarde: mi mujer organizó una ridícula *garden-party* en honor a Quebert, pero Quebert no se presentó. Loca de rabia, decidió ir a verle a su casa. Recuerdo bien ese día, fue el domingo 13 de julio de 1975. El mismo día que la pequeña Nola había intentado suicidarse.

*

Domingo 13 de julio de 1975

—¡Robert! ¡Roooobert!

Tamara entró como una exhalación en la casa, enarbolando una hoja de papel. Atravesó las habitaciones de la planta baja hasta encontrar a su marido, que leía el periódico en el salón.

—¡Robert, maldita sea! ¿Por qué no respondes cuando te llamo? ¿Te has vuelto sordo? ¡Mira! ¡Mira este horror! ¡Lee lo asqueroso que es!

Le tendió la hoja que acababa de robar en casa de Harry, y él la leyó.

> *Mi Nola, mi querida Nola, mi amada Nola. ¿Qué has hecho? ¿Por qué querer morir? ¿Es por culpa mía? Te quiero, te quiero más que a nada. No me abandones. Si mueres, yo moriré también. Todo lo que importa en mi vida eres tú, Nola. Cuatro letras: N-O-L-A.*

—¿Dónde has encontrado esto? —preguntó Robert.

—¡En casa de ese hijo de puta de Harry Quebert! ¡Ja!

—¿Has ido a robar esto a su casa?

—Yo no he robado nada: ¡simplemente lo he cogido! ¡Lo sabía! Es un asqueroso pervertido que fantasea sobre una niña de quince años. ¡Me dan náuseas! ¡Siento ganas de vomitar! Tengo ganas de vomitar, Bobbo, ¿me oyes? ¡Harry Quebert está enamorado de una chiquilla! ¡Eso es ilegal! ¡Es un cerdo! ¡Un cerdo! Y pensar que se pasa el día en el Clark's, ¡comiéndosela con los ojos, eso es! ¡Viene a mi restaurante para verle el culo a una niña!

Robert releyó el texto varias veces. No había duda posible: lo que había escrito Harry eran palabras de amor hacia una niña de quince años.

—¿Qué vas a hacer con esto? —preguntó a su mujer.

—No lo sé.

—¿Vas a avisar a la policía?

—¿A la policía? Nada de eso, Bobbo. Por ahora no. No quiero que todo el mundo sepa que ese criminal de Quebert prefiere una chiquilla a nuestra maravillosa Jenny. De hecho, ¿dónde está? ¿En su habitación?

—Resulta que ese joven agente de policía, Travis Dawn, ha venido aquí después de que te marcharas, para invitarla al baile de verano. Se han ido a cenar a Montburry. Jenny ya tiene pareja para el baile, ¿no es estupendo?

—Estupendo, estupendo, ¡tú sí que no eres estupendo, mi pobre Bobbo! Venga, ¡lárgate! Tengo que esconder esta nota en alguna parte, y nadie debe saber dónde.

Bobbo obedeció y se fue a terminar su periódico en el porche. Pero no consiguió leer, tenía la mente ocupada en lo que esa mujer había descubierto. Harry, el gran escritor, escribía pues palabras de amor por una chica a la que doblaba en edad. La dulce y pequeña Nola. Aquello era muy desagradable. ¿Debía advertir a Nola? ¿Decirle que Harry estaba lleno de extrañas pulsiones y que podía incluso ser peligroso? ¿No habría que avisar a la policía, para que le examinase un médico y le curase?

Una semana después de ese episodio tuvo lugar el baile de verano. Robert y Tamara Quinn esperaban de pie en una esquina de la sala, bebiendo un cóctel sin alcohol, cuando vieron a Harry Quebert entre los invitados. «Mira, Bobbo —silbó Tamara—, ¡ahí está el pervertido!». Le observaron con atención, mientras Tamara proseguía con una lista de insultos que sólo Robert podía oír.

—¿Qué vas a hacer con esa hoja? —preguntó Robert.

—No lo sé. Pero lo que es seguro es que voy a empezar por hacerle pagar lo que me debe. ¡Ha gastado quinientos dólares a cuenta!

Harry parecía incómodo; pidió de beber en el bar para darse un poco de ánimo, y después se dirigió a los servicios.

—Ya se va al váter —dijo Tamara—. Mira, ¡mira, Bobbo! ¿Sabes lo que va a hacer?

—¿Aguas mayores?

—Claro que no, ¡se la va a menear pensando en ésa chiquilla!

—¿Cómo?

—Cállate, Bobbo. Parloteas demasiado, no quiero oírte. Y quédate aquí, ¿quieres?

—¿Adónde vas?

—No te muevas. Y admira el trabajo.

Tamara dejó su vaso sobre una mesa alta y se dirigió subrepticiamente hacia los baños donde acababa de entrar Harry Quebert, para introducirse a su vez en ellos. Salió instantes después y corrió a reunirse con su marido.

—¿Qué has hecho? —preguntó Robert.

—¡Cállate, te digo! —le espetó su mujer volviendo a coger su vaso—. ¡Cállate, que nos van a pillar!

Amy Pratt anunció a sus invitados que podían pasar a comer, y los asistentes fueron acercándose lentamente hacia las mesas. En ese instante, Harry salió de los baños. Estaba sudando, aterrorizado, y se mezcló con los invitados.

—Mírale, huyendo como un conejo —murmuró Tamara—. Está muerto de miedo.

—Pero bueno, ¿qué has hecho? —insistió Robert.

Tamara sonrió. Jugó discretamente con el lápiz de labios que acababa de utilizar en los lavabos. Y se limitó a responder:

—Digamos que le he dejado un pequeño mensaje del que se va a acordar.

*

Sentado en el fondo del Clark's, yo escuchaba, estupefacto, el relato de Robert Quinn.

—Así que el mensaje en el espejo, ¿fue su mujer? —dije.

—Sí. Harry Quebert se convirtió en una obsesión para ella. No me hablaba más que de esa nota, decía que iba a acabar con Harry para siempre. Decía que los periódicos pronto lo anunciarían en titulares: *El gran escritor es un gran pervertido.* Acabó hablando con el jefe Pratt. Quince días después del baile, aproximadamente. Se lo contó todo.

—¿Cómo lo sabe? —pregunté.

Dudó un momento antes de responderme.

—Lo sé porque... me lo dijo Nola.

*

Martes 5 de agosto de 1975

Eran las seis de la tarde cuando Robert volvió de la fábrica de guantes. Como siempre, aparcó su viejo Chrysler en el camino de entrada y, después, cuando cortó el contacto, se ajustó el sombrero en el retrovisor e imitó la mirada del actor Robert Stack interpretando a Eliot Ness en la televisión cuando se disponía a realizar una monumental redada entre los miembros del hampa. Retrasaba a menudo su salida del coche: hacía tiempo que no tenía muchas ganas de volver a casa. A veces daba un rodeo para demorar un poco ese momento; en ocasiones se detenía donde el vendedor de helados. Cuando acabó saliendo, le pareció oír una voz que le llamaba detrás de los setos. Se volvió, buscó un instante a su alrededor, y después vio a Nola, oculta entre los rododendros.

—¿Nola? —preguntó Robert—. Hola, pequeña, ¿qué tal estás?

Ella susurró:

—Tengo que hablar con usted, señor Quinn. Es muy importante.

Él siguió hablando con voz alta e inteligible.

—Pues entra, te prepararé una limonada bien fresquita.

Ella le hizo una seña para que hablara más bajo.

—No —dijo—, necesitamos un lugar tranquilo. ¿Podríamos subir a su coche y dar una vuelta? Podríamos ir a donde el vendedor de perritos, camino de Montburry, allí estaríamos bien.

A pesar de sorprenderle la propuesta, Robert no la rechazó. Hizo subir a Nola en el coche y arrancó en dirección a Montburry. Se detuvieron unas millas más lejos, ante el chiringuito de madera que vendía comida para llevar. Robert compró patatas fritas y un refresco para Nola, y un perrito y una cerveza sin alcohol para él. Se instalaron en una de las mesas sobre la hierba.

—¿Y bien, pequeña? —preguntó Robert mientras engullía su perrito—. ¿Qué es eso tan grave como para que no puedas venir a beber una buena limonada en casa?

—Necesito su ayuda, señor Quinn. Sé que esto le parecerá extraño, pero... hoy ha pasado algo en el Clark's y usted es la única persona que puede ayudarme.

Nola relató entonces la escena a la que había asistido fortuitamente unas dos horas antes. Había ido a ver a la señora Quinn por la paga de los sábados que había trabajado antes de su tentativa de suicidio. Era la misma señora Quinn la que le había dicho que se pasara cuando creyera conveniente. Se presentó sobre las cuatro de la tarde. No había más que algún cliente silencioso y Jenny, ocupada en guardar la vajilla, y que le informó de que su madre estaba en su despacho, sin que le pareciese necesario precisar que no estaba sola. El *despacho* era el lugar donde Tamara Quinn llevaba su contabilidad, guardaba la recaudación del día en la caja fuerte, se enfadaba por teléfono con los proveedores o simplemente se encerraba con cualquier mala excusa cuando quería que la dejasen en paz. Era una habitación estrecha, cuya puerta, siempre cerrada, tenía impresa la palabra PRIVADO. Se accedía por el pasillo de servicio situado después de la trastienda y que también conducía a los servicios de empleados.

Al llegar delante de la puerta, y cuando se disponía a llamar, Nola escuchó voces. Había alguien en la habitación con Tamara. Era una voz de hombre. Pegó la oreja y escuchó un trozo de diálogo.

—Es un criminal, ¿comprende? —dijo Tamara—. ¡Quizás hasta un depredador sexual! Tiene que hacer algo.

—¿Está usted segura de que fue Harry Quebert quien escribió esa nota?

Nola reconoció la voz del jefe Pratt.

—Completamente segura —respondió Tamara—. Escrita de su puño y letra. Harry Quebert siente atracción por la pequeña Kellergan, y escribe inmundicias pornográficas sobre ello. Tiene usted que hacer algo.

—Bueno, ha hecho usted bien en contármelo. Pero usted entró ilegalmente en su casa, y robó ese trozo de papel. Por el momento no puedo hacer nada.

—¿Nada? ¿Y entonces qué? ¿Va usted a esperar a que ese chalado haga daño a la pequeña para actuar?

—Yo no he dicho nada de eso —prosiguió el jefe—. Voy a vigilar estrechamente a Quebert. Mientras tanto, guarde ese papel en lugar seguro. Yo no puedo quedármelo, podría meterme en problemas.

—Lo guardaré en la caja —dijo Tamara—. Nadie tiene acceso a ella, aquí estará seguro. Se lo ruego, jefe, haga algo, ¡ese Quebert es una basura criminal! ¡Un criminal! ¡Un auténtico criminal!

—No se preocupe, señora Quinn, ya verá usted cómo tratamos a ese tipo de gente.

Nola escuchó pasos acercarse a la puerta y huyó del restaurante a toda prisa.

Robert se sintió conmovido por el relato. Pensó: pobre pequeña, enterarse de que Harry escribe guarradas así de ella debe de haber sido traumático. Necesitaba confiárselo a alguien y había venido a verle. Él debía mostrarse a la altura y explicarle la situación, decirle que los hombres tenían ideas raras, y especialmente Harry Quebert, y que sobre todo debía mantenerse alejada de él y avisar a la policía si tenía miedo de que le hiciese daño. Pensándolo bien, ¿se lo habría hecho ya? ¿Necesitaba decirle que había sufrido abusos? ¿Sería capaz de hacer frente a ese tipo de revelaciones, él que, según su mujer, ni siquiera era capaz de poner la mesa correctamente? Mientras tragaba un trozo de su perrito, pensó en algunas palabras reconfortantes que podría pronunciar, pero no tuvo tiempo de decir nada porque, en el momento en que se disponía a hablar, Nola declaró:

—Señor Quinn, tiene que ayudarme a recuperar ese trozo de papel.

Y entonces estuvo a punto de ahogarse con la salchicha.

*

—No necesito explicarle más, señor Goldman —me dijo Robert Quinn en el fondo de la sala del Clark's—. Me había imaginado todo menos eso: quería que le echara el guante a ese papel del diablo. ¿Quiere otra cerveza?

—Sí, gracias. La misma. Dígame, señor Quinn, ¿le molesta si le grabo?

—¿Grabarme? Por favor. Por una vez que alguien se interesa aunque sea poco en lo que cuento.

Hizo una seña al camarero y pidió otras dos cervezas; saqué mi grabadora y la puse en marcha.

—Así pues, ante ese puesto de perritos, ella le pidió ayuda —dije para retomar la conversación.

—Sí. Parece ser que mi mujer estaba dispuesta a todo para aniquilar a Harry Quebert. Y Nola dispuesta a todo para protegerle de ella. Yo no podía creerme la conversación que estaba teniendo lugar. Fue entonces cuando me enteré de que realmente había algo entre Nola y Harry. Recuerdo que me miraba con sus ojos brillantes y llenos de aplomo, y que le dije: «¿Cómo? ¿Cómo que *recuperar ese trozo de papel*?». Ella me respondió: «Le quiero. No quiero que se meta en problemas. Si escribió esa nota, fue por culpa de mi tentativa de suicidio. Todo es culpa mía, nunca debí intentar matarme. Le quiero, es todo lo que tengo, todo lo que nunca podré soñar». Y entonces tuvimos esa conversación sobre el amor. «Entonces, me estás diciendo que tú y Harry Quebert os...» «¡Nos queremos!» «¿Quererle? ¡Pero bueno! ¿Qué me estás contando? ¡No puedes quererle!» «¿Y por qué no?» «Porque es demasiado viejo para ti.» «¡La edad no cuenta!» «¡Claro que cuenta!» «Pues bien, ¡no debería contar!» «Pero es así, las chicas de tu edad no tienen nada que hacer con un tipo de su edad.» «¡Le quiero!» «No digas barbaridades y cómete las patatas, ¿quieres?» «Pero, señor Quinn, si lo pierdo, ¡lo pierdo todo!» No podía creerme lo que veía, señor Goldman: esa chiquilla estaba locamente enamorada de Harry. Y sus sentimientos eran sentimientos que yo mismo no conocía, o que no recordaba haber tenido por mi propia mujer. Y en ese instante me di cuenta, gracias a esa chica de quince años, de que probablemente nunca había conocido el amor. Que seguramente mucha gente no había conocido nunca el amor. Que en el fondo se conformaban con buenos sentimientos, que se enterraban en la comodidad de una vida vulgar y que se perdían sensaciones maravillosas, que son probablemente las únicas que justifican la existencia. Uno de mis sobrinos, que vive en Boston, trabaja en las finanzas: gana una montaña de dólares al mes, está casado, tiene tres hijos, una mujer adorable y un coche estupendo. En resumen, la vida ideal. Un día, vuelve a su casa y le dice a su mujer que se va, que ha encontrado el amor, con una universitaria de Harvard que podría ser su hija, a la que había conocido en una conferencia. Todo el mundo dijo que había perdido un tornillo, que buscaba en aquella chica una segunda juventud, pero yo creo que simplemente había encontrado el amor. La gente cree que se ama, y entonces se casa. Y después, un día, descubren el amor, sin ni siquiera quererlo, sin darse cuenta. Y se dan de bruces con él. En ese momento, es como el hidrógeno que entra en contacto con el aire: produce una explosión fenomenal, que lo arrastra todo. Treinta años de matrimonio frustrado que saltan de un golpe, como si una gigantesca fosa séptica en ebullición explotara, salpicando todo a su alrededor. La crisis de los cuarenta, la cana al aire, no son más que tipos que comprenden la fuerza del amor demasiado tarde, y que ven derrumbarse toda su vida.

—Entonces ¿qué hizo usted? —pregunté.

—¿Con Nola? Me negué. Le dije que no quería estar mezclado en esa historia y que, de todas formas, no podía hacer nada. Que la carta estaba en la caja, y que la única llave que la abría colgaba, día y noche, del cuello de mi mujer. Imposible. Me suplicó, me dijo que si la policía ponía la mano en esa nota, Harry tendría graves problemas, que su carrera estaría acabada, que seguramente le encerrarían cuando no había hecho nada malo. Recuerdo su mirada ardiente, su actitud, sus gestos... Había en ella un furor magnífico. Recuerdo que dijo: «¡Lo van a arruinar todo, señor Quinn! ¡La gente de esta ciudad está completamente loca! Me recuerda a esa obra de Arthur Miller, *Las brujas de Salem.* ¿Ha leído usted a Miller?». Sus ojos se humedecieron con pequeñas perlas de lágrimas, dispuestas a desbordarse y a inundar sus mejillas. Yo había leído a Miller. Recordaba el follón que se produjo cuando se estrenó en Broadway: el estreno había tenido lugar poco antes de la ejecución de los Rosenberg. Tuve escalofríos durante días porque los Rosenberg tenían niños apenas mayores que Jenny en aquella época y me pregunté qué le pasaría si me ejecutaran a mí. Me sentí tan aliviado de no ser comunista...

—¿Por qué cree que Nola se confió a usted?

—Sin duda porque se imaginaba que podía acceder a la caja. Pero no era el caso. Como le digo, nadie más que mi mujer tenía la llave. La guardaba celosamente colgada de una cadena y oculta entre sus senos. Y a sus senos yo hacía tiempo que no tenía acceso.

—¿Qué pasó entonces?

—Nola empezó a adularme. Me dijo: «Usted es listo e ingenioso, sabrá cómo hacerlo». Así que terminé aceptando. Le dije que lo intentaría.

—¿Por qué? —pregunté.

—¿Por qué? ¡Por culpa del amor! Ya se lo he dicho antes, tenía quince años, pero hablaba de cosas que yo no conocía y que probablemente no conocería nunca. Incluso si, ciertamente, ese asunto con Harry me daba más bien náuseas. Lo hice por ella, no por él. Y le pregunté qué pensaba hacer con el jefe Pratt. Con pruebas o sin pruebas, el jefe Pratt ya estaba al corriente de todo. Me miró directamente a los ojos y me dijo: «Evitaré que nos haga daño. Le convertiré en un criminal». En aquel momento no entendí nada. Y más tarde, hace unas semanas, cuando Pratt fue detenido, me di cuenta de que debieron de pasar cosas muy raras.

*

Miércoles 6 de agosto de 1975

Sin haberlo preparado, los dos actuaron al día siguiente de su conversación. Sobre las cinco de la tarde, en una farmacia de Concord, Robert Quinn compró somníferos. En ese mismo instante, al abrigo en la comisaría de Aurora, Nola, arrodillada bajo la mesa del jefe de policía, protegía a Harry dañando a Pratt, y convirtiéndole en un criminal, arrastrándole a lo que sería una larga espiral de treinta años.

Esa noche, Tamara durmió a pierna suelta. Después de la cena, se sintió tan cansada que se acostó sin desmaquillarse siquiera. Se derrumbó como un saco sobre su cama, y cayó en un profundo sueño. Fue tan rápido que Robert temió durante una fracción de segundo haber disuelto una dosis demasiado fuerte en su vaso de agua y haberla matado, pero los magistrales ronquidos de cadencia militar que pronto empezó a lanzar su mujer le aliviaron. Esperó a que diera la una de la mañana para actuar: debía asegurarse de que Jenny dormía y de que, en la ciudad, nadie le vería.

Cuando llegó el momento de entrar en acción, empezó a sacudir el cuerpo de su mujer sin contemplaciones, para asegurarse de que estaba definitivamente neutralizada: constató con alegría que permanecía inerte. Por primera vez, se sintió poderoso: el dragón, tendido sobre el colchón, ya no impresionaba a nadie. Le quitó el collar que llevaba alrededor del cuello y se hizo con la llave, victorioso. De paso, agarró sus senos a manos llenas y constató con tristeza que ya no le hacían ningún efecto.

Sin hacer ruido, salió de casa. Para ser más silencioso y no despertar sospechas, tomó prestada la bicicleta de su hija. Pedaleando de noche, con las llaves del Clark's y de la caja fuerte en su bolsillo, sintió brotar dentro de él la excitación de lo prohibido. Ya no sabía si lo hacía por Nola o sobre todo por fastidiar a su mujer. Y, montado en la bicicleta a toda velocidad atravesando la ciudad, de pronto se sintió tan libre que decidió divorciarse. Jenny ya era una mujer adulta, no había razón alguna para permanecer junto a su mujer. Ya estaba harto de aquella bestia, tenía derecho a una nueva vida. Dio algún rodeo de forma voluntaria, para que durase un poco más esa sensación de euforia. Al llegar a la calle principal, se bajó de la bici y caminó agarrado a ella para inspeccionar los alrededores: la ciudad dormía apaciblemente. No había ni luz ni ruido. Dejó su bici apoyada en una pared, abrió el Clark's y se introdujo en el interior, guiándose sólo por la luz de las farolas que se filtraba por las lunas del escaparate. Llegó hasta el despacho. Ese despacho donde tenía prohibido entrar sin autorización expresa de su mujer, y donde ahora reinaba él; lo había hollado, lo había violado, era territorio conquistado. Encendió la linterna que había traído y empezó por explorar las estanterías y las carpetas. Hacía años que soñaba con registrar aquel sitio: ¿qué escondería aquí su mujer? Cogió distintas carpetas y las hojeó rápidamente: se sorprendió buscando cartas de amantes. Se preguntaba si su mujer le engañaba. Se imaginaba que sí: ¿cómo podía conformarse con él? Pero no encontró más que albaranes y documentos contables. Así que pasó a la caja: una caja de acero, imponente, que debía de medir un metro de alto, colocada sobre un palé de madera. Introdujo la llave de seguridad en la cerradura, la hizo girar y se estremeció al oír funcionar el mecanismo de apertura. Tiró de la pesada puerta y apuntó con su linterna al interior, dividido en cuatro niveles.

Era la primera vez que veía aquella caja abierta; sintió un escalofrío de excitación.

En el primer estante encontró documentos bancarios, el último balance contable, recibos de pedidos y las fichas salariales de los empleados.

En el segundo estante encontró una caja de latón que contenía el dinero de la caja del Clark's, y otra con pequeñas cantidades para pagar a los proveedores.

En el tercer estante había un trozo de madera que parecía un oso. Sonrió: era el primer objeto que había regalado a Tamara, durante su primera cita de verdad. Había preparado minuciosamente ese momento, durante varias semanas, multiplicando las horas extras en la estación de servicio donde trabajaba mientras estudiaba para poder llevar a su Tamy a uno de los mejores establecimientos de la región, Chez Jean-Claude, un restaurante francés donde servían platos de cangrejo aparentemente extraordinarios. Había estudiado todo el menú, había calculado cuánto costaría la cena si ella pedía los platos más caros y había ahorrado hasta reunir dinero suficiente, y después la había invitado. Esa famosa noche, cuando vino a buscarla a casa de sus padres y ella se enteró de adónde la llevaba, había suplicado que no se arruinara por ella. «Ay, Robert, eres un amor. Pero es demasiado, en serio», había dicho. Había dicho *amor*. Y para convencerle de que renunciara, le había propuesto ir a comer pasta a un pequeño italiano de Concord que la atraía desde hacía mucho. Comieron espaguetis, bebieron Chianti y Grappa de la casa y, algo ebrios, terminaron yendo a una verbena cercana. A la vuelta, se habían detenido al borde del mar y habían esperado la salida del sol. En la playa, él había encontrado un trozo de madera que parecía un oso y se lo había dado cuando ella se había acurrucado contra él, con los primeros brillos del alba. Ella le dijo que lo conservaría siempre y le había besado por primera vez.

Siguiendo con el registro de la caja, Robert, emocionado, encontró, al lado del trozo de madera, un montón de fotos de él a lo largo de los años. En el dorso de cada una de ellas, Tamara había garabateado algunas anotaciones, incluso en las más recientes. La última tenía fecha de abril, cuando habían ido a ver una carrera de coches. En ella aparecía Robert, con los prismáticos ante los ojos, comentando las vueltas. Y al dorso Tamara había escrito: *Mi Robert, siempre apasionado por la vida. Le amaré hasta mi último suspiro.*

Además de esas fotos, había otros recuerdos de su vida en común: la invitación de su boda, el recordatorio del nacimiento de Jenny, más fotos de vacaciones, pequeñas baratijas que pensaba que ella había tirado hacía mucho tiempo. Pequeños regalos, un broche barato, un bolígrafo de recuerdo, o incluso el pisapapeles de serpentina que había comprado durante las vacaciones en Canadá, que le habían valido crueles reprimendas del estilo *Pero, Bobbo, ¿qué quieres que haga con estas porquerías?* Y ahora resultaba que lo había conservado todo religiosamente en su caja. Robert pensó entonces que lo que su mujer ocultaba en esa caja fuerte era su corazón. Y se preguntó por qué.

En la cuarta estantería encontró una gruesa libreta encuadernada en piel. La abrió: era el diario de Tamara. Su mujer escribía un diario. No lo sabía. Lo abrió al azar y leyó a la luz de su linterna:

1 de enero de 1975

Hemos celebrado la Nochevieja en casa de los Richardson. Nota de la velada: 5. Comida mediocre y los Richardson son gente aburrida. No me había dado cuenta. Creo que la Nochevieja es un buen medio para saber qué amigos son aburridos o no. Bobbo se dio cuenta inmediatamente de que me estaba aburriendo, y quiso divertirme. Empezó a hacer el payaso, a contar chistes y a hacer que hablaba con su centollo. Los Richardson se rieron mucho. Paul Richardson se levantó incluso para anotar uno de los chistes. Dijo que quería asegurarse de recordarlo. Yo todo lo que supe hacer fue reprochárselo. En el coche, a la vuelta, le dije un montón de barbaridades. Le dije: «No haces reír a nadie con tus chistes de mal gusto. Eres penoso. ¿Quién te pidió hacer de bufón, eh? Eres ingeniero en una gran fábrica, ¿no? Habla de tu trabajo, demuestra que eres serio y alguien importante. ¡No estás en el circo!». Me respondió que Paul se había reído de sus chistes y yo le dije que se callara, que no quería oírle más.

No sé por qué soy mala. Le quiero tanto. Es tan dulce, tan atento. No sé por qué me porto mal con él. Después me arrepiento, y me detesto, y por ese motivo me comporto aún peor.

En este día de Año Nuevo, tomo la resolución de cambiar. Bueno, tomo esa resolución cada año y no la cumplo nunca. Desde hace unos meses, he comenzado a visitar al doctor Ashcroft en Concord. Él me aconsejó que escribiera un diario. Tenemos una sesión por semana. Nadie lo sabe. Me daría mucha vergüenza que se supiese que voy a ver a un psiquiatra. La gente diría que estoy loca. No estoy loca. Sufro. Sufro, pero no sé por qué. El doctor Ashcroft dice que tengo tendencia a destruir todo lo que me hace bien. Eso se llama autodestrucción. Dice que siento angustia hacia la muerte y que puede estar relacionado. No lo sé. Pero sé que sufro. Y que quiero a mi Robert. Sólo le quiero a él. Sin él, ¿qué habría sido de mí?

Robert cerró la libreta. Lloraba. Lo que su mujer no le había podido decir nunca lo había escrito. Le quería. Le quería de verdad. Sólo le quería a él. Le pareció que eran las palabras más bellas que había leído nunca. Se secó los ojos para no manchar las páginas y siguió leyendo; pobre Tamara, querida Tamara, que sufría en silencio. ¿Por qué no le había dicho nada del doctor Ashcroft? Si sufría, él quería sufrir junto a ella, para eso se habían casado. Barriendo la última estantería con el halo de su linterna, vio la nota de Harry, que le devolvió de golpe a la realidad. Recordó su misión; recordó que su mujer estaba tumbada en su cama, drogada, y que debía librarse de ese trozo de papel. Se arrepintió de pronto de lo que estaba haciendo; estaba a punto de renunciar cuando pensó que si se libraba de esa carta, su mujer se preocuparía menos de Quebert y más de él. Era él quien contaba, ella le amaba. Estaba escrito. Fue lo que le empujó a coger finalmente la hoja y a huir del Clark's en el silencio de la noche, tras asegurarse de no dejar huella alguna de su paso. Atravesó la ciudad en su bicicleta y, en una calle tranquila, prendió fuego a la nota de Harry Quebert con su mechero. Miró arder el trozo de papel, ennegrecerse, retorcerse en una llama primero dorada, después azul, y desaparecer lentamente. Pronto no quedó nada. Volvió a su casa, puso la llave entre los senos de su mujer, se acostó a su lado y la abrazó fuerte.

Pasaron dos días antes de que Tamara se diese cuenta de que la hoja ya no estaba en su sitio. Creyó enloquecer: estaba segura de haberla guardado en la caja, y sin embargo ya no estaba. Nadie había podido cogerla, llevaba la llave consigo y la cerradura no había sido forzada. ¿La habría perdido en el despacho? ¿La habría guardado en otro lado sin darse cuenta? Se pasó horas registrando la habitación, vaciando carpetas y rellenándolas de nuevo, revisando papeles y volviéndolos a guardar. En vano. Ese minúsculo trozo de papel había desaparecido misteriosamente.

*

Robert Quinn me explicó que cuando, semanas más tarde, Nola desapareció, a su mujer le dio un ataque.

—Decía una y otra vez que si no hubiese perdido esa hoja, la policía habría podido investigar a Harry. Y el jefe Pratt le decía que, sin ese trozo de papel, no podía hacer nada. Estaba histérica. Me decía cien veces al día: «¡Ha sido Quebert! ¡Ha sido Quebert! Yo lo sé, tú lo sabes, ¡lo sabemos todos! Viste esa nota igual que yo, ¿verdad?».

—¿Por qué no dijo usted nada a la policía sobre lo que sabía? —pregunté—. ¿Por qué no haber dicho que Nola había hablado con usted, que le había hablado de Harry? Hubiera podido ser una pista, ¿no?

—Quería hacerlo. Estaba muy confuso. ¿Podría apagar la grabadora, señor Goldman?

—Claro.

Apagué el aparato y lo guardé en mi bolsa. Él prosiguió:

—Cuando Nola desapareció, me sentí culpable. Me arrepentí de haber quemado ese trozo de papel que la relacionaba con Harry. Pensé que, gracias a esa prueba, la policía hubiese podido interrogar a Harry, poner sus ojos en él, investigar con más profundidad. Y si no tenía nada que reprocharse, no tendría nada que temer. Después de todo, los inocentes no deben preocuparse, ¿verdad? En fin, que me sentía culpable. Así que empecé a escribirle cartas anónimas, que iba a poner en su puerta cuando sabía que no estaba.

—¿Cómo? ¿Las cartas anónimas eran suyas?

—Eran mías. Había preparado un montoncito utilizando la máquina de escribir de mi secretaria, en la fábrica de guantes de

Concord. *Sé lo que le hizo a esa chiquilla de 15 años. Y pronto toda la ciudad lo sabrá.* Guardaba las cartas en la guantera de mi coche. Y cada vez que me cruzaba con Harry en la ciudad, me dirigía precipitadamente a Goose Cove para dejarle una.

—Pero ¿por qué?

—Para aliviar mi conciencia. Mi mujer no dejaba de repetirme que era él el culpable, yo pensaba que era posible. Y si le acosaba y le atemorizaba, acabaría delatándose. Duró algunos meses. Y después lo dejé.

—¿Qué le llevó a dejarlo?

—Su tristeza. Después de la desaparición, estaba tan triste... Ya no era el mismo hombre. Pensé que no podía ser él. Así que al final lo dejé.

Me quedé estupefacto por lo que acababa de descubrir. Así que pregunté por si acaso:

—Dígame, señor Quinn: ¿por casualidad no habrá usted incendiado la casa de Goose Cove?

Sonrió, casi divertido por la pregunta.

—No. Es usted un tipo estupendo, señor Goldman, no le haría algo así. Ignoro quién es la mente enferma responsable de eso.

Terminamos nuestras cervezas.

—Así que —dije—, al final, no se divorció. ¿Se arreglaron las cosas con su mujer? Quiero decir, ¿después de que descubriese todos esos recuerdos en la caja y el diario íntimo?

—Fue de mal en peor, señor Goldman. Continuó reprendiéndome sin descanso, y nunca me dijo que me quería. Nunca. Durante los meses y después los años que siguieron, la drogué de vez en cuando a base de somníferos para ir a leer y releer sus diarios, para ir a llorar nuestros recuerdos esperando que un día fuese mejor. Esperar que un día vaya mejor: quizás el amor consista en eso.

Asentí con la cabeza:

—Quizás —dije.

En mi suite del Regent's continué escribiendo mi libro sin descanso. Conté cómo Nola Kellergan, a los quince años, había hecho todo para proteger a Harry. Cómo se había entregado, comprometido, para que pudiese conservar la casa, para que pudiera escribir, para que no se preocupara. Cómo se había convertido poco a poco en musa y guardiana de su obra maestra. Cómo había logrado crear una burbuja alrededor de Harry para que pudiese concentrarse en escribir y completara la obra de su vida. Y a medida que escribía, me sorprendí pensando que Nola Kellergan había sido esa mujer excepcional con la que sin duda sueñan todos los escritores del mundo. Desde Nueva York, donde revisaba mis escritos con una devoción y eficacia sin par, Denise me llamó una tarde y me dijo:

—Marcus, creo que estoy llorando.

—¿Y por qué? —pregunté.

—Por esa chica, esa Nola. Creo que yo también la amo.

Sonreí y le respondí:

—Creo que todo el mundo la amó, Denise. Todo el mundo.

Y después, dos días más tarde, el 3 de agosto, se produjo esa llamada de Gahalowood, sobreexcitado.

—¡Escritor! —exclamó—. ¡Tengo los resultados del laboratorio! ¡Maldita sea, escritor, no se va a creer lo que le voy a decir! La letra del manuscrito ¡es la de Luther Caleb! Sin ninguna duda. Lo tenemos, Marcus. ¡Lo tenemos!

7. Después de Nola

«Anhele el amor, Marcus. Haga de él su más hermosa conquista, su única ambición. Después de los hombres, habrá otros hombres. Después de los libros, hay otros libros. Después de la gloria, hay otras glorias. Después del dinero, hay más dinero. Pero después del amor, Marcus, después del amor, no queda más que la sal de las lágrimas.»

La vida después de Nola ya no era vida. Todo el mundo dice que, durante los meses que siguieron a su desaparición, Aurora cayó lentamente en la depresión y el miedo a un nuevo secuestro.

Llegó el otoño y con él sus árboles de colores. Pero los niños no tuvieron ocasión de ir a tirarse sobre los montones de hojas secas al borde de los paseos: sus padres, preocupados, los vigilaban sin descanso. Esperaban el autobús escolar con ellos, y se plantaban en la calle a la hora del regreso. A partir de las tres y media de la tarde se formaba en las aceras una línea de madres, una delante de cada casa, que tejía un muro humano en las desiertas avenidas, centinelas impasibles al acecho de la llegada de su prole.

Los niños ya no podían desplazarse solos. Los buenos tiempos en los que las calles se llenaban de chiquillos alegres y ruidosos se habían acabado: ya no hubo más partidos de hockey sobre patines delante de los garajes, no más concursos de salto a la comba ni rayuelas gigantes dibujadas a tiza sobre el asfalto; en la calle principal, ya no hubo bicicletas cubriendo la acera ante el supermercado de la familia Hendorf, donde se podía comprar un puñado de caramelos por menos de un níquel. Pronto planeó sobre las calles el silencio inquietante de las ciudades fantasma.

Las casas estaban cerradas con llave y, al caer la noche, los padres y maridos, organizados en patrullas ciudadanas, recorrían los vecindarios para proteger su barrio y a sus familias. La mayoría iban armados con porras, otros llevaban su fusil de caza. Decían que, si era necesario, no dudarían en disparar.

Ya no había confianza. Los que estaban de paso, representantes y transportistas, eran mal acogidos y continuamente vigilados. Lo peor era la desconfianza que demostraban los propios habitantes entre ellos. Vecinos, amigos desde hacía veinticinco años, se espiaban ahora mutuamente. Y se planteaban qué habría estado haciendo el otro el 30 de agosto de 1975 al final de la tarde.

Los coches de policía y de la oficina del sheriff daban vueltas sin cesar por la ciudad; nada de policía inquietaba, demasiada policía asustaba. Y cuando el muy reconocible Ford negro camuflado de la policía estatal estacionaba delante del número 245 de Terrace Avenue, todo el mundo se preguntaba si era el capitán Rodik que venía a traer noticias. En casa de los Kellergan las cortinas permanecieron echadas durante días, semanas y después meses. David Kellergan dejó de oficiar y se hizo venir a un pastor sustituto de Manchester para que asegurase el servicio en St. James.

Llegaron las brumas de finales de octubre. La región fue invadida por nubes grises, opacas y húmedas, y pronto comenzó a caer una lluvia discontinua y gélida. En Goose Cove, Harry se marchitaba, solo. Hacía dos meses que no se le veía en ninguna parte. Pasaba los días encerrado en su despacho, trabajando ante su máquina de escribir, sepultado por la pila de páginas manuscritas que releía y pasaba a máquina minuciosamente. Se levantaba temprano y se preparaba con mimo: se afeitaba y se vestía elegantemente, aun cuando sabía que no saldría de su casa ni vería a nadie. Se instalaba frente a la mesa y empezaba a trabajar. Sus escasas pausas le servían para ir a rellenar la cafetera; el resto del tiempo lo pasaba transcribiendo, releyendo, corrigiendo, rompiendo y volviendo a empezar.

Sólo Jenny interrumpía su soledad. Iba a visitarle todos los días, después del trabajo, inquieta al verle apagarse lentamente. En general llegaba sobre las seis de la tarde; en el tiempo de franquear los pocos pasos que separaban su coche del porche, ya quedaba empapada por la lluvia. Traía una cesta que desbordaba de provisiones sisadas del Clark's: sándwiches de pollo, huevos con mayonesa, pasta con queso y crema que conservaba, caliente y humeante, en un recipiente metálico, y pasteles rellenos que había ocultado a los clientes para asegurarse de que quedaban para él. Llamaba a la puerta.

Él saltaba de la silla. ¡Nola! ¡Mi querida Nola! Corría hasta la entrada. Ella estaba allí, ante él, resplandeciente, magnífica. Se abrazaban el uno contra el otro, él la cogía en brazos, la hacía girar a su alrededor, alrededor del mundo, se besaban. ¡Nola! ¡Nola! ¡Nola! Se besaban de nuevo y bailaban. Era el baile de verano, el cielo tenía esa luz brillante que precede al anochecer; sobre ellos, bandadas de gaviotas cantaban como ruiseñores, ella sonreía, reía, su rostro brillaba como el sol. Estaba allí, podía estrecharla contra él, tocar su piel, acariciar sus mejillas, sentir su perfume, jugar con su pelo. Estaba allí, estaba viva. Estaban vivos. «Pero ¿dónde has estado? —preguntaba él poniendo las manos sobre las suyas—. ¡Te he estado esperando! ¡Tenía tanto miedo! ¡Todo el mundo dijo que te había pasado algo grave! ¡Dicen que la señora Cooper te vio ensangrentada cerca de Side Creek! ¡Había policías por todos lados! ¡Han registrado el bosque! Pensé que te había ocurrido una desgracia y me volvía loco no saber qué». La estrechaba con fuerza, ella se encaramaba a él y le tranquilizaba: «¡No te preocupes, Harry querido! No me ha pasado nada, estoy aquí. ¡Estoy aquí! ¡Estamos juntos para siempre! ¿Has comido? ¡Debes de tener hambre! ¿Has comido?».

—¿Has comido? Harry, Harry, ¿estás bien? —preguntaba Jenny al fantasma lívido y esquelético que le abría la puerta.

La voz de la joven le devolvía a la realidad. Estaba oscuro y hacía frío, una lluvia torrencial caía ruidosamente. Era casi invierno. Hacía mucho tiempo que las gaviotas se habían marchado.

—¿Jenny? —decía asustado—. ¿Eres tú?

—Sí, soy yo. Te he traído algo de comer, Harry. Tienes que alimentarte, no estás bien. Nada bien.

La miraba, mojada y tiritando. La dejaba entrar. Sólo se quedaba un momento. El tiempo de llevar la cesta a la cocina y recuperar los platos de la víspera. Cuando constataba que apenas los había tocado, le reprendía amablemente.

—Harry, ¡tienes que comer!

—A veces me olvido —respondía.

—Pero bueno, ¿cómo puede olvidarse uno de comer?

—Es por el libro que estoy escribiendo... Estoy completamente inmerso y me olvido de lo demás.

—Debe de ser un libro precioso —decía ella.

—Un libro precioso.

Ella no comprendía cómo alguien podía llegar a ese estado por un libro. En cada ocasión, esperaba que le pidiese que se quedara a cenar con él. Siempre preparaba platos para dos personas, y él nunca se daba cuenta. Permanecía unos minutos de pie, entre la cocina y el comedor, sin saber qué decir. Él dudaba siempre si proponerle que se quedase un rato, pero renunciaba porque no quería darle falsas esperanzas. Sabía que no volvería a amar a nadie. Cuando el silencio se volvía incómodo, él decía «gracias» e iba a abrir la puerta de entrada para invitarla a marcharse.

Ella volvía a su casa, decepcionada, preocupada. Su padre le preparaba un chocolate caliente en el que derretía un marshmallow y encendía un fuego en la chimenea del salón. Se sentaban en el sofá, frente al hogar, y ella le contaba la forma en la que Harry se estaba derrumbando.

—¿Por qué está tan triste? —preguntaba—. Parece que se va a morir.

—No lo sé —respondía Robert Quinn.

Tenía miedo de salir. Las raras veces que abandonaba Goose Cove, encontraba a su regreso esas horribles cartas. Alguien le espiaba. Alguien quería hacerle daño. Alguien esperaba a que se ausentase y dejaba un pequeño sobre en el marco de la puerta. En su interior, siempre las mismas palabras:

Sé lo que le hizo a esa chiquilla de 15 años.
Y pronto toda la ciudad lo sabrá.

¿Quién? ¿Quién podría tener algo contra él? ¿Quién sabía lo suyo con Nola y quería ahora hacerle daño? Aquello le ponía enfermo; a cada carta que encontraba, sentía cómo le subía la fiebre. Le dolía la cabeza, sentía ataques de ansiedad. Llegaba a tener crisis de náuseas e insomnio. Temía ser acusado de haber hecho daño a Nola. ¿Cómo podría demostrar su inocencia? Entonces empezaba a imaginar los peores escenarios: el horror de un módulo de alta seguridad de una prisión federal hasta el final de su vida, quizás en la silla eléctrica o en la cámara de gas. Poco a poco fue cogiendo miedo a la policía: la visión de un uniforme o de uno de sus coches le ponía en un estado de nerviosismo extremo. Un día, al salir del supermercado, vio una patrulla de la policía estatal en el aparcamiento, con un agente en su interior que le seguía con la mirada. Se esforzó en parecer tranquilo y aceleró el paso hasta su coche, con la compra en los brazos. Pero, de pronto, oyó que le llamaban. Era el policía. Fingió no haber oído nada. Escuchó el ruido de una puerta a su espalda: el policía salía del coche. Sintió sus pasos, el tintineo de su cinturón, donde colgaban las esposas, el arma, la porra. Al llegar al coche, tiró su compra en el maletero para huir con rapidez. Temblaba, sudaba, veía de forma borrosa: era presa del pánico. Sobre todo, cálmate, pensó, métete en el coche y desaparece. No vuelvas a Goose Cove. Pero no tuvo tiempo de hacer nada: sintió cómo una poderosa mano le agarraba del hombro.

Nunca se había peleado, no sabía cómo pelear. ¿Qué debía hacer? ¿Debía empujarle para poder meterse dentro del coche y darse a la fuga? ¿Darle un golpe? ¿Apoderarse de su arma y abatirle? Se dio la vuelta, dispuesto a todo. El policía le tendió entonces un billete de veinte dólares:

—Se le ha caído del bolsillo, señor. Le he llamado pero no me ha oído. ¿Está usted bien, señor? Está muy pálido...

—Estoy bien —respondió Harry—, estoy bien... Yo... yo estaba... inmerso en mis pensamientos y... En fin, gracias... Tengo... tengo que irme.

El policía le dedicó un gesto de simpatía con la mano y volvió a su coche. Harry temblaba.

Después de ese episodio se inscribió en un curso de boxeo; empezó a ir con asiduidad. Finalmente decidió que tenía que hablar con alguien. Se informó y contactó con el doctor Roger Ashcroft, en Concord, que aparentemente era uno de los mejores psiquiatras de la región. Acordaron una sesión semanal, los miércoles por la mañana desde las diez cuarenta a las once treinta. Con el doctor Ashcroft no habló de las cartas, sino de Nola. Sin mencionarla. Pero, por vez primera, pudo hablar de Nola con alguien. Aquello le hizo mucho bien. Ashcroft, sentado en su mullido sillón, le escuchaba atentamente, tamborileando sobre su carpeta con los dedos cuando se lanzaba a una interpretación.

—Creo que veo muertos —explicó Harry.

—¿Así que su amiga está muerta? —concluyó Ashcroft.

—No lo sé... Eso es lo que me vuelve loco.

—No creo que esté usted loco, señor Quebert.

—A veces voy a la playa y grito su nombre. Y cuando ya no tengo fuerzas para gritar, me siento sobre la arena y lloro.

—Creo que está usted en un proceso de duelo. Está su parte racional, lúcida, consciente, que se debate contra otra parte dentro de usted que se niega a aceptar lo que, en su opinión, es inaceptable. Cuando la realidad es demasiado insoportable, intentamos cambiarla. Quizás podría recetarle algún calmante que le ayudase a relajarse.

—No, ni hablar. Debo poder concentrarme en mi libro.

—Hábleme de ese libro, señor Quebert.

—Es una historia de amor maravillosa.

—¿Y de qué habla esa historia?

—De un amor entre dos seres que nunca podrá existir.

—¿Es la historia de usted con su amiga?

—Sí. Odio los libros.

—¿Por qué?

—Me hacen daño.

—Es la hora. Seguiremos la semana que viene.

—Muy bien. Gracias, doctor.

Un día, en la sala de espera, se cruzó con Tamara Quinn, que salía de la consulta.

*

Terminó el manuscrito a mediados de noviembre, en una tarde tan sombría que no dejaba adivinar si era de día o de noche. Apiló el grueso paquete de hojas y leyó atentamente el título inscrito en mayúsculas en la portada:

LOS ORÍGENES DEL MAL
Por Harry L. Quebert

De pronto sintió la necesidad de contárselo a alguien, y se presentó inmediatamente en el Clark's para ver a Jenny.

—He terminado mi libro —le dijo, en un impulso de euforia—. Vine a Aurora a escribir un libro, y ya está. Está terminado. ¡Terminado!

—Formidable —respondió Jenny—. Estoy segura de que es un libro muy bueno. ¿Qué vas a hacer ahora?

—Me iré a Nueva York un tiempo. Para presentarlo a los editores.

Envió copias del manuscrito a cinco grandes editoriales de Nueva York. Menos de un mes más tarde, las cinco editoriales se pusieron en contacto con él, seguras de estar delante de una obra maestra, y pujaron con fuerza para comprar los derechos. Empezaba una nueva vida. Contrató a un abogado y a un agente. Pocos días antes de Navidad, firmó finalmente un contrato fenomenal de cien mil dólares con una de las editoriales. Iba camino de la gloria.

Volvió a Goose Cove el 23 de diciembre, al volante de un Chrysler Cordoba recién estrenado. Quería pasar la Navidad en Aurora. En el marco de la puerta, una carta anónima, que llevaba varios días allí. La última que recibiría nunca.

La jornada del día siguiente la dedicó a preparar la cena: asó un pavo gigantesco, salteó judías verdes en mantequilla y patatas en aceite, confeccionó un pastel de chocolate y nata. En el tocadiscos sonaba *Madame Butterfly*. Puso una mesa para dos, al lado del abeto. No vio, tras la ventana cubierta por el vaho, a Robert Quinn, que le observaba y que se juró a sí mismo, ese día, dejar de enviarle cartas.

Después de la cena, Harry se disculpó ante el asiento vacío que tenía enfrente y entró un momento en su despacho. Volvió con una gran caja de cartón.

—¿Es para mí? —exclamó Nola.

—No ha sido fácil de encontrar, pero todo llega —respondió Harry dejando la caja en el suelo.

Nola se arrodilló ante la caja. «Pero ¿qué es?, ¿qué es?», repitió levantando las solapas de cartón, que no estaban selladas. Apareció un morro y luego una cabecita amarilla. «¡Un cachorro! ¡Es un cachorro! ¡Un perro del color del sol! ¡Ah, Harry, mi querido Harry! ¡Gracias! ¡Gracias!» Sacó al perrito de la caja y lo tomó en sus brazos. Era un labrador de apenas dos meses y medio. «¡Te llamarás Storm! —le dijo al perro—. ¡Storm! ¡Storm! ¡Eres el perro con el que siempre he soñado!».

Dejó el cachorro en el suelo. Éste se puso a explorar su nuevo hogar ladrando, y Nola se abrazó al cuello de Harry.

—Gracias, Harry, soy tan feliz contigo. Pero me da mucha vergüenza, no tengo regalo para ti.

—Mi regalo es tu felicidad, Nola.

La estrechó en sus brazos, pero le pareció que se escurría, pronto dejó de sentirla, dejó de verla. La llamó, pero no respondió. Se encontró solo, de pie en medio del comedor, abrazando sus propios brazos. A sus pies, el cachorro había salido de la caja y jugaba con los cordones de sus zapatos.

*

Los orígenes del mal fue publicado en junio de 1976. Desde su aparición, el libro cosechó un éxito inmenso. Alabado por la crítica, el prodigioso Harry Quebert, de treinta y cinco años, fue a partir de entonces considerado el escritor más grande de su generación.

Dos semanas antes de la salida del libro, consciente del impacto que iba a suscitar, el editor de Harry hizo en persona el trayecto hasta Aurora para ir a buscarle:

—Vamos, Quebert, me han dicho que no quiere ir a Nueva York, ¿es cierto? —preguntó el editor.

—No puedo marcharme —dijo Harry—. Estoy esperando a alguien.

—¿Espera usted a alguien? ¿Qué me cuenta usted? Toda América quiere verle. Se va a convertir en una gran estrella.

—No puedo marcharme, tengo un perro.

—Pues bien, lo llevaremos con nosotros. Ya verá, le mimaremos: tendrá una niñera, un cocinero, un paseador y un peluquero. Vamos, haga su maleta y en marcha hacia la gloria, amigo mío.

Y Harry dejó Aurora para comenzar una *tournée* de varios meses por todo el país. Pronto no se habló más que de él y de su asombrosa novela. Desde la cocina del Clark's o desde su dormitorio, Jenny le seguía, a través de la radio y la televisión. Compraba todos los periódicos que hablaban sobre él, conservaba cuidadosamente todos los artículos. Cada vez que veía su libro en una tienda, lo compraba. Tenía más de diez ejemplares. Los había leído todos. A menudo se preguntaba si volvería a buscarla. Cuando pasaba el cartero, se sorprendía esperando una carta. Cuando sonaba el teléfono, esperaba que fuese él.

Esperó todo el verano. Cuando se cruzaba con un coche parecido al suyo, su corazón latía más fuerte.

Esperó durante el otoño siguiente. Cuando se abría la puerta del Clark's, se imaginaba que era él que volvía a buscarla. Era el amor de su vida. Y mientras tanto, para ocupar su mente, pensaba en los benditos días en que venía a trabajar a la mesa 17 del Clark's. Allí, muy cerca de ella, había escrito esa obra maestra de la que releía algunas páginas todas las noches. Si quisiera quedarse a vivir en Aurora, podría continuar viniendo allí todos los días: ella se quedaría de camarera, por el placer de seguir a su lado. Poco le importaba servir hamburguesas hasta el fin de sus días si con eso estaba junto a él. Reservaría esa mesa para él, para siempre. Y, a pesar de las recriminaciones de su madre, encargó, con su dinero, una placa de metal que hizo atornillar en la mesa 17 y sobre la que estaba grabado:

ÉSTA ES LA MESA EN LA QUE DURANTE EL VERANO DE 1975
HARRY QUEBERT ESCRIBIÓ SU FAMOSA NOVELA
Los orígenes del mal

El 13 de octubre de 1976 celebró su veintiséis cumpleaños. Harry estaba en Filadelfia, lo había leído en el periódico. Desde su marcha, no había dado señales de vida. Esa noche, en el salón de la casa familiar y ante sus padres, Travis Dawn, que iba a comer a casa de los Quinn todos los domingos desde hacía un año, pidió la mano de Jenny. Y como ya no tenía esperanzas, ella aceptó.

*

Julio de 1985

Diez años después de los acontecimientos, el espectro de Nola y su secuestro habían sido barridos por el tiempo. En las calles de Aurora hacía tiempo que la vida había vuelto a la normalidad: los niños, en sus patines, jugaban de nuevo ruidosamente al hockey, los concursos de comba habían vuelto y las rayuelas gigantes se habían extendido por las aceras. En la calle principal, las bicicletas llenaban de nuevo la acera delante de la tienda de la familia Hendorf, donde el puñado de caramelos se vendía ya a casi un dólar.

En Goose Cove, al final de una mañana de la segunda semana de julio, Harry, instalado en la terraza, aprovechaba el calor del verano para corregir el borrador de su nueva novela; acostado a su lado, Storm dormía. Una bandada de gaviotas pasó por encima de él. Las siguió con la mirada. Se posaron en la playa. Se levantó inmediatamente para ir a la cocina a buscar el pan seco que conservaba en una caja de latón marcada con la inscripción Recuerdo de Rockland, Maine, y después bajó a la playa para dárselo a los pájaros, seguido de cerca por el viejo Storm, cuyo caminar se había vuelto difícil por culpa de la artrosis. Se acomodó sobre los guijarros para contemplar a los pájaros, y el perro se sentó a su lado. Le acarició un buen rato. «Mi pobre viejo Storm —le decía—, te cuesta caminar, ¿eh? Ya no eres un cachorrito... Recuerdo el día que te compré, fue justo antes de la Navidad de 1975... Eras una minúscula bola de pelo, no más grande que mis puños».

De pronto, oyó una voz que le llamaba.

—¿Harry?

Desde la terraza, un visitante le hacía señas. Harry entrecerró los ojos y reconoció a Eric Rendall, el rector de la Universidad de Burrows, Massachusetts. Los dos habían simpatizado durante una conferencia, un año antes, y habían conservado el contacto regular desde entonces.

—¿Eric? ¿Es usted? —respondió Harry.

—Sí, soy yo.

—No se mueva, yo subo.

Segundos más tarde, Harry, seguido difícilmente por el viejo labrador, se unió a Rendall en la terraza.

—He intentado ponerme en contacto con usted —explicó el rector para justificar su inesperada visita.

—No respondo mucho al teléfono —sonrió Harry.

—¿Es su nueva novela? —preguntó Rendall al ver las hojas esparcidas sobre la mesa.

—Sí, se publicará este otoño. Hace dos años que trabajo en ella... Todavía tengo que releer las pruebas, pero ¿sabe?, creo que nada de lo que escriba podrá ser como *Los orígenes del mal*.

Rendall miró fijamente a Harry con simpatía.

—En el fondo —dijo—, los escritores no escriben más que un solo libro en su vida.

Harry asintió con un movimiento de cabeza y ofreció café a su visitante. Después se sentaron a la mesa y Rendall explicó:

—Harry, me he permitido venir a visitarle porque recuerdo que me dijo que tenía ganas de enseñar en la universidad. Y va a quedar libre una plaza de profesor en el departamento de Literatura de Burrows. Sé que no es Harvard, pero somos una buena universidad. Si el puesto le interesa, es suyo.

Harry se volvió hacia el perro del color del sol y le acarició el cuello.

—¿Oyes eso, Storm? —le murmuró a la oreja—. Me voy a convertir en profesor universitario.

6. El Principio Barnaski

«Ya ve usted, Marcus, las palabras están bien, pero a veces son vanas y no bastan. Llega un momento en que ciertas personas no quieren escucharle.

—¿Qué se debe hacer entonces?

—Agarrarlos por el cuello y presionar con el codo en su garganta. Con fuerza.

—¿Para qué?

—Para estrangularlos. Cuando las palabras no basten, reparta algunos puñetazos.»

A principios del mes de agosto de 2008, a la vista de los nuevos datos descubiertos en la investigación, la oficina del fiscal del Estado de New Hampshire presentó al juez instructor del caso un nuevo informe que concluía que Luther Caleb era el asesino de Deborah Cooper y Nola Kellergan, quien había sido secuestrada, golpeada hasta la muerte y enterrada en Goose Cove. Tras ese informe, el juez convocó a Harry para una audiencia urgente, en la que se abandonaron definitivamente las acusaciones contra él. Este último acontecimiento inesperado daba al caso tintes de gran culebrón de verano: Harry Quebert, la estrella atrapada por su pasado y caída en desgracia, salía definitivamente limpio tras haberse arriesgado a la pena de muerte y haber visto arruinada su carrera.

Luther Caleb accedió a una sórdida fama póstuma, que le valió ver su vida aireada en los periódicos y su nombre inscrito en el Panteón de grandes criminales de la historia de América. La atención general pronto se focalizó exclusivamente en él. Su vida fue diseccionada, los semanarios ilustrados reprodujeron su historia personal publicando muchas fotos de archivo compradas a su entorno: sus despreocupados años en Portland, su talento para la pintura, la paliza, su descenso a los infiernos. Su necesidad de pintar mujeres desnudas apasionó al público y se pidió a los psiquiatras que ofrecieran explicaciones más profundas: ¿era una patología conocida? ¿Podían con ello haberse previsto los trágicos acontecimientos posteriores? Una filtración desde la policía permitió la difusión de imágenes del cuadro encontrado en casa de Elijah Stern, dejando vía libre a las especulaciones más disparatadas: todo el mundo se preguntaba por qué Stern, hombre poderoso y respetado, había avalado las sesiones de pintura con una chica de quince años desnuda.

Las miradas de desaprobación se volvieron hacia el fiscal del Estado, a quien algunos consideraban responsable de haber actuado sin pensar y haber precipitado así el fiasco Quebert. Algunos creían incluso que, al firmar el famoso informe de agosto, el fiscal había rubricado el fin de su carrera. Ésta fue en parte salvada por Gahalowood, que, en calidad de encargado de la investigación policial, asumió plenamente su responsabilidad, convocando una rueda de prensa para aclarar que había sido él quien había detenido a Harry Quebert, pero que también había sido él quien le había hecho poner en libertad, y que aquello no era ni una paradoja ni un error, sino más bien la prueba del correcto funcionamiento de la justicia. «No encarcelamos a nadie por equivocación —declaró a los numerosos periodistas presentes—. Teníamos nuestras sospechas y las hemos aclarado. Hemos actuado coherentemente en ambos casos. Es el trabajo de la policía». Y para explicar por qué habían sido necesarios todos esos años para identificar al culpable, mencionó su teoría de las circunvoluciones: Nola era el elemento central en torno al que gravitaban el resto de elementos. Había sido necesario aislar hasta el último para encontrar al asesino. Pero ese trabajo sólo había podido realizarse gracias al descubrimiento del cuerpo. «Dicen ustedes que hemos necesitado treinta y tres años para resolver este asesinato —recordó a su auditorio—, pero en realidad lo hemos resuelto en sólo dos meses. Durante el resto del tiempo, no hubo cuerpo, luego no hubo asesinato. Sólo una chiquilla desaparecida».

El que menos comprendía la situación era Benjamin Roth. Una tarde que me lo crucé por casualidad en la sección de cosméticos de un gran centro comercial de Concord, me dijo:

—Qué locura, fui a ver a Harry a su motel ayer: se diría que la renuncia a los cargos no le alegra nada.

—Está triste —expliqué.

—¿Triste? ¿Hemos ganado y está triste?

—Está triste porque Nola está muerta.

—Pero si hace treinta años que está muerta.

—Ahora está muerta de verdad.

—No entiendo lo que quiere usted decir, Goldman.

—No me extraña.

—Bueno, en fin, fui a verle para pedirle que tomara disposiciones respecto a su casa: hablé con los tipos del seguro, se encargarán de todo, pero tiene que buscarse un arquitecto y decidir lo que quiere hacer. Parecía que le daba completamente igual. Todo lo que consiguió decirme fue: «Lléveme allí». Y fuimos. Todavía queda un montón de porquería en esa casa, ¿lo sabía? Lo dejó todo allí, muebles y objetos todavía intactos. Dice que no necesita nada. Nos quedamos más de una hora allí dentro. Una hora arruinando mis zapatos de seiscientos dólares. Yo le señalaba lo que podía recuperar, sobre todo sus muebles antiguos. Le propuse derribar una de las paredes para agrandar el salón y le recordé que podía denunciar al Estado por el daño moral causado con todo este asunto y que podría sacarle una buena pasta. Pero ni siquiera reaccionó. Le propuse que llamase a una empresa de mudanzas para que se llevaran lo que quedaba intacto y lo almacenaran en un guardamuebles, le dije que hasta ahora había tenido suerte, porque no había habido ni lluvia ni robos, pero me respondió que no merecía la pena. Incluso añadió que no le importaba si venían a robar, que al menos los muebles serían útiles para alguien. ¿Entiende usted algo, Goldman?

—Sí. La casa ya no le sirve de nada.

—¿No le sirve de nada? ¿Y por qué?

—Porque ya no hay nadie a quien esperar.

—¿Esperar? ¿Esperar a quién?

—A Nola.

—¡Pero si Nola está muerta!

—Precisamente por eso.

Roth se encogió de hombros.

—En el fondo —me dijo—, yo tenía razón desde el principio. Esa chica Kellergan era una zorra. Se tiró a toda la ciudad, y Harry fue simplemente el que pagó el pato, el dulce romántico un poco tontaina que se pegó un tiro en el pie al escribir palabras de amor, un libro entero de ellas.

Lanzó una carcajada soez.

Aquello fue demasiado. Con gesto rápido y con una sola mano, lo agarré por el cuello de la camisa y lo estampé contra un muro, derribando botellas de perfume que se estrellaron contra el suelo, y después hundí mi antebrazo libre en su garganta.

—¡Nola cambió la vida de Harry! —exclamé—. ¡Se sacrificó por él! Le prohíbo repetir a todo el mundo que era una zorra.

Intentó liberarse, pero no podía hacer nada; oí su vocecilla estrangulada que perdía aliento. La gente se arremolinó en

torno a nosotros, llegaron los guardias de seguridad y acabé sol-
tándolo. Tenía la cara roja como un tomate, y la camisa descom-
puesta. Balbuceó:

—¡Está... está usted loco, Goldman! ¡Está loco! ¡Loco
como Quebert! ¡Podría denunciarle, sabe!

Se marchó, furioso, y cuando se hubo alejado, gritó:

—¡Fue usted el que dijo que era una zorra, Goldman! Está
en sus borradores, ¿no? ¡Todo esto es culpa suya!

Precisamente quería que mi libro reparase la catástrofe
causada por la difusión de los borradores. Quedaba mes y medio
antes de la salida oficial, y Roy Barnaski estaba sobreexcitado: me
llamaba varias veces al día para compartir su entusiasmo.

—¡Todo va perfecto! —exclamó durante una de nuestras
conversaciones—. ¡Sincronización perfecta! El informe del fiscal
conociéndose ahora, todo este desbarajuste, es un increíble golpe
de suerte, porque dentro de tres meses serán las elecciones presidenciales, y ya nadie habría puesto el menor interés en su libro ni
en esta historia. La información es un flujo infinito en un espacio
finito. La masa de información es exponencial, pero el tiempo que
le concedemos es limitado y no se puede extender. El común de los
mortales le dedica, ¿cuánto?, ¿una hora diaria? Veinte minutos de
periódico gratuito en el metro por la mañana, media hora de Internet en el despacho y un cuarto de hora de CNN por la noche, antes
de acostarse. Y para llenar ese espacio temporal, ¡el material es ilimi-
tado! En el mundo pasan un montón de cosas repugnantes, pero no
se habla de ellas porque no hay tiempo. No se puede hablar de Nola
Kellergan y del Sudán, no hay tiempo, ¿entiende? Periodo de atención: quince minutos en la CNN por la noche. Después, la gente
quiere ver su serie. La vida es una cuestión de prioridades.

—Es usted un cínico, Roy —respondí.

—¡No, para nada! ¡Deje de acusarme de todos los males!
Vivo simplemente en la realidad. Usted, en cambio, es un tranquilo
cazador de mariposas, un soñador que recorre la estepa en busca de
inspiración. Pero podría escribirme una obra maestra sobre el Sudán, que no se la publicaría. ¡Porque a la gente le trae sin cuidado!
¡Le da igual! Así que puede usted considerarme un cabrón, pero no
hago más que responder a la demanda. Todo el mundo se lava las

manos sobre el Sudán, ésa es la realidad. Hoy se habla de Harry Quebert y de Nola Kellergan en todas partes, y hay que aprovecharlo: dentro de dos meses se hablará del nuevo Presidente, y su libro dejará de existir. Pero habremos vendido tantos que estará usted tumbado a la bartola en su nueva casa en las Bahamas.

Era evidente que Barnaski tenía un don para ocupar el espacio mediático. Todo el mundo hablaba ya del libro, y cuanto más se hablaba, más hacía hablar aún, multiplicando las campañas publicitarias. *El caso Harry Quebert,* el libro de un millón de dólares, así lo presentaba la prensa. Porque me di cuenta de que la suma astronómica que me había ofrecido, y que había aireado con profusión en la prensa, era de hecho una inversión publicitaria: en lugar de gastar ese dinero en anuncios o carteles, lo había utilizado para atraer la atención general. Es más, no lo ocultaba cuando se lo preguntaban, y me explicó su teoría sobre ese asunto: según él, las reglas comerciales habían cambiado brutalmente con la llegada de Internet y las redes sociales.

—Imagínese, Marcus, lo que cuesta un solo cartel publicitario en el metro de Nueva York. Una fortuna. Se paga mucho dinero por un cartel cuya duración es limitada y el número de personas que lo verán también es limitado: la gente debe estar en Nueva York y coger esa línea de metro en esa parada en un espacio de tiempo dado. Mientras que ahora basta con suscitar el interés de una forma u otra, con crear el *buzz,* como dicen, con hacer que hablen de uno, y con contar con la gente para que hable de usted en las redes sociales: tendrá acceso a un espacio publicitario gratuito e infinito. Gente de todo el mundo que se encarga, sin darse cuenta siquiera, de hacerle publicidad a escala planetaria. ¿No es increíble? Los usuarios de Facebook no son más que hombres-anuncio que trabajan gratis. Sería estúpido no utilizarlos.

—Es lo que ha hecho, ¿verdad?

—¿Cuando le solté el millón de dólares? Sí. Paga a un tipo un salario de NBA o NHL por escribir un libro, y puedes estar seguro de que todo el mundo hablará de él.

En Nueva York, en la sede de Schmid & Hanson, la tensión estaba en su punto culminante. Equipos enteros habían sido movilizados para asegurar la producción y el seguimiento del libro. Recibí por FedEx una centralita telefónica que me permitía participar desde mi suite del Regent's en todas las reuniones que tenían lugar en Manhattan. Reuniones con el equipo de marketing, encargado de la promoción del libro; reuniones con el equipo gráfico, encargado del diseño de la portada del libro; reuniones con el equipo jurídico, encargado de estudiar todos los aspectos legales ligados al libro, y finalmente reuniones con un equipo de escritores fantasma, que Barnaski utilizaba para ciertos autores famosos y que quería endosarme sin falta.

Reunión telefónica n.º 2. Con los escritores fantasma

—El libro debe estar listo dentro de tres semanas, Marcus —me repitió por décima vez Barnaski—. Después tendremos diez días para corregirlo, después una semana para la impresión. Eso quiere decir que a mediados de septiembre inundaremos de ejemplares el país. ¿Lo conseguirá?

—Sí, Roy.

—Si quiere, estaremos allí enseguida —gritó desde el fondo el jefe de los escritores fantasma, que se llamaba François Lancaster—. Tomamos el primer avión para Concord y estamos allí mañana para ayudarle.

Escuché a todos bramar que sí, que estarían mañana y que sería formidable.

—Lo que sería formidable es que me dejaran trabajar —respondí—. Escribiré este libro solo.

—Pero si son muy buenos —insistió Barnaski—, ¡ni usted mismo verá la diferencia!

—Sí, ni usted mismo verá la diferencia —repitió François—. ¿Por qué querer trabajar cuando se puede permitir no hacerlo?

—No se preocupen, cumpliré los plazos.

Reunión telefónica n.º 4. Con el equipo de marketing

—Señor Goldman —me dijo Sandra, de marketing—, necesitaríamos fotos de usted durante la escritura de su libro, fotos de archivo con Harry, fotos de Aurora. Y también sus notas para la redacción del libro.

—¡Sí, todas sus notas! —insistió Barnaski.

—Sí... bueno... ¿Para qué? —pregunté.

—Nos gustaría publicar un libro acerca de su libro —me explicó Sandra—. Como un diario de a bordo, ricamente ilustrado. Va a tener un éxito fenomenal, todos los que compren su libro querrán el diario del libro, y a la inversa. Ya verá.

Suspiré:

—¿Cree que no tengo otra cosa que hacer en este momento que preparar un libro sobre el libro que todavía no he terminado?

—¿No lo ha terminado? —gritó Barnaski, histérico—. ¡Le envío inmediatamente a los escritores fantasma!

—¡No me envíe a nadie! ¡Déjeme terminar mi libro de una vez!

Reunión telefónica n.º 6. Con los escritores fantasma

—Hemos escrito que cuando entierra a la pequeña, Caleb llora —me informó François Lancaster.

—¿Cómo que *hemos escrito*?

—Sí, entierra a la chica y llora. Las lágrimas caen sobre la tumba y se forma barro. Es una bonita escena, ya verá.

—¡Pero joder! ¿Acaso he pedido que escribieran una bonita escena sobre Caleb enterrando a Nola?

—Bueno... no... Pero el señor Barnaski me dijo...

—¿Barnaski? Oiga, Roy, ¿está usted ahí? ¿Oiga? ¿Oiga?

—Esto... sí, Marcus, estoy aquí...

—¿Qué es todo esto?

—No se enfade, Marcus. No puedo correr el riesgo de que el libro no esté terminado a tiempo. Así que he pedido que adelantaran trabajo, por si acaso. Por simple precaución. Si no le gustan, no utilizaremos esos textos. Pero ¡imagínese que no tenga tiempo de terminarlo! Ése será nuestro chaleco salvavidas.

Reunión telefónica n.º 10. Con el equipo jurídico

—Buenos días, señor Goldman, aquí Richardson, del departamento jurídico. Lo hemos estudiado todo, y la respuesta es afirmativa: puede mencionar nombres propios en su libro. Stern, Pratt, Caleb. Todo lo que menciona se repite en el informe del fiscal, del que se han hecho eco los medios de comunicación. Estamos blindados, no corremos ningún riesgo. No hay ni invención ni difamación, no hay más que hechos.

—Dicen que también puede añadir escenas de sexo y orgía en forma de fantasía o sueño —añadió Barnaski—. ¿No es cierto, Richardson?

—Correcto. De hecho, ya se lo he dicho. Su personaje puede soñar que tiene relaciones sexuales, lo que le permite introducir sexo en su libro sin arriesgarse a un proceso.

—Sí, un poco más de sexo, Marcus —insistió Barnaski—. François me decía el otro día que su libro es muy bueno pero que es una pena que le falte algo de pimienta. Ella tiene quince años, y Quebert treinta y tantos en aquella época. ¡Échele picante! *Caliente,* como dicen en México.

—¡Está usted completamente loco, Roy! —exclamé.

—Lo estropea usted todo, Goldman —suspiró Barnaski—. Las historias de santurronas son un coñazo.

Reunión telefónica n.º 12. Con Roy Barnaski

—¿Oiga? ¿Roy?

—¿Cómo que *Roy*?

—¿Mamá?

—¿Markie?

—¿Mamá?

—¿Markie? ¿Eres tú? ¿Quién es ese Roy?

—Mierda, me he equivocado de número.

—¿Equivocado de número? ¿Llamas a tu madre, dices *mierda* y luego dices que te has equivocado de número?

—No era eso lo que quería decir, mamá. Es simplemente que tenía que llamar a Roy Barnaski y he marcado vuestro número sin querer. Tengo la cabeza en otro sitio.

—Llama a su madre porque tiene la cabeza en otro sitio... Cada vez mejor. ¿Le das la vida y qué recibes a cambio? Nada.

—Lo siento, mamá. Dale un beso a papá. Te llamaré.

—¡Espera!

—¿Qué?

—¿No tienes ni un minuto para tu pobre madre? Tu madre, que te hizo tan guapo y gran escritor, ¿no merece unos segundos de tu tiempo? ¿Te acuerdas del pequeño Jeremy Johnson?

—¿Jeremy? Sí, íbamos juntos al colegio. ¿Por qué me hablas de él?

—Su madre había muerto. ¿Lo recuerdas? Pues bien, ¿no crees que le gustaría poder coger el teléfono y hablar con su mamá querida que está en el Cielo con los angelitos? No hay línea telefónica hasta el Cielo, Markie, ¡pero la hay hasta Montclair! Intenta recordarlo de vez en cuando.

—¿Jeremy Johnson? ¡Pero si su madre no está muerta! Es lo que él intentaba hacer creer porque ella tenía vello oscuro en las mejillas y se parecía muchísimo a una barba y los otros niños se burlaban de él. Así que él decía que su madre estaba muerta y que esa mujer era su niñera.

—¿Cómo? ¿La niñera barbuda de los Johnson era la madre?
—Sí, mamá.

Escuché a mi madre agitarse y llamar a mi padre. «Nelson, ven aquí, ¿quieres? Tengo un chisme del que tienes que enterarte: la mujer barbuda que vivía con los Johnson, ¡era la madre! ¿Cómo que *ya lo sabías*? ¿Y por qué no me has dicho nada?»

—Mamá, ahora tengo que colgar. Tengo una reunión telefónica.

—¿Qué quiere decir eso de reunión telefónica?

—Es una reunión para hablar por teléfono.

—¿Y por qué no hacemos reuniones telefónicas juntos?

—Las reuniones telefónicas son para el trabajo, mamá.

—¿Quién es ese Roy, cariño? ¿Es el hombre desnudo que se esconde en tu habitación? Puedes decírmelo todo, estoy dispuesta a escucharlo. ¿Por qué quieres hacer reuniones telefónicas con ese hombre sucio?

—Roy es mi editor, mamá. Ya lo conoces, lo viste en Nueva York.

—¿Sabes, Markie? He hablado de tus problemas sexuales con el rabino. Dice que...

—Mamá, ya basta. Ahora tengo que colgar. Dale un beso a papá.

Reunión telefónica n.º 13. Con el equipo gráfico

Brainstorming para elegir la portada del libro.

—Podría ser una foto suya —sugirió Steven, el jefe gráfico.

—O una foto de Nola —propuso otro.

—Una foto de Caleb estaría bien, ¿no? —propuso un tercero al foro.

—¿Y si pusiésemos una foto del bosque? —sugirió un ayudante gráfico.

—Sí, algo sombrío y angustioso podría estar bien —dijo Barnaski.

—¿Y algo sobrio? —sugerí por fin—. Una vista de Aurora y, en primer plano, en sombras chinas, dos siluetas no identificables pero que podrían sugerir que se trata de Harry y Nola, caminando uno al lado del otro por la federal 1.

—Cuidado con lo sobrio —dijo Steven—. Lo sobrio aburre. Y lo que aburre no vende.

Reunión telefónica n.º 21. Con los equipos jurídico, gráfico y de marketing

Escuché la voz de Richardson, del departamento jurídico:

—¿Le apetece un dónut?

Respondí:

—¿Qué? ¿A mí? No.

—No está hablando con usted —me dijo Steven, del gráfico—. Se lo dice a Sandra, de marketing.

Barnaski saltó:

—¿Podrían dejar de comer y de interferir en la conversación ofreciendo tacitas de café calentito y bollos? ¿Estamos jugando a las comiditas o fabricando best-sellers?

*

Mientras mi libro avanzaba a toda velocidad, la investigación sobre el asesinato del jefe Pratt patinaba. Gahalowood había solicitado la ayuda de varios investigadores de la brigada criminal, pero no progresaban. Ningún indicio, ninguna huella que seguir. Tuvimos una larga conversación sobre el tema en un bar de camioneros a la salida de la ciudad, donde Gahalowood iba a veces a refugiarse y jugar al billar.

—Ésta es mi guarida —me dijo, tendiéndome un palo para empezar una partida—. He venido a menudo estos últimos tiempos.

—No ha sido fácil, ¿verdad?

—Ahora va mejor. Al menos hemos conseguido cerrar el caso Kellergan, que era lo importante. Incluso se ha desencadenado un follón más grande de lo que pensaba. Y el que se lleva la peor parte es el fiscal, como siempre. Porque al fiscal lo eligen.

—¿Y usted?

—El gobernador está contento, el jefe de policía está contento, así que todo el mundo está contento. De hecho, los jefazos están pensando en crear una unidad de casos sin resolver, y quieren que la dirija.

—¿Casos sin resolver? Pero ¿no es frustrante no tener ni criminal ni víctima? En el fondo, no es más que un asunto de muertos.

—Es un asunto de vivos. En el caso de Nola Kellergan, el padre tiene derecho a saber qué le pasó a su hija, y Quebert ha estado a punto de ser llevado a los tribunales. La justicia debe poder terminar su trabajo, incluso años después de los hechos.

—¿Y Caleb? —pregunté.

—Creo que fue un tipo que perdió la chaveta. En ese tipo de casos, o nos enfrentamos a un criminal en serie, y no hubo ningún caso similar al de Nola en la región ni en los dos años precedentes ni en los que siguieron al secuestro, o se trata de un arrebato de locura.

Asentí.

—El único punto que me molesta —me dijo Gahalowood— es Pratt. ¿Quién lo mató? ¿Y por qué? Queda todavía una incógnita en esta ecuación, y mucho me temo que nunca conseguiremos resolverla.

—¿Sigue pensando en Stern?

—Sólo son sospechas. Ya le conté mi teoría, por la cual quedan zonas oscuras en su relación con Luther. ¿Qué lazo existía entre ellos? ¿Y por qué Stern no mencionó la desaparición de su coche? Hay algo muy raro en todo esto. ¿Podría estar relacionado de lejos? Es posible.

—¿Y no se lo ha preguntado a él? —dije.

—Sí. Me recibió dos veces, con mucha amabilidad. Dice que se siente mejor desde que me contó el episodio del cuadro. Me indicó que autorizaba a Luther a utilizar de vez en cuando ese Chevrolet Monte Carlo negro a título privado, porque su Mustang azul tenía problemas. Ignoro si es verdad, pero, en todo caso, la explicación concuerda. Todo encaja perfectamente. Hace diez días que escarbo en la vida de Stern, pero no encuentro nada. También he hablado con Sylla Mitchell, le pregunté qué había pasado con el Mustang de su hermano, me dijo que no tenía ni idea. Ese coche desapareció. No tengo nada contra Stern, nada que pueda suponer que esté implicado en el caso.

—¿Por qué un hombre como Stern se dejaba dominar completamente por su chófer? Cediendo a sus caprichos, poniendo a su disposición un coche... Hay algo que se me escapa.

—A mí también, escritor. A mí también.

Coloqué las bolas sobre el tapete.

—Dentro de dos semanas tendré terminado el libro —dije.

—¿Ya? Lo ha escrito usted muy rápido.

—No tan rápido. Seguramente oirá que es un libro escrito en dos meses, pero he necesitado dos años.

Sonrió.

*

A finales del mes de agosto de 2008, dándome el lujo de adelantarme en el plazo, acabé de escribir *El caso Harry Quebert,* libro que dos meses más tarde conocería un éxito absolutamente asombroso.

Llegó entonces el momento de volver a Nueva York, donde Barnaski se disponía a lanzar la promoción del libro a base de sesiones fotográficas y presentaciones ante periodistas. Por casualidades del calendario, abandoné Concord el penúltimo día de agosto. Por el camino, me desvié por Aurora para ir a ver a Harry a su motel. Estaba, como siempre, sentado delante de la puerta de su habitación.

—Vuelvo a Nueva York —le dije.

—Entonces esto es una despedida...

—Es un hasta pronto. Volveré dentro de nada. Voy a restituir su nombre, Harry. Deme algunos meses y volverá a ser de nuevo el escritor más respetado del país.

—¿Por qué hace usted todo esto, Marcus?

—Porque usted ha hecho de mí lo que soy.

—¿Y qué? ¿Cree que está en deuda conmigo? Le he convertido en un escritor, pero como parece ser que a los ojos de la opinión pública yo mismo he dejado de serlo, ¿intenta devolverme lo que le he dado?

—No, le defiendo porque siempre he creído en usted. Siempre.

Le tendí un abultado sobre.

—¿Qué es esto? —preguntó.

—Mi libro.

—No lo voy a leer.

—Quiero su acuerdo antes de publicarlo. Este libro es el suyo.

—No, Marcus. Es el suyo. Y ahí está precisamente el problema.

—¿Qué problema?

—Creo que es un libro magnífico.

—¿Y eso por qué es un problema?

—Es complicado, Marcus. Un día lo entenderá.

—Pero ¿entender qué, por Dios? ¡Hable de una vez! ¡Hable!

—Un día lo entenderá, Marcus.

Hubo un largo silencio.

—¿Qué va a hacer ahora? —acabé preguntando.

—No voy a quedarme aquí.

—¿Cuál es ese aquí? ¿Este motel, New Hampshire, América?

—Me gustaría ir al paraíso de los escritores.

—¿El paraíso de los escritores? ¿Eso qué es?

—El paraíso de los escritores es el lugar donde se decide reescribir la vida como uno hubiese querido vivirla. Porque el poder de los escritores, Marcus, es que deciden el final del libro. Tienen el poder de hacer vivir o de hacer morir, tienen el poder de cambiarlo todo. Los escritores tienen en sus dedos una fuerza que, a menudo, ni siquiera sospechan. Les basta con cerrar los ojos para cambiar radicalmente el curso de una vida. Marcus, ¿qué habría pasado ese 30 de agosto de 1975 si...?

—No podemos cambiar el pasado, Harry. No piense en ello.

—Pero ¿cómo podría no pensar?

Dejé el manuscrito sobre la silla que había a su lado e hice como que me iba.

—¿De qué habla su libro? —me preguntó entonces.

—Es la historia de un hombre que amó a una joven mujer. Ella tenía sueños para los dos. Quería que viviesen juntos, que él se convirtiese en un gran escritor, en un profesor universitario, y que tuviesen un perro del color del sol. Pero, un día, esa joven desapareció. Nunca la encontraron. Entonces el hombre se quedó en la casa, esperándola. Se convirtió en un gran escritor, se convirtió en profesor en la universidad, tuvo un perro del color del sol. Hizo exactamente todo lo que ella le había pedido, y la esperó. Nunca amó a nadie más. Esperó, fielmente, a que volviese. Pero ella nunca volvió.

—¡Porque está muerta!

—Sí. Pero ahora ese hombre puede empezar su duelo.

—¡No, es demasiado tarde! ¡Ahora tiene sesenta y siete años!

—Nunca es demasiado tarde para amar de nuevo.

Le hice un gesto amistoso con la mano.

—Hasta pronto, Harry. Le llamaré cuando llegue a Nueva York.

—No me llame. Será mejor.

Bajé las escaleras exteriores que llevaban al aparcamiento. Cuando me disponía a subir al coche, le oí llamarme desde la balaustrada del primer piso:

—Marcus, ¿a qué día estamos hoy?

—A 30 de agosto, Harry.

—¿Y qué hora es?

—Casi las once de la mañana.

—¡No quedan más que ocho horas, Marcus!

—¿Ocho horas para qué?

—Para que sean las siete de la tarde.

No lo comprendí enseguida y pregunté:

—¿Qué pasa a las siete de la tarde?

—Nuestra cita, ella y yo, ya lo sabe. Vendrá. ¡Mire, Marcus! ¡Mire dónde estamos! Estamos en el paraíso de los escritores. Basta con escribirlo y todo podrá cambiar.

*

30 de agosto de 1975 en el paraíso de los escritores

Ella decidió no pasar por la federal 1 sino ir por la orilla del mar. Era más prudente. Estrechando el manuscrito entre sus brazos, corrió entre los guijarros y la arena. Estaba casi a la altura de Goose Cove. Dos o tres millas más de camino y llegaría al motel. Miró su reloj, eran algo más de las seis de la tarde. Cuarenta minutos después se presentaría en la cita. A las siete de la tarde, como habían acordado. Continuó caminando y llegó al borde de Side Creek Lane, donde consideró que era el momento de atravesar la linde del bosque trepando por una sucesión de rocas, después atravesó prudentemente las filas de árboles, con cuidado de no arañarse ni desgarrar su bonito vestido rojo en los matorrales. A través de la vegetación percibió a lo lejos una casa: en la cocina, una mujer preparaba tarta de manzana.

Alcanzó la federal 1. Justo antes de salir de la vegetación, pasó un coche a toda velocidad. Era Luther Caleb, que volvía a Concord. Recorrió la carretera otras dos millas y llegó inmediatamente al motel. Eran las siete de la tarde en punto. Atravesó sigilosamente el aparcamiento y subió la escalera exterior. La habitación número 8 estaba en el primer piso. Trepó por los escalones de cuatro en cuatro y tamborileó la puerta con los nudillos.

Acababan de llamar a la puerta. Él se levantó precipitadamente de la cama sobre la que estaba sentado para ir a abrir.

—¡Harry! ¡Mi querido Harry! —exclamó ella al verle aparecer en el marco de la puerta.

Saltó a su cuello y le cubrió de besos. Él la izó en sus brazos.

—Nola..., estás aquí. ¡Has venido! ¡Has venido!

Le miró con expresión extraña.

—¡Claro que he venido, qué cosas tienes!

—He debido de dormirme, y he tenido esa pesadilla... Estaba en esta habitación y te esperaba. Te esperaba y no venías. Y yo esperaba, y seguía esperando. Y tú no venías nunca.

Ella se estrechó contra él.

—¡Qué pesadilla más horrible, Harry! ¡Ahora estoy aquí! ¡Estoy aquí y para siempre!

Se abrazaron largamente. Él le ofreció las flores que había dejado en el lavabo.

—¿No has traído nada? —preguntó Harry cuando constató que no tenía equipaje.

—Nada. Para ser más discreta. Compraremos lo necesario por el camino. Pero he traído el manuscrito.

—¡Lo he buscado por todas partes!

—Me lo llevé yo. Lo he leído... Me ha gustado tanto, Harry. ¡Es una obra maestra!

Se volvieron a abrazar, y después ella dijo:

—¡Vámonos! ¡Vámonos deprisa! Vayámonos enseguida.

—¿Enseguida?

—Sí, quiero estar lejos de aquí. Por piedad, Harry, no quiero arriesgarme a que nos encuentren. Vayámonos enseguida.

Caía la noche. Era el 30 de agosto de 1975. Dos siluetas escaparon del motel y bajaron rápidamente las escaleras que llevaban hasta el aparcamiento antes de meterse en un Chevrolet Monte Carlo negro. Se pudo ver el coche coger la federal 1 en dirección norte. Avanzaba a toda velocidad, desapareciendo en el horizonte. Pronto dejó de distinguirse su forma: se convirtió en un punto negro, y después en una mancha diminuta. Se adivinó todavía un instante el minúsculo punto de luz que dibujaban sus faros, y después desapareció completamente.

Se marchaban hacia la vida.

Tercera parte

EL PARAÍSO DE LOS ESCRITORES
(Publicación del libro)

5. La chiquilla que había emocionado a América

«Un nuevo libro, Marcus, es una nueva vida que empieza. Es también un momento de gran altruismo: ofrece usted, a quien quiera descubrirla, una parte de sí mismo. Algunos le adorarán, otros le odiarán. Algunos le convertirán en una estrella, otros le despreciarán. Algunos se sentirán celosos, otros interesados. No es para ellos para quienes escribe usted, Marcus. Sino para todos los que, en su vida diaria, habrán pasado un buen momento gracias a Marcus Goldman. Me dirá usted que no es gran cosa, y sin embargo, no está nada mal. Algunos escritores quieren cambiar el mundo. Pero ¿quién puede realmente cambiar el mundo?»

Todo el mundo hablaba del libro. Ya no podía pasear tranquilo por las calles de Nueva York, no podía hacer *jogging* por Central Park sin que me reconocieran y exclamaran: «¡Es Goldman, el escritor!». Algunos incluso me seguían durante un rato para preguntarme aquello que les atormentaba: «¿Es cierto lo que cuenta en la novela? ¿Harry Quebert hizo eso?». En el café al que solía ir en el West Village, había clientes que no dudaban en sentarse a mi mesa y empezar a hablar: «Su libro me tiene atrapado, señor Goldman, es imposible dejarlo. El primero era muy bueno, pero éste... He oído que le dieron un millón de dólares por escribirlo... ¿Qué edad tiene? ¿Sólo treinta años? ¡Y ya está forrado!». Hasta el portero de mi edificio, al que había visto leyéndolo entre apertura y apertura de puerta, me tuvo retenido un rato en el ascensor, al terminarlo, para confesarme su desazón: «Entonces ¿eso fue lo que le ocurrió a Nola Kellergan? Qué horror. ¿Dónde vamos a ir a parar, señor Goldman? ¿Dónde?».

Desde que salió, *El caso Harry Quebert* se convirtió en el número uno de ventas de todo el país; prometía ser el libro más vendido del año en el continente americano. Se hablaba de él en todas partes: en la televisión, en la radio, en los periódicos. Los críticos, que esperaban ridiculizarme, no escatimaban elogios sobre mí. Decían que mi nueva novela era una gran novela.

Inmediatamente después de la salida del libro, partí para una maratoniana *tournée* promocional que me llevó por todos los rincones del país en un periodo de sólo dos semanas, todo motivado por el cambio de Presidente que se avecinaba. Barnaski consideraba que ése era el lapso de tiempo disponible antes de que las miradas se volviesen hacia Washington para las elecciones del 4 de noviembre. De vuelta a Nueva York, visité todos los platós de televisión a un ritmo frenético para responder al entusiasmo general, que se había extendido incluso hasta la casa de mis padres, donde periodistas y curiosos llamaban sin cesar a su puerta. Para asegurarles un poco de tranquilidad, les regalé una autocaravana, a bordo de la cual se empeñaron en realizar uno de sus viejos sueños: ir hasta Chicago y luego bajar por la ruta 66 hasta California.

Nola, tras un artículo en el *New York Times,* era conocida ya como *la chiquilla que había emocionado a América.* Y las cartas de los lectores que recibía daban todas cuenta de ese sentimiento: a todos emocionaba la historia de esa adolescente desgraciada y maltratada que había vuelto a sonreír al conocer a Harry Quebert y que, a sus quince años, había luchado por él y le había permitido escribir *Los orígenes del mal.* Algunos especialistas de la literatura afirmaban de hecho que su libro sólo podía leerse correctamente gracias al mío; y proponían entonces una nueva aproximación en la que Nola no representaba un amor imposible, sino el sentimiento todopoderoso. Así fue como *Los orígenes del mal,* que cuatro meses antes había sido retirado de casi todas las librerías del país, veía ahora aumentar sus ventas. En previsión de la campaña de Navidad, el equipo de marketing de Barnaski estaba preparando un cofre de tirada limitada que contenía *Los orígenes del mal, El caso Harry Quebert* y un análisis de texto ofrecido por un tal François Lancaster.

En cuanto a Harry, no tenía noticias suyas desde que lo dejé en el Sea Side Motel. Y eso que había intentado contactar con él en innumerables ocasiones: su móvil estaba apagado, y cuando llamaba al motel y pedía que me pusiesen con la habitación 8, nadie cogía el teléfono. En general, había perdido todo contacto con Aurora, y quizás era lo mejor; no tenía ninguna gana de saber cómo había sido recibido el libro allí. Sólo sabía, por intermediación del departamento jurídico de Schmid & Hanson, que Elijah Stern intentaba encarnizadamente abrir un proceso judicial, calificando de difamatorios ciertos pasajes de mi libro, y especialmente aquellos en los que me interrogaba sobre las razones por las cuales no sólo había accedido a la demanda de Luther pidiendo a Nola que posase desnuda, sino que tampoco había informado a la policía de la desaparición de su Monte Carlo negro. Y sin embargo, yo lo había llamado antes de la salida del libro para obtener su versión de los hechos y no se había dignado a responderme.

A partir de la tercera semana de octubre, tal y como Barnaski había previsto, las elecciones presidenciales ocuparon íntegramente el espacio mediático. Las solicitudes que recibía disminuyeron drásticamente, y sentí cierto alivio. Acababa de vivir dos años agotadores, mi primer éxito, la enfermedad del escritor, por fin el segundo libro. Tenía la mente tranquila, y sentía una necesidad real de marcharme de vacaciones por algún tiempo. Como no tenía ganas de irme solo y quería agradecer a Douglas su apoyo, compré dos billetes para las Bahamas, para así pasar las vacaciones entre amigos, lo que no había hecho desde el instituto. Quise darle una sorpresa, una noche que vino a ver un partido a mi casa. Pero, para mi gran disgusto, declinó mi invitación.

—Hubiera sido guay —me dijo—, pero quería llevar a Kelly al Caribe en esa misma fecha.

—¿Kelly? ¿Sigues con ella?

—Sí, claro. ¿No lo sabías? Queremos prometernos. Precisamente quería pedir su mano allí.

—¡Genial! Me alegro de veras por los dos. Muchas felicidades.

Debí de poner cara triste, porque me dijo:

—Marc, tienes todo lo que todo el mundo querría tener en la vida. Te ha llegado la hora de dejar de estar solo.

Asentí.

—Es que... hace lustros que no tengo una cita.

Sonrió.

—No te preocupes por eso.

Fue esa conversación la que nos llevó a la velada de dos días después, el jueves 23 de octubre de 2008, que fue la noche en la que todo se vino abajo.

Douglas me había organizado una cita con Lydia Gloor, porque había sabido por su agente que yo todavía le hacía tilín. Me convenció para que la llamara y acordamos vernos en un bar del Soho. A las siete de la tarde, Douglas pasó por mi casa para darme apoyo moral.

—¿No estás preparado todavía? —constató al verme con el torso desnudo cuando le abrí la puerta.

—No consigo decidir qué camisa voy a ponerme —respondí agitando dos perchas delante de mí.

—Ponte la azul, te sentará bien.

—¿Estás seguro de que no es un error salir con Lydia, Doug?

—No vas a casarte, Marc. Sólo vas a tomar una copa con una chica guapa que te gusta y a la que gustas. Ya veréis si sigue habiendo algo entre vosotros.

—¿Y después de la copa qué hacemos?

—Te he reservado una mesa en un italiano de moda, cerca del bar. Te voy a enviar un mensaje con la dirección.

Sonreí.

—¿Qué haría yo sin ti, Doug?

—Para eso están los amigos, ¿no?

En ese instante, recibí una llamada en mi móvil. Probablemente no habría respondido si no hubiese visto sobre la pantalla táctil del teléfono que se trataba de Gahalowood.

—¿Diga, sargento? Qué placer escucharle.

Tenía mala voz.

—Buenas noches, escritor, siento molestarle.

—No me molesta en absoluto.

Parecía muy contrariado. Me dijo:

—Escritor, creo que tenemos un problema gigantesco.

—¿Qué pasa?

—Es acerca de la madre de Nola Kellergan. De la que cuenta en el libro que pegaba a su hija.

—Louisa Kellergan, sí. ¿Qué pasa?

—¿Tiene conexión a Internet? Tengo que enviarle un e-mail.

Fui al salón y encendí el ordenador. Me conecté a mi servidor de correo mientras seguía al teléfono con Gahalowood. Acababa de enviarme una foto.

—¿Qué es? —pregunté—. Empieza usted a inquietarme.

—Abra la imagen. ¿Recuerda que me habló de Alabama?

—Sí, claro que lo recuerdo. De ahí venían los Kellergan.

—La jodimos, Marcus. Olvidamos completamente revisar lo de Alabama. ¡Y encima usted me lo dijo!

—¿Qué le dije?

—Que había que descubrir lo que había pasado en Alabama.

Pulsé en la imagen. Era la foto de una lápida, en un cementerio, en la que figuraba la siguiente inscripción:

LOUISA KELLERGAN
1930-1969
Amada madre y esposa

Me quedé de piedra.

—¡Joder! —resoplé—. ¿Qué significa esto?

—Que la madre de Nola murió en 1969, es decir, ¡seis años antes de la desaparición de su hija!

—¿Quién le ha enviado esa foto?

—Un periodista de Concord. Va a salir en primera página mañana, escritor, y ya sabe usted lo que va a pasar: no harán falta ni tres horas para que todo el país decrete que ni su libro ni la investigación valen un pimiento.

Esa noche no hubo cena con Lydia Gloor. Douglas sacó a Barnaski de una cita de negocios, Barnaski sacó a Richardson-del-departamento-jurídico de su casa, y tuvimos un gabinete de crisis particularmente tumultuoso en una sala de reuniones de Schmid & Hanson. En realidad, el *Concord Herald* se hacía eco del descubrimiento de un periódico de la región de Jackson. Barnaski acababa de pasar dos horas intentando convencer al redactor jefe del *Concord Herald* para que renunciase a publicar en primera página esa imagen al día siguiente, pero en vano.

—¡Se imaginará lo que va a decir la gente cuando se enteren de que su libro es un montón de mentiras! —me gritó—. Pero joder, Goldman, ¿no comprobó sus fuentes?

—Ya no lo sé, ¡es una locura! ¡Harry me habló de la madre! Me habló varias veces de ella. No entiendo nada. ¡La madre pegaba a Nola! ¡Me lo dijo él! Me habló de los golpes y las simulaciones de ahogamiento.

—¿Y qué dice Quebert ahora?

—Está ilocalizable. He intentado llamarle al menos diez veces esta noche. De todas formas, hace casi dos meses que no tengo noticias suyas.

—¡Inténtelo otra vez! ¡Arrégleselas como pueda! ¡Hable con alguien que pueda responder! Encuéntreme una explicación que pueda ofrecer a los periodistas mañana por la mañana cuando se me echen encima.

Eran las diez de la noche cuando finalmente telefoneé a Erne Pinkas.

—Pero bueno, ¿de dónde sacaste que la madre estaba viva? —me preguntó.

Me quedé atónito. Acabé respondiendo como un tonto:

—¡Nadie me dijo que estuviera muerta!

—¡Pero nadie te dijo que estuviera viva!

—¡Sí! Harry me lo dijo.

—Entonces se burló de ti. El padre Kellergan llegó solo a Aurora con su hija. La madre ya no estaba.

—¡No entiendo nada de nada! Tengo la impresión de haberme vuelto loco. ¿Qué van a pensar ahora que soy?

—Una mierda de escritor, Marcus. Puedo decirte que aquí nos cuesta hacernos a la idea. Nos pasamos un mes viéndote hacer el pavo en los periódicos y en la televisión. Y asombrándonos de las tonterías que decías.

—¿Por qué nadie me avisó?

—¿Avisarte? ¿Avisarte de qué? ¿Preguntarte si, por casualidad, no te habías equivocado al hablar de una madre que estaba muerta en el momento de los hechos?

—¿De qué murió? —pregunté.

—No lo sé.

—Pero ¿y la música? ¿Y los golpes? Tengo testigos que me confirmaron todo eso.

—¿Testigos de qué? ¿De que el reverendo ponía su transistor a todo volumen para zurrar tranquilamente a su hija? Sí, eso nos lo imaginábamos todos. Pero en tu libro cuentas que Kellergan se escondía en su garaje mientras la madre sacudía a la chavala. El problema es que la madre no puso nunca los pies en Aurora porque estaba muerta antes de la mudanza. Así que ¿cómo vamos a creer todo lo que cuentas en el resto del libro? Y me dijiste que pondrías mi nombre en los agradecimientos...

—¡Y lo hice!

—Escribiste, entre otros nombres: *E. Pinkas, Aurora*. Yo quería mi nombre en grande. Quería que hablasen de mí.

—¿Cómo? Pero...

Me colgó en las narices. Barnaski me miraba con ira. Apuntó un dedo amenazante en mi dirección.

—Goldman, va usted a coger el primer avión a Concord mañana y me va usted a arreglar este desbarajuste.

—Roy, si me presento en Aurora, me van a linchar.

Lanzó una risa forzada y me dijo:

—Siéntase afortunado si se contentan con lincharle.

*

¿La chiquilla que había emocionado a América era fruto de la imaginación del cerebro enfermo de un escritor falto de inspiración? ¿Cómo un detalle de ese calibre había podido pasarse de forma tan burda? La noticia del *Concord Herald,* repetida por todos los medios de comunicación, estaba sembrando la duda sobre la verdad acerca del caso Harry Quebert.

La mañana del viernes 24 de octubre cogí un vuelo para Manchester, adonde llegué a primera hora de la tarde. Alquilé un coche en el aeropuerto y me dirigí directamente a Concord, al cuartel general de la policía estatal, donde me esperaba Gahalowood. Me resumió lo que había podido saber acerca del pasado de la familia Kellergan en Alabama.

—David y Louisa Kellergan se casan en 1955 —me explicó—. Él es pastor de una parroquia floreciente, y su mujer ayuda a hacerla crecer. Nola nace en 1960. Nada que señalar durante los años que siguieron. Pero, una noche de verano del año 1969, un incendio asola la casa. La niña es salvada de las llamas in extremis, pero la madre muere. Semanas más tarde, el reverendo abandona Jackson.

—¿Semanas después? —me extrañé.

—Sí. Y se van a Aurora.

—Pero ¿por qué Harry me dijo que Nola era maltratada por su madre?

—Quizás lo confundió con su padre.

—¡No y no! —exclamé—. ¡Harry me habló de la madre! ¡Era la madre! ¡Tengo las grabaciones!

—Entonces vamos a escuchar esas grabaciones —sugirió Gahalowood.

Me había traído los minidiscs. Los extendí sobre la mesa de Gahalowood e intenté orientarme por las etiquetas de las cajas.

Había realizado una clasificación bastante precisa, por persona y fecha, pero sin embargo no conseguía localizar la grabación en cuestión. Fue entonces cuando, al vaciar íntegramente mi bolsa, encontré un último disco, sin fecha, que se me había traspapelado. Lo introduje inmediatamente en el lector.

—Qué raro —dije—. ¿Por qué no puse fecha a este disco?

Puse en marcha el aparato. Oí mi voz anunciando que estábamos a martes 1 de julio de 2008. Estaba grabando a Harry en la sala de visitas de la prisión.

—*¿Ésa fue la razón por la que quiso marcharse? La partida que habían previsto juntos, la noche del 30 de agosto, ¿a qué se debió?*

—*Eso, Marcus, fue a causa de una historia terrible. ¿Está usted grabando?*

—*Sí.*

—*Le voy a contar un episodio muy grave. Para que lo comprenda. Pero no quiero que esto se divulgue.*

—*Cuente conmigo.*

—*En realidad, durante nuestra semana en Martha's Vineyard, Nola, en lugar de decir que estaba con una amiga, simplemente se había fugado. Se había marchado sin decir nada a nadie. Al día siguiente de nuestra vuelta, tenía una cara espantosamente triste. Me dijo que su madre le había pegado. Tenía marcas en el cuerpo. Lloraba. Ese día me dijo que su madre la castigaba por cualquier motivo. Que le pegaba con una regla de hierro, y que también le hacía esa cosa vergonzosa que hacen en Guantánamo, las simulaciones de ahogo: llenaba un barreño de agua, cogía a su hija por el pelo y hundía su cabeza en el agua. Decía que era para liberarla.*

—*¿Liberarla?*

—*Liberarla del mal. Una especie de bautismo, creo. Jesús en el Jordán o algo parecido. Al principio no podía creérmelo, pero las pruebas eran evidentes. Entonces le pregunté: «Pero ¿quién te hace esto?». «Mamá.» «¿Y por qué tu padre no reacciona?» «Papá se encierra en el garaje y escucha música a todo volumen. Eso es lo que hace cuando mamá me castiga. No quiere oír nada.» Nola no aguantaba más, Marcus. No aguantaba más. Quise arreglar esa historia, ir a ver a los Kellergan. Aquello tenía que acabar. Pero Nola me suplicó que no hiciese nada, me dijo que tendría unos problemas terribles, que sus padres la alejarían de la ciudad con toda seguridad y que no volveríamos a vernos. Sin embargo, esa situación no podía continuar así. De modo que a finales de agosto, sobre el 20, decidimos que debíamos marcharnos. Rápidamente. Y en secreto, por supuesto. Fijamos la fecha de nuestra partida el 30 de agosto. Queríamos ir en coche hasta Canadá, pasar la frontera de Vermont. Llegar quizás hasta la Columbia Británica, instalarnos en una cabaña de madera. Una vida feliz al borde de un lago. Nadie hubiese sabido nunca nada.*

—¿Así que por eso planearon huir juntos?

—Sí.

—Pero ¿por qué no quiere que hable de esto?

—Esto no es más que el principio de la historia, Marcus. Después hice un descubrimiento terrible sobre la madre de Nola...

(Ruido de timbre.) La voz de un guardia anunciando el fin de la visita.

—Seguiremos esta conversación la próxima vez, Marcus. Mientras tanto, no diga nada a nadie.

—¿Y qué descubrió a propósito de la madre de Nola? —preguntó Gahalowood, impaciente.

—No recuerdo lo que sigue —respondí, confuso, mientras registraba los otros discos.

De pronto, me detuve, pálido, y exclamé:

—¡Maldita sea!

—¿Qué pasa, escritor?

—¡Ésa es la última grabación de Harry! ¡Por eso no hay fecha en el disco! Lo había olvidado por completo. ¡Nunca terminamos aquella conversación! Porque después de eso aparecieron las revelaciones sobre Pratt, Harry ya no quiso que le grabase y continué mis entrevistas tomando notas en una libreta. Luego sucedió lo de la filtración del borrador y Harry se enfadó conmigo. ¿Cómo pude ser tan imbécil?

—Tenemos que hablar sin falta con Harry —declaró Gaha-lowood cogiendo su abrigo—. Tenemos que saber lo que había descubierto sobre Louisa Kellergan.

Y nos pusimos en marcha hacia el Sea Side Motel.

Para nuestra gran sorpresa, no fue Harry sino una rubia alta la que nos abrió la puerta de la habitación número 8. Fuimos a buscar al recepcionista, que simplemente nos explicó:

—Por aquí no ha pasado ningún Harry Quebert reciente-mente.

—Es imposible —dije—. Ha estado semanas alojado aquí.

A petición de Gahalowood, el recepcionista consultó el re-gistro de los seis últimos meses, pero fue categórico y repitió:

—Ningún Harry Quebert.

—Es imposible —me enfadé—. ¡Lo vi, lo vi aquí! Un tipo alto con el pelo blanco revuelto.

—¡Ah! ¡Ése! Sí, recuerdo a ese hombre, que andaba a me-nudo en el aparcamiento. Pero nunca se alojó aquí.

—¡Estaba en la habitación número 8! —me irrité—. Lo sé, lo vi varias veces delante de la puerta.

—Sí, se sentaba delante. Yo le pedía que se fuera, ¡pero cada vez que lo hacía me soltaba un billete de cien dólares! A ese precio, podía quedarse todo el tiempo que quisiese. Decía que es-tar aquí le traía buenos recuerdos.

—¿Y cuándo dejó de verlo? —preguntó Gahalowood.

—Pues eso... hará varias semanas. Sólo recuerdo que el día que se marchó me dio otro billete de cien, para que si alguien llama-ba aquí para hablar con la habitación 8, fingiera pasarle la llamada y lo dejase sonar como si no cogiesen el teléfono. Fue justo después de la pelea...

—¿La pelea? —se extrañó Gahalowood—. ¿Qué pelea? ¿Qué es todo eso de la pelea?

—Es que su amigo se peleó con un tipo. Un viejecito que llegó en coche sólo para montarle una escena. Estuvo animada. Hubo gritos y todo. Me disponía a intervenir cuando al final el viejo se subió al coche y se marchó. En ese momento su amigo de-cidió largarse también. De todas formas, le habría echado porque no me gusta cuando hay jaleo. Los clientes se quejan y luego la bronca me la llevo yo.

—Pero ¿por qué se peleaban?

—Por algo de una carta, creo. «¡Fue usted!», gritó el viejo a su compañero.

—¿Una carta? ¿Qué carta?

—Pero ¿cómo quiere usted que lo sepa?

—¿Y después?

—El viejo se largó y su amigo puso pies en polvorosa.

—¿Y podría usted reconocerle?

—¿Al viejo? No, no creo. Pero pregunte a sus compañeros. Porque volvió el pájaro ese. Yo diría que quería despellejar a su amigo. Sé de investigar, veo un montón de series en la tele. Su amigo se había largado ya, pero me di cuenta de que algo no cuadraba. Así que llamé a la poli. Dos patrullas de la autopista llegaron rápidamente y le identificaron. Después le dejaron ir. Dijeron que no era nada.

Gahalowood llamó inmediatamente a la central para pedir que le buscaran los datos de la persona recientemente identificada en el Sea Side Motel por la policía de la autopista.

—Me llamarán en cuanto tengan la información —me dijo al colgar.

No entendía nada. Me pasé la mano por el pelo y dije:

—¡Es una locura! ¡Una locura!

El recepcionista me miró de pronto de forma extraña y me preguntó:

—¿Es usted el señor Marcus?

—Sí, ¿por qué?

—Porque su amigo ha dejado un sobre para usted. Dijo que un tipo joven vendría buscándole, y que seguramente diría: «¡Es una locura! ¡Es una locura!». Dijo que si ese tipo venía, que le diese esto.

Me tendió un pequeño sobre de papel manila, en cuyo interior había una llave.

—¿Una llave? —dijo Gahalowood—. ¿No hay nada más?

—Nada.

—¿Y de qué es esa llave?

Observé su forma con atención. Y de pronto la reconocí:

—¡La taquilla del gimnasio de Montburry!

Veinte minutos más tarde, estábamos en los vestuarios del gimnasio. En el interior de la taquilla 201 había un paquete de folios atados, acompañado por una carta manuscrita.

Querido Marcus:
Si está leyendo estas líneas, es que se está montando un buen lío alrededor de su libro y necesita usted respuestas.
Esto podrá interesarle. Este libro es la verdad.
Harry

El paquete de hojas era un manuscrito mecanografiado, no muy grueso y que tenía por título:

LAS GAVIOTAS DE AURORA
Por Harry L. Quebert

—¿Qué quiere decir esto? —me preguntó Gahalowood.

—No tengo ni idea. Parece un texto inédito de Harry.

—El papel es viejo —constató Gahalowood examinando las hojas con atención.

Hojeé el texto rápidamente.

—Nola hablaba de gaviotas —dije—. Harry me decía que a Nola le gustaban las gaviotas. Debe de haber una relación.

—Pero ¿por qué habla de la verdad? ¿Es un texto sobre lo que pasó en 1975?

—No lo sé.

Decidimos estudiar el texto más tarde y presentarnos en Aurora. Mi llegada no pasó desapercibida. Los paseantes me expresaban su desprecio y la emprendían conmigo. Delante del Clark's, Jenny, furiosa por la descripción que hacía de su madre y negándose a creer que su padre hubiera sido el autor de cartas anónimas a Harry, me insultó públicamente.

La única persona que se dignó a hablarnos fue Nancy Hattaway, a quien fuimos a ver a su tienda.

—No lo entiendo —me dijo Nancy—. Yo nunca mencioné a la madre de Nola.

—Sin embargo, me habló de las marcas de golpes que había visto. Y de ese episodio, cuando Nola se fugó de casa durante toda una semana, y habían intentado hacerle creer que estaba enferma.

—Pero sólo estaba el padre. Fue él quien se negó a que entrara en la casa cuando Nola desapareció durante aquella famosa semana de julio. Yo nunca le hablé de la madre.

—Usted me habló de los golpes con la regla metálica en los senos. ¿Lo recuerda?

—Los golpes, sí. Pero yo no dije que fuera su madre la que le pegaba.

—¡Pero si lo grabé! Fue el pasado 26 de junio. Tengo la cinta aquí, mire la fecha.

Puse en marcha la grabadora:

—Me extraña lo que dice a propósito del reverendo Kellergan, señora Hattaway. Fui a visitarle hace unos días y me dio la impresión de ser un hombre más bien dulce.

—Puede dar esa impresión, sí. Al menos en público. Había sido llamado para rescatar la parroquia de St. James, que estaba casi abandonada, tras haber, parece ser, hecho milagros en Alabama. Efectivamente, poco después de su llegada, St. James se llenaba todos los domingos. Pero, aparte de eso, es difícil decir lo que pasaba de verdad en casa de los Kellergan.

—¿Qué quiere usted decir?

—A Nola le pegaban.

—¿Cómo?

—Sí, la maltrataban con severidad. Y recuerdo un episodio terrible, señor Goldman. A principios del verano. Era la primera vez que veía unas marcas así en el cuerpo de Nola. Habíamos ido a bañarnos a Grand Beach. Nola parecía triste, creía que era por culpa de un chico. Estaba ese Cody, un tipo de segundo que la rondaba. Y después me confesó que la zurraban en casa, que le decían que era una niña mala. Le pregunté la razón y mencionó algo que pasó en Alabama, negándose a contarme más. Más tarde, en la playa, cuando se desnudó, vi que tenía unas horribles marcas de golpes en los senos. Le pregunté inmediatamente qué era eso tan horrible y va y me responde: «Es mamá, me pegó el sábado, con una regla de hierro». Entonces yo, completamente estupefacta, creo ha-

ber entendido mal. Pero ella insiste: «Es la verdad. Es ella la que me dice que soy una niña mala». Nola parecía desesperada y no insistí. Después de Grand Beach, fuimos a mi casa y le puse pomada en los senos. Le dije que debería hablar de su madre con alguien, por ejemplo con la enfermera del instituto, la señora Sanders. Pero Nola me respondió que no quería hablar más del tema.

—¡Ahí! —exclamé deteniendo la grabación—. Ahí es donde menciona a la madre.

—No —se defendió Nancy—. Yo le expreso mi extrañeza cuando Nola menciona a su madre. Era para explicarle que algo no iba bien en casa de los Kellergan. Estaba completamente segura de que usted sabía que estaba muerta.

—¡Pero no sabía nada! Quiero decir, sabía que su madre había muerto, pero pensé que había muerto después de la desaparición de su hija. Recuerdo que David Kellergan me enseñó incluso una foto de su mujer, la primera vez que fui a visitarle. Y recuerdo hasta haberme sorprendido por su buena acogida. Y también haberle dicho algo del tipo: «¿Y su mujer?». Y que me respondió: «Muerta, desde hace mucho tiempo».

—Ahora que escucho la cinta, comprendo que pude inducirle a error. Ha sido una confusión terrible, señor Goldman, y lo siento en el alma.

Proseguí la reproducción de la grabación:

—*... a la enfermera del instituto, la señora Sanders. Pero Nola me respondió que no quería hablar más del tema.*
—*¿Qué pasó en Alabama?*
—*No lo sé. Nunca lo supe. Nola nunca me lo dijo.*
—*¿Está relacionado con su partida?*
—*No lo sé. Me gustaría poder ayudarle, pero no lo sé.*

—Es todo culpa mía, señora Hattaway —dije—. Después de eso me centré en Alabama.

—Así que, si la maltrataban, ¿era el padre? —preguntó Gahalowood, perplejo.

Nancy se tomó un momento de reflexión, parecía algo perdida. Acabó respondiendo:

—Sí. O no. Ya no sé. Tenía marcas en el cuerpo. Cuando le preguntaba lo que había pasado, me decía que la castigaban en casa.

—¿Castigarla por qué?

—No decía nada más. Pero tampoco decía que fuera su padre el que le pegaba. En el fondo, no sabemos nada. Mi madre vio las marcas en el cuerpo, un día, en la playa. Y luego esa música ensordecedora que él ponía regularmente. La gente estaba convencida de que el reverendo Kellergan pegaba a su hija, pero nadie se atrevía a decir nada. Al fin y al cabo, era nuestro pastor.

Tras la conversación con Nancy Hattaway, Gahalowood y yo nos quedamos un buen rato en un banco, delante de la tienda, silenciosos. Yo estaba desesperado.

—¡Un maldito malentendido! —exclamé por fin—. ¡Todo esto por culpa de un maldito malentendido! ¿Cómo he podido ser tan estúpido?

Gahalowood intentó consolarme.

—Cálmese, escritor, no sea tan duro consigo mismo. Nos hemos equivocado todos. Estábamos tan concentrados en nuestra investigación que no hemos visto lo más evidente. Un bloqueo lo tiene cualquiera.

En ese instante sonó su móvil. Respondió. Era el cuartel general de la policía estatal, que le devolvía la llamada.

—Han encontrado el nombre del tipo del motel —me susurró mientras escuchaba lo que le anunciaba el operador.

Hizo entonces una mueca extraña. Después separó el aparato de su oreja y me dijo:

—Era David Kellergan.

La incesante música resonaba desde el 245 de Terrace Avenue: el reverendo Kellergan estaba en su casa.

—Debemos saber a toda costa qué quería de Harry —me dijo Gahalowood al salir del coche—. Pero se lo ruego, escritor, ¡déjeme llevar la conversación!

Durante la identificación en el Sea Side Motel, la policía de autopista había encontrado un fusil de caza en el coche de David Kellergan. Sin embargo, no se habían preocupado porque su tenencia era legal. Había explicado que iba de camino al club de tiro y que se había detenido para comprar un café en el restaurante del motel. Los agentes no habían encontrado nada que reprocharle y le habían dejado marchar.

—Presiónele, sargento —dije mientras recorríamos el camino pavimentado que llevaba hasta la casa. Tengo curiosidad por saber qué es esa historia de la carta... Kellergan me había dicho que apenas conocía a Harry. ¿Cree que me mintió?

—Es lo que vamos a descubrir, escritor.

Imagino que el reverendo Kellergan nos vio llegar. Porque ni siquiera habíamos llamado cuando abrió la puerta, armado con su fusil. Estaba fuera de sí, y parecía tener muchas ganas de matarme. «¡Ha ensuciado la memoria de mi mujer y de mi hija! —empezó a gritar—. ¡Es usted un cabrón! ¡Un maldito hijo de puta!». Gahalowood intentó calmarle, le pidió que dejara su fusil explicándole que habíamos venido precisamente para comprender lo que le había pasado a Nola. Los vecinos, alertados por el ruido y los gritos, corrieron a ver lo que pasaba. Pronto un grupo de curiosos se reunió delante de la casa, mientras Kellergan seguía vociferando y Gahalowood me hacía una seña para que nos alejásemos lentamente. Llegaron dos patrullas de la policía de Aurora, con todas las sirenas puestas. Travis Dawn salió de uno de los vehículos, visiblemente poco contento de verme. Me dijo: «¿No crees que ya has montado bastante bronca en esta ciudad?», y después preguntó a Gahalowood si había una buena razón para que la policía estatal estuviese en Aurora sin que hubiese sido informado previamente. Como sabía que nuestro tiempo estaba contado, grité dirigiéndome a David Kellergan:

—Respóndame, reverendo: ponía la música a fondo y a fondo la sacudía, ¿verdad?

Agitó de nuevo su fusil.

—¡Nunca le levanté la mano! ¡Nunca se le pegó! ¡Es usted un montón de mierda, Goldman! ¡Voy a llamar a un abogado y le voy a denunciar!

—¿Ah, sí? ¿Y por qué no lo ha hecho todavía, eh? ¿Por qué no me ha denunciado ya? ¿Quizás porque no tiene ganas de que hurguen en su pasado? ¿Qué pasó en Alabama?

Escupió en mi dirección.

—¡Los tipos de su especie no pueden entenderlo, Goldman!

—¿Qué pasó con Harry en el Sea Side Motel? ¿Qué nos está ocultando?

En ese momento, Travis se puso a bramar a su vez, amenazando a Gahalowood con quejarse a sus superiores, y tuvimos que marcharnos.

Rodamos en silencio en dirección a Concord. Después Gahalowood terminó por decir:

—¿Qué se nos ha pasado, escritor? ¿Qué es lo que hemos tenido delante de nuestros ojos pero no hemos visto?

—Ahora sabemos que Harry estaba al corriente de algo acerca de la madre de Nola que no me dijo.

—Y podemos suponer que el reverendo Kellergan sabe que Harry lo sabe. ¡Pero saber qué!

—Sargento, ¿cree que el reverendo Kellergan podría estar implicado en este asunto?

*

La prensa se deleitaba.

Giro espectacular en el caso Harry Quebert: incoherencias descubiertas en el relato de Marcus Goldman ponen en duda la credibilidad de su libro, alabado por la crítica y presentado por el magnate de la edición norteamericana Roy Barnaski como el relato fiel de los acontecimientos que llevaron al asesinato de la joven Nola Kellergan en 1975. No podía volver a Nueva York mientras no hubiese aclarado ese asunto, así que fui a encontrar asilo en mi suite del Regent's de Concord. La única persona a la que comuniqué las coordenadas de mi alojamiento fue Denise, para que pudiese mantenerme informado del cariz que tomaban los acontecimientos en Nueva York y de las últimas noticias acerca del fantasma de la señora Kellergan.

Esa noche, Gahalowood me invitó a cenar a su casa. Sus hijas se habían movilizado para la campaña de Obama y se encargaron de animar la comida. Me dieron adhesivos para mi coche. Más tarde, en la cocina, Helen, a la que ayudaba a lavar los platos, me dijo que tenía mala cara.

—No entiendo lo que hice —le expliqué—. ¿Cómo pude equivocarme hasta ese punto?

—Debe de haber una buena razón, Marcus. ¿Sabe? Perry cree mucho en usted. Dice que es alguien excepcional. Hace treinta años que le conozco y nunca ha utilizado ese término con nadie. Estoy segura de que no ha metido la pata y de que hay una explicación racional a este asunto.

Esa noche, Gahalowood y yo nos encerramos durante largas horas en su despacho, estudiando el manuscrito que Harry me había dejado. Así fue como descubrí esa novela inédita, *Las gaviotas de Aurora,* una novela magnífica en la que Harry narraba su historia con Nola. No había ninguna fecha, pero estimé que debió de ser escrita con posterioridad a *Los orígenes del mal.* Porque si a través de este último contaba el amor imposible que no llegaba a concretarse, en *Las gaviotas de Aurora* relataba cómo Nola le había inspirado, cómo nunca dejó de creer en él y cómo le había alentado, haciendo de él el gran escritor en que se convirtió. Pero al final de esa novela, Nola no muere: meses después de su éxito, el personaje central, llamado Harry, habiendo hecho fortuna, desaparece y se va a Canadá, donde, en una bonita casa al borde de un lago, le espera Nola.

Cuando dieron las dos de la mañana, Gahalowood nos hizo café y me preguntó:

—Pero, en el fondo, ¿qué intenta decirnos con su libro?

—Imagina su vida si Nola no hubiese muerto —dije—. Ese libro es el paraíso de los escritores.

—¿El paraíso de los escritores? ¿Eso qué es?

—Es cuando el poder de escribir se vuelve contra uno. Ya no sabes si tus personajes existen sólo en tu cabeza o viven de verdad.

—¿Y eso en qué nos ayuda?

—No tengo ni idea. Ni la menor idea. Es un libro muy bueno, y nunca fue publicado. ¿Por qué guardarlo en el fondo de un cajón?

Gahalowood se encogió de hombros.

—Quizás no se atrevió a publicarlo porque hablaba de una chica desaparecida —dijo.

—Quizás. Pero en *Los orígenes del mal* hablaba también de Nola, y eso no le impidió ofrecerlo a los editores. ¿Y por qué me escribe: *este libro es la verdad*? ¿La verdad acerca de qué? ¿De Nola?

¿Qué quiere decir? ¿Que Nola nunca habría muerto y que vive en una cabaña de madera?

—Eso no tendría sentido —juzgó Gahalowood—. Los análisis eran inapelables: era su esqueleto el que encontramos.

—Entonces ¿qué?

—Entonces no hemos avanzado mucho, escritor.

La mañana del día siguiente, Denise me llamó para informarme de que una mujer había llamado a Schmid & Hanson y que allí le habían dado su teléfono.

—Quería hablar con usted —me explicó Denise—, dijo que era importante.

—¿Importante? ¿Qué quería?

—Dice que estuvo en el colegio con Nola Kellergan, en Aurora. Y que Nola le hablaba de su madre.

*

Cambridge, Massachusetts, sábado 25 de octubre de 2008

Figuraba en el *yearbook* del año 1975 del instituto de Aurora, con el nombre de Stefanie Hendorf; se la veía dos fotografías antes de la de Nola. Era una de aquellos de los que Erne Pinkas no había hallado ni rastro. Al haberse casado con un hombre de origen polaco, ahora se llamaba Stefanie Larjinjiak y vivía en una casa señorial de Cambridge, el barrio rico de Boston. Allí fue donde Gahalowood y yo fuimos a visitarla. Tenía cuarenta y ocho años, la edad que hubiese tenido Nola. Era una mujer muy guapa, casada dos veces, madre de tres hijos, que había enseñado Historia del arte en Harvard y que ahora tenía su propia galería de pintura. Se había criado en Aurora, había estado en clase con Nola, Nancy Hattaway y otras personas a las que yo había conocido durante la investigación. Al escucharla relatar su vida pasada, me dije que era una superviviente. Por un lado estaba Nola, asesinada con quince años, y por otro estaba Stefanie, que había vivido, había abierto su galería de pintura e incluso se había casado dos veces.

Sobre la mesita del salón tenía desplegadas algunas fotos de su juventud.

—Sigo el caso desde el principio —nos explicó—. Recuerdo el día que Nola desapareció, lo recuerdo todo, como todas las chicas de mi edad que vivían en Aurora en aquella época, imagino. Así que, cuando encontraron su cuerpo y Harry Quebert fue arrestado, evidentemente me sentí muy afectada. Qué asunto... Me ha gustado mucho su libro, señor Goldman. Describe muy bien a Nola. Gracias a usted la he recuperado un poco. ¿Es cierto que van a hacer una película?

—La Warner Bros quiere comprar los derechos —respondí.

Nos enseñó las fotos: una fiesta de cumpleaños en la que Nola también participaba. Era el año 1973. Prosiguió:

—Nola y yo éramos muy amigas. Era una chica adorable. Todo el mundo la quería en Aurora. Quizás porque la gente se sentía conmovida por la imagen que ella y su padre transmitían: el buen pastor viudo y su abnegada hija, siempre sonrientes, sin quejarse nunca. Recuerdo que cuando me ponía caprichosa, mi madre me decía: «¡Toma ejemplo de la pequeña Nola! A la pobre el Buen Dios se le llevó a su madre, y sin embargo siempre es amable y agradecida».

—Dios mío —dije—, ¿cómo no comprendí que su madre había muerto? ¿Y dice usted que le ha gustado el libro? ¡Sobre todo se habrá preguntado qué clase de escritor de pacotilla era yo!

—Nada de eso. ¡Al contrario, precisamente! Incluso pensé que lo había hecho conscientemente. Porque viví eso con Nola.

—¿Cómo que *vivió eso*?

—Un día pasó algo muy extraño. Un acontecimiento que me llevó a alejarme de Nola.

*

Marzo de 1973

Los Hendorf eran los propietarios del supermercado de la calle principal. A veces, después del colegio, Stefanie llevaba allí a Nola y, a escondidas, iban a sisar caramelos a la trastienda. Es lo que hicieron aquella tarde: ocultas detrás de los sacos de harina, estuvieron zampando gominolas hasta que les dolió la tripa y riéndose, con la mano en la boca para que no las oyesen. Pero de pronto, Stefanie se dio cuenta de que algo no iba bien en Nola. Su mirada había cambiado, ya no escuchaba.

—Nola, ¿estás bien? —preguntó Stefanie.

No hubo respuesta. Stefanie repitió su pregunta y al final Nola dijo:

—Tengo... tengo que volver a casa.

—¿Ya? Pero ¿por qué?

—Mamá quiere que vuelva.

Stefanie creyó haber oído mal.

—¿Cómo? ¿Tu madre?

Nola se levantó, aterrorizada. Repitió:

—¡Tengo que marcharme!

—Pero... ¡Nola! ¡Tu madre está muerta!

Nola se dirigió precipitadamente hacia la puerta de la trastienda y, como Stefanie intentaba retenerla agarrándola del brazo, se giró y la agarró del vestido.

—¡Mi madre! —gritó aterrada—. ¡No sabes lo que me va a hacer! ¡Cuando soy mala, me castiga!

Y huyó corriendo.

Stefanie se quedó sin saber qué hacer durante un buen rato. Por la noche, en su casa, le contó la escena a su madre, pero la señora Hendorf no creyó ni una palabra. Le acarició la cabeza con ternura.

—No sé de dónde sacas todas esas historias, cariño. Vamos, deja de decir tonterías y ve a lavarte las manos. Tu padre acaba de volver y tiene hambre: vamos a pasar a la mesa.

Al día siguiente, en el colegio, Nola le pareció tranquila, estaba como si nada. Stefanie no se atrevió a mencionar el episodio de la víspera. Atormentada, acabó hablando directamente con el reverendo Kellergan, unos diez días más tarde. Fue a verle a su despacho de la parroquia, donde la recibió muy amablemente, como siempre. Le ofreció un refresco y después la escuchó con atención, pensando que venía a verle en calidad de pastor. Pero cuando ella le contó lo que había presenciado, tampoco la creyó.

—Debiste de oír mal —le dijo.

—Sé que parece una locura, reverendo. Pero es la verdad.

—Pero bueno, no tiene sentido. ¿Por qué te contaría Nola esas bobadas? ¿No sabes que su madre está muerta? ¿Acaso quieres apenarnos a todos?

—No, pero...

David Kellergan quiso dar por acabada la conversación, pero Stefanie insistió. De pronto, la cara del reverendo cambió, nunca le había visto así: por primera vez, el amable pastor tenía un rostro sombrío y casi aterrador.

—¡No quiero oírte hablar más de esta historia! —le amenazó—. Ni a mí ni a nadie, ¿me oyes? Si no, les diré a tus padres que eres una mentirosa. Y diré que te he sorprendido robando en el templo. Diré que me has robado cincuenta dólares. No querrás meterte en problemas serios, ¿verdad? Entonces, pórtate como una buena chica.

*

Stefanie interrumpió su relato. Jugó un instante con las fotos antes de volverse hacia mí.

—Así que no volví a hablar de ello —dijo—. Pero nunca olvidé ese episodio. Al cabo de los años, llegué a convencerme de que había oído mal, comprendido mal, y de que no había pasado nada de eso. Y entonces sale su libro y vuelvo a encontrarme con esa madre abusiva y perfectamente viva. No puedo describirle mi impresión: tiene usted un talento inusitado, señor Goldman. Hace unos días, cuando los periódicos empezaron a decir que estaba contando estupideces, pensé que tenía que ponerme en contacto con usted. Porque sé que dice usted la verdad.

—Pero ¿qué verdad? —exclamé—. La madre está muerta desde siempre.

—Lo sé muy bien. Pero sé que también tiene usted razón.

—¿Cree que Nola era maltratada por su padre?

—En cualquier caso, es lo que se comentaba. En el colegio se sabía lo de sus marcas en el cuerpo. Pero ¿quién iba a decirle nada a nuestro reverendo? En Aurora, en 1975, nadie se metía en los asuntos de los demás. Además, era otra época. Todo el mundo recibía un bofetón de vez en cuando.

—¿Hay alguna otra cosa que se le ocurra? —pregunté—. ¿Relacionada con Nola o con el libro?

Se tomó un momento para reflexionar.

—No —respondió—. Salvo que es casi... divertido descubrir después de todos estos años que era de Harry Quebert de quien Nola estaba enamorada.

—¿Qué quiere decir?

—Yo era una niña muy ingenua, ¿sabe? Después del episodio de la tienda, frecuenté menos a Nola. Pero el verano de su desaparición me la crucé con regularidad. Durante ese verano de 1975 trabajé bastante en la tienda de mis padres, situada frente a la oficina de correos de la época. Y figúrese que no dejé de ver a Nola. Iba allí a enviar cartas. Lo supe porque, a fuerza de verla pasar por delante de la tienda, le pregunté. Un día, acabó confesando. Me dijo que estaba locamente enamorada de alguien con quien se escribía. Nunca quiso decirme de quién se trataba. Pensaba que era Cody, un chico de segundo, miembro del equipo de baloncesto. Nunca conseguí ver el nombre del destinatario, pero una vez vi que vivía en Aurora. Entonces me pregunté qué interés había en escribir a un habitante de Aurora desde Aurora.

Cuando salimos de casa de Stefanie Larjinjiak, Gahalowood me miró circunspecto. Dijo:

—¿Qué está pasando, escritor?

—Eso mismo iba a preguntarle yo, sargento. Según usted, ¿qué debemos hacer ahora?

—Lo que debimos hacer hace mucho tiempo: ir a Jackson, Alabama. Lo ha estado preguntando desde siempre, escritor: ¿qué pasó en Alabama?

4. Sweet home Alabama

«Cuando llegue al final del libro, Marcus, ofrezca a sus lectores un giro argumental de último minuto.

—¿Por qué?

—¿Por qué? Porque hay que tener al lector en vilo hasta el último momento. Es como cuando juega a las cartas: debe guardar algunos triunfos para el final.»

Jackson, Alabama, 28 de octubre de 2008

Y desembarcamos en Alabama.

Nada más llegar al aeropuerto de Jackson, fuimos recibidos por un joven agente de la policía estatal, Philip Thomas, con quien Gahalowood había entrado en contacto días antes. Estaba en el vestíbulo de llegadas, de uniforme, recto como un palo, el sombrero sobre los ojos. Saludó a Gahalowood con deferencia y después, al mirarme, se levantó ligeramente el sombrero.

—¿No le he visto ya en alguna parte? —me preguntó—. ¿En la televisión?

—Quizás —respondí.

—Le voy a ayudar —intervino Gahalowood—. Es de su libro de lo que todo el mundo habla. No se fíe de él, no tiene usted ni idea de los follones que es capaz de organizar.

—Así que la familia Kellergan ¿es la que describe usted en su libro? —me preguntó el agente Thomas intentando ocultar su asombro.

—Exacto —respondió de nuevo Gahalowood en mi lugar—. Permanezca lejos de este tipo, agente. Yo mismo llevaba una existencia apacible hasta que lo conocí.

El agente Thomas se había tomado su misión muy en serio. A petición de Gahalowood, nos había preparado un pequeño informe sobre los Kellergan, que hojeamos en un restaurante cercano al aeropuerto.

—David J. Kellergan nació en Montgomery en 1923 —nos explicó Thomas—. Estudió Teología antes de convertirse en pastor y venir a Jackson para oficiar en el seno de la parroquia Mt. Pleasant. Se casó con Louisa Bonneville en 1955. Vivían en una casa de un barrio tranquilo de la ciudad. En 1960, Louisa Kellergan dio a luz a una hija, Nola. No hay nada más que señalar.

Una familia tranquila y creyente de Alabama. Hasta esa tragedia, en 1969.

—¿Tragedia? —repitió Gahalowood.

—Hubo un incendio. Una noche, la casa se quemó. Louisa
Kellergan murió en el incendio.

Thomas había adjuntado al informe copias de artículos de
periódico de la época.

Incendio mortal en Lower Street

*Una mujer murió ayer noche al incendiarse su casa, en
Lower Street. Según los bomberos, una vela que había quedado encendida pudo ser el origen del drama. La casa quedó completamente destruida. La víctima es la mujer de un pastor de
la región.*

Un extracto del informe policial indicaba que la noche del
30 de agosto de 1969, sobre la una de la mañana, mientras el reverendo Kellergan estaba en el lecho de muerte de un miembro de la
parroquia, Louisa y Nola fueron sorprendidas por un incendio
mientras dormían. Al regresar a casa, el reverendo vio una intensa
humareda. Se precipitó dentro: la planta baja ya estaba en llamas.
Consiguió sin embargo llegar hasta la habitación de su hija; la encontró en su cama, medio inconsciente. La llevó hasta el jardín y
después quiso volver a buscar a su mujer, pero el incendio ya se había propagado a las escaleras. Los vecinos, alertados por los gritos,
acudieron en su ayuda, aunque ya sólo pudieron constatar su impotencia. Cuando llegaron los bomberos, el piso entero estaba ardiendo: las llamas surgían por las ventanas y devoraban el techo. Louisa
Kellergan fue encontrada muerta, asfixiada. El informe policial
concluyó que una vela que había quedado encendida seguramente
había quemado las cortinas antes de que el incendio se propagase rápidamente al resto de la casa de madera. El reverendo Kellergan pre-
cisó de hecho en su declaración que su mujer encendía a menudo
una vela perfumada sobre su cómoda antes de dormir.

—¡La fecha! —exclamé leyendo el informe—. ¡Mire la fecha del incendio, sargento!

—Dios mío: ¡el 30 de agosto de 1969!

—El agente que llevó la investigación tuvo dudas durante mucho tiempo con respecto al padre —explicó Thomas.

—¿Cómo lo sabe?

—He hablado con él. Se llama Edward Horowitz. Ahora está retirado. Se pasa los días arreglando su barco, delante de su casa.

—¿Sería posible ir a verle? —preguntó Gahalowood.

—Ya les he fijado una cita. Nos espera a las tres.

El inspector retirado Horowitz estaba delante de su casa, impasible, lijando aplicadamente el casco de una barca de madera. Como amenazaba lluvia, había abierto la puerta del garaje para protegerse. Nos invitó a servirnos del paquete de cervezas reventado que andaba por el suelo y nos habló sin interrumpir su trabajo, pero dejándonos claro que teníamos toda su atención. Recordó el incendio de la casa de los Kellergan y nos repitió lo que ya sabíamos después de leer el informe policial, sin muchos más detalles.

—En el fondo, ese incendio fue una historia muy extraña —concluyó.

—¿Y eso? —pregunté.

—Durante mucho tiempo pensamos que David Kellergan había incendiado la casa y matado a su mujer. No existe ninguna prueba de su versión de los hechos: cómo de milagro llega a tiempo para salvar a su hija, pero justo demasiado tarde para salvar a su mujer. Era tentador pensar que él mismo había prendido fuego a la casa. Sobre todo porque, semanas más tarde, se marchó de la ciudad. La casa se quema, su mujer muere y él se larga. Había algo que no cuadraba, pero nunca tuvimos el menor indicio que pudiera señalarle como culpable.

—Es el mismo escenario de la desaparición de su hija —constató Gahalowood—. En 1975, Nola desaparece de la circulación: probablemente ha sido asesinada, pero ningún indicio permite afirmarlo con certeza.

—¿En qué está pensando, sargento? —pregunté—. ¿Que el reverendo mató a su mujer y después a su hija? ¿Cree que nos hemos equivocado de culpable?

—Si es el caso, es una catástrofe —se atragantó Gahalowood—. ¿A quién podríamos preguntar, señor Horowitz?

—Es difícil de decir. Pueden ir al templo de Mt. Pleasant. Puede que haya un registro de parroquianos, algunos conocieron al reverendo Kellergan. Pero, treinta y nueve años después de los hechos... Les va a llevar un tiempo terrible.

—Ya no tenemos tiempo —se quejó Gahalowood.

—Sé que David Kellergan tenía mucha relación con una especie de secta pentecostal de la región —prosiguió Horowitz—. Locos de Dios que viven en comunidad en una granja, a una hora de carretera de aquí. Fue allí donde estuvo viviendo el reverendo tras el incendio. Lo sé porque iba a verle cuando tenía que hablar con él durante mi investigación. Se quedó allí hasta su marcha. Pida hablar con el pastor Lewis, sigue en ese sitio. Es una especie de gurú.

El pastor Lewis del que hablaba Horowitz dirigía la Comunidad de la Nueva Iglesia del Salvador. Fuimos allí en la mañana del día siguiente. El agente Thomas vino a buscarnos al Holiday Inn del borde de la autopista donde habíamos cogido dos habitaciones —una pagada por el Estado de New Hampshire, la otra por mí— y nos llevó hasta una gigantesca propiedad, en gran parte ocupada por campos de cultivo. Después de perdernos en un camino rodeado de maizales, nos cruzamos con un tipo en un tractor que nos guió hasta un grupo de casas y nos señaló la del pastor.

Allí fuimos amablemente recibidos por una atenta y gruesa mujer, que nos instaló en un despacho donde se unió a nosotros, minutos más tarde, el tal Lewis. Yo sabía que debía de andar por los noventa años, pero aparentaba veinte menos. Parecía más bien simpático, nada que ver con la descripción que nos había hecho de él Horowitz.

—¿Policías? —dijo saludándonos uno por uno.

—Policías estatales de New Hampshire y Alabama —indicó Gahalowood—. Estamos investigando la muerte de Nola Kellergan.

—Tengo la impresión de que últimamente sólo se habla de eso.

Mientras me estrechaba la mano, me miró fijamente un instante y preguntó:

—¿Usted no es...?

—Sí, es él —respondió Gahalowood, molesto.

—Entonces... ¿qué puedo hacer por ustedes, señores?

Gahalowood comenzó el interrogatorio.

—Pastor Lewis, si no me equivoco, usted conoció a Nola Kellergan.

—Sí. A decir verdad, sobre todo conocí bien a sus padres. Unas personas encantadoras. Muy cercanos a nuestra comunidad.

—¿En qué consiste «su comunidad»?

—Somos una corriente pentecostal, sargento. Nada más. Tenemos ideales cristianos y los compartimos. Sí, lo sé, algunos dicen que somos una secta. Recibimos la visita de los servicios sociales dos veces al año para ver si los niños están escolarizados, correctamente nutridos o maltratados. También vienen a ver si tenemos armas o somos supremacistas blancos. Ya roza el ridículo. Nuestros hijos van todos al instituto municipal, nunca he tenido una carabina en mi vida y participo activamente en la campaña electoral de Barack Obama en nuestro condado. ¿Qué quieren saber exactamente?

—Lo que pasó en 1969 —dijo Gahalowood.

—El *Apolo 11* se posó en la Luna —respondió Lewis—. Una importante victoria de América sobre el enemigo soviético.

—Sabe muy bien de lo que estoy hablando. Del incendio en casa de los Kellergan. ¿Qué pasó en realidad? ¿Qué le pasó a Louisa Kellergan?

Aunque yo todavía no había pronunciado una palabra, Lewis me miró fijamente y se dirigió a mí.

—Le he visto mucho en la televisión estos últimos tiempos, señor Goldman. Creo que es usted un buen escritor, pero ¿cómo es que no se informó sobre Louisa? Porque me imagino que ésa es la razón por la que está aquí, ¿verdad? Su libro no se tiene en pie y, para que nos entendamos, me imagino que reina el pánico a bordo. ¿Me equivoco? ¿Qué ha venido a buscar aquí? ¿La justificación de sus mentiras?

—La verdad —dije.

Sonrió tristemente.

—¿La verdad? Pero ¿qué verdad, señor Goldman? ¿La de Dios o la de los hombres?

—La suya. ¿Cuál es su verdad sobre la muerte de Louisa Kellergan? ¿Mató a su mujer David Kellergan?

El pastor Lewis se levantó del sillón en el que estaba sentado y fue a cerrar la puerta de su despacho, que había quedado entreabierta. Después se colocó frente a la ventana y escrutó el exterior. Esa escena me recordó nuestra visita al jefe Pratt. Gahalowood me hizo una seña para indicarme que cogía el relevo.

—David era un hombre tan bueno —acabó suspirando Lewis.

—¿Era? —observó Gahalowood.

—No lo he visto desde hace treinta años.

—¿Pegaba a su hija?

—¡No! No. Era un hombre de corazón puro. Un hombre de fe. Cuando desembarcó en Mt. Pleasant, el templo estaba vacío. Seis meses más tarde, llenaba la sala los domingos por la mañana. No habría podido hacer el menor daño a su esposa ni a su hija.

—Entonces ¿quiénes eran? —preguntó suavemente Gahalowood—. ¿Quiénes eran los Kellergan?

El pastor Lewis llamó a su mujer. Le pidió té con miel para todo el mundo. Volvió a sentarse en su sillón y nos miró a todos. Tenía la mirada tierna y la voz calurosa. Nos dijo:

—Cierren los ojos, señores. Cierren los ojos. Ahora estamos en Jackson, Alabama, año 1953.

*

Jackson, Alabama, enero de 1953

Era una historia de las que les gustan a los americanos. Un día de principios del año 1953, un joven pastor llegado de Montgomery entró en el deteriorado edificio del templo de Mt. Pleasant, en el centro de Jackson. Era un día de tormenta: el cielo vertía cortinas de agua, las calles eran barridas por rachas de viento de extrema violencia. Los árboles se balanceaban, periódicos arrancados al vendedor refugiado bajo el toldo de un escaparate volaban por los aires, mientras los paseantes corrían de portal en portal para progresar a través de la intemperie.

El pastor empujó la puerta del templo, que se cerró con estruendo por efecto del viento: el interior era oscuro, estaba helado. Avanzó lentamente a lo largo de los bancos. La lluvia se filtraba por el techo agujereado, formando charcos repartidos por el suelo. El lugar estaba desierto, no había rastro de feligreses y pocos signos de ocupación. En lugar de cirios, no quedaban más que cadáveres de cera. Avanzó hacia el altar, se dirigió al púlpito y puso el pie sobre el primer escalón para subir.

—¡No haga eso!

La voz, que parecía surgir de la nada, le sobresaltó. Se volvió y vio entonces a un hombrecillo redondo salir de la oscuridad.

—No haga eso —repitió—. Los escalones están carcomidos, corre el riesgo de romperse el cuello. ¿Es usted el reverendo Kellergan?

—Sí —respondió David, incómodo.

—Bienvenido a su nueva parroquia, reverendo. Soy el pastor Jeremy Lewis, dirijo la Comunidad de la Nueva Iglesia del Salvador. Al marcharse su predecesor, me pidieron que velara por esta congregación. Ahora es la suya.

Los dos hombres se estrecharon calurosamente las manos. David Kellergan tiritaba.

—¿Está temblando? —constató Lewis—. ¡Pero si está usted muerto de frío! Venga, hay una cafetería en la esquina de la calle. Vamos a tomar un buen grog y charlaremos.

Así fue como se conocieron Jeremy Lewis y David Kellergan. Instalados en la cafetería cercana, esperaron a que pasara la tormenta.

—Me dijeron que Mt. Pleasant no iba bien —sonrió David Kellergan, algo desconcertado—, pero debo confesar que no me imaginaba esto.

—Sí. No le oculto que se dispone usted a encargarse de una parroquia en un estado lamentable. Los parroquianos ya no vienen, ya no realizan donativos. El edificio está en ruinas. Hay trabajo que hacer. Espero que eso no le asuste.

—Verá, reverendo Lewis, hace falta algo más para asustarme.

Lewis sonrió. Ya estaba seducido por la fuerte personalidad y el carisma de su joven interlocutor.

—¿Está usted casado? —le preguntó.

—No, reverendo Lewis. Aún estoy soltero.

El nuevo pastor Kellergan se pasó seis meses yendo por toda la parroquia de puerta en puerta para presentarse a los fieles y convencerles para que volviesen a los bancos de Mt. Pleasant los domingos. Después consiguió fondos para reformar el techo del templo y, como no había servido en Corea, participó en el esfuerzo de guerra poniendo en marcha un programa de reinserción de veteranos. Algunos se ofrecieron voluntarios para participar en la reparación de la sala parroquial contigua. Poco a poco, la vida comunitaria retomó el aliento, el templo de Mt. Pleasant recuperó su esplendor y rápidamente David Kellergan fue considerado una estrella ascendente de Jackson. Algunos notables, miembros de la parroquia, lo veían en política. Se decía que podría llegar a alcalde. Y quizás aspirar después a un mandato federal. Senador, quizás. Tenía potencial.

Una noche de finales de 1953, David Kellergan fue a cenar a un pequeño restaurante cercano al templo. Se instaló en la barra, como solía hacer. A su lado, una mujer joven a la que no había visto se volvió de pronto y, al reconocerle, le sonrió.

—Hola, reverendo —dijo.

Él le devolvió la sonrisa, algo torpe.

—Perdóneme, señorita, ¿nos conocemos?

Ella se echó a reír y balanceó sus rizos dorados.

—Pertenezco a su parroquia. Me llamo Louisa. Louisa Bonneville.

Confuso por no haberla reconocido, enrojeció, y ella se rió aún más. Él encendió un cigarrillo para tranquilizarse un poco.

—¿Puede darme uno? —preguntó ella.

Él le tendió el paquete.

—No dirá a nadie que fumo, ¿eh, reverendo? —dijo Louisa.

Él sonrió.

—Se lo prometo.

Louisa era la hija de un hombre importante de la parroquia. David y ella empezaron a salir juntos. Pronto se enamoraron. Todo el mundo decía que formaban una pareja magnífica y alegre. Se casaron durante el verano de 1955. Estaban llenos de felicidad. Deseaban tener muchos hijos, por lo menos seis: tres niños y tres niñas; niños alegres y divertidos que dieran vida a la casa de Lower Street a la que la joven pareja Kellergan acababa de mudarse. Pero

Louisa no conseguía quedarse embarazada. Consultó a varios especialistas, sin éxito al principio. Por fin, en el verano de 1959, su médico le dio la buena noticia: estaba embarazada.

El 12 de abril de 1960, en el hospital general de Jackson, Louisa Kellergan dio a luz a su primer y único hijo.

—Es una niña —anunció el médico a David Kellergan, que daba vueltas y vueltas por el pasillo.

—¡Una niña! —exclamó el reverendo Kellergan, radiante de felicidad.

Se apresuró a reunirse con su mujer, que tenía a la recién nacida en sus brazos. La abrazó y miró al bebé de ojos aún cerrados. Ya se adivinaba el pelo rubio, como su madre.

—¿Y si la llamamos Nola? —propuso Louisa.

Al reverendo le pareció un nombre muy bonito y aceptó.

—Bienvenida, Nola —dijo a su hija.

Durante los años que siguieron, la familia Kellergan era puesta como ejemplo en todas las ocasiones. La bondad del padre, la dulzura de la madre y su maravillosa hija. David Kellergan no descansaba: rebosaba de ideas y proyectos, siempre apoyado por su mujer. Los domingos de verano solían ir de pícnic a la Comunidad de la Nueva Iglesia del Salvador, por amistad con el pastor Jeremy Lewis, con quien David Kellergan había conservado estrechos lazos desde su encuentro, casi diez años antes, un día de tormenta. Todos aquellos que los frecuentaban en aquella época admiraban la felicidad de la familia Kellergan.

*

—Nunca conocí a gente que pareciera más feliz —nos dijo el pastor Lewis—. David y Louisa demostraban el uno por el otro un amor espectacular. Era una locura. Como si hubiesen sido concebidos por el Señor para amarse. Y eran unos padres formidables. Nola era una niña extraordinaria, alegre, deliciosa. Era una familia como todos deseábamos tener y nos daba una esperanza eterna en el género humano. Era muy bonito verlos. Sobre todo en aquella asquerosidad de Alabama de los años sesenta, atormentada por la segregación.

—Pero todo se torció —dijo Gahalowood.

—Sí.

—¿Cómo?

Hubo un largo silencio. El rostro del pastor Lewis se descompuso. Volvió a levantarse, incapaz de mantenerse en su sitio, y dio algunos pasos por la habitación.

—¿Para qué hablar de todo aquello? —preguntó—. Hace ya tanto tiempo...

—Reverendo Lewis. ¿Qué pasó en 1969?

El pastor se volvió hacia una gran cruz colgada de la pared. Y nos dijo:

—La exorcizamos. Pero algo falló.

—¿Cómo? —dijo Gahalowood—. Pero ¿de qué está hablando?

—A la pequeña... La pequeña Nola. La exorcizamos. Pero fue una catástrofe. Creo que había demasiado maligno en ella.

—¿Qué está intentando decirnos?

—El incendio... La noche del incendio. Esa noche, no pasó exactamente como David Kellergan contó a la policía. Él estaba, efectivamente, asistiendo a una feligresa moribunda. Y cuando volvió a su casa sobre la una de la mañana, la encontró en llamas. Pero... cómo explicarlo... No sucedió como David Kellergan contó a la policía.

*

30 de agosto de 1969

Sumergido en un profundo sueño, Jeremy Lewis no oyó el timbre de la puerta. Fue su mujer, Matilda, la que fue a abrir y vino inmediatamente a despertarle. Eran las cuatro de la mañana. «Jeremy, ¡despierta! —dijo con lágrimas en los ojos—. Ha ocurrido una tragedia... El reverendo Kellergan está aquí... Ha habido un incendio. Louisa está... ¡está muerta!».

Lewis saltó fuera de la cama. Encontró al reverendo en el salón, despavorido, hundido, llorando. Su hija estaba a su lado. Matilda se llevó a Nola para acostarla en el cuarto de invitados.

—¡Dios mío! David, ¿qué ha pasado? —preguntó Lewis.

—Ha habido un incendio... La casa ha ardido. Louisa está muerta. ¡Está muerta!

David Kellergan no conseguía contenerse. Postrado en un sillón, dejó rodar las lágrimas sobre su rostro. Su cuerpo al completo temblaba. Jeremy Lewis le sirvió un vaso lleno de whisky.

—¿Y Nola? ¿Está bien? —preguntó.

—Sí, gracias a Dios. Los médicos la han examinado. No tiene nada.

Los ojos de Jeremy Lewis se empañaron.

—Señor... David, qué tragedia. ¡Qué tragedia!

Posó sus manos sobre los hombros de su amigo para reconfortarle.

—No comprendo lo que ha pasado, Jeremy. Yo estaba asistiendo a una parroquiana moribunda. A mi regreso, la casa estaba ardiendo. Las llamas ya eran inmensas.

—¿Sacó usted a Nola?

—Jeremy... Tengo que decirle una cosa.

—¿El qué? ¡Dígamelo, le escucho!

—Jeremy... Cuando llegué a la casa, estaba en llamas... ¡Todo el primer piso ardía! Quise subir a buscar a mi mujer, pero las escaleras ya se estaban quemando. ¡No pude hacer nada! ¡Nada!

—Cielos... ¿Y Nola, entonces?

David Kellergan hizo un gesto de náusea.

—Le dije a la policía que había subido al primer piso, que había sacado a Nola de la casa, pero que no pude volver a buscar a mi mujer...

—¿Y no es cierto?

—No, Jeremy. Cuando llegué, la casa estaba ardiendo. Y Nola... Nola estaba cantando en el porche.

La mañana siguiente, David Kellergan se aisló con su hija en el cuarto de invitados. Quiso primero explicarle que su madre había muerto.

—Cariño —le dijo—, ¿recuerdas lo de ayer noche? Hubo un fuego, ¿lo recuerdas?

—Sí.

—Pasó algo muy grave. Muy grave y muy triste y que te va a dar mucha pena. Mamá estaba en su habitación cuando hubo el fuego, y no pudo huir.

—Sí, lo sé. Mamá está muerta —explicó Nola—. Era mala. Así que prendí fuego a su cuarto.

—¿Cómo? ¿Qué me estás diciendo?

—Entré en su cuarto, estaba durmiendo. Me pareció que tenía cara de mala. ¡Mala, mamá! ¡Mala! Quería que muriese. Entonces cogí las cerillas de su cómoda y prendí fuego a las cortinas.

Nola sonrió a su padre, que le pidió que lo repitiese. Y lo repitió. En aquel instante, David Kellergan oyó crujir el suelo y se volvió. El pastor Lewis, que había venido a por noticias de la pequeña, acababa de escuchar su conversación.

Se encerraron en el despacho.

—¿Fue Nola la que prendió fuego a la casa? ¿Nola ha matado a su madre? —exclamó Lewis, aturdido.

—¡Sshh! ¡No tan fuerte, Jeremy! Ella... ella dice que prendió fuego a la casa, pero, Señor, ¡no puede ser verdad!

—¿Nola está endemoniada? —preguntó Lewis.

—¿Endemoniada? ¡No, no! Quizás su madre y yo hemos podido notar algún comportamiento a veces extraño, pero nada realmente malvado.

—Nola ha matado a su madre, David. ¿Se da usted cuenta de la gravedad de la situación?

David Kellergan temblaba. Lloraba, su cabeza daba vueltas, las ideas se apelotonaban en su cerebro. Sintió ganas de vomitar. Jeremy Lewis le tendió una papelera para que se aliviara.

—¡No diga nada a la policía, Jeremy, se lo suplico!

—¡Pero es muy grave, David!

—¡No diga nada! En nombre del Cielo, no diga nada. Si la policía se enterara, Nola acabaría en un correccional, o Dios sabe dónde. Sólo tiene nueve años...

—Entonces hay que curarla —dijo Lewis—. Nola está poseída por el Maligno, hay que curarla.

—¡No, Jeremy! ¡Eso no!

—Hay que exorcizarla, David. Es la única solución para librarla del Mal.

*

—La exorcicé —nos explicó el pastor Lewis—. Durante varios días, intentamos sacar al Demonio de su cuerpo.

—¿Qué significa ese delirio? —murmuré.

—¡Pero bueno! —exclamó Lewis—. ¿Por qué es escéptico hasta ese punto? Nola no era Nola: ¡el Diablo había tomado posesión de su cuerpo!

—¿Qué le hizo? —tronó Gahalowood.

—¡En principio bastaban las oraciones, sargento!

—Déjeme adivinar: ¡en ese caso no bastaron!

—¡El Diablo era muy fuerte! Entonces la sumergimos en un barreño de agua bendita, para terminar con él.

—Las simulaciones de ahogo —dije.

—Pero eso tampoco bastó. Así que después, para abatir al Demonio y obligarle a abandonar el cuerpo de Nola, le pegamos.

—¿Pegó usted a la pequeña? —estalló Gahalowood.

—No, a la pequeña no, ¡al Maligno!

—¡Está usted loco, Lewis!

—¡Debíamos liberarla! Pensábamos que lo habíamos conseguido. Pero Nola empezó a tener una especie de crisis. Ella y su padre se quedaron con nosotros algún tiempo y la pequeña se volvió incontrolable. Empezó a ver a su madre.

—¿Quiere decir que Nola tenía alucinaciones? —preguntó Gahalowood.

—Peor que eso: empezó a desarrollar una especie de desdoblamiento de personalidad. Llegaba a convertirse en su propia madre, y se castigaba por lo que había hecho. Un día, la encontré chillando en el cuarto de baño. Había llenado la bañera, se agarraba fuertemente el pelo con una mano y se obligaba a hundir la cabeza en el agua helada. Aquello no podía continuar. Entonces David decidió huir lejos. Muy lejos. Dijo que debía abandonar Jackson, abandonar Alabama, que el alejamiento y el tiempo ayudarían seguramente a Nola a recuperarse. En aquel momento, oí decir que la parroquia de Aurora buscaba un nuevo pastor, y no lo dudó un segundo. Así fue como se marchó a enterrarse al otro lado del país, en New Hampshire.

3. Election Day

«Su vida estará salpicada de grandes acontecimientos. Menciónelos en sus libros, Marcus. Porque si al final se revelan nefastos, al menos tendrán el mérito de marcar algunas páginas de la Historia.»

Extracto de la edición del Concord Herald *del 5 de noviembre de 2008*

BARACK OBAMA, ELEGIDO 44.º PRESIDENTE DE LOS ESTADOS UNIDOS

El candidato demócrata Barack Obama gana las elecciones presidenciales frente al republicano McCain y se convierte en el Presidente número 44 de los Estados Unidos. New Hampshire, que había dado la victoria a George W. Bush en 2004, ha vuelto al campo demócrata [...]

5 de noviembre de 2008

Al día siguiente de las elecciones, Nueva York era una fiesta. En las calles, la gente había estado celebrando la victoria demócrata hasta bien entrada la madrugada, como si intentaran alejar los demonios del último doble mandato. Por mi parte, sólo había participado del fervor popular a través del aparato de televisión de mi despacho, en el que estaba encerrado desde hacía tres días.

Esa mañana, Denise llegó a las ocho al despacho con un jersey de Obama, una taza de Obama, una chapa de Obama y un paquete de adhesivos de Obama. «Oh, ya está usted aquí, Marcus —me dijo al pasar por la puerta de entrada y ver que todo estaba encendido—. ¿Salió ayer noche? ¡Qué victoria! Le he traído adhesivos para su coche». Mientras hablaba, dejó las cosas sobre la mesa, encendió la cafetera y desconectó el contestador; después entró en mi despacho. Al ver el estado de la habitación, abrió los ojos como platos y exclamó:

—Dios mío, Marcus, ¿qué ha pasado aquí?

Yo estaba sentado en mi sillón y contemplaba una de las paredes, que había pasado parte de la noche tapizando con mis notas y esquemas del caso. Había escuchado una y otra vez las grabaciones de Harry, de Nancy Hattaway y de Robert Quinn.

—Hay algo en este asunto que no comprendo —dije—. Está volviéndome loco.

—¿Ha pasado la noche aquí?

—Sí.

—Oh, Marcus, y yo que pensaba que estaba usted fuera, divirtiéndose un poco. Hace tanto tiempo que no se divierte. ¿Es su novela la que le atormenta?

—Es lo que descubrí la semana pasada lo que me atormenta.

—¿Qué ha descubierto?

—Precisamente, no estoy seguro. ¿Qué debes hacer cuando una persona a la que siempre has admirado y tomado como ejemplo te traiciona y te miente?

Después de un instante de reflexión, me dijo:

—Ya me ha pasado. Con mi primer marido. Le encontré en la cama con mi mejor amiga.

—¿Y qué hizo?

—Nada. No dije nada. No hice nada. Estábamos en los Hamptons, habíamos ido a pasar un fin de semana con mi mejor amiga y su marido, en un hotel en la costa. El sábado, al final de la tarde, fui a pasear al borde del mar. Sola, porque mi marido me había dicho que estaba cansado. Volví mucho antes de lo previsto. Al final, pasear sola no era tan divertido. Regresé a mi habitación, abrí la puerta con la llave magnética y allí los vi, en la cama. Él tumbado sobre ella, sobre mi mejor amiga. Hay que ver lo que son esas llaves magnéticas, puedes entrar en la habitación sin hacer ningún ruido. Ni me vieron, ni me oyeron. Los miré unos instantes, vi a mi marido sacudirse en todos los sentidos para hacerla gemir como un perrito, y después salí de la habitación sin hacer ruido, fui a vomitar a los lavabos de recepción y me largué de nuevo a pasear. Volví una hora más tarde: mi marido estaba en el bar del hotel bebiendo ginebra y riendo con el marido de mi mejor amiga. No dije nada. Cenamos todos juntos. Hice como si nada hubiese pasado. Por la noche, él durmió como un tronco, me dijo que le agotaba la inactividad. No dije nada. No dije nada durante seis meses.

—Y al final, pidió usted el divorcio.

—No. Me abandonó por ella.

—¿Se arrepiente de no haber actuado?

—Todos los días.

—Así que debo actuar. ¿Es lo que está intentando decirme?

—Sí. Actúe, Marcus. No sea como la pobre idiota engañada que soy.

Sonreí:

—Usted es muchas cosas, menos una idiota, Denise.

—Marcus, ¿qué pasó la semana pasada? ¿Qué descubrió?

5 días antes

El 31 de octubre, el profesor Gideon Alkanor, uno de los grandes especialistas de psiquiatría infantil de la Costa Este y a quien Gahalowood conocía bien, confirmó lo que se había convertido en una evidencia: Nola sufría importantes trastornos psiquiátricos.

Al día siguiente de nuestro regreso de Jackson, Gahalowood y yo bajamos en coche hasta Boston, donde nos recibió Alkanor en su despacho del Children's Hospital. Basándose en los informes que había recibido por adelantado, consideraba que se podía establecer un diagnóstico de psicosis infantil.

—Resumiendo, ¿qué quiere decir eso? —se quejó Gahalowood.

Alkanor se quitó las gafas y limpió los cristales lentamente como para pensarse lo que iba a decir. Acabó volviéndose hacia mí:

—Eso quiere decir que pienso que tiene usted razón, señor Goldman. Leí su libro hace unas semanas. A la luz de lo que describe y de los elementos que me ha indicado Perry, diría que Nola perdía a veces la noción de la realidad. Probablemente en uno de esos momentos de crisis incendió el cuarto de su madre. Esa noche del 30 de agosto de 1969, la relación entre la realidad y Nola estaba falseada: quiere matar a su madre, pero, en aquel preciso momento, para ella matar no significa nada. A ese primer episodio traumático se le suma después el del exorcismo, cuyo recuerdo podía ser perfectamente el desencadenante de las crisis de desdoblamiento de personalidad en las que Nola se convertía en la madre a la que ella misma había asesinado. Y es ahí donde todo se complica: cuando Nola perdía el sentido de la realidad, el recuerdo de su madre y su acción venían a atormentarla.

Me quedé un momento estupefacto.

—Entonces, quiere usted decir que...

Alkanor asintió con la cabeza antes de que pudiese terminar mi frase y dijo:

—Nola se pegaba a sí misma durante los momentos de descompensación.

—Pero ¿qué era lo que podía producir esas crisis? —preguntó Gahalowood.

—Probablemente variaciones emocionales importantes: un episodio de estrés, una gran tristeza. Es lo que describe usted en su libro, señor Goldman: el encuentro con Harry Quebert, de quien se enamora perdidamente, y después su rechazo, que la empuja incluso a intentar suicidarse. Diría que estamos en un esquema casi «clásico». Cuando las emociones se aceleran, ella se descompensa. Y cuando se descompensa, ve llegar a su madre, que viene a castigarla por lo que le hizo.

Durante todos esos años, Nola y su madre habían sido una. Necesitábamos la confirmación del padre Kellergan, y el sábado 1 de noviembre de 2008 nos presentamos en delegación en el 245 de Terrace Avenue: íbamos Gahalowood, yo y Travis Dawn, al que habíamos informado de lo que habíamos descubierto en Alabama y al que Gahalowood había pedido que estuviese presente para tranquilizar a David Kellergan.

Cuando éste nos encontró ante su puerta, declaró de entrada:

—No tengo nada que decir. Ni a ustedes, ni a nadie.

—Soy yo el que tiene cosas que decirle —explicó Gahalowood—. Sé lo que pasó en Alabama en agosto de 1969. Sé lo del incendio, lo sé todo.

—Usted no sabe nada.

—Deberías escucharlos —dijo Travis—. Déjanos entrar, David. Estaremos mejor si hablamos dentro.

David Kellergan acabó cediendo; nos hizo entrar y nos guió hasta la cocina. Se sirvió una taza de café sin ofrecernos y se sentó a la mesa. Gahalowood y Travis se instalaron frente a él y yo me quedé de pie, retirado.

—¿Y bien? —preguntó Kellergan.

—Fui a Jackson —respondió Gahalowood—. He hablado con el pastor Jeremy Lewis. Sé lo que hizo Nola.

—¡Cállese!

—Sufría psicosis infantil. Tenía crisis de esquizofrenia. El 30 de agosto de 1969 prendió fuego a la habitación de su madre.

—¡No! —gritó David Kellergan—. ¡Está mintiendo!

—Esa noche encontró a Nola cantando bajo el porche. Acabó comprendiendo lo que había pasado. Y la hizo exorcizar. Pensando que era por su bien. Pero fue una catástrofe. Empezó a padecer episodios de desdoblamiento de personalidad durante los que intentaba castigarse ella misma. Entonces huyeron lejos de Alabama, atravesaron el país esperando dejar los fantasmas a su espalda, pero el fantasma de su mujer le persiguió porque seguía existiendo en la cabeza de Nola.

Una lágrima rodó por su mejilla.

—A veces tenía crisis —dijo atragantándose—. No podía hacer nada. Se pegaba a sí misma. Era la hija y la madre. Se daba golpes, y después se suplicaba que parase.

—Entonces usted ponía música y se encerraba en el garaje, porque era insoportable.

—¡Sí! ¡Sí! ¡Insoportable! Pero no sabía qué hacer. Mi hija, mi niña querida, estaba tan enferma.

Se puso a sollozar. Travis le miraba, espantado por lo que estaba descubriendo.

—¿Por qué no intentó que la curaran? —preguntó Gahalowood.

—Tenía miedo de que me la quitaran. ¡De que la encerrasen! Y después, con el tiempo, las crisis se espaciaron. Incluso me pareció, durante algunos años, que el recuerdo del incendio se disipaba y llegué a pensar que esos episodios desaparecerían por completo. Fue mejorando poco a poco. Hasta el verano de 1975. De pronto, sin comprender por qué, se vio afectada por una serie de crisis violentas.

—Por culpa de Harry —dijo Gahalowood—. El encuentro con Harry desbordó sus emociones.

—Fue un verano espantoso —dijo el padre Kellergan—. Yo sentía llegar las crisis. Podía casi predecirlas. Era atroz. Se daba golpes con la regla en los dedos y los senos. Llenaba un barreño de agua y metía la cabeza dentro, suplicando a su madre que parase. Y su madre, a través de su voz, la insultaba ferozmente.

—Esos ahogamientos ¿fueron los que ustedes le habían provocado en el pasado?

—¡Jeremy Lewis juraba que no podíamos hacer otra cosa! Me habían dicho que Lewis se creía exorcista, pero nunca habíamos hablado de ello. Y entonces, de pronto, decretó que el Maligno había tomado posesión del cuerpo de Nola y que había que liberarla. Acepté solamente para que no denunciase a Nola a la policía. Jeremy estaba completamente loco, pero ¿qué otra cosa podía hacer? No tenía elección... ¡En este país encierran a los niños en la cárcel!

—¿Y las fugas? —preguntó Gahalowood.

—Se fugó alguna vez. En una ocasión, durante toda una semana. Lo recuerdo, fue a finales de julio de 1975. ¿Qué debía hacer? ¿Llamar a la policía? ¿Para decirles qué? ¿Que mi hija se estaba volviendo loca? Decidí esperar al fin de semana antes de dar la alerta. Pasé una semana buscándola por todas partes, noche y día. Y al final regresó.

—Y el 30 de agosto, ¿qué pasó?

—Tuvo una crisis muy violenta. Nunca la había visto en ese estado. Intenté calmarla, pero no hubo nada que hacer. Entonces fui a refugiarme en el garaje para reparar esa maldita moto. Puse la música lo más alto posible. Permanecí escondido una buena parte de la tarde. Ya conocen el resto: cuando fui a verla, ya no estaba allí... Primero salí a hacer la ronda por el barrio, y oí decir que habían visto a una chica ensangrentada cerca de Side Creek. Comprendí que la situación era grave.

—¿En qué pensó?

—Para ser honesto, primero pensé que Nola se había fugado de casa y que llevaba los estigmas que acababa de provocarse ella misma. Pensé que quizás Deborah Cooper había visto a Nola en plena crisis. Después de todo, era el 30 de agosto, la fecha del incendio de nuestra casa en Jackson.

—¿Había sufrido ya episodios violentos en esa fecha?

—No.

—Entonces ¿qué pudo desencadenar una crisis como aquélla?

David Kellergan dudó un instante antes de responder. Travis Dawn comprendió que había que incitarle a hablar.

—Si sabes algo, David, debes decírnoslo. Es muy importante. Hazlo por Nola.

—Cuando volví a su cuarto, ese día, y vi que no estaba, encontré un sobre medio escondido sobre su cama. Un sobre a su nombre. Contenía una carta. Creo que fue esa carta la que provocó la crisis. Era una carta de ruptura.

—¿Una carta? ¡Pero tú nunca nos hablaste de esa carta! —exclamó Travis.

—Porque era una carta escrita por un hombre cuya letra indicaba visiblemente que no tenía edad para vivir una historia de amor con mi hija. ¿Qué querías? ¿Que toda la ciudad pensara que Nola era una zorra? En aquel momento, estaba seguro de que la policía la encontraría y la devolvería a casa. ¡Y entonces habría hecho que la curasen de verdad! ¡De verdad!

—¿Y quién era el autor de esa carta de ruptura? —preguntó Gahalowood.

—Era Harry Quebert.

Nos quedamos con la boca abierta. El padre Kellergan se levantó y desapareció un instante antes de volver con una caja de cartón llena de cartas.

—Las encontré después de su desaparición, escondidas en su habitación, detrás de una tabla suelta. Nola mantenía correspondencia con Harry Quebert.

Gahalowood cogió una carta al azar y la recorrió rápidamente.

—¿Cómo sabe que se trataba de Harry Quebert? —preguntó—. No están firmadas...

—Porque... porque son los textos que figuran en su libro.

Revolví la caja: efectivamente, contenía la correspondencia de *Los orígenes del mal,* al menos las cartas recibidas por Nola. Estaba todo: las cartas acerca de los dos, las cartas de la clínica de Charlotte's Hill. Reconocí la letra limpia y perfecta del manuscrito, estaba casi aterrado: todo aquello era real.

—Ésta es la famosa última carta —dijo el padre Kellergan entregando un sobre a Gahalowood.

Éste la leyó y después me la pasó.

Querida mía:
Ésta es mi última carta. Son mis últimas palabras.
Le escribo para decirle adiós.
A partir de hoy, ya no habrá un «nosotros».
Los enamorados se separan y no se vuelven a encontrar, y así terminan las historias de amor.
Querida mía, la echaré de menos. La echaré tanto de menos.

Mis ojos lloran. Todo arde dentro de mí.

No volveremos a vernos más; la echaré tanto de menos.

Espero que sea feliz.

Intento convencerme de que lo nuestro no era más que un sueño, y que ahora debemos despertar.

La echaré de menos toda la vida.

Adiós. La amo como nunca volveré a amar.

—Se corresponde con la última página de *Los orígenes del mal* —nos explicó entonces Kellergan.

Asentí. Reconocía el texto. Me quedé aturdido.

—¿Desde cuándo sabe que Harry y Nola se escribían? —preguntó Gahalowood.

—Me di cuenta hace sólo unas semanas. En el supermercado me topé con *Los orígenes del mal*. Acababan de ponerlo de nuevo a la venta. No sé por qué, lo compré. Necesitaba leer ese libro, para intentar comprender. Inmediatamente tuve la impresión de haber leído ciertas frases en alguna parte. El poder de la memoria es asombroso. Y a posteriori, después de pensarlo mucho, todo quedó claro: eran las cartas que había encontrado en la habitación de Nola. No las había tocado desde hacía treinta años, pero estaban impresas en alguna parte de mi mente. Fui a releerlas y entonces comprendí... Esa maldita carta, sargento, volvió a mi hija loca de pena. Quizás Luther Caleb mató a Nola, pero a mis ojos Quebert es tan culpable como él: sin esa crisis, quizás no hubiese huido de la casa y no se habría cruzado con Caleb.

—Ésa es la razón por la que fue a ver a Harry al motel... —dedujo Gahalowood.

—¡Sí! Durante treinta y tres años me pregunté quién había escrito esas malditas cartas. Y la respuesta, desde siempre, estaba en las bibliotecas de toda América. Estaba tan irritado que volví aquí a coger mi fusil, pero cuando regresé al motel había desaparecido. Creo que le hubiese matado. ¡Él sabía que era frágil y la presionó hasta el final!

Me quedé pasmado.

—¿Qué quiere decir con *él sabía*? —pregunté.

—¡Lo sabía todo acerca de Nola! ¡Todo! —exclamó David Kellergan.

—¿Quiere decir que Harry estaba al corriente de los episodios psicóticos de Nola?

—¡Sí! Yo sabía que Nola iba a veces a su casa con la máquina de escribir. Evidentemente, ignoraba el resto. Pensé que estaba bien que conociese a un escritor. Estaba de vacaciones, aquello la distraía. Hasta que ese maldito escritor vino a buscarme las cosquillas porque pensaba que mi mujer le pegaba.

—¿Harry vino a verle ese verano?

—Sí. A mediados de agosto. Días antes de su desaparición.

*

15 de agosto de 1975

Era media tarde. Desde la ventana de su despacho, el reverendo Kellergan vio un Chevrolet negro estacionar en el aparcamiento de la parroquia. Vio a Harry Quebert salir de él y dirigirse rápidamente hacia la entrada principal del edificio. Se preguntó cuál podría ser el motivo de su visita: desde su llegada a Aurora, Harry no había venido nunca al templo. Escuchó el ruido de las hojas de la puerta de entrada, y después pasos en el pasillo. Instantes después le vio aparecer en el umbral de la puerta de su despacho, que estaba abierta.

—Hola, Harry —dijo—. Qué feliz sorpresa.

—Hola, reverendo. ¿Le molesto?

—Para nada. Entre, se lo ruego.

Harry entró en la habitación y cerró la puerta tras él.

—¿Va todo bien? —preguntó el reverendo Kellergan—. No tiene buena cara.

—Vengo a hablarle de Nola...

—Oh, qué casualidad: quería darle las gracias. Sé que va a veces a su casa, y vuelve siempre muy contenta. Espero que no le moleste... Gracias a usted tiene las vacaciones ocupadas.

Harry seguía circunspecto.

—Ha venido esta mañana. Estaba llorando. Me lo ha contado todo acerca de su mujer...

El reverendo palideció.

—De... ¿de mi mujer? ¿Qué le ha contado?

—¡Que le pega! ¡Que hunde su cabeza en un barreño de agua helada!

—Harry, yo...

—Se acabó, reverendo. Lo sé todo.

—Harry, es algo más complicado... Yo...

—¿Más complicado? ¿Está intentando convencerme de que existe una buena razón que justifique el maltrato? ¿Eh? Voy a ir a ver a la policía, reverendo. Lo voy a contar todo.

—No, Harry... No haga eso...

—Claro que voy a ir. ¿Qué se ha creído? ¿Que no me voy a atrever a denunciarle porque es usted un hombre de Iglesia? ¡Usted no es nada! ¿Qué clase de hombre deja que su mujer pegue a su hija?

—Harry, escúcheme, se lo ruego. Creo que hay un terrible malentendido del que deberíamos hablar tranquilamente.

*

—Ignoro lo que Nola había contado a Harry —nos explicó el reverendo—. No era el primero en figurarse que algo no iba bien, pero hasta entonces sólo me había enfrentado a amigos de Nola, niños cuyas preguntas podía eludir fácilmente. Ese caso era distinto. Así que tuve que confesar que la madre de Nola sólo existía en su cabeza. Le supliqué que no se lo contara a nadie, pero entonces empezó a meterse en lo que no le concernía, a decirme lo que debía hacer con mi propia hija. ¡Quería que la mandase al hospital! Le dije que se metiese en sus asuntos... Y después, dos semanas más tarde, Nola desapareció.

—Y luego evitó cruzarse con Harry durante treinta años —dije—. Porque eran las dos únicas personas que conocían el secreto de Nola.

—Era mi única hija, ¿lo entienden? Quería que todo el mundo conservase un buen recuerdo de ella. No que pensasen que estaba mal de la cabeza. ¡De hecho, no lo estaba! ¡Sólo era frágil! Y además, si la policía hubiese sabido la verdad de sus crisis, no habrían efectuado todas esas búsquedas para encontrarla. ¡Habrían dicho que era una loca y que se había fugado!

Gahalowood se volvió hacia mí.

—¿Qué significa todo esto, escritor?

—Que Harry nos ha mentido: no estuvo esperándola en el motel. Quería romper con ella. Sabía desde siempre que iba a romper con Nola. Nunca tuvo intención de huir con ella. El 30 de agosto de 1975, Nola recibió una última carta de Harry en la que le decía que se había marchado sin ella.

Después de las revelaciones del padre Kellergan, Gahalowood y yo volvimos inmediatamente al cuartel general de la policía estatal, en Concord, para comparar la letra de la carta con la última página del manuscrito encontrado junto a Nola: eran idénticas.

—¡Lo había previsto todo! —exclamé—. Sabía que iba a abandonarla. Lo sabía desde siempre.

Gahalowood asintió:

—Cuando ella le propone huir, él sabe que no se marchará con ella. No se ve cargando con una chica de quince años.

—Y sin embargo, ella había leído el manuscrito —apunté.

—Por supuesto, pero ella cree que es una novela. Ignora que es su historia exacta la que ha escrito Harry y que el final ya está sellado: Harry no quiere saber nada de ella. Stefanie Larjinjiak nos decía que se carteaban y que Nola acechaba la llegada del cartero. El sábado por la mañana, el día de la fuga, día en que se imagina que se marcha hacia la felicidad con el hombre de su vida, va a ver por última vez el buzón. Quiere asegurarse de que no hay una carta olvidada que pudiese comprometer su fuga revelando información importante. Pero encuentra esa nota de él, en la que le dice que todo ha terminado.

Gahalowood estudió el sobre que contenía la última carta.

—En el sobre hay una dirección, pero no tiene sello ni tampón —dijo—. Fue directamente depositada en el buzón.

—¿Quiere decir por Harry?

—Sí. Sin duda, la dejó durante la noche, antes de huir, lejos. Lo hizo probablemente en el último minuto, en la noche del viernes al sábado. Para que ella no fuese al motel. Para que comprendiese que nunca habría cita. El sábado, cuando descubre su nota, le invade una intensa rabia, se descompensa, tiene una crisis terrible y se martiriza a ella misma. El padre Kellergan, aterrorizado, se encierra una vez más en el garaje. Cuando recobra la razón, Nola relaciona la nota con el manuscrito. Quiere explicaciones.

Toma el manuscrito y se marcha camino del motel. Espera que no sea verdad, que Harry esté allí. Pero por el camino se cruza con Luther. Y la cosa acaba mal.

—Pero, entonces, ¿por qué Harry vuelve a Aurora al día siguiente de su desaparición?

—Se entera de que Nola ha desaparecido. Él le ha dejado esa carta, y es presa del pánico. Ciertamente se preocupa por ella, probablemente se siente culpable, pero, sobre todo, imagino que teme que alguien descubra esa carta, o el manuscrito, y le meta en problemas. Prefiere estar en Aurora para seguir la evolución de la situación, quizás incluso para recuperar pruebas que considera comprometedoras.

Había que encontrar a Harry. Debía hablar con él sin falta. ¿Por qué me hizo creer que había estado esperando a Nola cuando en realidad le había escrito una carta de despedida? Gahalowood lanzó una orden general de búsqueda, basándose en los movimientos de sus tarjetas de crédito y las llamadas telefónicas. Pero su tarjeta de crédito no había sido utilizada y su teléfono ya no emitía. Consultando la base de datos de aduanas, descubrimos que había cruzado el puesto de Derby Line, en Vermont, y que había entrado en Canadá.

—¿Por qué ha pasado la frontera con Canadá? —dijo Gahalowood—. ¿Por qué Canadá?

—Piensa que es el paraíso de los escritores —respondí—. En el manuscrito que me dejó, *Las gaviotas de Aurora*, acaba allí con Nola.

—Sí, pero le recuerdo que su libro no cuenta la verdad. No sólo Nola está muerta, sino que parece ser que nunca pensó huir con ella. Sin embargo, nos deja este manuscrito, en el que Nola y él se encuentran en Canadá. Entonces ¿dónde está la verdad?

—¡No entiendo nada! —protesté—. ¿Por qué diablos ha huido?

—Porque tiene algo que ocultar. Pero no sabemos exactamente qué.

En aquel momento lo ignorábamos, pero todavía íbamos a vivir más sorpresas. Dos acontecimientos relevantes aportarían pronto respuestas a nuestras preguntas.

Esa misma noche, informé a Gahalowood de que cogía un vuelo para Nueva York al día siguiente.

—¿Cómo que *se vuelve a Nueva York*? ¡Está usted completamente loco, escritor! ¡Estamos llegando al final! Deme su carné de identidad, se lo voy a confiscar.

Sonreí.

—No le abandono, sargento. Pero ha llegado el momento.

—¿El momento de qué?

—De ir a votar. América tiene una cita con la Historia.

*

Ese 5 de noviembre de 2008, a mediodía, mientras Nueva York seguía celebrando la elección de Obama, yo tenía cita con Barnaski para comer en el Pierre. La victoria demócrata le había puesto de buen humor: «¡Me gustan los Blacks! —me dijo—. ¡Me gustan los Blacks guapos! Si le invitan a la Casa Blanca, ¡lléveme con usted! Bueno, ¿qué es eso tan importante que tenía que decirme?».

Le conté lo que había descubierto acerca de Nola y de su diagnóstico de psicosis infantil, y su rostro se iluminó.

—¿Así que las escenas de maltrato de la madre que describe en su libro eran infligidas por la misma Nola?

—Sí.

—¡Formidable! —gritó en medio del restaurante—. ¡Su libro es una especie de predicción! El mismo lector se sumerge en un momento de demencia, pues el personaje de la madre existe sin existir realmente. ¡Es usted un genio, Goldman! ¡Un genio!

—No, simplemente me equivoqué. Me dejé engañar por Harry.

—¿Harry estaba al corriente?

—Sí. Y además, ha desaparecido de la faz de la Tierra.

—¿Y eso?

—Está ilocalizable. Aparentemente ha cruzado la frontera con Canadá. Me ha dejado como única pista un mensaje sibilino y un manuscrito inédito sobre Nola.

—¿Tiene usted los derechos?

—¿Cómo dice?

—Del manuscrito inédito. ¿Tiene usted los derechos? ¡Se los compro!

—¡Pero bueno, Roy! ¡Ésa no es la cuestión!

—Oh, perdón. Sólo preguntaba.

—Hay un detalle que falta. Hay algo que no he entendido. Ese asunto de la psicosis infantil. Harry desaparece. Falta una pieza del rompecabezas, lo sé, pero estoy perdido.

—Se angustia usted demasiado, Marcus, y créame, las angustias no sirven para nada. Vaya a visitar al doctor Freud y que le recete unas pastillas para relajarse. Por mi parte, voy a hablar con la prensa, prepararemos un comunicado acerca de la enfermedad de la chiquilla, haremos creer a todo el mundo que lo sabíamos desde el principio pero que era la sorpresa final: una forma de mostrar que la verdad está a veces escondida y que no hay que limitarse a las primeras impresiones. Los que nos desacreditaron se cubrirán de ridículo y se dirá de usted que es un gran predecesor. Y encima, se volverá a hablar de su libro, y volveremos a vender un buen número de ejemplares. Porque con algo así, incluso los que no tenían intención alguna de comprarlo no podrán resistir la curiosidad de saber cómo ha representado usted a la madre. Goldman, es usted un genio. Yo pago la comida.

Hice una mueca y le dije:

—No estoy convencido, Roy. Me gustaría tener tiempo de profundizar algo más.

—¡Pero es que usted nunca está convencido, amigo mío! No tenemos tiempo de «profundizar», como usted dice. Es usted un poeta, se cree que el tiempo que pasa tiene un sentido, pero el tiempo que pasa es o dinero que se gana, o dinero que se pierde. Y yo soy un partidario fervoroso de la primera solución. Además, quizás no se ha dado cuenta, pero tenemos desde ayer un nuevo Presidente, guapo, negro y muy popular. Según mis cálculos, oiremos hablar de él en todas partes durante una semana larga. Una semana en la que sólo habrá lugar para él. Es inútil comunicarse con los medios durante ese periodo, como mucho apareceríamos en un suelto al lado de la sección de perros atropellados. Así que esperaré una semana para ponerme en contacto con la prensa. Eso le deja algo de tiempo. A menos, por supuesto, que una banda de sudistas con sombrero puntiagudo se cargue a nuestro nuevo Presidente, lo que nos impediría acceder a la primera página por lo menos durante un mes. Sí, un mes largo. Imagínese el desastre: dentro de un mes entramos en Navidad, y entonces nadie prestará atención alguna a nuestras historias. Así que dentro de una semana difundimos la historia esa de la psicosis infantil. Suplementos en los periódicos y todo el circo. Si tuviera más margen, editaría urgentemente un librito destinado a los padres. Del tipo: *Detectar la psicosis infantil o cómo evitar que su hijo se convierta en la nueva Nola Kellergan y le queme vivo durante su sueño.* Podría ser un exitazo. Una lástima, pero no tenemos tiempo.

Sólo me quedaba una semana antes de que Barnaski lo contase todo. Una semana para comprender lo que todavía se me escapaba. Pasaron entonces cuatro días. Cuatro días estériles. Llamaba sin cesar a Gahalowood, que no tenía otra opción que darse por vencido. La investigación estaba estancada, no avanzaba. Después, en la noche del quinto día, un acontecimiento cambiaría el curso de la investigación. Fue el 10 de noviembre, poco antes de medianoche. La casualidad de una patrulla quiso que el agente de policía de carretera Dean Forsyth detuviese un coche en la carretera que une Montburry con Aurora, tras haber constatado que se había saltado un stop y que circulaba por encima de la velocidad autorizada. Hubiera podido ser una infracción banal si el comportamiento del conductor del vehículo, que parecía nervioso y sudaba en abundancia, no hubiese intrigado al policía.

—¿De dónde viene, señor? —había preguntado el agente Forsyth.

—De Montburry.

—¿Qué hacía usted allí?

—Estaba... estaba en casa de unos amigos.

—¿Sus nombres?

Las dudas y el brillo de pánico que vio en la mirada del conductor intrigaron aún más al agente Forsyth. Apuntó con su linterna al rostro del hombre y vio un arañazo en su mejilla.

—¿Qué le ha pasado en la cara?

—Una rama baja de un árbol, que no he visto.

El agente no estaba convencido.

—¿Por qué conducía tan rápido?

—Yo... lo siento. Tenía prisa. Tiene usted razón, no debí...

—¿Ha bebido usted, señor?

—No.

El control de alcoholemia confirmó que el hombre efectivamente no había consumido alcohol. El vehículo estaba en regla y, barriendo el interior con el haz de su linterna, el agente no vio ningún bote de medicamentos vacío u otro embalaje como los que solía haber en el asiento de atrás de los coches de toxicómanos. Sin embargo, tenía una intuición: algo le decía que ese hombre estaba demasiado agitado y a la vez tranquilo como para no investigar más. De pronto vio algo que se le había escapado: sus manos estaban sucias, sus zapatos cubiertos de barro y sus pantalones empapados.

—Salga del vehículo, señor —le ordenó Forsyth.

—Pero... ¿por qué? ¿Eh, por qué?

—Obedezca y salga del vehículo.

El hombre vaciló, y el agente Forsyth, molesto, decidió sacarlo por la fuerza y proceder a su arresto por resistencia a la autoridad. Le llevó hasta la central de policía del condado, donde él mismo se encargó de tomar las fotos reglamentarias y del análisis electrónico de huellas digitales. La información que apareció en la pantalla del ordenador le dejó perplejo durante un instante. Así que, aunque era la una y media de la madrugada, descolgó el teléfono, considerando que el descubrimiento que acababa de hacer era lo bastante importante como para sacar de la cama al sargento Perry Gahalowood, de la brigada criminal de la policía estatal.

Tres horas más tarde, alrededor de las cuatro y media de la mañana, fui despertado a mi vez por una llamada telefónica.

—¿Escritor? Gahalowood al aparato. ¿Dónde está?

—¿Sargento? —respondí medio atontado—. Estoy en la cama, en Nueva York. ¿Dónde quiere que esté? ¿Qué pasa?

—Lo hemos pescado —dijo.

—¿Perdón? ¿Cómo dice?

—El incendiario de la casa de Harry... Lo hemos detenido esta noche.

—¿Qué?

—¿Está usted sentado?

—Estoy incluso acostado.

—Mejor. Porque se podría caer de espaldas.

2. Final de la partida

«A veces le vencerá el desaliento, Marcus. Es normal. Le decía que escribir es como boxear, pero también es como correr. Por eso me paso el día mandándole a la calle: si tiene la fuerza moral para realizar carreras largas, bajo la lluvia, con frío, si tiene la fuerza de terminar, de poner en ello toda su fortaleza, todo su corazón, y llegar hasta el final, entonces será capaz de escribir. No deje nunca que se lo impida el cansancio ni el miedo. Al contrario, utilícelos para avanzar.»

Cogí un vuelo hacia Manchester esa misma mañana, completamente aturdido por lo que acababa de saber. Aterricé a la una de la tarde, y media hora después llegué al cuartel general de la policía. Gahalowood vino a buscarme a recepción.

—¡Robert Quinn! —exclamé al verle, como si todavía no lo creyese—. ¿Así que fue Robert Quinn quien incendió la casa? ¿Fue él quien me envió esos mensajes?

—Sí, escritor. Sus huellas estaban en el bidón de gasolina.

—Pero ¿por qué?

—Ojalá lo supiese. No ha abierto la boca. Se niega a hablar.

Gahalowood me llevó hasta su despacho y me ofreció café. Me explicó que la brigada criminal había registrado la casa de los Quinn a primera hora de la mañana.

—¿Qué han encontrado? —pregunté.

—Nada —respondió Gahalowood—. Nada de nada.

—¿Y su mujer? ¿Qué ha dicho?

—Eso es lo extraño. Llegamos a las siete de la mañana. Imposible despertarla. Dormía a pierna suelta, ni siquiera se había enterado de la ausencia de su marido.

—Él la droga —expliqué.

—¿Cómo que *la droga*?

—Robert Quinn da somníferos a su mujer para que se duerma cuando quiere estar en paz. Es probablemente lo que ha hecho esta noche para que no se enterara de nada. Pero ¿enterarse de qué? ¿Qué fue a hacer en plena noche? ¿Y por qué estaba cubierto de barro? ¿Iría a enterrar algo?

—Ahí está el misterio... Y sin confesión de su parte, no voy a poder acusarle de nada.

—Está el bidón de gasolina.

—Su abogado ya está diciendo que Robert lo encontró en la playa. Que hace unos días estaba paseando, que vio ese bidón por el suelo y que lo recogió para tirarlo entre los matorrales, fuera de la vista de los paseantes. Necesitamos más pruebas, porque de otra forma a su abogado no le costará desmontar la acusación.

—¿Quién es su abogado?

—No me va a creer.

—Dígamelo de todas formas.

—Benjamin Roth.

Suspiré.

—Entonces ¿cree que fue Robert Quinn quien mató a Nola Kellergan?

—Digamos que todo es posible.

—Déjeme hablar con él.

—Ni lo sueñe.

En ese instante, un hombre entró en el despacho sin llamar y Gahalowood se puso inmediatamente en posición de firmes. Era Lansdane, el jefe de la policía estatal. Parecía molesto.

—Me he pasado la mañana al teléfono hablando con el gobernador, los periodistas y ese maldito abogado, Roth.

—¿Periodistas? ¿Acerca de qué?

—De ese tipo que han detenido esta noche.

—Sí, señor. Creo que tenemos una pista seria.

El jefe puso una mano amistosa en el hombro de Gahalowood.

—Perry... Tenemos que dejarlo.

—¿Cómo?

—Esto es el cuento de nunca acabar. Seamos serios, Perry: cambia usted de culpable como de camisa. Roth dice que va a montar un escándalo. El gobernador quiere que esto termine. Ha llegado la hora de cerrar el caso.

—Pero jefe, ¡tenemos elementos nuevos! La muerte de la madre de Nola, el arresto de Robert Quinn. ¡Estamos a punto de encontrar algo!

—Primero fue Quebert, luego Caleb, ahora el padre, o ese Quinn, o Stern, o Dios sabe quién. ¿Qué tenemos contra el padre? Nada. ¿Contra Stern? Nada. ¿Contra ese Robert Quinn? Nada.

—Está ese maldito bidón de gasolina...

—A Roth no le va a costar convencer al jurado de la inocencia de Quinn. ¿Pretende acusarle formalmente?

—Por supuesto.

—Entonces pierde, Perry. Una vez más, pierde. Es usted un buen poli, Perry. Sin duda el mejor. Pero a veces hay que saber renunciar.

—Pero, jefe...

—No destruya el final de su carrera, Perry... No le voy a humillar retirándole del caso inmediatamente. Por amistad, le dejo veinticuatro horas. A las diecisiete horas de mañana, vendrá usted a mi despacho y me anunciará oficialmente que cierra el caso Kellergan. Le dejo veinticuatro horas para que les diga a sus compañeros que prefiere renunciar y salvar las apariencias. Después cójase unos días libres, salga con su familia el fin de semana, se lo merece.

—Jefe, yo...

—Hay que saber renunciar, Perry. Hasta mañana.

Lansdane salió del despacho y Gahalowood se dejó caer en su sillón. Como si aquello no fuese suficiente, recibí una llamada en mi móvil de Roy Barnaski.

—Hola, Goldman —me dijo alegremente—. Mañana hará una semana, como seguramente sabe.

—¿Una semana de qué, Roy?

—Una semana. El plazo que le di antes de presentar a la prensa las últimas novedades acerca de Nola Kellergan. ¿Lo había olvidado? Me imagino que no ha encontrado nada más.

—Escuche, estoy siguiendo una pista, Roy. Quizás sería buena idea aplazar la rueda de prensa.

—Ay, ay, ay... Pistas, pistas, siempre pistas, Goldman... ¡La pista de un circo, más bien! Vamos, vamos, ha llegado la hora de acabar con estas historias. He convocado a la prensa mañana a las cinco de la tarde. Cuento con su presencia.

—Imposible. Estoy en New Hampshire.

—¿Cómo? Goldman, ¡es usted el número principal! ¡Le necesito!

—Lo siento, Roy.

Colgué.

—¿Quién era? —preguntó Gahalowood.

—Barnaski, mi editor. Quiere convocar a la prensa mañana por la tarde para el gran descubrimiento: hablar de la enfermedad de Nola y decir que mi libro es un libro genial porque recrea la doble personalidad de una chiquilla de quince años.

—Pues bien, parece ser que mañana por la tarde habremos fracasado oficialmente.

Gahalowood disponía de veinticuatro horas; no quería quedarse de brazos cruzados. Propuso ir a Aurora a interrogar a Tamara y a Jenny para intentar saber más sobre Robert.

De camino, telefoneó a Travis para avisarle de nuestra llegada. Le encontramos delante de la casa de los Quinn. Estaba completamente desconcertado.

—¿Así que son realmente las huellas de Robert las que había en el bidón? —preguntó.

—Sí —respondió Gahalowood.

—¡Dios, no puedo creerlo! Pero ¿por qué pudo hacer eso?

—Lo ignoro...

—¿Cree... cree que está implicado en el asesinato de Nola?

—Tal y como estamos, no podemos excluir nada. ¿Cómo están Jenny y Tamara?

—Mal. Muy mal. Están aturdidas. Y yo también. Es una pesadilla. ¡Una auténtica pesadilla!

Se sentó en el capó de su coche, desalentado.

—¿Qué pasa? —preguntó Gahalowood, que intuyó que algo no marchaba bien.

—Sargento, desde esta mañana no dejo de pensar... Esta historia me ha hecho recordar muchas cosas.

—¿Qué tipo de cosas?

—Robert Quinn se interesó mucho en la investigación. En aquella época, yo visitaba a menudo a Jenny, iba a comer a casa de los Quinn los domingos. Él no dejaba de hablar de la investigación.

—Creía que era su mujer la que no dejaba de hablar del tema.

—En la mesa, sí. Pero en cuanto llegaba, el padre me servía una cerveza en la terraza y me hacía hablar. ¿Había algún sospechoso? ¿Teníamos alguna pista? Después de comer, me acompañaba hasta el coche y seguíamos hablando. Casi me costaba librarme de él.

—Está usted diciéndome que...

—No afirmo nada. Pero...

—Pero ¿qué?

Metió la mano en el bolsillo de su chaqueta y sacó una fotografía.

—Encontré esto esta mañana en un álbum familiar que Jenny conserva en casa.

La foto representaba a Robert Quinn al lado de un Chevrolet Monte Carlo negro, delante de Clark's. En el dorso podía leerse: *Aurora, agosto de 1975.*

—¿Qué quiere decir esto? —preguntó Gahalowood.

—Se lo pregunté a Jenny. Me confesó que ese verano su padre quería comprarse un coche nuevo, pero no estaba seguro del modelo. Había estado visitando los concesionarios de la región, y durante varios fines de semana pudo probar distintos modelos.

—¿Entre ellos un Chevrolet Monte Carlo negro? —preguntó Gahalowood.

—Entre ellos un Chevrolet Monte Carlo negro —confirmó Travis.

—¿Quiere usted decir que el día de la desaparición de Nola, era posible que Robert Quinn condujese ese coche?

—Sí.

Gahalowood se pasó la mano por el cráneo. Pidió quedarse con la fotografía.

—Travis —dije después—, deberíamos hablar con Tamara y Jenny. ¿Están dentro?

—Sí, claro. Vengan. Están en el salón.

Tamara y Jenny estaban postradas en el sofá. Pasamos más de una hora intentando hacerlas hablar, pero estaban tan aturdidas que eran incapaces de razonar. Al final, entre sollozo y sollozo, Tamara consiguió relatar los acontecimientos de la víspera. Ella y Robert habían cenado temprano, y después habían visto la televisión.

—¿Notó algo extraño en el comportamiento de su marido? —preguntó Gahalowood.

—No... Bueno, sí, quería a toda costa que bebiese una taza de té. A mí no me apetecía, pero él me repetía: «Bébetela, Bichito, bébetela. Es una tisana diurética, te sentará bien». Al final me bebí su maldita tisana. Y me quedé dormida en el sofá.

—¿Qué hora era?

—Diría que alrededor de las once.

—¿Y después?

—Después no hay más que oscuridad. Dormí como un tronco. Cuando me desperté eran las siete y media de la mañana. Seguía en el sofá y la policía estaba llamando a la puerta.

—Señora Quinn, ¿es cierto que su marido pensaba comprarse un Chevrolet Monte Carlo?

—Yo... yo ya no sé... Sí... Quizás, pero... ¿Cree que pudo hacer daño a la pequeña? ¿Que fue él?

Al decir esto, se levantó precipitadamente para ir a vomitar al baño.

La conversación no llevaba a ninguna parte. Nos marchamos sin saber nada más. Teníamos el tiempo en contra. En el coche, sugerí a Gahalowood que enfrentáramos a Robert con la foto del Monte Carlo negro, que constituía una prueba contundente.

—No serviría de nada —respondió—. Roth sabe que Lansdane está a punto de renunciar y probablemente habrá aconsejado a Quinn que juegue con el tiempo. Quinn no hablará. Y estaremos acabados. Mañana a las diecisiete horas se cerrará el caso y su amigo Barnaski montará el número delante de las televisiones de todo el país. Robert Quinn quedará en libertad y seremos el hazmerreír de Norteamérica.

—A menos que...

—A menos que ocurra un milagro, escritor. A menos que comprendamos qué andaba haciendo Quinn ayer por la noche para tener tanta prisa. Su mujer dice que se durmió sobre las once. Al menos sabemos que estaba en la zona. Pero ¿dónde?

Gahalowood sólo veía una cosa que hacer: dirigirnos al sitio donde Robert Quinn había sido arrestado e intentar remontar el hilo de su recorrido. Se permitió incluso el lujo de sacar al agente Forsyth de su día libre para obligarle a ir al lugar. Le encontramos una hora más tarde, a la salida de Aurora. Nos guió hasta un tramo de la carretera de Montburry.

—Fue aquí —nos dijo.

La carretera era una línea recta que atravesaba la espesura. Eso no nos daba ninguna pista.

—¿Qué pasó exactamente? —preguntó Gahalowood.

—Yo venía de Montburry. Una patrulla de rutina. Cuando de pronto ese coche se me echó encima.

—¿Cómo que *se le echó encima*?

—En la intersección, cinco o seis metros más allá.

—¿Qué intersección?

—No sabría decirle qué camino cruza, pero seguro que es una intersección con un stop. Sé que es un stop porque es el único en este tramo.

—El stop está allí, ¿no? —preguntó Gahalowood mirando a lo lejos.

—El stop está allí —confirmó Forsyth.

De repente, todo cuadró en mi cabeza. Exclamé:

—¡Es el camino del lago!

—¿Qué, el lago? —dijo Gahalowood.

—Es el cruce con el camino que lleva al lago de Montburry.

Subimos hasta la intersección y nos pusimos en ruta hacia el lago. Cien metros después, llegamos al aparcamiento. La orilla estaba en un estado lamentable; las recientes lluvias torrenciales del otoño habían empapado los márgenes. No había más que barro.

*

Martes 11 de noviembre de 2008, 8 de la mañana

Una columna de vehículos policiales llegó al aparcamiento del lago. Gahalowood y yo esperábamos desde hacía un rato en su coche. Al ver las camionetas y el equipo de submarinistas de la policía, le pregunté:

—¿Está usted seguro de lo que hace, sargento?

—No. Pero no tengo elección.

Era nuestra última carta, el final de la partida. Robert Quinn había estado allí, eso era seguro. Había avanzado a trompicones sobre el barro hasta llegar al borde del agua, había venido a tirar algo al lago. Al menos ésa era nuestra hipótesis.

Salimos del coche para acercarnos a los submarinistas que se preparaban. El jefe del equipo dio algunas instrucciones a sus hombres, y después fue a hablar con Gahalowood.

—¿Qué buscamos, sargento? —preguntó.

—Todo. Cualquier cosa. Documentos, un arma. No sé nada. Cualquier cosa relacionada con el caso Kellergan.

—¿Sabe usted que este lago es un vertedero? Si pudiese ser más preciso...

—Creo que lo que buscamos es suficientemente evidente para que sus hombres lo identifiquen si lo ven. Pero todavía no sé lo que es.

—¿Y a qué nivel del lago, según usted?

—El mismo borde. Digamos la distancia de un lanzamiento desde la orilla. Yo me centraría en la zona opuesta del lago. Nuestro sospechoso estaba cubierto de barro y tenía un arañazo en el rostro, probablemente causado por una rama baja. Con seguridad quiso esconder el objeto allí donde nadie tuviese ganas de ir a buscarlo. Así que creo que fue hasta la orilla opuesta, que está rodeada de zarzas y monte bajo.

Comenzó la búsqueda. Nos colocamos al borde del agua, en las cercanías del aparcamiento, y observamos a los buceadores sumergirse. Hacía un frío glacial. Pasó una hora, sin que sucediese nada de nada. Estábamos justo al lado del jefe de submarinistas, escuchando las escasas comunicaciones por radio.

A las nueve y media, Lansdane llamó a Gahalowood para echarle la bronca. Gritaba tanto que pude oír la conversación a través del aparato.

—¡Dígame que no es cierto, Perry!

—¿Que no es cierto qué?

—¿Ha llamado usted a los submarinistas?

—Sí, señor.

—Está usted completamente loco. Está destrozando su carrera. ¡Podría suspenderle por este tipo de iniciativa! He organizado una rueda de prensa a las cinco de la tarde. Usted estará presente. Será usted el que anuncie que el caso se cierra. Se las arreglará usted con los periodistas. ¡Yo ya no le cubro más el trasero, Perry! ¡Ya estoy harto!

—Muy bien, señor.

Colgó. Nos quedamos en silencio.

Pasó otra hora; la búsqueda seguía siendo infructuosa. Gahalowood y yo, a pesar del frío, no abandonamos nuestro puesto de observación. Por fin, dije:

—Sargento, ¿y si...?

—Cállese, escritor. Por favor. No hable. No quiero oír ninguna de sus preguntas y sus dudas.

Seguimos esperando. De pronto, la radio del jefe de submarinistas vibró de forma extraña. Pasaba algo. Los submarinistas subieron a la superficie, hubo mucha excitación y todo el mundo se precipitó al borde del agua.

—¿Qué pasa? —preguntó Gahalowood al jefe de submarinistas.

—¡Lo han encontrado! ¡Lo han encontrado!

—Pero ¿qué han encontrado?

A una decena de metros de la orilla, los submarinistas acababan de descubrir en el fondo un Colt calibre 38 y un collar de oro con el nombre NOLA grabado.

A las doce de ese mismo día, instalado tras el falso espejo de una sala de interrogatorios del cuartel general de la policía estatal, asistí a la confesión de Robert Quinn, después de que Gahalowood presentase ante él el arma y el collar encontrados en el lago.

—¿Esto era lo que hacía la pasada noche? —preguntó con voz casi dulce—. ¿Librarse de pruebas comprometedoras?

—¿Cómo... cómo lo ha hecho?

—Se acabó la partida, señor Quinn. Se acabó la partida para usted. El del Chevrolet Monte Carlo negro era usted, ¿verdad? Un vehículo de concesionario, sin registro alguno. Nadie habría llegado hasta usted si no hubiese tenido la estúpida idea de fotografiarse con él.

—Yo... yo...

—¿Por qué? ¿Por qué mató a la chiquilla? ¿Y a esa pobre mujer?

—No lo sé. Creo que no era yo mismo. En el fondo fue un accidente.

—¿Qué pasó?

—Nola caminaba al borde de la carretera, le propuse acercarla un poco. Aceptó, subió... y después... Yo, en el fondo, me sentía solo. Tenía ganas de acariciarle un poco el pelo... Huyó por el bosque. Tenía que atraparla, para pedirle que no dijese nada a nadie. Y después se metió en casa de Deborah Cooper. Tuve que hacerlo. Si no, habrían hablado. Fue... ¡fue un momento de locura!

Se hundió.

Cuando salió de la sala de interrogatorios, Gahalowood llamó a Travis para avisarle de que Robert Quinn había firmado una confesión completa.

—Habrá una rueda de prensa a las diecisiete horas —le dijo—. No quería que se enterase por televisión.

—Gracias, sargento. Yo... ¿qué debo decir a mi mujer?

—No lo sé. Pero avísela inmediatamente. La noticia le va a caer como una bomba.

—Lo haré.

—Jefe Dawn, ¿podría acercarse a Concord para aclararnos algunas cosas sobre Robert Quinn? Quiero evitarles el mal trago a su mujer o a su suegra.

—Por supuesto. Estoy de servicio en este momento, y me esperan para un accidente de carretera. Y tengo que hablar con Jenny. Lo mejor es que vaya esta noche o mañana.

—Venga tranquilamente mañana. Ya no hay ninguna prisa.

Gahalowood colgó. Tenía aspecto sereno.

—¿Y ahora? —pregunté.

—Ahora le invito a comer algo. Creo que nos lo merecemos.

Comimos en la cafetería del cuartel general. Gahalowood tenía aspecto pensativo: no tocó su plato. Tenía el informe a su lado, sobre la mesa, y durante un cuarto de hora contempló la foto de Robert y el Monte Carlo negro. Le pregunté:

—¿A qué le está dando vueltas, sargento?

—A nada. Sólo me pregunto por qué Quinn llevaba un arma... Nos dijo que se había cruzado con la chica por casualidad, durante un paseo en coche. Pero, o lo había premeditado todo, el coche y el arma, o es cierto que encuentra a Nola por casualidad, y entonces me pregunto por qué llevaba un arma y dónde la había conseguido.

—¿Cree que lo había premeditado todo, pero que quiso minimizar su confesión?

—Es posible.

Contempló la foto una vez más. Acercó su rostro para escrutar los detalles. De pronto, vio algo. Su mirada cambió inmediatamente. Pregunté:

—¿Qué pasa, sargento?

—El titular...

Pasé al otro lado de la mesa para mirar la foto. Apuntó a un distribuidor de periódicos al fondo de la imagen, al lado del Clark's. Al observarlo atentamente, se lograba leer el texto de la primera página:

Nixon dimite

—¡Richard Nixon dimitió en agosto de 1974! —exclamó Gahalowood—. ¡Esta foto no pudo tomarse en 1975!

—Pero, entonces, ¿quién escribió esa fecha errónea en el dorso de la foto?

—No lo sé. Pero eso quiere decir que Robert Quinn nos ha mentido. ¡No ha matado a nadie!

Gahalowood saltó fuera de la cafetería y se precipitó por la escalera principal, subiendo los escalones de cuatro en cuatro. Le seguí a través de los pasillos hasta el ala donde se encontraban las celdas. Pidió ver inmediatamente a Robert Quinn.

—¿A quién protege? —gritó Gahalowood en cuanto lo vio detrás de los barrotes de su celda—. ¡Usted no probó ningún Monte Carlo negro en agosto de 1975! ¡Está protegiendo a alguien y quiero saber a quién! ¿A su mujer? ¿A su hija?

Robert parecía desesperado. Sin moverse de la pequeña banqueta acolchada sobre la que estaba sentado, murmuró:

—A Jenny. Protejo a Jenny.

—¿Jenny? —repitió Gahalowood atónito—. Fue su hija la que...

Sacó el teléfono y marcó un número.

—¿A quién llama? —le pregunté.

—A Travis Dawn. Para que no avise a su mujer. Si sabe que su padre lo ha confesado todo, le va a entrar el pánico y va a huir.

Travis no respondió a su móvil. Gahalowood llamó entonces a la comisaría de policía de Aurora para que le pusiesen en contacto por radio.

—Aquí el sargento Gahalowood, de la policía estatal de New Hampshire —dijo al oficial de guardia—. Debo hablar inmediatamente con el jefe Dawn.

—¿El jefe Dawn? Llámele al móvil. Hoy no está de servicio.

—¿Cómo que no? He llamado antes y me dijo que estaba ocupado con un accidente de carretera.

—Imposible, sargento. Le repito que hoy no está de servicio.

Gahalowood colgó, pálido, y lanzó inmediatamente una orden de búsqueda general.

*

Travis y Jenny Dawn fueron detenidos horas más tarde en el aeropuerto de Boston-Logan, donde se disponían a embarcar en un vuelo con destino a Caracas.

Bien entrada la noche, Gahalowood y yo abandonamos el cuartel general de la policía de Concord. Una marea de periodistas que esperaba cerca de la salida del edificio se lanzó sobre nosotros. Atravesamos el gentío sin hacer el menor comentario y nos metimos en el coche de Gahalowood. Condujo en silencio. Pregunté:

—¿Adónde vamos, sargento?

—No lo sé.

—¿Qué hacen los polis en este tipo de ocasiones?

—Van a beber. ¿Y los escritores?

—Van a beber.

Me llevó hasta su bar a la salida de Concord. Nos sentamos en la barra y pedimos dos whiskies dobles. A nuestra espalda, los titulares de una pantalla de televisión daban la noticia:

UN AGENTE DE POLICÍA DE AURORA
CONFIESA EL ASESINATO DE NOLA KELLERGAN

1. La verdad sobre el caso Harry Quebert

«El último capítulo de un libro, Marcus, siempre debe ser el más hermoso.»

Aquélla fue la última vez que le vi.

Eran las nueve de la noche. Estaba en mi casa, escuchando mis minidiscs, cuando llamaron a la puerta. Abrí y nos miramos fijamente durante mucho tiempo, en silencio. Al final, dijo:

—Buenas noches, Marcus.

Después de un segundo de duda, respondí:

—Pensé que estaba usted muerto.

Movió la cabeza en señal de asentimiento.

—Ya no soy más que un fantasma.

—¿Quiere un café?

—Me parece bien. ¿Está usted solo?

—Sí.

—No debe estar solo.

—Entre, Harry.

Fui a la cocina a calentar café. Él esperó en el salón, nervioso, jugando con los marcos de fotos colocados en las estanterías de mi biblioteca. Cuando volví con la cafetera y las tazas, estaba mirando una en la que aparecíamos los dos, el día de entrega de mi diploma en Burrows.

—Es la primera vez que vengo a su casa —dijo.

—La habitación de invitados está lista para usted. Desde hace varias semanas.

—Sabía que vendría, ¿verdad?

—Sí.

—Me conoce usted bien, Marcus.

—Los amigos saben esas cosas.

Sonrió con tristeza.

—Gracias por su hospitalidad, Marcus, pero no me voy a quedar.

—Entonces ¿por qué ha venido?

—Para despedirme.

Me esforcé en ocultar mi turbación y llené las tazas de café.

—Si usted me deja, entonces ya no tendré amigos —dije.

—No diga eso. Más que un amigo, le he querido como a un hijo, Marcus.

—Yo le he querido como a un padre, Harry.

—¿A pesar de la verdad?

—La verdad no cambia nada de lo que puede uno sentir por otro. Es el gran drama de los sentimientos.

—Tiene usted razón, Marcus. Entonces lo sabe todo, ¿verdad?

—Sí.

—¿Cómo lo supo?

—Acabé comprendiéndolo.

—Era usted el único que podía desenmascararme.

—Así que era eso de lo que me hablaba en el aparcamiento del motel. La razón por la que decía que nada sería igual entre nosotros. Usted sabía que lo descubriría todo.

—Sí.

—¿Cómo pudo llegar usted a eso, Harry?

—No lo sé...

—Tengo las grabaciones en vídeo de los interrogatorios de Travis y Jenny Dawn. ¿Quiere verlos?

—Sí. Por favor.

Se sentó en el sofá. Inserté un DVD en el lector y lo puse en marcha. Apareció Jenny en la pantalla. Era filmada de frente en una sala del cuartel general de la policía estatal de New Hampshire. Lloraba.

*

Extracto del interrogatorio a Jenny E. Dawn

Sargento P. Gahalowood: Señora Dawn. ¿Desde cuándo lo sabe?

Jenny Dawn (entre sollozos): Yo... yo nunca sospeché nada. ¡Nunca! Hasta el día que encontraron el cuerpo de Nola en Goose Cove. La ciudad estaba patas arriba. El Clark's desbordado de gente: clientes, periodistas haciendo preguntas... Un infierno. Acabé sintiéndome mal y volví a casa antes para descansar. Había un coche que no conocía estacionado delante. Entré y oí voces. Reconocí la del jefe Pratt. Estaba discutiendo con Travis. No me oyeron llegar.

12 de junio de 2008

—*¡Cálmate, Travis!* —*exclamó Pratt*—. *Nadie descubrirá nada, ya verás.*

—*Pero ¿cómo puedes estar tan seguro?*

—*¡Quebert cargará con todo! ¡El cuerpo estaba al lado de su casa! ¡Todo le acusa!*

—*Dios, pero ¿y si le declaran inocente?*

—*No lo harán. No hay que mencionar nunca esta historia, ¿entendido?*

Jenny percibió movimiento y se escondió en el salón. Vio al jefe Pratt salir de la casa. En cuanto oyó que se marchaba en coche, se precipitó hasta la cocina, donde encontró a su marido, aterrado.

—*¿Qué pasa, Travis? ¡He oído toda la conversación! ¿Qué me estás escondiendo? ¿Qué me ocultas acerca de Nola Kellergan?*

Jenny Dawn: Entonces Travis me lo contó todo. Me enseñó el collar, dijo que lo había guardado para no olvidar nunca lo que había hecho. Cogí el collar y le dije que iba a ocuparme de todo. Quería proteger a mi marido, quería proteger mi pareja. Siempre he estado sola, sargento. No tengo hijos. La única persona que tengo es Travis. No quería arriesgarme a perderlo... Esperaba que cerrasen el caso rápidamente y que fuese Harry el acusado... Pero llegó Marcus Goldman y se puso a revolver el pasado, seguro de que Harry era inocente. Tenía razón, pero debía impedírselo. No quería dejarle descubrir la verdad... Entonces comencé a enviarle anónimos. Yo prendí fuego al maldito Corvette. ¡Pero no hizo caso de mis advertencias! Entonces decidí ir a quemar la casa.

Extracto del interrogatorio a Robert Quinn

> *Sargento P. Gahalowood:* ¿Por qué lo hizo?
> *Robert Quinn:* Por mi hija. Parecía muy preocupada por la agitación que reinaba en la ciudad desde el descubrimiento del cuerpo de Nola. La veía inquieta, se comportaba de forma extraña. Abandonaba el Clark's sin razón alguna. El día que los periódicos publicaron los borradores de Goldman, le dio un ataque de rabia terrible. Rozaba lo aterrador. Al salir del lavabo de empleados, la vi marcharse sigilosamente por la puerta trasera. Decidí seguirla.

Jueves 10 de julio de 2008

Estacionó en el camino forestal y salió precipitadamente del coche, agarrando el bidón de gasolina y el spray de pintura. Tuvo la precaución de ponerse guantes de jardinería para no dejar huella alguna. Él la seguía de lejos con dificultad. Cuando atravesó la linde del bosque, ella ya había rociado el Range Rover y la vio verter gasolina bajo el porche.

—¡Jenny! ¡Para! —chilló su padre.

Ella se apresuró a encender una cerilla y la tiró al suelo. La entrada de la casa se incendió inmediatamente. Quedó sorprendida por la intensidad de las llamas y tuvo que caminar hacia atrás varios metros protegiéndose el rostro. Su padre la agarró por los hombros.

—¡Jenny! ¡Estás loca!

—¡No puedes entenderlo, papá! ¿Qué haces aquí? ¡Vete! ¡Vete!

Le arrancó el bidón de las manos.

—¡Márchate! —ordenó—. ¡Márchate antes de que venga alguien!

Jenny desapareció en el bosque y volvió a su coche. Él debía librarse del bidón, pero el pánico le impedía pensar. Finalmente, bajó precipitadamente a la playa y lo ocultó entre los juncos.

Extracto del interrogatorio a Jenny E. Dawn

> *Sargento P. Gahalowood:* ¿Qué pasó después?

Jenny Dawn: Supliqué a mi padre que se quedase fuera de este asunto. No quería involucrarle.

Sargento P. Gahalowood: Pero ya lo estaba. ¿Qué hizo entonces?

Jenny Dawn: La presión se estaba acentuando sobre el jefe Pratt desde que había confesado haber forzado a Nola a hacerle felaciones. Él, que al principio estaba tan tranquilo, estaba a punto de rendirse. Había que librarse de él. Y recuperar el arma.

Sargento P. Gahalowood: Él había guardado el arma...

Jenny Dawn: Sí. Era su arma reglamentaria. Desde siempre...

Extracto del interrogatorio a Travis S. Dawn

Travis Dawn: Lo que hice, sargento, no me lo perdonaré nunca. Hace treinta y tres años que pienso en ello. Treinta y tres años que me atormenta.

Sargento P. Gahalowood: Lo que no comprendo es que siendo usted policía conservara ese collar, que es una prueba contundente.

Travis Dawn: No podía librarme de él. Ese collar ha sido mi castigo. Un recordatorio del pasado. Desde el 30 de agosto de 1975, no ha pasado un solo día sin que me encerrase a contemplar ese collar. Y además, ¿qué riesgo había de que alguien lo encontrara?

Sargento P. Gahalowood: ¿Y Pratt?

Travis Dawn: Iba a hablar. Desde que usted descubrió lo suyo con Nola, estaba aterrado. Un día me llamó por teléfono: quería verme. Nos vimos en una playa. Me dijo que quería confesarlo todo, que quería llegar a un acuerdo con el fiscal y que yo debería hacer lo mismo porque, de todas formas, la verdad terminaría saliendo a la luz. Esa misma noche fui a verle a su motel. Intenté razonar con él. Pero se negó. Me enseñó su viejo Colt del 38 que guardaba en el cajón de su mesita de noche, dijo que se lo iba a entregar a usted al día siguiente. Iba a hablar, sargento. Entonces, esperé a que me diese la espalda y le maté de un porrazo. Recuperé el Colt y hui.

Sargento P. Gahalowood: ¿Un porrazo? ¡Como a Nola!

Travis Dawn: Sí.

Sargento P. Gahalowood: ¿Dónde está?

Travis Dawn: Es mi porra reglamentaria. Fue lo que decidimos entonces Pratt y yo: dijo que el mejor medio de esconder las armas del crimen era dejarlas a la vista y al alcance de todos. El Colt y la porra que llevábamos en la cintura mientras buscábamos a Nola eran las armas del crimen.

Sargento P. Gahalowood: Entonces ¿por qué librarse finalmente de ellas? ¿Y cómo el collar y el revólver llegaron a manos de Robert Quinn?

Travis Dawn: Jenny me presionó. Y yo cedí. Desde la muerte de Pratt, ya no dormía, estaba al límite de sus nervios. Dijo que no había que dejarlos en casa, que si la investigación de la muerte de Pratt llegaba hasta nosotros, estaríamos acabados. Acabó convenciéndome. Yo quería ir a tirarlos a alta mar, donde nadie los encontraría jamás. Pero Jenny sintió pánico y me tomó la delantera sin consultarme. Pidió a su padre que se encargara de ello.

Sargento P. Gahalowood: ¿Por qué su padre?

Travis Dawn: Creo que no confiaba en mí. No había conseguido separarme del collar en treinta y tres años, temía que siguiera sin ser capaz. Siempre ha tenido una fe inquebrantable en su padre, consideraba que era el único que podía ayudarla. Y además, era tan difícil sospechar de él... El bueno de Robert Quinn.

9 de noviembre de 2008

Jenny entró precipitadamente en casa de sus padres. Sabía que su padre estaba solo. Lo encontró en el salón.

—¡Papá! —gritó—. ¡Papá, necesito que me ayudes!

—¿Jenny? ¿Qué pasa?

—No hagas preguntas. Necesito que te deshagas de esto.

Le tendió una bolsa de plástico.

—¿Qué es?

—No preguntes. No lo abras. Es muy grave. Eres el único que puede ayudarme. Necesito que lo tires en algún sitio donde nadie lo encuentre.

—¿Estás metida en algún lío?

—Sí, eso creo.

—Entonces lo haré, querida. Tranquilízate. Haré todo lo posible para protegerte.

*—Sobre todo, no abras la bolsa, papá. Limítate a librarte
de ella para siempre.*

*Pero en cuanto su hija se marchó, Robert abrió la bolsa.
Aterrorizado por lo que descubrió en su interior, temiendo que
su hija fuese una asesina, decidió arrojar su contenido en el
lago de Montburry en cuanto se hiciera de noche.*

Extracto del interrogatorio a Travis S. Dawn

Travis Dawn: Cuando me enteré de que Quinn había sido
arrestado, supe que estaba acabado. Que había que actuar. Pensé
que había que hacerle pasar por culpable. Al menos provisionalmente. Sabía que querría proteger a su hija y que aguantaría un día
o dos. El tiempo suficiente para Jenny y para mí de estar en un
país sin tratado de extradición. Me puse a buscar una prueba contra Robert. Rebusqué en los álbumes de familia que guarda Jenny,
esperando encontrar una foto de Robert y Nola y escribir en el
dorso algo comprometedor. Pero entonces vi esa foto de él y un
Monte Carlo negro. ¡Qué coincidencia excepcional! Escribí la fecha de agosto de 1975 a bolígrafo, y se la di a usted.

Sargento P. Gahalowood: Jefe Dawn, ha llegado la hora de
que nos explique qué pasó realmente el 30 de agosto de 1975...

*

—¡Apáguelo, Marcus! —exclamó Harry—. ¡Se lo suplico, apáguelo! No soporto escuchar eso.

Apagué inmediatamente el televisor. Harry lloraba. Se levantó del sofá y se pegó a la ventana. Fuera nevaba con fuerza. La
ciudad, iluminada, estaba magnífica.

—Lo siento, Harry.

—Nueva York es un lugar extraordinario —murmuró—.
A menudo me pregunto qué habría sido de mi vida si me hubiese
quedado aquí en lugar de marcharme a Aurora a principios del verano de 1975.

—Nunca hubiese conocido el amor —dije.

Miró fijamente la noche.

—¿Cómo lo comprendió, Marcus?

—¿Comprender qué? ¿Que no había escrito *Los orígenes del mal?* Poco después del arresto de Travis Dawn. La prensa volvió a hablar del asunto y días más tarde recibí una llamada de Elijah Stern. Quería verme sin falta.

*

Viernes 14 de noviembre de 2008
Propiedad de Elijah Stern, cerca de Concord, NH

—Gracias por venir, señor Goldman.
Elijah Stern me recibió en su despacho.
—Me ha sorprendido su llamada, señor Stern. Pensaba que no me apreciaba demasiado.
—Es usted un hombre con dotes. Eso que dicen los periódicos acerca de Travis Dawn, ¿es cierto?
—Sí, señor.
—Es tan sórdido...
Asentí, y después dije:
—Me equivoqué por completo a propósito de Caleb. Lo siento.
—No se equivocó. Si he comprendido bien, ha sido su tenacidad la que, al final, ha permitido a la policía cerrar el caso. Este policía que habla maravillas de usted... Perry Gahalowood se llama, creo.
—He pedido a mi editor que retire de la venta *El caso Harry Quebert.*
—Me alegro de escuchar eso. ¿Va usted a escribir una versión corregida?
—Probablemente. Ignoro todavía la forma, pero se hará justicia. Luché por el buen nombre de Quebert. Lucharé por el de Caleb.
Sonrió.
—Precisamente, señor Goldman. Deseaba verle por ese tema. Debo decirle la verdad. Y comprenderá por qué no le reprocho haber creído a Luther culpable durante unos meses: yo mismo he vivido treinta y tres años íntimamente convencido de que Luther había matado a Nola Kellergan.

—¿De verdad?

—Tenía la certeza absoluta. Absoluta.

—¿Por qué no lo dijo nunca a la policía?

—No quería matar a Luther por segunda vez.

—No comprendo qué intenta usted decirme, señor Stern.

—Luther estaba obsesionado con Nola. Se pasaba la vida en Aurora, observándola...

—Lo sé. Sé que usted le sorprendió en Goose Cove. Se lo dijo al sargento Gahalowood.

—Entonces creo que subestima la amplitud de la obsesión de Luther. En ese mes de agosto de 1975, se pasaba los días enteros en Goose Cove, escondido en el bosque, espiando a Harry y a Nola, en la terraza, en la playa, en todos lados. ¡En todos! Había enloquecido completamente, lo sabía todo de ellos. ¡Todo! No dejaba de hablarme del tema. Día tras día, me contaba lo que habían hecho, lo que habían dicho. Me contaba su historia al completo: que se habían conocido en la playa, que estaban trabajando en un libro, que se habían marchado una semana juntos. ¡Lo sabía todo! Poco a poco, comprendí que estaba viviendo una historia de amor a través de ellos. El amor que no podía vivir por culpa de su repulsiva apariencia física, lo vivía por procuración. Hasta el punto de que desaparecía todo el día. Me vi obligado a conducir yo mismo para ir a mis citas.

—Perdóneme que le interrumpa, señor Stern, pero hay algo que no entiendo: ¿por qué no despidió a Luther? Quiero decir, es una insensatez: tengo la impresión de que era usted el que obedecía a su empleado, cuando reclamaba pintar a Nola o cuando le abandonaba para pasarse el día en Aurora. Disculpe mi pregunta, pero ¿había algo entre ustedes? ¿Estaban...?

—¿Enamorados? No.

—Pues entonces, ¿cuál es la razón de la extraña relación que mantenían? Es usted un hombre poderoso, del tipo que no se deja pisotear. Y sin embargo...

—Tenía una deuda con él. Yo... Ahora lo entenderá. Luther estaba obsesionado por Harry y Nola y, poco a poco, las cosas fueron degenerando. Un día, volvió seriamente lastimado. Me dijo que un policía de Aurora le había dado una paliza porque le había sorprendido rondando, y que una camarera del Clark's había llegado a denunciarle. La historia estaba virando a la catástrofe. Le dije que no quería que fuese más a Aurora, le dije que quería que se tomase unas vacaciones, que se fuese algún tiempo a casa de su familia, en Maine, o a cualquier otro lado. Que pagaría todos los gastos...

—Pero se negó —dije.

—No sólo se negó, sino que me pidió que le prestara un coche porque, según él, su Mustang azul era demasiado reconocible. Me opuse, evidentemente, le dije que ya bastaba. Y entonces fue cuando gritó: «¡No lo entiendes, Eli! ¡Se van a marchar! ¡Dentro de diez días se marcharán juntos y para siempre! ¡Para siempre! ¡Lo han decidido en la playa! ¡Han decidido marcharse el 30! El 30 desaparecerán para siempre. Sólo quiero decirle adiós a Nola, son mis últimos días con ella. No puedes privarme de ella cuando ya sé que la voy a perder». No cedí. Y le vigilé de cerca. Y después llegó ese maldito 29 de agosto. Ese día busqué a Luther por todas partes. Sin éxito. En cambio, su Mustang estaba en su sitio de siempre. Al final, uno de mis empleados confesó y me dijo que Luther se había marchado con uno de mis coches, un Monte Carlo negro. Luther había dicho que yo le había dado permiso y, como todo el mundo sabía que le permitía todo, nadie se atrevió a hacer preguntas. Me puse como loco. Fui inmediatamente a registrar su habitación. Me encontré ese cuadro de Nola que me dio ganas de vomitar, y después, escondidas en una caja debajo de su cama, encontré todas esas cartas... Cartas que había robado... Correspondencia entre Harry y Nola que con seguridad había sustraído de sus buzones. Entonces le esperé y, cuando volvió, al final del día, tuvimos un terrible altercado...

Stern calló y miró al vacío.

—¿Qué pasó? —pregunté.

—Yo... quería que dejase de ir allí, ¿lo entiende? ¡Quería que cesase esa obsesión por Nola! ¡Él no quería escucharme! ¡En absoluto! ¡Decía que lo suyo con Nola era más fuerte que nunca! Que nadie podría impedirles estar juntos. Perdí la razón. Nos enzarzamos y le golpeé. Le agarré del cuello, grité y le golpeé. Le llamé paleto. Él cayó al suelo, se tocó su nariz ensangrentada. Yo estaba petrificado. Y entonces me dijo... me dijo...

Stern no conseguía articular palabra. Hizo una mueca de asco.

—Señor Stern, ¿qué le dijo? —pregunté para no perder el hilo de su historia.

—Me dijo: «¡Fuiste tú!». Gritó: «¡Fuiste tú! ¡Tú!». Me quedé de piedra. Huyó, fue a buscar algunas cosas en su habitación y se marchó en el Chevrolet negro antes de que yo pudiese reaccionar. Había... había reconocido mi voz.

Stern se había puesto a llorar. Apretaba los puños con rabia.

—¿Había reconocido su voz? —repetí—. ¿Qué quiere usted decir?

—Hubo... hubo una época en la que quedaba con algunos viejos amigos de Harvard. Una especie de estúpida fraternidad. Subíamos a Maine para pasar el fin de semana: dos días en hoteles de lujo, bebiendo y comiendo langosta. Nos gustaba pelear, nos gustaba dar palizas a pobres diablos. Decíamos que los tipos de Maine eran unos paletos y que nuestra misión en la Tierra era vapulearlos. No habíamos cumplido los treinta, éramos hijos de ricos, pretenciosos. Éramos algo racistas, éramos infelices, éramos violentos. Nos inventamos un juego: el *field goal,* que consistía en golpear la cabeza de nuestras víctimas como si diéramos una patada a un balón de fútbol. Un día del año 1964, cerca de Portland, estábamos muy excitados y alcoholizados. Nos cruzamos en el camino con un chico joven. Era yo el que conducía... Me detuve y propuse que nos divirtiéramos un poco...

—¿Usted es el agresor de Caleb?

Estalló:

—¡Sí! ¡Sí! ¡Nunca me lo perdoné! Nos levantamos al día siguiente en nuestra suite de un hotel de lujo con una resaca infernal. Todos los periódicos relataban la agresión: el chico estaba en coma. La policía nos buscaba activamente; nos habían rebautizado como *la banda de los field goals.* Decidimos no volver a hablar de ello, olvidarlo completamente. Pero no dejaba de atormentarme: los días y los meses que siguieron no pensé más que en eso. Estaba completamente enfermo. Empecé a frecuentar Portland, para saber qué había sido de ese chico al que habíamos martirizado. Así pasaron dos años, hasta que un día, cuando no aguantaba más, decidí darle un trabajo y una oportunidad para rehacer su vida. Fingí tener que cambiar una rueda, le pedí ayuda y le contraté como chófer. Le di todo lo que quería... Instalé un taller de pintura en la veranda de mi casa, le di dinero, le regalé un coche, pero nada de eso me bastaba para atenuar mi culpabilidad. ¡Quería hacer todavía más por él! Yo había destrozado su carrera de pintor, así que financié todas las exposiciones posibles, y a menudo le dejaba pasar días enteros pintando. Y entonces empezó a decir que se sentía solo, que nadie quería saber nada de él. Decía que la única cosa que podía hacer con una mujer era pintarla. Quería pintar mujeres rubias, decía que le recordaban a su prometida de entonces, antes de la agresión. Así que contraté a decenas de prostitutas rubias para que posaran para él. Pero un día, en Aurora, conoció a Nola. Y se enamoró. Decía que era la primera vez que amaba a alguien después de su antigua prometida. Pero llegó Harry, el genial escritor y chico guapo. El que Luther hubiese querido ser. Y Nola se enamoró de Harry. Entonces Luther decidió que él también quería ser Harry... Y yo, ¿qué quería usted que hiciese? Le había robado la vida, le había quitado todo. ¿Podía impedirle amar?

—Por tanto, todo aquello ¿fue para dejar de sentirse culpable?

—Llámelo como quiera.

—El 29 de agosto... ¿Qué pasó después?

—Cuando Luther comprendió que había sido yo el que... hizo su equipaje y huyó con el Chevrolet negro. Me lancé en su persecución inmediatamente. Quería explicárselo. Quería que me perdonase. Pero fue imposible encontrarlo. Lo busqué durante todo el día y parte de la noche. En vano. Estaba tan arrepentido. Esperaba que volviese motu proprio. Pero al día siguiente, al final de la tarde, la radio anunció la desaparición de Nola Kellergan. El sospechoso conducía un Chevrolet negro... No necesito decirle más. Decidí no hablar de ello nunca, para que nadie sospechara de Luther. O quizás porque en el fondo yo era tan culpable como Luther. Ésa es la razón por la que no soporté que viniese aquí a despertar mis fantasmas. Pero resulta que al final, gracias a usted, me entero de que Luther no mató a Nola. Ha sido como si yo tampoco la hubiese matado. Usted ha aliviado mi conciencia, señor Goldman.

—¿Y el Mustang?

—Está en mi garaje, debajo de una lona. Hace treinta y tres años que lo tengo escondido en mi garaje.

—¿Y las cartas?

—También las he guardado.

—Me gustaría verlas, por favor.

Stern descolgó un cuadro de la pared y descubrió la puerta de una pequeña caja fuerte, que abrió. Sacó una caja de zapatos llena de cartas. Así fue como descubrí toda la correspondencia entre Harry y Nola, la que había permitido escribir *Los orígenes del mal*. Reconocí inmediatamente la primera: precisamente la que abría el libro. Esa carta del 5 de julio de 1975, esa carta llena de tristeza que Nola había escrito cuando Harry la rechazó y se enteró de que había pasado la velada del 4 de julio con Jenny Dawn. Ese día, ella había dejado en el marco de la puerta un sobre que contenía la carta y dos fotos tomadas en Rockland. Una representaba la bandada de gaviotas al borde del mar. La segunda era una foto de los dos, juntos durante el pícnic.

—¿Cómo diablos pudo Luther conseguir todo esto? —pregunté.

—No lo sé —me dijo Stern—. Pero no me extrañaría que se hubiese metido en casa de Harry.

Pensé que había podido llevarse las cartas durante los días en que Harry se había ausentado de Aurora. Pero ¿por qué Harry no me había dicho nunca que las cartas habían desaparecido? Le pregunté si podía llevarme la caja y Stern asintió. Me sentía invadido por una inmensa duda.

*

Frente a Nueva York, Harry lloraba en silencio, escuchando mi relato.

—Cuando vi esas cartas —proseguí—, mi cabeza empezó a dar vueltas. Volví a pensar en su libro, en el que dejó en su taquilla del gimnasio: *Las gaviotas de Aurora*. Y entonces comprendí lo que no había comprendido en todo este tiempo: no hay gaviotas en *Los orígenes del mal*. ¡Cómo no me di cuenta antes! ¡No hay ni una sola gaviota! ¡Y sin embargo, había jurado usted poner gaviotas! Fue entonces cuando comprendí que usted no había escrito *Los orígenes del mal*. El libro que escribió durante el verano de 1975 fue *Las gaviotas de Aurora*. Ése fue el libro que escribió y que Nola pasó a máquina. Tuve la confirmación cuando le pedí a Gahalowood que comparase la letra de las cartas que había recibido Nola con la del mensaje inscrito en el manuscrito encontrado junto a sus restos. Cuando me dijo que los resultados se correspondían, comprendí que usted me había utilizado al pedirme que quemase su famoso original escrito a mano... ¡Usted no escribió el libro que le convirtió en un escritor famoso! ¡Se lo robó a Luther!

—¡Cállese, Marcus!

—¿Me equivoco? ¡Robó usted un libro! ¿Qué mayor crimen puede cometer un escritor? *Los orígenes del mal:* ¡por eso lo tituló así! ¡Y yo no comprendía por qué un título tan sombrío para una historia tan hermosa! Pero el título no está relacionado con el libro, está relacionado con usted. Usted siempre me lo dijo, además: un libro no es una relación con las palabras, es una relación con las personas. Ese libro es el origen del mal que le corroe desde entonces, ¡la enfermedad del remordimiento y la impostura!

—¡Deténgase, Marcus! ¡Cállese ya!

Lloraba. Yo continué:

—Un día, Nola dejó un sobre en la puerta de su casa. Fue el 5 de julio de 1975. Un sobre que contenía fotos de gaviotas y una carta escrita en su papel preferido, donde le hablaba de Rockland y donde decía que no le olvidaría nunca. Fue el periodo en que se obligó a no verla. Pero esa carta nunca llegó a sus manos porque Luther, que espiaba su casa, se hizo con ella en cuanto Nola se fue. Así fue como, a partir de esa carta, empezó a escribirse con Nola. Respondió a esa carta haciéndose pasar por usted. Ella respondía, pensando que se dirigía a usted, pero él interceptaba sus cartas en el buzón. Y él respondía, siempre haciéndose pasar por usted. Por eso rondaba ante su casa. Nola pensaba estar carteándose con usted, y esa correspondencia con Luther Caleb se convirtió en *Los orígenes del mal.* ¡Pero bueno, Harry! ¿Cómo pudo...?

—¡Estaba aterrado, Marcus! Ese verano me costaba mucho escribir. Pensaba que no lo conseguiría nunca. Estaba escribiendo ese libro, *Las gaviotas de Aurora,* pero me parecía muy malo. Nola decía que lo adoraba, pero nada podía calmarme. Tenía unas crisis de rabia terribles. Ella pasaba a máquina mis manuscritos, yo los releía y lo rompía todo. Ella me suplicaba que parase, me decía: «¡No hagas eso! Eres tan brillante. Por favor, termínalo. Mi querido Harry, ¡no podría soportar que no lo terminaras!». Pero yo había perdido la fe. Pensaba que nunca me convertiría en escritor. Y entonces un día Luther Caleb llamó a mi puerta. Me dijo que no sabía a quién dirigirse, y entonces vino a verme a mí: había escrito un libro y se preguntaba si valía la pena mandarlo a algún editor. Entiéndalo, Marcus, se creía que yo era un gran escritor neoyorquino y que podría ayudarle.

*

20 de agosto de 1975

—¿Luther?

Al abrir la puerta de su casa, Harry no ocultó su sorpresa.

—Bue... buenoz díaz, Hady.

Hubo un silencio incómodo.

—¿Puedo hacer algo por usted, Luther?

—Vengo a vedle a título pedzonal. A pedidle conzejo.

—¿Consejo? Le escucho. ¿Quiere entrar?

—Gaciaz.

Los dos hombres se instalaron en el salón. Luther estaba nervioso. Llevaba con él un sobre grueso que estrechaba con fuerza.

—Y bien, Luther, ¿qué desea?

—He... he ezquito un libdo. Un libdo de amod.

—¿De veras?

—Zí. Y no zé zi ez bueno. Quiedo decid, ¿cómo ze zabe que un libdo vale la pena de zed publicado?

—No lo sé. Si cree que lo ha hecho lo mejor posible... ¿Ha traído su texto?

—Zí, pedo ez un ejemplad manuzquito —se disculpó Luther—. Acabo de dadme cuenta. Tengo una vedzión a máquina, pedo me he equivocado de zobde al zalid de caza. ¿Quiede que vaya a buzcadla y que vuelva máz tade?

—No, enséñemelo de todos modos.

—Ez que...

—Vamos, no sea tímido. Estoy seguro de que su letra es legible.

Le entregó el sobre. Harry sacó los folios y hojeó algunos, atónito por la perfección de la letra.

—¿Es su letra?

—Zí.

—Diablos, se diría que... es... es una letra increíble. ¿Cómo lo hace?

—Lo ignodo. Ez mi leta.

—Si está usted de acuerdo, déjemelo. El tiempo de leerlo. Le diré con honestidad lo que pienso.

—¿De vedaz?

—Por supuesto.

Luther aceptó gustosamente y se marchó. Pero, en lugar de abandonar Goose Cove, se escondió entre los matorrales y esperó a Nola, como siempre. Ésta llegó poco después, feliz de saber que pronto se marcharían. No vio la silueta escondida en la espesura que la observaba. Entró en la casa por la puerta principal, sin llamar, como hacía todos los días.

—¡Harry, querido! —exclamó para anunciarse.

No hubo respuesta. La casa parecía desierta. Volvió a llamar. Silencio. Atravesó el comedor y el salón, sin encontrarlo. No estaba en su despacho. Ni en la terraza. Entonces bajó las escaleras hasta la playa y gritó su nombre. ¿Se habría ido a bañar? Solía hacerlo cuando trabajaba demasiado. Pero tampoco había nadie en la playa. Sintió que la invadía el pánico: ¿dónde podría estar? Retornó a la casa, y volvió a llamar. Nadie. Pasó revista a todas las habitaciones de la planta baja y después subió al primer piso. Al abrir la puerta de su habitación, le encontró sentado en su cama, leyendo un paquete de folios.

—¿Harry? ¿Estás aquí? Hace casi diez minutos que te estoy buscando...

Él se sobresaltó al oírla.

—Perdona, Nola, estaba leyendo... No te he oído.

Se levantó, apiló las hojas que tenía en las manos y las metió en un cajón de su cómoda.

Ella sonrió:

—¿Y qué estabas leyendo tan apasionante que ni siquiera me has oído gritar tu nombre por toda la casa?

—Nada importante.

—¿Es la continuación de tu novela? ¡Enséñamelo!

—No es nada importante, ya te lo enseñaré.

Le miró con aire coqueto:

—¿Estás seguro de que te encuentras bien, Harry?

Él rió.

—Todo va bien, Nola.

Salieron a la playa. Ella quería ver las gaviotas. Abrió los brazos, como si tuviese alas, y corrió describiendo grandes círculos.

—¡Me gustaría poder volar, Harry! ¡No quedan más que diez días! ¡Dentro de diez días volaremos! ¡Nos marcharemos de esta maldita ciudad para siempre!

Se creían solos en la playa. Ni Harry ni Nola sospechaban que Luther Caleb los observaba, desde el bosque, por encima de las rocas. Esperó hasta que volvieron a la casa para salir de su escondite: bordeó el camino de Goose Cove corriendo y llegó hasta su Mustang, en el sendero forestal paralelo. Condujo hasta Aurora y aparcó su coche delante del Clark's. Se precipitó dentro: tenía que hablar sin falta con Jenny. Alguien debía saberlo. Tenía un mal presentimiento. Pero Jenny no tenía ninguna gana de verle.

—¿Luther? No deberías estar aquí —le dijo cuando apareció frente al mostrador.

—Jenny... Ziento lo de la ota mañana. No debí agadazte del bazo como lo hice.

—Me hiciste un cardenal...

—Lo ziento.

—Ahora tienes que marcharte.

—No, ezpeda...

—He puesto una denuncia contra ti, Luther. Travis ha dicho que si vuelves por aquí, debo llamarle y tendrás que vértelas con él. Harías bien en marcharte antes de que te vea.

El gigante parecía contrariado.

—¿Me haz denunciado?

—Sí. Me asustaste mucho el otro día.

—Pedo debo decidte una coza muy impodtante.

—No hay nada importante, Luther. Vete...

—Ez acedca de Hady Quebedt...

—¿Harry?

—Zí, dime qué pienzaz de Hady Quebedt...

—¿Por qué me hablas de él?

—¿Confíaz en él?

—¿Confiar? Sí, claro. ¿Por qué me lo preguntas?

—Tengo que decidte una coza...

—¿Decirme qué? Dime.

En el instante en que Luther iba a responder, un coche de policía apareció en la plaza frente al Clark's.

—¡Es Travis! —exclamó Jenny—. ¡Vete, Luther, vete! No quiero que te metas en problemas.

*

—Así de simple —me dijo Harry—, era el libro más hermoso que había leído nunca. ¡Y ni siquiera sabía que estaba dedicado a Nola! Su nombre no aparecía. Era una historia de amor extraordinaria. Nunca volví a ver a Caleb. Nunca tuve ocasión de devolverle su texto. Después sucedieron los acontecimientos que ya conoce. Cuatro semanas después, me enteré de que Luther Caleb se había matado en la carretera. Y yo tenía el manuscrito original de lo que sabía que era una obra maestra. Entonces decidí publicarlo con mi nombre. Así fue como basé mi carrera y mi vida en una mentira. ¿Cómo podía imaginar el éxito que tendría ese libro? ¡Ese éxito me ha atormentado toda la vida! ¡Toda la vida! Y, treinta y tres años más tarde, la policía encuentra a Nola y ese manuscrito en mi jardín. ¡En mi jardín! Y en ese momento, tuve tanto miedo de perderlo todo, que dije que había escrito ese libro para ella.

—¿Por miedo de perderlo todo? ¿Prefirió ser acusado de asesinato que revelar la verdad sobre ese manuscrito?

—¡Sí! ¡Porque toda mi vida es una mentira, Marcus!

—Así que Nola nunca robó esa copia. Usted dijo eso para asegurarse de que nadie ponía en duda que era usted el autor.

—Sí. Pero, entonces, ¿de dónde salió el ejemplar que había junto a ella?

—Luther lo había dejado en su buzón —dije.

—¿En su buzón?

—Luther sabía que usted iba a huir con Nola, lo oyó cuando hablaron de ello en la playa. Sabía que Nola se iba a marchar sin él, y así fue como terminó su historia: con la marcha de la protagonista. Le escribe una última carta, una carta donde le desea una hermosa vida. Y esa carta está en el manuscrito que le entregaría a usted. Luther lo sabía todo. Pero el día de la partida, probablemente la noche del 29 al 30 de agosto, siente la necesidad de rizar el rizo: quiere terminar su historia con Nola como termina el manuscrito. Así que deja una última carta en el buzón de los Kellergan. O más bien un último paquete. La carta de despedida y el manuscrito de su libro, para que sepa cuánto la ama. Y como sabe que no volverá a verla jamás, escribe en la portada: *Adiós, mi querida Nola*. Seguramente se quedó vigilando hasta la mañana, para asegurarse de que Nola recogía el correo. Como hacía siempre. Pero al encontrar la carta y el manuscrito, Nola pensó que era usted el que la escribía. Creyó que no volvería. Se descompensó. Y se puso como loca.

Harry se hundió, agarrándose el corazón con las dos manos.

—¡Cuéntemelo, Marcus! Cuéntemelo usted. ¡Quiero oírlo con sus palabras! ¡Siempre elige bien las palabras! Cuénteme lo que pasó ese 30 de agosto de 1975.

*

30 de agosto de 1975

Un día de finales de agosto, una chica de quince años fue asesinada en Aurora. Se llamaba Nola Kellergan. Cualquiera que la haya conocido la describirá desbordante de vitalidad y de sueños.

Sería difícil limitar las causas de su muerte a los acontecimientos del 30 de agosto de 1975. Quizás en el fondo todo comienza años antes, durante la década de los sesenta, cuando unos padres no se dan cuenta de la enfermedad que empieza a sufrir su hija. Quizás una noche de 1964, cuando un joven es desfigurado por una banda de gamberros borrachos y uno de ellos, presa de remordimientos, se esfuerza en aliviar su conciencia acercándose secretamente a su víctima. O esa noche del año 1969, cuando un padre decide ocultar el secreto de su hija. O quizás todo comience una tarde de junio de 1975, cuando Harry Quebert conoce a Nola y se enamoran.

Es la historia de unos padres que no quieren ver la verdad acerca de su hija.

Es la historia de un rico heredero que, en sus años de juventud, algo gamberra, destruye los sueños de un joven, y después vive atormentado por su acto.

Es la historia de un hombre que sueña con convertirse en un gran escritor, y que se deja consumir lentamente por su ambición.

Al alba del 30 de agosto de 1975, un coche se detuvo delante del 245 de Terrace Avenue. Luther Caleb venía a despedirse de Nola. Estaba deshecho. No sabía si se habían amado o si lo había soñado; ya no sabía si realmente se habían escrito todas esas cartas. Pero sabía que Nola y Harry tenían previsto huir ese día. Él también quería irse de New Hampshire y huir lejos, lejos de Stern. Sus pensamientos se apelotonaban: el hombre que le había devuelto el gusto por la existencia era también el que se la había robado. Era una pesadilla. La única cosa que importaba ahora era terminar su historia de amor. Debía entregar a Nola la última carta. La tenía escrita desde hacía casi tres semanas, desde el día que había oído a Harry y Nola decir que huirían el 30 de agosto. Se había apresurado a terminar su libro, había incluso entregado el original a Harry Quebert: quería saber si valía la pena editarlo. Pero ya nada valía la pena. Había renunciado incluso a recuperar su texto. Había conservado una copia mecanografiada, que había mandado encuadernar para Nola. Ese sábado 30 de agosto fue el día en que dejó en el buzón de los Kellergan la última carta que debía dar por finalizada su historia, así como el manuscrito, para que Nola le recordase. ¿Qué título podría dar al libro? No lo sabía. Nunca habría libro, ¿para qué darle un título? Se había limitado a dedicarle la portada, para desearle un buen viaje: *Adiós, mi querida Nola.*

Aparcado en la calle, esperó a que se hiciese de día. Esperó a que ella saliera. Sólo quería asegurarse de que fuese ella quien encontrara el libro. Desde que se escribían, era siempre ella la que iba a buscar el correo. Esperó, disimuló como pudo: nadie debía verle, especialmente ese bruto de Travis Dawn; si no, volvería a pegarle. Ya había recibido suficientes golpes para el resto de su vida.

A las once, Nola salió por fin de su casa. Miró a su alrededor, como cada vez. Estaba resplandeciente. Llevaba un vestido rojo encantador. Se precipitó hasta el buzón, sonrió al ver el sobre y el paquete. Se apresuró a leer la carta y, de pronto, vaciló. Huyó dentro de la casa, llorando. No iban a marcharse juntos, Harry no la esperaría en el motel. Su última carta era una carta de adiós.

Se refugió en su habitación y se hundió en la cama. ¿Por qué? ¿Por qué la rechazaba? ¿Por qué la había hecho creer que se amarían para siempre? Hojeó el manuscrito: ¿así que ése era el libro del que nunca había hablado? Sus lágrimas cayeron sobre el papel y lo mancharon. Eran sus cartas, todas sus cartas estaban allí, y la última concluía el libro: le había mentido desde siempre. Nunca había pensado huir con ella. Le dolía la cabeza, lloraba a mares. Quería morirse de tanto como le dolía.

La puerta de su habitación se abrió suavemente. Su padre la había oído llorar.

—¿Qué te pasa, cariño?

—Nada, papá.

—No digas *nada,* sé muy bien que te pasa algo...

—¡Ay, papá! ¡Estoy tan triste! ¡Tan triste!

Se lanzó al cuello del reverendo.

—¡Suéltala! —gritó de pronto Louisa Kellergan—. ¡No se merece tu amor! ¡Suéltala ya, David!

—Para, Nola... ¡No empieces!

—¡Cállate, David! ¡Eres un blando! ¡Eres incapaz de actuar! Y yo me veo obligada a terminar el trabajo.

—¡Nola! ¡Por amor de Dios! ¡Cálmate! ¡Cálmate! ¡No te dejaré que te hagas daño!

—¡Déjanos, David! —explotó Louisa rechazando a su marido con un gesto violento.

Él reculó hasta el pasillo, impotente.

—¡Ven aquí, Nola! —gritó la madre—. ¡Ven aquí! ¡Vas a ver lo que es bueno!

La puerta se cerró. El reverendo Kellergan estaba paralizado. Sólo podía oír lo que pasaba dentro del cuarto.

—¡Mamá, piedad! ¡Para! ¡Para!

—¡Toma esto, toma! Esto es lo que se merecen las niñas que han matado a su madre.

Y el reverendo huyó hasta el garaje y encendió su tocadiscos, subiendo al máximo el volumen.

La música resonó en la casa y los alrededores durante todo el día. Los paseantes lanzaban miradas de desaprobación hacia las ventanas. Algunos se miraban entre ellos con expresión cómplice: sabían lo que pasaba en casa de los Kellergan cuando sonaba la música.

Luther no se había movido. Seguía al volante del Chevrolet, oculto entre las filas de coches aparcados a lo largo de la acera, no quitaba ojo de la casa. ¿Por qué había llorado? ¿No le había gustado su carta? ¿Y su libro? ¿Tampoco le había gustado? ¿Por qué esos llantos? Le había costado tanto trabajo... Le había escrito un libro de amor, el amor no debía hacer llorar.

Esperó hasta las seis de la tarde. Ya no sabía si debía esperar a que reapareciese o si debía ir a llamar a la puerta. Quería verla, decirle que no debía llorar. Fue entonces cuando la vio aparecer en el jardín: había salido por la ventana. Echó un vistazo a la calle para asegurarse de que nadie la veía, y empezó a andar discretamente por la acera. Llevaba un bolso de piel en bandolera. Enseguida empezó a correr. Luther arrancó.

El Chevrolet negro se detuvo a su altura.

—¿Luther? —dijo Nola.

—No llodez... Zólo he venido a decite que no llodez.

—Oh, Luther, me ha pasado algo tan triste... ¡Llévame!

—¿Adónde vaz?

—Lejos del mundo.

Sin esperar respuesta de Luther, se introdujo en el asiento del acompañante.

—¡Arranca, mi buen Luther! Tengo que ir al Sea Side Motel. ¡Es imposible que no me quiera! ¡Nos amamos como nadie puede amar!

Luther obedeció. Ni él ni Nola se habían dado cuenta de que una patrulla de policía llegaba al cruce. Travis Dawn acababa de pasar por enésima vez por delante de la casa de los Quinn, esperando a que Jenny estuviese sola para regalarle las rosas salvajes que había recogido. Incrédulo, vio a Nola subir a ese coche que no conocía. Había reconocido a Luther al volante. Vio cómo se alejaba el Chevrolet y esperó un poco más antes de seguirlo: no debía perderlo de vista, pero sobre todo no debía pegarse a él. Tenía la intención de enterarse de qué llevaba a Luther a pasar tanto tiempo en Aurora. ¿Vendría a espiar a Jenny? ¿Por qué se llevaba a Nola? ¿Pretendía cometer un crimen? Mientras conducía, cogió el micrófono de la radio: quería pedir refuerzos, para estar seguro de atrapar a Luther si el arresto se ponía difícil. Pero cambió de opinión: no quería ningún compañero de testigo. Quería arreglar las cosas a su modo: Aurora era una ciudad tranquila, y pensaba actuar para que siguiese siéndolo. Debía dar una lección a Luther, una lección que recordaría siempre. Sería la última vez que pondría los pies allí. Y volvió a preguntarse cómo Jenny había podido enamorarse de ese monstruo.

—¿Fuiste tú quien escribió esas cartas? —preguntó Nola, atónita, tras haber oído las explicaciones de Caleb...

—Zí...

Se secó las lágrimas con el dorso de la mano.

—¡Luther, estás loco! ¡No se debe robar el correo de la gente! ¡Lo que has hecho está mal!

Bajó la cabeza, avergonzado.

—Lo ziento... Me zentía tan zolo.

Nola apoyó una mano amiga en su poderoso hombro.

—¡Venga, no es tan grave, Luther! ¡Porque eso significa que Harry me espera! ¡Me espera! ¡Vamos a marcharnos juntos!

Sólo de pensarlo, su rostro se iluminó.

—Tienez zuedte, Nola. Oz quedeiz... Quiede decid que nunca eztadeiz zoloz.

Entonces ya rodaban por la federal 1. Pasaron por delante del cruce con el camino de Goose Cove.

—¡Adiós, Goose Cove! —exclamó Nola, feliz—. Esta casa es el único sitio del que guardo recuerdos felices.

Se echó a reír. Sin razón. Y Luther se rió con ella. Él y Nola se dejaban, pero lo hacían en buenos términos. De pronto, oyeron una sirena de policía tras ellos. Llegaban a las cercanías del bosque, y era allí donde Travis había decidido interceptar a Caleb y darle un correctivo. Nadie los veía.

—¡Ez Taviz! —gritó Luther—. Zi noz atapa, eztamoz acabadoz.

Inmediatamente a Nola la invadió el pánico.

—¡No! ¡La policía no! ¡Ay, Luther, te lo suplico, haz algo!

El Chevrolet aceleró. Era un modelo potente. Travis soltó un taco y por el altavoz conminó a Luther a detenerse y aparcar en el arcén.

—¡No te detengas! —le suplicó Nola—. ¡Acelera! ¡Acelera!

Luther aceleró aún más. El Chevrolet se distanció algo más del coche de Travis. Después de Goose Cove, la federal 1 formaba algunas curvas: Luther las tomó muy cerradas y aprovechó para ganar algo de ventaja. Oyó cómo se alejaba la sirena.

—Va a llamad a loz defuedzos —dijo Luther.

—¡Si nos coge, no podré marcharme nunca con Harry!

—Entoncez huidemoz pod el bozque. El bozque ez inmenzo, nadie noz encontadá. Tú podaz llegad al Zea Zide Motel. Zi me cogen, Nola, no didé nada. Didé que no eztabaz conmigo. Azí podaz huid con Hady.

—Oh. Luther...

—¡Pométeme conzedvad mi libdo! ¡Pométeme guadadlo en decuedo mío!

—¡Te lo prometo!

Con estas palabras, Luther giró súbitamente el volante y el coche se internó a través de la espesura en los límites del bosque, antes de detenerse detrás de unos matorrales de zarzas. Bajaron rápidamente.

—¡Codde! —ordenó Luther a Nola—. ¡Codde!

Atravesaron las ramas de espino. Su vestido se desgarró y su rostro se arañó.

Travis soltó otro taco. Ya no veía el Chevrolet negro. Volvió a acelerar, y no vio la carrocería negra disimulada detrás de los matorrales. Continuó por la federal 1.

Corrían a través del bosque. Nola delante y Luther detrás, porque tenía más dificultad para pasar a través de las ramas bajas por su corpulencia.

—¡Codde, Nola! ¡No te detengaz!

Sin darse cuenta, se habían acercado al lindero del bosque. Estaban en las cercanías de Side Creek Lane.

Por la ventana de su cocina, Deborah Cooper miraba hacia fuera. De pronto, le pareció percibir movimiento. Observó con más atención y vio a una chica corriendo a toda velocidad, perseguida por un hombre. Fue rápidamente hacia el teléfono y marcó el número de la policía.

Travis acababa de detenerse en el arcén de la carretera cuando recibió la llamada de la central: una joven había sido vista cerca de Side Creek Lane, aparentemente perseguida por un hombre. El agente confirmó la recepción del mensaje y dio media vuelta inmediatamente en dirección a Side Creek Lane, con los faros giratorios encendidos y la sirena puesta. Tras recorrer media milla, un reflejo luminoso atrajo su mirada: ¡un parabrisas! ¡Era el Chevrolet negro, disimulado en la espesura! Se detuvo y se acercó al vehículo con el arma en la mano: estaba vacío. Volvió rápidamente a su coche y se dirigió de inmediato a casa de Deborah Cooper.

Se detuvieron cerca de la playa para recuperar el aliento.

—¿Crees que lo hemos perdido? —preguntó Nola a Luther.

Él aguzó el oído, ya no había ningún ruido.

—Debedíamoz ezpedad un poco aquí. Eztamoz zegudoz en el bozque.

El corazón de Nola latía con fuerza. Pensaba en Harry. Pensaba en su madre. Echaba de menos a su madre.

—Una chica con un vestido rojo —explicó Deborah al agente Dawn—. Corría en dirección a la playa. La seguía un hombre. No lo he visto bien. Pero era bastante corpulento.

—Son ellos —dijo—. ¿Puedo utilizar su teléfono?

—Por supuesto.

Travis llamó al jefe Pratt a su casa.

—Jefe, siento molestarle en su día libre, pero tengo un asunto feo entre manos. He sorprendido a Luther Caleb en Aurora...

—¿Otra vez?

—Sí. Pero esta vez ha obligado a subir a Nola Kellergan a su coche. He intentado interceptarle, pero se me ha escapado. Ha huido por el bosque con la pequeña Nola. Creo que le va a hacer daño, jefe. El bosque es denso, y solo no puedo hacer nada.

—Maldita sea. Has hecho bien en llamarme. Voy enseguida.

—Nos iremos a Canadá. Me gusta Canadá. Viviremos en una bonita casa, al borde de un lago. Seremos muy felices.

Luther sonrió. Sentado sobre un tronco caído, escuchaba los sueños de Nola.

—Ez un bonito poyecto —dijo.

—Sí. ¿Qué hora tienes?

—Zon cazi laz ziete menoz cuadto.

—Entonces debo ponerme en marcha. Tengo una cita a las siete, en la habitación 8. De todas formas, ya no corremos riesgo.

Pero, en ese instante, oyeron ruidos. Y después voces.

—¡La policía! —se asustó Nola.

El jefe Pratt y Travis registraban el bosque; bordeaban el lindero, cerca de la playa. Avanzaban entre los árboles, la porra en la mano.

—Vete, Nola —dijo Luther—. Vete, yo me quedo aquí.

—¡No! ¡No puedo dejarte!

—¡Vete, pod Dioz! ¡Vete! Tendaz tiempo de id al motel. ¡Hady eztadá allí! ¡Ve depiza! Vete lo máz depiza pozible. Vete y zed felicez.

—Luther, yo...

—Adioz, Nola. Zé feliz. Ama mi libdo como me hubieda guztado que me amazez.

Ella lloraba. Le hizo una seña con la mano y desapareció entre los árboles.

Los dos policías avanzaban a buen paso. Al cabo de unas centenas de metros, percibieron una silueta.

—¡Es Luther! —exclamó Travis—. ¡Es él!

Estaba sentado sobre el tronco. No se había movido. Travis se precipitó sobre él y le agarró por el cuello.

—¿Dónde está la chica? —gritó sacudiéndole.

—¿Qué chica? —preguntó Luther.

Intentó contar en su cabeza el tiempo que necesitaría Nola para llegar al motel.

—¿Dónde está Nola? ¿Qué le has hecho? —repitió Travis.

Como Luther no respondía, el jefe Pratt, que venía por detrás, le cogió por una pierna y, de un violento porrazo, le rompió la rodilla.

Nola oyó un grito. Se detuvo en seco y se estremeció. Habían encontrado a Luther, le estaban pegando. Dudó una fracción de segundo: debía volver atrás, debía ir a mostrarse a los agentes. Sería demasiado injusto que Luther se metiese en problemas por culpa de ella. Quiso volver a la playa, pero de pronto sintió una mano que la agarraba del hombro. Se volvió y se sobresaltó:

—¿Mamá? —dijo.

Luther yacía en el suelo con las dos rodillas rotas, gimiendo. Travis y Pratt se turnaban para darle patadas y porrazos.

—¿Qué le has hecho a Nola? —gritaba Travis—. Le has hecho daño, ¿verdad? Eres un jodido trastornado, ¿verdad? ¡No has podido evitar hacerle daño!

Luther gritaba a cada golpe, suplicando a los policías que parasen.

—¿Mamá?

Louisa Kellergan sonrió con ternura a su hija.

—¿Qué haces aquí, cariño? —preguntó.

—Me he fugado.

—¿Por qué?

—Porque quiero irme con Harry. Le quiero muchísimo.

—No debes dejar a tu padre solo. Tu padre se moriría de pena sin ti. No puedes marcharte así...

—Mamá... mamá, siento lo que te hice.

—Te perdono, cariño. Pero ahora debes dejar de hacerte daño.

—De acuerdo.

—¿Me lo prometes?

—Te lo prometo, mamá. ¿Qué debo hacer ahora?

—Vuelve con tu padre. Tu padre te necesita.

—Pero ¿y Harry? No quiero perderle.

—No le perderás. Te esperará.

—¿De verdad?

—Sí. Te esperará hasta el final de sus días.

Nola volvió a escuchar gritos. ¡Luther! Corrió a toda velocidad hasta el tronco. Gritó, gritó con todas sus fuerzas para que los golpes cesaran. Surgió de la espesura. Luther estaba tendido en el suelo, muerto. De pie ante él, el jefe Pratt y el agente Travis miraban el cuerpo, aterrados. Había sangre por todas partes.

—¿Qué han hecho? —gritó Nola.

—¿Nola? —dijo Pratt—. Pero...

—¡Han matado a Luther!

Se lanzó sobre el jefe Pratt, que la rechazó con un guantazo. Empezó a sangrar por la nariz. Temblaba de miedo.

—Perdón, Nola, no quería hacerte daño —balbuceó Pratt.

Nola dio un paso atrás.

—Han... ¡han matado a Luther!

—¡Espera, Nola!

Huyó a toda velocidad. Travis intentó atraparla por el pelo; le arrancó un puñado de mechones rubios.

—¡Atrápala, joder! —gritó Pratt a Travis—. ¡Atrápala!

Nola huyó a través de las zarzas, arañándose las mejillas, y atravesó la última fila de árboles. Una casa. ¡Una casa! Se precipitó hasta la puerta de la cocina. Su nariz continuaba sangrando. Tenía sangre en la cara. Deborah Cooper la abrió, aterrada, y la invitó a entrar.

—Ayúdeme —gimió Nola—. Llame a urgencias.

Deborah corrió de nuevo al teléfono para avisar a la policía.

Nola sintió una mano que le tapaba la boca. Travis la levantó con fuerza. Ella se debatió, pero él la agarraba demasiado fuerte. No tuvo tiempo de salir de la casa: Deborah Cooper volvía del salón. Lanzó un grito de horror.

—No se preocupe —balbuceó Travis—. Policía. Todo va bien.

—¡Socorro! —gritó Nola intentando soltarse—. ¡Han matado a un hombre! ¡Estos policías han asesinado a un hombre! ¡Hay un hombre muerto en el bosque!

Transcurrió un instante cuya duración no es posible determinar. Deborah Cooper y Travis se miraron fijamente en silencio: ella no se atrevía a correr hasta el teléfono, él no se atrevía a huir.

Después, resonó un disparo y Deborah cayó al suelo. El jefe Pratt acababa de matarla con su arma reglamentaria.

—¡Está usted loco! —gritó Travis—. ¡Completamente loco! ¿Por qué ha hecho eso?

—No había elección, Travis. Ya sabes qué habría pasado si la vieja hubiera hablado...

Travis temblaba.

—¿Qué hacemos ahora? —preguntó el joven agente.

—No tengo ni idea.

Nola, aterrorizada, sacando fuerzas de su desesperación, aprovechó ese momento de confusión para soltarse de Travis. Antes de que el jefe Pratt tuviese tiempo de reaccionar, huyó fuera de la casa por la puerta de la cocina. Perdió el equilibrio en el escalón y cayó. Se levantó inmediatamente, pero la poderosa mano del jefe la retuvo por el pelo. Lanzó un grito y le mordió el brazo que él había puesto cerca de su rostro. El jefe la soltó, pero no tuvo tiempo de correr: Travis le asestó un porrazo que golpeó la parte trasera de su cráneo. Cayó derribada al suelo. Travis reculó, espantado. Había sangre por todas partes. Estaba muerta.

Travis permaneció inclinado sobre el cuerpo durante un instante. Sintió ganas de vomitar. Pratt temblaba. En el bosque se oía el canto de los pájaros.

—¿Qué hacemos, jefe? —murmuró Travis, aterrado.

—Calma. Calma. No es momento de dejarse llevar por el pánico.

—Sí, jefe.

—Debemos librarnos de Caleb y de Nola. Lo contrario sería la silla eléctrica, ¿entiendes?

—Sí, jefe. ¿Y Cooper?

—Haremos creer que ha sido asesinada. Un robo que ha acabado mal. Harás exactamente lo que te diga.

Travis se había puesto a llorar.

—Sí, jefe. Haré todo lo necesario.

—Me has dicho que habías visto el coche de Caleb cerca de la federal 1.

—Sí. Tiene las llaves puestas.

—Eso está muy bien. Vamos a meter el cuerpo en el coche. Y te vas a librar de él, ¿de acuerdo?

—Sí.

—En cuanto te marches, avisaré a los refuerzos, para que nadie sospeche. Hay que actuar con rapidez, ¿de acuerdo? Cuando llegue la caballería, tú estarás ya lejos. Nadie se dará cuenta de tu ausencia con tanta confusión.

—Sí, jefe... Pero creo que la señora Cooper ha llamado de nuevo a urgencias.

—¡Mierda! ¡Entonces hay que mover el culo!

Arrastraron los cuerpos de Luther y de Nola hasta el Chevrolet. Después Pratt huyó corriendo a través del bosque, en dirección a la casa de Deborah Cooper y de los coches de policía. Cogió su radio para avisar a la central de que acababa de encontrar a Deborah Cooper asesinada de un disparo.

Travis se puso al volante del Chevrolet y arrancó. En el momento en que salía de la espesura, se cruzó con una patrulla de la oficina del sheriff que había sido requerida como refuerzo por la central tras la segunda llamada de Deborah Cooper.

Pratt estaba llamando a la central cuando oyó acercarse una sirena de policía. Por radio anunciaron la persecución en la federal 1 por parte de una patrulla de la oficina del sheriff de un Chevrolet Monte Carlo negro visto en las cercanías de Side Creek Lane. El jefe Pratt anunció que partía inmediatamente como refuerzo. Arrancó, puso la sirena y pasó por el camino forestal paralelo. Cuando llegó a la carretera, estuvo a punto de golpear el coche de Travis. Se miraron durante un instante: estaban aterrorizados.

Durante la persecución, Travis consiguió que el coche del ayudante del sheriff se saliese de la carretera de un bandazo. Volvió a la 1, en dirección sur, y giró hacia Goose Cove. Pratt le pisaba los talones, fingiendo perseguirle. Por radio daba instrucciones erróneas, haciendo creer que estaba de camino a Montburry. Apagó la sirena, se metió por el camino de Goose Cove y se reunió con Travis frente a la casa. Los dos hombres salieron del coche, aterrorizados, desesperados.

—¿Por qué te has parado aquí? ¿Estás loco? —dijo Pratt.

—Quebert no está —respondió Travis—. Sé que se ha ido de la ciudad unos días, se lo dijo a Jenny Quinn y ella me lo dijo a mí.

—He pedido que corten todas las carreteras. Me he visto obligado.

—¡Mierda! ¡Mierda! —gimió Travis—. ¡Estoy atrapado! ¿Y ahora qué hacemos?

Pratt miró a su alrededor. Vio el garaje vacío.

—Deja el coche ahí dentro, cierra la puerta y vuelve deprisa a Side Creek Lane por la playa. Finge que estás registrando la casa de Cooper. Yo seguiré con la persecución. Nos libraremos de los cuerpos esta noche. ¿Tienes una chaqueta en tu coche?

—Sí.

—Póntela. Estás cubierto de sangre.

Un cuarto de hora más tarde, mientras Pratt se cruzaba cerca de Montburry con las patrullas de refuerzo, Travis, la chaqueta puesta, rodeado de compañeros llegados de todo el Estado, acordonaba el perímetro de Side Creek Lane donde acababan de encontrar el cuerpo de Deborah Cooper.

En medio de la noche, Travis y Pratt volvieron a Goose Cove. Enterraron a Nola a veinte metros de la casa. Pratt había establecido ya el perímetro de búsqueda con el capitán Rodik, de la policía estatal: sabía que Goose Cove no estaba incluido, nadie iría a buscarla allí. Ella conservaba su bolso en bandolera y la enterraron con él, sin mirar siquiera lo que contenía.

Después de tapar el hoyo, Travis cogió el Chevrolet negro y desapareció por la federal 1, con el cadáver de Luther en el maletero. Condujo hasta Massachusetts. En el trayecto tuvo que franquear dos barreras policiales.

—Documentación del vehículo —decían los policías en cada ocasión, nerviosos al ver el coche.

Y, en cada ocasión, Travis mostraba su placa.

—Policía de Aurora, chicos. Voy precisamente tras la pista de nuestro hombre.

Los policías saludaban a su compañero con deferencia, deseándole buena suerte.

Condujo hasta una pequeña ciudad costera que conocía bien. Sagamore. Cogió la carretera que pasaba por la costa, la que bordea los acantilados de Sunset Cove. Había un aparcamiento desierto. Durante el día la vista era magnífica; había pensado varias veces traer allí a Jenny para dar un paseo romántico. Detuvo el coche, instaló a Luther en el asiento del conductor y vertió alcohol barato en su boca. Después puso el coche en punto muerto y lo empujó: primero rodó suavemente por la pequeña pendiente cubierta de hierba, antes de caer por la pared rocosa y desaparecer en el vacío con un estruendo metálico.

Bajó después por la carretera unas centenas de metros. Un coche le esperaba en el arcén. Se sentó en el asiento del acompañante. Estaba sudando y cubierto de sangre.

—Ya está —dijo a Pratt, que estaba al volante.

El jefe arrancó.

—No volveremos a hablar de lo que ha pasado, Travis. Y cuando encuentren el coche, habrá que silenciar el asunto. Que no haya culpable es la única forma de no correr riesgo alguno. ¿Entendido?

Travis asintió con la cabeza. Metió la mano en el bolsillo y agarró el collar que había arrancado discretamente a Nola en el momento de enterrarla. Un bonito collar de oro que llevaba grabado el nombre de NOLA.

*

Harry se había vuelto a sentar en el sofá.

—Así que mataron a Nola, a Luther y a Deborah Cooper.

—Sí. Se las arreglaron para que la investigación no aclarase nada. Harry, usted sabía que Nola tenía episodios psicóticos, ¿verdad? Y habló de ello con el reverendo Kellergan por aquel entonces...

—Ignoraba la historia del incendio. Pero descubrí que Nola no andaba bien cuando me presenté en casa de los Kellergan para hablar con ellos acerca del maltrato que sufría. Prometí a Nola no ir a ver a sus padres, pero no podía quedarme de brazos cruzados, ¿lo entiende? Allí comprendí que de los padres Kellergan sólo quedaba el reverendo, viudo desde hacía seis años y completamente sobrepasado por la situación. Él... él se negaba a aceptar la realidad. Yo debía llevar a Nola lejos de Aurora, para que la curasen.

—Entonces, la fuga era para que la curaran...

—Eso se convirtió en la razón para mí. Habríamos ido a consultar a buenos médicos y se hubiese curado. ¡Era una chica extraordinaria, Marcus! ¡Hubiera hecho de mí un gran escritor y yo hubiese acabado con sus problemas mentales! ¡Ella me inspiró, ella me guió! ¡Me guió toda mi vida! Lo sabe, ¿verdad? ¡Lo sabe usted mejor que nadie!

—Sí, Harry. Pero ¿por qué no me lo dijo?

—¡Quería hacerlo! Lo habría hecho si no se hubiesen producido esas filtraciones sobre su libro. Pensé que había traicionado mi confianza. Estaba enfadado con usted. Creo que quería que su libro fuese un fracaso: sabía que ya nadie le tomaría en serio después de la historia de la madre. Sí, eso, eso: quería que su segundo libro fuese un fracaso. Como el mío, en el fondo.

Nos quedamos un momento en silencio.

—Lo siento, Marcus. Lo siento todo. Debe de estar muy decepcionado conmigo...

—No...

—Sé que lo está. Puso usted tantas esperanzas en mí... ¡He construido mi vida sobre una mentira!

—Siempre le he admirado por lo que era, Harry. Poco importa que haya escrito usted ese libro o no. El hombre que es usted es el que me ha enseñado tanto de la vida. Y de eso nadie puede renegar.

—No, Marcus. Usted no me verá nunca más como antes y lo sabe. ¡No soy más que una gran superchería! ¡Un impostor! Por eso le dije que nunca volveríamos a ser amigos. Todo ha terminado. Todo ha terminado, Marcus. Se está convirtiendo usted en un escritor formidable. Y yo ya no soy nada. Es usted un verdadero escritor, y yo no lo he sido nunca. Ha luchado por su libro, ha luchado por recuperar la inspiración, ¡ha remontado el obstáculo! Mientras que yo, cuando estuve en la misma situación que usted, traicioné.

—Harry, yo...

—Así es la vida, Marcus. Y sabe que tengo razón. A partir de ahora ya no podrá mirarme a la cara. Y yo tampoco podré hacerlo sin sentir unos celos invasivos y destructores, porque usted ha triunfado donde yo fracasé.

Me abrazó.

—Harry —murmuré—. No quiero perderle.

—Sabrá arreglárselas muy bien, Marcus. Es usted un tipo estupendo. Y un estupendo escritor. Se las apañará muy bien. Lo sé. Ahora nuestros caminos se separan para siempre. Llamamos a eso el destino. Mi destino nunca fue convertirme en un gran escritor. Y sin embargo, intenté cambiarlo: robé un libro y mentí durante treinta años. Pero el destino es indomable: siempre acaba por triunfar.

—Harry...

—Su destino, Marcus, siempre ha sido ser escritor. Siempre lo supe. Y siempre supe que llegaría este momento.

—Siempre seguirá siendo mi amigo, Harry.

—Marcus, termine su libro. ¡Termine ese libro sobre mí! Ahora que lo sabe todo, cuente la verdad al mundo entero. La verdad nos salvará a todos. Escriba la verdad sobre el caso Harry Quebert. Líbreme del mal que me corroe desde hace treinta años. Es lo último que le pido.

—Pero ¿cómo? No puedo borrar el pasado.

—No, pero puede cambiar el presente. Es el poder de los escritores. El paraíso de los escritores, ¿recuerda? Sé que sabrá cómo hacerlo.

—Harry, ¡he crecido gracias a usted! ¡Soy lo que soy gracias a usted!

—Eso no es más que una ilusión, yo no he hecho nada. Usted ha crecido solo.

—¡No! ¡Eso es falso! ¡He seguido todos sus consejos! ¡He seguido sus treinta y un consejos! ¡Así fue como escribí mi primer libro! ¡Y el siguiente! ¡Y todos los demás! Sus treinta y un consejos, Harry. ¿Lo recuerda?

Sonrió con tristeza.

—Claro que lo recuerdo, Marcus.

*

Burrows, Navidad de 1999

—¡Feliz Navidad, Marcus!

—¿Un regalo? Gracias, Harry. ¿Qué es?

—Ábralo. Es un grabador minidisc. Parece ser que es lo último en tecnología. Se pasa usted la vida anotando todo lo que le cuento, pero después pierde sus notas y tengo que repetirle todo. He pensado que así podrá grabarlo.

—Muy bien. Vamos.

—¿Qué?

—Deme un primer consejo. Voy a grabar cuidadosamente todos sus consejos.

—Bueno. ¿Qué tipo de consejo?

—No lo sé... Consejos para escritores. Y para boxeadores. Y para hombres.

—¿Todo eso? Bien. ¿Cuántos quiere?

—¡Por lo menos cien!

—¿Cien? Tendría que guardarme algunas cosas para enseñarle después.

—Usted siempre tendrá cosas que enseñarme. Usted es el gran Harry Quebert.

—Le voy a dar treinta y un consejos. Se los daré al cabo de estos próximos años. No todos al mismo tiempo.

—¿Y por qué treinta y uno?

—Porque treinta y un años es una edad importante. La decena nos forma como niños. La veintena como adultos. La treintena nos convierte en hombres, o no. Y treinta y un años significa que ha pasado ese umbral. ¿Cómo se imagina usted cuando tenga treinta y un años?

—Como usted.

—Venga, no diga tonterías. Mejor empiece a grabar. Voy a ir por orden decreciente. Consejo número treinta y uno: será un consejo acerca de los libros. Vamos allá, 31: el primer capítulo, Marcus, es esencial. Si a los lectores no les gusta, no leerán el resto del libro. ¿Cómo tiene pensado empezar el suyo?

—No lo sé, Harry. ¿Cree usted que algún día lo conseguiré?

—¿El qué?

—Escribir un libro.

—Estoy convencido de ello.

*

Me miró fijamente y sonrió.

—Va usted a cumplir treinta y un años, Marcus. Lo ha conseguido: se ha convertido en un hombre formidable. Convertirse en el Formidable no era nada, pero convertirse en un hombre formidable ha sido el colofón de un largo y magnífico combate contra usted mismo. Estoy orgulloso de usted.

Se puso su chaqueta y se anudó la bufanda.

—¿Adónde va usted, Harry?

—Ha llegado la hora de marcharme.

—¡No se vaya! ¡Quédese!

—No puedo...

—¡Quédese, Harry! ¡Quédese un poco más!

—No puedo.

—¡No quiero perderle!

—Adiós, Marcus. Usted ha sido el más hermoso de los encuentros.

Me volvió a abrazar.

—Encuentre el amor, Marcus. El amor da sentido a la vida. ¡Cuando se ama, se es más fuerte! ¡Se es más grande! ¡Se llega más lejos!

—¡Harry! ¡No me deje!

—Adiós, Marcus.

Se marchó. Dejó la puerta abierta tras él y así la dejé mucho tiempo. Ésa fue la última vez que vi a mi amigo y maestro Harry Quebert.

*

Mayo de 2002, final del campeonato universitario de boxeo

—¿Está usted listo, Marcus? Subimos al ring dentro de tres minutos.

—Tengo miedo, Harry.

—Estoy seguro de ello. Y tanto mejor: sin miedo, no es posible ganar. No lo olvide, boxee como construye un libro... ¿Lo recuerda? Capítulo 1, capítulo 2...

—Sí. Uno, golpeo. Dos, noqueo...

—Muy bien, campeón. Vamos, ¿está listo? ¡Estamos en la final del campeonato, Marcus! ¡En la final! Y pensar que hace poco se peleaba usted contra sacos, ¡y ahora está en la final del campeonato! Ya ha oído al presentador: «Marcus Goldman y su entrenador Harry Quebert, de la Universidad de Burrows». ¡Somos nosotros! ¡Adelante!

—Espere, Harry...

—¿Qué?

—Tengo un regalo para usted.

—¿Un regalo? ¿Está seguro de que éste es el mejor momento?

—Completamente. Quiero que lo tenga antes de la pelea. Está en mi bolsa, cójalo. Yo no puedo dárselo por culpa de los guantes.

—¿Es un disco?

—¡Sí, una recopilación! Sus treinta y una frases más importantes. Sobre el boxeo, la vida y los libros.

—Gracias, Marcus. Es muy conmovedor. ¿Dispuesto a combatir?

—Más que nunca...

—Entonces, vamos.

—Espere, tengo otra pregunta...

—¡Marcus! ¡Ya es la hora!

—¡Pero es que es importante! He vuelto a escuchar todas las cintas y nunca me ha respondido.

—Bueno, vamos. Le escucho.

—Harry, ¿cómo se sabe que un libro está terminado?

—Los libros son como la vida, Marcus. Nunca se terminan del todo.

Epílogo

OCTUBRE DE 2009
(Un año después de la salida del libro)

«Un buen libro, Marcus, no se mide sólo por sus últimas palabras, sino por el efecto colectivo de todas las palabras precedentes. Apenas medio segundo después de haber terminado el libro, tras haber leído la última palabra, el lector debe sentirse invadido por un fuerte sentimiento; durante un instante, sólo debe pensar en todo lo que acaba de leer, mirar la portada y sonreír con un gramo de tristeza porque va a echar de menos a todos los personajes. Un buen libro, Marcus, es un libro que uno se arrepiente de terminar.»

Playa de Goose Cove, 17 de octubre de 2009

—Corre el rumor de que tiene listo un nuevo manuscrito, escritor.

—Es cierto.

Estaba con Gahalowood; sentados frente al océano, bebíamos una cerveza mirando el sol ponerse tras el horizonte.

—¡El nuevo gran éxito del prodigioso Marcus Goldman! —exclamó Gahalowood—. ¿De qué habla?

—Seguro que lo leerá. De hecho, sale usted.

—¿De veras? ¿Puedo echarle un vistazo?

—Ni lo sueñe, sargento.

—En todo caso, si es malo, tendrá que devolverme el dinero.

—Goldman ya no devuelve el dinero, sargento.

Se rió.

—Dígame, escritor, ¿quién le dio la idea de reconstruir esta casa y convertirla en un albergue para escritores jóvenes?

—Me vino sin más.

—*Residencia Harry Quebert para escritores.* Me parece fenomenal. En el fondo, ustedes los escritores se pegan la buena vida. A mí también me hubiese gustado dedicarme a venir aquí, mirar el mar y escribir libros... ¿Ha leído el artículo del *New York Times* de hoy?

—No.

Sacó una página de periódico del bolsillo y la desplegó. Leyó:

—*Suplemento especial:* Las gaviotas de Aurora, *una nueva novela que descubrir. Luther Caleb, injustamente acusado del asesinato de Nola Kellergan, era ante todo un escritor genial cuyo talento era completamente ignorado. La editorial Schmid & Hanson acaba con esta injusticia publicando, a título póstumo, la brillante novela que escribió sobre la relación entre Nola Kellergan y Harry Quebert. Este magnífico relato cuenta cómo Harry Quebert se inspiró en su relación con Nola Kellergan para escribir* Los orígenes del mal.

Dejó de leer y se echó a reír.

—¿Qué le pasa, sargento? —pregunté.

—Nada. ¡Es usted absolutamente genial, Goldman! ¡Genial!

—Hacer justicia no es trabajo exclusivo de la policía, sargento.

Apuramos nuestras cervezas.

—Mañana vuelvo a Nueva York —dije.

Asintió con la cabeza.

—Déjese caer por aquí de vez en cuando. Para saludar. En fin, mi mujer estará encantada.

—Será un placer.

—Y dígame, ¿cómo se va a titular su próximo libro?

—«La verdad sobre el caso Harry Quebert.»

Adoptó una expresión pensativa. Regresamos cada uno a nuestro coche. Una bandada de gaviotas atravesó el cielo; la seguimos un instante con la mirada. Después Gahalowood volvió a preguntarme:

—¿Y qué va a hacer ahora, escritor?

—Un día Harry me dijo: «Dele sentido a su vida. Hay dos cosas que dan sentido a la vida: los libros y el amor». He encontrado los libros. Gracias a Harry, he encontrado los libros. Ahora parto en busca del amor.

UNIVERSIDAD DE BURROWS

Homenaje a:

Marcus P. GOLDMAN
Vencedor del campeonato universitario de boxeo
Año 2002

Y a su entrenador:
Harry L. Quebert

Agradecimientos

Doy las gracias de todo corazón a Erne Pinkas, de Aurora, New Hampshire, por su preciosa ayuda.

En la policía estatal de New Hampshire y Alabama, mi agradecimiento al sargento Perry Gahalowood (brigada criminal de la policía estatal de New Hampshire) y al oficial Philip Thomas (brigada de autopista de la policía estatal de Alabama).

Finalmente, dedico un agradecimiento especial a mi ayudante Denise, sin la que nunca hubiese podido terminar este libro.

Índice

Primera parte
LA ENFERMEDAD DEL ESCRITOR
(8 meses antes de la publicación del libro)

Sobre el autor

Joël Dicker nació en Suiza en 1985. Su primera novela, *Los últimos días de nuestros padres,* que Alfaguara publicará en 2014, está basada en la desconocida historia de una unidad de inteligencia británica encargada de entrenar a la resistencia francesa durante la Segunda Guerra Mundial y resultó ganadora en 2010 del Premio de los Escritores Ginebrinos. Su segunda novela, *La verdad sobre el caso Harry Quebert* (2012), descrita como un cruce entre Larsson, Nabokov y Philip Roth, ha recibido el favor del público y de la crítica más exigente, y ha sido galardonada con el Premio Goncourt des Lycéens, el Gran Premio de Novela de la Academia Francesa y el Premio Lire a la mejor novela en lengua francesa. Su traducción a treinta y tres idiomas la confirma como el nuevo fenómeno literario global.

www.joeldicker.com

Alfaguara es un sello editorial del Grupo Santillana

www.alfaguara.com

Argentina
www.alfaguara.com/ar
Av. Leandro N. Alem, 720
C 1001 AAP Buenos Aires
Tel. (54 11) 41 19 50 00
Fax (54 11) 41 19 50 21

Bolivia
www.alfaguara.com/bo
Calacoto, calle 13 n° 8078
La Paz
Tel. (591 2) 279 22 78
Fax (591 2) 277 10 56

Chile
www.alfaguara.com/cl
Dr. Aníbal Ariztía, 1444
Providencia
Santiago de Chile
Tel. (56 2) 384 30 00
Fax (56 2) 384 30 60

Colombia
www.alfaguara.com/co
Carrera 11A, n° 98-50, oficina 501
Bogotá DC
Tel. (571) 705 77 77

Costa Rica
www.alfaguara.com/cas
La Uruca
Del Edificio de Aviación Civil 200 metros
   Oeste
San José de Costa Rica
Tel. (506) 22 20 42 42 y 25 20 05 05
Fax (506) 22 20 13 20

Ecuador
www.alfaguara.com/ec
Avda. Eloy Alfaro, N 33-347 y Avda. 6 de
   Diciembre
Quito
Tel. (593 2) 244 66 56
Fax (593 2) 244 87 91

El Salvador
www.alfaguara.com/can
Siemens, 51
Zona Industrial Santa Elena
Antiguo Cuscatlán - La Libertad
Tel. (503) 2 505 89 y 2 289 89 20
Fax (503) 2 278 60 66

España
www.alfaguara.com/es
Avenida de los Artesanos, 6
28760 Tres Cantos, Madrid
Tel. (34 91) 744 90 60
Fax (34 91) 744 92 24

Estados Unidos
www.alfaguara.com/us
2023 N.W. 84th Avenue
Miami, FL 33122
Tel. (1 305) 591 95 22 y 591 22 32
Fax (1 305) 591 91 45

Guatemala
www.alfaguara.com/can
26 avenida 2-20
Zona n° 14
Guatemala CA
Tel. (502) 24 29 43 00
Fax (502) 24 29 43 03

Honduras
www.alfaguara.com/can
Colonia Tepeyac Contigua a Banco Cuscatlán
Frente Iglesia Adventista del Séptimo Día,
   Casa 1626
Boulevard Juan Pablo Segundo
Tegucigalpa, M. D. C.
Tel. (504) 239 98 84

México
www.alfaguara.com/mx
Avda. Río Mixcoac, 274
Colonia Acacias, C.P. 03240
Benito Juárez, México D.F.
Tel. (52 5) 554 20 75 30
Fax (52 5) 556 01 10 67

Panamá
www.alfaguara.com/cas
Vía Transísmica, Urb. Industrial Orillac,
Calle segunda, local 9
Ciudad de Panamá
Tel. (507) 261 29 95

Paraguay
www.alfaguara.com/py
Avda. Venezuela, 276,
entre Mariscal López y España
Asunción
Tel./fax (595 21) 213 294 y 214 983

Perú
www.alfaguara.com/pe
Avda. Primavera 2160
Santiago de Surco
Lima 33
Tel. (51 1) 313 40 00
Fax (51 1) 313 40 01

Puerto Rico
www.alfaguara.com/mx
Avda. Roosevelt, 1506
Guaynabo 00968
Tel. (1 787) 781 98 00
Fax (1 787) 783 12 62

República Dominicana
www.alfaguara.com/do
Juan Sánchez Ramírez, 9
Gazcue
Santo Domingo R.D.
Tel. (1809) 682 13 82
Fax (1809) 689 10 22

Uruguay
www.alfaguara.com/uy
Juan Manuel Blanes 1132
11200 Montevideo
Tel. (598 2) 410 73 42
Fax (598 2) 410 86 83

Venezuela
www.alfaguara.com/ve
Avda. Rómulo Gallegos
Edificio Zulia, 1°
Boleita Norte
Caracas
Tel. (58 212) 235 30 33
Fax (58 212) 239 10 51